U0129322

滿文原檔
《滿文原檔》選讀譯注

太祖朝（十）

莊 吉 發譯注

滿 語 叢 刊
文史哲出版社印行

國家圖書館出版品預行編目資料

滿文原檔《滿文原檔》選讀譯注：太祖朝. 十 / 莊吉發譯注. -- 初版. -- 臺北市：文史哲出版社, 民 111.09
面：公分 --（滿語叢刊；49）
ISBN 978-986-314-615-5（平裝）

1.CST:滿語 2.CST:讀本

802.918 111013712

滿語叢刊 49

滿文原檔《滿文原檔》選讀譯注
太祖朝（十）

譯注者：莊吉發
出版者：文史哲出版社
http:// www.lapen.com.tw
e-mail:lapen@ms74.hinet.net
登記證字號：行政院新聞局版臺業字五三三七號
發行人：彭正雄
發行所：文史哲出版社
印刷者：文史哲出版社
臺北市羅斯福路一段七十二巷四號
郵政劃撥帳號：一六一八〇一七五
電話886-2-23511028・傳真886-2-23965656
實價新臺幣七四〇元
二〇二二年（民一一一）九月初版

ISBN 978-986-314-615-5 65149

滿文原檔

《滿文原檔》選讀譯注

太祖朝(十)

目 次

《滿文原檔》選讀譯注
導　讀

內閣大庫檔案是近世以來所發現的重要史料之一，其中又以清太祖、清太宗兩朝的《滿文原檔》以及重抄本《滿文老檔》最為珍貴。明神宗萬曆二十七年（1599）二月，清太祖努爾哈齊為了文移往來及記注政事的需要，即命巴克什額爾德尼等人以老蒙文字母為基礎，拼寫女真語音，創造了拼音系統的無圈點老滿文。清太宗天聰六年（1632）三月，巴克什達海奉命將無圈點老滿文在字旁加置圈點，形成了加圈點新滿文。清朝入關後，這些檔案由盛京移存北京內閣大庫。乾隆六年（1741），清高宗鑒於內閣大庫所貯無圈點檔冊，所載字畫，與乾隆年間通行的新滿文不相同，諭令大學士鄂爾泰等人按照通行的新滿文，編纂《無圈點字書》，書首附有鄂爾泰等人奏摺[1]。因無圈點檔年久鬱舊，所以鄂爾泰等人奏請逐頁托裱裝訂。鄂爾泰等人遵旨編纂的無圈點十二字頭，就是所謂的《無圈點字書》，

1 張玉全撰，〈述滿文老檔〉，《文獻論叢》（臺北，臺聯國風出版社，民國五十六年十月），論述二，頁207。

但以字頭釐正字蹟，未免逐卷翻閱，且無圈點老檔僅止一分，日久或致擦損，乾隆四十年（1775）二月，軍機大臣奏准依照通行新滿文另行音出一分，同原本貯藏[2]。乾隆四十三年（1778）十月，完成繕寫的工作，貯藏於北京大內，即所謂內閣大庫藏本《滿文老檔》。乾隆四十五年（1780），又按無圈點老滿文及加圈點新滿文各抄一分，齎送盛京崇謨閣貯藏[3]。自從乾隆年間整理無圈點老檔，托裱裝訂，重抄貯藏後，《滿文原檔》便始終貯藏於內閣大庫。

近世以來首先發現的是盛京崇謨閣藏本，清德宗光緒三十一年（1905），日本學者內藤虎次郎訪問瀋陽時，見到崇謨閣貯藏的無圈點老檔和加圈點老檔重抄本。宣統三年（1911），內藤虎次郎用曬藍的方法，將崇謨閣老檔複印一套，稱這批檔冊為《滿文老檔》。民國七年（1918），金梁節譯崇謨閣老檔部分史事，刊印《滿洲老檔祕錄》，簡稱《滿洲祕檔》。民國二十年（1931）三月以後，北平故宮博物院文獻館整理內閣大庫，先後發現老檔三十七冊，原按千字文編號。民國二十四年（1935），又發現三冊，均未裝裱，當為乾隆年間托裱時所未見者。文獻館前後所發現的四十冊老檔，於文物南遷時，俱疏遷於後方，

2《清高宗純皇帝實錄》，卷 976，頁 28。乾隆四十年二月庚寅，據軍機大臣奏。

3《軍機處檔・月摺包》（臺北，國立故宮博物院），第 2705 箱，118 包，26512 號，乾隆四十五年二月初十日，福康安奏摺錄副。

臺北國立故宮博物院現藏者，即此四十冊老檔。昭和三十三年（1958）、三十八年（1963），日本東洋文庫譯注出版清太祖、太宗兩朝老檔，題為《滿文老檔》，共七冊。民國五十八年（1969），國立故宮博物院影印出版老檔，精裝十冊，題為《舊滿洲檔》。民國五十九年（1970）三月，廣祿、李學智譯注出版老檔，題為《清太祖老滿文原檔》。昭和四十七年（1972），東洋文庫清史研究室譯注出版天聰九年分原檔，題為《舊滿洲檔》，共二冊。一九七四年至一九七七年間，遼寧大學歷史系李林教授利用一九五九年中央民族大學王鍾翰教授羅馬字母轉寫的崇謨閣藏本《加圈點老檔》，參考金梁漢譯本、日譯本《滿文老檔》，繙譯太祖朝部分，冠以《重譯滿文老檔》，分訂三冊，由遼寧大學歷史系相繼刊印。一九七九年十二月，遼寧大學歷史系李林教授據日譯本《舊滿洲檔》天聰九年分二冊，譯出漢文，題為《滿文舊檔》。關嘉祿、佟永功、關照宏三位先生根據東洋文庫刊印天聰九年分《舊滿洲檔》的羅馬字母轉寫譯漢，於一九八七年由天津古籍出版社出版，題為《天聰九年檔》。一九八八年十月，中央民族大學季永海教授譯注出版崇德三年（1638）分老檔，題為《崇德三年檔》。一九九〇年三月，北京中華書局出版老檔譯漢本，題為《滿文老檔》，共二冊。民國九十五年（2006）一月，國立故宮博物院為彌補《舊滿洲檔》製作出版過程中出現的失真問題，重新出版原檔，分訂十巨冊，印刷精緻，裝幀典雅，為凸顯檔冊的原始性，反映初創滿文字體的特色，並避免與《滿文老檔》重抄本的混淆，正名為《滿文原檔》。

二〇〇九年十二月，北京中國第一歷史檔案館整理編譯《內閣藏本滿文老檔》，由瀋陽遼寧民族出版社出版。吳元豐先生於「前言」中指出，此次編譯出版的版本，是選用北京中國第一歷史檔案館保存的乾隆年間重抄並藏於內閣的《加圈點檔》，共計二十六函一八〇冊。採用滿文原文、羅馬字母轉寫及漢文譯文合集的編輯體例，在保持原分編函冊的特點和聯繫的前提下，按一定厚度重新分冊，以滿文原文、羅馬字母轉寫、漢文譯文為序排列，合編成二十冊，其中第一冊至第十六冊為滿文原文、第十七冊至十八冊為羅馬字母轉寫，第十九冊至二十冊為漢文譯文。為了存真起見，滿文原文部分逐頁掃描，仿真製版，按原本顏色，以紅黃黑三色套印，也最大限度保持原版特徵。據統計，內閣所藏《加圈點老檔》簽注共有 410 條，其中太祖朝 236 條，太宗朝 174 條，俱逐條繙譯出版。為體現選用版本的庋藏處所，即內閣大庫；為考慮選用漢文譯文先前出版所取之名，即《滿文老檔》；為考慮到清代公文檔案中比較專門使用之名，即老檔；為體現書寫之文字，即滿文，最終取漢文名為《內閣藏本滿文老檔》，滿文名為“dorgi yamun asaraha manju hergen i fe dangse”。《內閣藏本滿文老檔》雖非最原始的檔案，但與清代官修史籍相比，也屬第一手資料，具有十分珍貴的歷史研究價值。同時，《內閣藏本滿文老檔》作為乾隆年間《滿文老檔》諸多抄本內首部內府精寫本，而且有其他抄本沒有的簽注。《內閣藏本滿文老檔》首次以滿文、羅馬字母轉寫和漢文譯文合集方式出版，確實對清朝開國史、民族史、東北地方史、滿學、八旗制度、滿文古籍版本等領域的研究，提供比較原始的、系統的、基礎的第一手資料，其次也有助於準確解讀用老滿文書寫《滿文老檔》原本，以及深入系統地研究滿文的創制與改革、滿語的發展變化[4]。

臺北國立故宮博物院重新出版的《滿文原檔》是《內閣藏本滿文老檔》的原本，海峽兩岸將原本及其抄本整理出版，確實是史學界的盛事，《滿文原檔》與《內閣藏本滿文老檔》是同源史料，有其共同性，亦有其差異性，都是探討清朝前史的珍貴史料。為詮釋《滿文原檔》文字，可將《滿文原檔》與《內閣藏本滿文老檔》全文併列，無圈點滿文與加圈點滿文合璧整理出版，對辨識費解舊體滿文，頗有裨益，也是推動滿學研究不可忽視的基礎工作。

以上節錄：滿文原檔：《滿文原檔》選讀譯注導讀—太祖朝（一）全文 3-38 頁。

4 《內閣藏本滿文老檔》（瀋陽，遼寧民族出版社，2009 年 12 月），第一冊，前言，頁 10。

一、搜查逃人

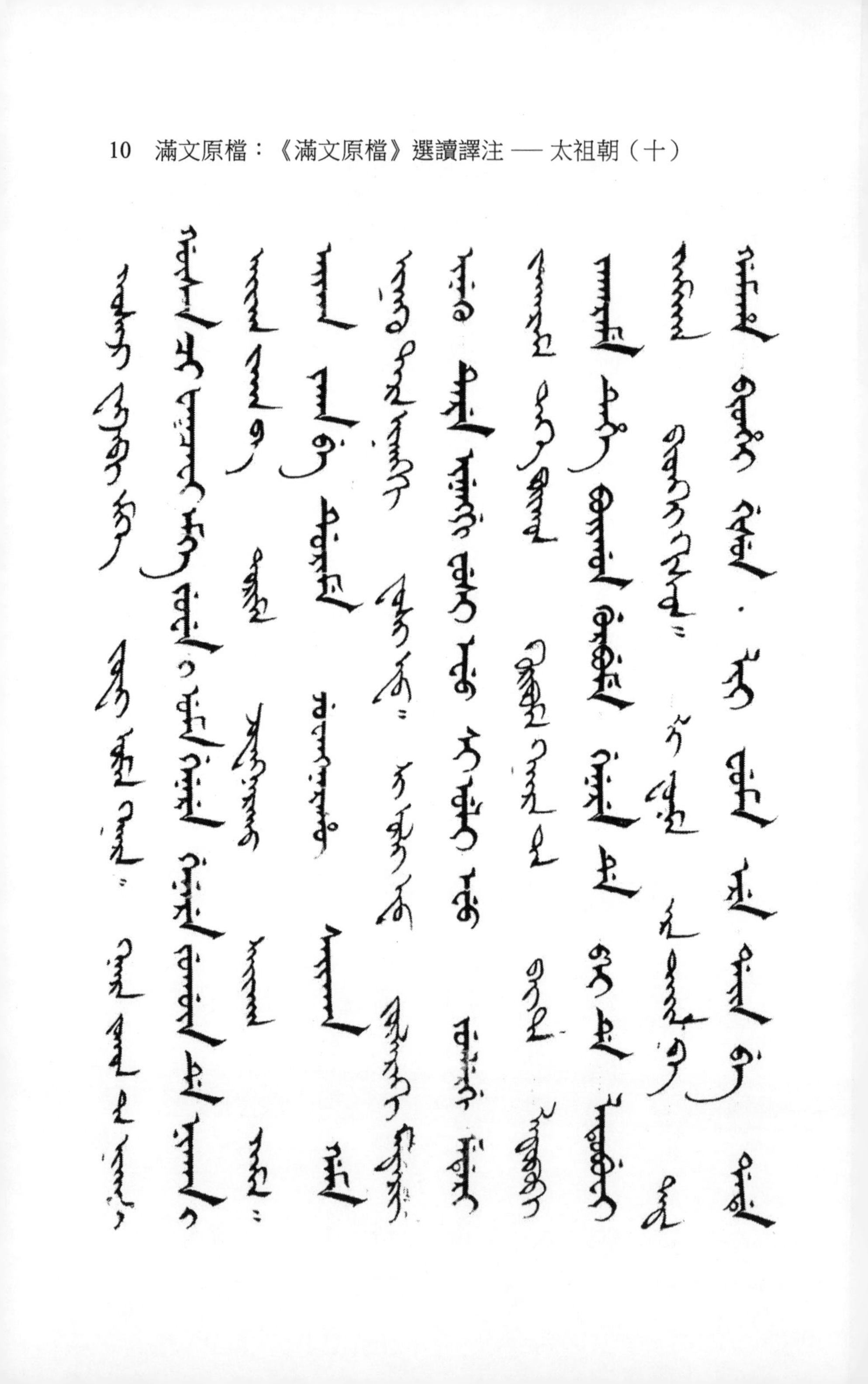

[原檔殘缺] gūsa ci fakcafi emke juwe i ume genere, genere jugūn de nikan i aika jaka be durime cuwangnarahū, saikan gama. ineku tere inenggi, fusi efu, si uli efu, julergi mederi jakarame tehe boigon guribume genere de pai de latubufi gamaha bithei gisun, lii fuma, ere dain be dade

---

[原檔殘缺]不可一、二人離旗前往，恐於前往途中搶掠漢人一應物件，須妥善管帶。是日，撫順額駙、西烏里額駙前往遷移南海沿岸[5]戶口時，懸牌告示。其文曰：「李駙馬，此次戰役

[原档残缺]不可一、二人离旗前往，恐于前往途中抢掠汉人一应物件，须妥善管带。是日，抚顺额驸、西乌里额驸前往迁移南海沿岸户口时，悬牌告示。其文曰：「李驸马，此次战役

---

5 沿岸，《滿文原檔》、《滿文老檔》俱讀作 “jakarame”。滿文 “jakarambi”，係蒙文“ǰaqalaqu”借詞（根詞 “jakara -” 與 “ǰaqala-” 相仿），意即「沿邊」。

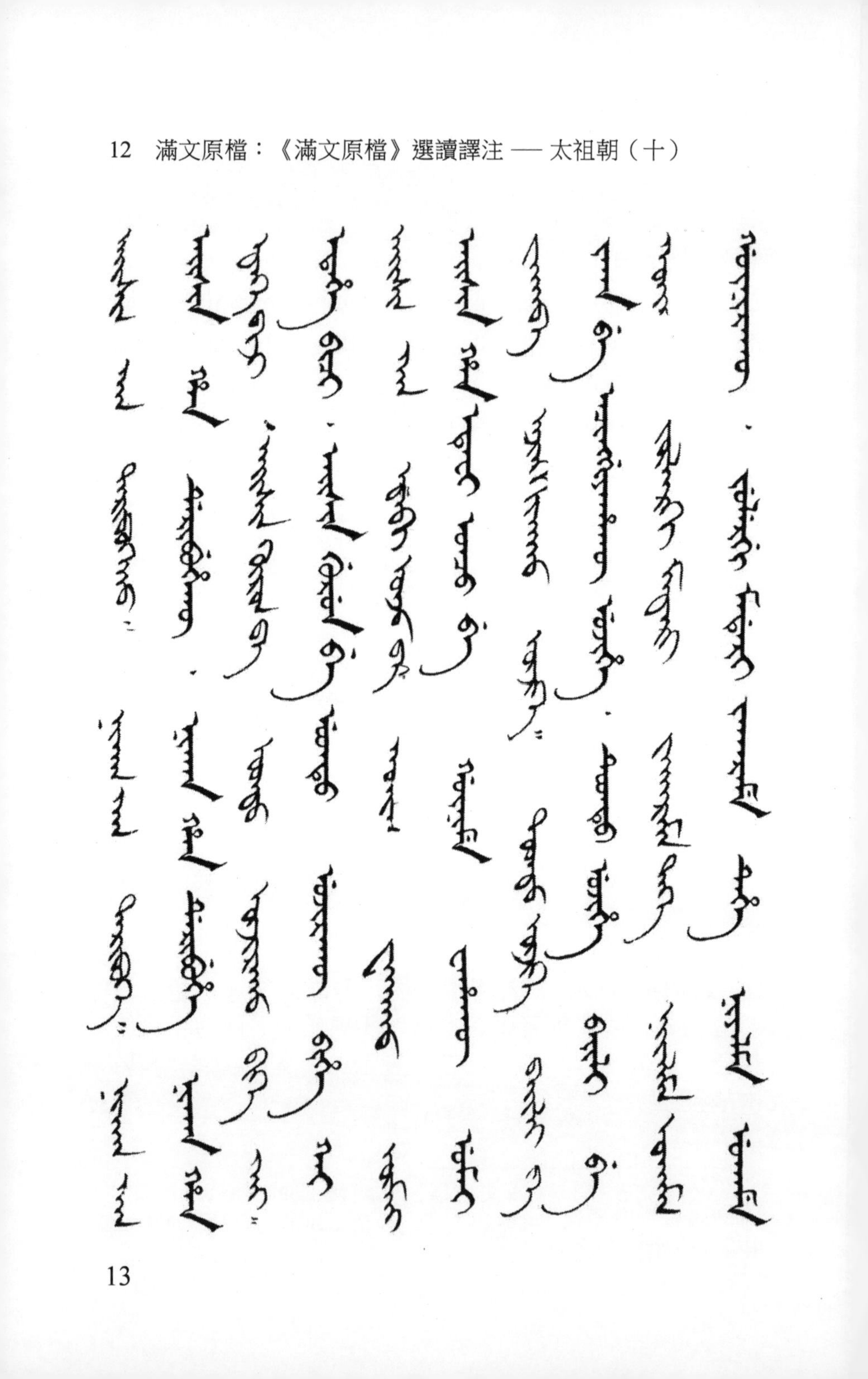

13

aisin han deribuhekū, nikan han deribuhe. nikan han etehe bici, aisin gurun be uttu ujirakū bihe kai. aisin han etefi onco be gūnime wahakū, umai jaka be acinggiyahakū ujihe. tuttu ujihe baili be gūnirakū, julergi mederi jakarame tehe niyalma ukame

---

原非金汗所挑起，乃明帝所挑起也。若明帝得勝，必不曾如此豢養金國之人也；因金汗獲勝，寬大為懷，未加誅戮，秋毫無犯，加以豢養。然而居住南海沿岸之人，如此不念豢養之恩，

原非金汗所挑起，乃明帝所挑起也。若明帝得胜，必不曾如此豢养金国之人也；因金汗获胜，宽大为怀，未加诛戮，秋毫无犯，加以豢养。然而居住南海沿岸之人，如此不念豢养之恩，

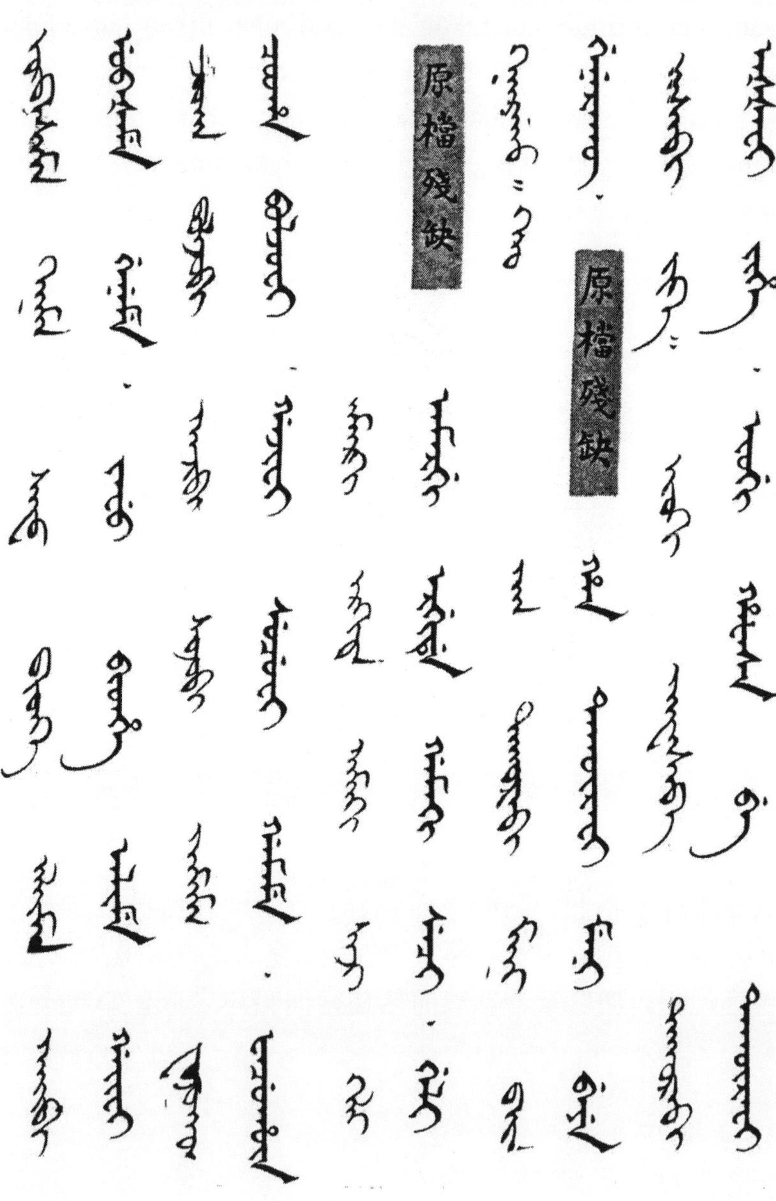
原檔殘缺
原檔殘缺

ubašame geneme, jafu bithe alime gaifi, cooha boljofi gajifi sucufi gamame, facuhūn [原檔殘缺] amargi ergide gamaki seci, geli generakū, [原檔殘缺] han takūrafi meni beye aššafi jihe, iogi hafasa be takūrafi

竟叛逃而去，並接受劄付[6]，約兵前來，掠之而去。亂[原檔殘缺]。欲攜至北邊，卻又不往。[原檔殘缺]我等奉汗派遣動身[7]前來，派遣遊擊官員

竟叛逃而去，并接受札付，约兵前来，掠之而去。乱[原档残缺]。欲携至北边，却又不往。[原档残缺]我等奉汗派遣动身前来，派遣游击官员

[6] 劄付，《滿文原檔》寫作 "safo bitke"，《滿文老檔》讀作 "jafu bithe"，句中 "jafu"，係漢字「劄付」音譯詞，規範滿文讀作"coohai hafan i temgetu"，意即「武官的委牌」。

[7] 動身，《滿文原檔》寫作 "asabi"，《滿文老檔》讀作 "aššafi"，意即「行動」。

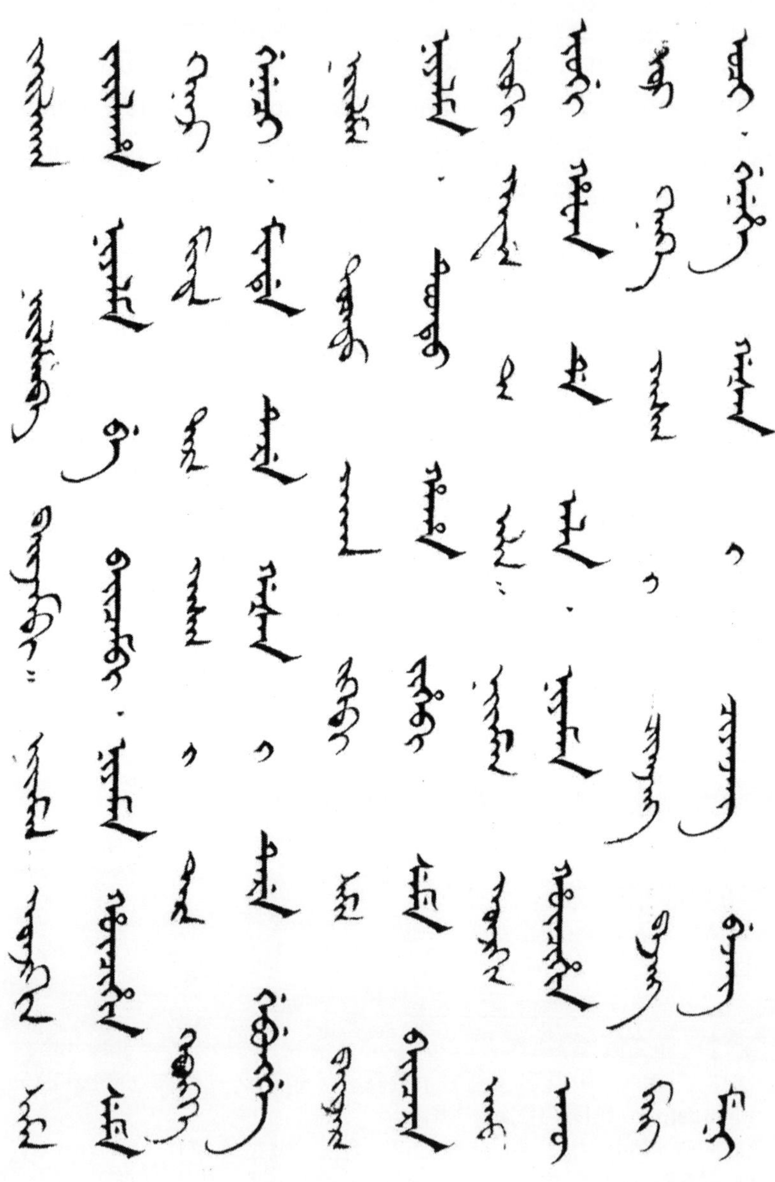

jailaha niyalma be baicambi. niyaman hūncihin seme geneci, minde tere gašan i tere gebungge niyalma, tuttu haha jihebi seme baicara iogi hafan de ala. niyaman hūncihin akū oci, genehe gašan i ciyanjang, bejang, meni

---

搜查躲避之人。若有投親者，即將該村某人，來投之男丁告知搜查遊擊官員。若無親戚，可由前往該村之千長、百長

搜查躲避之人。若有投亲者，即将该村某人，来投之男丁告知搜查游击官员。若无亲戚，可由前往该村之千长、百长

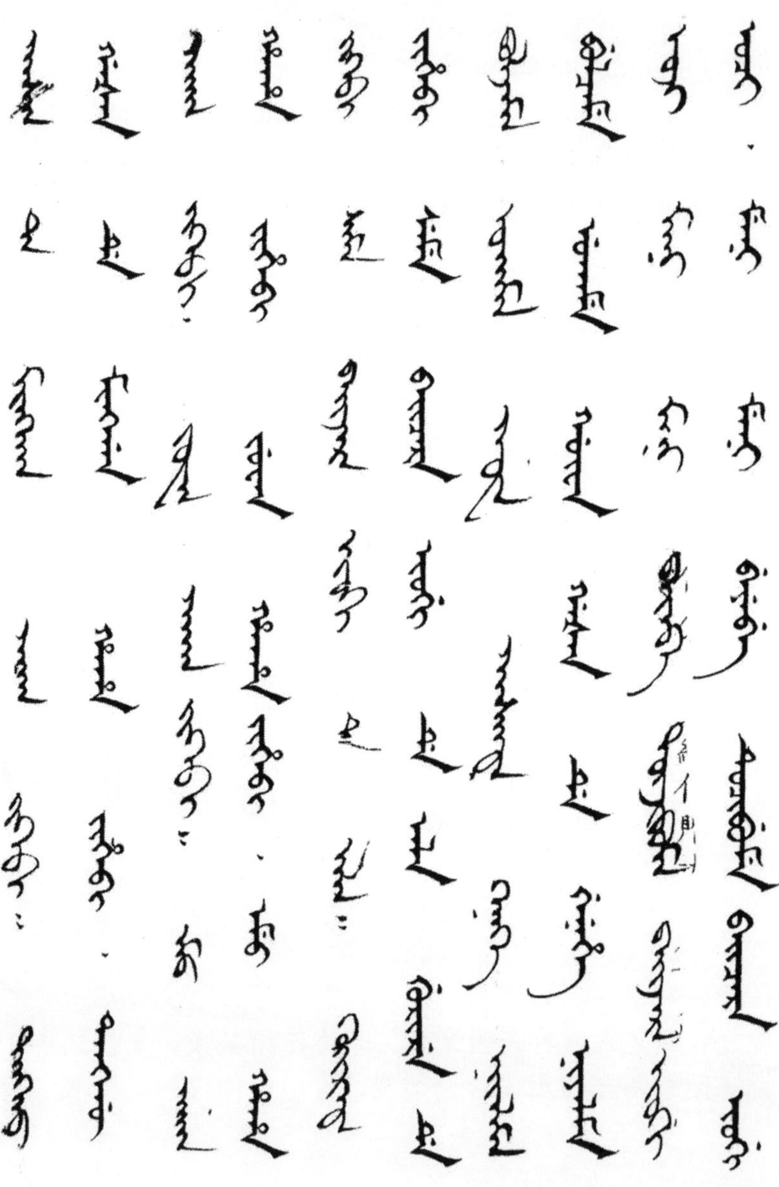

gašan de minggan haha jihebi, tanggū haha jihebi, juwan haha jihebi, emu haha jihebi seme baicara iogi de ala. gurire de bulcame ukame gūwa gašan de genehe niyalma oci, meni meni beyebe tucibume baicara iogi

---

將來投本村之男丁或千人，來投之男丁或百人，來投之男丁或十人，來投男丁或一人，告知搜查之遊擊。若係遷移時脫逃前往他村之人，則各村自行告知搜查之遊擊官員。

将来投本村之男丁或千人，来投之男丁或百人，来投之男丁或十人，来投男丁或一人，告知搜查之游击。若系迁移时脱逃前往他村之人，则各村自行告知搜查之游击官员。

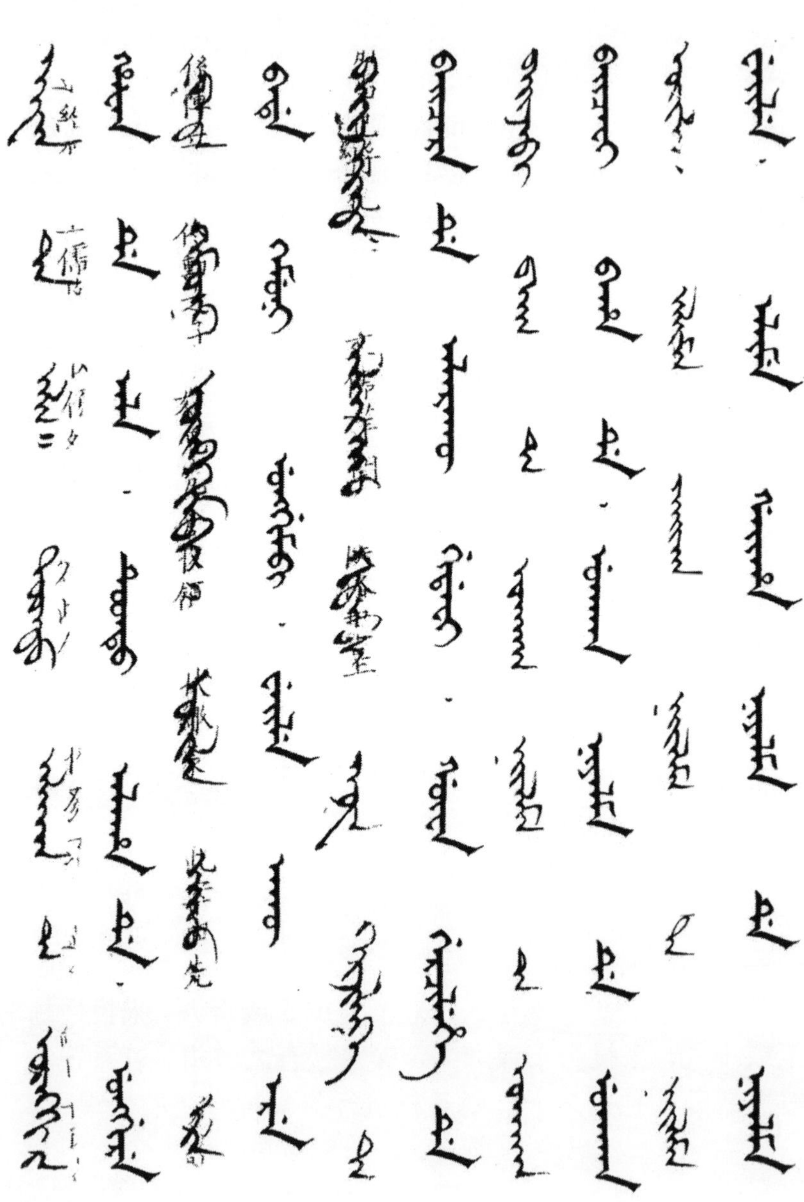

hafan de ala. tuttu alaha de, unggire bade kemuni unggimbi, weile akū. ere baicara de alarakū gidafi gūwa gercilehe de, baicafi baha de, ukaka niyalma de ukaka weile, alime gaiha niyalma de niyalma

---

如此告知時，仍行遣往應遣之地，則無罪。若搜查時隱匿不報，經人出首[8]查獲時，則治逃人潛逃之罪，其收留之人

如此告知时，仍行遣往应遣之地，则无罪。若搜查时隐匿不报，经人出首查获时，则治逃人潜逃之罪，其收留之人

---

[8] 出首，《滿文原檔》寫作"kerjileke"，《滿文老檔》讀作"gercilehe"。按滿文"gercilembi"，係蒙文"gerečilekü"借詞（詞根"gercile-"與"gerečile-"相仿），意即「作證」。惟滿、蒙文含義略異。

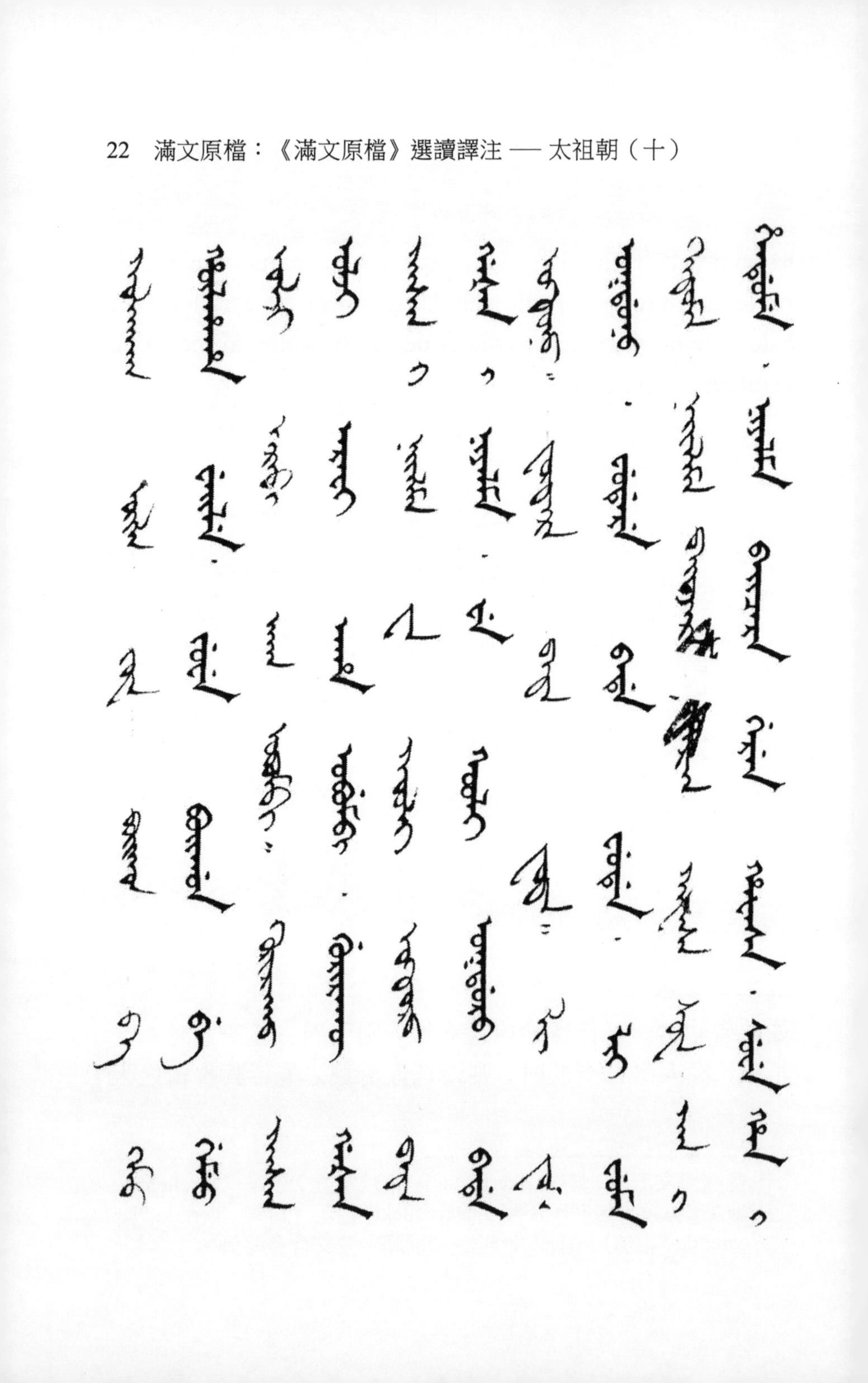

hūlhaha weile. juwe boigon be gemu olji arafi aha obumbi. gurirakū gašan gašan i niyalma, fe kooli okdoro bade okdono. fudere bade fude. lii fuma hendume, niyalma baicara geren hafasa, suwe han i

---

則治以盜人之罪。二戶皆作俘虜而為奴。其不遷移各村屯之人，仍照舊例，各往當迎之地迎之，或應送之地送之。」李駙馬曰：「搜查人之眾官員：

则治以盗人之罪。二户皆作俘虏而为奴。其不迁移各村屯之人，仍照旧例，各往当迎之地迎之，或应送之地送之。」李驸马曰：「搜查人之众官员：

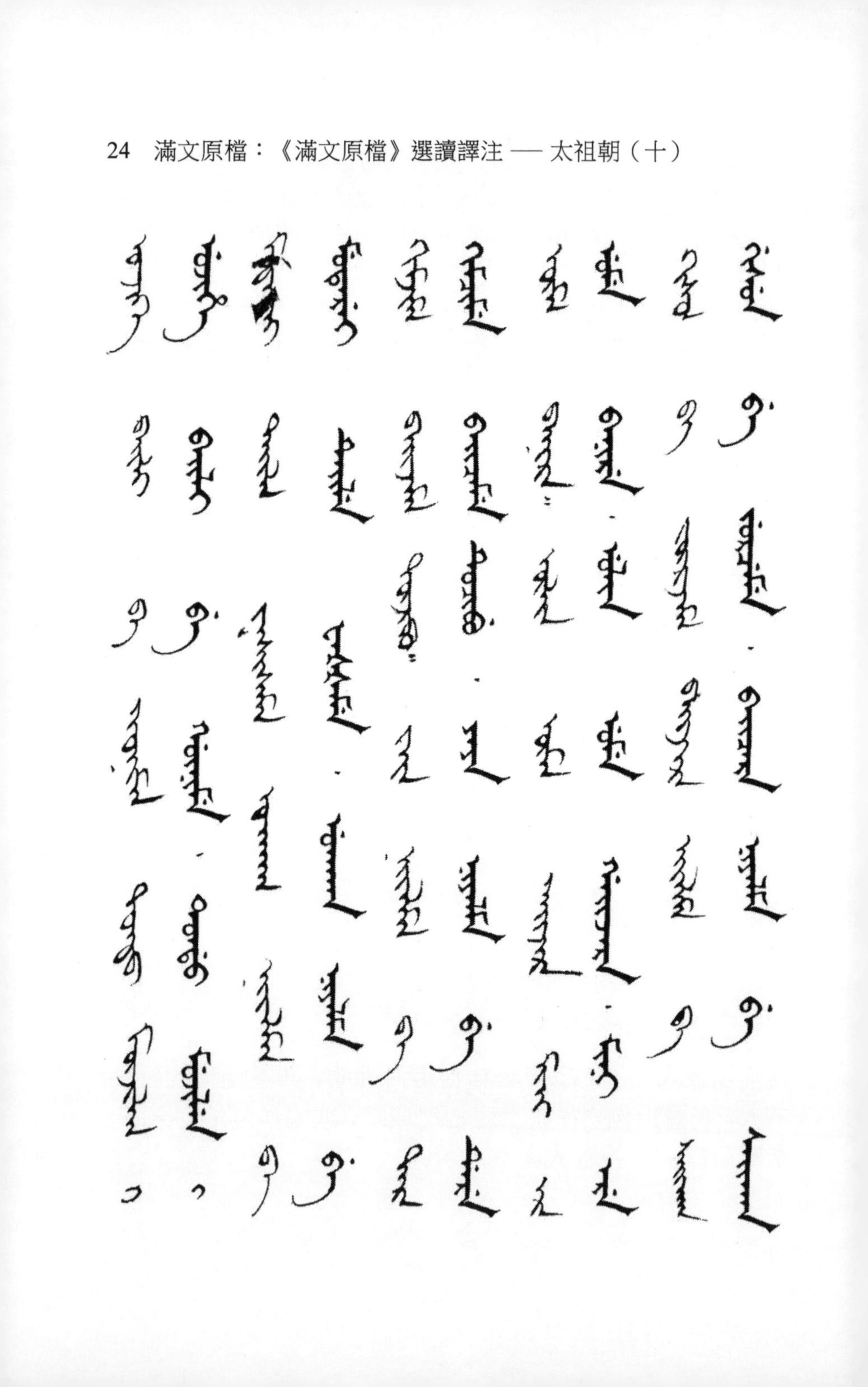

ujihe baili be gūnime, tondo mujilen i muterei teile faššame, ukaka niyalma be kimcime baicame tucibu. yaya niyalma be dere ume banire, ulin ume gaijara, mini ere gisun be jurceme, baicara niyalma be saikan

---

爾等當念汗豢養之恩，忠心効力[9]，詳細查出逃人。凡人勿徇情面，勿取財帛。倘違我言，不妥善查出搜查之人，

尔等当念汗豢养之恩，忠心效力，详细查出逃人。凡人勿徇情面，勿取财帛。倘违我言，不妥善查出搜查之人，

---

[9] 効力，《滿文原檔》寫作"wasisama(e)"，《滿文老檔》讀作"faššame"。按此為無圈點滿文"wa"與"fa"、"si"與"š"、"sa"與"ša"之混用現象。

二、駐兵換防

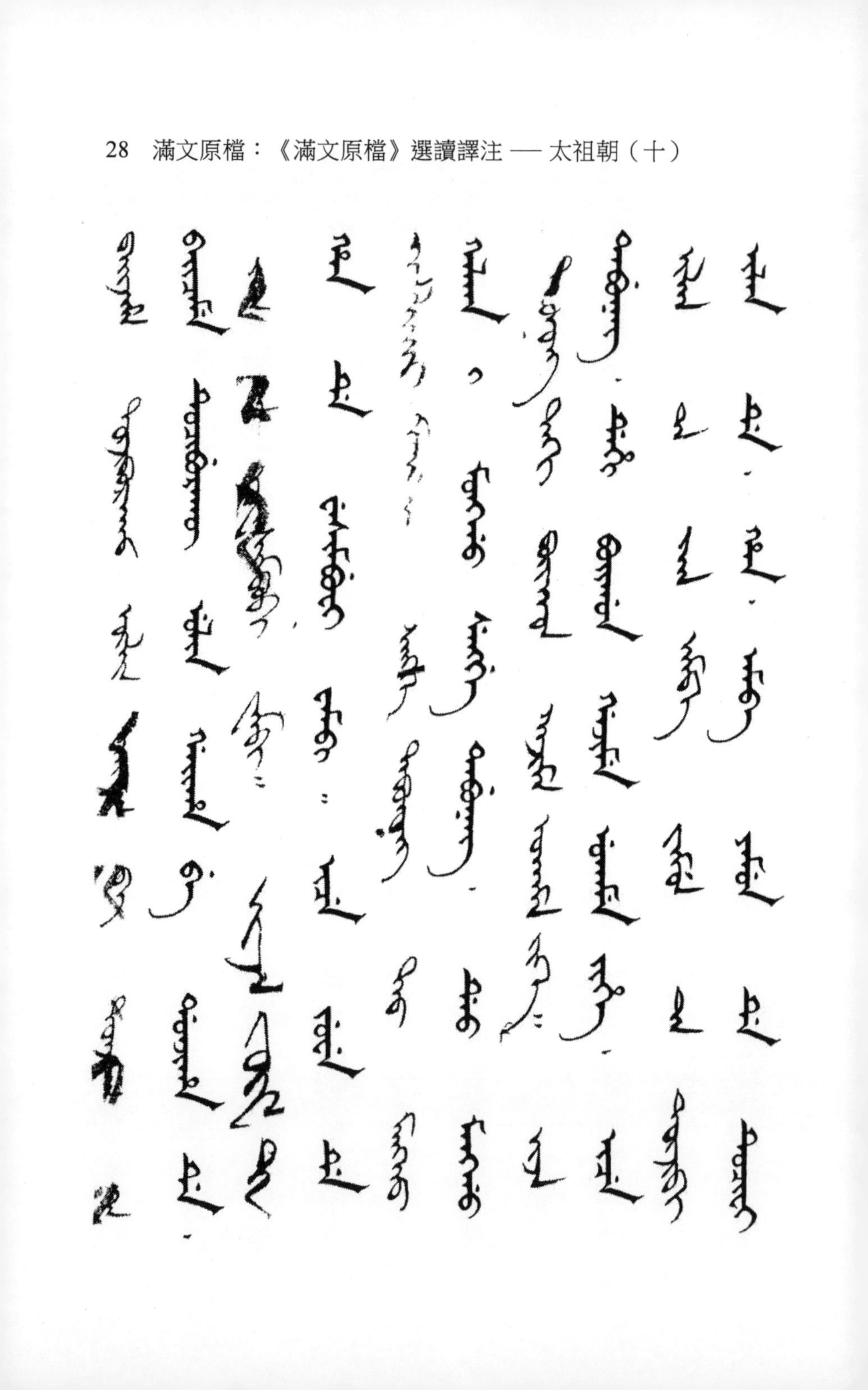

baicame tuciburakū, ulin gaiha be donjiha de, han de wesimbufi wambi. ice juwe de, kalka i monggo sengge tabunang, deo manggo tabunang, dehi boigon gajime ukame jihe. ice ilan de, han, amba yamun de tucifi,

---

索取財帛，一旦聽聞，則奏汗而殺之。」初二日，喀爾喀蒙古僧格塔布囊及其弟莽古塔布囊，率四十戶逃來。初三日，汗御大衙門，

索取财帛，一旦听闻，则奏汗而杀之。」初二日，喀尔喀蒙古僧格塔布囊及其弟莽古塔布囊，率四十户逃来。初三日，汗御大衙门，

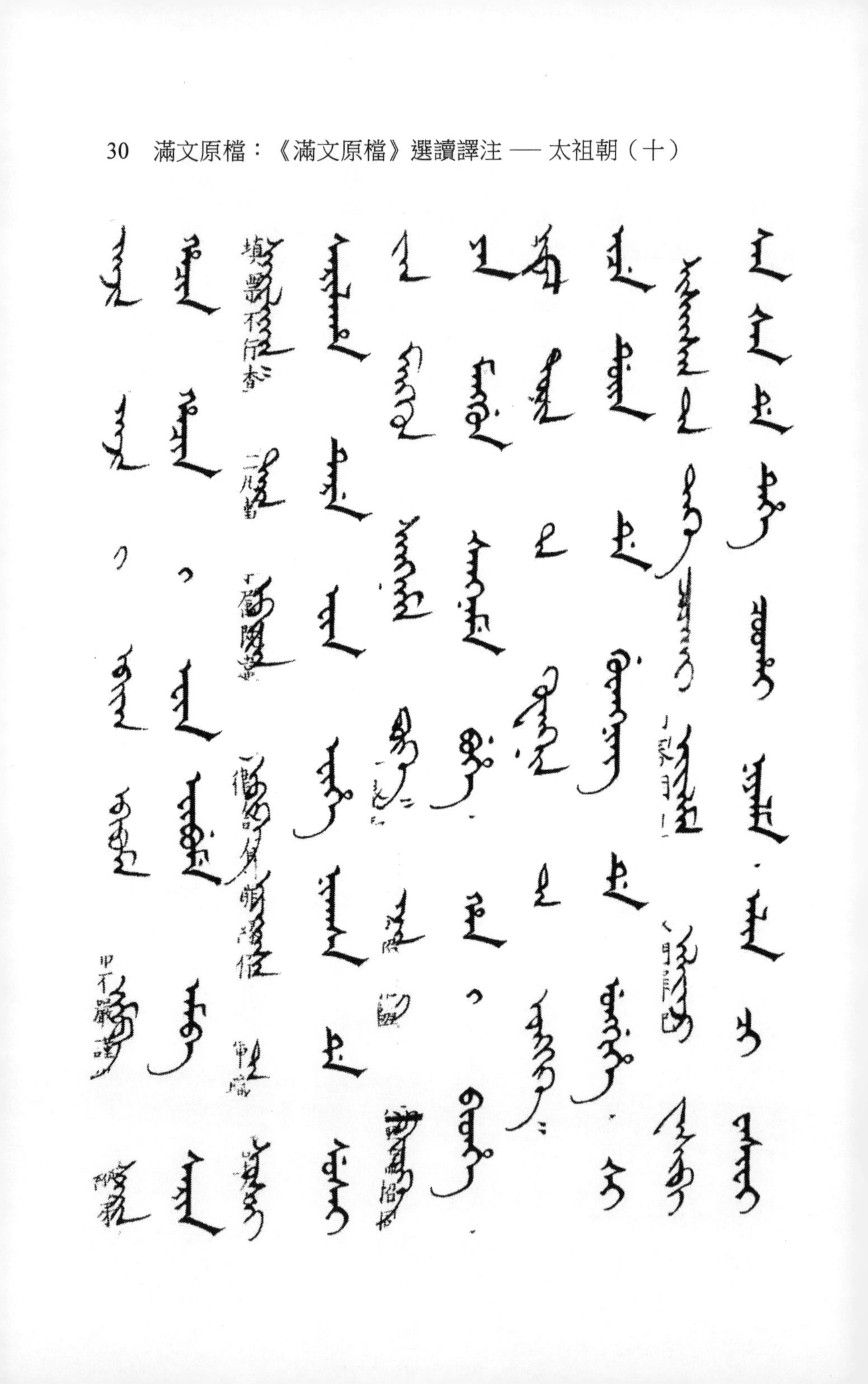

hacin hacin i efin efibume amba sarin sarilaha. tere efin efihe nikasa de susai yan menggun šangname buhe. han i bithe, ice duin de guwangning de unggihe, ši san šan de tehe coohai niyalma, alin ci wasifi

---

命設百戲[10]，設大筵宴之。其獻藝之漢人，賞銀五十兩。初四日，汗頒書諭廣寧地方：「命駐十三山之兵丁，

命设百戏，设大筵宴之。其献艺之汉人，赏银五十两。初四日，汗颁书谕广宁地方：「命驻十三山之兵丁，

---

10 百戲，句中「戲」，《滿文原檔》寫作"ebijan"，讀作"ebiyan"，《滿文老檔》讀作"efin"，意即「遊戲、演藝」。

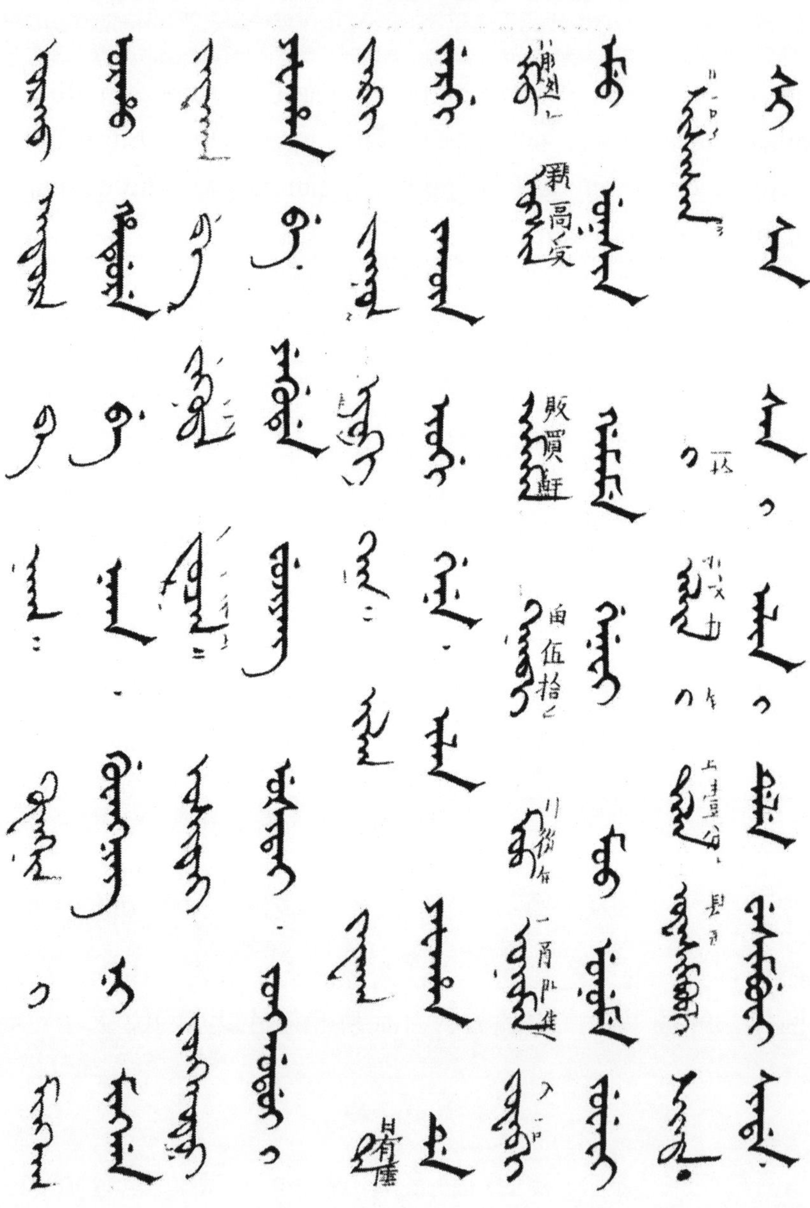

orho hadure be naka. guwangning ni minggan yafahan be, yegude fujiyang, ušitai, jonggodoi i jergi jakūn iogi gene, ilan yafahan de emu uksin gamame genefi moo unume juwefi, ši san šan i alin i dele wesimbufi sinda,

---

停止下山割草。命廣寧之一千步兵，由副將葉古德及烏什泰、鍾古堆等八遊擊率往。每三步兵帶一披甲前往背運柴薪，運上十三山之山上存放，

停止下山割草。命广宁之一千步兵，由副将叶古德及乌什泰、钟古堆等八游击率往。每三步兵带一披甲前往背运柴薪，运上十三山之山上存放，

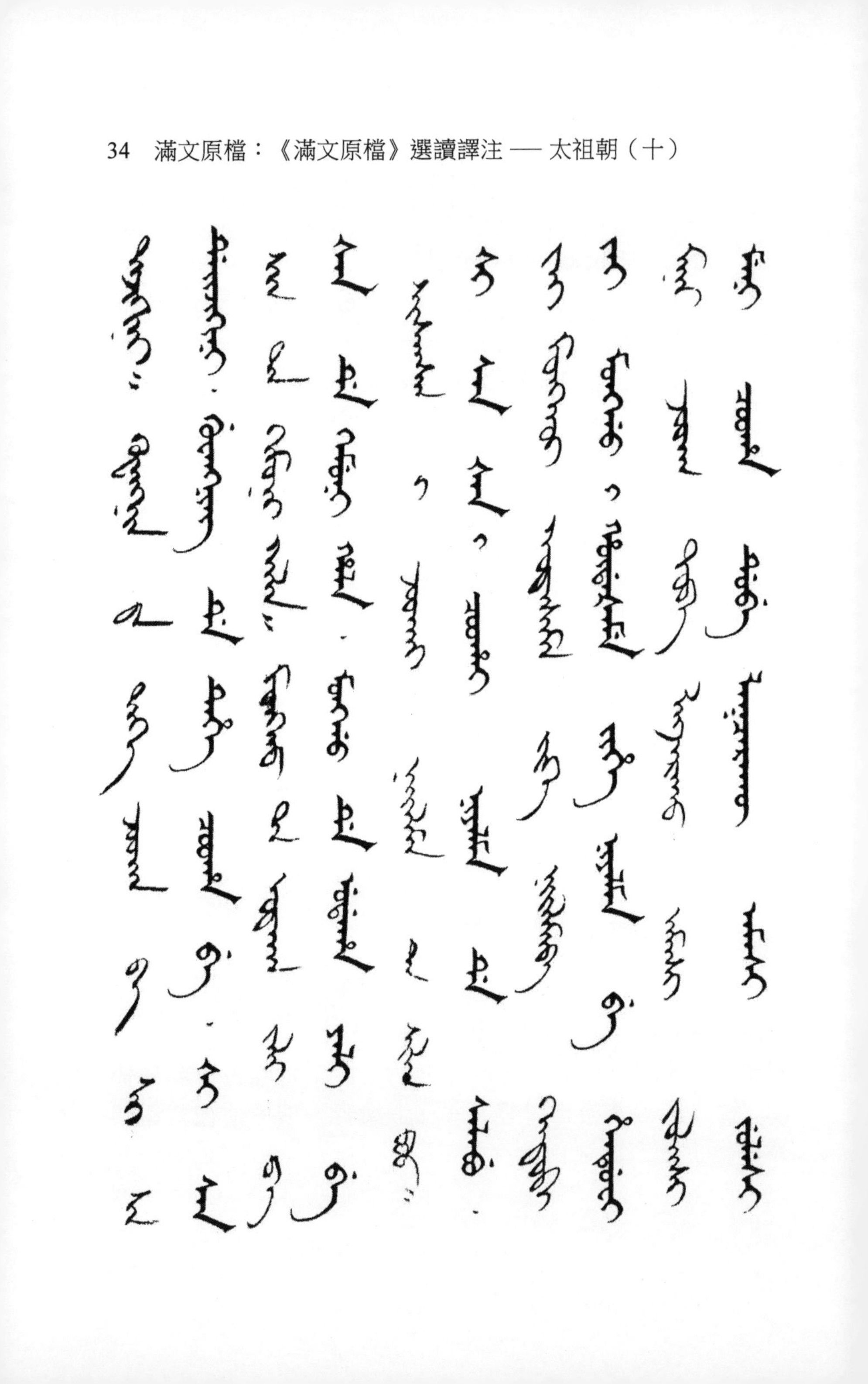

deijikini. guwangning de tehe cooha be, ši san šan de kemuni hala. monggo de udaha yali be ši san šan i coohai niyalma de salabu. jai monggo i hūdašame jihe niyalma be hendufi, meni cooha dube lakcarakū amasi julesi

---

以備燒用。廣寧駐兵仍調換於十三山。其由蒙古所購之肉，著散給十三山兵丁。又曉諭前來貿易之蒙古人，我軍來往不絕，

以备烧用。广宁驻兵仍调换于十三山。其由蒙古所购之肉，着散给十三山兵丁。又晓谕前来贸易之蒙古人，我军来往不绝，

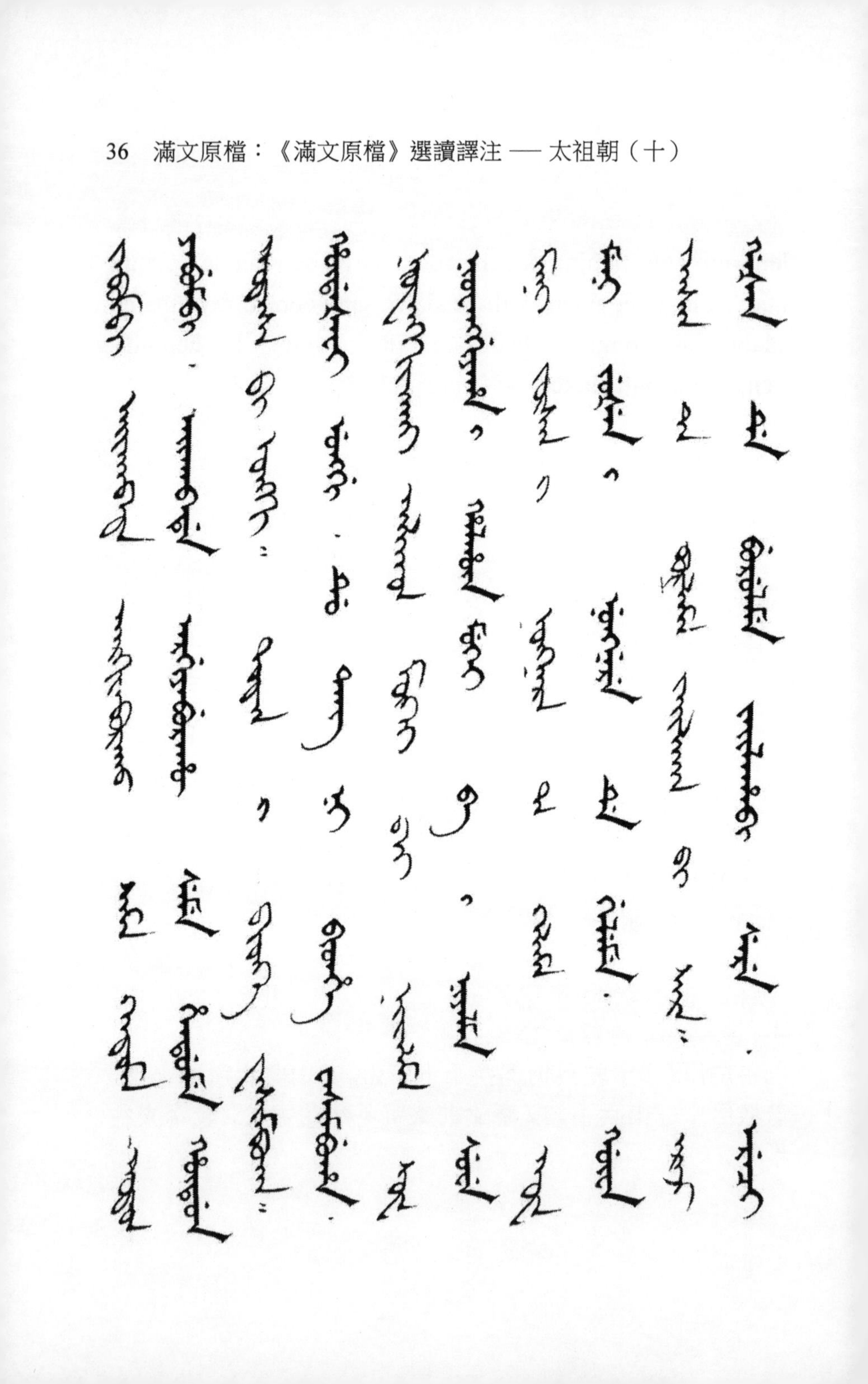

yabumbi, aikabade argiyaburahū seme, hendume hūdun hūdašafi unggi. du tang ni bithe wasimbuha, niowanggiyaha i halhūn mukei ba i niyalma, suwe meni jušen i nungnere de geleme, gūwa gašan de burulame jailahabi sere, ereci

---

恐有所失，著曉諭其從速貿易而歸。」都堂頒書諭曰：「清河湯泉地方之人，據悉爾等因畏懼我諸申之侵害，而逃避於他鄉，

恐有所失，着晓谕其从速贸易而归。」都堂颁书谕曰：「清河汤泉地方之人，据悉尔等因畏惧我诸申之侵害，而逃避于他乡，

三、蒙古打牲

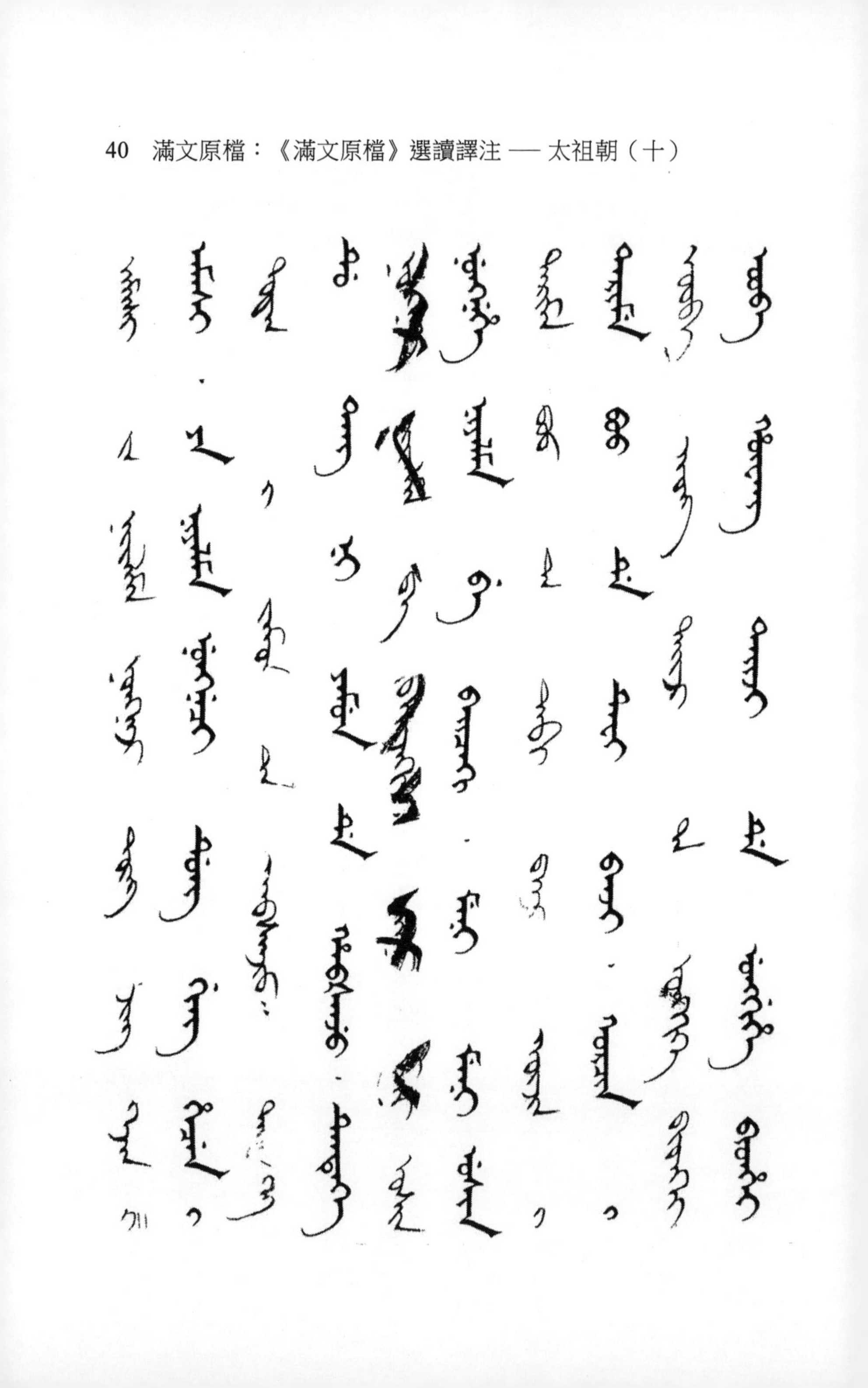

amasi, ya niyalma nungneci, dung ging hecen i du tang ni yamun de habšanju, tenteke nungnehe niyalma be baicaki. meni meni usin tarime boo de tefi banji. korcin i ooba hong taiji de unggihe bithei

---

嗣後無論何人侵害，即來東京城都堂衙門訟告，請查明該侵害之人。爾等宜各耕其田，各安其居而度日。」致書科爾沁奧巴洪台吉曰：

嗣后无论何人侵害，即来东京城都堂衙门讼告，请查明该侵害之人。尔等宜各耕其田，各安其居而度日。」致书科尔沁奥巴洪台吉曰：

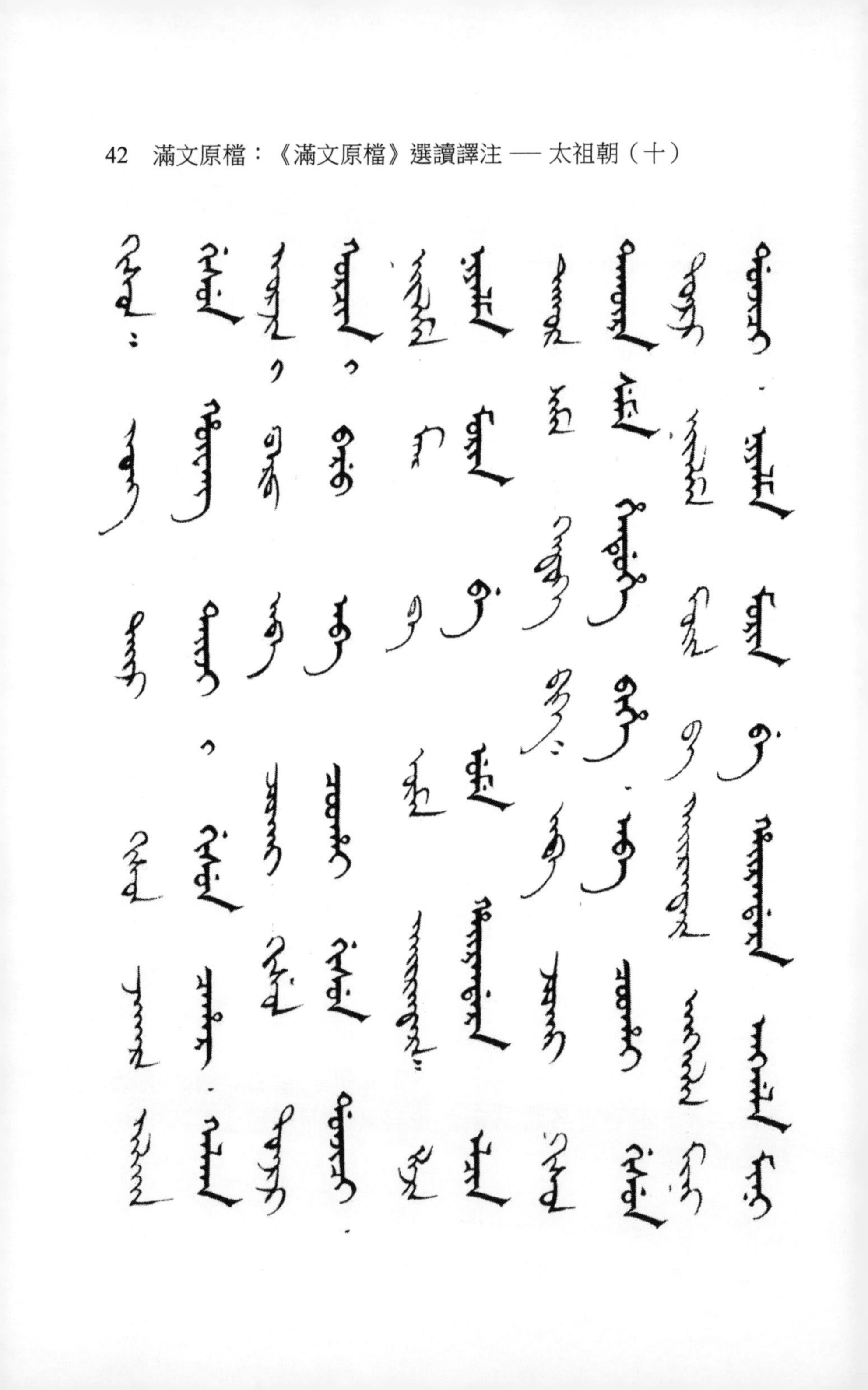

gisun, hong taiji i gisun, cahar, kalka, korcin i baru aba coohai gisun donjici, niyalma morin be ume hairandara, elcin takūra seme henduhe bihe. aba coohai gisun donjici, niyalma morin be hairandara anggala, mini

---

「洪台吉曾言，若聞有察哈爾、喀爾喀向科爾沁圍獵進兵之言，即毋惜人馬，遣使前來等語。若聞有圍獵進兵之言，焉能愛惜人馬，

「洪台吉曾言，若闻有察哈尔、喀尔喀向科尔沁围猎进兵之言，即毋惜人马，遣使前来等语。若闻有围猎进兵之言，焉能爱惜人马，

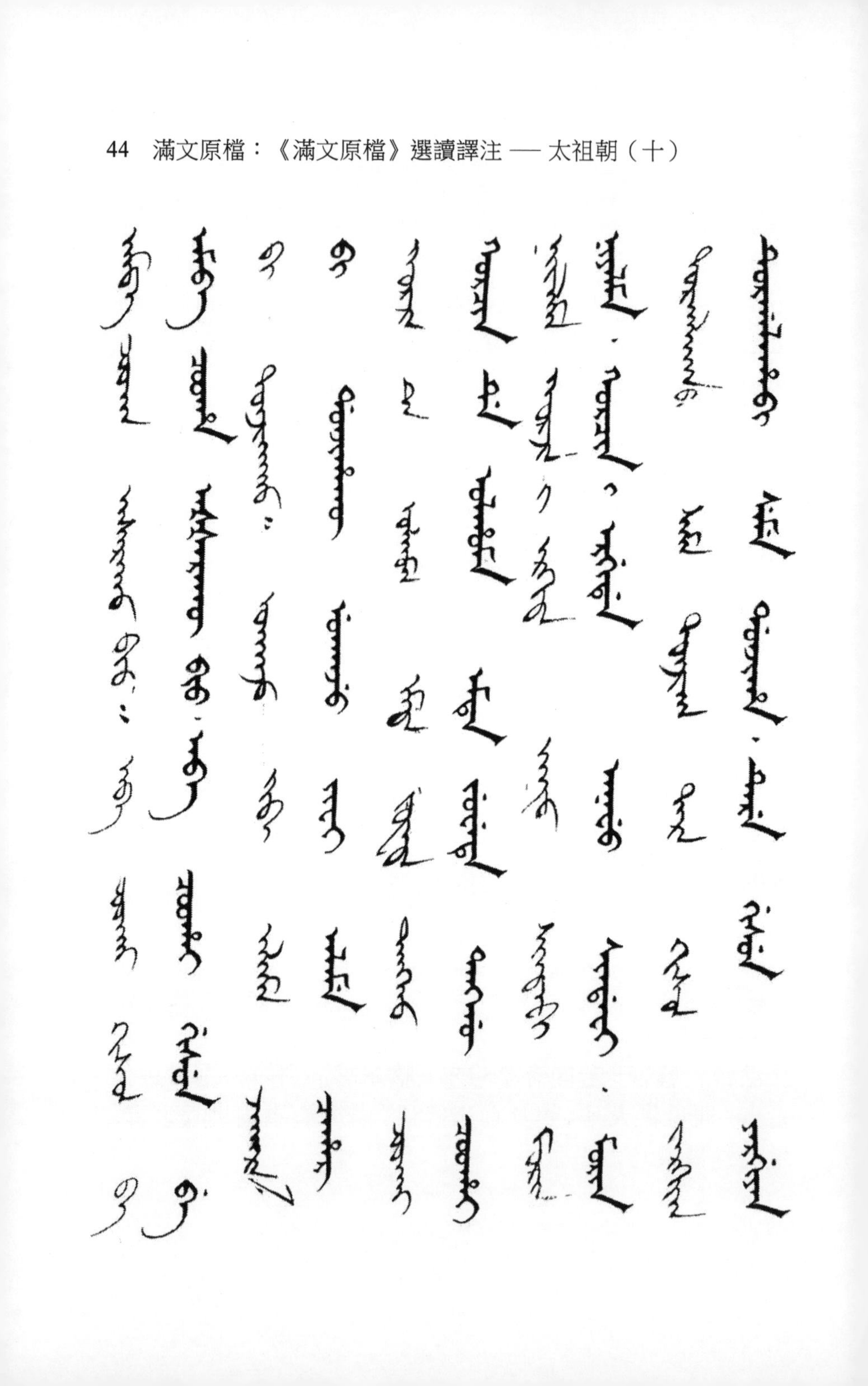

amba cooha aššarakū bio. aba coohai gisun be bi donjihakū. ukanju jifi alame, cahar korcin de olhome, emte juwete tanggū coohai niyalma, korcin i ergide anafu sindafi, morin turgalahabi seme donjiha, tere gisun yargiyan

---

不動我大兵耶？我未曾聽聞有圍獵進兵之言也。據逃人來告，察哈爾畏懼科爾沁，每處各以一、二百名兵丁設於科爾沁邊界戍守，馬匹羸瘦等語，

不动我大兵耶？我未曾听闻有围猎进兵之言也。据逃人来告，察哈尔畏惧科尔沁，每处各以一、二百名兵丁设于科尔沁边界戍守，马匹羸瘦等语，

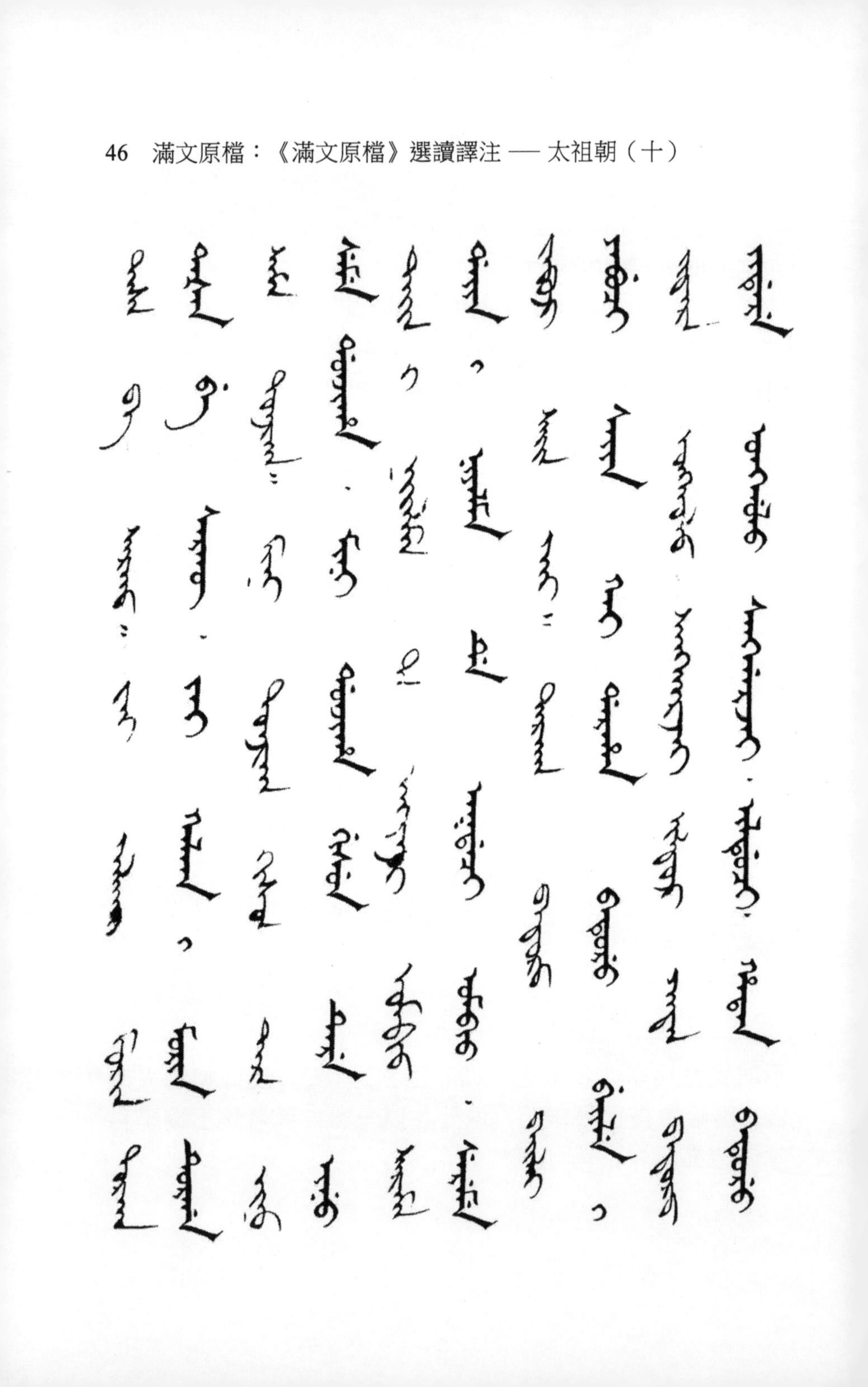

tašan be sarkū. jai kalka i morin turga seme donjiha, mini donjiha gisun tere inu. dain i niyalma de akdaci ombio. sereme yabuci sain kai. darhan baturu beile i jidere onggolo, sanggarjai, ilduci, hatan baturu

---

不知其言之真偽。又聞喀爾喀之馬匹羸瘦，此即我所聽聞之言也。敵人豈可信耶？當妥善防範也。達爾漢巴圖魯貝勒未來之前，桑噶爾寨、伊勒都齊、哈坦巴圖魯

不知其言之真伪。又闻喀尔喀之马匹羸瘦，此即我所听闻之言也。敌人岂可信耶？当妥善防范也。达尔汉巴图鲁贝勒未来之前，桑噶尔寨、伊勒都齐、哈坦巴图鲁

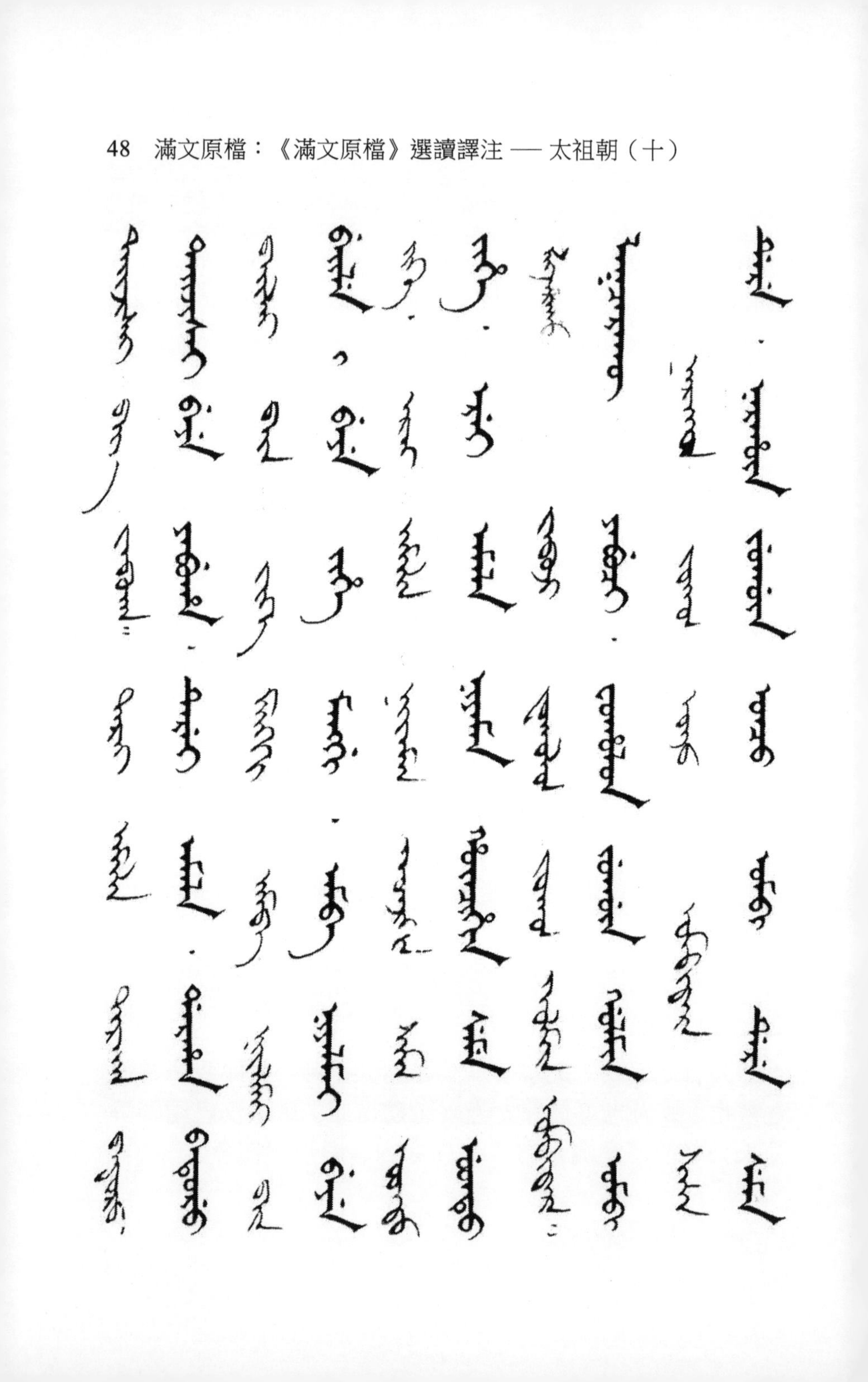

taijisai beye yabuha. terei amala, darhan baturu beile i beye jihe manggi, amba niyalmai beye jihe, erei amala, niyaman hūncihin seme uttu lakcarakū yabuci, foholon jugūn golmin ombi dere, narhūn jugūn onco ombi dere seme

---

台吉等已親自前來。其後，達爾漢巴圖魯貝勒親自到來後，念大人親自前來。此後，若以親戚如此往來不斷，則路短可長，路窄可寬矣。

台吉等已亲自前来。其后，达尔汉巴图鲁贝勒亲自到来后，念大人亲自前来。此后，若以亲戚如此往来不断，则路短可长，路窄可宽矣。

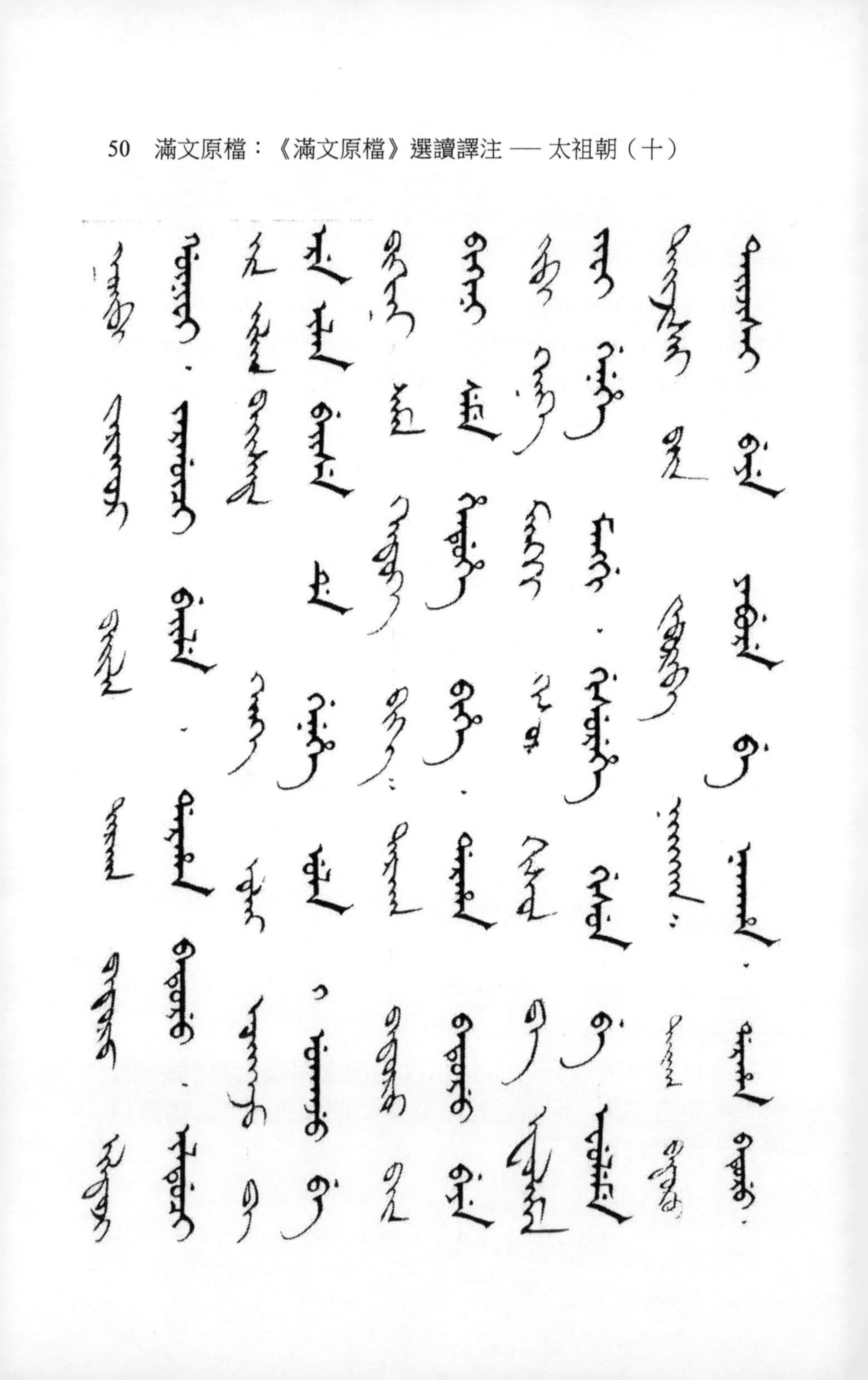

gūnifi, jargūci beile, darhan baturu, ilduci, ere ilan beise de genehe ula i ukanju be bikini seme henduhe bihe. darhan baturu beye jifi genehe manggi, gisurehe gisun be efuleme taijisai beye yabure be nakaha. (darhan baturu,

---

故曾諭前往扎爾固齊貝勒、達爾漢巴圖魯、伊勒都齊此三貝勒處之烏拉逃人，准其仍留該處。其後，達爾漢巴圖魯貝勒親自前來而復回去，背棄前言，停止台吉等親行。」（達爾漢巴圖魯

故曾谕前往扎尔固齐贝勒、达尔汉巴图鲁、伊勒都齐此三贝勒处之乌拉逃人，准其仍留该处。其后，达尔汉巴图鲁贝勒亲自前来而复回去，背弃前言，停止台吉等亲行。」（达尔汉巴图鲁

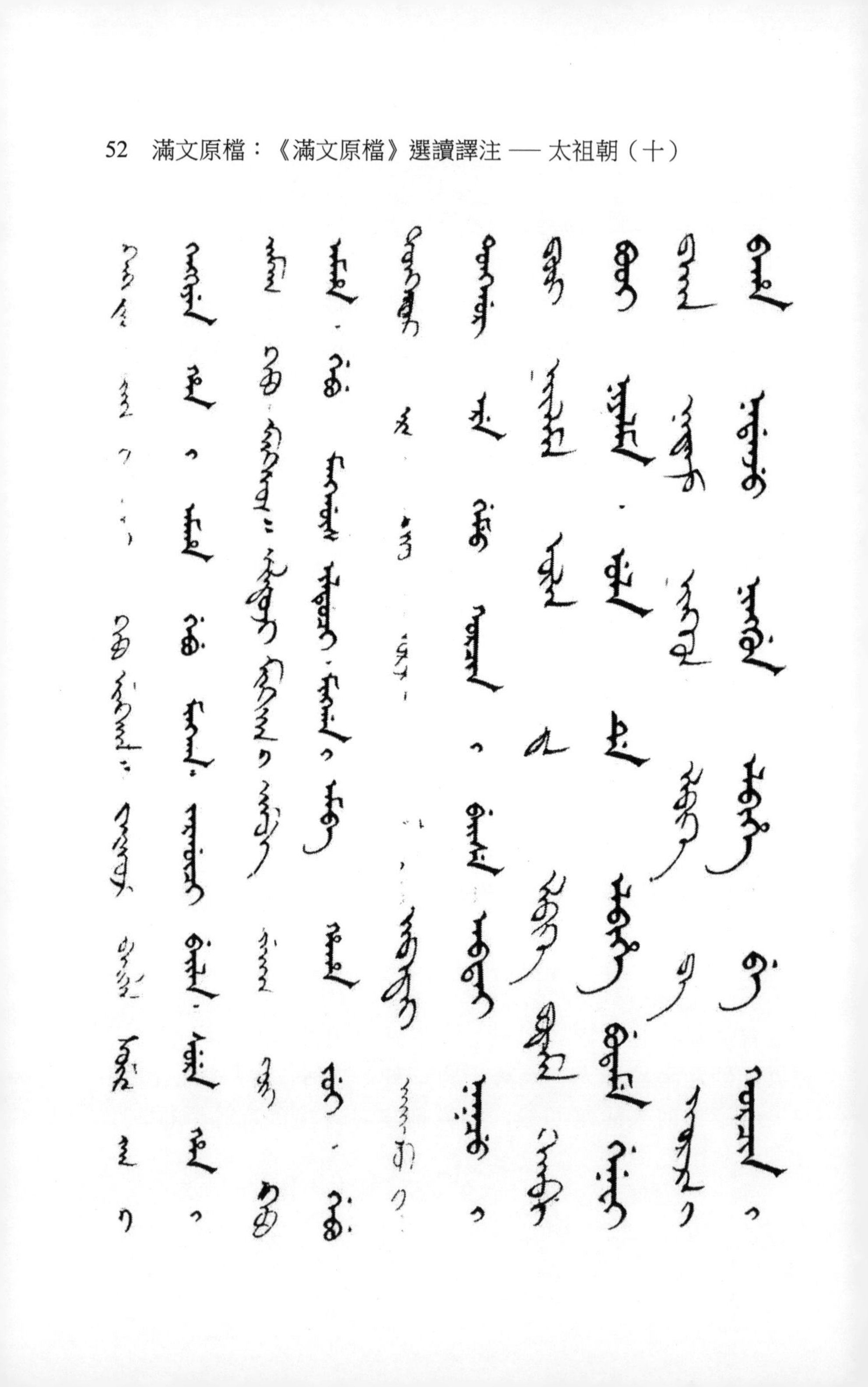

genggiyen han i amha, gebu minggan. jargūci beile, sure han i amha, gebu manggūs. ilduci, minggan i amba haha jui, gebu tonggor. ere gemu korcin i beise.) abtai nakcu i booi niyalma, ula de elbihe butame genefi, baha nadanju ninggun elbihe be korcin i

乃英明汗之岳父，名明安。扎爾固齊貝勒乃天聰汗[11]之岳父，名莽古斯。伊勒都齊乃明安之長子，名佟古爾。此皆科爾沁之貝勒。）據人告稱，阿布泰舅父之家人前往烏拉捕貉，所獲之貉七十六隻，

乃英明汗之岳父，名明安。扎尔固齐贝勒乃天聪汗之岳父，名莽古斯。伊勒都齐乃明安之长子，名佟古尔。此皆科尔沁之贝勒。）据人告称，阿布泰舅父之家人前往乌拉捕貉，所获之貉七十六只，

[11] 按《滿文老檔》〈簽注〉：「謹思，該段注釋內，寫有『天聰汗』。此天命年間所記檔子寫『天聰汗』，蓋係太宗年間補記也。」謹此迻譯參照。

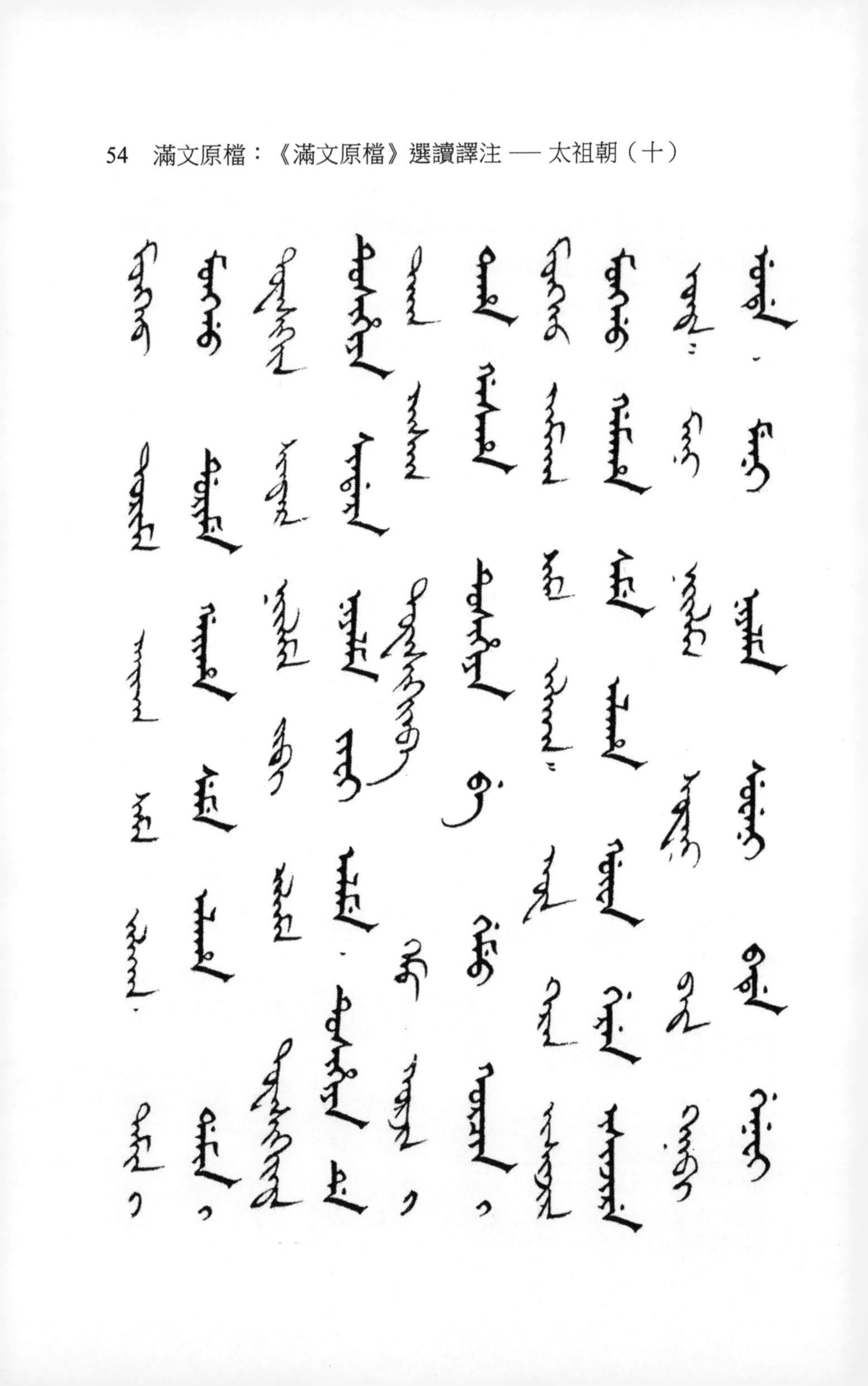

monggo durime gaiha seme alaha. damin i tusihiya sindara niyalma jifi alame, tusihiya de taha gasha, tusihiya be, gemu korcin i monggo gamaha seme alaha. gūwa geren isinjire unde. meni niyalma suweni bade genefi

---

皆被科爾沁之蒙古奪去等語。又有放鷹網[12]之人前來告稱，落網之鳥及鷹網皆被科爾沁之蒙古掠去等語。其餘衆人尚未到來。我之人若往爾處，

皆被科尔沁之蒙古夺去等语。又有放鹰网之人前来告称，落网之鸟及鹰网皆被科尔沁之蒙古掠去等语。其余众人尚未到来。我之人若往尔处，

---

[12] 鷹網，《滿文原檔》寫作 “tamin i towasikija”，《滿文老檔》讀作 “damin i tusihiya”。按滿文 “damin”，《清文總彙》作「鵰，乃總名。似鷹，身甚大」；“giyahūn”，《清文總彙》作「鷹，乃拿兔、野雞等物者」。兩者詞義稍異。

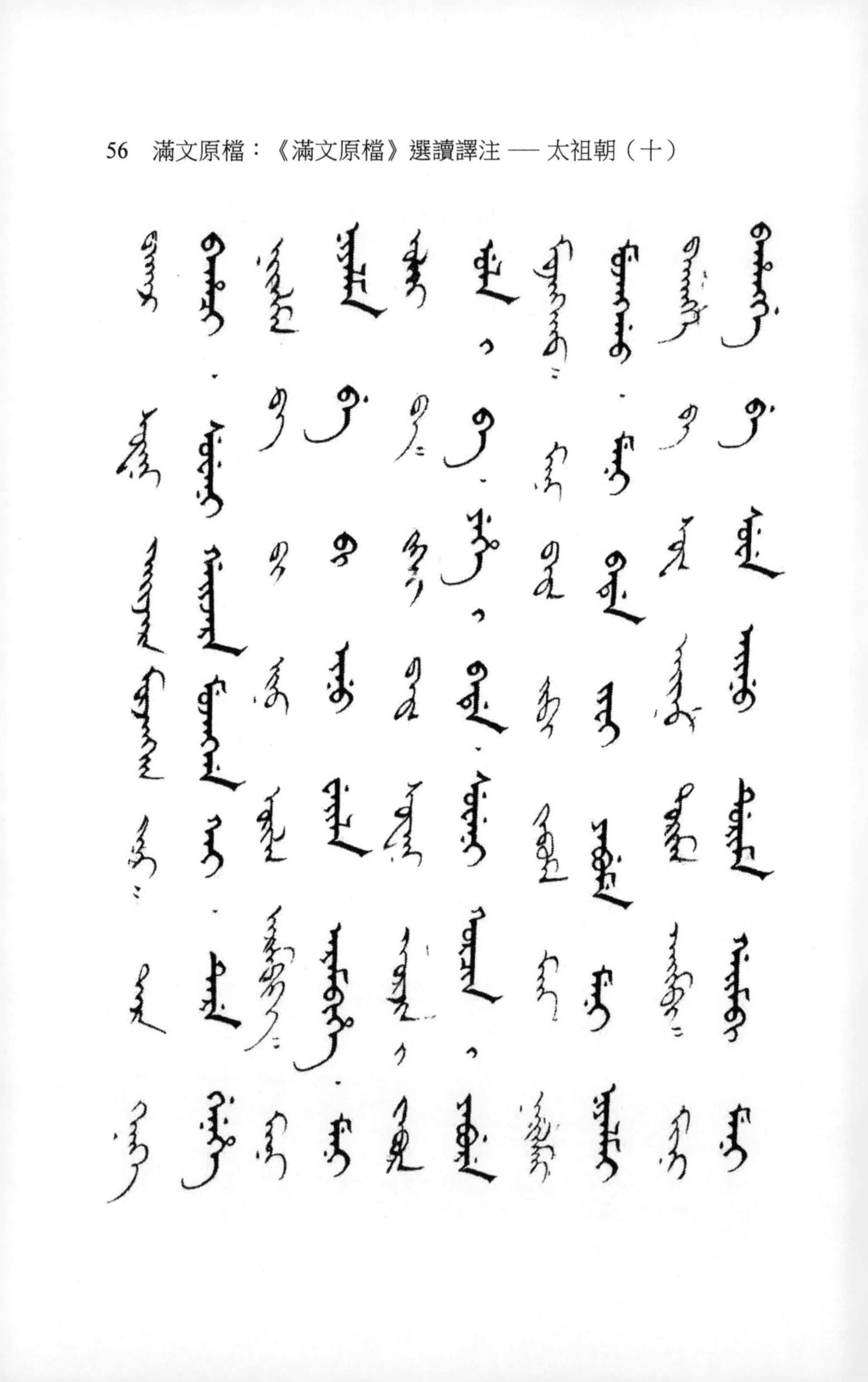

bahaci, suweni gaijara mujangga kai.tere genehe niyalma be bi inu weile arambihe, meni ula i ba, yehe i bade, suweni korcin i yabure mujanggao. meni bade jifi yabume, meni niyalmai bahangge be suwe ainu durime gaimbi. meni

---

若有所獲，爾當沒收也，其前往之人我亦擬罪。我烏拉地方，或葉赫地方之人，可曾前往爾科爾沁耶？爾衆為何前來我地方，掠奪我之人所獲之物耶？

若有所获，尔当没收也，其前往之人我亦拟罪。我乌拉地方，或叶赫地方之人，可曾前往尔科尔沁耶？尔众为何前来我地方，掠夺我之人所获之物耶？

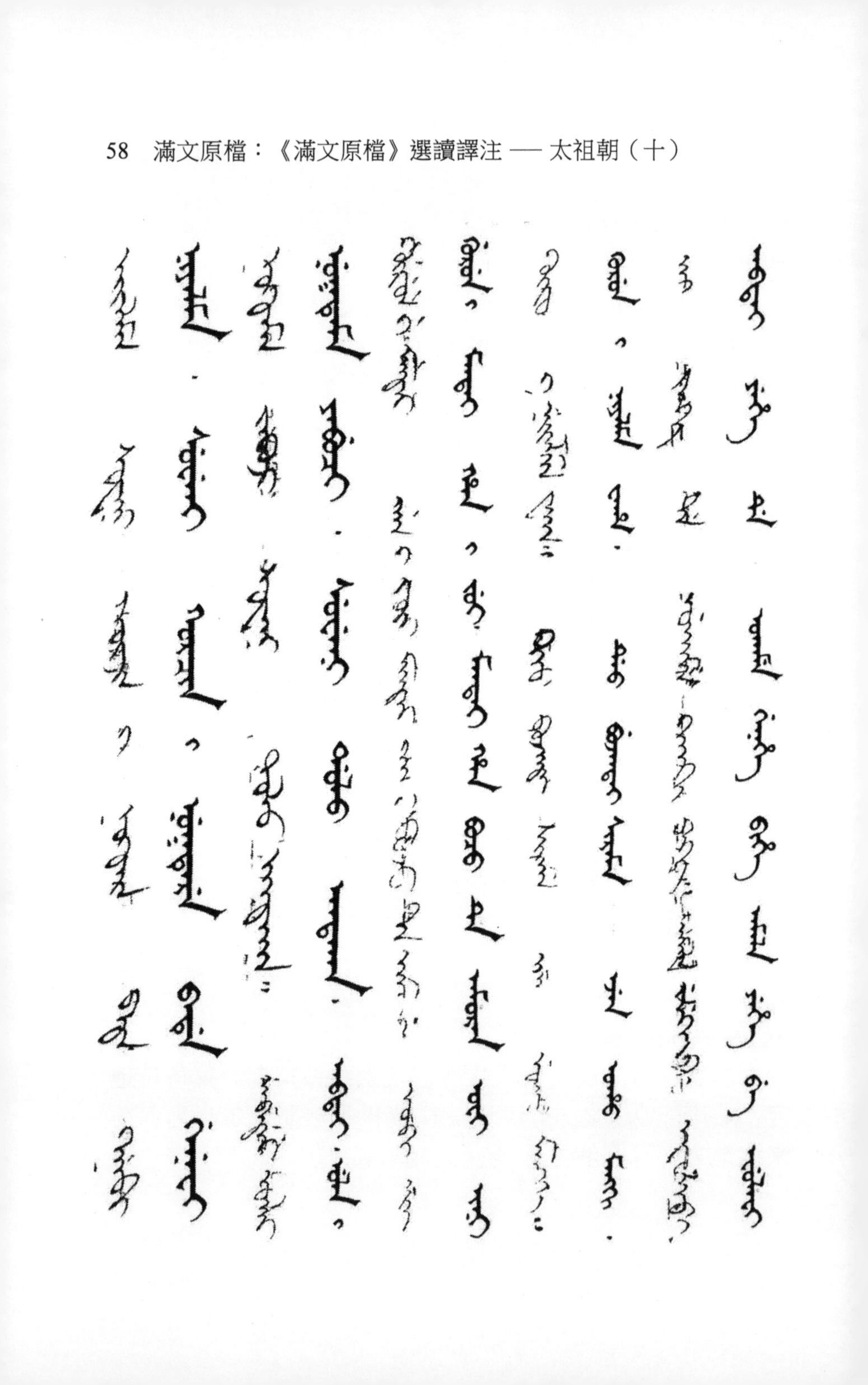

niyalma, suweni korcin i nuktere bade genefi nukteme yabuci, suweni dolo antaka. (abtai, ula i gurun i mantai han i jui, mantai han boco de amuran ofi, ini gurun i niyalma waha, deo bujantai sirame ejen oho manggi, abtai yehe de ukame genehe bihe. amala yehe be efulefi,

---

我之人若往爾科爾沁游牧之地游牧，爾內心作何感想？（阿布泰乃烏拉國滿泰汗之子，因滿泰汗好色，為其國人所殺。弟布占泰繼任為主後，阿布泰曾逃往葉赫。後破葉赫，

我之人若往尔科尔沁游牧之地游牧，尔内心作何感想？（阿布泰乃乌拉国满泰汗之子，因满泰汗好色，为其国人所杀。弟布占泰继任为主后，阿布泰曾逃往叶赫。后破叶赫，

四、新年叩頭

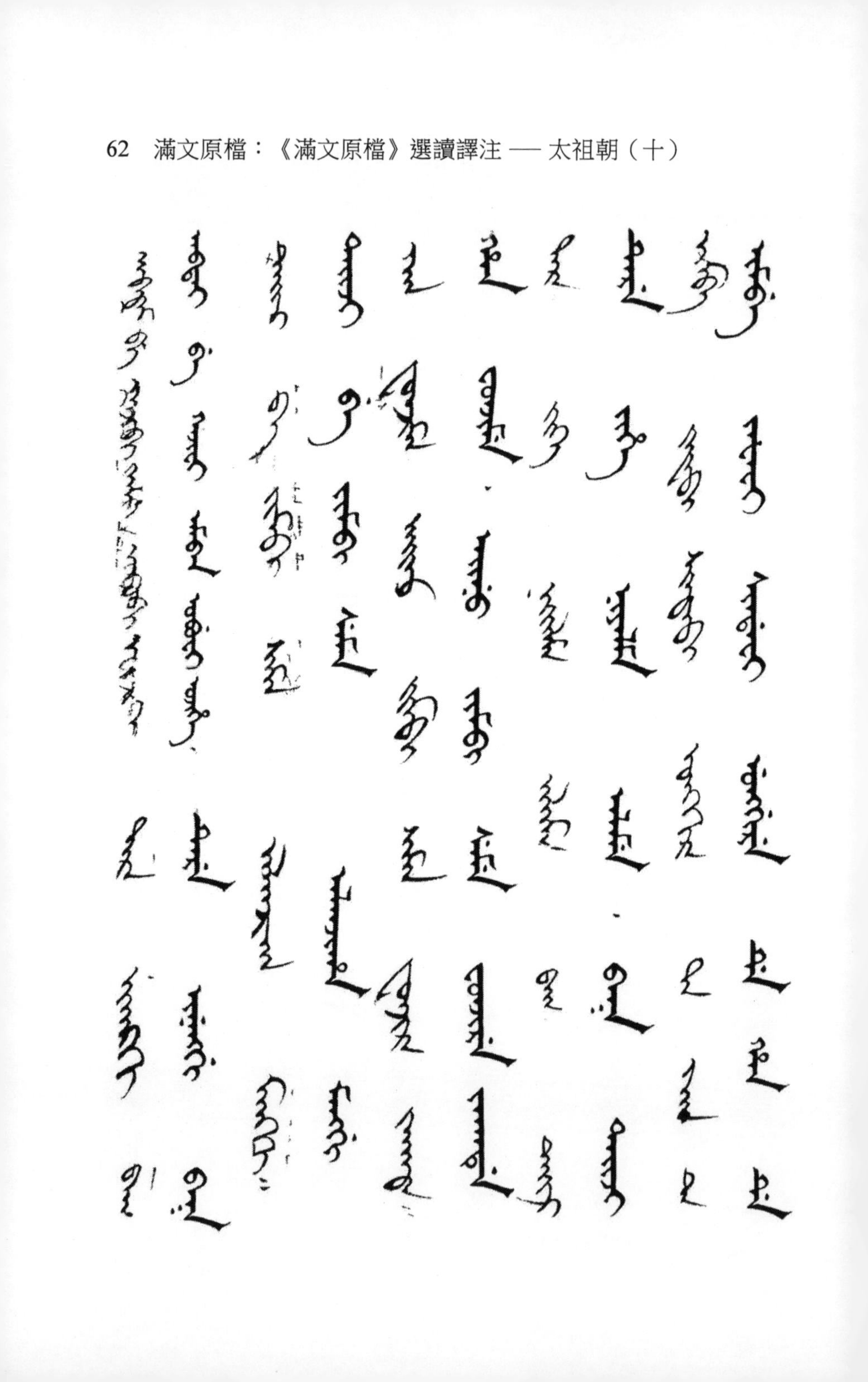

abtai be gajifi amban obufi ujihe.) tere inenggi, bak taiji be jimbi seme alanjiha manggi, han fonjime ainu jimbi seme fonjire jakade, tere jihe niyalma alame, bak taiji imbe jafafi sindafi unggire de, han de

---

收阿布泰為臣而豢養之。）是日，有人來告，巴克台吉將前來。汗問：「為何前來？」來人告稱：「巴克台吉被擒放還時，

收阿布泰为臣而豢养之。）是日，有人来告，巴克台吉将前来。汗问：「为何前来？」来人告称：「巴克台吉被擒放还时，

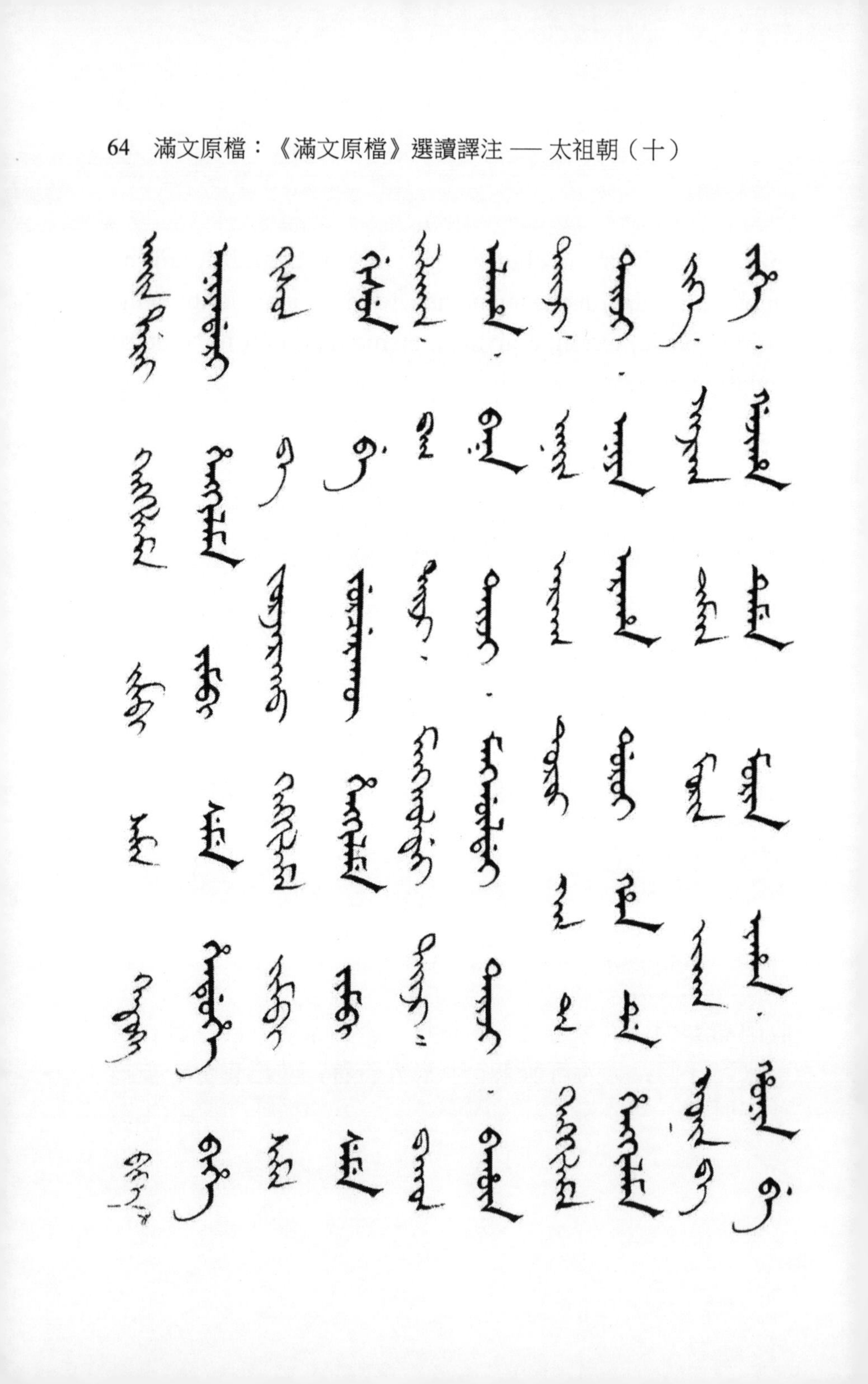

aniyadari hengkileme jimbi seme henduhe bihe. gisun be jurcerakū hengkileme jimbi seme alaha. bak taiji, manggūldai taiji, bahūn taiji, aniya araha doroi han de hengkileme jihe, gajiha temen, morin, ihan, honin be

曾言每年前來叩頭謁見汗，今不負前言，前來叩頭謁見。」巴克台吉、莽古勒岱台吉、巴琿台吉以新年禮前來叩頭謁見汗，所攜之駝、馬、牛、羊

曾言每年前来叩头谒见汗，今不负前言，前来叩头谒见。」巴克台吉、莽古勒岱台吉、巴珲台吉以新年礼前来叩头谒见汗，所携之驼、马、牛、羊

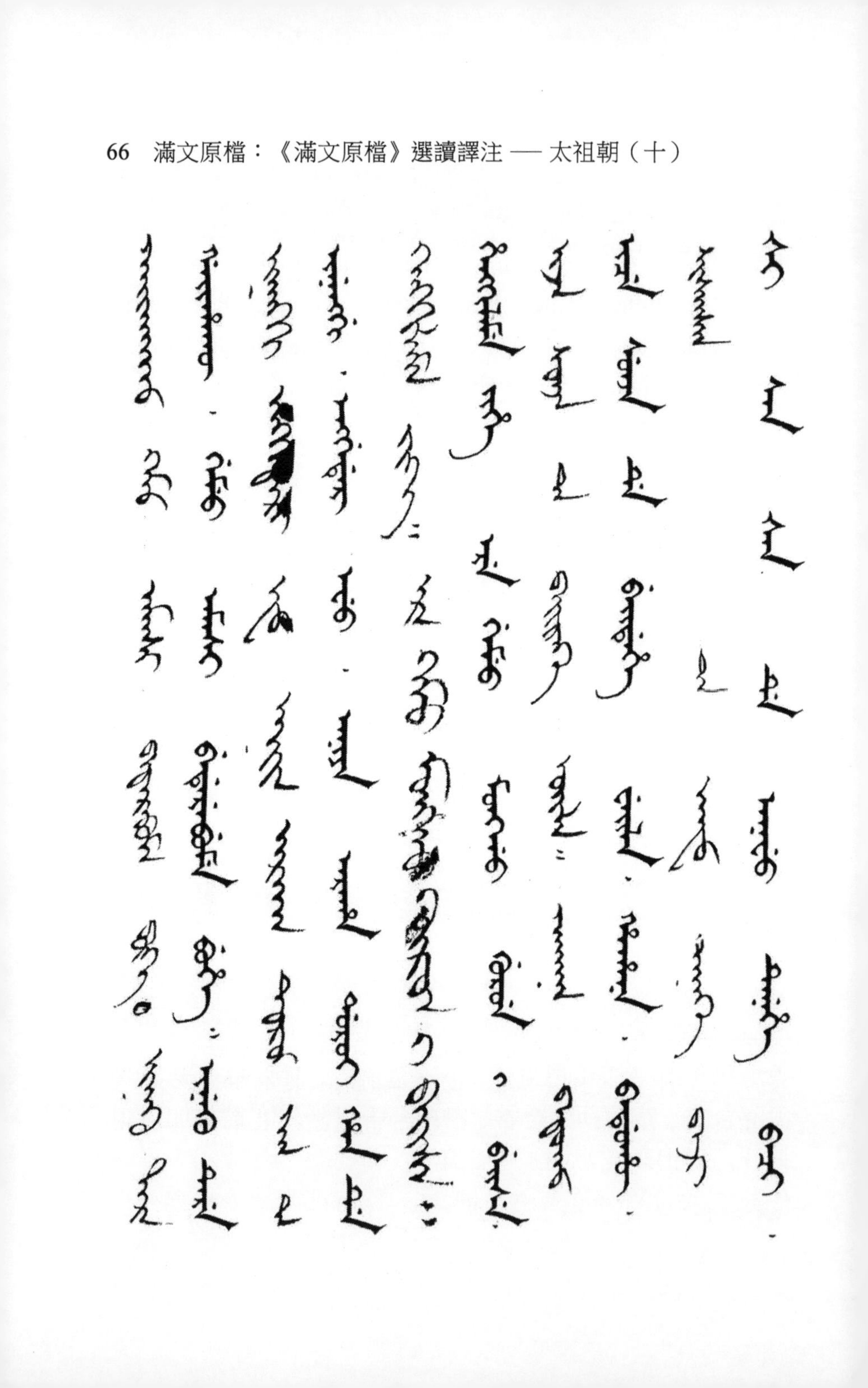

gaihakū, gemu amasi bederebume buhe. ineku tere inenggi, enggeder efu, aniya araha doroi han de hengkileme jihe. ere gemu monggo gurun i beise. ice sunja de beidehe weile, hahana, baduhū, ši san šan de anafu tenehe baci,

---

未納，皆退還。同日，恩格德爾額駙以新年禮前來叩頭謁見汗。此皆蒙古國之諸貝勒。初五日，所審擬罪案：哈哈納、巴都虎由十三山戍守之地

未纳，皆退还。同日，恩格德尔额驸以新年礼前来叩头谒见汗。此皆蒙古国之诸贝勒。初五日，所审拟罪案：哈哈纳、巴都虎由十三山戍守之地

五、審擬案件

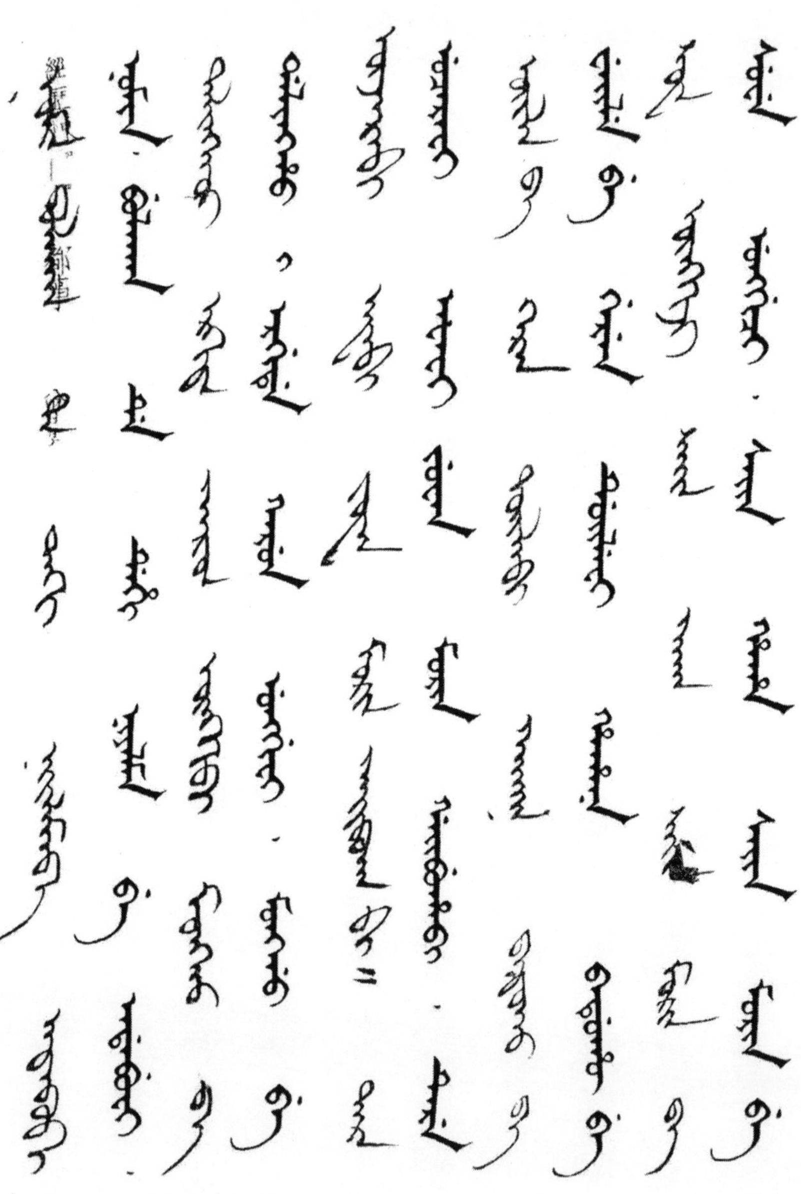

nomin, bulakan de dehi niyalma be adabufi, dalingho i ergide karun unggifi, monggo be ucarafi afafi juwan morin gaibuhabi. tere weile be geren duilefi, hahana, baduhū be suwe unggici, sain haha sain morin be

---

遣諾敏、布拉堪率四十人，往大凌河一帶巡哨，遇蒙古交戰後，失馬十匹。此案經衆人質審，以哈哈納、巴都虎既遣兵巡哨，為何未揀選精壯男丁精良馬匹，

遣诺敏、布拉堪率四十人，往大凌河一带巡哨，遇蒙古交战后，失马十匹。此案经众人质审，以哈哈纳、巴都虎既遣兵巡哨，为何未拣选精壮男丁精良马匹，

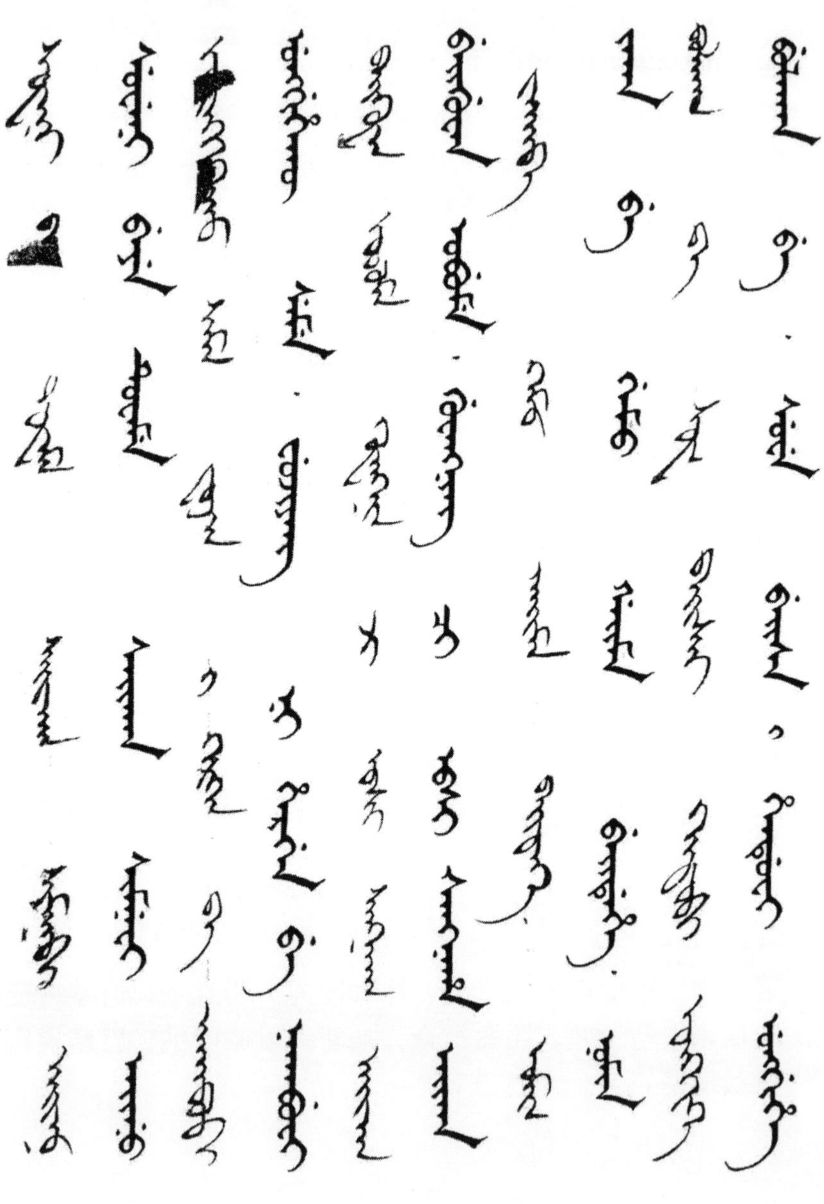

suweni beye tuwame saikan simnefi ainu unggihekū seme, fujiyang ni hergen be nakabufi beiguwan obume, guwangning ci ebsi šangnaha aika jaka be gemu gaime beidehe. nomin, bulakan be, suwe beise i hendufi unggihe

---

不親臨監視，擬革其副將之職，降為備禦官，盡沒其自廣寧以來所賞諸物。以諾敏、布拉堪為何違悖爾等貝勒遣派時所諭之言，

不亲临监视，拟革其副将之职，降为备御官，尽没其自广宁以来所赏诸物。以诺敏、布拉堪为何违悖尔等贝勒遣派时所谕之言，

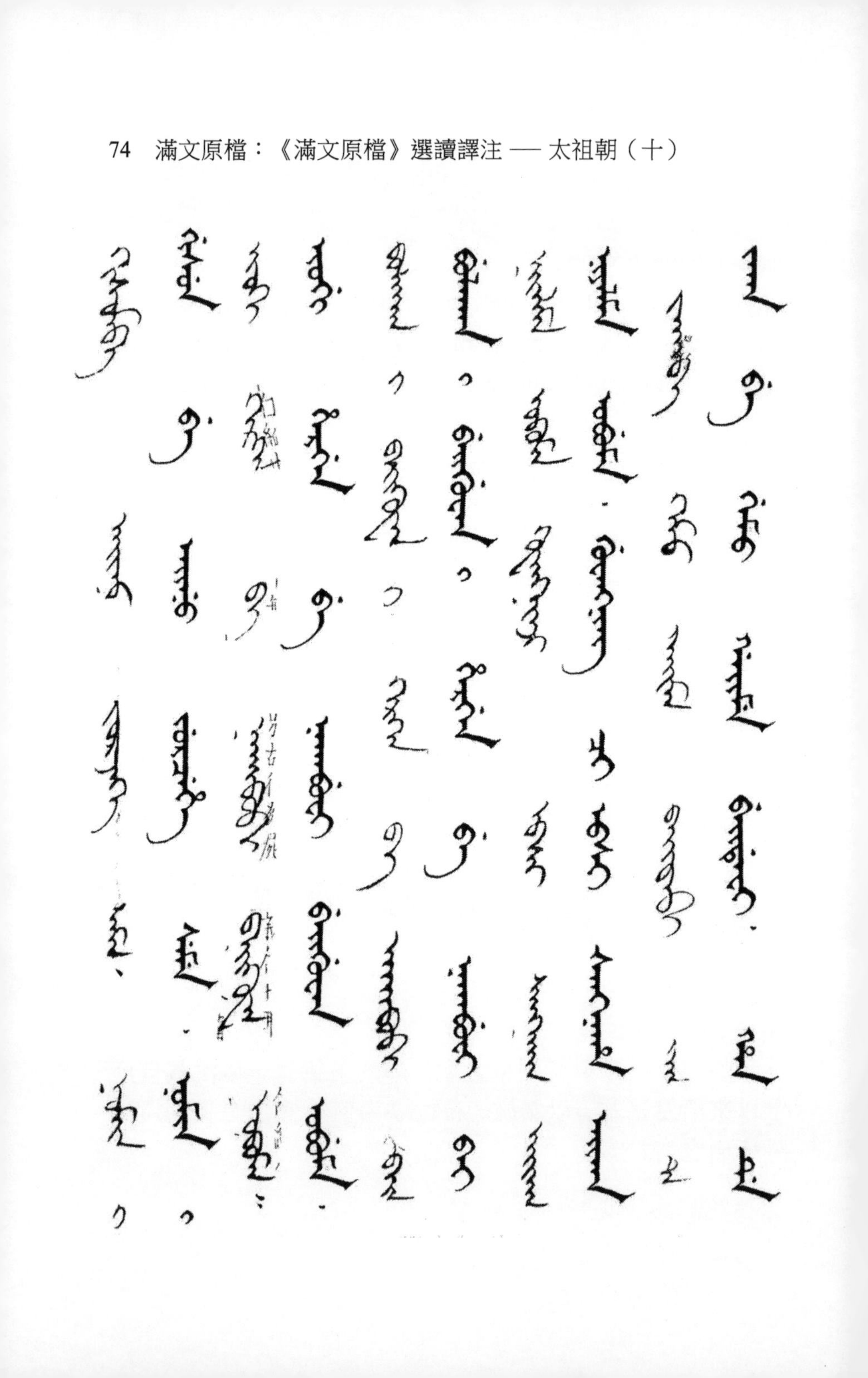

gisun be ainu jurcehe seme, nomin i iogi hergen be nakabufi beiguwan obume, bulakan i beiguwan i hergen be nakabufi bai niyalma obume, guwangning ci ebsi šangnaha aika jaka be gemu gaime beidefi, han de

---

擬革諾敏遊擊之職，降為備禦官，革布拉堪備禦官之職，降為庶人，盡沒其自廣寧以來所賞諸物，

拟革诺敏游击之职，降为备御官，革布拉堪备御官之职，降为庶人，尽没其自广宁以来所赏诸物，

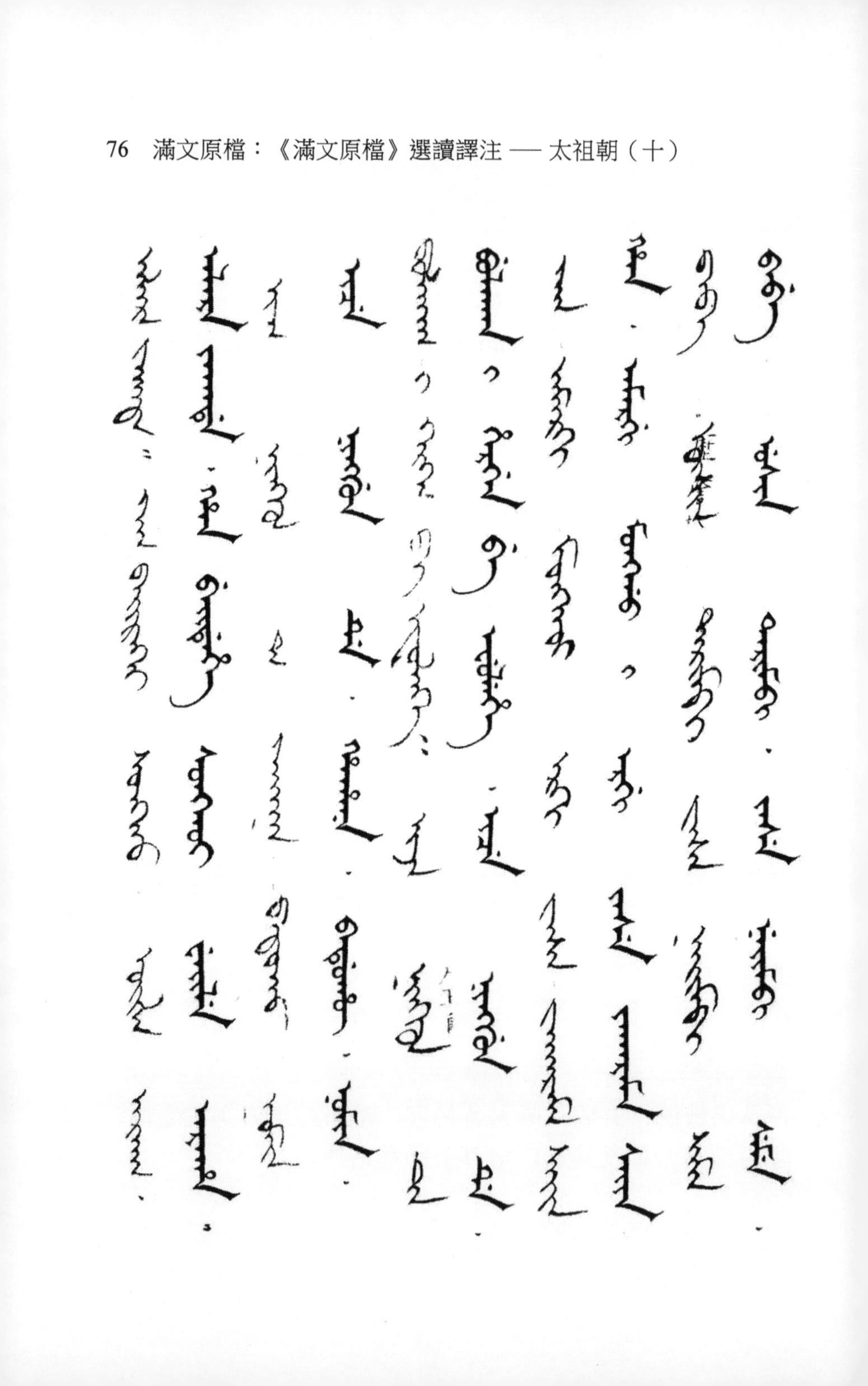

alara jakade, han beidehe songkoi weile araha. ice ninggun de, hahana, baduhū, nomin, bulakan i hergen be efulehe. ice ninggun de, han, amargi monggo i ergi jase jakarame sain babe usin tarimbi, jase neimbi seme,

---

審擬既畢，奏告於汗。汗命依審擬治罪。初六日，革哈哈納、巴都虎、諾敏、布拉堪之職。初六日，汗欲於北方蒙古沿邊一帶擇沃地種田，開放邊境，

审拟既毕，奏告于汗。汗命依审拟治罪。初六日，革哈哈纳、巴都虎、诺敏、布拉堪之职。初六日，汗欲于北方蒙古沿边一带择沃地种田，开放边境，

六、賞不遺賤

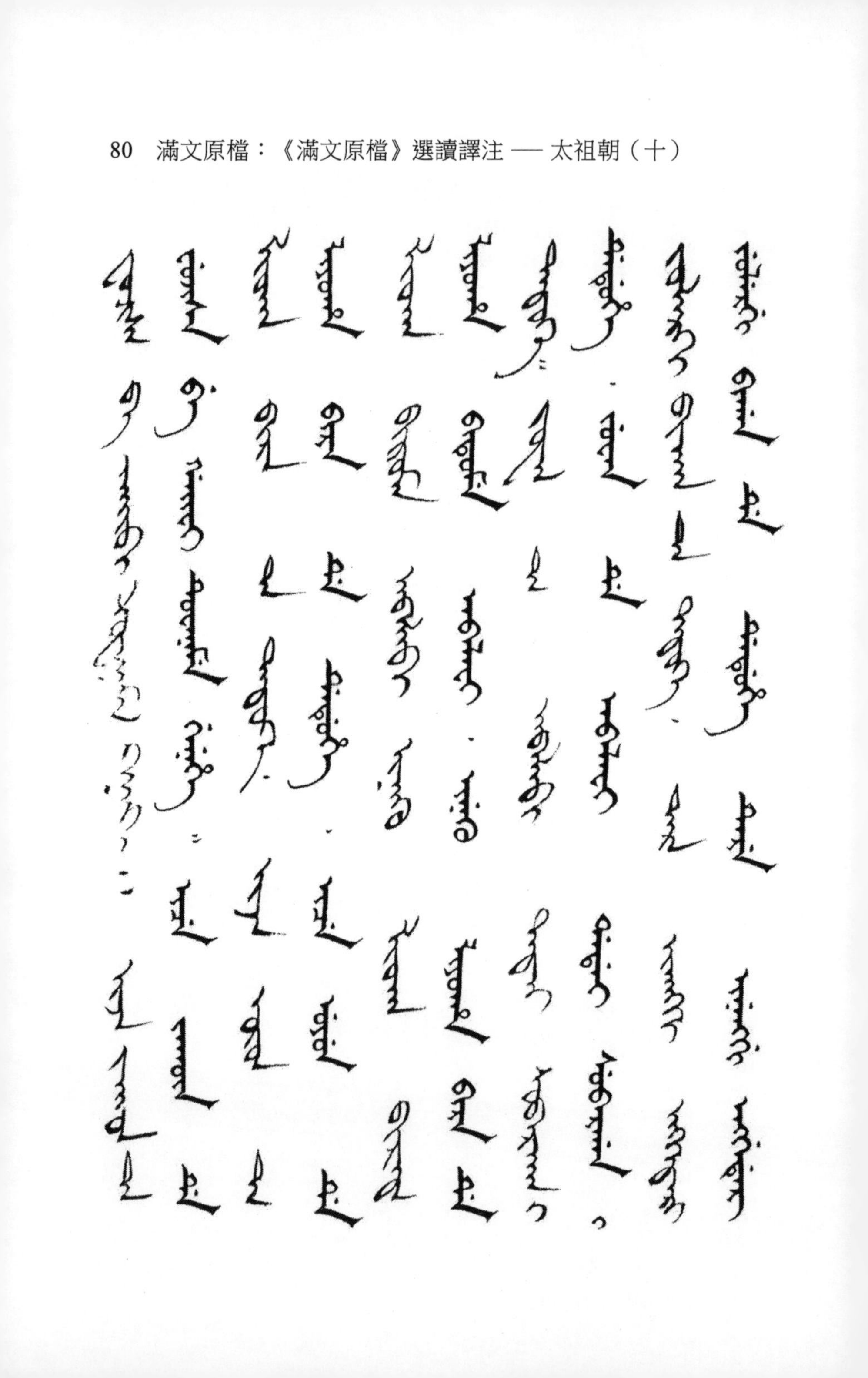

fujisa be gaifi tuwaname genehe. ice jakūn de liyoha bira de deduhe. ice uyun de liyoha bitume abalafi, ineku liyoha bira de deduhe. juwan de abalafi, dadai subargan i julergi bigan de deduhe. tere inenggi enggeder

---

而攜福晉等前往視察。初八日，宿遼河。初九日，沿遼河圍獵，仍宿遼河。初十日，圍獵，宿達岱塔之南郊。是日，

而携福晋等前往视察。初八日，宿辽河。初九日，沿辽河围猎，仍宿辽河。初十日，围猎，宿达岱塔之南郊。是日，

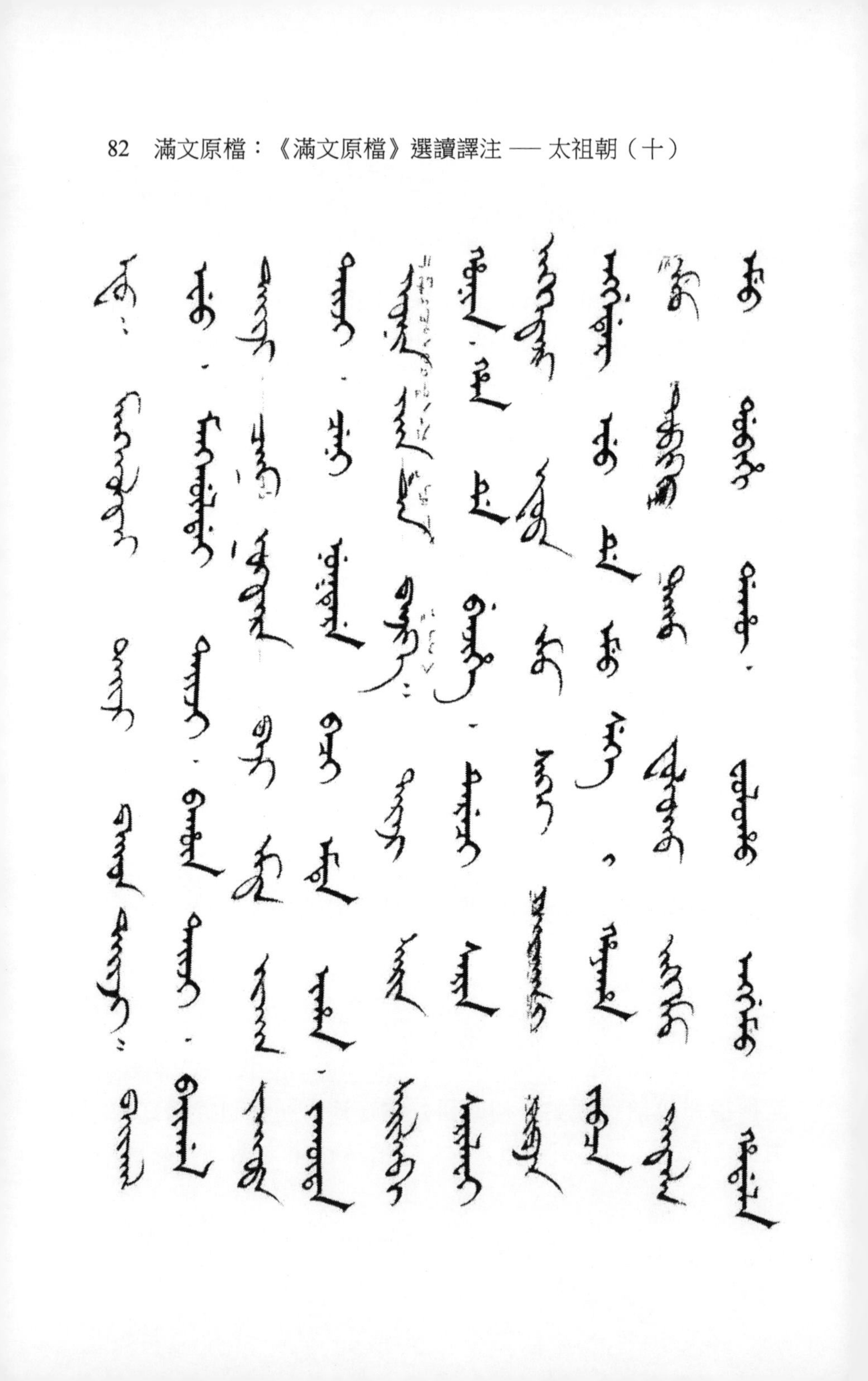

efu, manggūldai taiji, bahūn taiji, baigal taiji, ceni nuktere baci emte ihan, jakūta honin, han de benjihe, tereci sarin sarilafi, enggeder efu de emu seke i hayaha jibca, emu dobihi dahū, foloho enggemu hadala

---

恩格德爾額駙、莽古勒岱台吉、巴琿台吉、拜噶勒台吉由其游牧地，以牛各一頭、羊各八隻進於汗，乃設筵宴之，賜恩格德爾額駙貂鑲皮襖一件、狐皮端罩一件、雕鞍套轡備馬一匹。

恩格德尔额驸、莽古勒岱台吉、巴珲台吉、拜噶勒台吉由其游牧地，以牛各一头、羊各八只进于汗，乃设筵宴之，赐恩格德尔额驸貂镶皮袄一件、狐皮端罩一件、雕鞍套辔备马一匹。

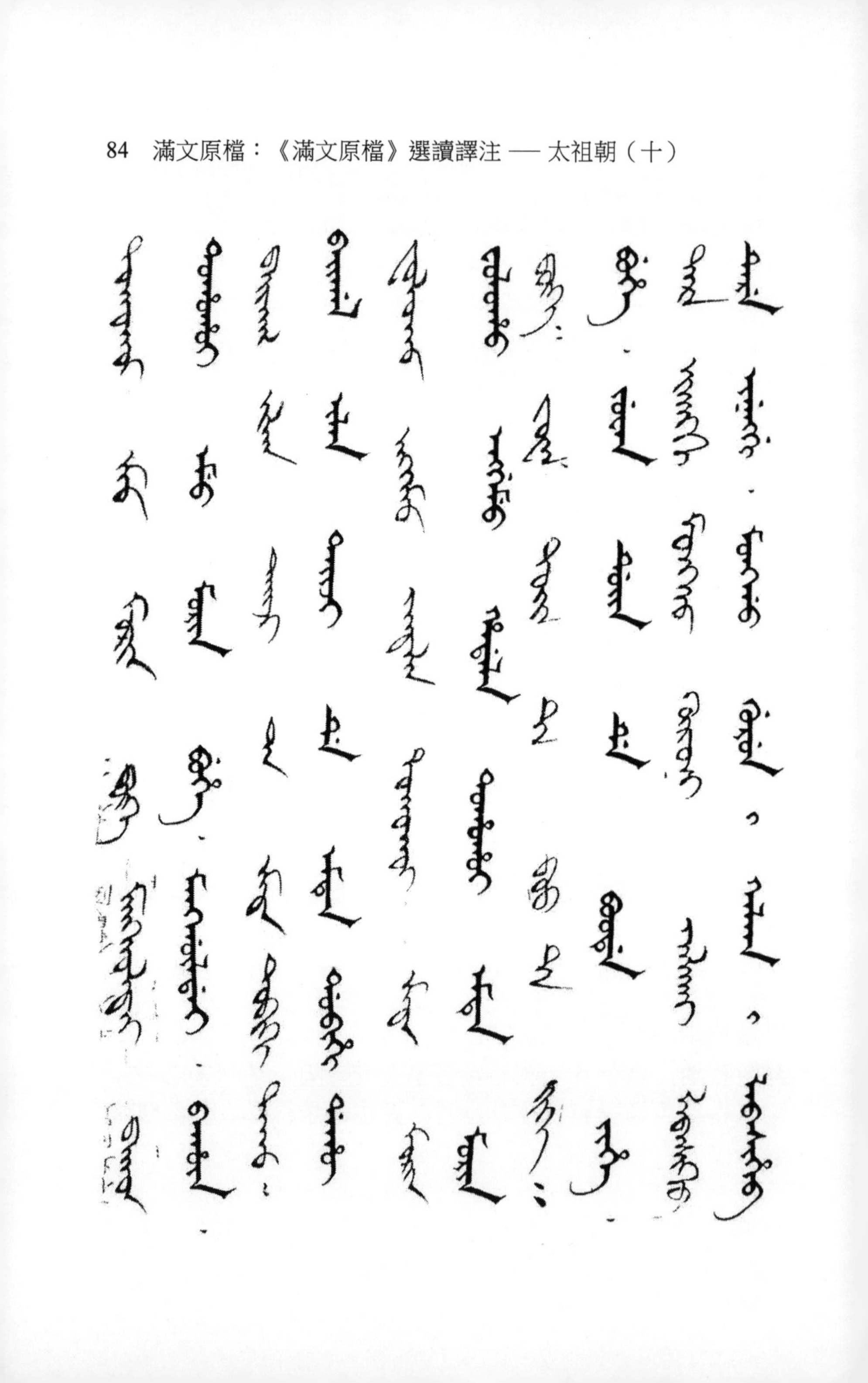

tohohoi emu morin buhe. manggūldai, bahūn, baigal lan taiji de emte dobihi dahū, foloho enggemu hadala tohohoi emte morin buhe. juwan duin de boode jihe. tere inenggi, monggo gurun i kalka i labasihib

---

賜莽古勒岱、巴琿、拜噶勒三台吉狐皮端罩各一件、雕鞍套轡備馬各一匹。十四日，返家。是日，蒙古國喀爾喀拉巴希席布台吉

赐莽古勒岱、巴珲、拜噶勒三台吉狐皮端罩各一件、雕鞍套辔备马各一匹。十四日，返家。是日，蒙古国喀尔喀拉巴希席布台吉

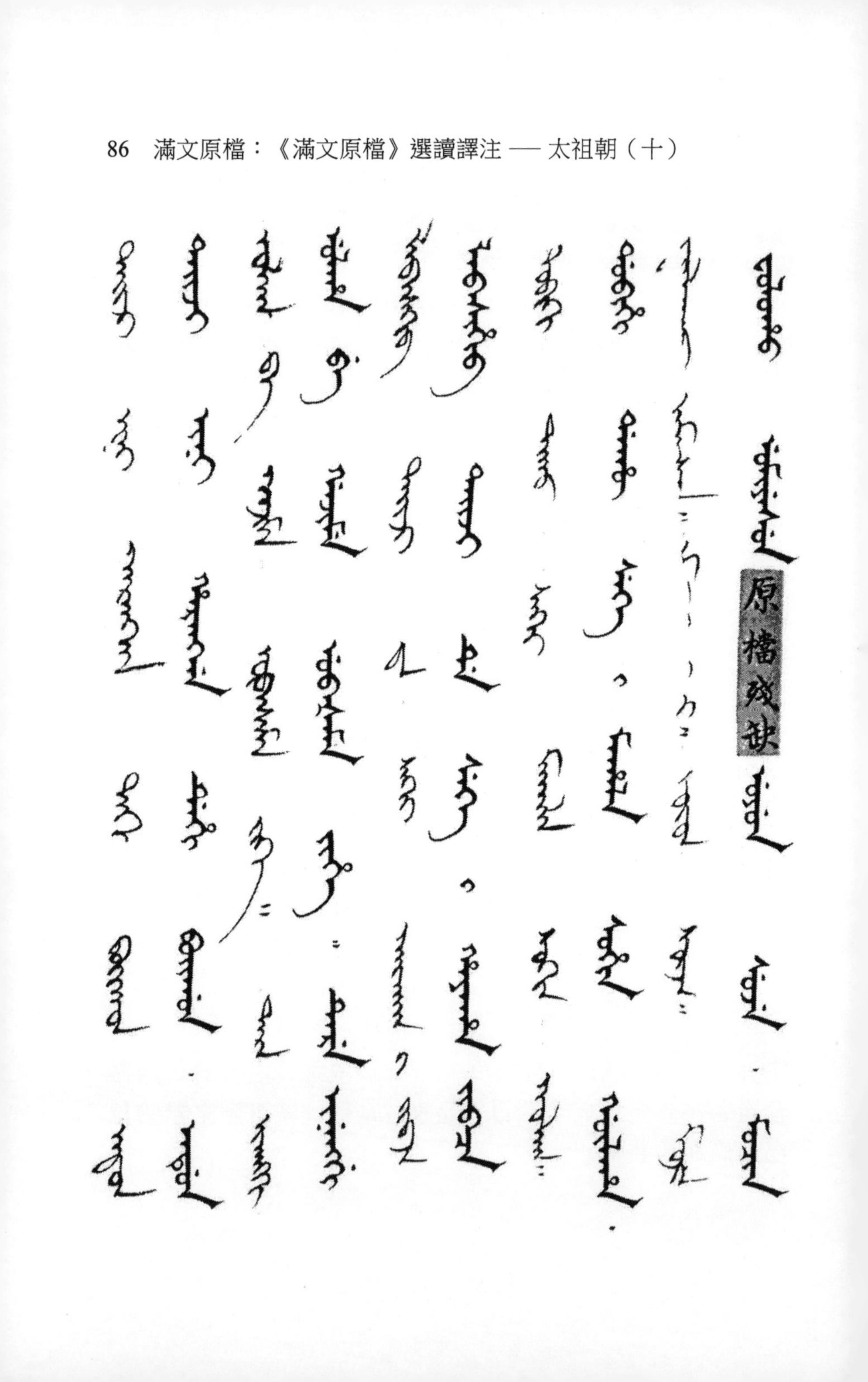

原檔殘缺

taiji, ini harangga dehi boigon, adun ulha be gajime ubašame jihe. tere inenggi, labasihib taiji de, seke i hayaha jibca, dobihi dahū, seke i mahala, sohin gūlha, foloho umiyesun, [原檔殘缺] ,uyun suje, mocin

---

率其所屬四十戶，攜牧群牲口叛來。是日，賜拉巴希席布台吉貂鑲皮襖、狐皮端罩、貂皮帽、皂靴、玲瓏腰帶、[原檔殘缺]、緞九匹、

率其所属四十户，携牧群牲口叛来。是日，赐拉巴希席布台吉貂镶皮袄、狐皮端罩、貂皮帽、皂靴、玲珑腰带、[原档残缺] 、缎九匹、

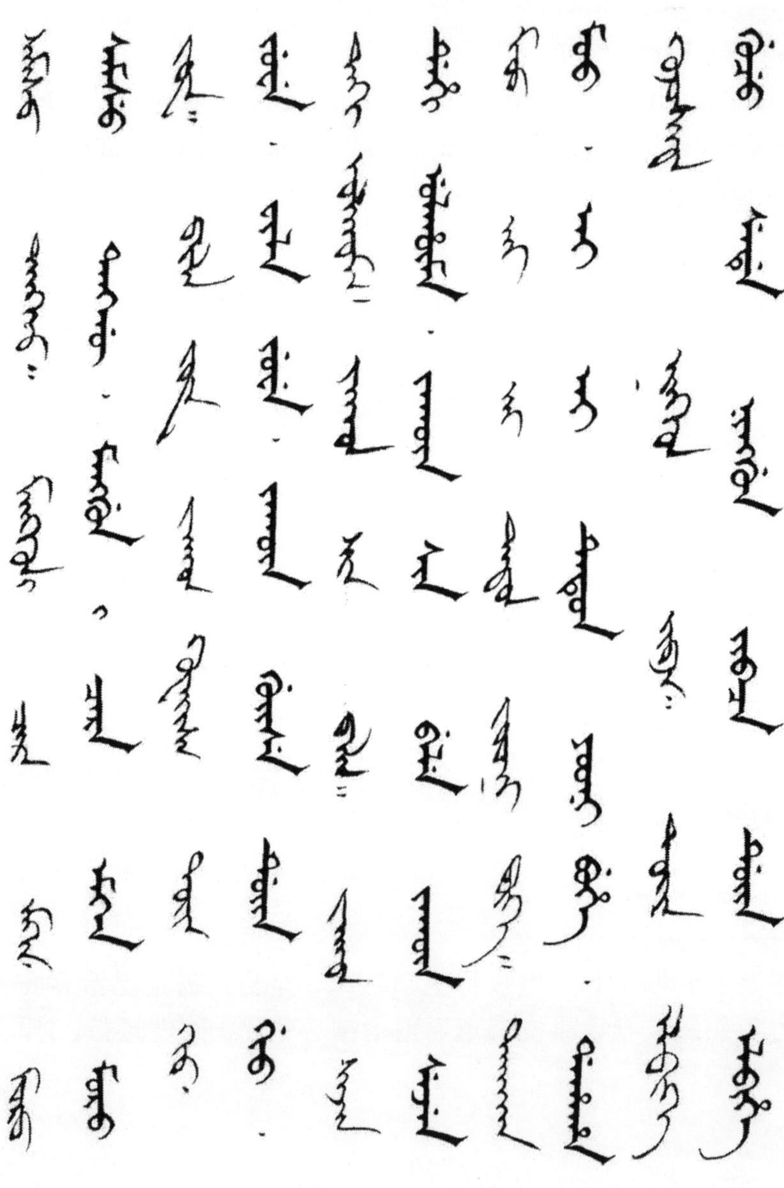

samsu tanggū, menggun i cara emken, moro juwe, fila juwe, jakūn guise, duin gio, dehi ulhūma, jakūn sin bele, jakūn sejen moo, ai ai tetun yooni buhe. dahaha gucu sede ninggun jibca, duin elbihe

---

毛青布一百疋、銀酒海一件、碗二個、碟二個、櫃八個、麅四隻、雉四十隻、米八斗、柴八車，及一應器皿齊全。賜其隨從皮襖六件、

毛青布一百疋、银酒海一件、碗二个、碟二个、柜八个、狍四只、雉四十只、米八斗、柴八车，及一应器皿齐全。赐其随从皮袄六件、

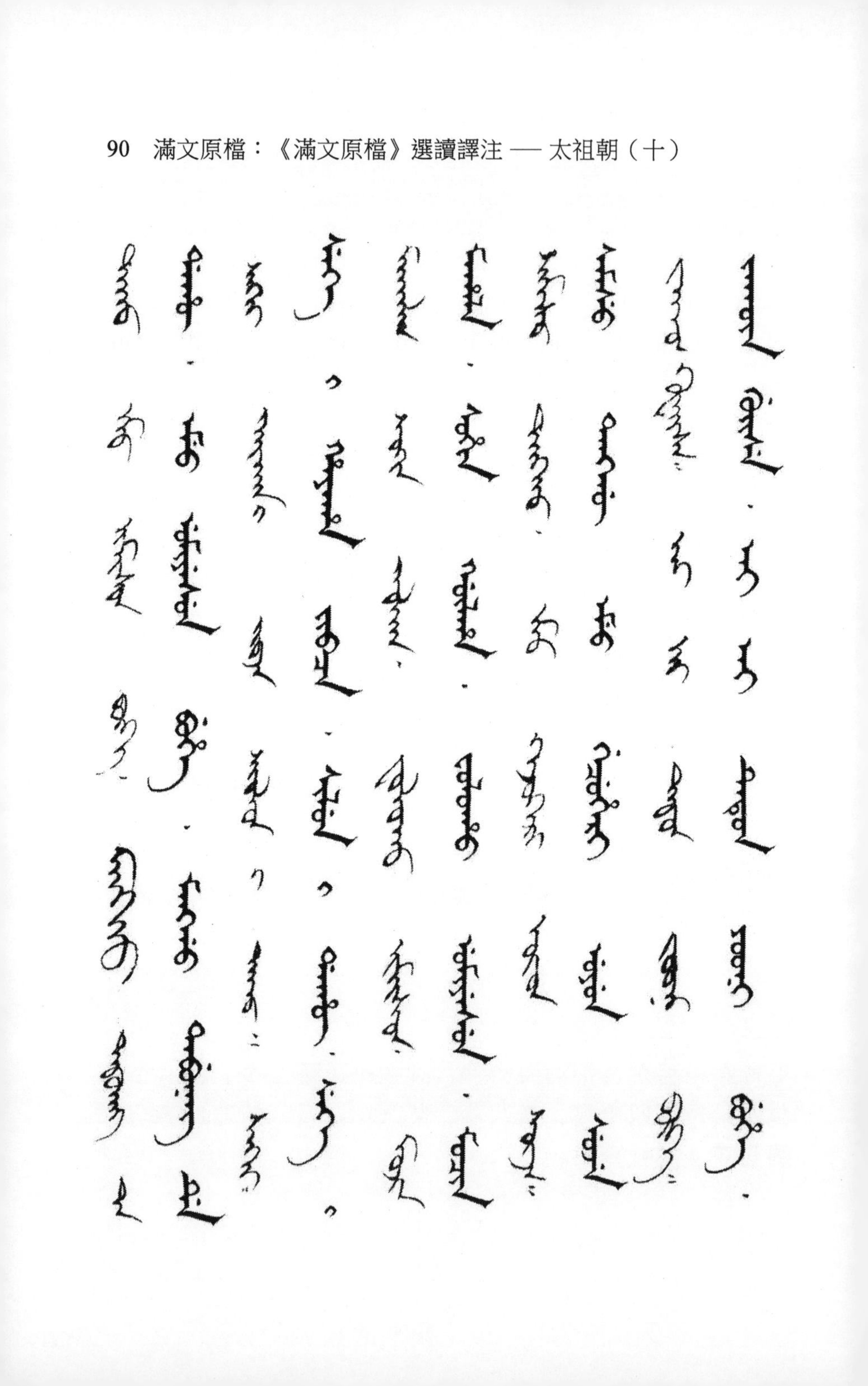

dahū, emu umiyesun buhe. manggo tabunang de seke i hayaha jibca, silun i dahū, seke i mahala, sohin gūlha, foloho umiyesun, mocin samsu tanggū, emu gecuheri, uyun suje, jakūn guise, ai ai tetun yooni buhe.

貉皮端罩四件、腰帶一條。賜莽古塔布囊貂鑲皮襖、猞猁猻皮端罩、貂皮帽、皂靴、玲瓏腰帶、毛青布一百疋、蟒緞一疋、緞九疋、櫃八個，及一應器皿齊全。

貉皮端罩四件、腰带一条。赐莽古塔布囊貂镶皮袄、猞猁狲皮端罩、貂皮帽、皂靴、玲珑腰带、毛青布一百疋、蟒缎一疋、缎九疋、柜八个，及一应器皿齐全。

七、誓於天地

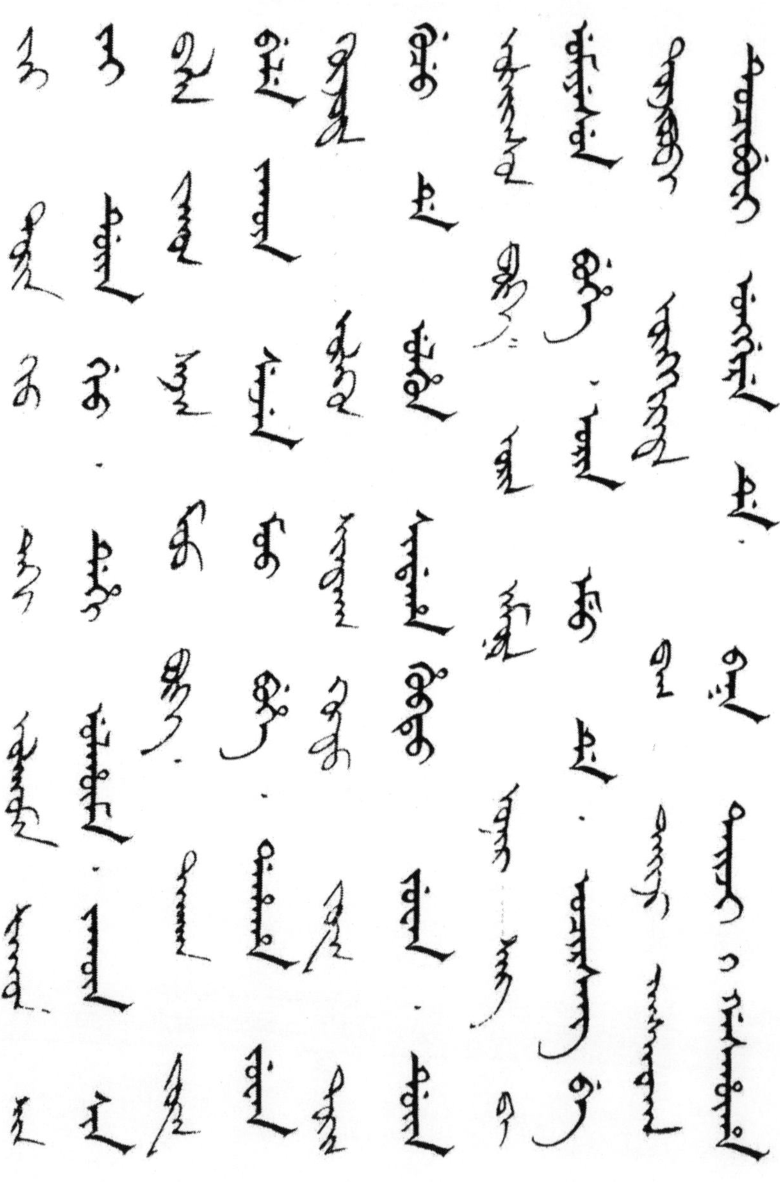

jai duin gio, dehi ulhūma, jakūn sin bele, jakūn sejen moo buhe. dahaha juwan gucu de ulhun sindaha hubtu juwan, duin umiyesun buhe. orin emu de, ocirsang be tucibufi unggire de, bak taiji i gashūha

又賜麅四隻、雉四十隻、米八斗、柴八車。賜其隨從十名鑲肩放領棉袍[13]十件、腰帶四條。二十一日，遣釋鄂齊爾桑時，巴克台吉誓曰：

又赐狍四只、雉四十只、米八斗、柴八车。赐其随从十名镶肩放领棉袍十件、腰带四条。二十一日，遣释鄂齐尔桑时，巴克台吉誓曰：

13 棉袍，《滿文原檔》寫作"küktu"，係蒙文"kügdü"借詞，意即「厚棉褲」;《滿文老檔》讀作"hubtu"，意即「棉袍」。

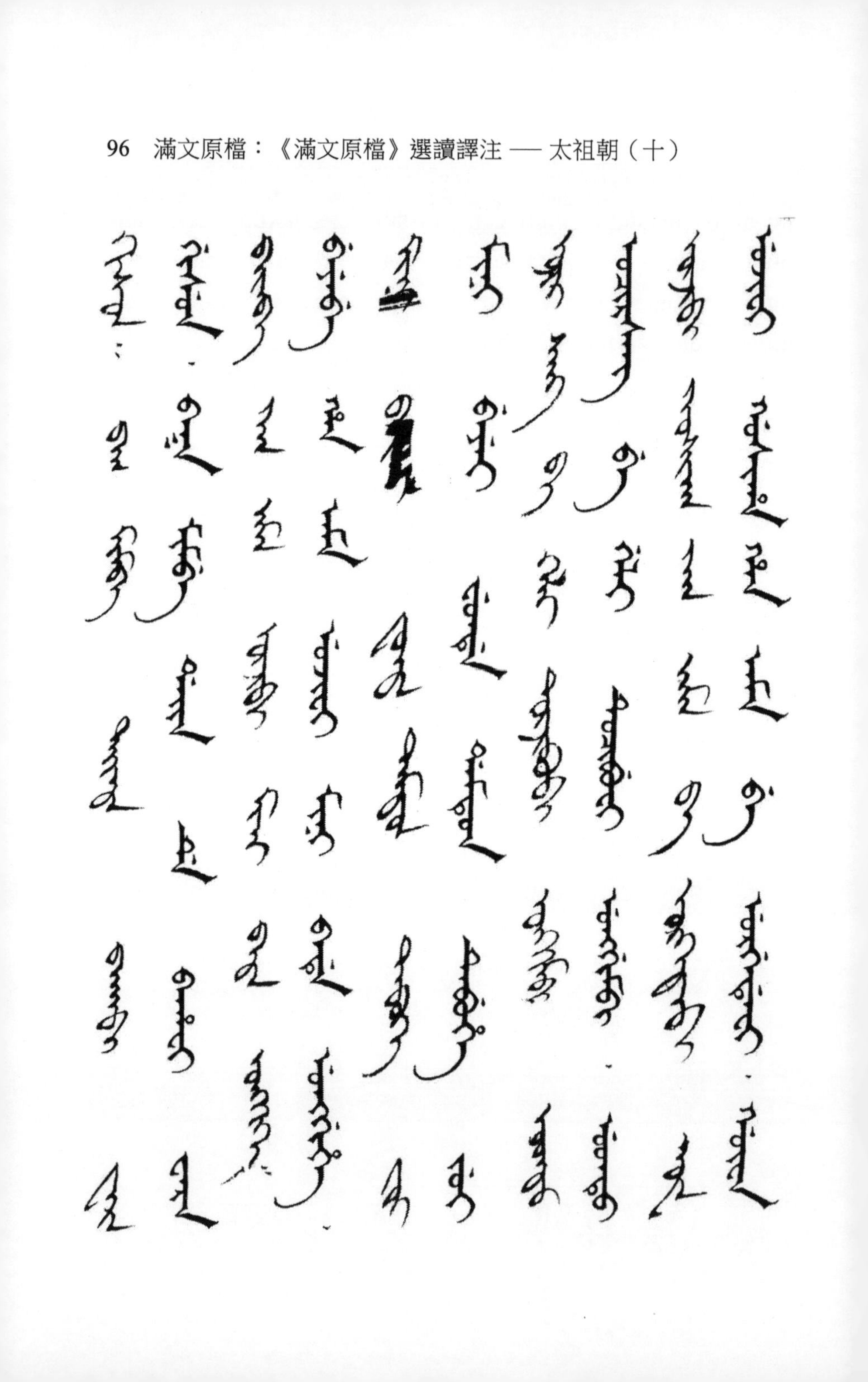

gisun, bak mimbe dain de bahafi wara beyebe, han ama ujifi mini bade unggihe, mini beyei funde damtun tebuhe jui ocirsang be geli tucibufi unggimbi. uttu ujifi gosiha han ama be urgedefi, gūwa

---

「巴克我被擒於陣，該殺之身，蒙汗父豢養，遣還我處，今又釋回代我為質之子鄂齊爾桑。若負汗父豢養之恩，

「巴克我被擒于阵，该杀之身，蒙汗父豢养，遣还我处，今又释回代我为质之子鄂齐尔桑。若负汗父豢养之恩，

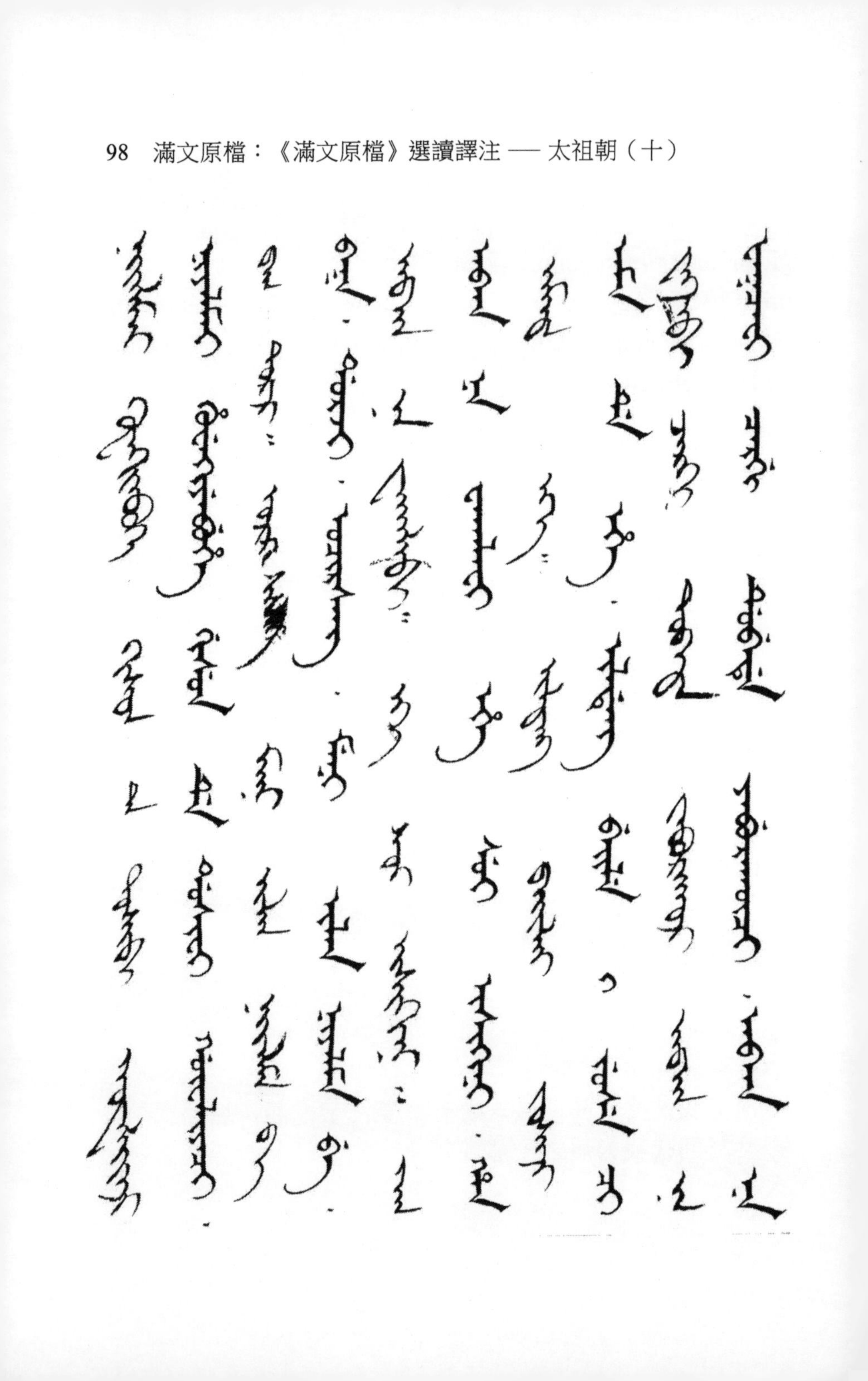

niyalmai huwekiyebuhe gisun de dosifi gūwaliyaci, bak, dorji, ocirsang, meni ilan niyalma be, abka na wakalafi ehe sui isikini. han ama de ehe, ildeng beile i juse ci fakcafi cargi dubede yaburakūci, abka na

---

誤信他人讒言而變心，則巴克、多爾濟、鄂齊爾桑我等三人，將受天地譴責，殃及自身。若不遠離與汗父不睦之伊勒登貝勒諸子，

误信他人谗言而变心，则巴克、多尔济、鄂齐尔桑我等三人，将受天地谴责，殃及自身。若不远离与汗父不睦之伊勒登贝勒诸子，

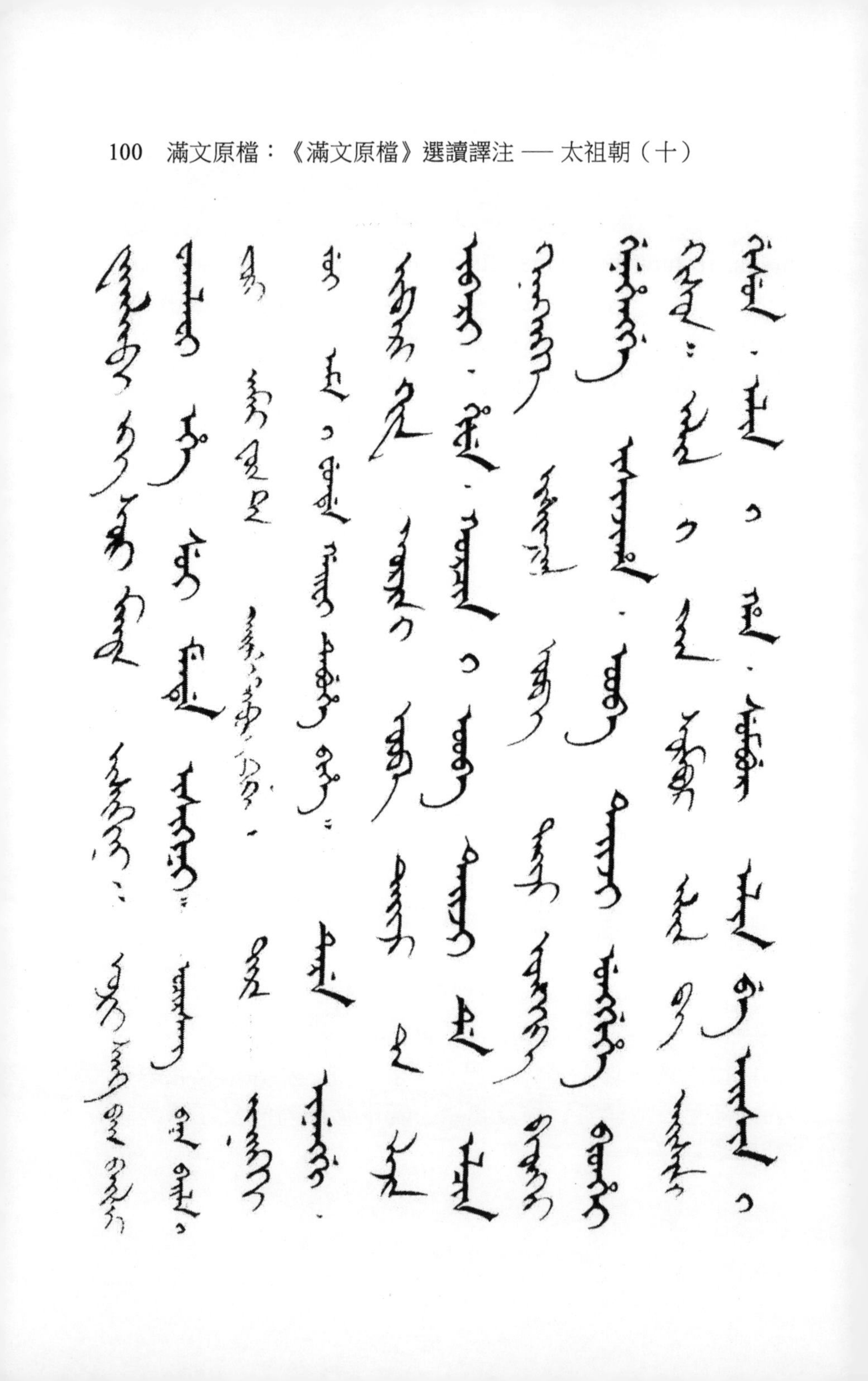

wakalafi ehe sui mende isikini. (ocirsang, bak beile i jui, ama i funde gaifi tebuhe bihe.) tere inenggi, ibari, hife, korcin i ooba taiji de elcin genehengge isinjiha. ooba taiji unggihe bithei gisun, alin i han, sumbur alin be aisin i

---

則受天地譴責，殃及我等。」（鄂齊爾桑乃巴克貝勒之子，曾代父為質。）是日，出使科爾沁奧巴台吉之伊巴里、希福還。奧巴台吉致書曰：「謹奏於猶如衆小金山環繞山王之須彌山[14]、

则受天地谴责，殃及我等。」（鄂齐尔桑乃巴克贝勒之子，曾代父为质。）是日，出使科尔沁奥巴台吉之伊巴里、希福还。奥巴台吉致书曰：「谨奏于犹如众小金山环绕山王之须弥山、

---

14 須彌山，句中「須彌」，《滿文原檔》寫作 “sümbor”，《滿文老檔》讀作 “sumbur”，係蒙文“sümbür”音譯詞，規範滿文讀作“sumiri”。漢、蒙、滿文「須彌」俱源自梵文“sumeru”，意即「妙高、妙光」。

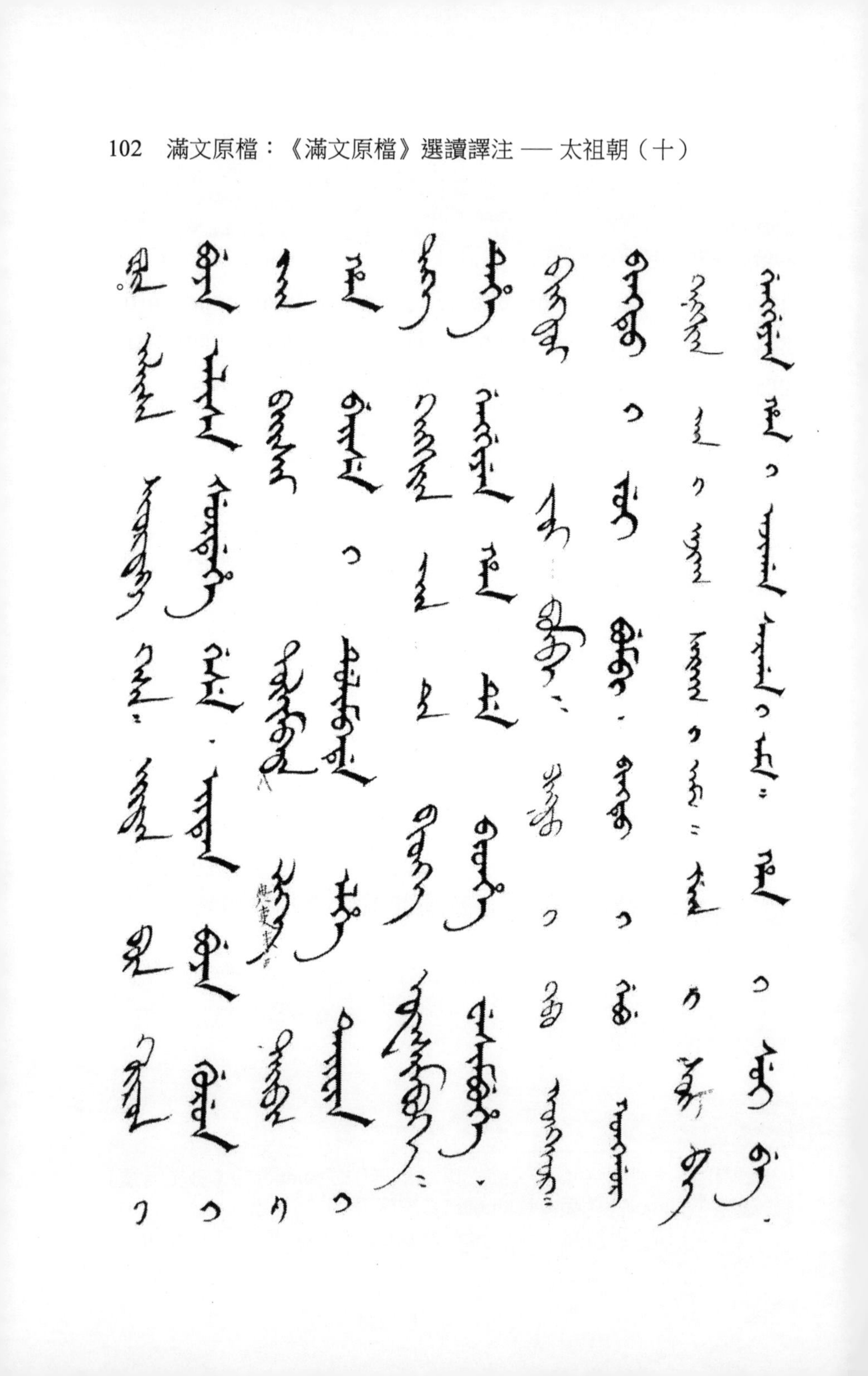

buya alisa šurdehe gese, eiten buya gurun i han beise i dulimbade elhe taifin i tehe genggiyen han de bithe wesimbuhe, bingtu i jui bumbi. (bingtu i gebu konggor, genggiyen han i ajigan sargan i ama.) han i sui be,

---

太平安居於諸小國汗貝勒中之英明汗：以冰圖之女嫁之矣。（冰圖名孔果爾，英明汗小妾之父。）汗所聘之女[15]，

太平安居于诸小国汗贝勒中之英明汗：以冰图之女嫁之矣。（冰图名孔果尔，英明汗小妾之父。）汗所聘之女，

---

[15] 汗所聘之女，《滿文原檔》寫作"kan i süi"，《滿文老檔》讀作"han i sui"；句中"sui"係蒙文"süi"借詞，意即「婚約」（參見《蒙漢詞典》，內蒙古大學蒙古學研究院蒙古語文研究所編，呼和浩特，內蒙古大學出版社，1999.12，頁 962）。

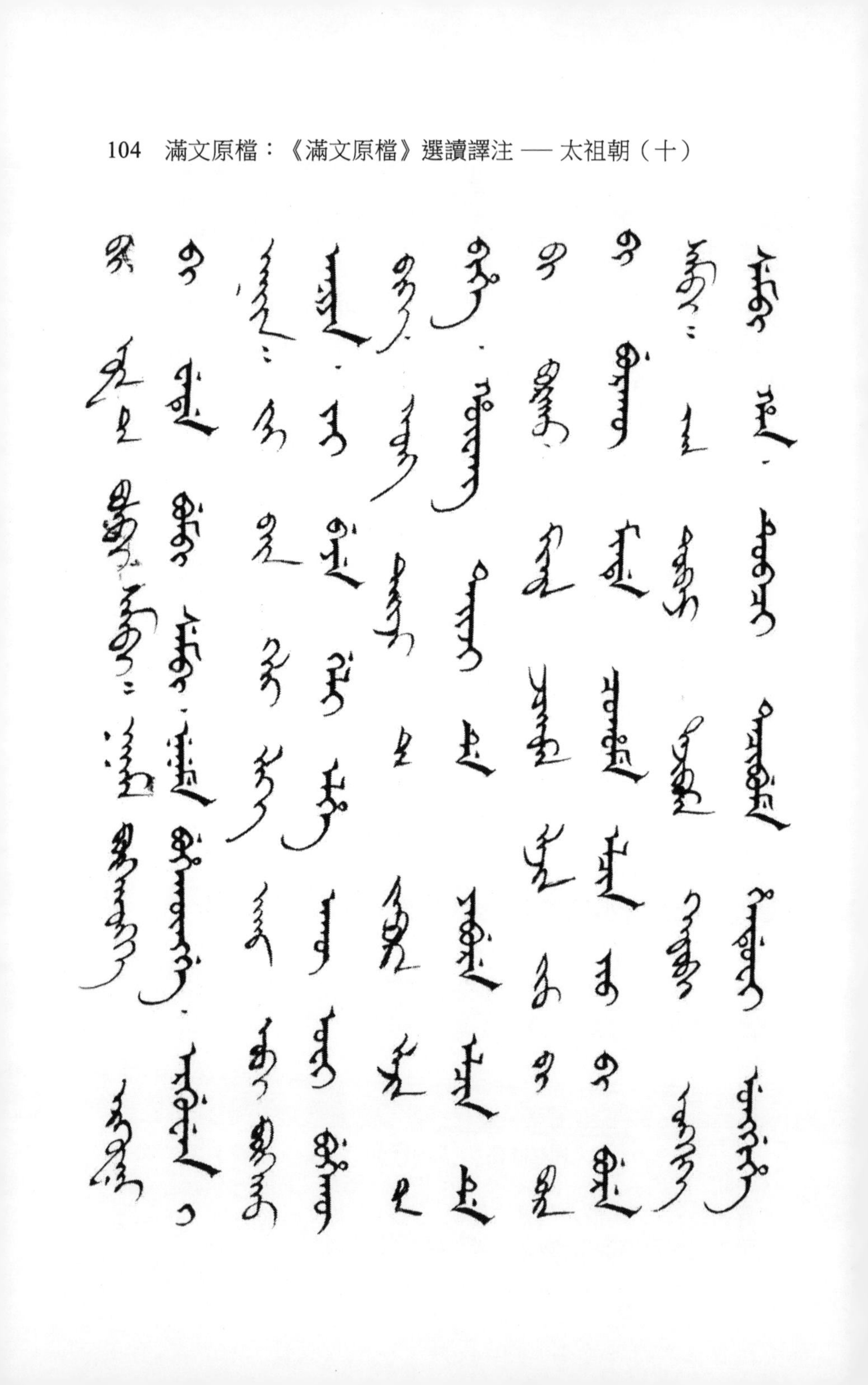

bi wede bumbi sembi. neneme buhekūngge, erguwen i aniya, jai beye geli elhe akū ofi buhekū bihe. hong taiji de yabure elcin de bi burakū, minde cohome elcin jio, bi bure sembi. han, tubaci tacibume hendufi unggihe

---

我能嫁與何人？先前未嫁者，因值本命年，又因身體欠安，以致未嫁。曾與洪台吉言，普通之使來則我不嫁，惟特遣之使來我處，則我准嫁之。夫汗之訓諭誠是。

我能嫁与何人？先前未嫁者，因值本命年，又因身体欠安，以致未嫁。曾与洪台吉言，普通之使来则我不嫁，惟特遣之使来我处，则我准嫁之。夫汗之训谕诚是。

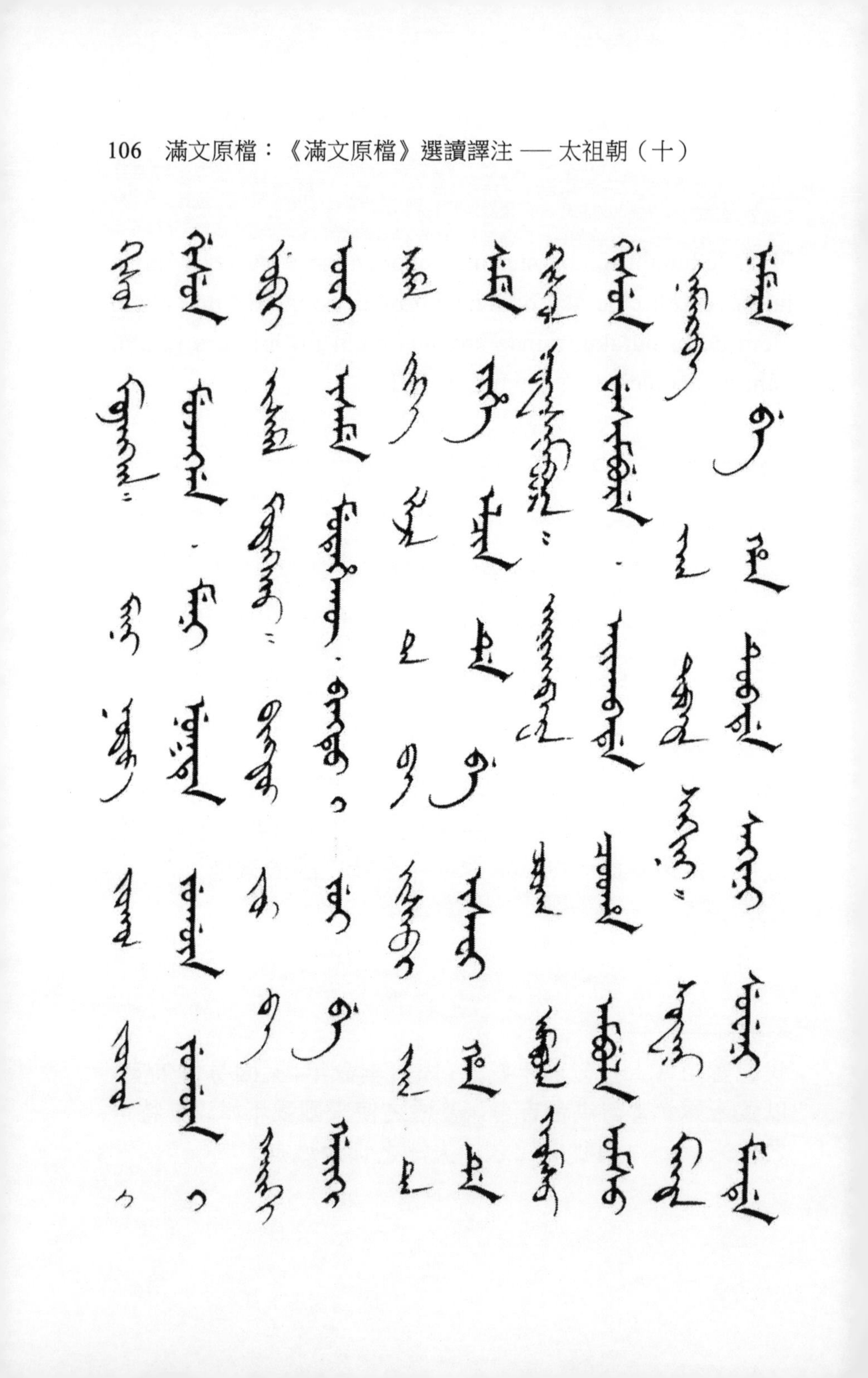

gisun mujangga. meni nukte jugūn jugūn i ofi isame mutehekū, bingtu i jui be gaiki seme jihe elcin de, be isafi han de gisun wesimbure, aikabade cooha ambula komso nemere be han tubade sakini. suweni mende

---

因我等游牧[16]各路分散，未能聚齊，待我等與前來娶冰圖女之使者相議後，奏聞於汗；若需加兵多少，請汗定奪。

因我等游牧各路分散，未能聚齐，待我等与前来娶冰图女之使者相议后，奏闻于汗；若需加兵多少，请汗定夺。

---

[16] 游牧，《滿文原檔》寫作"notoy-a"，訛誤，《滿文老檔》讀作"nukte"，改正。

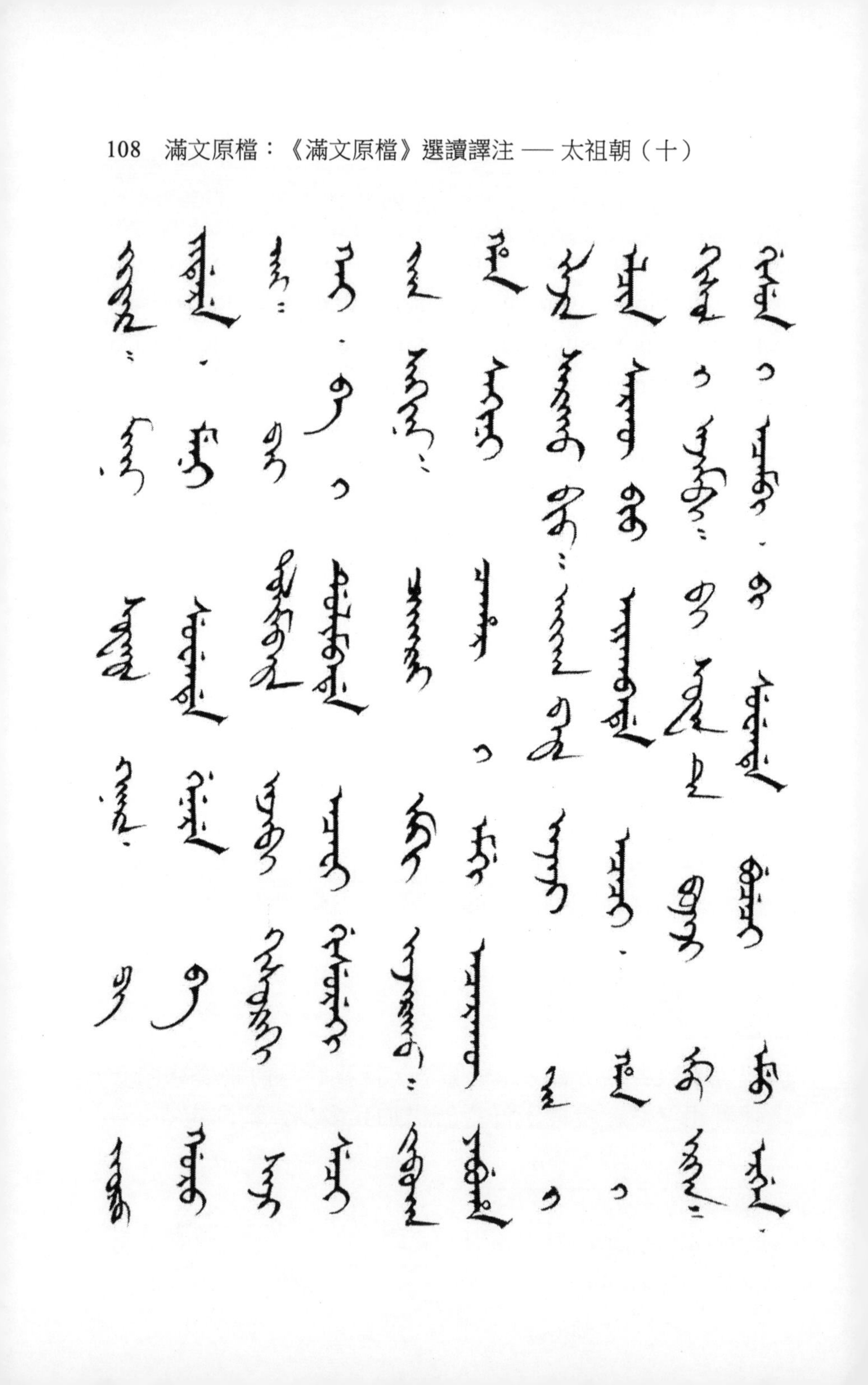

jidere, meni suwende genere, ba goro kai. ba i dulimbade acafi gisureki seci, han sakini. cahar i emgi acarakū, yabuha elcin sarkū bio. aikabade acaci, han i gisun i acambi. bi suwende buceci emu ergen,

---

爾來我處，我往爾地，地方遙遠也。若欲擇適中之地會議，惟請汗定奪。與察哈爾不合，往來使者，豈有不知？設若與之相合，必遵汗命。我為爾等而死，則盡一命，

尔来我处，我往尔地，地方遥远也。若欲择适中之地会议，惟请汗定夺。与察哈尔不合，往来使者，岂有不知？设若与之相合，必遵汗命。我为尔等而死，则尽一命，

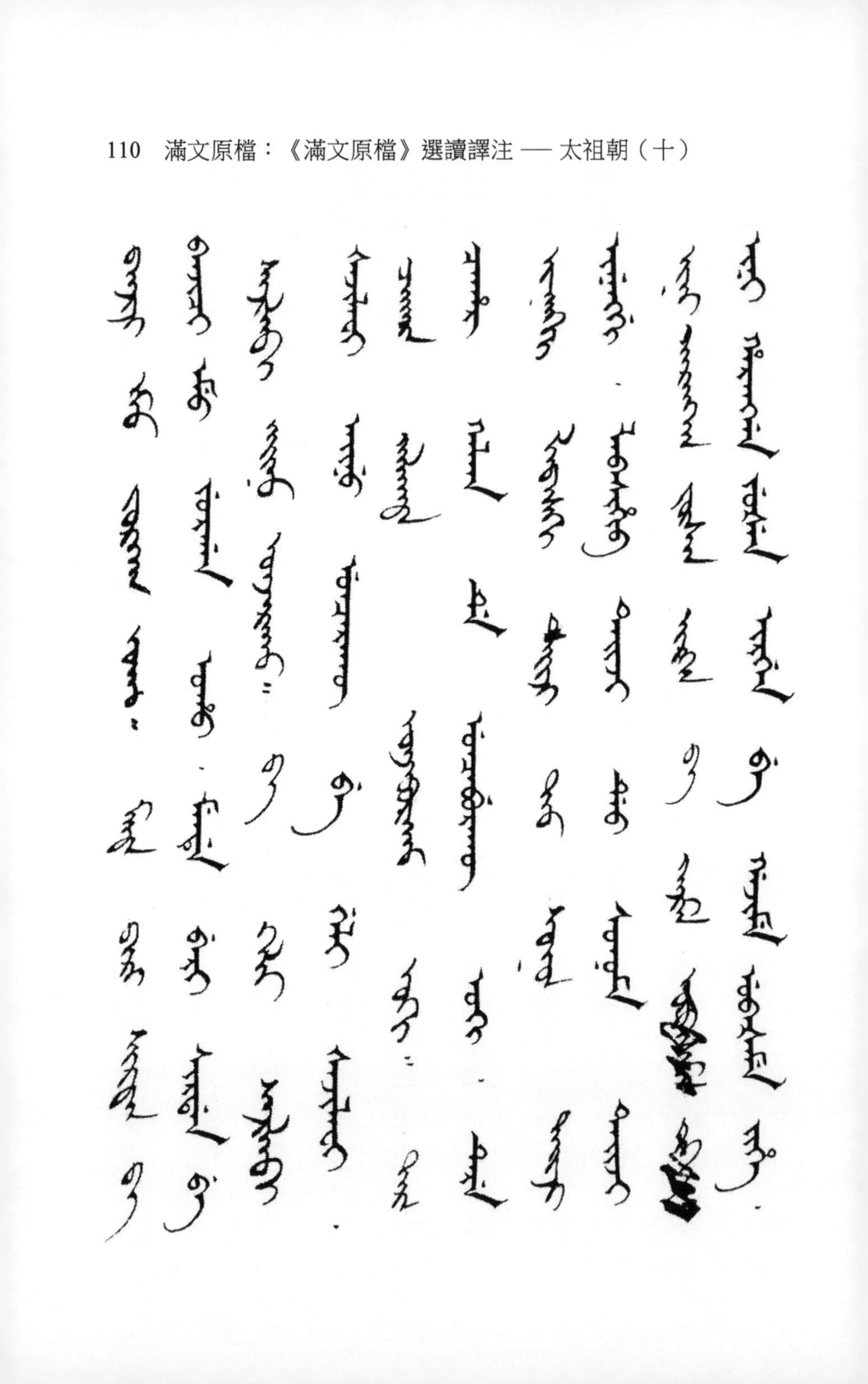

banjici emu jurgan oho. mende beri sirdan be šajilafi ainu uncarakū. be geli šajilafi, cahar, kalka de uncaburakū oki. tere inenggi, labasihib taiji, deo sonom taiji, ini harangga jušen irgen be gajime ubašame jihe.

生則守一義矣。為何禁售弓箭於我耶？吾將禁售於察哈爾、喀爾喀也。」是日，拉巴希席台吉及其弟索諾穆台吉率其所屬諸申民人叛來。

生则守一义矣。为何禁售弓箭于我耶？吾将禁售于察哈尔、喀尔喀也。」是日，拉巴希席台吉及其弟索诺穆台吉率其所属诸申民人叛来。

八、昭告天地

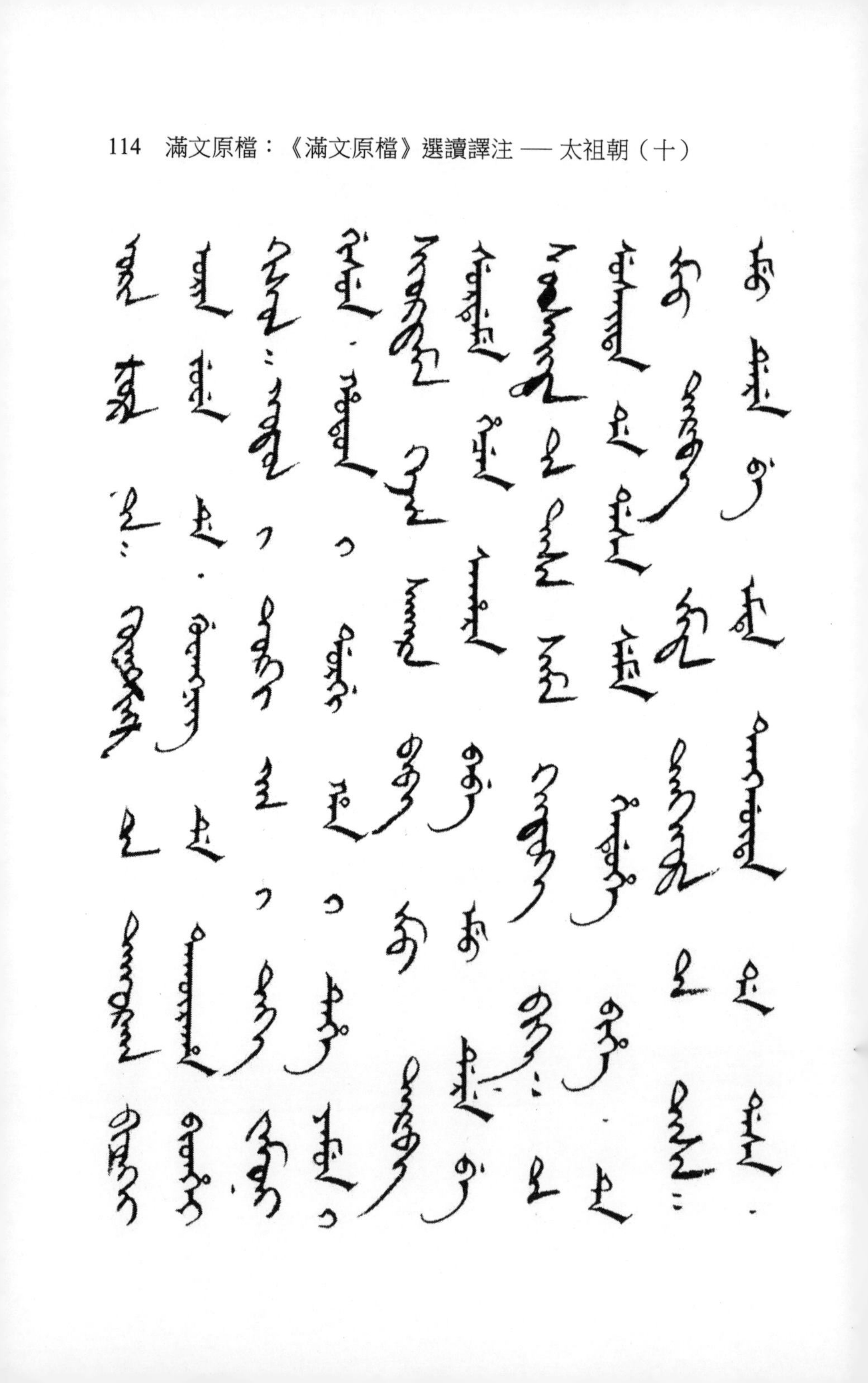

orin juwe de, guwangning de takūraha bithei gisun, hoton i dorgi han i tehe yamun i šurdeme hecen sahara babe, emu dere be susaita da dasa seme henduhe bihe. te emu dere be emte tanggūta da dasa.

二十二日，遣人齎書往廣寧。書曰：「曾命於城內汗居住衙門之周圍砌墻，每面修各五十庹，今改每面修各一百庹。

二十二日，遣人赍书往广宁。书曰：「曾命于城内汗居住衙门之周围砌墙，每面修各五十庹，今改每面修各一百庹。

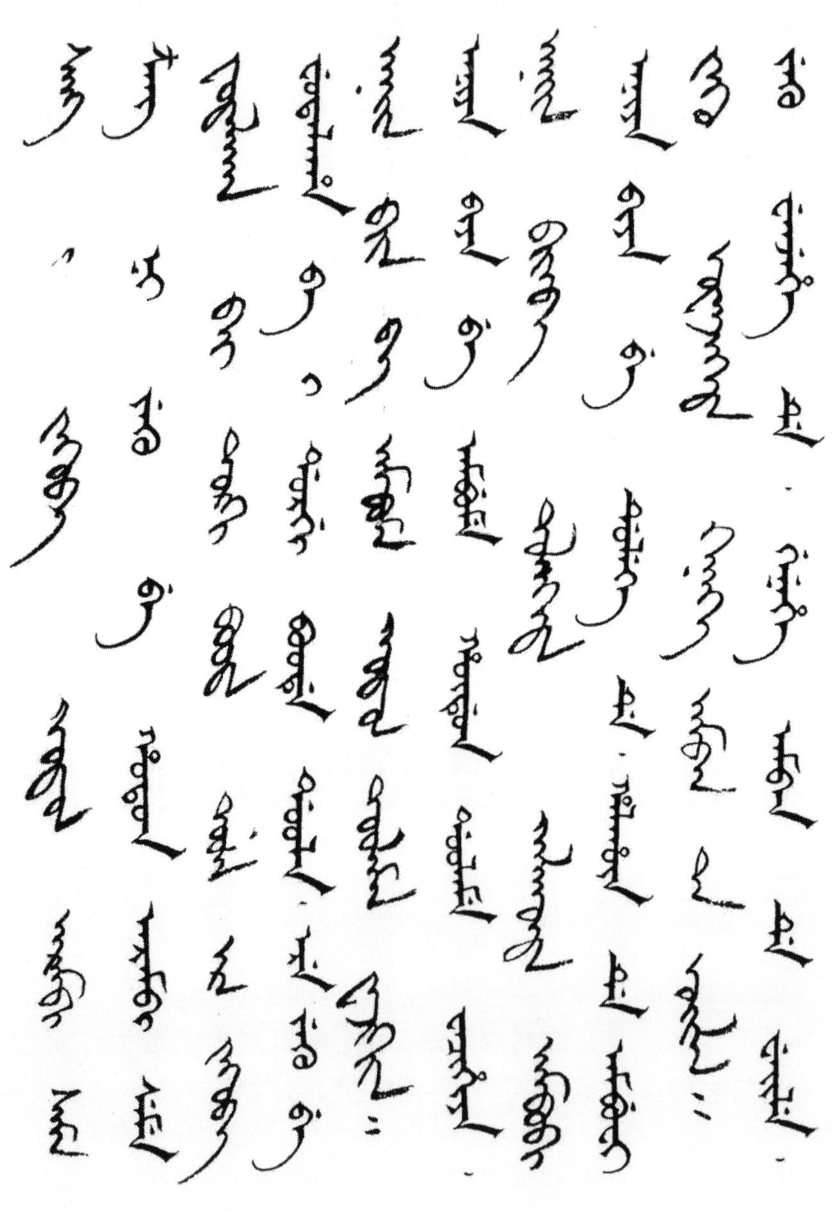

ts'ang ni jeku be, hoton arambi seme futalaha ba i dorgi boode doola. ere jeku be aniya biya be ambume hūdun doolame wacihiya, aniya biya be duleke de, halhūn de ambufi jeku wenjehe de, genehe amban de weile.

著將倉糧搬入為築城而丈量之城內房屋。限正月內從速搬運完竣，過正月，天熱糧霉[17]，則罪在前往之大臣也。」

着将仓粮搬入为筑城而丈量之城内房屋。限正月内从速搬运完竣，过正月，天热粮霉，则罪在前往之大臣也。」

---

[17] 糧霉，《滿文原檔》讀作 "jeku uwenjehe"，《滿文老檔》讀作 "jeku wenjehe"，意即「糧食受熱」。規範滿文讀作"jeku wenjefi ubame niyaha"，意即「糧食受熱霉爛」。

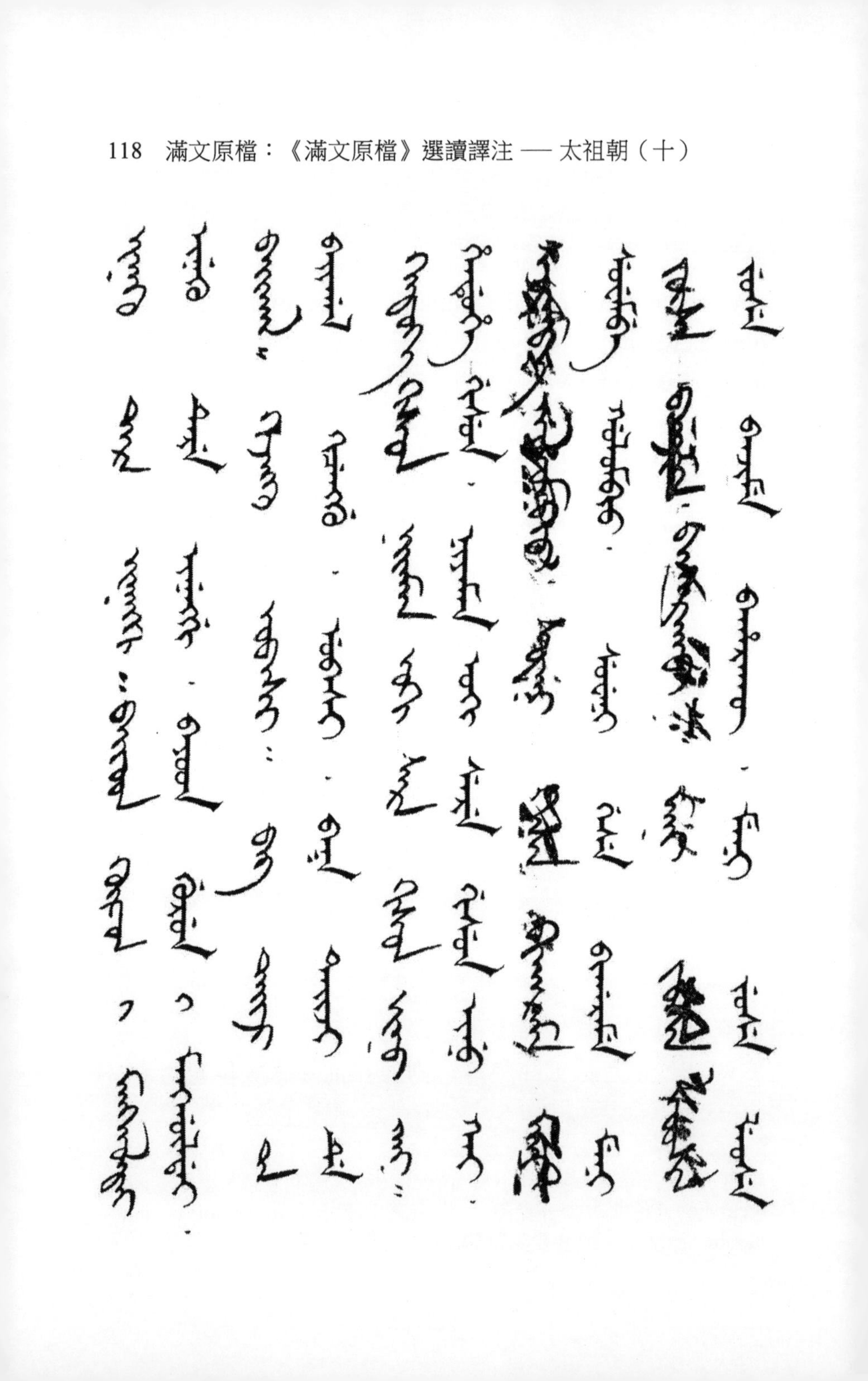

ineku tere inenggi, bayot gurun i manggūldai, baigal, kicenggu, ubasi, bak taiji de henduhe gisun, niyaman oki sere gisun inu kai. suwembe golombio. suweni gese bigarame meni juse banjime baharakū, meni juse leose

---

是日，諭巴岳特國之莽古勒岱、拜噶勒、齊成古、烏巴錫、巴克台吉：「求親之言誠然也。豈能嫌棄爾等耶？爾等行走野外，而我女則不能似爾等於野外過日子，

是日，谕巴岳特国之莽古勒岱、拜噶勒、齐成古、乌巴锡、巴克台吉：「求亲之言诚然也。岂能嫌弃尔等耶？尔等行走野外，而我女则不能似尔等于野外过日子，

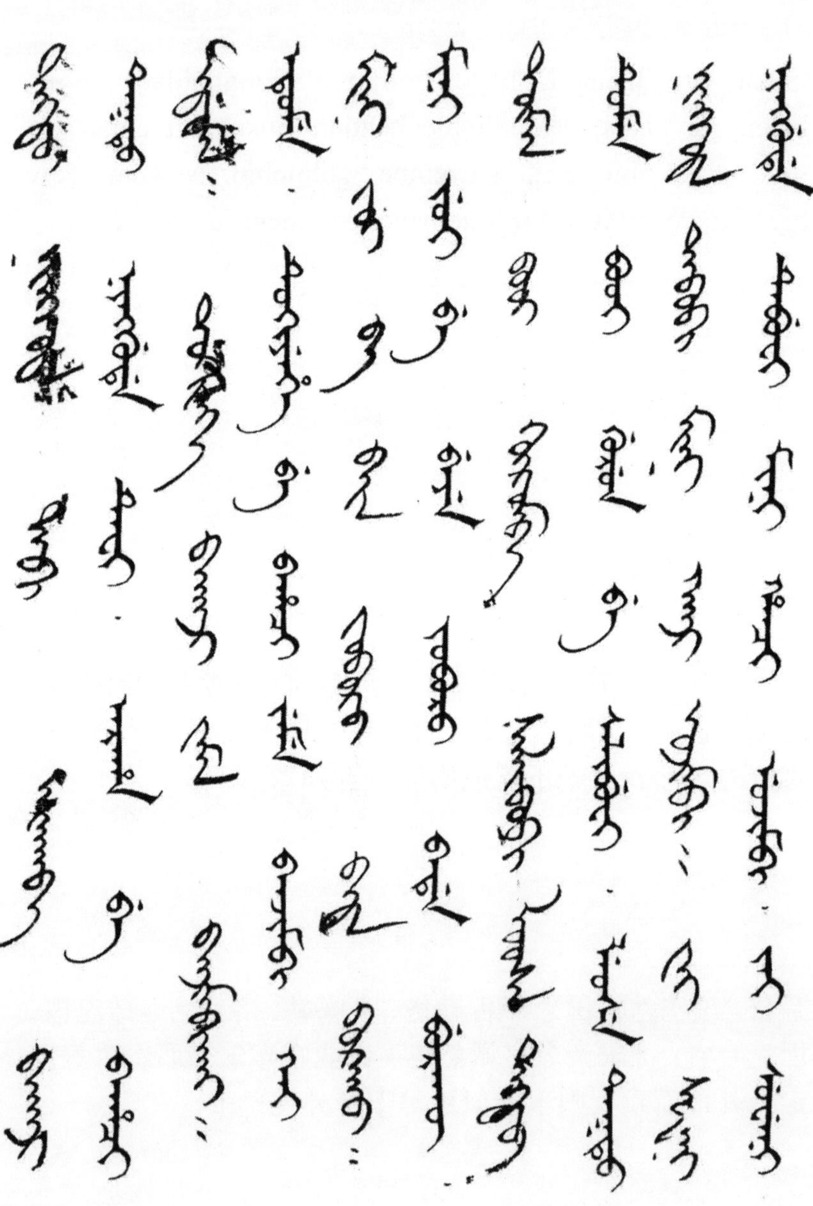

taktu ninggude tefi, araha be bahaci etume, tukiyehe be bahaci jeme banjimbi kai. mini jui be beye joboro bade burakū, tumen booi gurun be salibufi, leose taktu ninggude tebufi mini hanci ujimbi. jai suweni

---

我女居住樓閣之上，衣食齊備也。我不能嫁女於身受其苦之地，承受上萬家國之衆，俾其居住樓閣之上，靠近我而養育之。

我女居住楼阁之上，衣食齐备也。我不能嫁女于身受其苦之地，承受上万家国之众，俾其居住楼阁之上，靠近我而养育之。

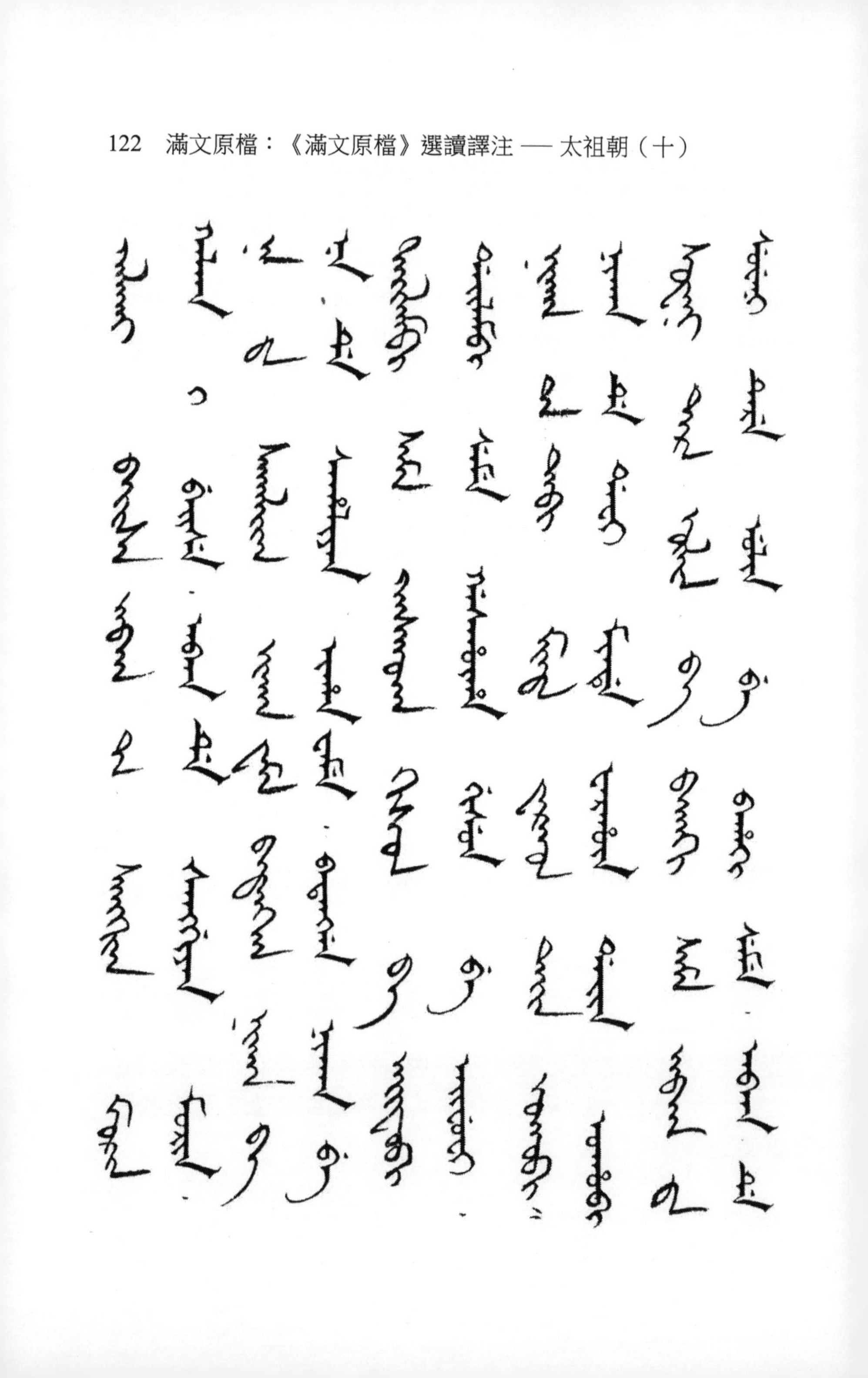

kalka i beise, abka de šanggiyan morin, na de sahaliyan ihan wame, batangga nikan be dailambi seme, gashūha gisun be aifufi, nikan de dafi minde farhūn dain ohobi. suweni tere ulin be bahaki seme, abka de

---

再爾喀爾喀諸貝勒，曾對天刑白馬、對地宰烏牛，盟誓征伐有仇之明國，乃渝誓言，暗助明國伐我。爾等欲得其財帛，

再尔喀尔喀诸贝勒，曾对天刑白马、对地宰乌牛，盟誓征伐有仇之明国，乃渝誓言，暗助明国伐我。尔等欲得其财帛，

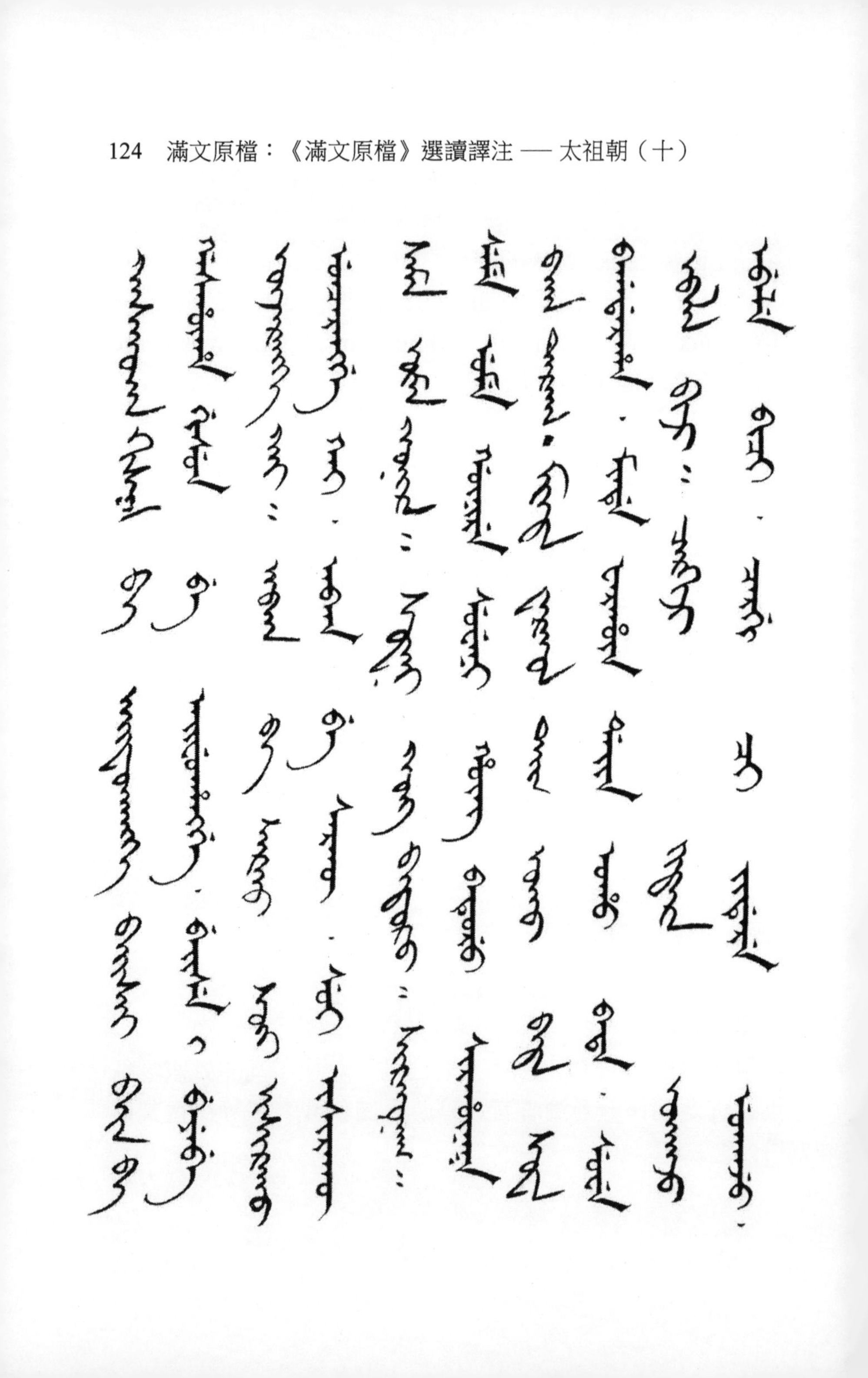

gashūha gisun be aifuhangge, beise i beyebe uncarangge kai. abka be sarkū, sui isirakū seme ume gūnire, suweni hūng baturu, sirhūnak, bagadarhan minde farhūn dain oho bata, suwe ebele bici, cargi ci jidere ukanju,

---

故背負對天盟誓之言，此乃出賣諸貝勒之身也。切勿以為天不知而不及罪。爾洪巴圖魯、希爾胡納克、巴噶達爾漢，尋釁與我為敵。爾等若在此地，諸貝勒將親眼目覩由彼處前來之逃人，

故背负对天盟誓之言，此乃出卖诸贝勒之身也。切勿以为天不知而不及罪。尔洪巴图鲁、希尔胡纳克、巴噶达尔汉，寻衅与我为敌。尔等若在此地，诸贝勒将亲眼目覩由彼处前来之逃人，

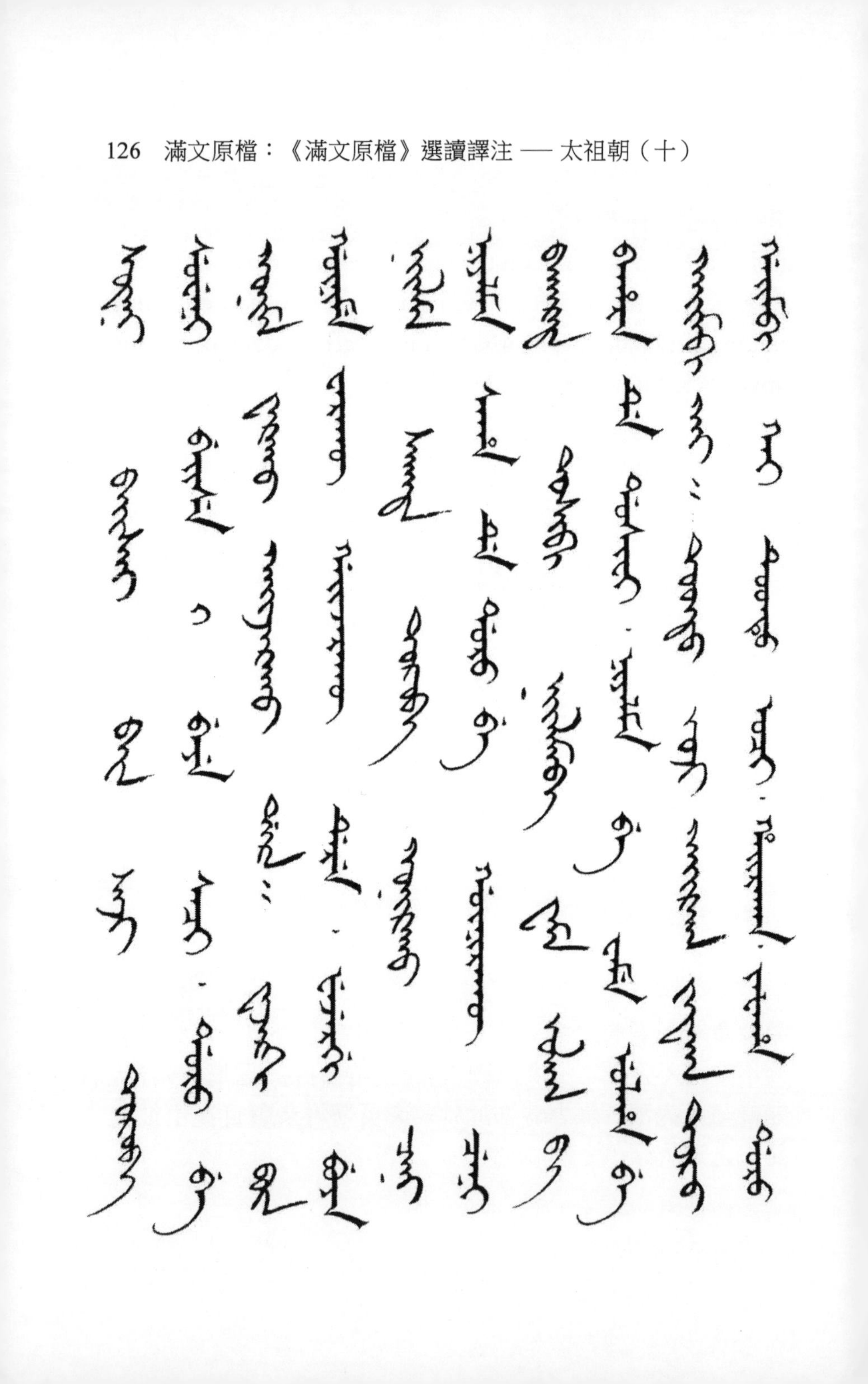

suweni beise i beye saci, doro be gūnime warakū gaijarakū dere. fejergi buya niyalma saha de, doro be gūnirakū ceni bahara de dosifi, niyalma be wame ulha be gaimbi kai. tuttu oci, hairakan, jafaha doro

---

亦將念及禮義而不加殺掠。除非爾屬下小人見之，不顧禮義，貪取其所獲而殺人劫畜也。若是如此貪得劫掠，

亦将念及礼义而不加杀掠。除非尔属下小人见之，不顾礼义，贪取其所获而杀人劫畜也。若是如此贪得劫掠，

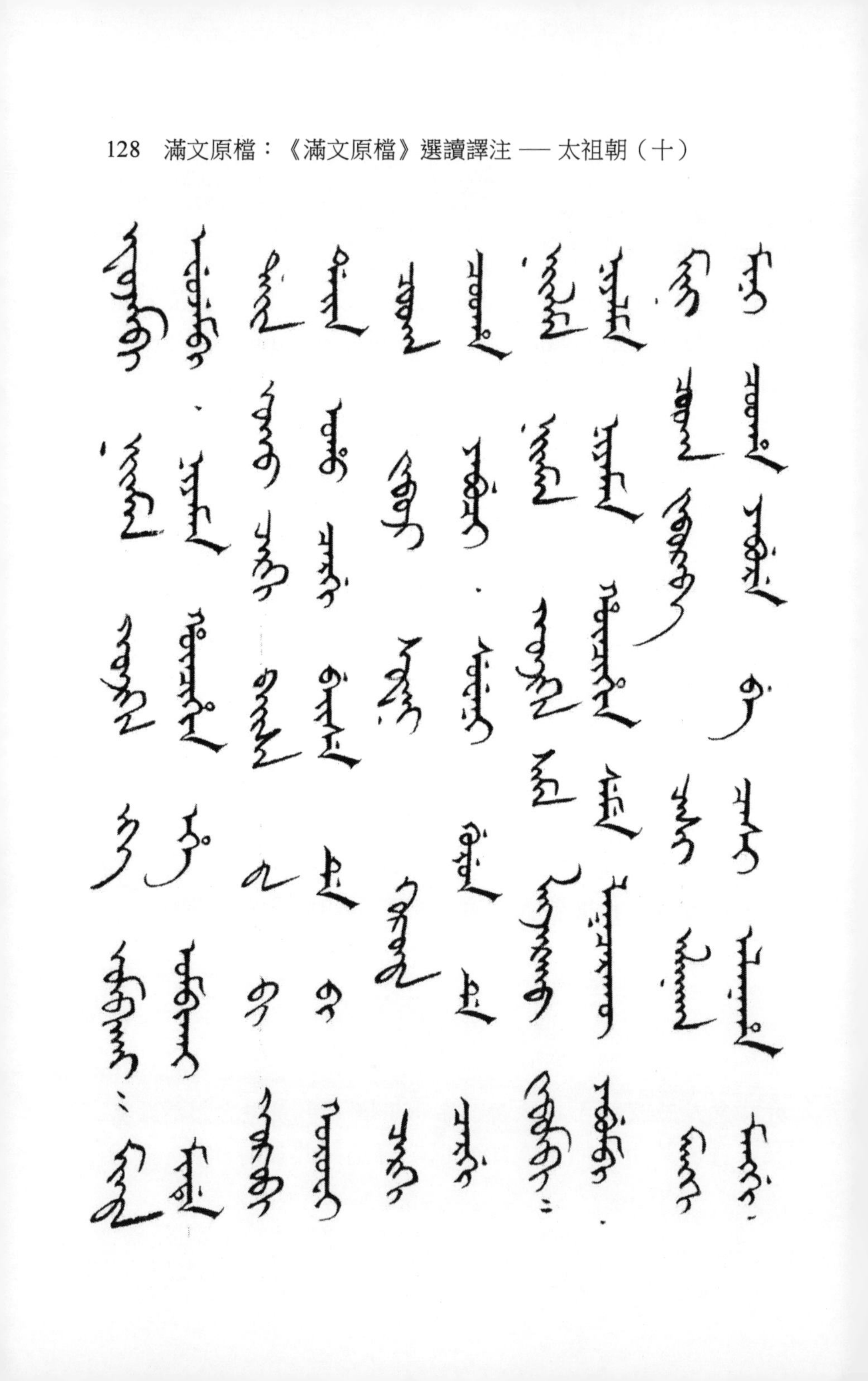

efujembi, niyaman hūncihin ehe ombikai. minde dain oho cargi beise de bi korofi cooha yabuci, suweni gurun de cargi niyalma niyaman hūncihin seme lakcarakū yabumbi, mini cooha yabure be casi alanaha manggi,

---

則敗壞禮義，親戚搆怨，誠以為憾也。彼處諸貝勒與我搆釁，我若憤而興兵，則彼處之人與爾國親戚之緣不絕，將我興兵之事傳至彼處後，

则败坏礼义，亲戚构怨，诚以为憾也。彼处诸贝勒与我构衅，我若愤而兴兵，则彼处之人与尔国亲戚之缘不绝，将我兴兵之事传至彼处后，

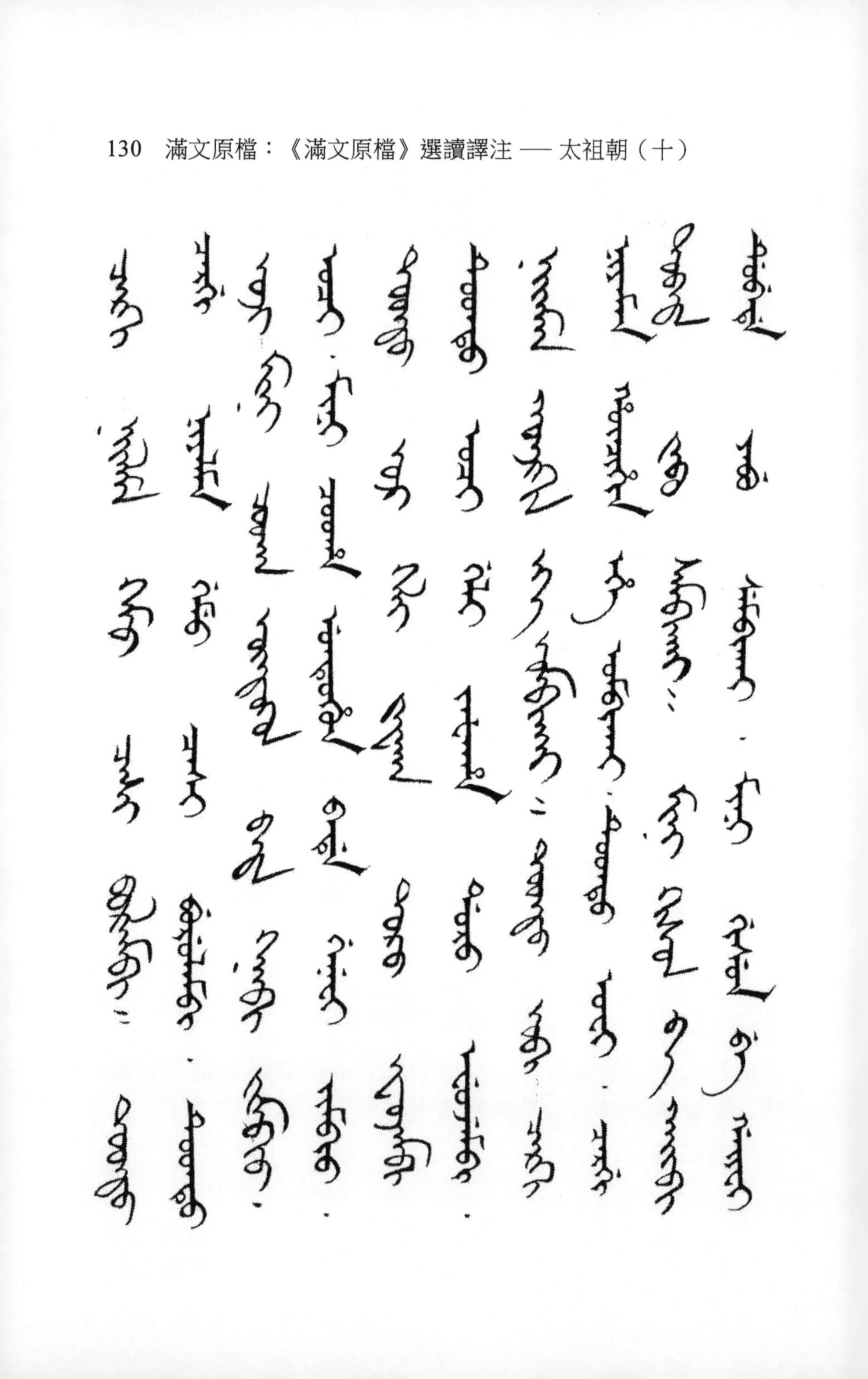

cargi niyalma gemu casi burulambi, tuttu oci, mini cooha untuhun bade genefi jimbio. tuttu oci, geli jafaha doro efujembi, niyaman hūncihin ehe ombikai. tuttu ofi, cargi dubede yabu sembikai. mini gisun be gaifi

---

彼處之人皆逃往他處，如此，則我軍豈不徒勞往返乎？如此，則敗壞禮義，親戚搆怨也。因此，命爾與其疏遠也。若能接受我言，

彼处之人皆逃往他处，如此，则我军岂不徒劳往返乎？如此，则败坏礼义，亲戚构怨也。因此，命尔与其疏远也。若能接受我言，

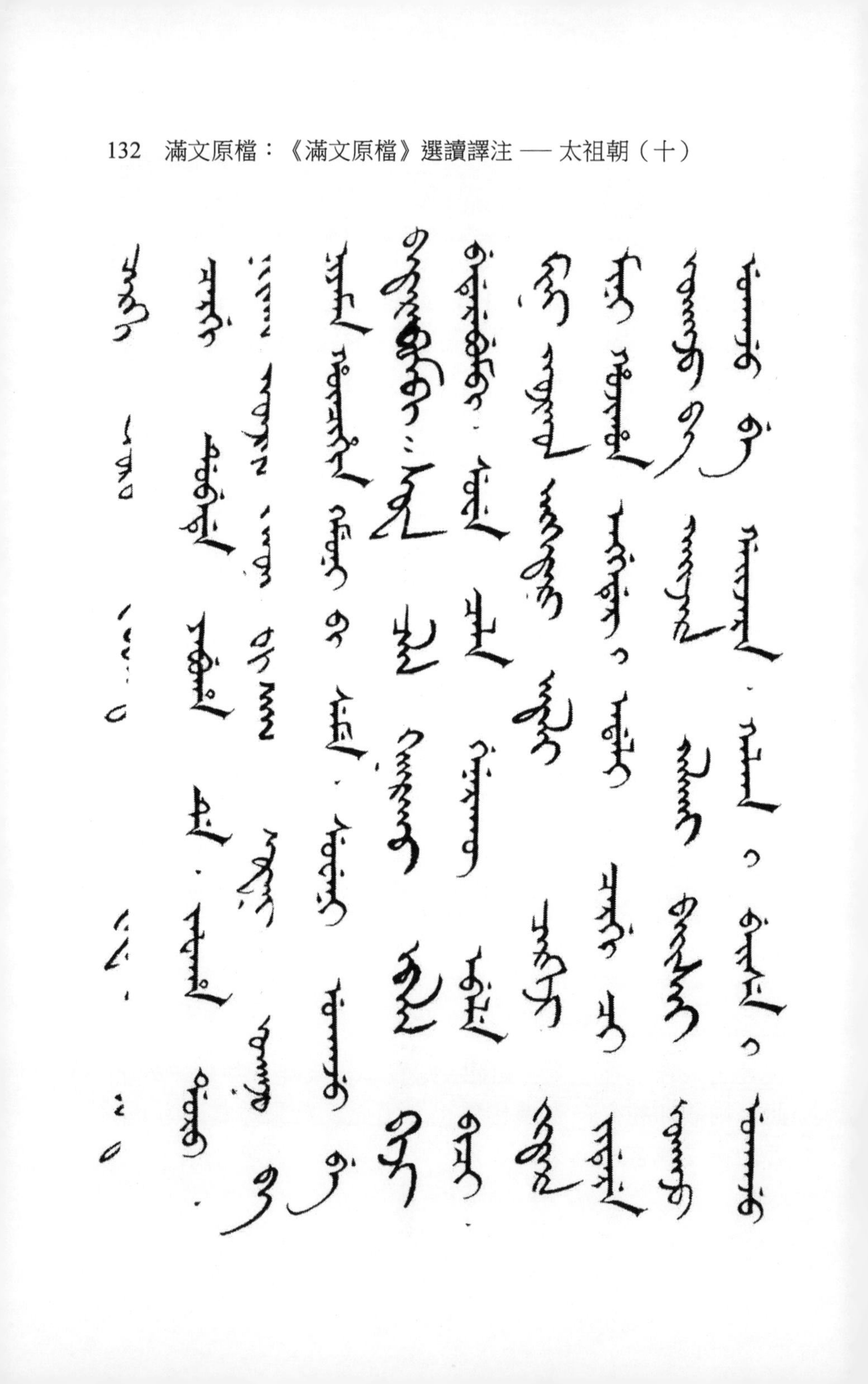

cargi dubede yabuha de, jafaha doro, niyaman hūncihin kemuni bi seme, suweni ukanju be bederebumbi. suwe cala generakū ebele bici, mini hojihon enggeder i adali cargi ci jidere ukanju be gaijara, kalka i beise i ukanju

---

與之疏遠，則禮義仍在，親戚猶存，並可歸還爾之逃人。爾等若不前往，仍留此地，則待爾必與我婿恩格德爾相同，亦與收管從彼處前來逃人及看守喀爾喀諸貝勒處逃人之

与之疏远，则礼义仍在，亲戚犹存，并可归还尔之逃人。尔等若不前往，仍留此地，则待尔必与我婿恩格德尔相同，亦与收管从彼处前来逃人及看守喀尔喀诸贝勒处逃人之

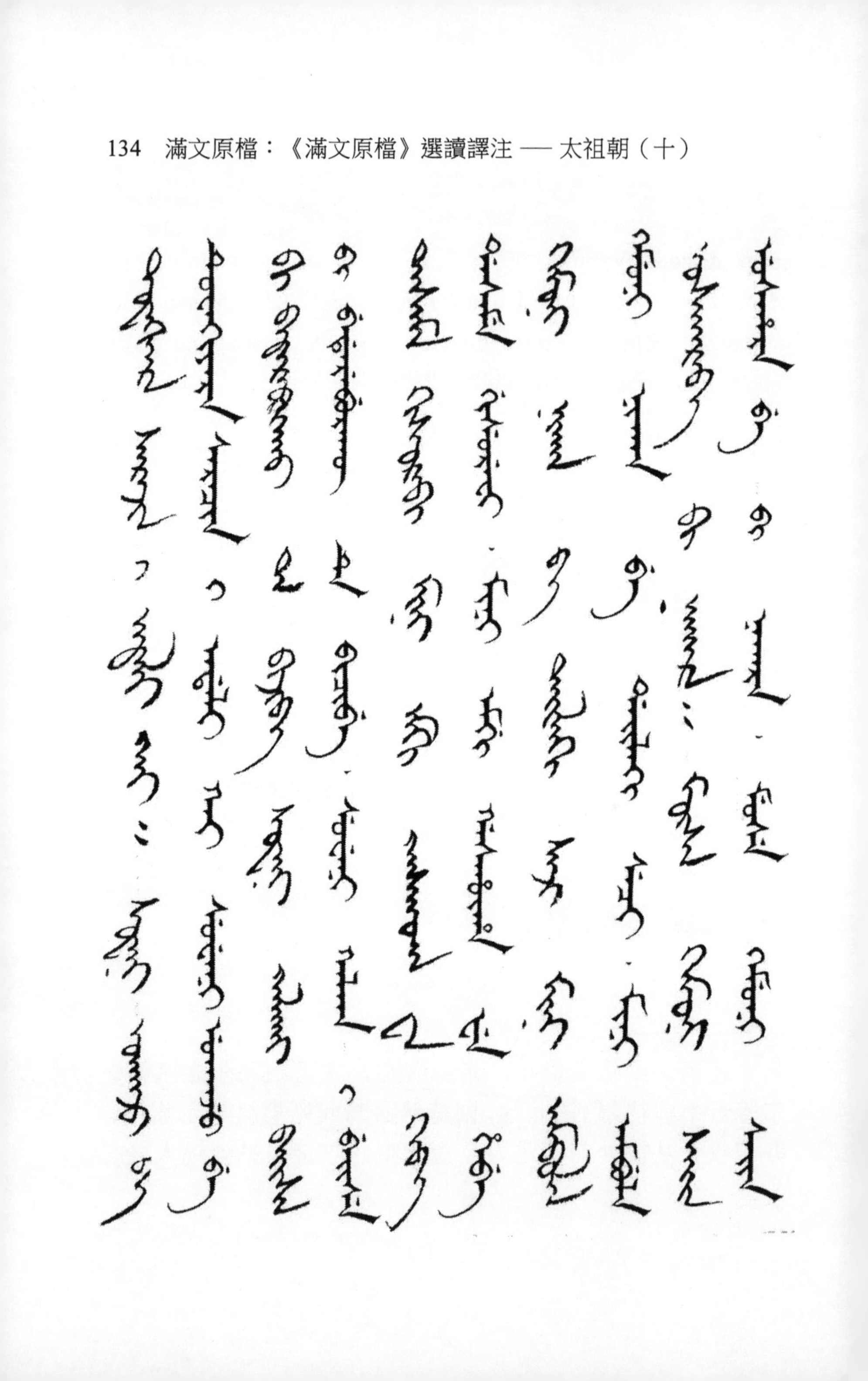

tuwakiyara saracin i adali kai. suweni ukanju be bi bedereburakū. te bicibe, suweni kalka i beise dasame gisurefi, mini emgi gashūha fe hebe kemuni nikan be dailaki seci, mini ambula ushara be bi nakara, muse kemuni sain

---

薩拉沁相同也，我並不歸還爾等逃人。如今，爾等喀爾喀諸貝勒復議，與我盟誓仍舊共謀伐明，則自解我大恨，我等仍修舊好。

萨拉沁相同也，我并不归还尔等逃人。如今，尔等喀尔喀诸贝勒复议，与我盟誓仍旧共谋伐明，则自解我大恨，我等仍修旧好。

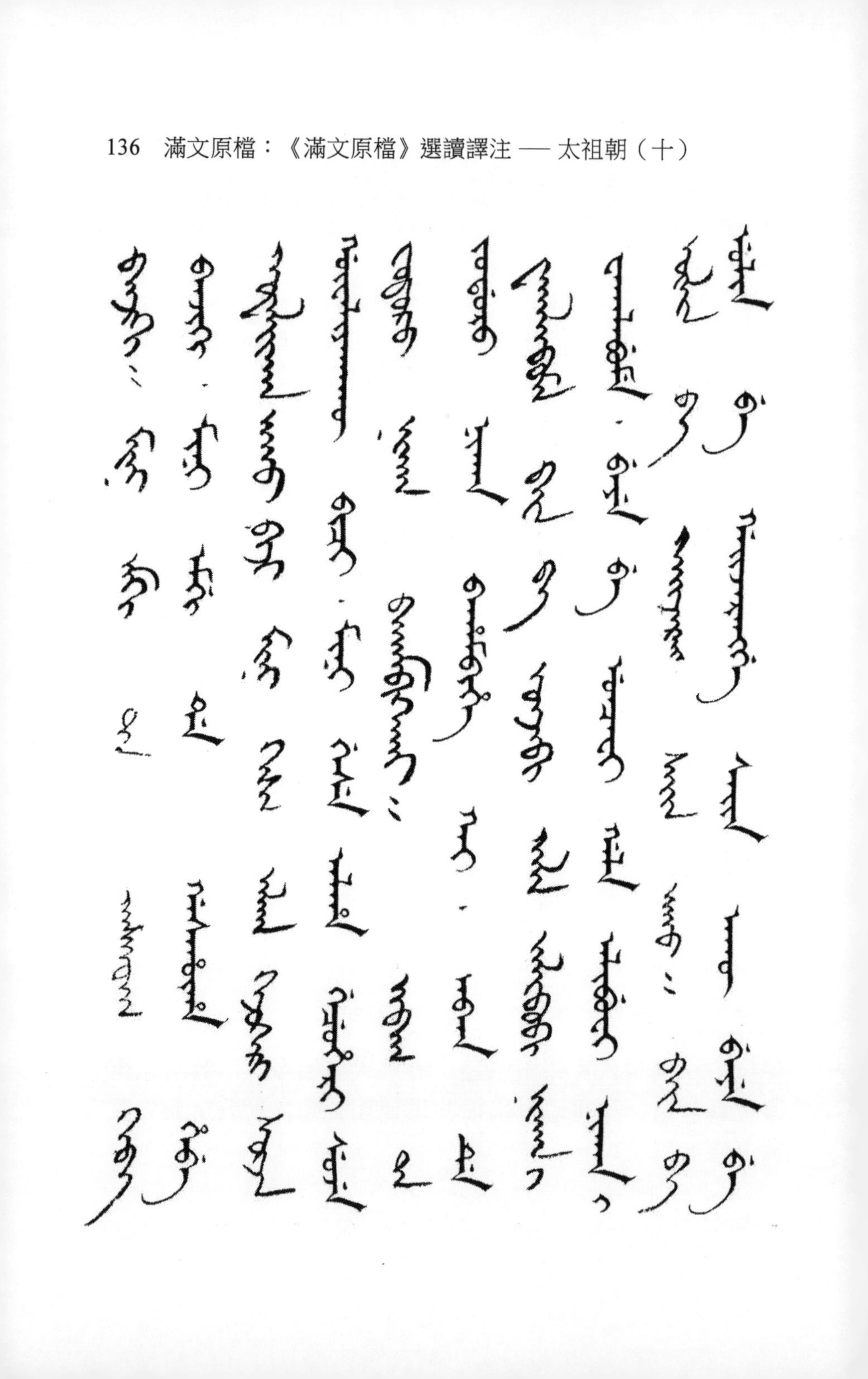

banjiki. mini emgi da gashūha hebe gūwaliyakakū bici, mini gese alha, gecuheri, suje jodoro nikan bahambihe kai. abka de wakalabume, beye be uncafi gala alibufi nikan i ulin be gaijarangge sain akū, beye be

---

倘若不渝當初與我盟誓之言，恐已與我同樣獲得織造閃緞、蟒緞之漢人也。凡受天譴，賣身投靠，貪取明人之財者，皆無善果，

倘若不渝当初与我盟誓之言，恐已与我同样获得织造闪缎、蟒缎之汉人也。凡受天谴，卖身投靠，贪取明人之财者，皆无善果，

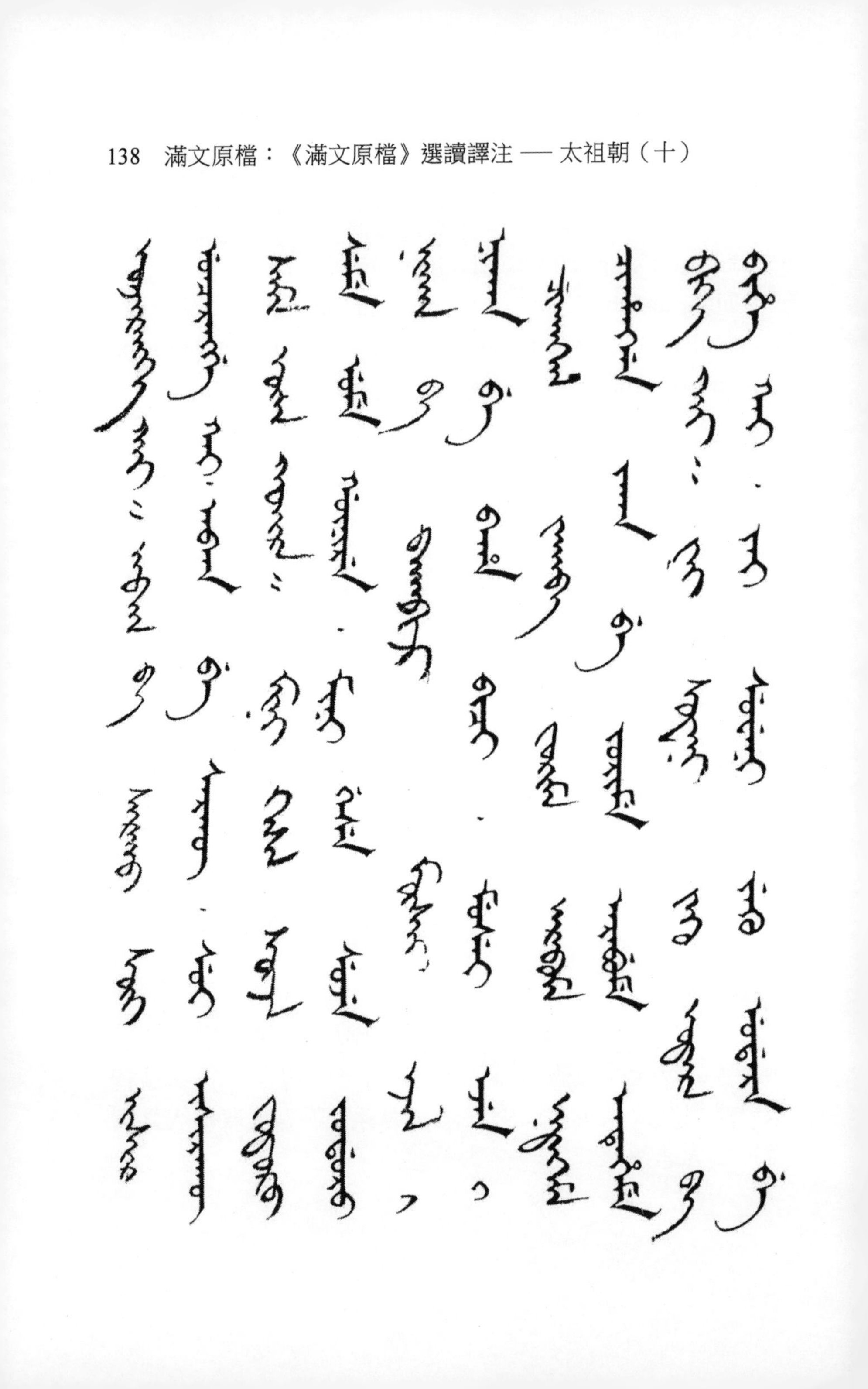

uncarangge kai. abka be sarkū, sui isirakū seme ume gūnire. mini gese suje jodoro nikan be baha bici, musei ejen i cihangga jaka be jorime arabume enteheme bihe kai. jai suweni jeku udara be

---

唯有典賣其身也。勿以為天不知而罪不及。倘若與我同樣獲得織緞之漢人，將永久為我等主人織造所愛之物也。

唯有典卖其身也。勿以为天不知而罪不及。倘若与我同样获得织缎之汉人，将永久为我等主人织造所爱之物也。

九、尊卑貴賤

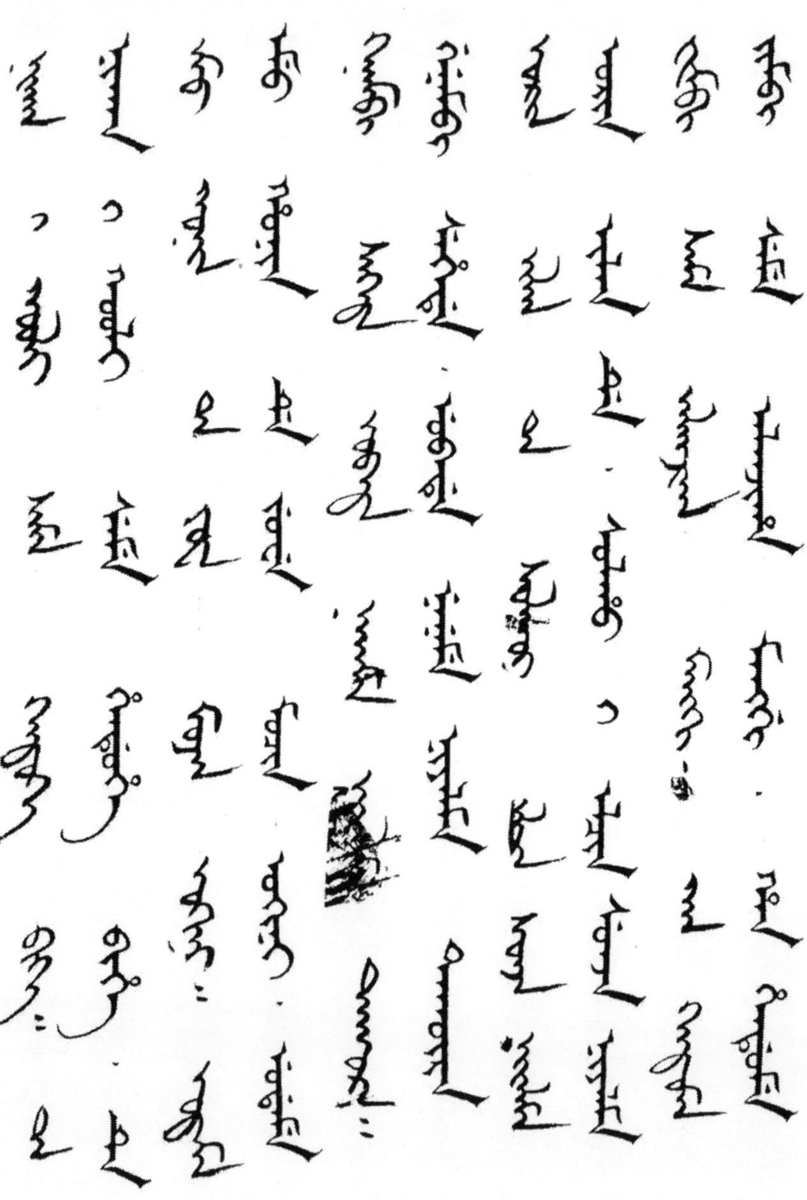

nikan i kooli seme henduhebihe. te emu honin de juwe mocin okini. udame genembi sehede, ubade neneme niyalma takūra. orin ilan de, solho i elcin sunja niyalma jimbi seme alanjiha manggi, han hendume,

---

再者，曾諭爾等准按明例糴糧。今准以羊一隻抵毛青布二疋，若有前往購買者，當先行遣人至此。」二十三日，來告朝鮮使者五人將前來後，汗曰：

再者，曾谕尔等准按明例籴粮。今准以羊一只抵毛青布二疋，若有前往购买者，当先行遣人至此。」二十三日，来告朝鲜使者五人将前来后，汗曰：

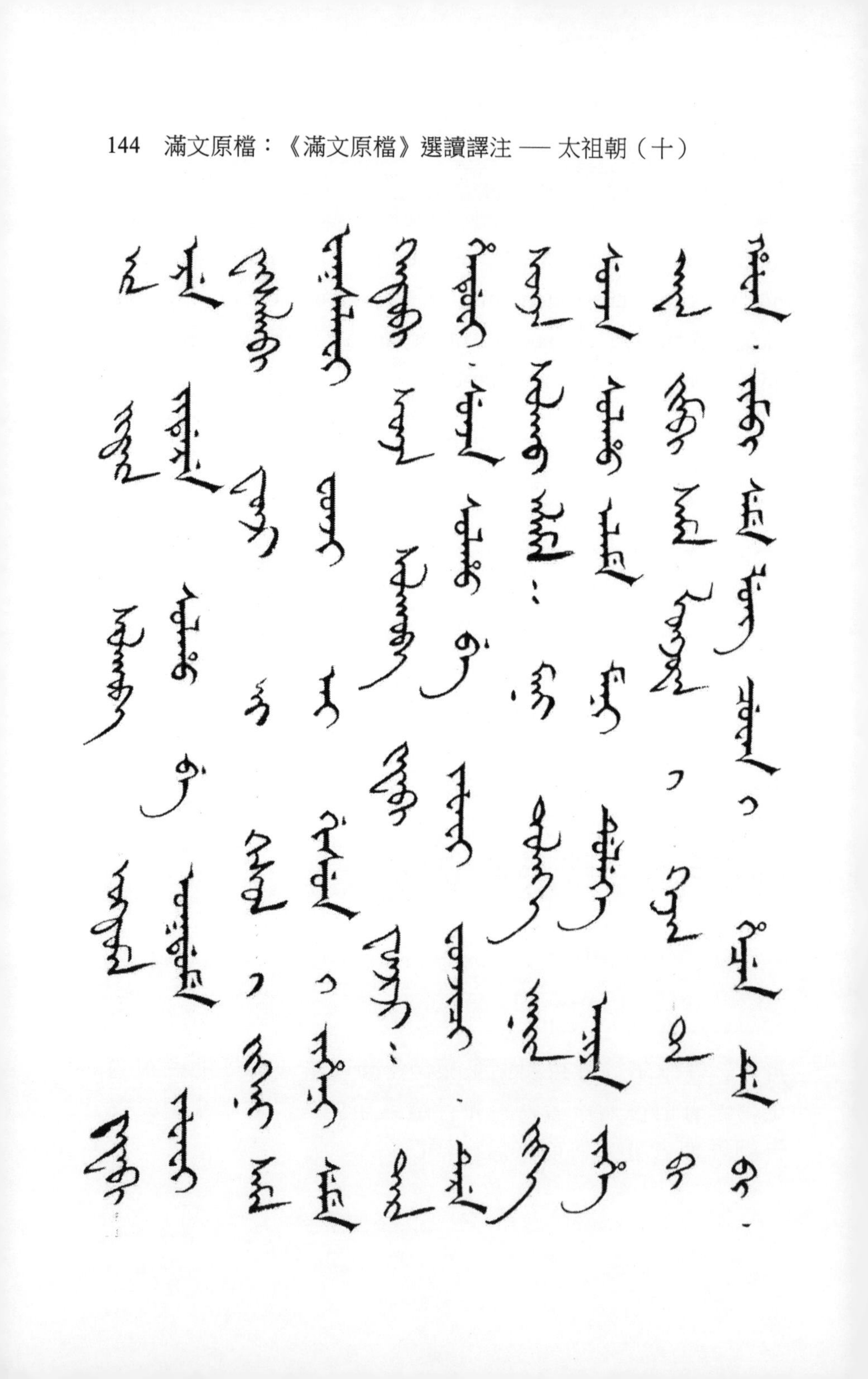

ere jidere solho be okdome jafafi faksalafi fonji, ai gisun i jiheni seme hendufi, sunja solho be jafafi fonjici. tere sunja solho alame, meni duleke aniya jihe hafan jimbi seme, lung cuwan i hecen de bi,

---

「著緝拏該前來之朝鮮人，並分別詢問，其來有何言語？」遂緝拏五朝鮮人，加以詢問。該五朝鮮人供曰：「我國去歲前來之官將至，今在龍川城，

「着缉拏该前来之朝鲜人，并分别询问，其来有何言语？」遂缉拏五朝鲜人，加以询问。该五朝鲜人供曰：「我国去岁前来之官将至，今在龙川城，

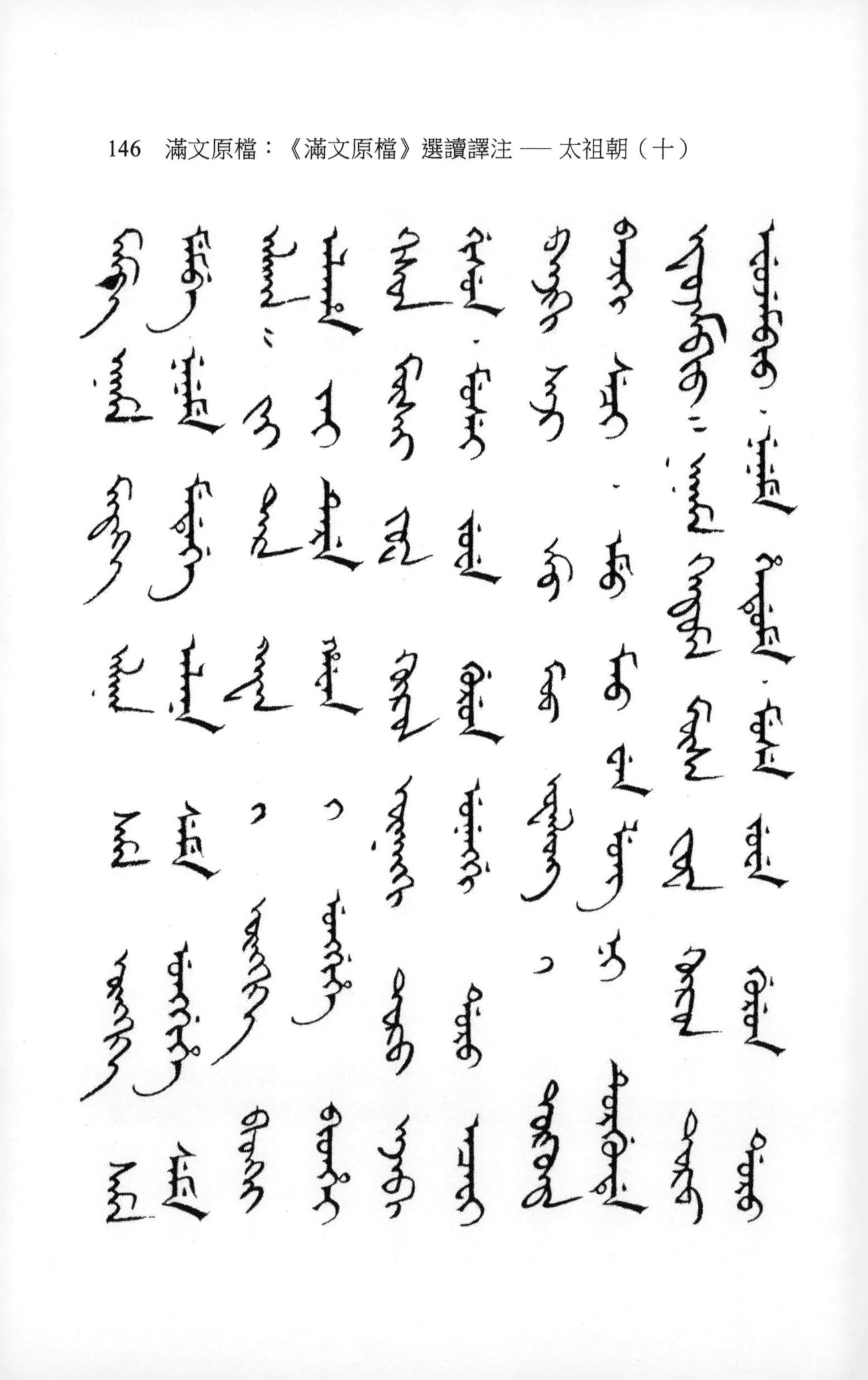

membe neneme medege alana seme unggihe seme alaha. jai tere hafan i unggihe bithei gisun, musei juwe gurun unenggi doro acafi banjiki seci, emu mao wen lung ni turgunde efujembio. neneme hendume, muse juwe gurun doro

---

先行遣派我等前來送信。」再閱其官員來書，內稱：「我兩國如欲真誠修好，豈可因一毛文龍而遭破壞耶？先前有言，我兩國若和好，

先行遣派我等前来送信。」再阅其官员来书，内称：「我两国如欲真诚修好，岂可因一毛文龙而遭破坏耶？先前有言，我两国若和好，

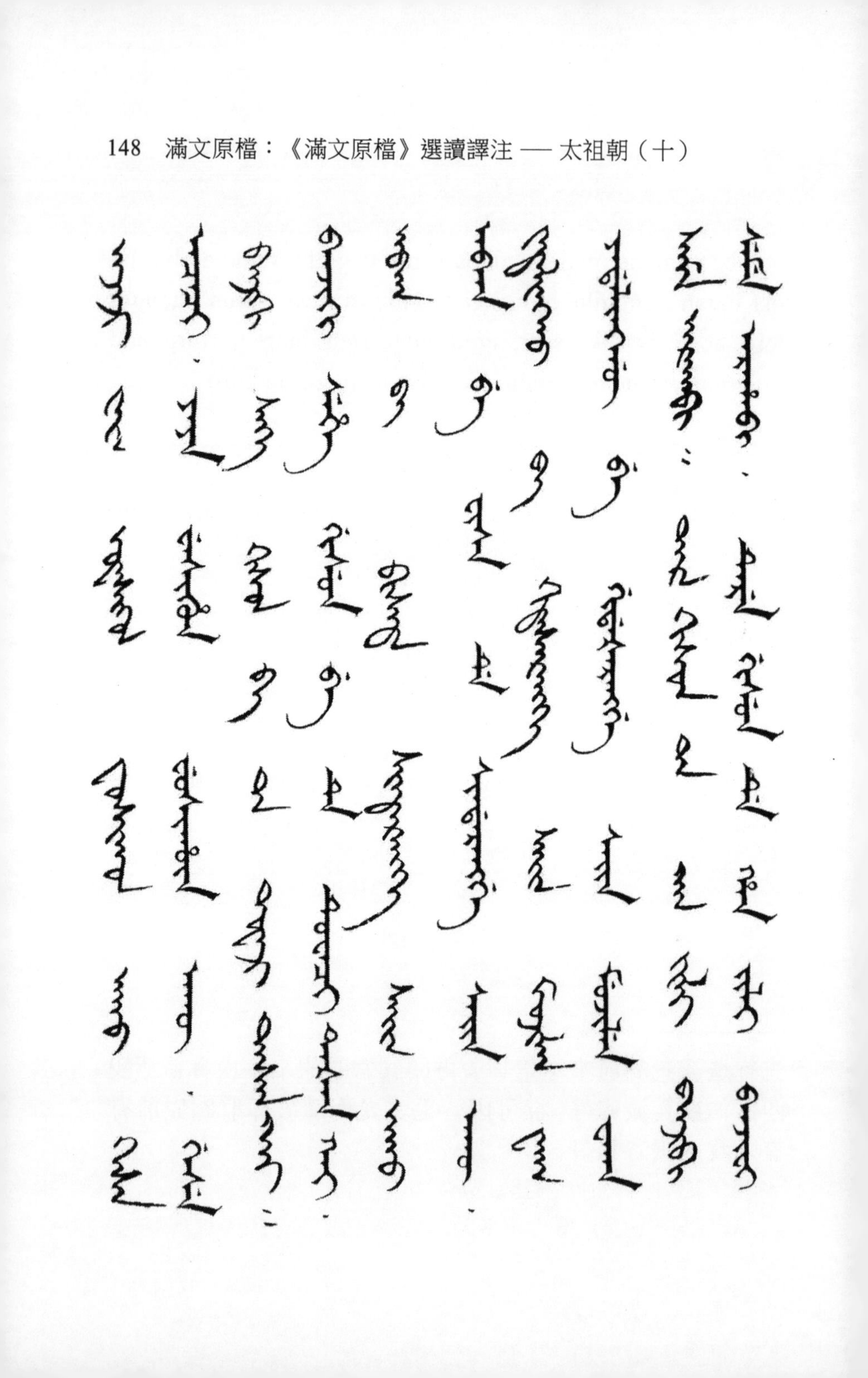

acaci, yaya wesihun fusihūn akū, gese banjiki sehe gisun be te tuwaci tašan kai. abka be fisa de sindarangge sain akū, yadalinggū be gidašarangge sain mujilen waka seme arahabi. tere gisun de han jili banjifi

---

即無論尊卑貴賤平等相處。今觀其言，虛也。背天而釋者非善行，恃強凌弱者非良心。」汗聞其言，怒曰：

即无论尊卑贵贱平等相处。今观其言，虚也。背天而释者非善行，恃强凌弱者非良心。」汗闻其言，怒曰：

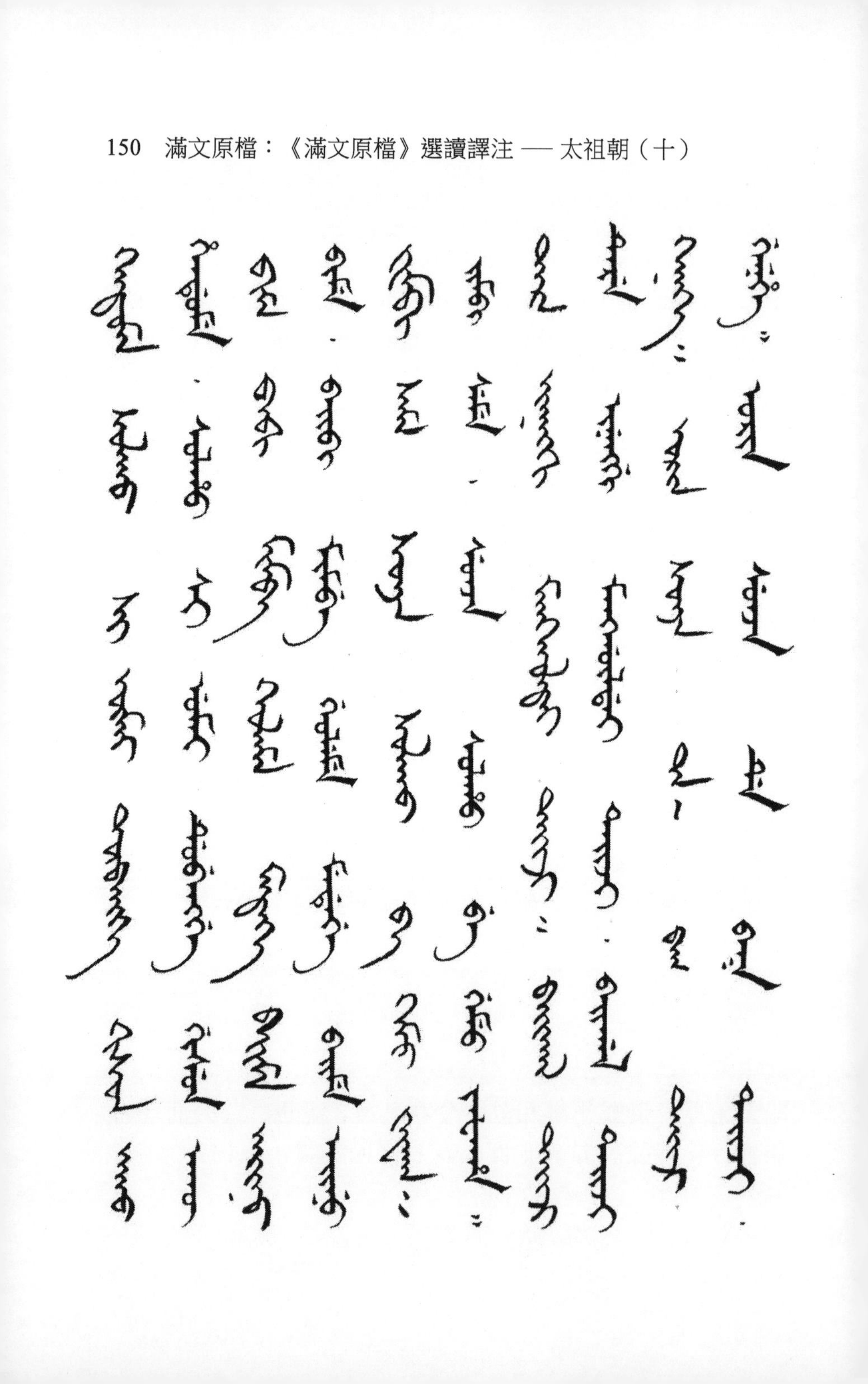

hendume, solho si umai dubengge gisun akū bime, baibi mimbe geoleme medege baime ainu jimbi seme, sunja solho be gemu jafaha. tere inenggi, manggūldai taiji, baigal taiji genehe. orin sunja de, bak taiji,

爾朝鮮言不盡意，純屬廢話，爾等為何悄然前來探我信息？」遂將該五朝鮮人皆執之。是日，莽古勒岱台吉、拜噶勒台吉返回。二十五日，遣巴克台吉、

尔朝鲜言不尽意，纯属废话，尔等为何悄然前来探我信息？」遂将该五朝鲜人皆执之。是日，莽古勒岱台吉、拜噶勒台吉返回。二十五日，遣巴克台吉、

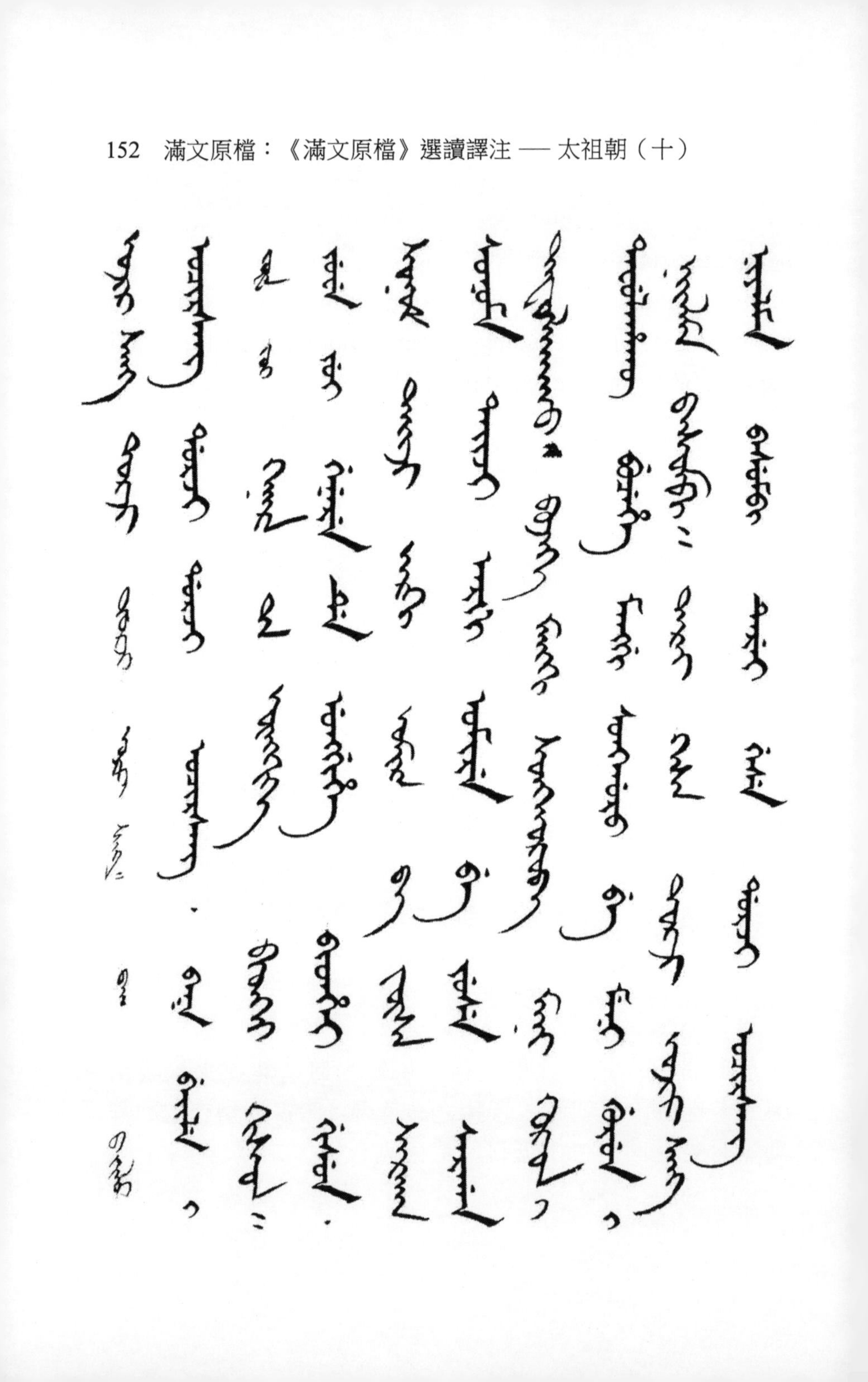

ocirsang, dorji, (dorji, ocirsang, bak beile i juwe jui.) genere de unggihe bithei gisun, sonom taiji arki omire be juse sargan tafulahakū, bucehe manggi songgoro be, meni gurun i niyalma basumbi. terei gese dorji, ocirsang,

---

鄂齊爾桑、多爾濟（多爾濟、鄂齊爾桑乃巴克貝勒之二子。）還，並賷書曰：「索諾穆台吉飲酒，妻孥未加勸阻，死後哭泣，被我國人恥笑。似此，爾多爾濟、鄂齊爾桑

鄂齐尔桑、多尔济（多尔济、鄂齐尔桑乃巴克贝勒之二子。）还，并赍书曰：「索诺穆台吉饮酒，妻孥未加劝阻，死后哭泣，被我国人耻笑。似此，尔多尔济、鄂齐尔桑

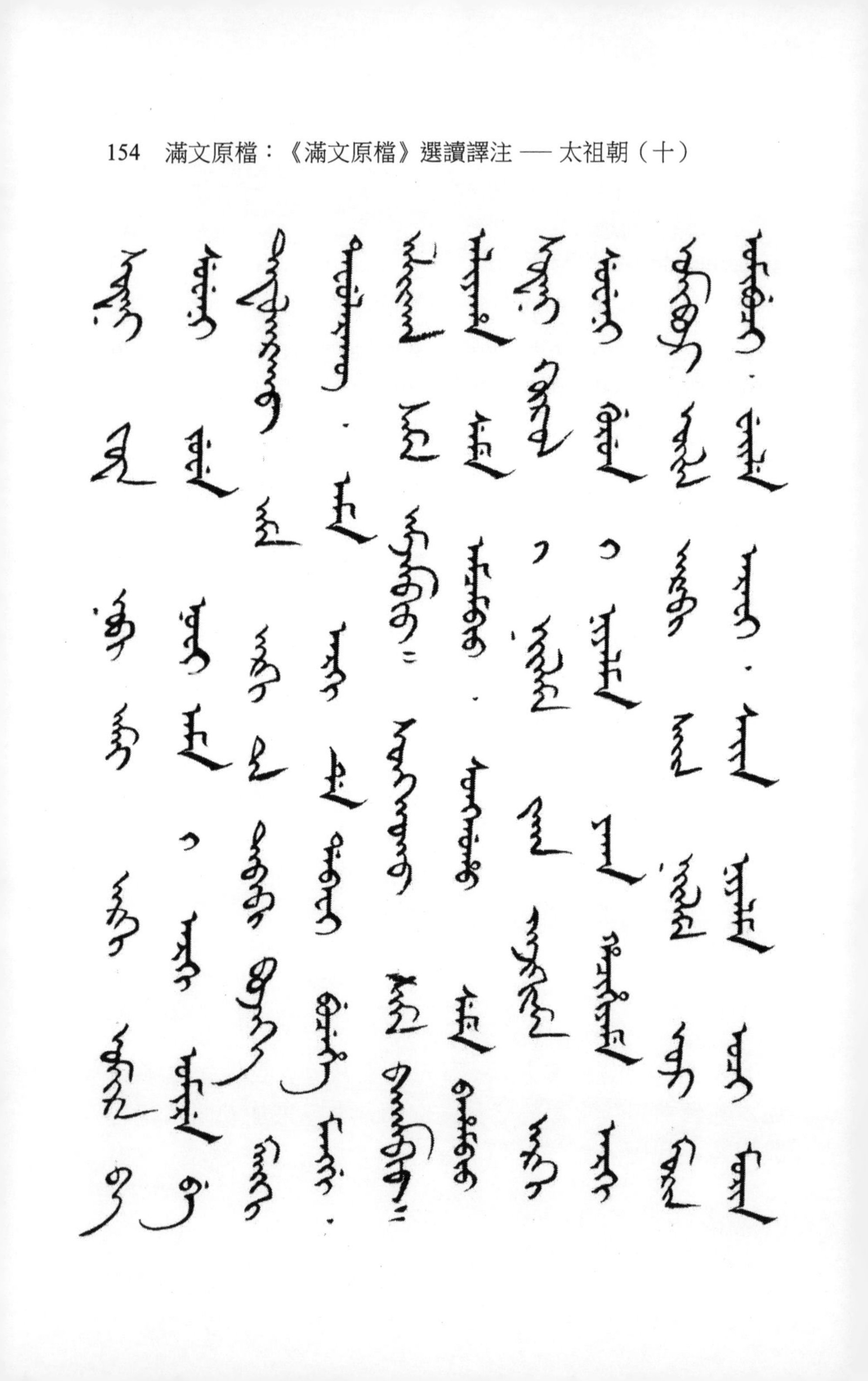

suweni juwe nofi ama i arki omire be tafularakū, ama arki de dabafi bucehe manggi, aliyaha seme amcambio. songgoho seme bahambio. suweni gurun i niyalma, yaka hacihiyame arki omibuci weile arafi, sain niyalma oci morin

---

二人若不諫阻爾父飲酒，父因酒過量殞命，後悔可及耶？泣而何益耶？當令爾國之人等，凡逼人飲酒者，皆治以罪，殷實之人罰馬，

二人若不谏阻尔父饮酒，父因酒过量殒命，后悔可及耶？泣而何益耶？当令尔国之人等，凡逼人饮酒者，皆治以罪，殷实之人罚马，

十、男丁徵糧

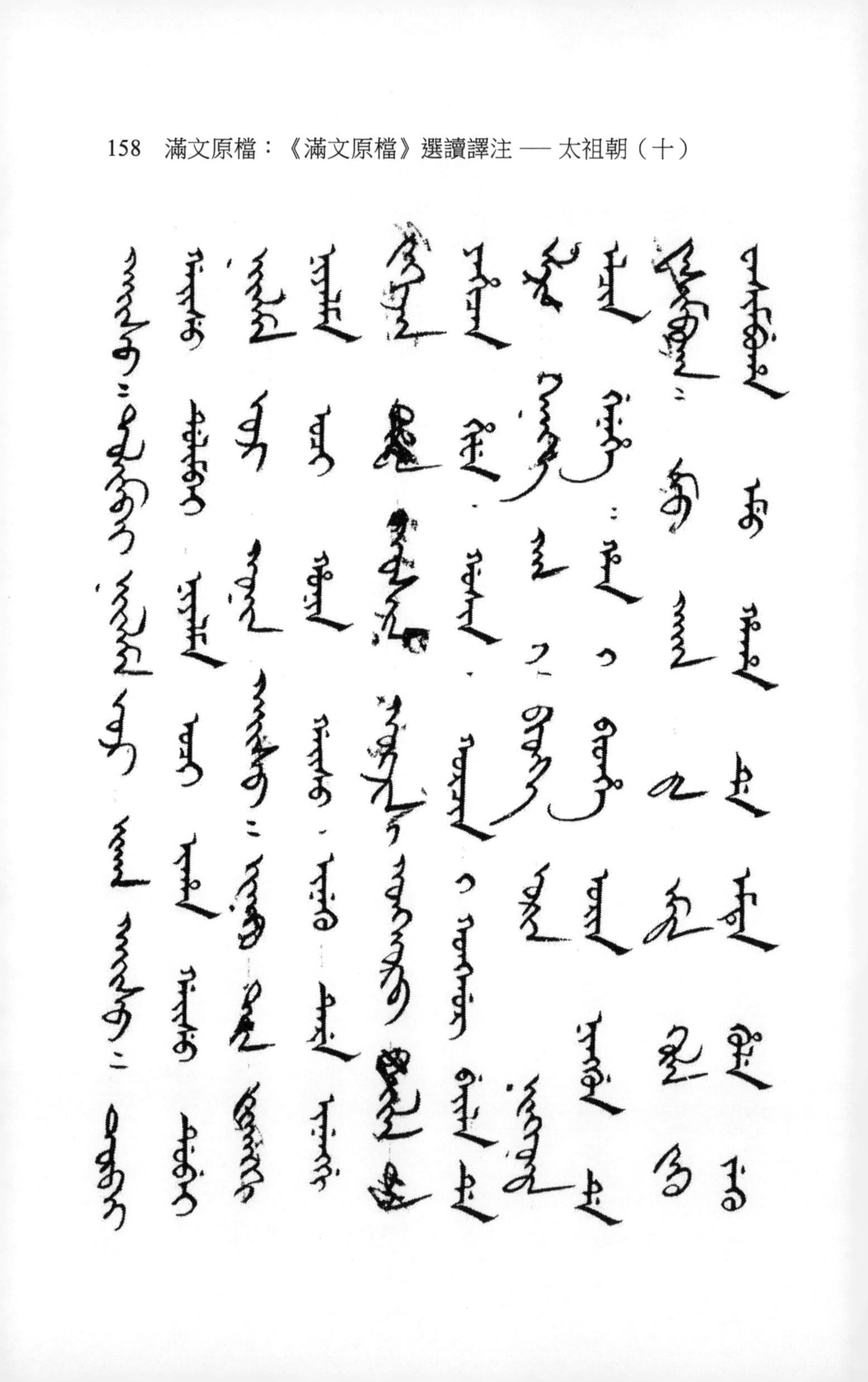

gaisu, dulimbai niyalma oci ihan gaisu, dubei niyalma oci honin gaisu. ineku tere inenggi, yahican, hife, gosin, korcin i konggor beile de elcin genehe. han i bithe orin ninggun de wasimbuha, emu haha de emte hule jeku

---

，中等之人罰牛，末等之人罰羊。」是日，遣雅希禪、希福、郭忻為使，前往科爾沁孔果爾貝勒處。二十六日，汗頒書諭曰：「著每一男丁徵糧各一石，

，中等之人罚牛，末等之人罚羊。」是日，遣雅希禅、希福、郭忻为使，前往科尔沁孔果尔贝勒处。二十六日，汗颁书谕曰：「着每一男丁征粮各一石，

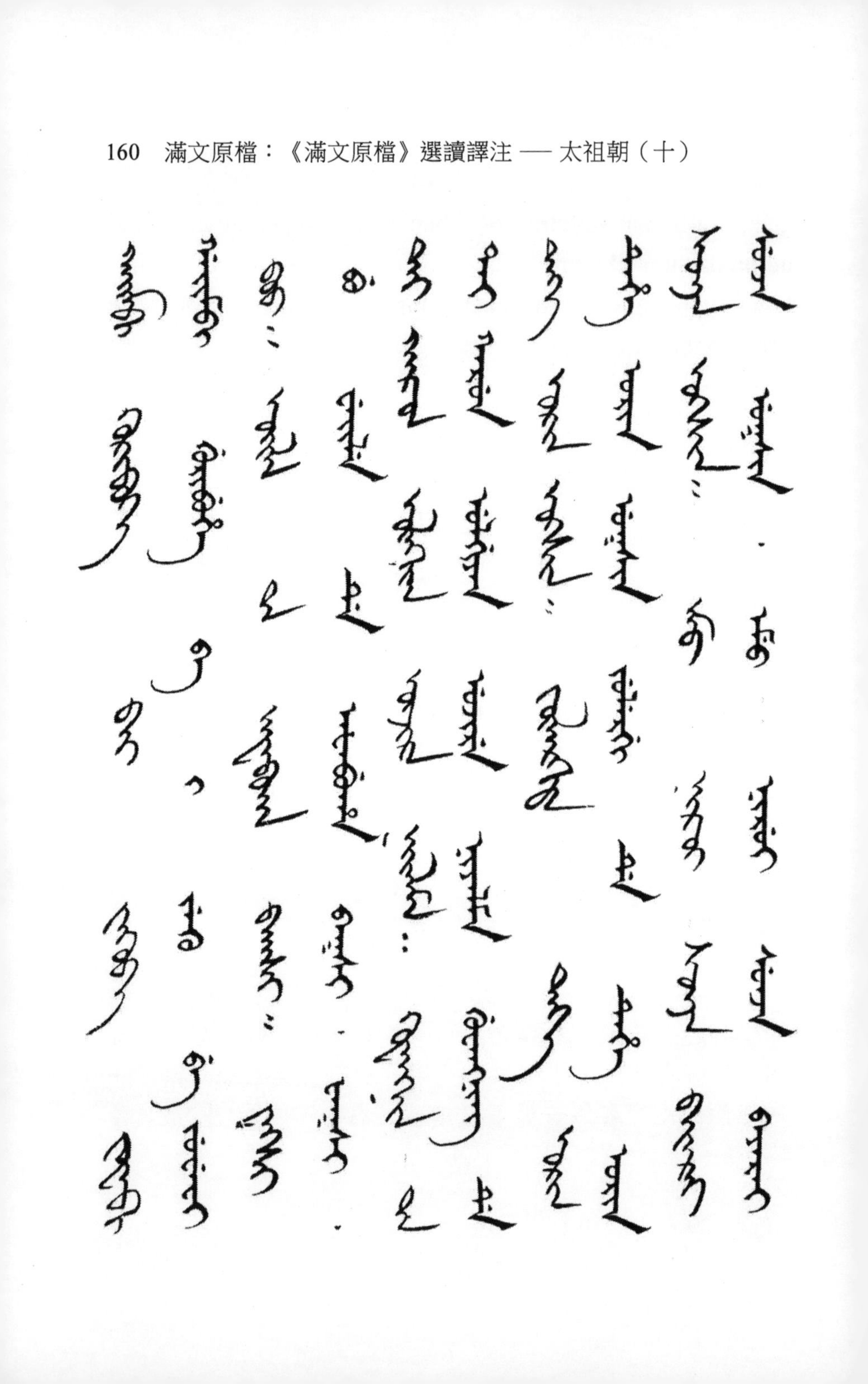

gaimbi, guribuhe ba i jeku be juwefi bu. weile de afabuha baksi, faksi, tai karun, ulgiyan ujire niyalma, guwangning de tehe orin uksin, julergi de tehe orin sunja uksin, emu nirui sunja bayarai

---

運送所遷地方之糧發給。凡委以任事之巴克什、匠役、台哨、養豬之人、駐廣寧披甲二十人、駐南海披甲二十五人，每牛彔五巴牙喇之馬匹，

运送所迁地方之粮发给。凡委以任事之巴克什、匠役、台哨、养猪之人、驻广宁披甲二十人、驻南海披甲二十五人，每牛彔五巴牙喇之马匹，

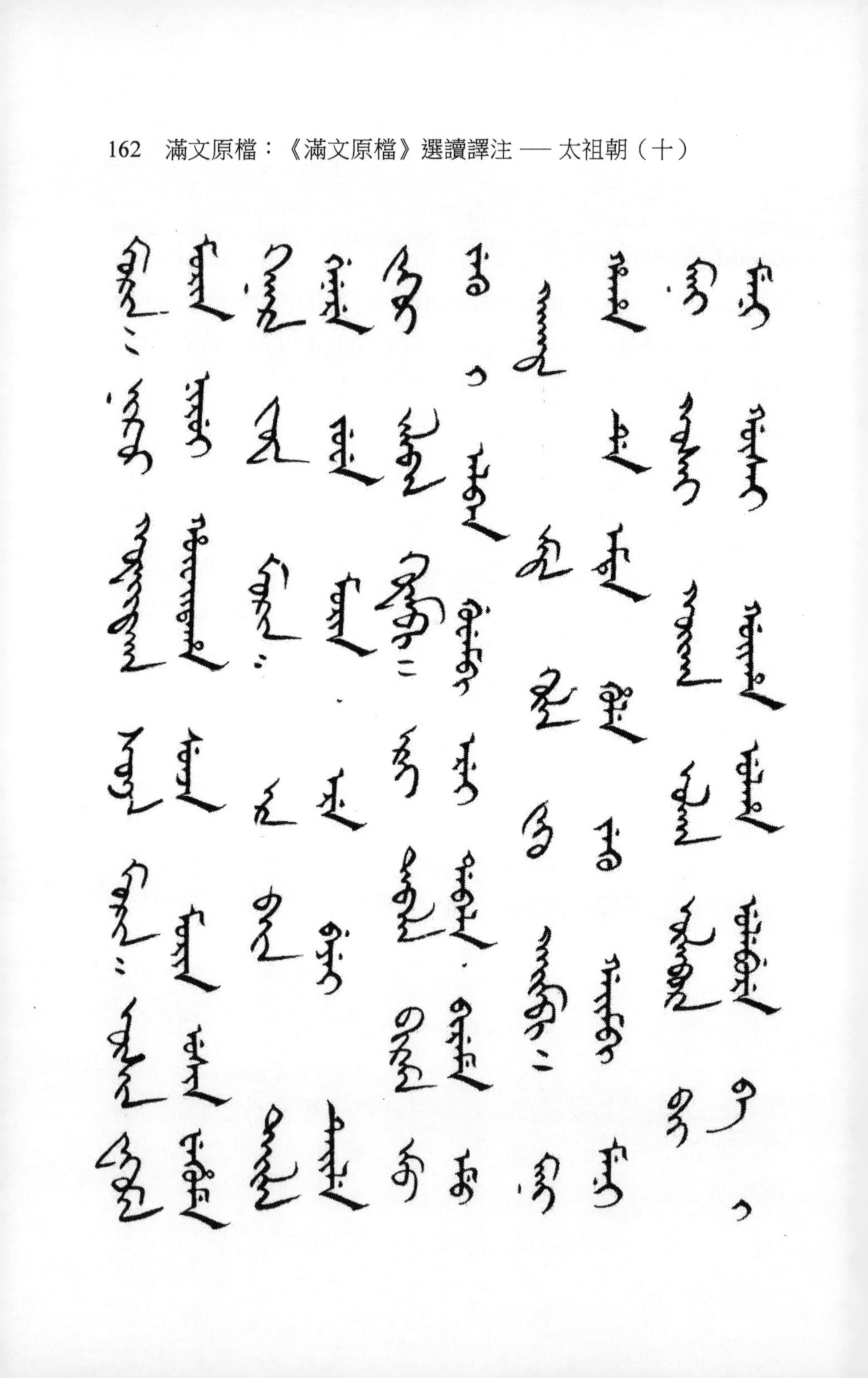

morin, nirui hūwaitaha sunja morin, usin fehume genere juwe morin, ere beyei teile jeku i alban guwembi, erei dabala, bireme emu haha de emte hule jeku gaimbi. meni meni gūsai goiha ulha ulebure ba i

---

牛彔拴養之馬五匹，前往踏勘田地之馬二匹，著免其自身糧賦，其餘每一男丁皆徵糧各一石。各旗應運送所分得養牲地方之糧，

牛彔拴养之马五匹，前往踏勘田地之马二匹，着免其自身粮赋，其余每一男丁皆征粮各一石。各旗应运送所分得养牲地方之粮，

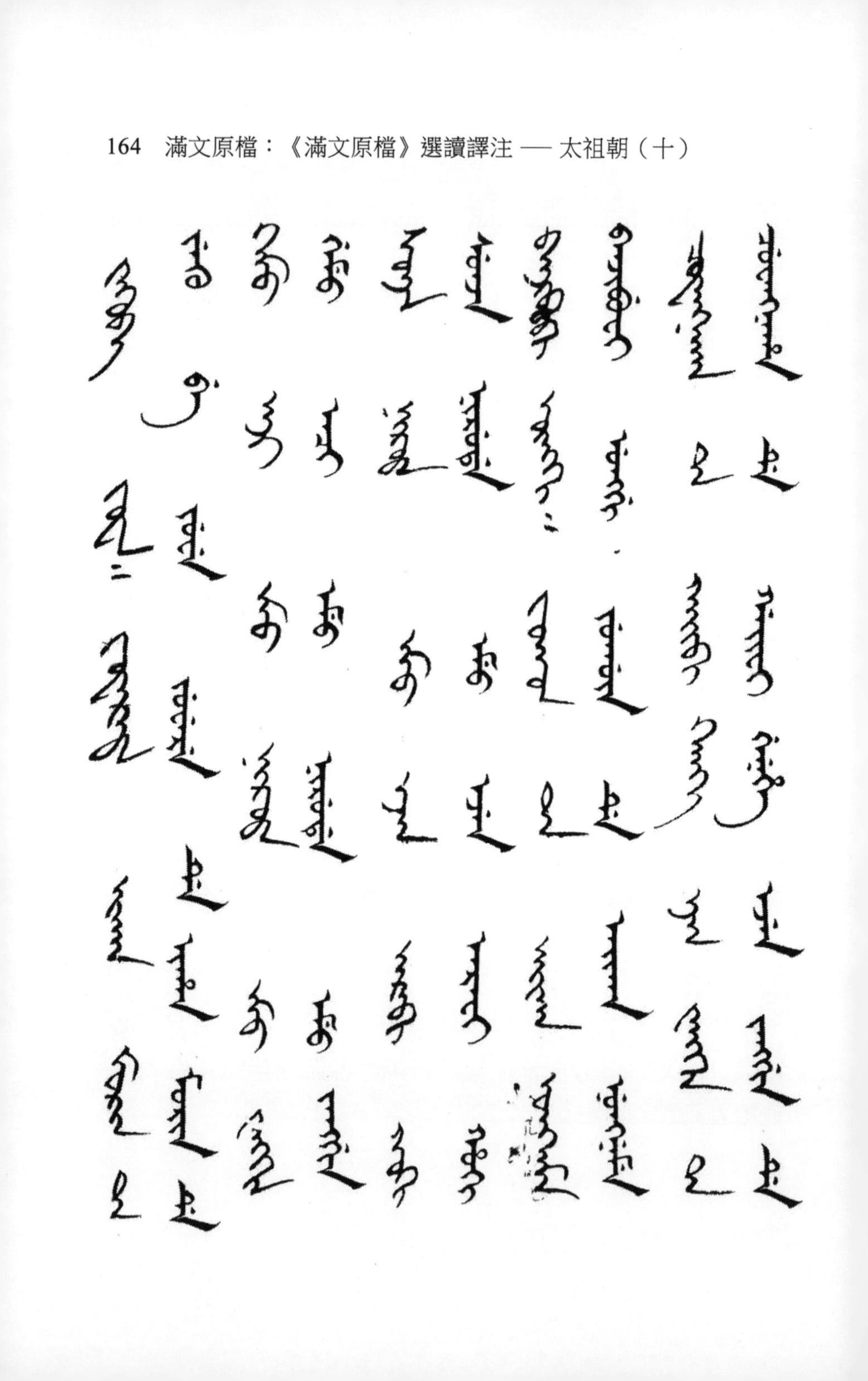

jeku be juwe. juwere de, ihan morin de gemu aci. emu nirude emu janggin, sunja nirude emu ejen arafi hoki banjibufi unggi. jugūn de aika nungneme cuwangnaha de, gaifi genehe ejen, janggin de

---

運送時，皆以牛馬馱之。每牛彔出一章京，五牛彔委一額真，編隊而往。途中若被搶掠，則罪其率往之額真、章京。」

运送时，皆以牛马驮之。每牛彔出一章京，五牛彔委一额真，编队而往。途中若被抢掠，则罪其率往之额真、章京。」

十一、陞遷降調

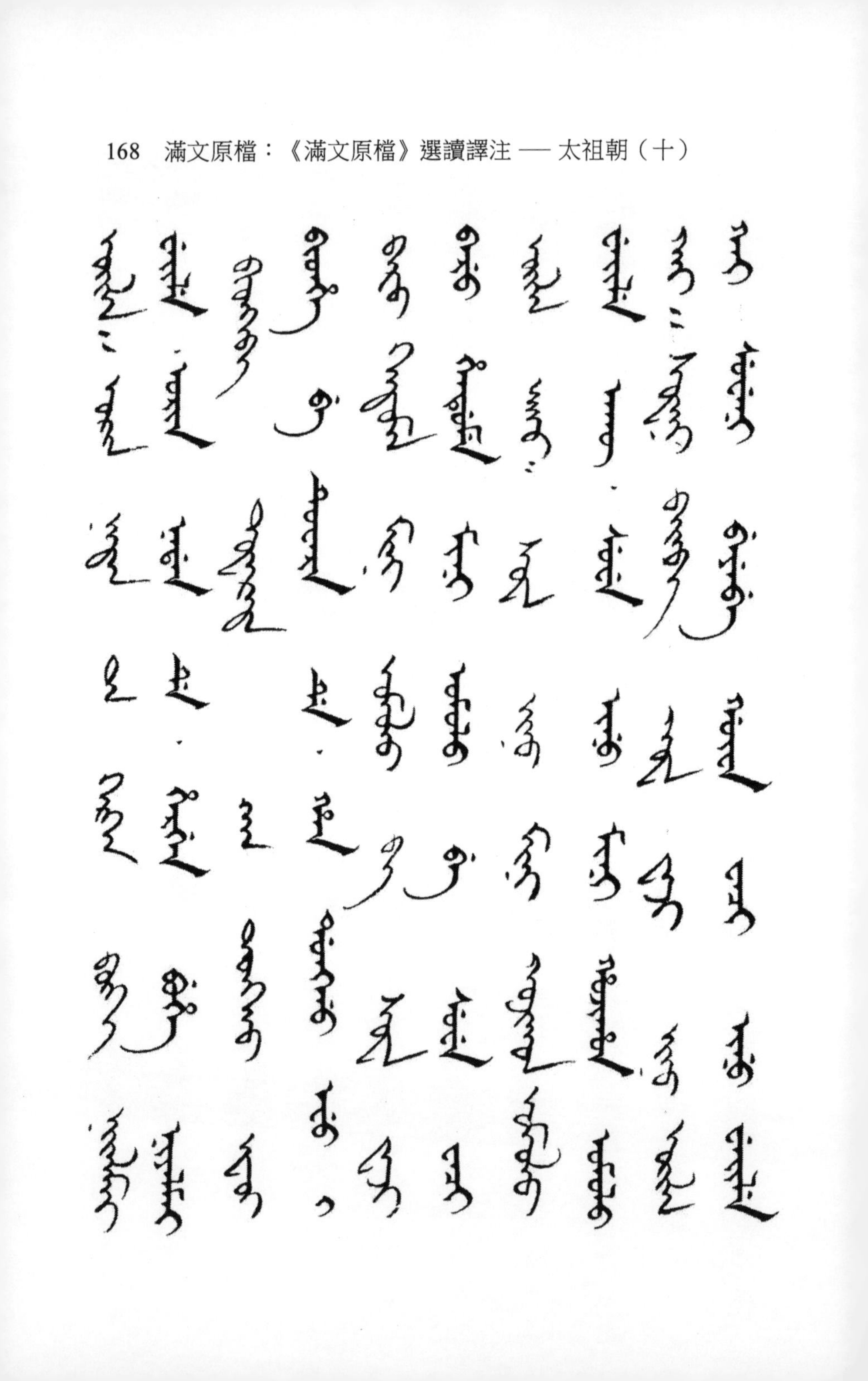

weile. orin nadan de, hergen buhe niyalmai bithe be tuwara de, han donggo efu i baru hendume, mini omolo be suwe waci weile akū, suwe inu mini hojihon omolo kai. suweni beyebe gūwa waci inu weile

---

二十七日，閱授職者之書時，汗謂棟鄂額駙曰：「爾等若殺我孫而無罪，爾等亦我之孫婿也。若爾等自身被他人所殺，亦當無罪也。」

二十七日，阅授职者之书时，汗谓栋鄂额驸曰：「尔等若杀我孙而无罪，尔等亦我之孙婿也。若尔等自身被他人所杀，亦当无罪也。」

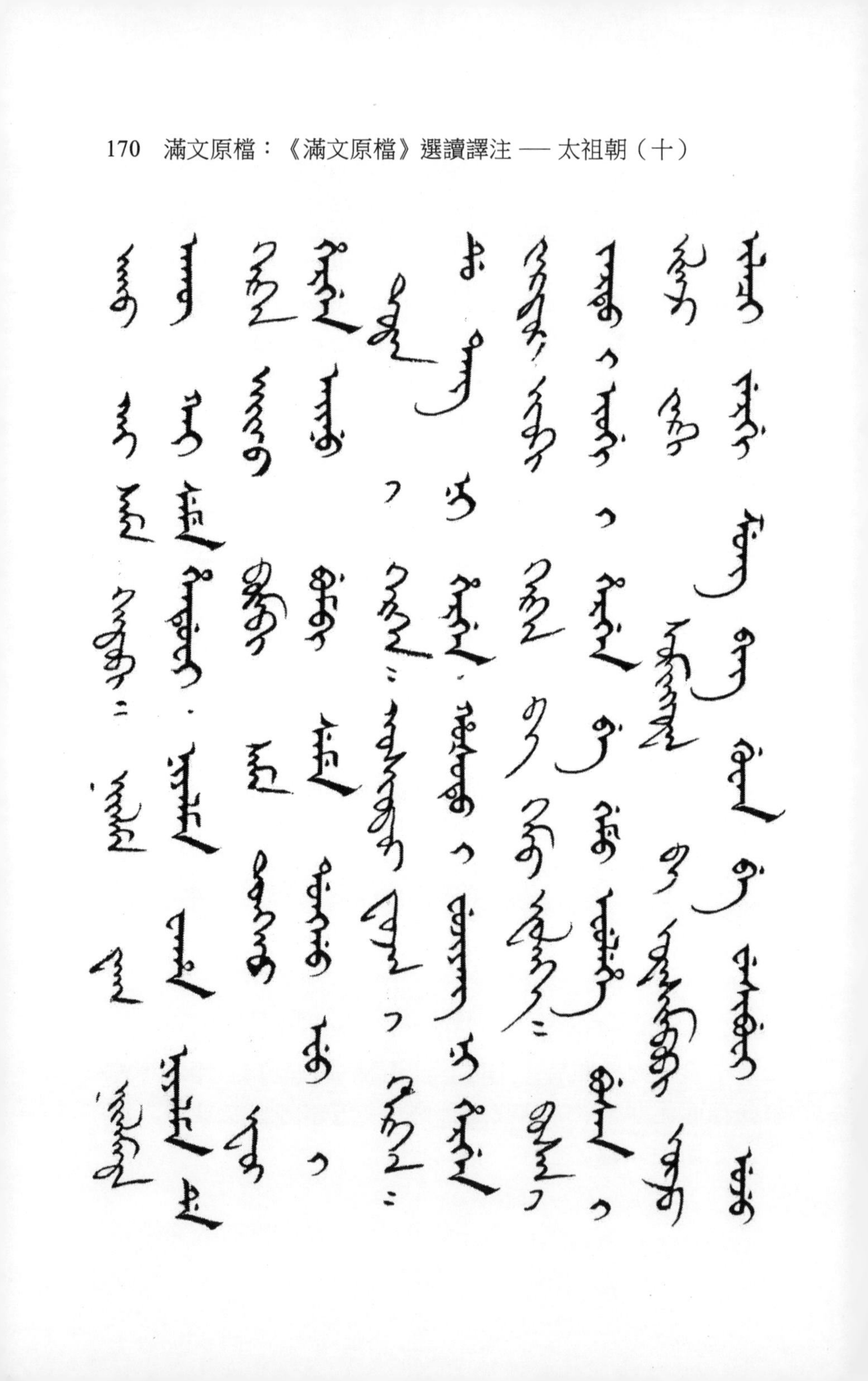

akū kai seme hendufi, niyalma waha niyalma de hergen ainu bumbi seme, donggo efu i du tang ni hergen, hošotu i fujiyang ni hergen, jartu i iogi i hergen be gemu efulehe. busan i ilaci jergi dzung bing guwan be wesibufi uju

---

故以殺人者為何授以官職為由，而將棟鄂額駙都堂之職、和碩圖副將之職、札爾圖遊擊之職俱皆革除。三等總兵官布三陞為頭等總兵官。

故以杀人者为何授以官职为由，而将栋鄂额驸都堂之职、和硕图副将之职、札尔图游击之职俱皆革除。三等总兵官布三升为头等总兵官。

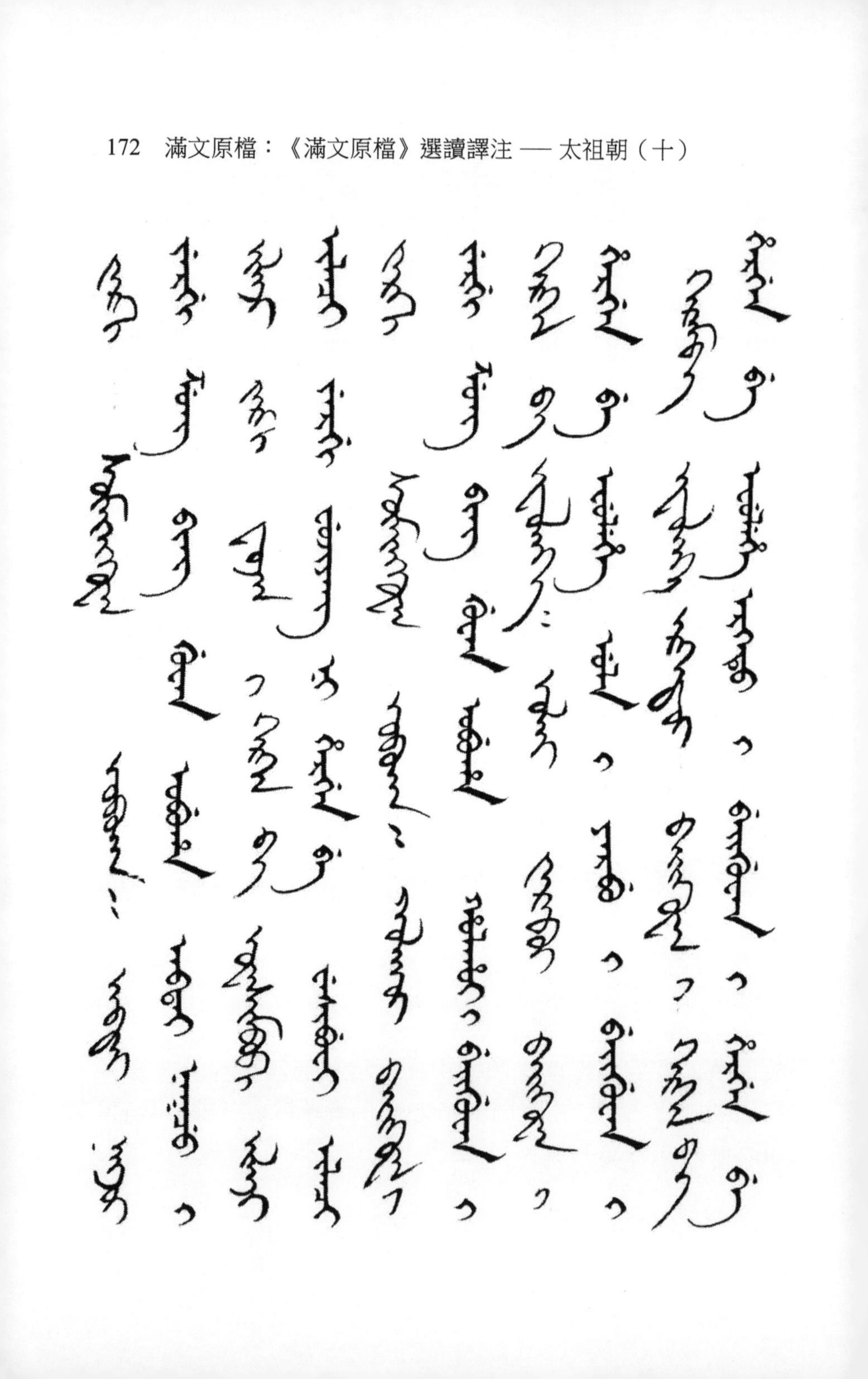

jergi dzung bing guwan obuha. abtai nakcu i ilaci jergi fujiyang ni hergen be wesibufi ilaci jergi dzung bing guwan obuha. holhoi i beiguwan i hergen be efulehe. ula i yarbu i beiguwan i hergen be efulehe. erketu i beiguwan i hergen be

---

三等副將阿布泰舅舅陞為三等總兵官。革和勒惠備禦官之職。革烏拉雅爾布備禦官之職。革額爾科圖備禦官之職。

三等副将阿布泰舅舅升为三等总兵官。革和勒惠备御官之职。革乌拉雅尔布备御官之职。革额尔科图备御官之职。

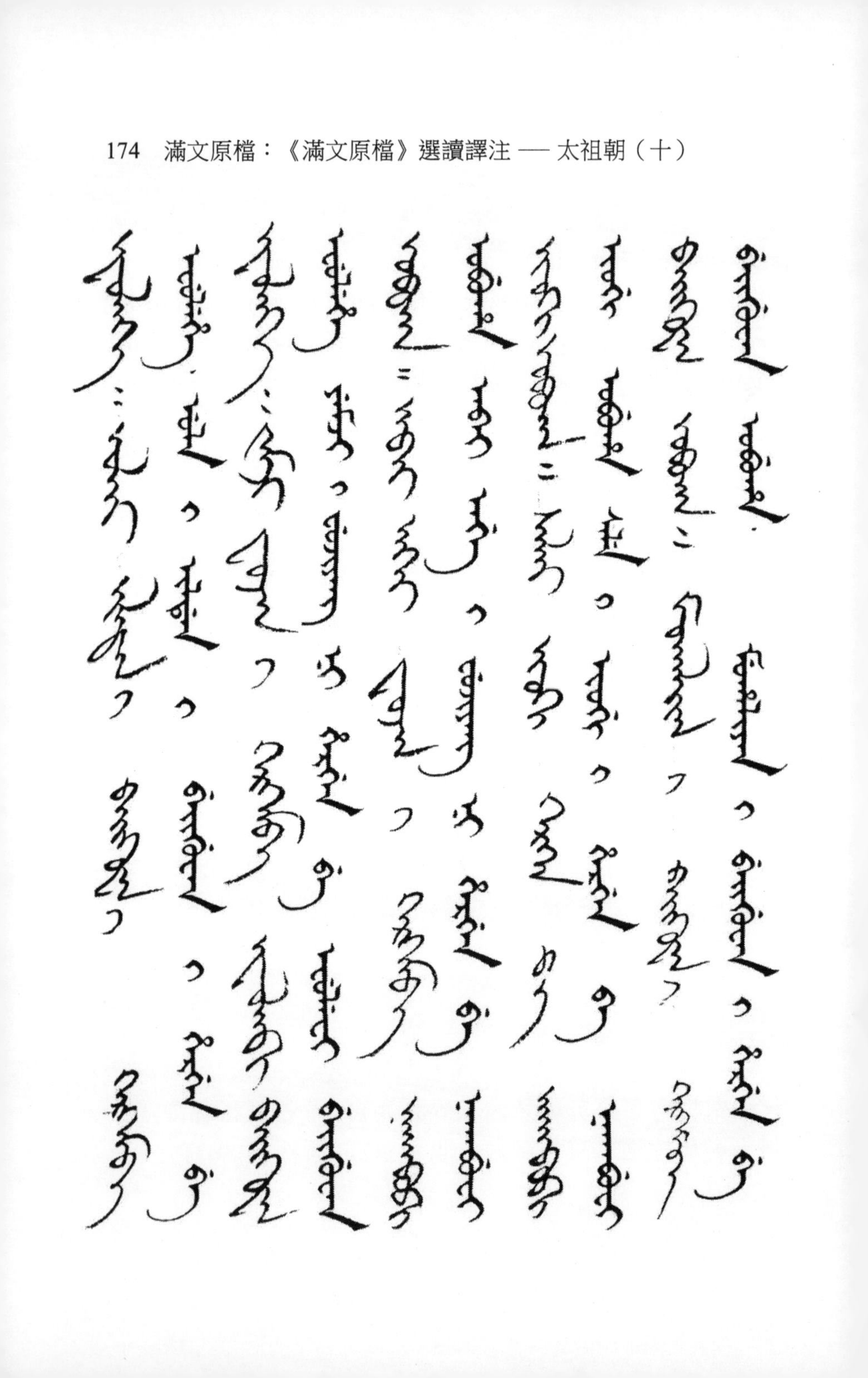

efulehe. ula i ilden i beiguwan i hergen be efulehe. yemji i fujiyang ni hergen be efulefi beiguwan obuha. abai age i fujiyang ni hergen be nakabufi iogi obuha. sele i iogi i hergen be nakabufi beiguwan obuha. muhaliyan i beiguwan i hergen be

---

革烏拉伊勒登備禦官之職。革葉穆吉副將之職，降為備禦官。革阿拜阿哥副將之職，降為遊擊。革色勒遊擊之職，降為備禦官。備禦官穆哈連陞為三等參將。

革乌拉伊勒登备御官之职。革叶穆吉副将之职，降为备御官。革阿拜阿哥副将之职，降为游击。革色勒游击之职，降为备御官。备御官穆哈连升为三等参将。

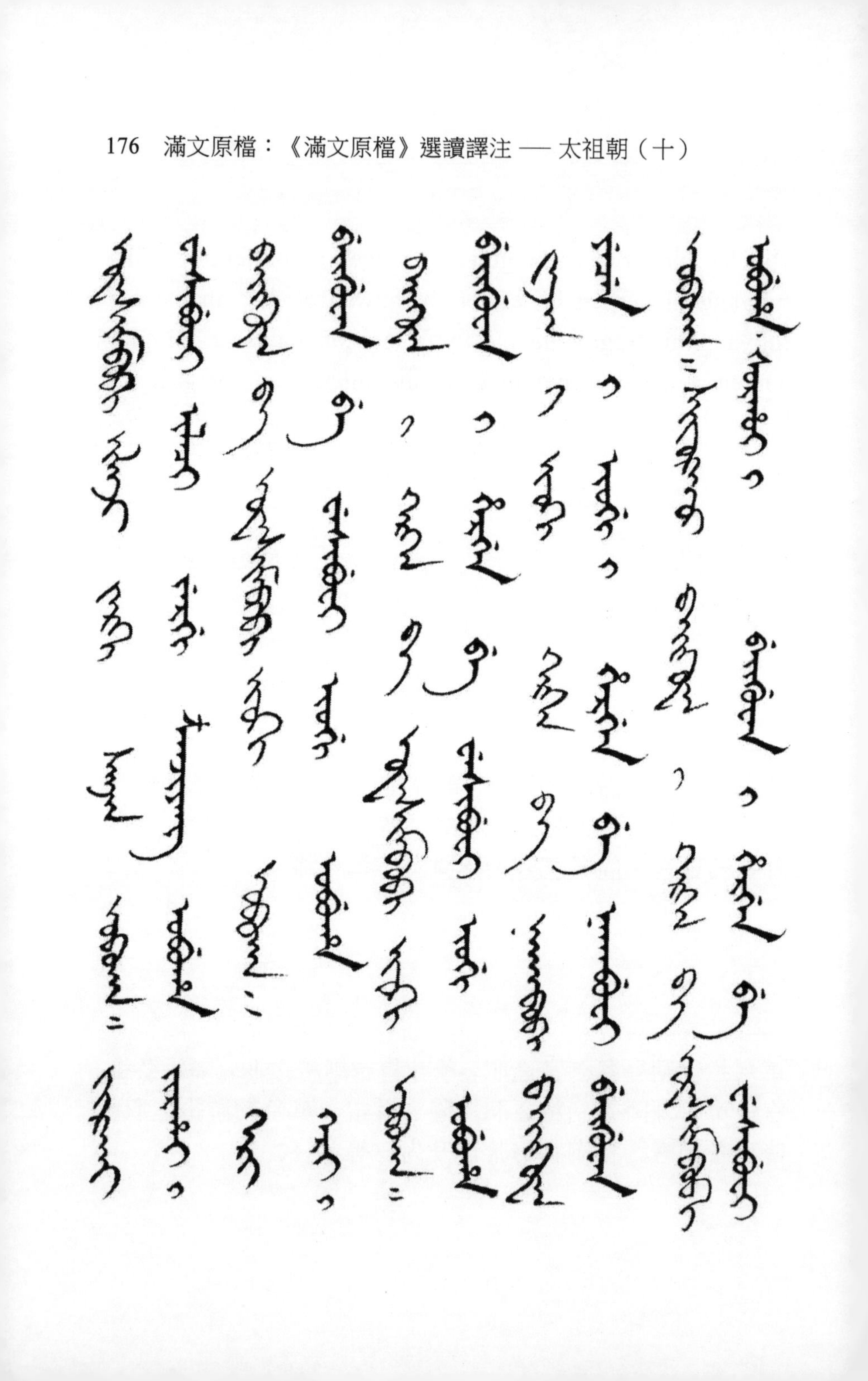

wesibufi ilaci jergi ts'anjiyang obuha, jirhai i beiguwan be wesibufi iogi obuha. keri i beiguwan i hergen be wesibufi iogi obuha. yecen i iogi i hergen be nakabufi beiguwan obuha. šorhoi i beiguwan i hergen be wesibufi

---

備禦官吉爾海陞為遊擊。備禦官克里陞為遊擊。革葉臣遊擊之職，降為備禦官。備禦官碩爾惠陞為遊擊。

备御官吉尔海升为游击。备御官克里升为游击。革叶臣游击之职，降为备御官。备御官硕尔惠升为游击。

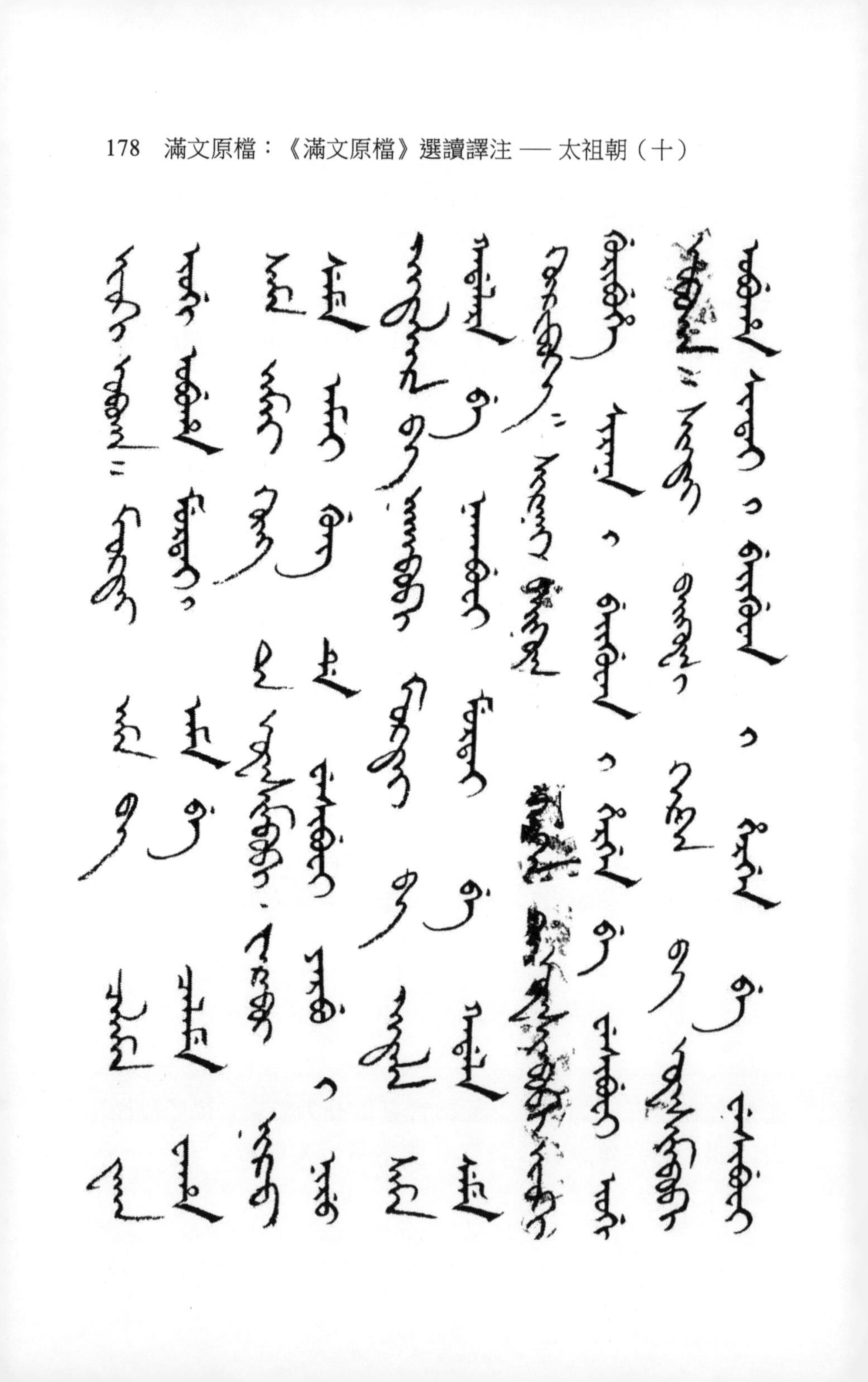

iogi obuha. murtai i ama be calame waha seme, amai gung de wesibufi, yarbu i niru kadalara be nakabufi murtai be kadala seme guribuhe. sirana i beiguwan i hergen be wesibufi iogi obuha. sintai i beiguwan i hergen be wesibufi

---

穆爾泰因其父被錯殺，而以父功晉陞之。罷黜雅爾布管理牛彔之職，著由穆爾泰接管之。備禦官錫喇納陞為遊擊。備禦官辛泰陞為遊擊。

穆尔泰因其父被错杀，而以父功晋升之。罢黜雅尔布管理牛彔之职，着由穆尔泰接管之。备御官锡喇纳升为游击。备御官辛泰升为游击。

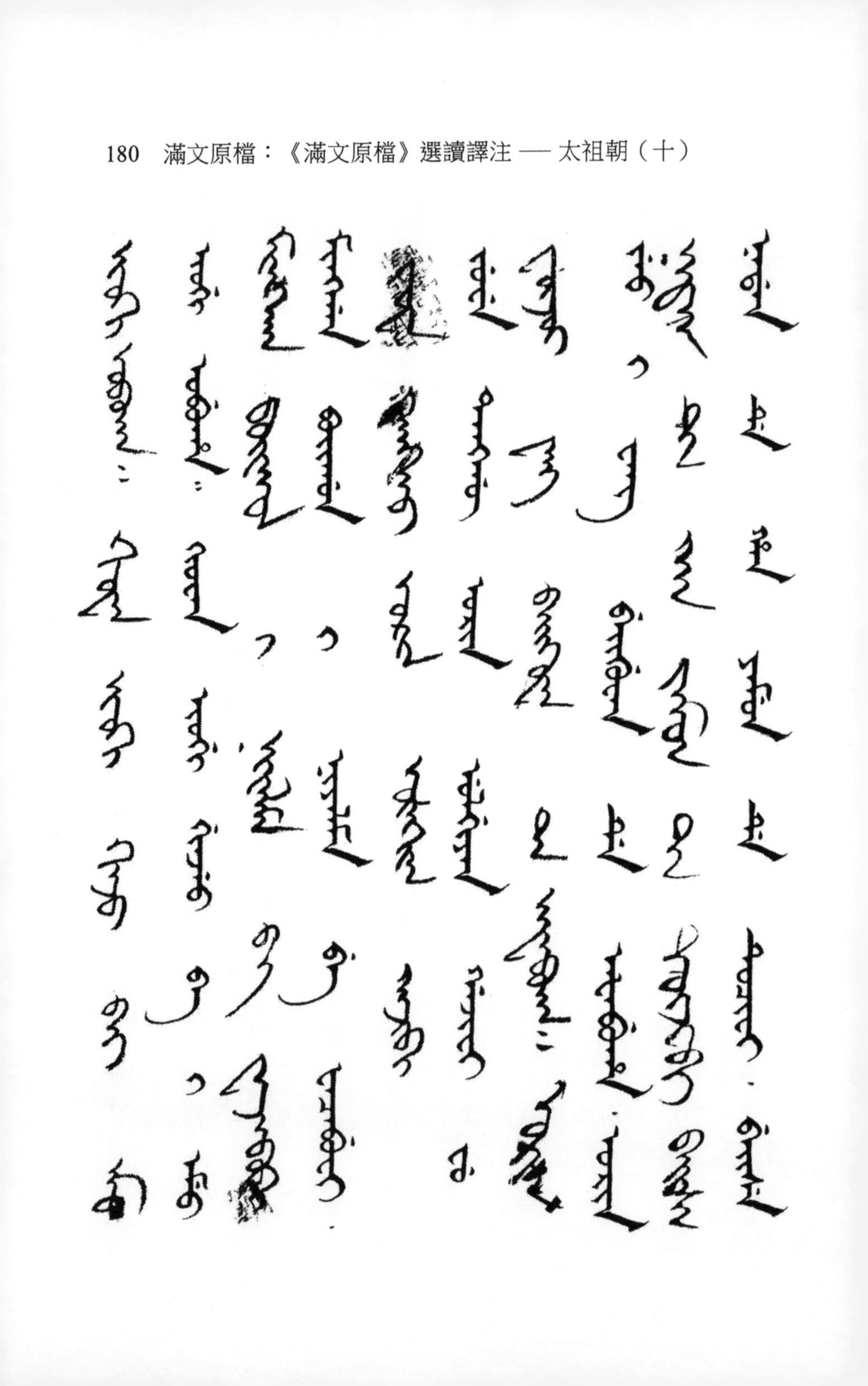

iogi obuha. kiowan iogi ginjeo ba i emu minggan boigon i niyalma be facabufi, juwe tanggū orin ulgiyan gajifi, fu jeo i wang beiguwan de afabuha. orin nadan de, han yamun de tucifi, beise

---

權遊擊遣散金州地方之人一千戶，取來豬二百二十隻，交付復州王備禦官。二十七日，汗御衙門，

权游击遣散金州地方之人一千户，取来猪二百二十只，交付复州王备御官。二十七日，汗御衙门，

十二、諄諄訓勉

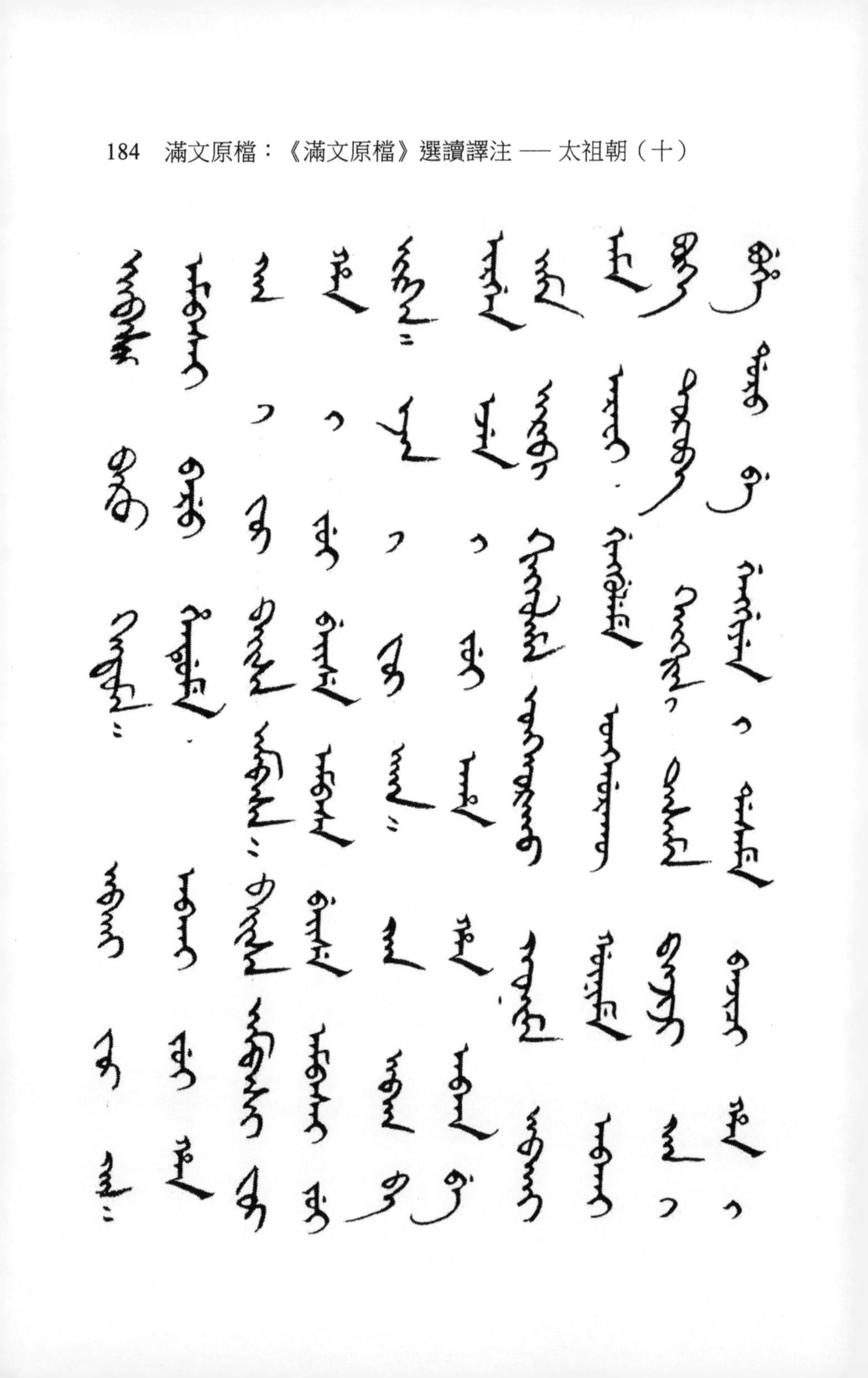

ambasai baru hendume, abkai jui han, han i jui beise ambasa, beise ambasai jui irgen, ejen i jui aha. han abka be ama arafi, gingguleme onggorakū gūnime, abkai buhe doro be genggiyen i dasame banjici, han i

---

諭諸貝勒大臣曰：「天之子為汗，汗之子為諸貝勒大臣，諸貝勒大臣之子為民，主之子為奴。汗以天為父，敬念不忘，明修天賜基業，

谕诸贝勒大臣曰：「天之子为汗，汗之子为诸贝勒大臣，诸贝勒大臣之子为民，主之子为奴。汗以天为父，敬念不忘，明修天赐基业，

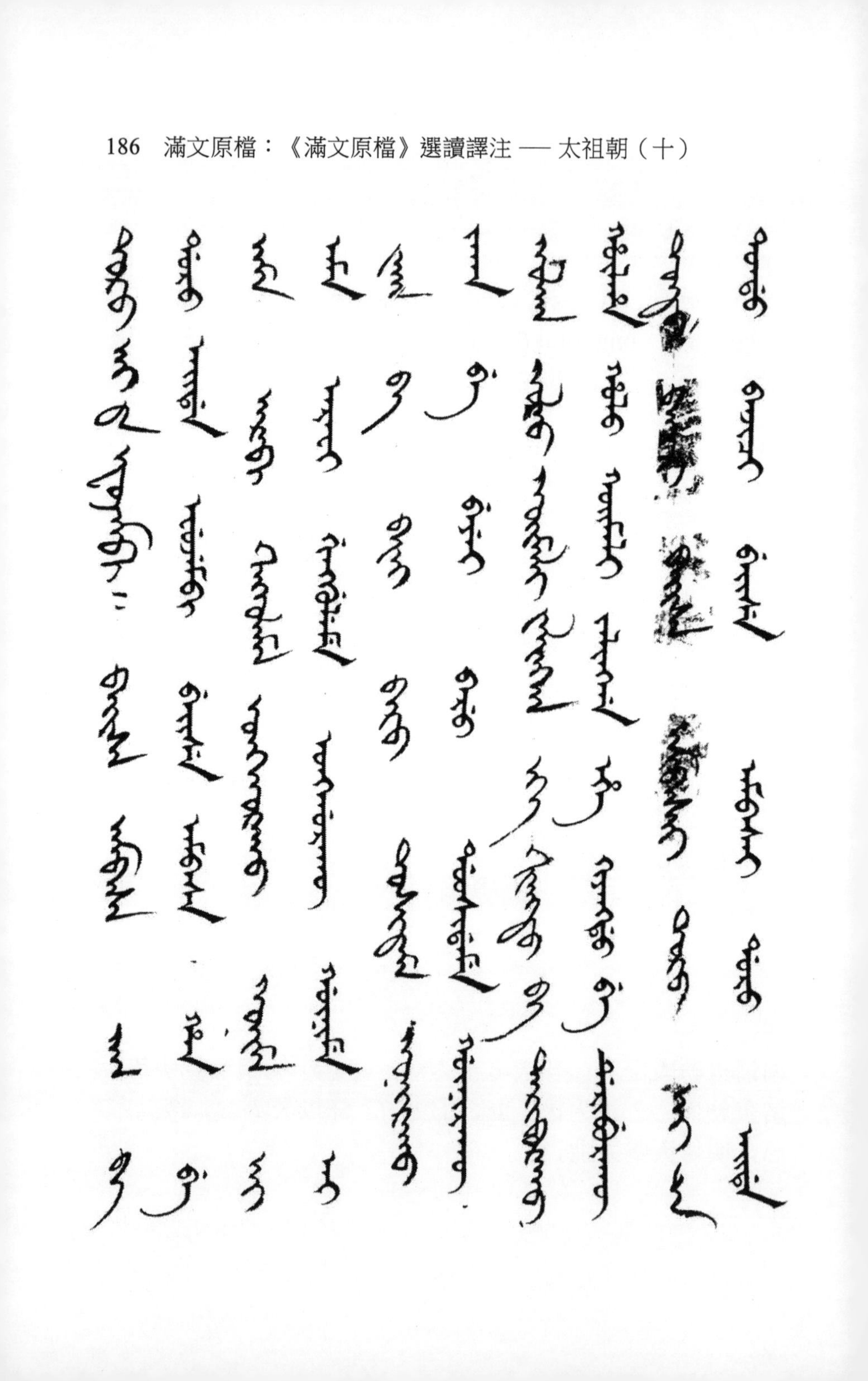

doro aide efujembi. beise ambasa, han be ama arafi, gingguleme onggorakū gūnime, ai jaka be beyei baru doosidame gūnirakū, hūlha holo koimali jalingga ehe kiyangdu be deriburakū tondo banjici, beise ambasai doro aide

---

則汗所承基業何以敗壞？諸貝勒大臣以汗為父，敬念不忘，勿懷貪黷之心，勿為盜賊奸宄強暴之事，公忠度日，則諸貝勒大臣之道

则汗所承基业何以败坏？诸贝勒大臣以汗为父，敬念不忘，勿怀贪黩之心，勿为盗贼奸宄强暴之事，公忠度日，则诸贝勒大臣之道，

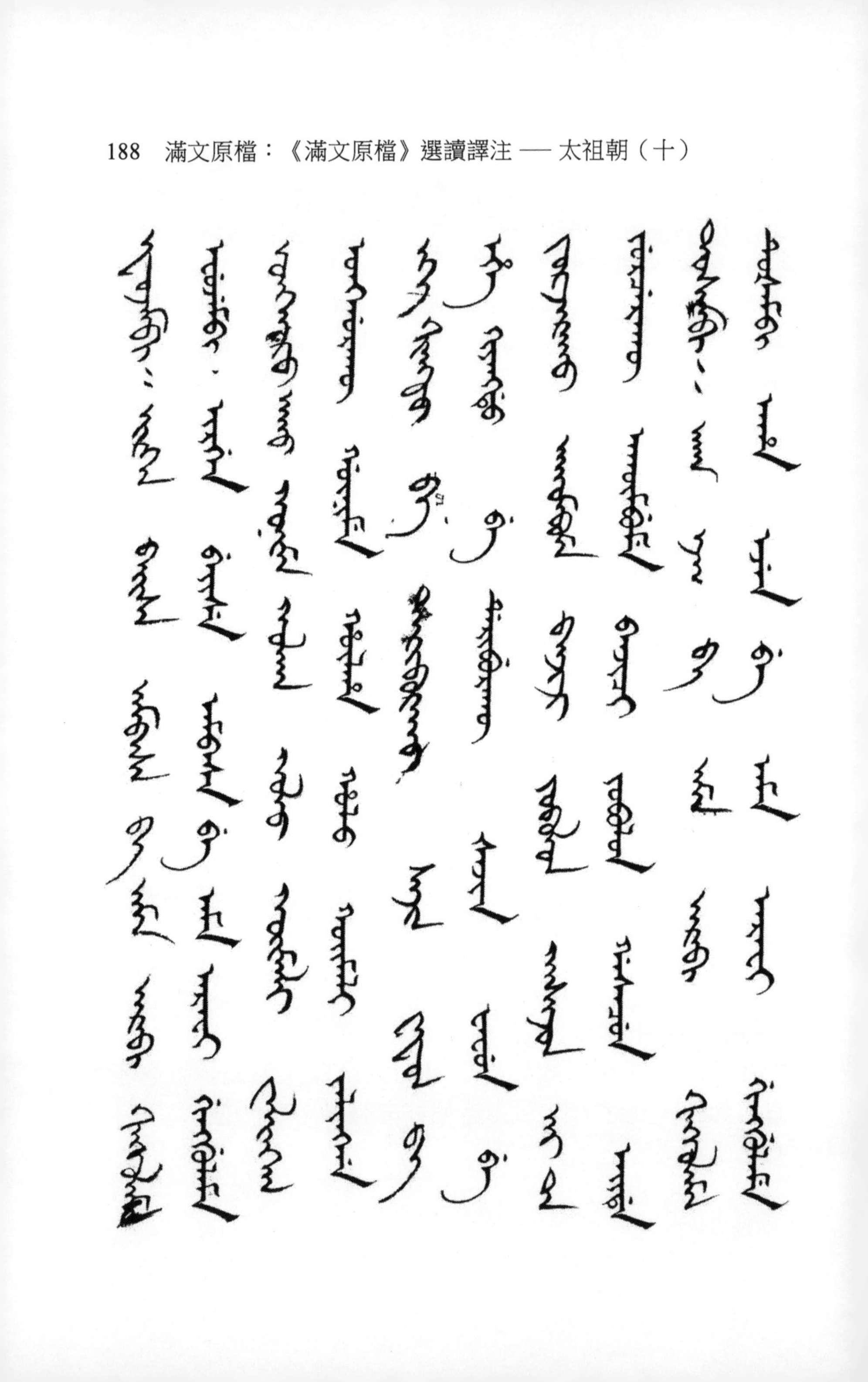

efujembi. irgen, beise ambasa be ama arafi, gingguleme onggorakū gūnime, hūlha holo koimali jalingga ehe kiyangdu be deriburakū, šajin fafun be jurcerakū akūmbume banjici, jobolon gasacun aide tušambi. aha, ejen be ama arafi, gingguleme

---

何以敗壞？民以諸貝勒大臣為父，敬念不忘，不起盜賊奸宄強暴之事，不違法度，盡心度日，則禍患何以遭逢？奴以主為父，

何以败坏？民以诸贝勒大臣为父，敬念不忘，不起盗贼奸宄强暴之事，不违法度，尽心度日，则祸患何以遭逢？奴以主为父，

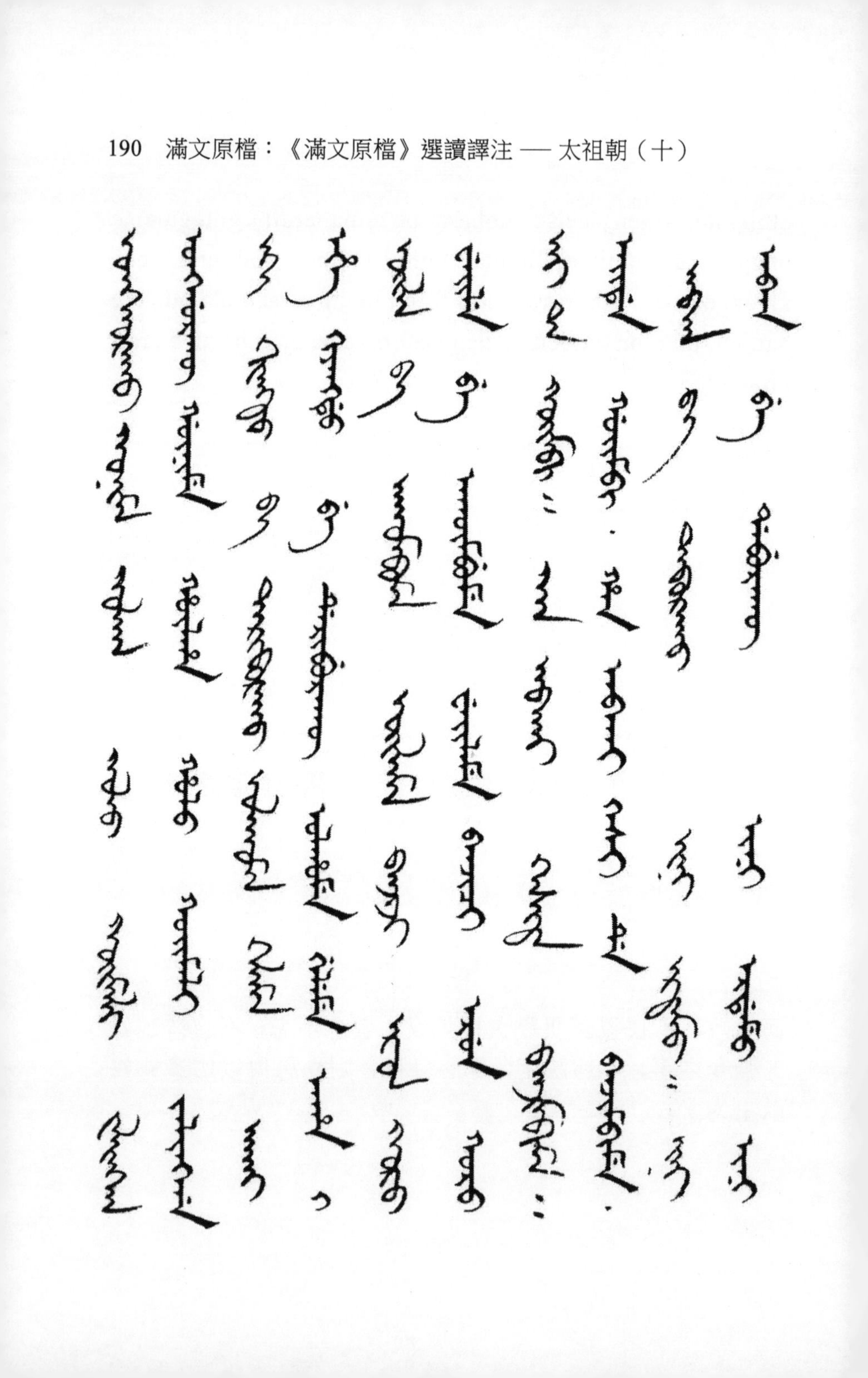

onggorakū gūnime, hūlha holo koimali jalingga ehe kiyangdu be deriburakū, olhome geleme aha i weile be akūmbume weileme banjici, erun koro aide goimbi. han abkai kesi de banjimbime, abka be daburakū, ini erdemu ini

---

敬念不忘，不生盜賊奸宄強暴之事，戒慎恐懼，謹守奴僕之分，盡心効力度日，則刑戮何以及身？汗受天恩度日，而不順天意，

敬念不忘，不生盗贼奸宄强暴之事，戒慎恐惧，谨守奴仆之分，尽心効力度日，则刑戮何以及身？汗受天恩度日，而不顺天意，

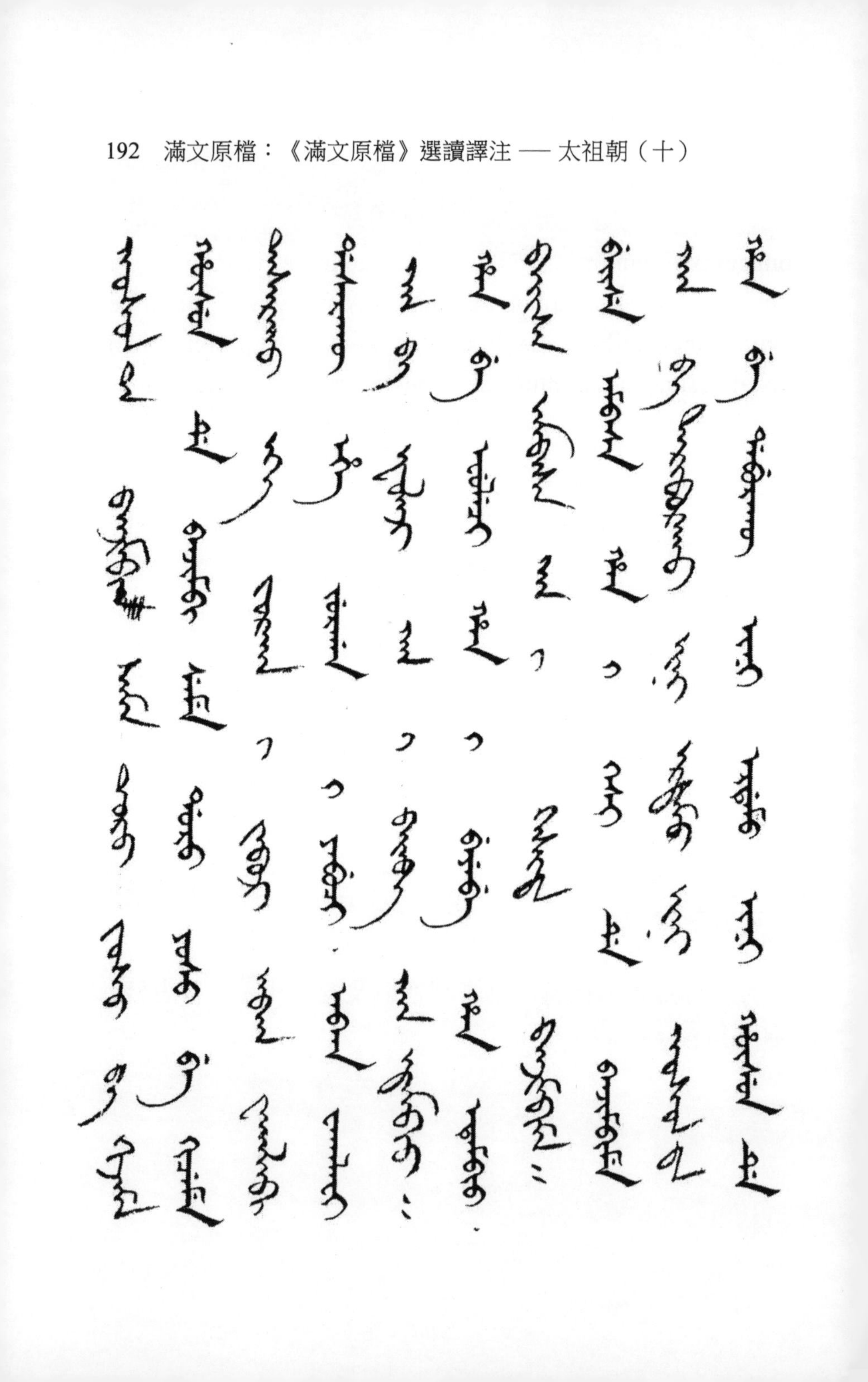

hūsun de banjimbi seme, doro yoso be kiceme dasarakū, ehe jurgan i yabuci, abka wakalafi han be efuleci, han i beyebe han etembio. beise ambasa, han i kesi de banjimbime, han be daburakū, ini erdemu ini hūsun de

---

自恃其才力度日，不勤修政道，逞凶而行，天若譴之欲廢其汗，則汗能自守其汗位耶？諸貝勒大臣受汗之恩度日，而不順汗意[18]，自恃其才力度日，

自恃其才力度日，不勤修政道，逞凶而行，天若谴之欲废其汗，则汗能自守其汗位耶？诸贝勒大臣受汗之恩度日，而不顺汗意，自恃其才力度日，

---

[18] 不順汗意，句中「不順」，《滿文原檔》寫作“tariborako”，訛誤；《滿文老檔》讀作“daburakū”，改正。

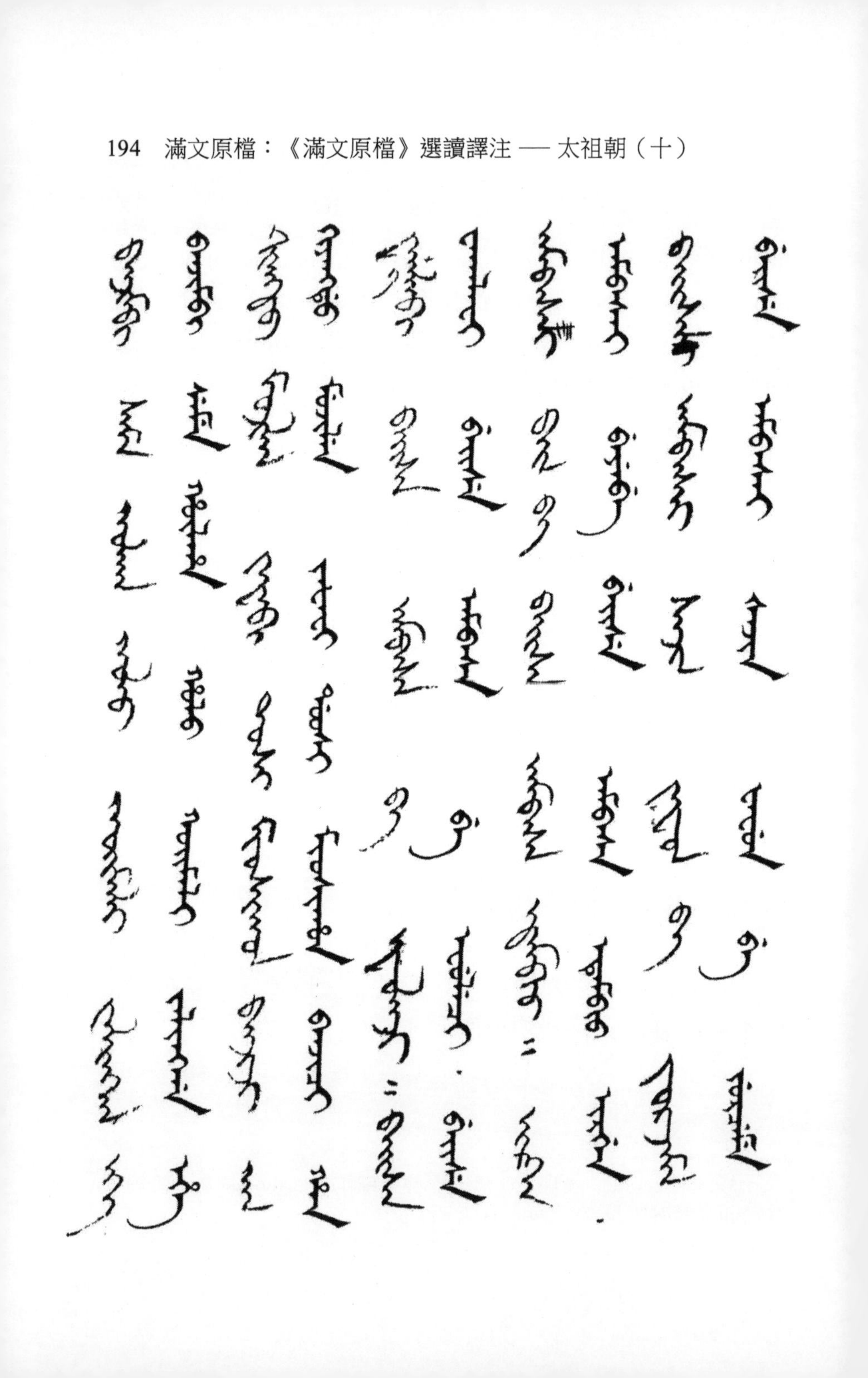

banjimbi seme, hūlha holo, koimali jalingga, ehe kiyangdu mujilen jafafi doosi miosihon banjici, han wakalafi beise ambasa be efuleci, beise ambasai beyebe beise ambasa etembio. irgen, beise ambasai šajin fafun be jurceme,

---

存有盜賊奸宄強暴之心，恣行貪邪，汗若譴之，革其貝勒大臣之職，則諸貝勒大臣能自保其職耶？民違諸貝勒大臣之法度，

存有盗贼奸宄强暴之心，恣行贪邪，汗若谴之，革其贝勒大臣之职，则诸贝勒大臣能自保其职耶？民违诸贝勒大臣之法度，

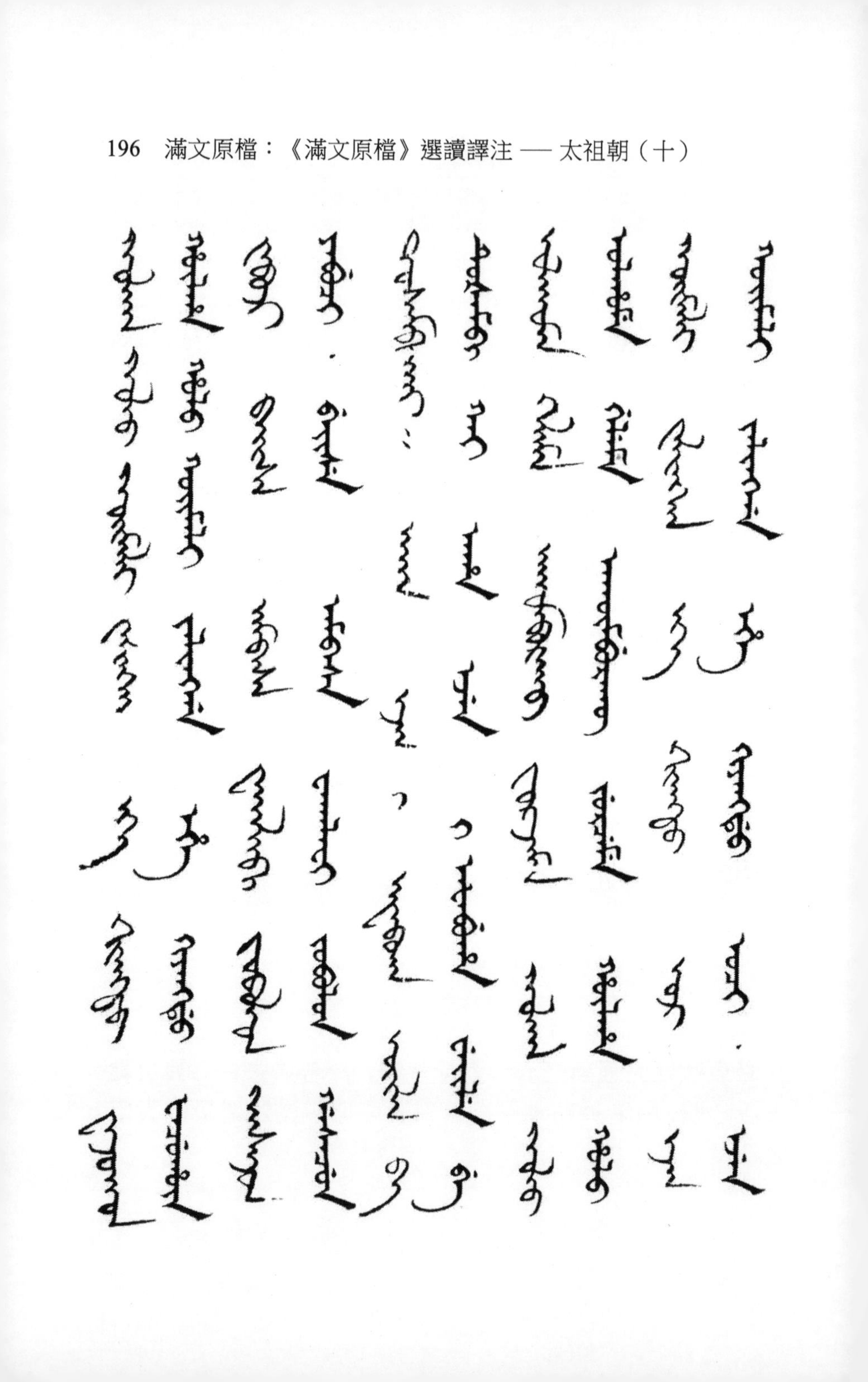

hūlha holo, koimali jalingga, ehe kiyangdu, facuhūn yabuci, beise ambasa wakalafi jobolon gasacun tušambi kai. aha, ejen i afabuha weile be olhome geleme akūmburakū jurceme, hūlha holo, koimali jalingga, ehe kiyangdu oci, ejen

---

行盜賊奸宄強暴騷亂之事，諸貝勒大臣譴之，則禍患及身也。奴違主命，不能戒慎恐懼盡心効力，而為盜賊奸宄強暴之事，

行盗贼奸宄强暴骚乱之事，诸贝勒大臣谴之，则祸患及身也。奴违主命，不能戒慎恐惧尽心効力，而为盗贼奸宄强暴之事，

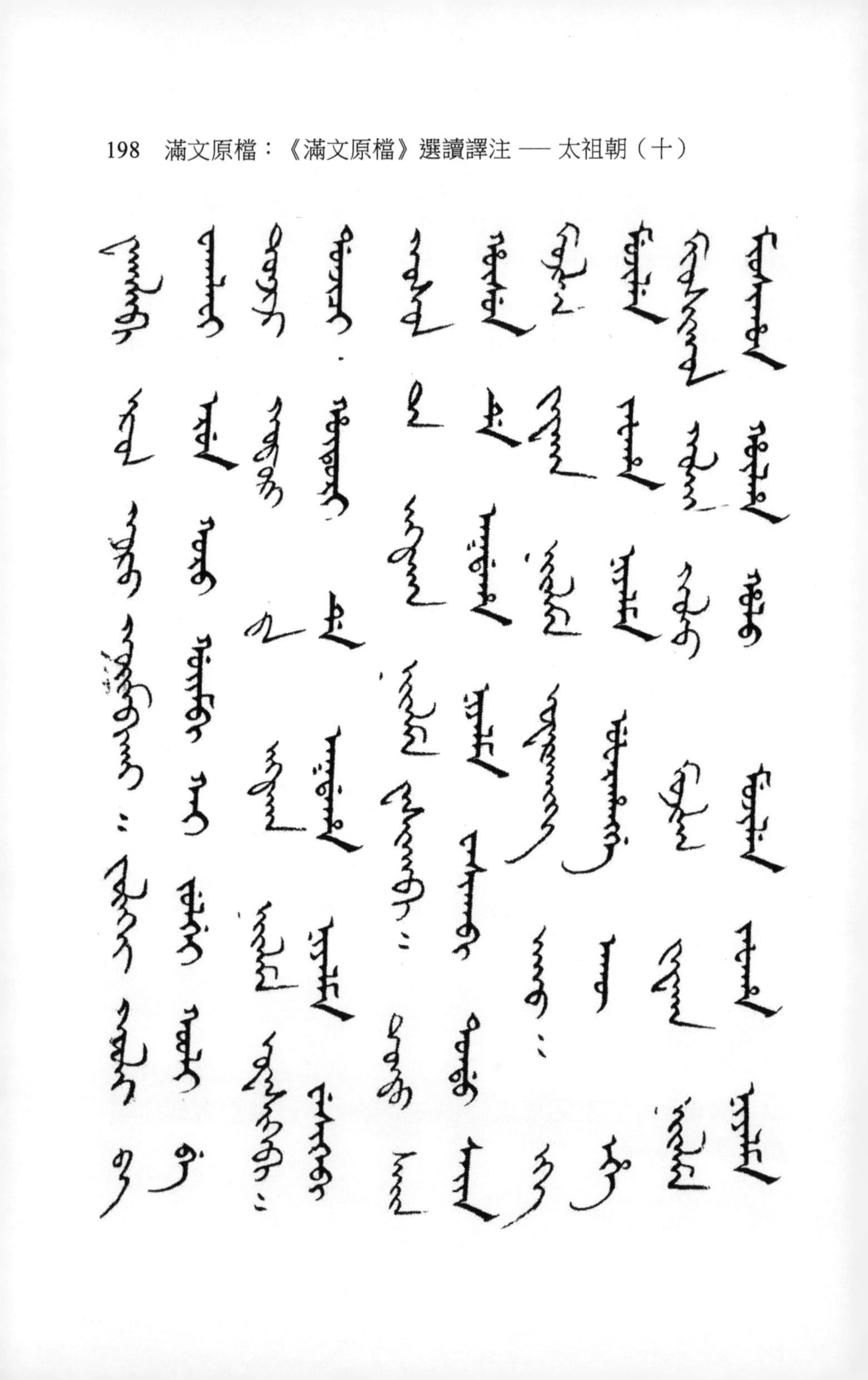

wakalafi erun koro goimbi kai. julgei kooli be donjici, hūturi de akdaha niyalma wesikebi, hūsun de akdaha niyalma wasikabi. tondo sain mujilen jafaha niyalma ufarahangge akū, ehe miosihon hūlha holo mujilen jafaha niyalma

---

其主責之，則刑戮及身也。嘗聞古典云：『恃福者昌，恃力者亡。』秉忠善之心而失者無，懷邪惡盜賊之心者亦無倖免，

其主责之，则刑戮及身也。尝闻古典云：『恃福者昌，恃力者亡。』秉忠善之心而失者无，怀邪恶盗贼之心者亦无幸免，

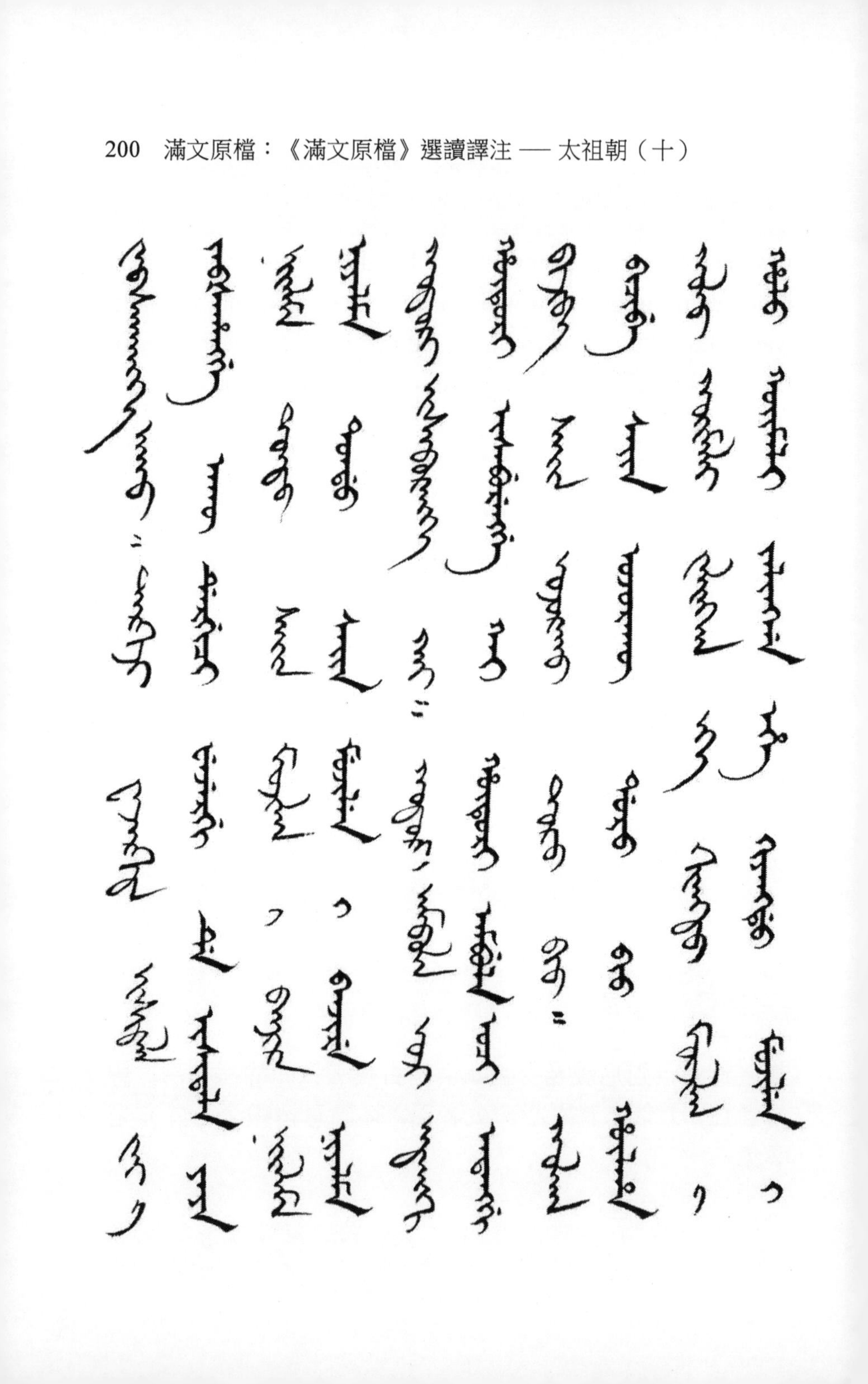

jabšahangge akū. dergici fejergi de isitala yaya niyalma tondo sain mujilen i banjire niyalma, hūturi isaburengge kai. hūturi ambula oci, atanggi bicibe sain ojorakū doro bio. hūlha holo, koimali jalingga, ehe kiyangdu mujilen i

---

故自上而下，凡秉忠善之心而度日之人，其福必積也。倘若福大，無論幾時，豈有不致善之理乎？凡懷盜賊奸宄強暴之心而度日之人，

故自上而下，凡秉忠善之心而度日之人，其福必积也。倘若福大，无论几时，岂有不致善之理乎？凡怀盗贼奸宄强暴之心而度日之人，

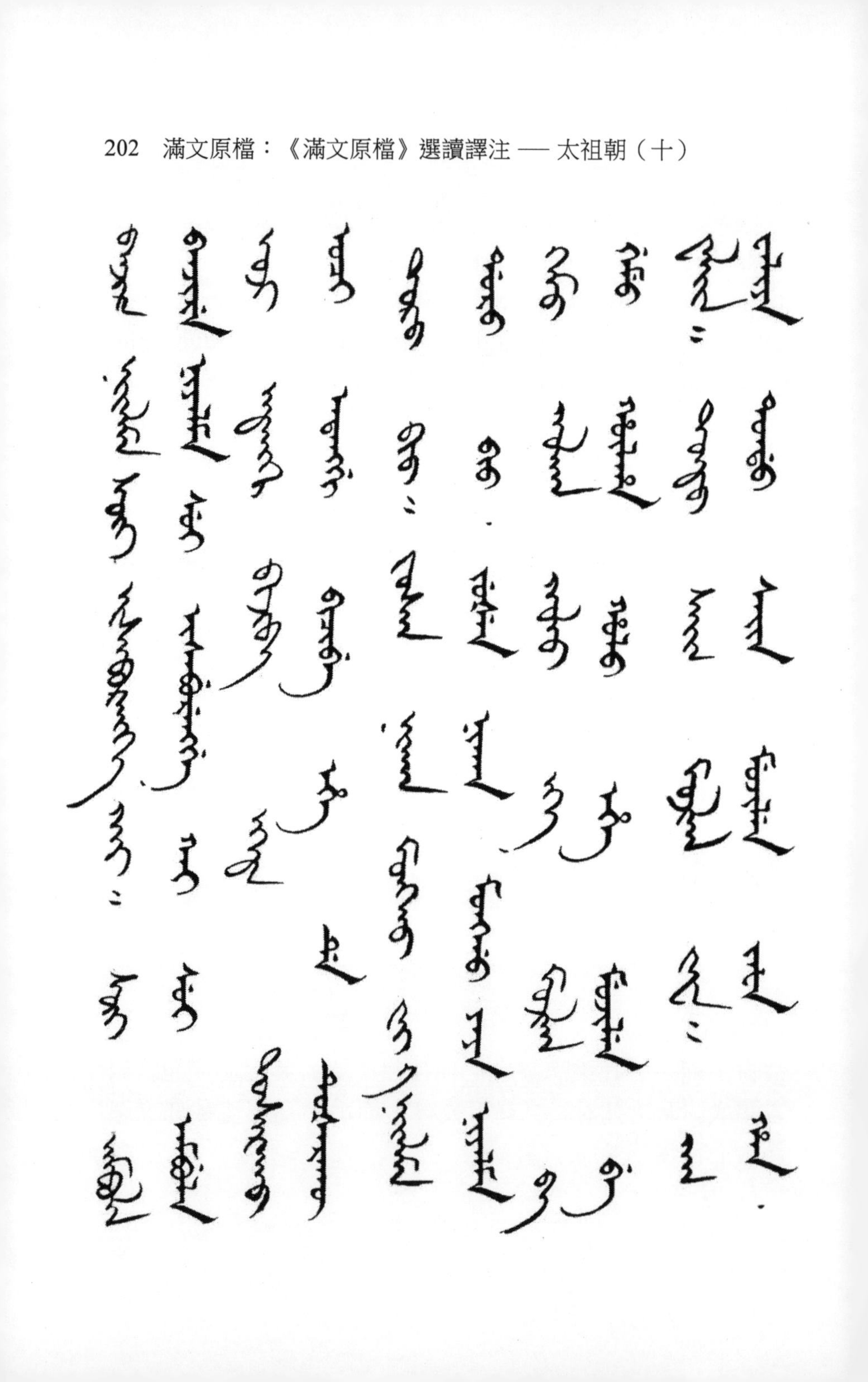

banjire niyalma, sui isaburengge kai. sui ambula oci, atanggi bicibe ehe de tušarakū doro bio. jušen, nikan, monggo yaya niyalma, gemu hūlha holo ehe mujilen be waliya, tondo sain mujilen jafa. han,

---

其罪必積也。倘若罪大，無論幾時，豈有不遭殃之理耶？凡諸申、漢人、蒙古皆應棄盜賊邪惡之心，存忠善之心。

其罪必积也。倘若罪大，无论几时，岂有不遭殃之理耶？凡诸申、汉人、蒙古皆应弃盗贼邪恶之心，存忠善之心。

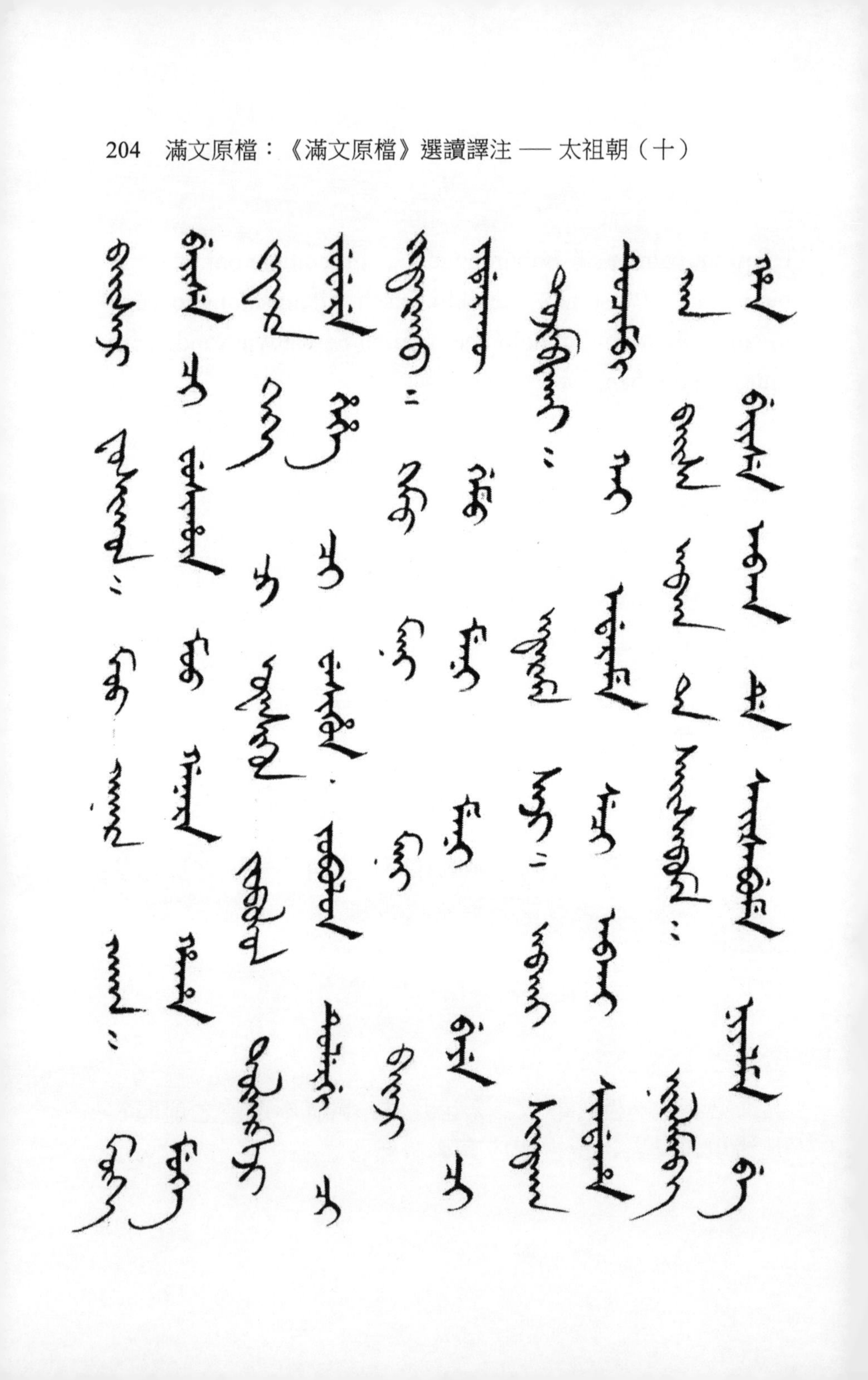

beise ci fusihūn, moo ganara haha, muke juwere hehe ci wesihun, jobolon tulergi ci jiderakū, gemu meni meni beye ci tucimbi kai. adarame seci, abkai sindaha han, beise, abka de saišabume, niyalma be

---

自汗、諸貝勒以下，芻蕘[19]之丁、運水之婦以上，禍非外來，皆由自致也。何則？天所授之汗、諸貝勒

自汗、诸贝勒以下，刍荛之丁、运水之妇以上，祸非外来，皆由自致也。何则？天所授之汗、诸贝勒

---

19 芻蕘，《滿文原檔》寫作 "moo kanara"，《滿文老檔》讀作 "moo ganara"，意即「取柴薪」。

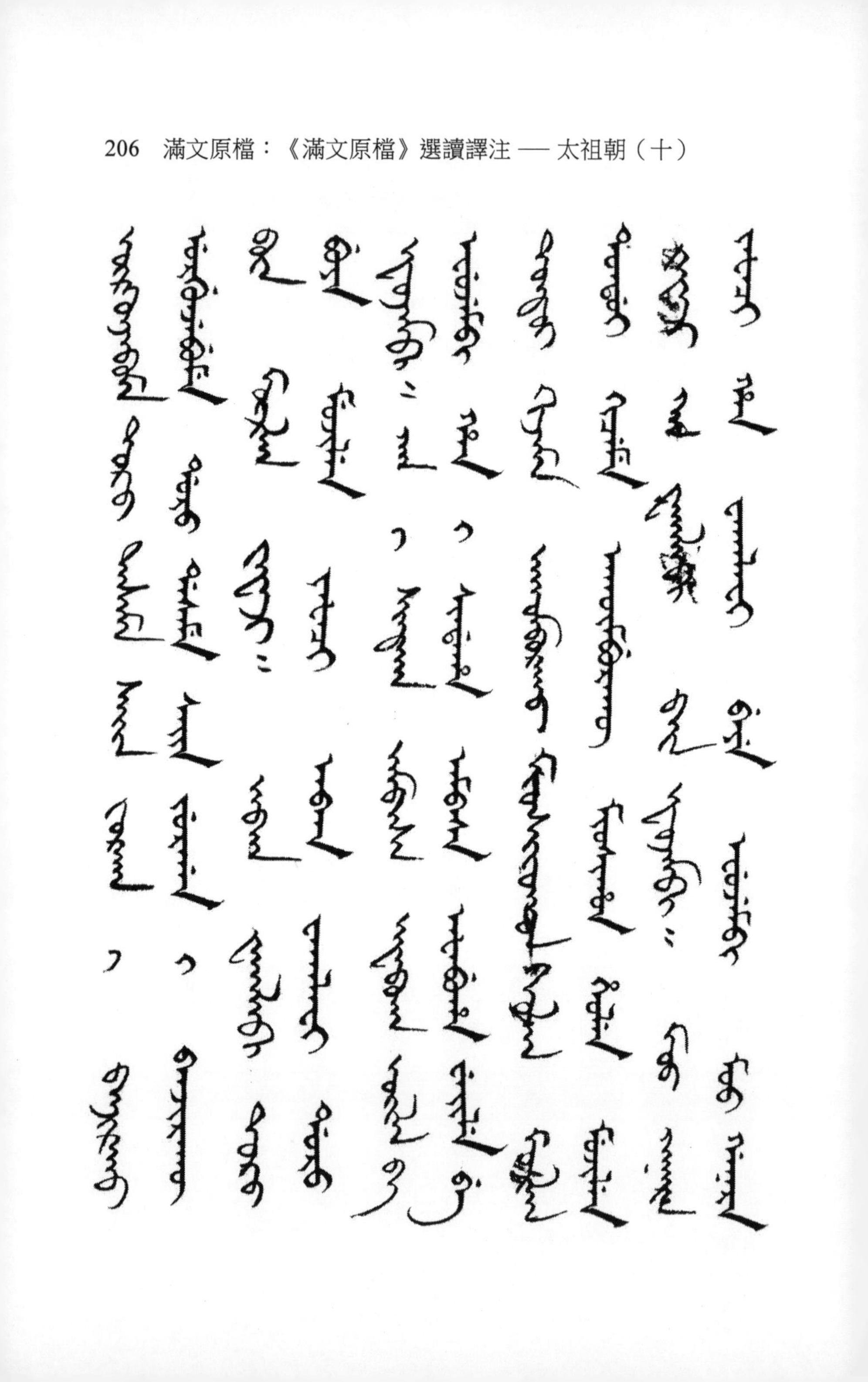

urgunjebume, doro dasame sain jurgan i banjirakū buya mujilen jafaci, abka wakalafi doro efujembi. han i sindaha ambasa, afabuha weile be tondoi kiceme akūmburakū, miosihon heolen mujilen jafaci, han wakalafi beye efujembi. moo ganara

---

如不修道行善度日，蒙天嘉許，使人心喜悅，而存小人[20]之心，則天必譴之，基業敗壞。汗所授之諸臣，如不能竭盡忠勤於所委之事，乃存奸邪怠慢之心，則汗必譴之，其身敗壞。

如不修道行善度日，蒙天嘉许，使人心喜悦，而存小人之心，则天必谴之，基业败坏。汗所授之诸臣，如不能竭尽忠勤于所委之事，乃存奸邪怠慢之心，则汗必谴之，其身败坏。

---

20 小人，《滿文原檔》寫作 “boja”，《滿文老檔》讀作 “buya”，意即「細小的、卑微的」。小人，規範滿文讀作“buya niyalma”，二書此處漏寫 “niyalma”。

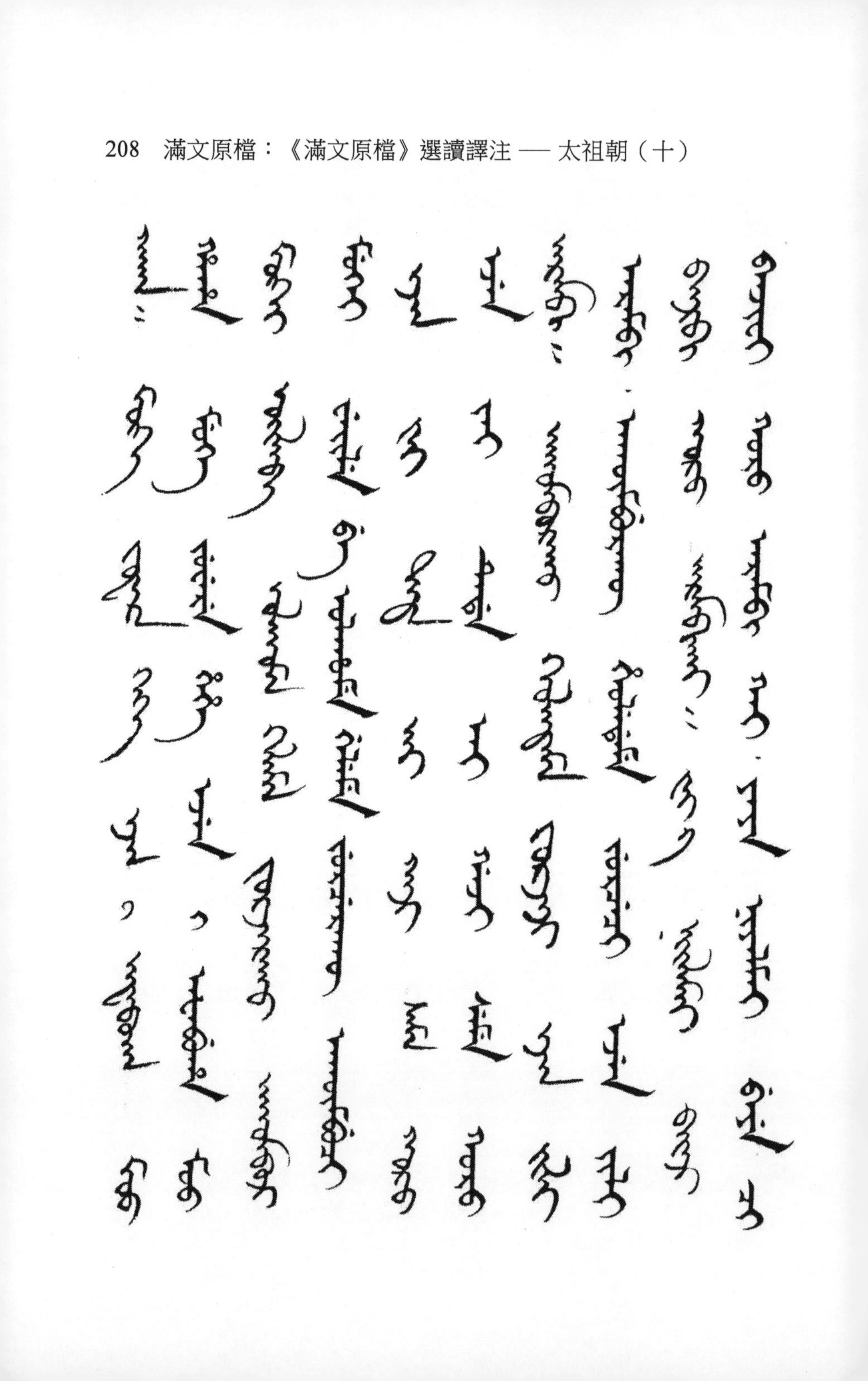

haha, muke juwere hehe, ejen i afabuha moo mukei weile be olhome geleme jurcerakū akūmbuci, ejen jai tede ai gaji seme koro arambi. akūmburakū heoledeme jurceci, ejen jili banjifi koro arambi kai. yaya niyalmai beye ci

---

芻蕘之丁，運水之婦，如不違其主所委柴薪、運水之事，戒慎恐懼，盡心効力，則其主又以何罪之？若不能盡心効力而怠慢違抗，則其主必將罪之[21]也。

刍荛之丁，运水之妇，如不违其主所委柴薪、运水之事，戒慎恐惧，尽心効力，则其主又以何罪之？若不能尽心効力而怠慢违抗，则其主必将罪之也。

---

[21] 罪之，《滿文原檔》、《滿文老檔》俱讀作 "jili banjifi koro arambi"，意即「發怒且危害」。

十三、八家均分

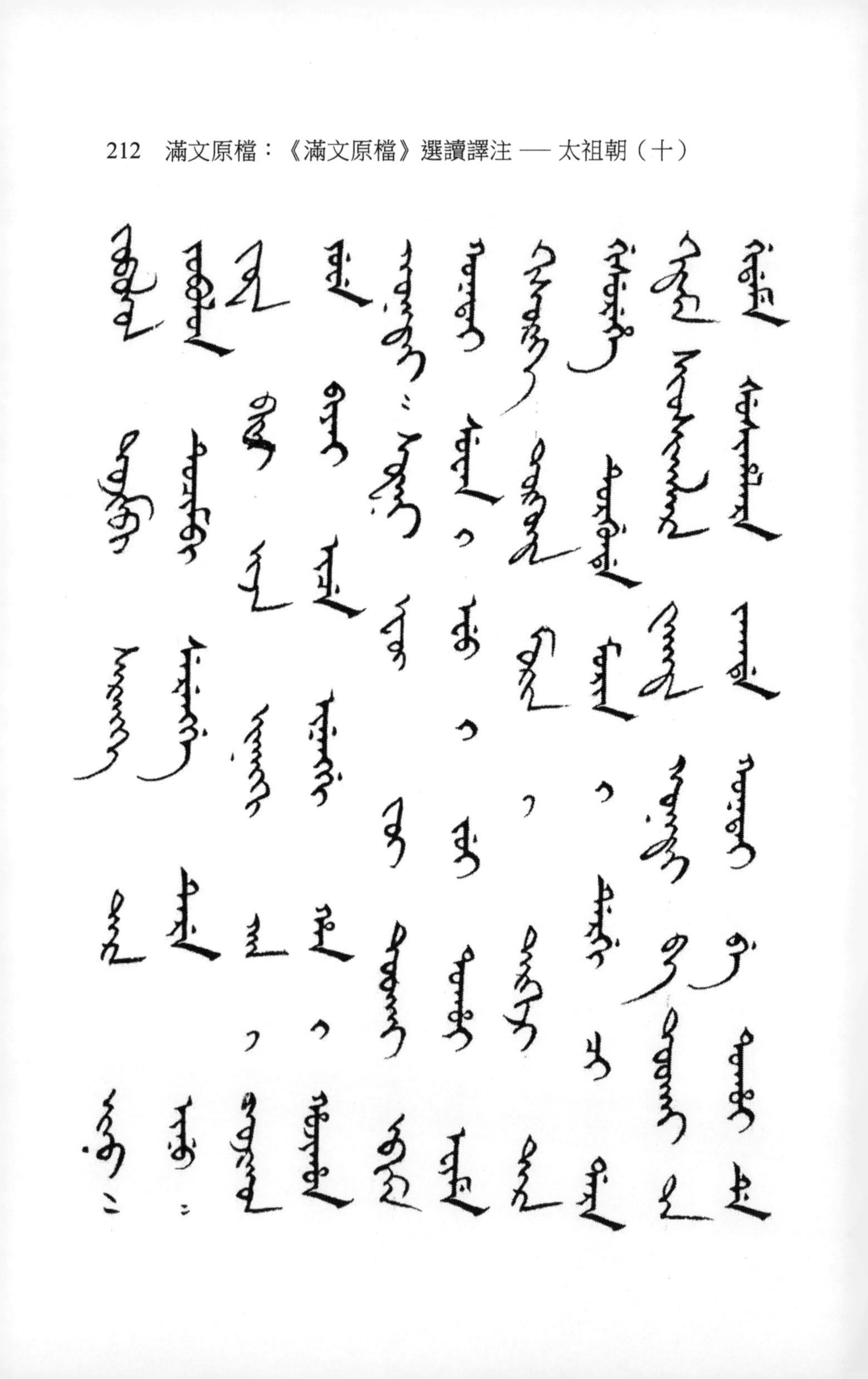

jobolon tucimbi serengge tere inu. juwe biyai ice inenggi, han i hojihon konatai, suwan i efu i jui tohoi, efime gisurehe turgunde, morin i dergi ci dara gidame šusihalara jakade, konatai be tohoi de

---

所謂凡人之禍，皆自致者，此也。」二月初一日，汗之婿科納泰因戲言之故，自馬上俯身鞭打蘇完額駙之子托惠[22]，

所谓凡人之祸，皆自致者，此也。」二月初一日，汗之婿科纳泰因戏言之故，自马上俯身鞭打苏完额驸之子托惠，

---

[22] 托惠，《滿文原檔》寫作"tookai"，《滿文老檔》讀作"tohoi"，音異。

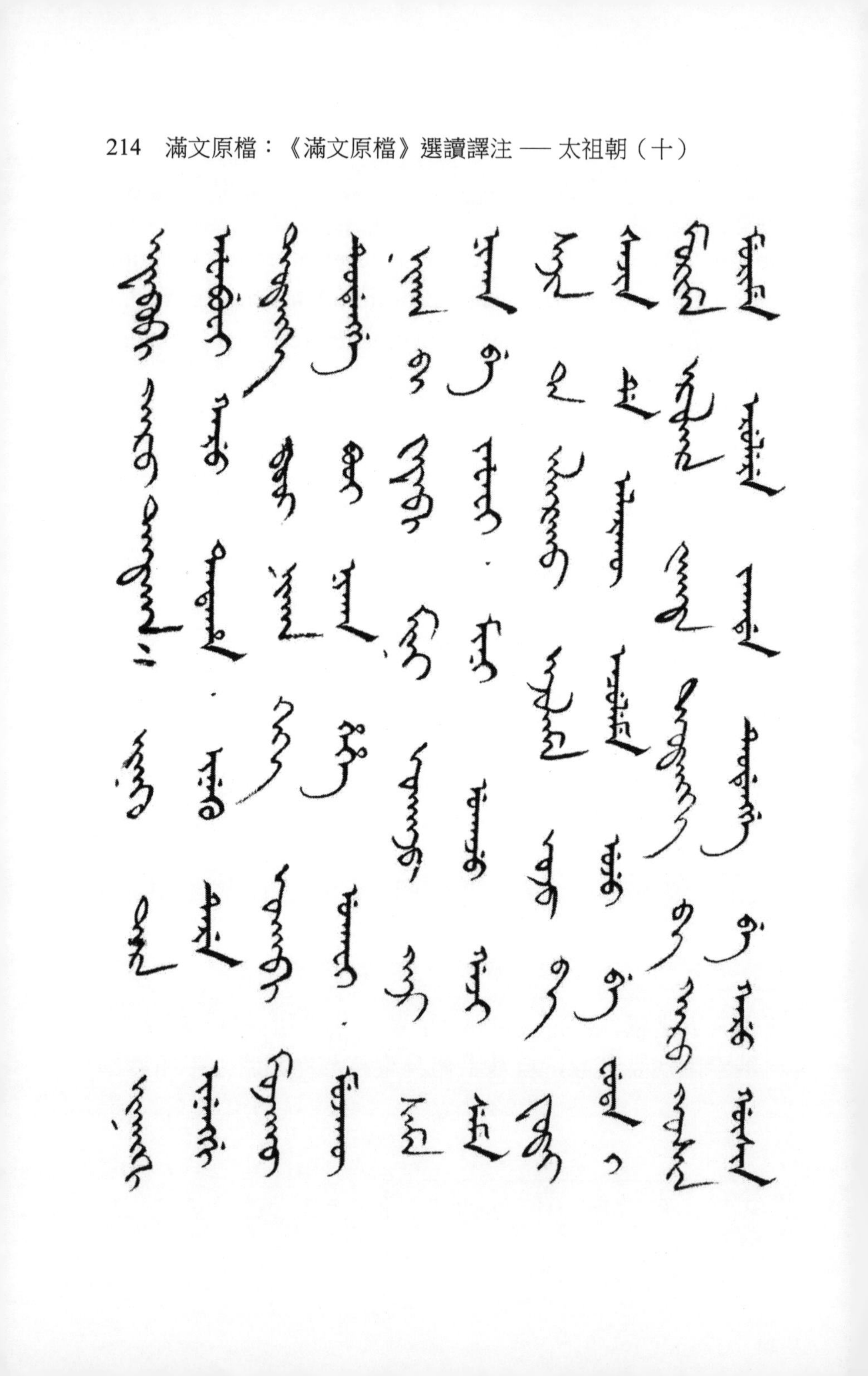

afabufi karu tantaha. ineku tere inenggi, teodengge booi nikan hehe ukafi, mujakū nikan be jafafi, mini ukanju gaji seme, šajin de alarakū enculeme uju be futa i murime erulere jakade, teodengge be karu gūsin

---

命將科納泰交托惠責打以報之。是日，透登額因家中漢婦潛逃，執拏無涉之漢人，索其逋逃，未告法司，擅自以繩絞其頭而用刑，

命将科纳泰交托惠责打以报之。是日，透登额因家中汉妇潜逃，执拏无涉之汉人，索其逋逃，未告法司，擅自以绳绞其头而用刑，

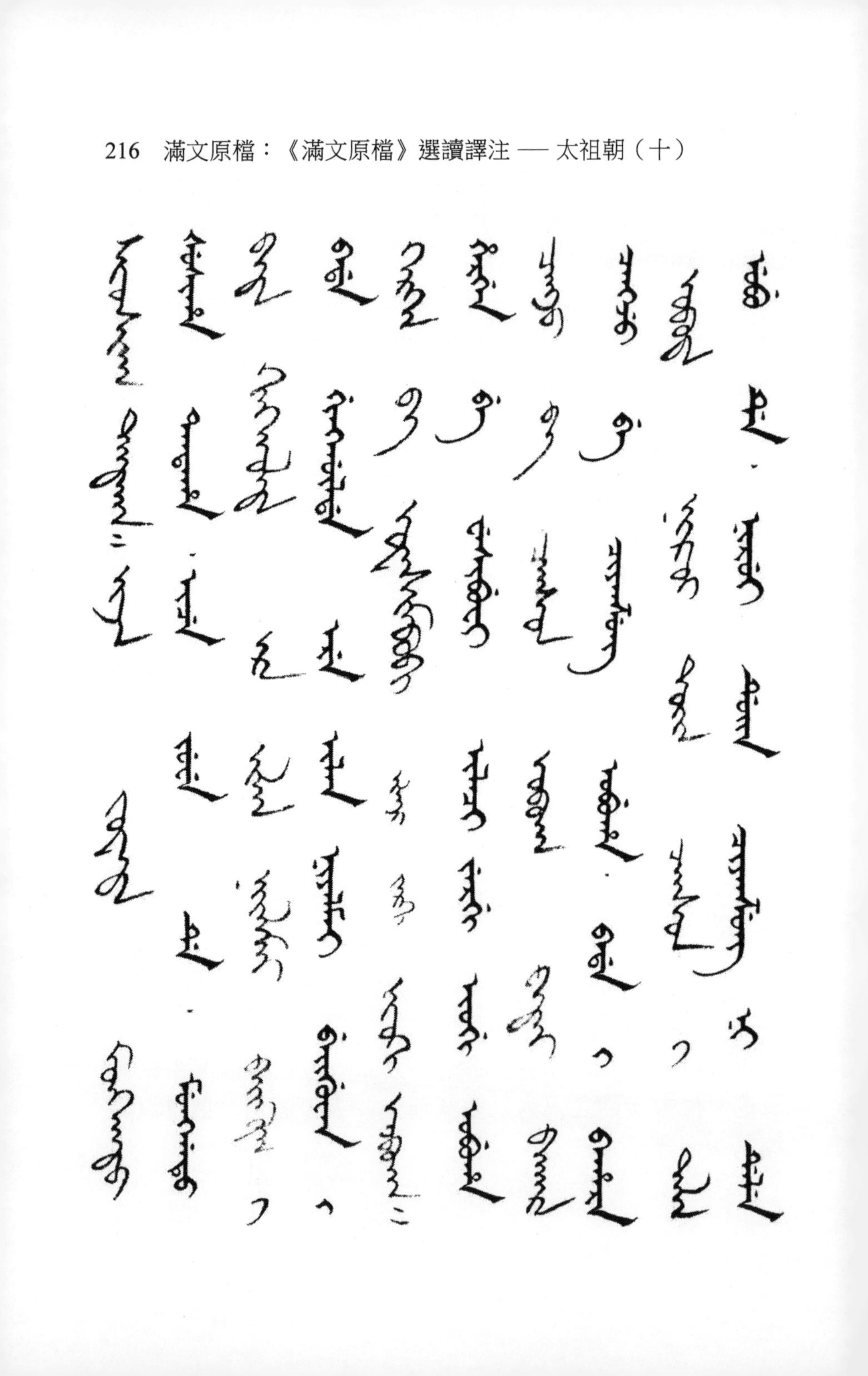

šusiha tantaha. ice juwe de, munggatu, bada, ginggūlda, ere ilan niyalmai beiguwan i hergen be wesibufi ilaci jergi iogi obuha, cangju be ciyandzung obuha, bada i bahara ubu de, nirui duin ciyandzung ni dele

---

故將透登額鞭打三十鞭以報之。初二日，陞備禦官蒙噶圖、巴達、精古勒達三人為三等遊擊。授常柱為千總。巴達所得之份，著於牛彔四千總之上，

故将透登额鞭打三十鞭以报之。初二日，升备御官蒙噶图、巴达、精古勒达三人为三等游击。授常柱为千总。巴达所得之份，着于牛彔四千总之上，

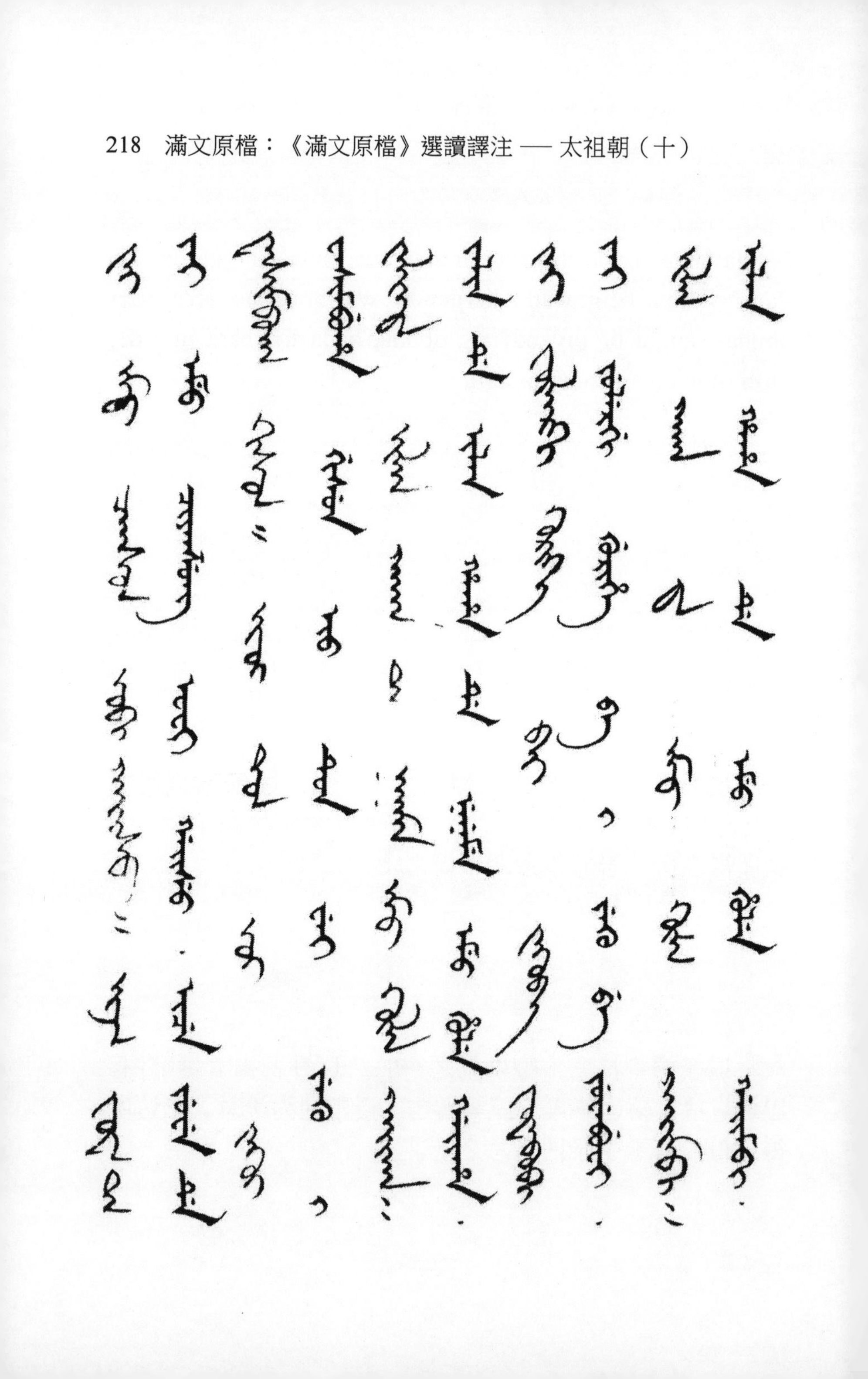

jai emu ciyandzung ofi gaisu. ice juwe de wasimbuha gisun, io tun wei jeku i jalin de, ilan haha de neneme emu hule gaiha. jai julergi gurihe ba i jeku be juwebufi, ilan haha de emu hule gaimbi,

---

再加一千總發給之。初二日，諭曰：「先前，為右屯衛之糧，每三男丁取糧一石。今又命運南遷地方之糧，亦每三男丁取糧一石。

再加一千总发给之。初二日，谕曰：「先前，为右屯卫之粮，每三男丁取粮一石。今又命运南迁地方之粮，亦每三男丁取粮一石。

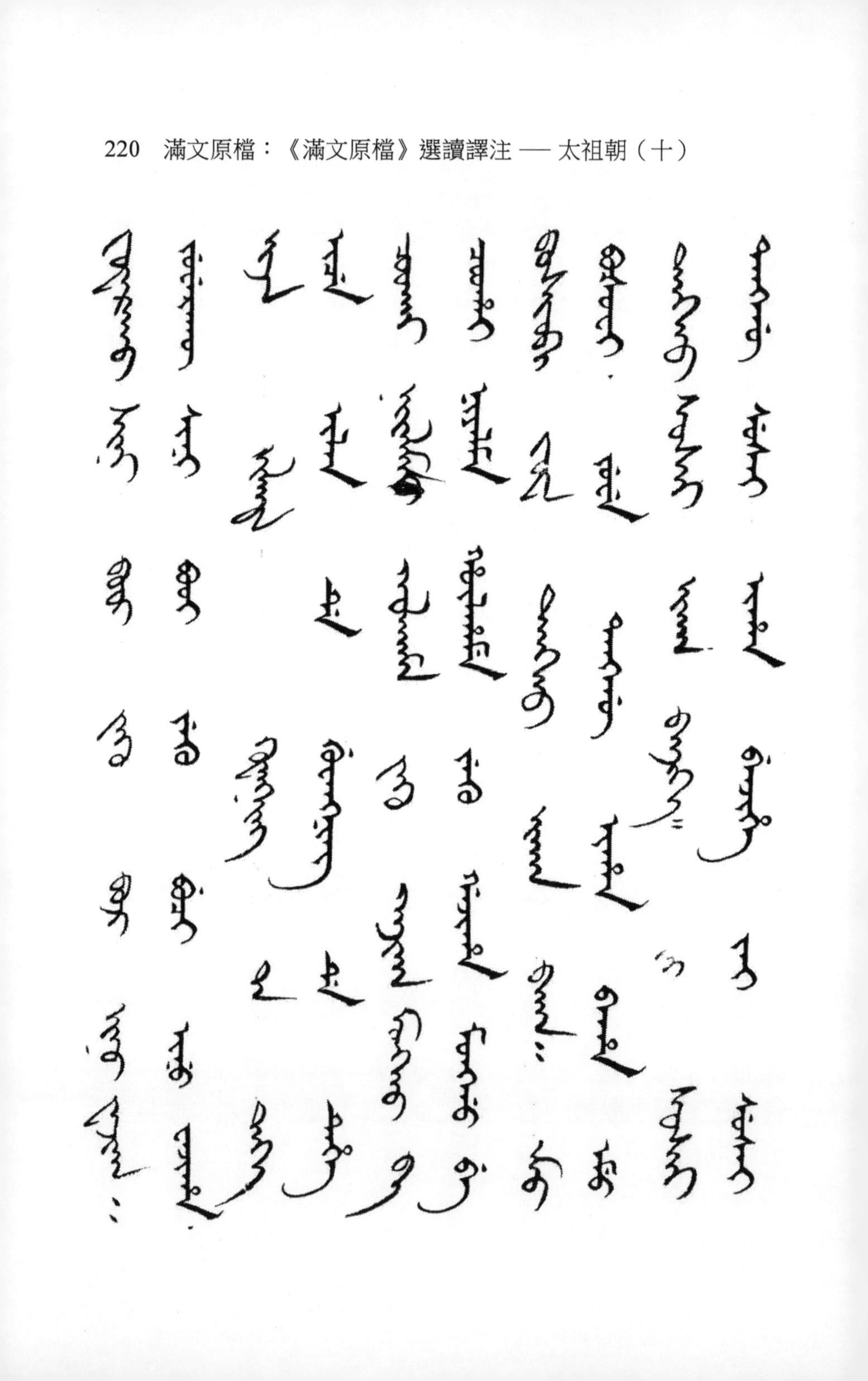

juwerakū sini booi jeku buci inu wajiha. ice ilan de guwangning de tehe coohai niyalma, hūlhame jeku gajiha monggo be bošofi, juwe tanggū ihan baha. emu tanggū susai ihan benjihe, jai susai

---

若不運，則以爾家糧給之亦可也。」初三日，駐廣寧兵丁追趕盜糧之蒙古人，獲牛二百頭。送來牛一百五十頭，

若不运，则以尔家粮给之亦可也。」初三日，驻广宁兵丁追赶盗粮之蒙古人，获牛二百头。送来牛一百五十头，

ihan be coohai niyalma de buhe. ai ai furdehe, tana, seke butaha butarangge, daci jakūn beile boo emte tanggū haha sindafi, baha jaka be meni meni gaimbihe. tuttu facuhūn ojorahū seme, sahaliyan indahūn

---

另外牛五十頭分給兵丁。從前，凡獵捕皮張、東珠、貂，皆由八貝勒家各出丁百人獵捕。所獲之物，各自取之。如此恐致紛亂，

另外牛五十头分给兵丁。从前，凡猎捕皮张、东珠、貂，皆由八贝勒家各出丁百人猎捕。所获之物，各自取之。如此恐致纷乱，

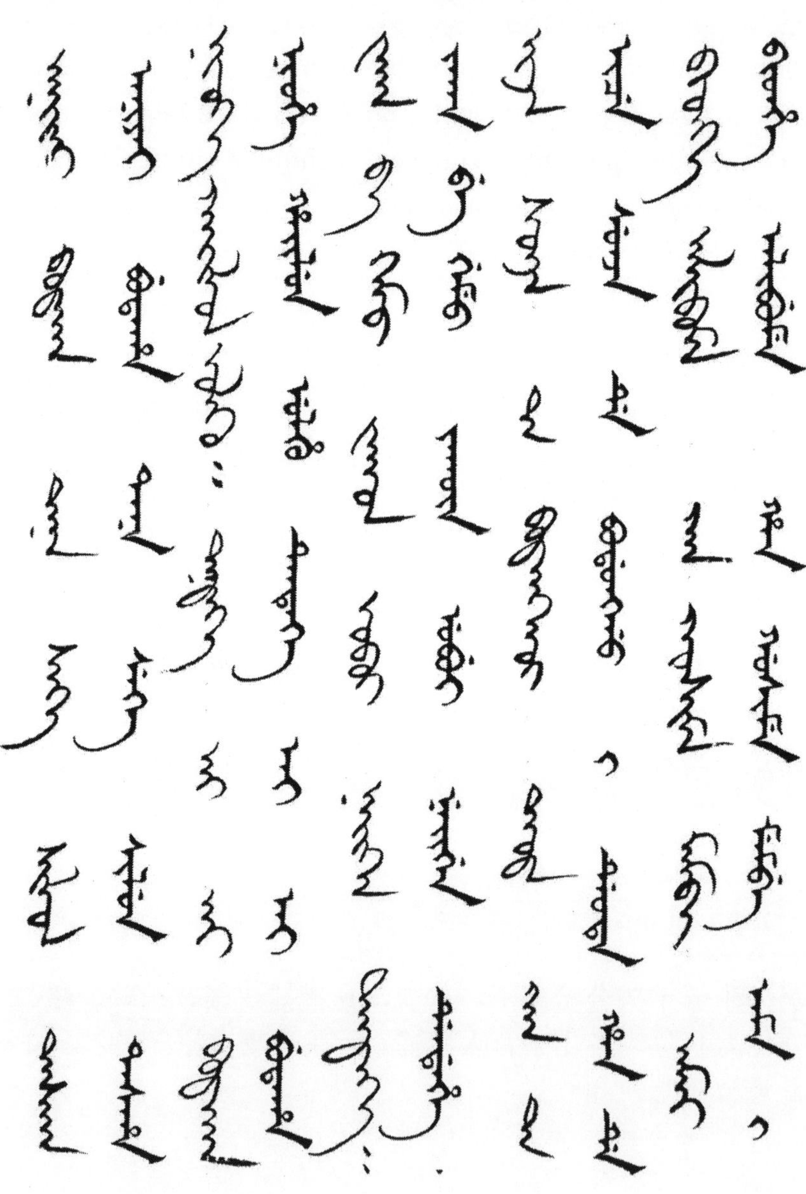

aniyai butaha tana, seke, silun, tasha, niohe, hailun, ulhu, tenteke ai ai butaha jaka be gemu jakūn ubui neigen dendehe. ice sunja de, bodonggo i deote, han de bithe alibume, han gosime, membe ama i

---

遂以壬戌年所捕獲之東珠、貂、猞猁猻、虎、狼、水獺、灰鼠等物，皆平均分為八份。初五日，波棟果之諸弟呈書於汗曰：「蒙汗眷愛，

遂以壬戌年所捕获之东珠、貂、猞猁狲、虎、狼、水獭、灰鼠等物，皆平均分为八份。初五日，波栋果之诸弟呈书于汗曰：「蒙汗眷爱，

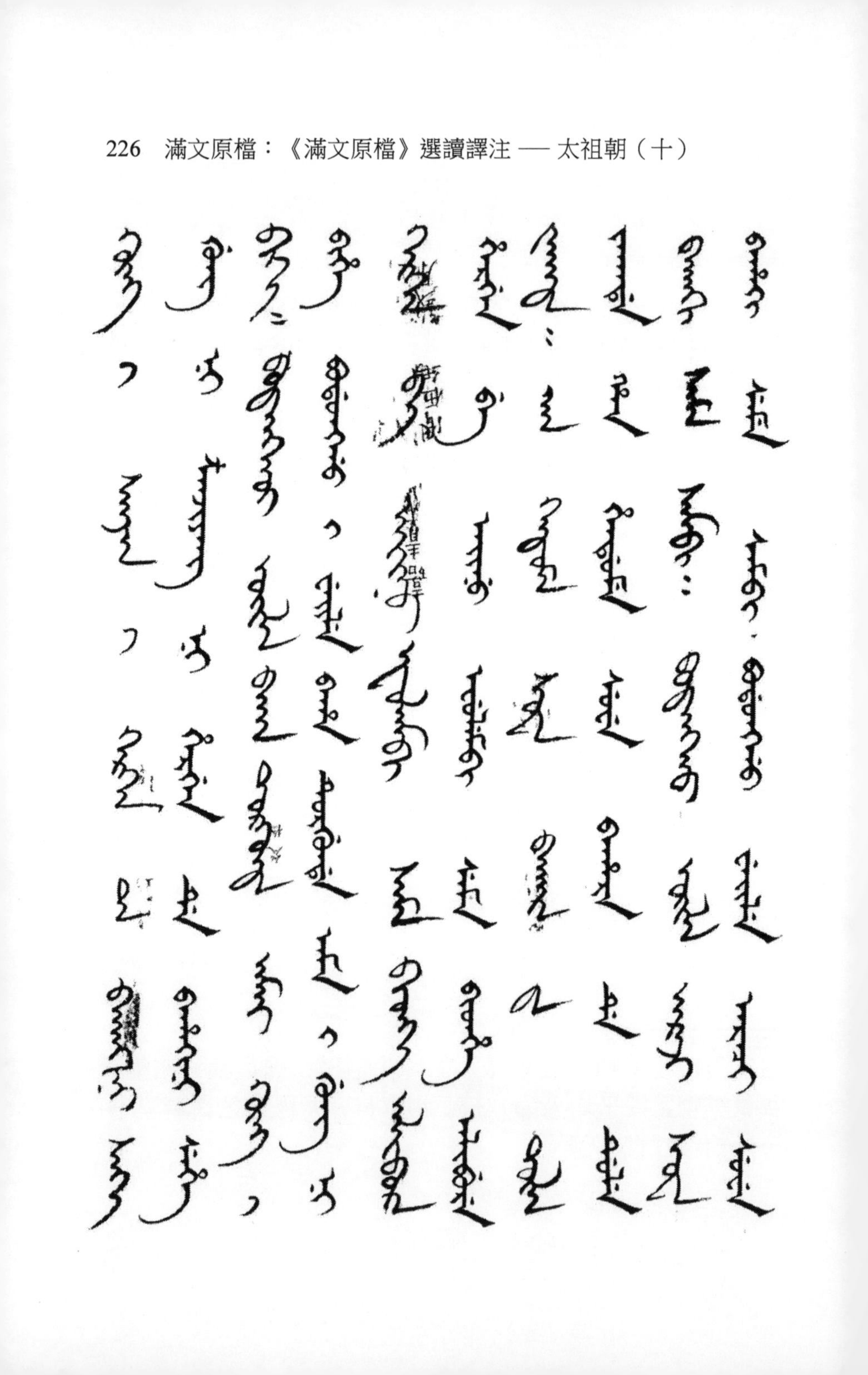

gung ni ts'anjiyang ni hergen de bahakini sehe bihe, bodonggo i weile baha turgunde, ama i gung ni hergen be ainu efulembi seme bithe alibure jakade, han hendume, suwe bahara de dule bahaki seme sambi, bodonggo weile araci, suwe

---

因父有功，曾授我等參將之職。為何以波棟果獲罪之故，革我父功之職耶？」汗曰：「爾等但知得之又欲再得，若治波棟果罪，

因父有功，曾授我等参将之职。为何以波栋果获罪之故，革我父功之职耶？」汗曰：「尔等但知得之又欲再得，若治波栋果罪，

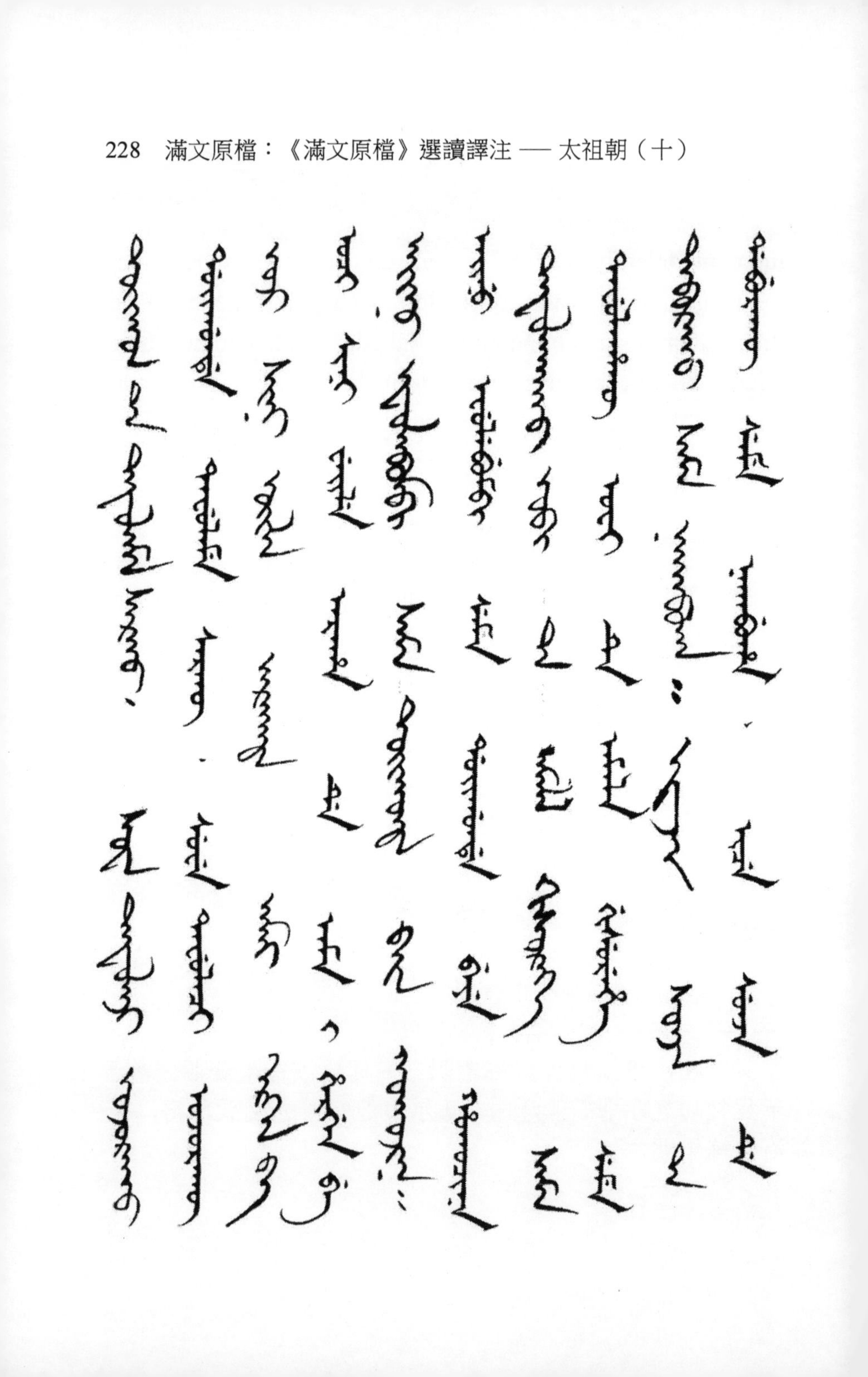

doigonde tafulame sarkū. suwe tafulaci ojorakū oci, sini weile araha de ama i hergen be ainu efulebumbi seme doigonde beye hokocina, tafulahakū ofi te amala gisurehe seme daburakū seme nakabuha. ice sunja de,

---

爾等却不知預先勸諫。若爾等勸諫不聽即以彼獲罪，為何革父之職？爾等置身事外，未加勸諫，今事後言之已於事無濟也。」故拒之。初五日，

尔等却不知预先劝谏。若尔等劝谏不听即以彼获罪，为何革父之职？尔等置身事外，未加劝谏，今事后言之已于事无济也。」故拒之。初五日，

labsihi taiji i deo de buhengge, sunja suje, juwanta yan i juwe menggun i moro, amba mocin juwan, ajige mocin juwan, boso juwan, elbihe dahū emke, mocin i kurume juwe, emu ergume buhe. jakūn gūsai enculehe ambasai

---

賜拉布西喜台吉之弟緞五疋、十兩銀碗二個、大毛青布十疋、小毛青布十疋、布十疋、貉皮端罩一件、毛青布褂[23]二件、披領[24]一件。八旗專管大臣

赐拉布西喜台吉之弟缎五疋、十两银碗二个、大毛青布十疋、小毛青布十疋、布十疋、貉皮端罩一件、毛青布褂二件、披领一件。八旗专管大臣

---

[23]毛青布褂，句中「褂」,《滿文原檔》讀作 "kuremu "，訛誤；《滿文老檔》讀作 "kurume"，改正。滿文 "kurume"係蒙文"kürm-e"借詞，意即「馬褂、短上衣」。

[24] 披領,《滿文原檔》讀作 "erkuweme",《滿文老檔》讀作 "ergume"。

十四、專管職等

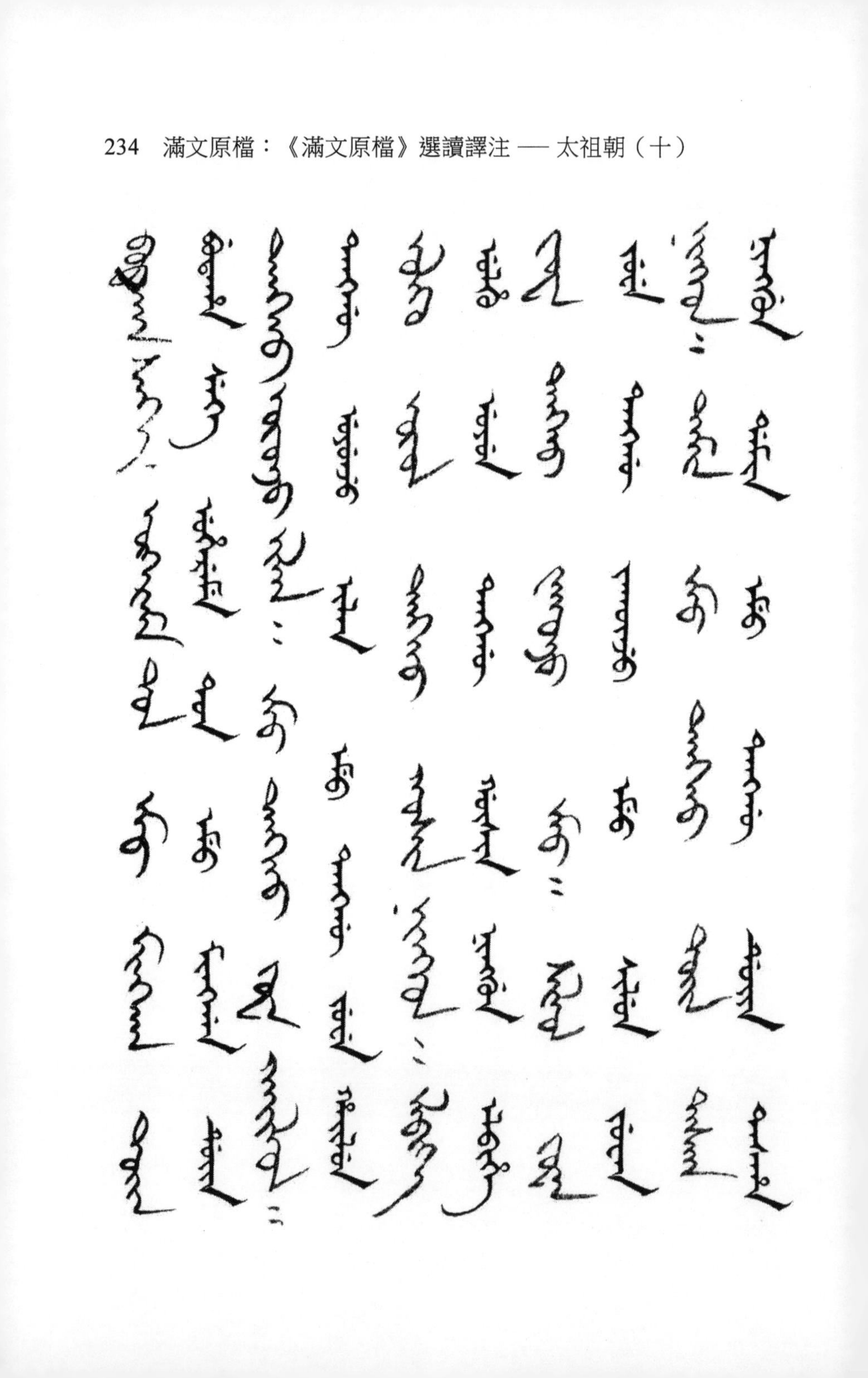

butaha seke uhereme ton, emu minggan duin tanggū uyunju ilan, emu tanggū juwe hailun, ulhu uyun tanggū gūsin ninggun, elbihe juwe tanggū jakūnju emu, silun juwan ninggun, damin emu tanggū duin, tasha

---

獵獲貂總數共一千四百九十三隻、水獺一百零二隻、灰鼠九百三十六隻、貉二百八十一隻、猞猁猻十六隻、雕一百零四隻、

猎获貂总数共一千四百九十三只、水獭一百零二只、灰鼠九百三十六只、貉二百八十一隻、猞猁猻十六隻、雕一百零四隻、

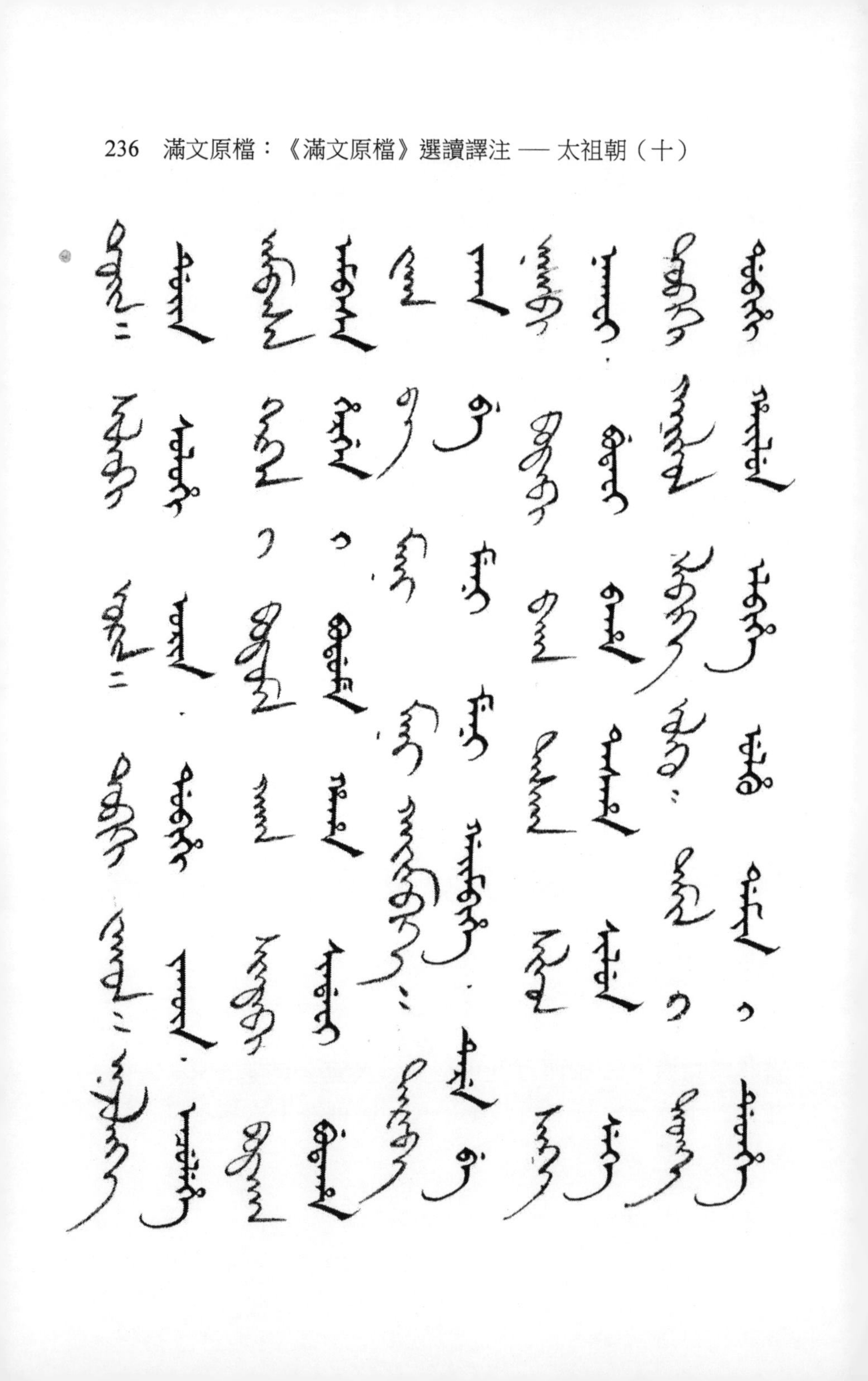

duin, solohi orin, dobihi jakūn. enculehe ambasa hergen i bodome haha sindafi butaha jaka be meni meni gaimbihe. tere be nakafi, butafi baha tasha, silun, seke, dobihi, hailun, elbihe, ulhu, damin i dethe,

---

虎四隻、騷鼠二十隻、狐狸八隻。從前專管大臣按職計丁出獵，所獵獲之物，各自取之。至是廢止。將所捕獲之虎、猞猁猻、貂、狐狸、水獺、貉、灰鼠及雕翎，

虎四只、骚鼠二十只、狐狸八只。从前专管大臣按职计丁出猎，所猎获之物，各自取之。至是废止。将所捕获之虎、猞猁狲、貂、狐狸、水獭、貉、灰鼠及雕翎，

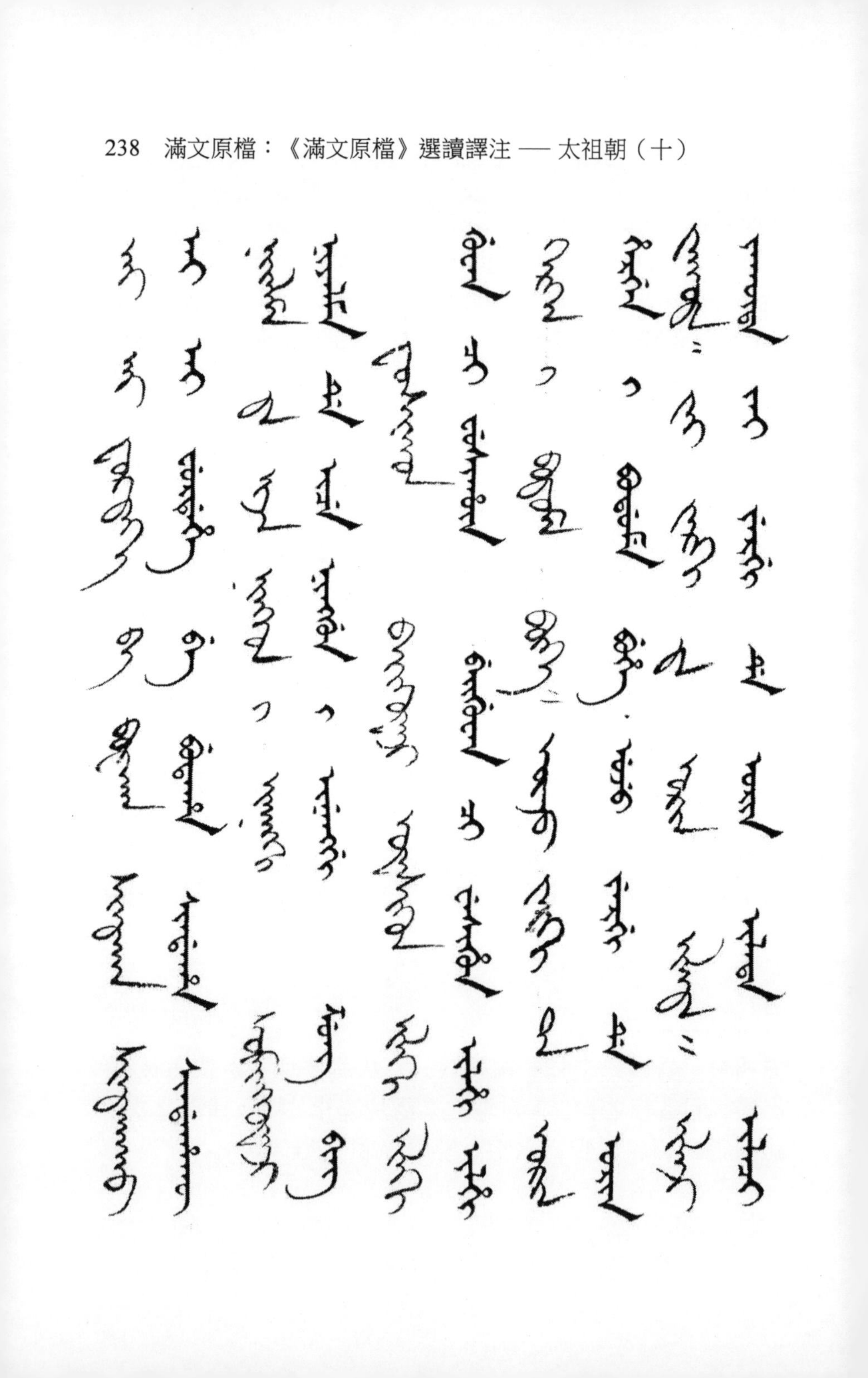

ai ai furdehe be, butaha sindaha sindahakū niyalma de, ice ninggun i inenggi, dzung bing guwan ci fusihūn, beiguwan ci wesihun, ilhi ilhi hergen i bodome buhe. uju jergi de orin jakūta, jai jergi de orin ilata, ilaci

---

將各色毛皮，無論出獵之人，或未出獵之人，於初六日自總兵官以下，備禦官以上，按職銜依序給之。一等各二十八隻，二等各二十三隻，

将各色毛皮，无论出猎之人，或未出猎之人，于初六日自总兵官以下，备御官以上，按职衔依序给之。一等各二十八只，二等各二十三只，

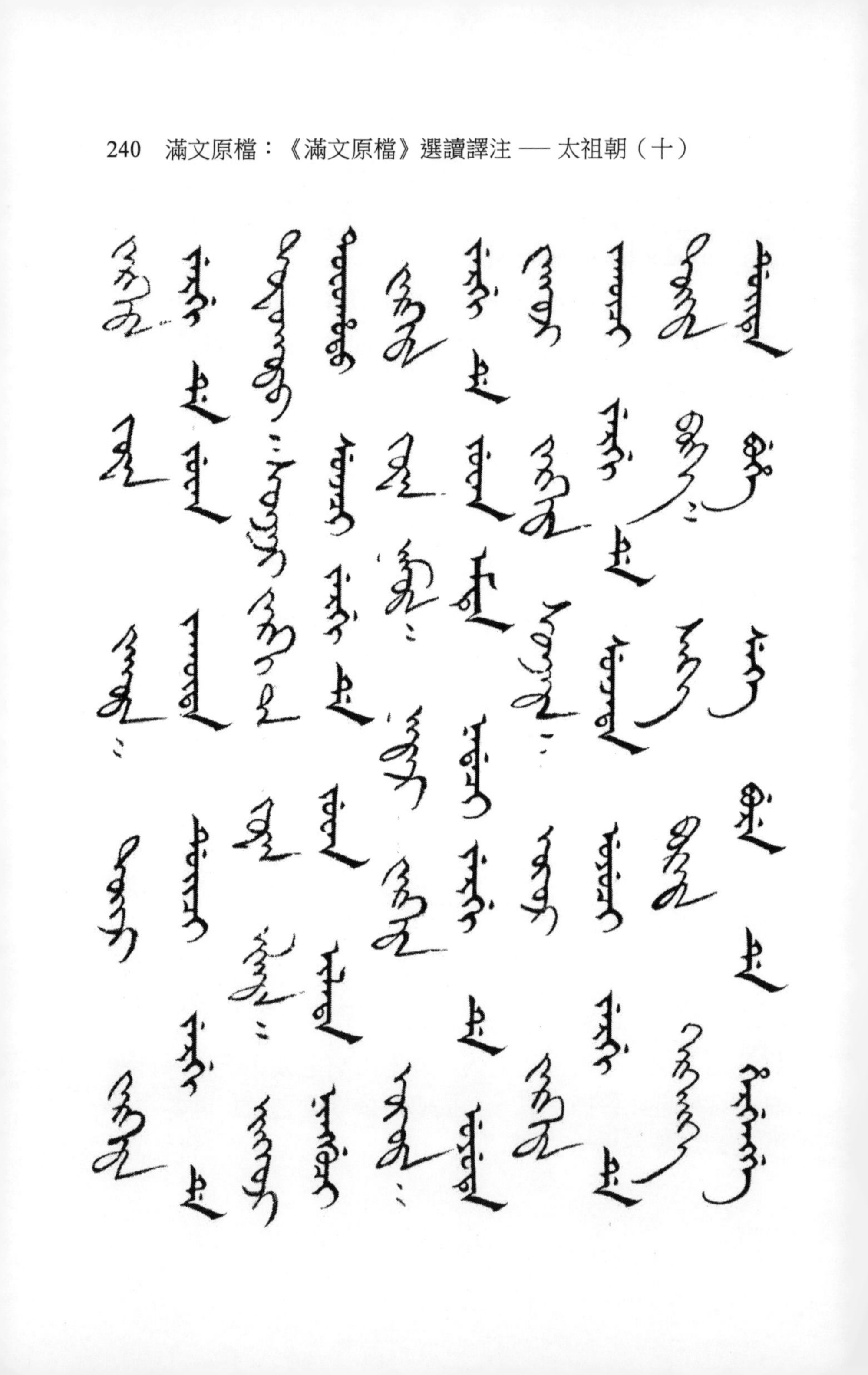

jergi de juwan jakūta, duici jergi de tofohoto, sunjaci jergi de juwan ilata, ningguci jergi de juwan emte, nadaci jergi de uyute, jakūci jergi de sunjata, uyuci jergi de duite buhe. seke bure de hergengge

---

三等各十八隻，四等各十五隻，五等各十三隻，六等各十一隻，七等各九隻，八等各五隻，九等各四隻。賜貂時，

三等各十八只，四等各十五只，五等各十三只，六等各十一只，七等各九只，八等各五只，九等各四只。赐貂时，

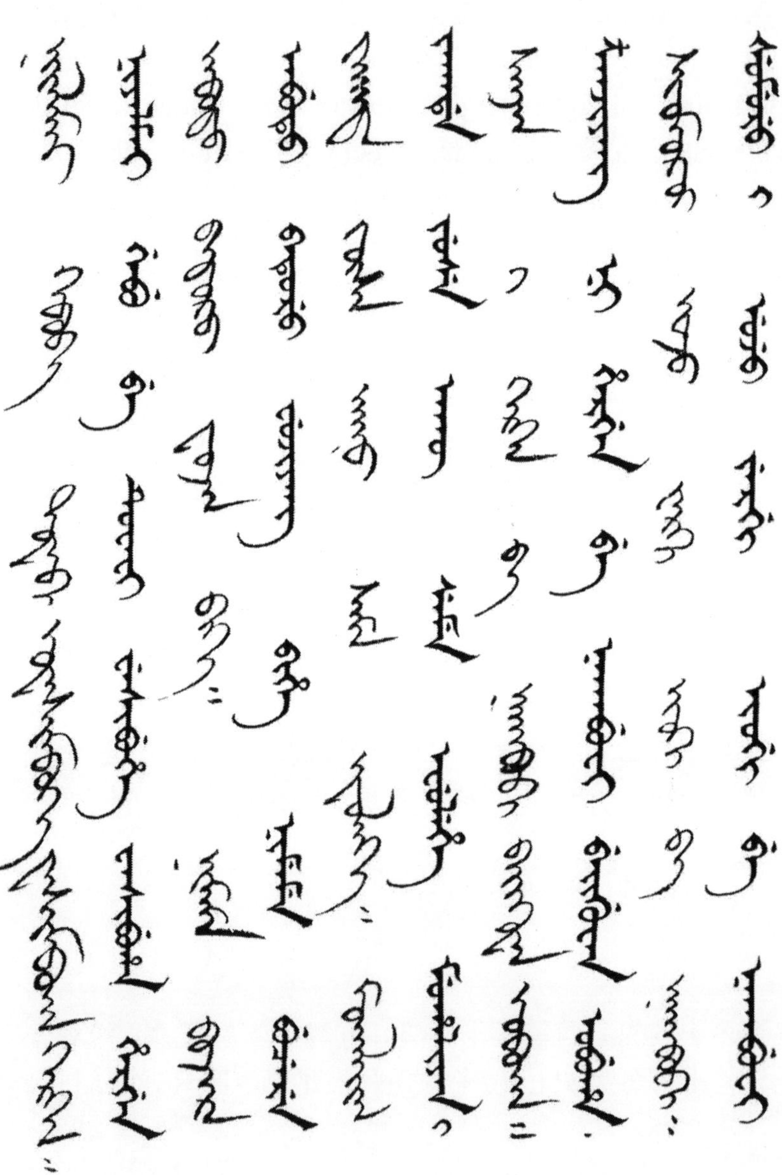

niyalmai gebu be tuwafi wesibuhe wasibuha hergen. abutu baturu fujiyang bihe, nimeme bucere jakade, juse akū seme efulehe. muhaliyan i ts'anjiyang ni hergen be nakabufi beiguwan obuha. šumuru i uju jergi iogi be nakabufi

---

按有職者之名，陞降其職。阿布圖巴圖魯原係副將，因病故無子嗣，故革其職。革穆哈連參將之職，降為備禦官。革舒穆路頭等遊擊，

按有职者之名，升降其职。阿布图巴图鲁原系副将，因病故无子嗣，故革其职。革穆哈连参将之职，降为备御官。革舒穆路头等游击，

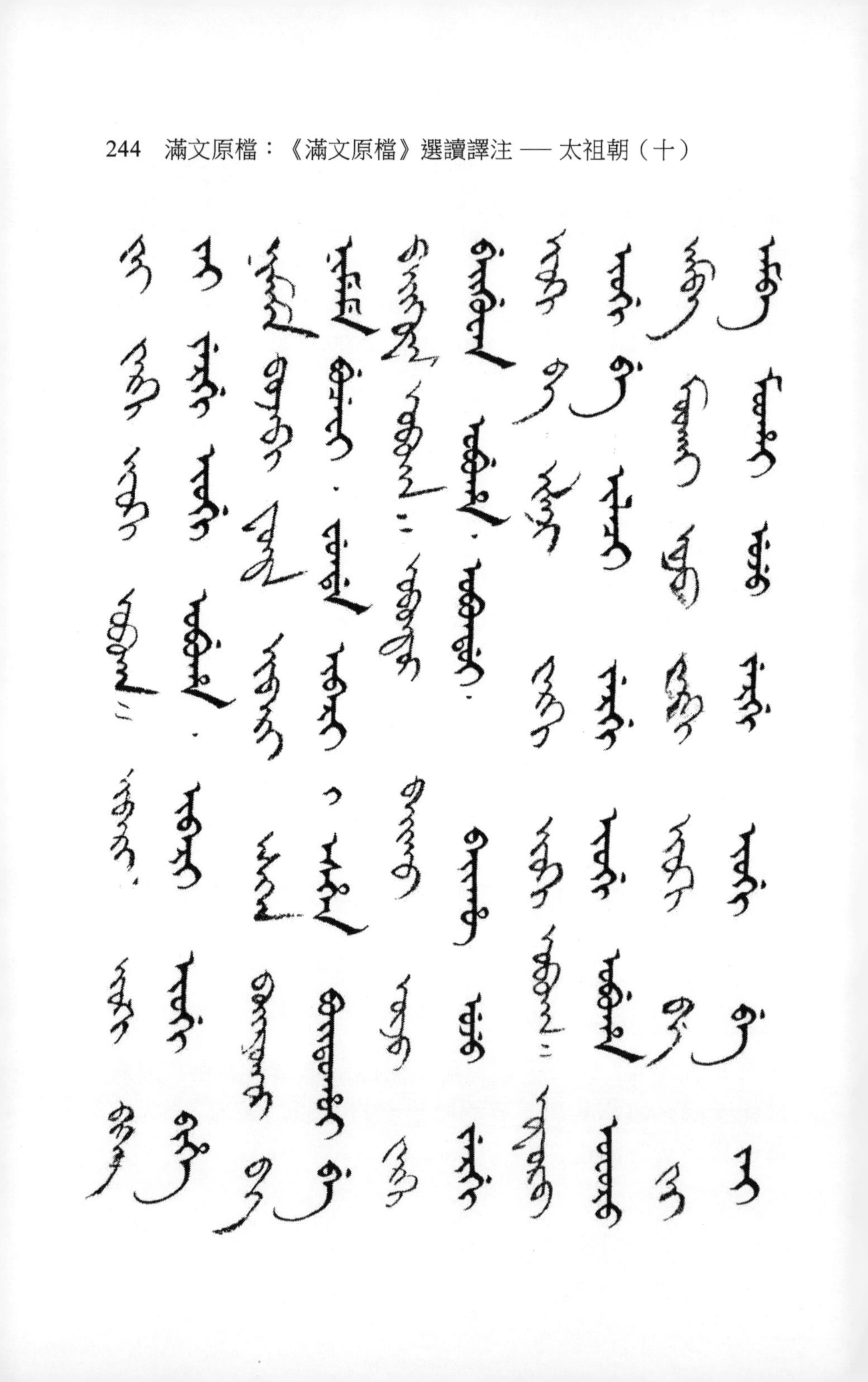

jai jergi iogi obuha. ibari iogi bihe, nimeme bucefi, funde ibari i eshen boitohoi be beiguwan obuha. obondoi, baihū uju jergi iogi be ilaci jergi iogi obuha, oforo amba moohai, uju jergi iogi be jai

---

降為二等遊擊。伊巴里原係遊擊，病故後，以伊巴里之叔父貝托惠代之為備禦官。一等遊擊鄂本堆、拜虎，降為三等遊擊。一等遊擊大鼻子毛海，

降为二等游击。伊巴里原系游击，病故后，以伊巴里之叔父贝托惠代之为备御官。一等游击鄂本堆、拜虎，降为三等游击。一等游击大鼻子毛海，

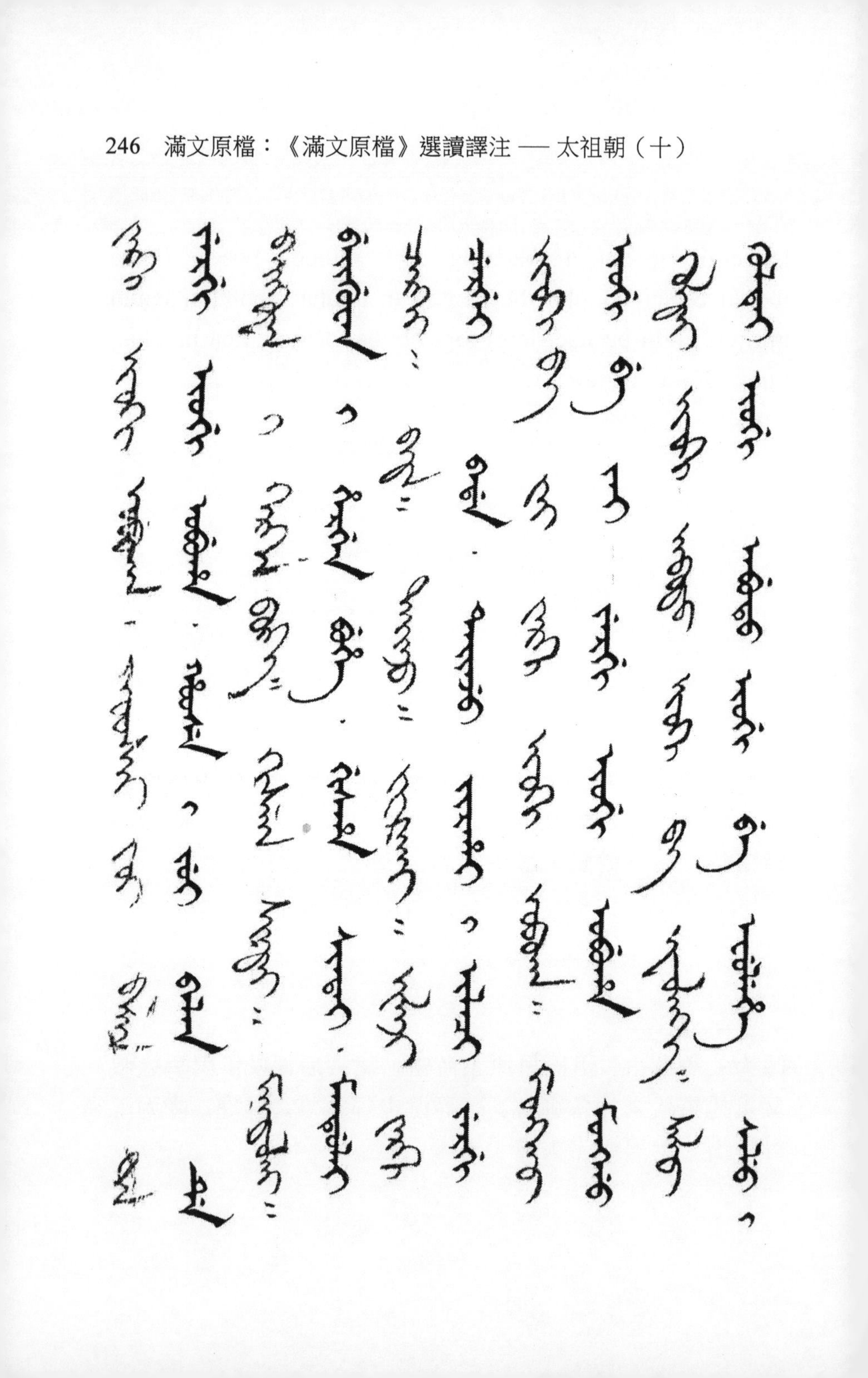

jergi iogi obuha. hoose i jui balan de beiguwan i hergen buhe. gisha, sintai, mandulai, cergei, bada, tainju, jirhai i ilaci jergi iogi be jai jergi iogi obuha. monggo kultei iogi, abutu iogi be efulehe. salu i

---

降為二等遊擊。浩色之子巴蘭，賜備禦官之職。三等遊擊吉思哈、辛泰、滿都賴、車爾格依、巴達、塔音珠、吉爾海陞為二等遊擊。革蒙古庫勒特依、阿布圖遊擊。

降为二等游击。浩色之子巴兰，赐备御官之职。三等游击吉思哈、辛泰、满都赖、车尔格依、巴达、塔音珠、吉尔海升为二等游击。革蒙古库勒特依、阿布图游击。

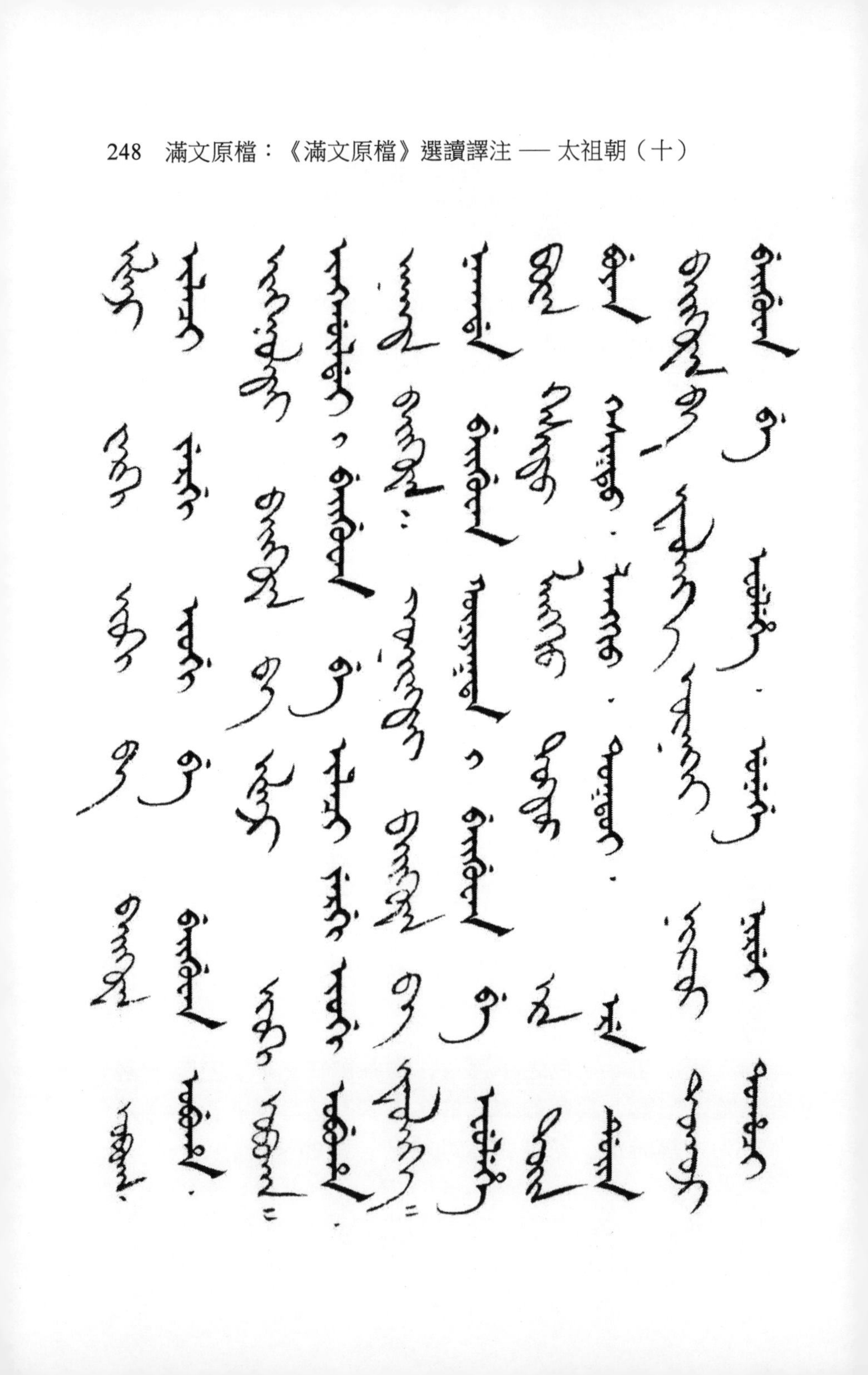

ilaci jergi iogi be beiguwan obuha. inggūldai i beiguwan be ilaci jergi iogi obuha. nakada beiguwan, kūniyakta i beiguwan be efulehe. buyan, kesiktu, langkio, toktoi, ere duin beiguwan be efulehe. unege nirui tohoci

---

三等遊擊薩祿降為備禦官。備禦官英古勒岱陞為三等遊擊。革納喀達、庫尼雅克塔備禦官。革布彥、克希克圖、郎秋、托克托依四人備禦官。革烏訥格牛彔之托霍齊

三等游击萨禄降为备御官。备御官英古勒岱升为三等游击。革纳喀达、库尼雅克塔备御官。革布彦、克希克图、郎秋、托克托依四人备御官。革乌讷格牛彔之托霍齐

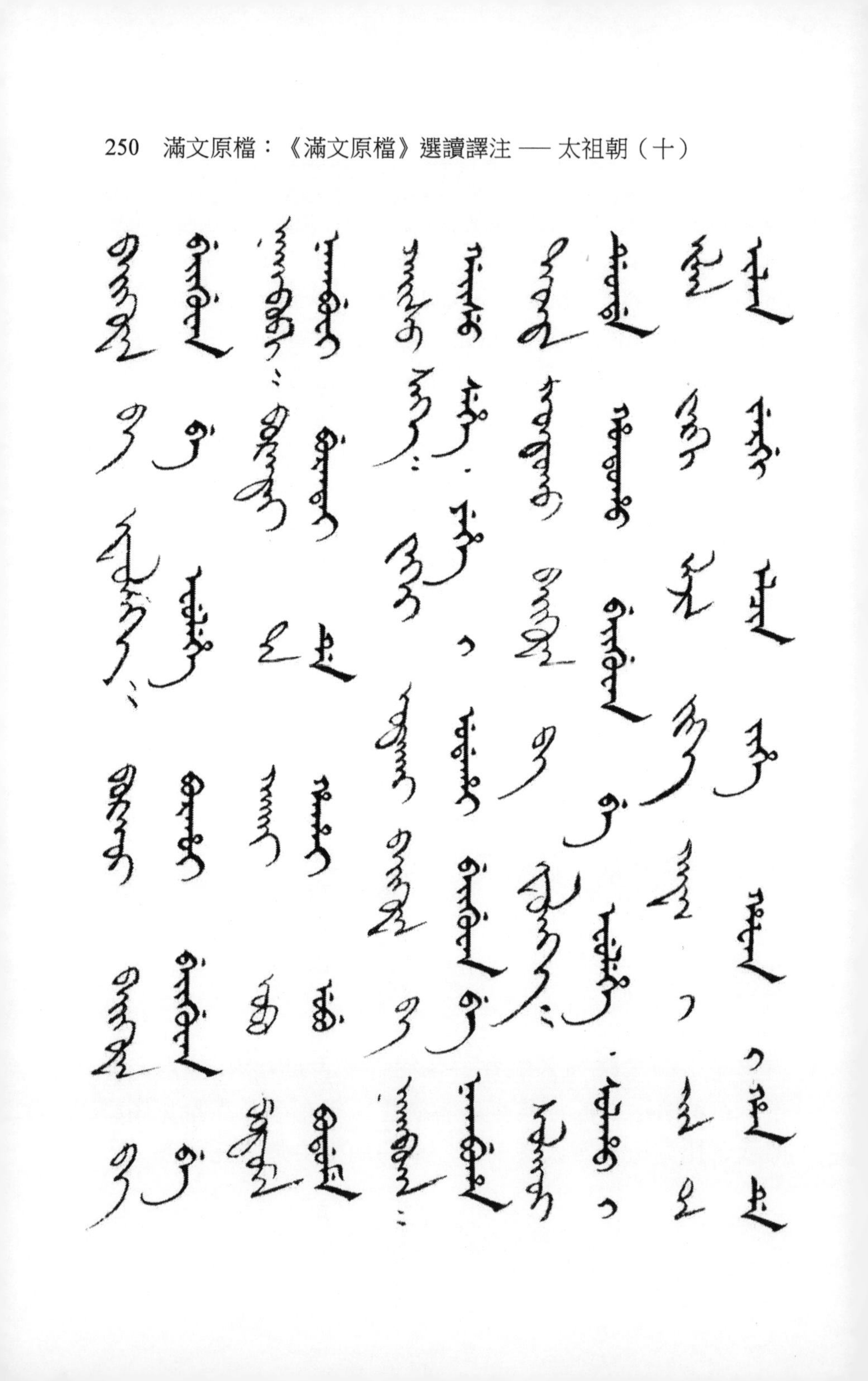

beiguwan be efulehe. borhoi beiguwan be nakabufi, burantai de hahai ubu bodome gaisu sehe. yehe i udahai beiguwan be nakabuha. detde hontoho beiguwan be efulehe. solho i ilan jergi elcin jihe hafan i han de

---

備禦官。革波爾惠備禦官，命布蘭泰收取其計丁之份。革葉赫烏達海備禦官。革德特德半個備禦官。朝鮮三次遣使，

备御官。革波尔惠备御官，命布兰泰收取其计丁之份。革叶赫乌达海备御官。革德特德半个备御官。朝鲜三次遣使，

十五、朝鮮土產

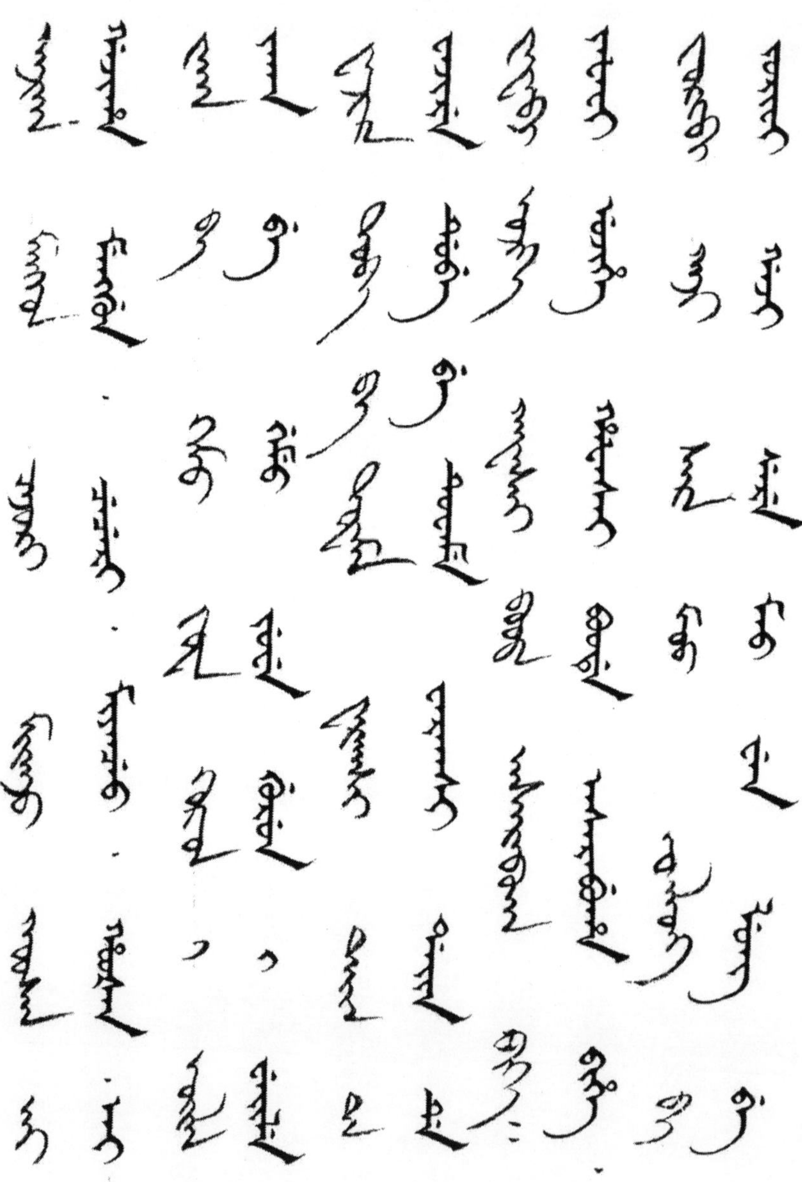

gajiha menggun, ceceri, miyanceo, hoošan, ai jaka be, gemu juwe gurun i weile wajire dube be tuwame, warkasi dain de jafafi ujihe hafasai boode asarabuha bihe. jorifi gaji sere mao wen lung be

---

命將其前來官員攜來獻汗之銀兩、絹、綿綢、紙張諸物，皆收藏於瓦爾喀什陣獲豢養官員家中，以待兩國事竣。由於不給指明索取之毛文龍，

命将其前来官员携来献汗之银两、绢、绵绸、纸张诸物，皆收藏于瓦尔喀什阵获豢养官员家中，以待两国事竣。由于不给指明索取之毛文龙，

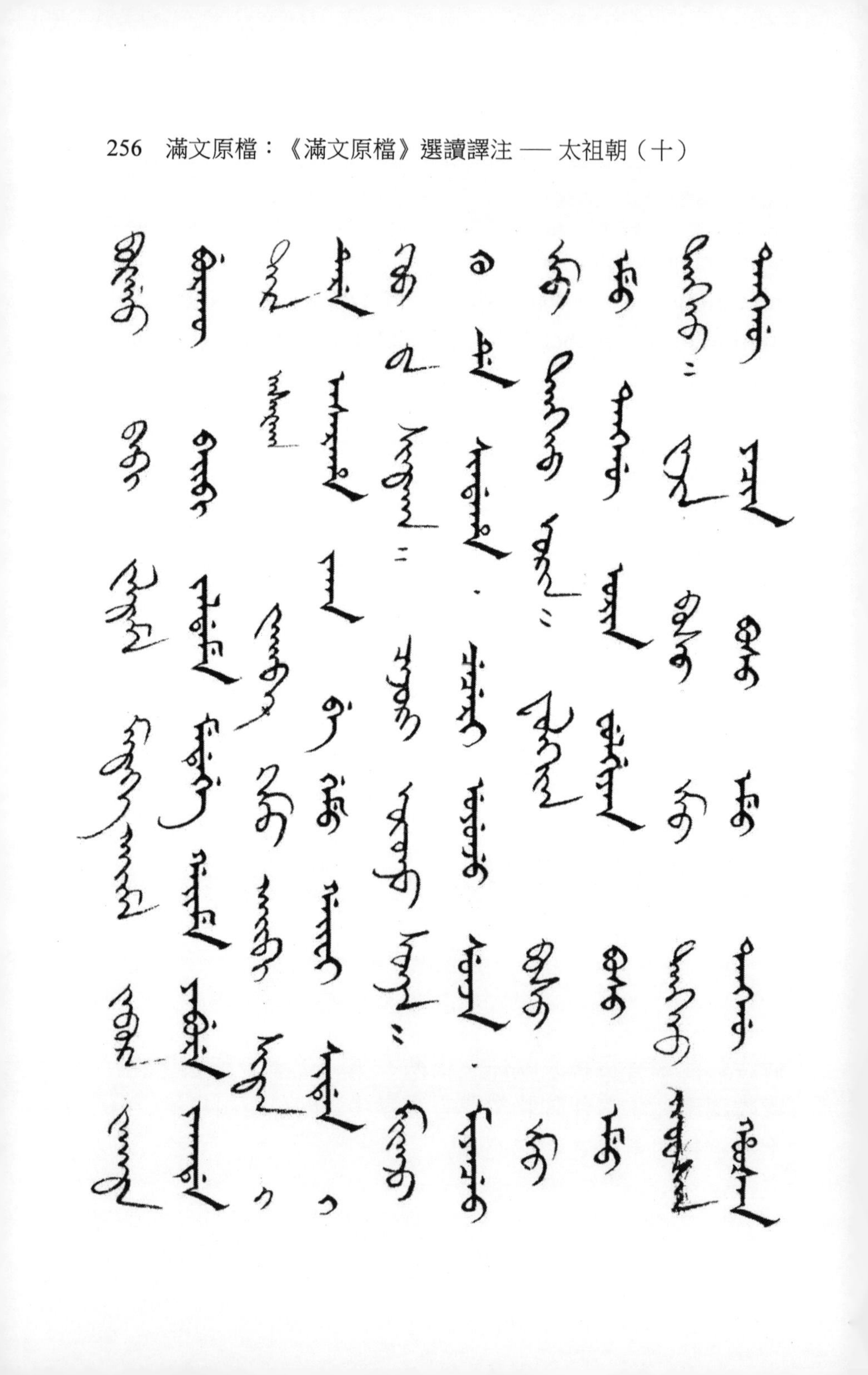

burakū, baibi jaldame medege gaime yabure jakade, tere asaraha jaka be gemu gaifi siden i ku de sindaha. ceceri uyunju sunja, miyanceo emu tanggū orin, fulgiyan boso emu tanggū, yacin boso emu tanggū, hoošan

---

徒滋謊騙，探取信息，遂將先前所藏之物，盡皆取之，存放於公庫。計：絹九十五疋、綿綢一百二十疋、紅布一百疋、青布一百疋、

徒滋谎骗，探取信息，遂将先前所藏之物，尽皆取之，存放于公库。计：绢九十五疋、绵绸一百二十疋、红布一百疋、青布一百疋、

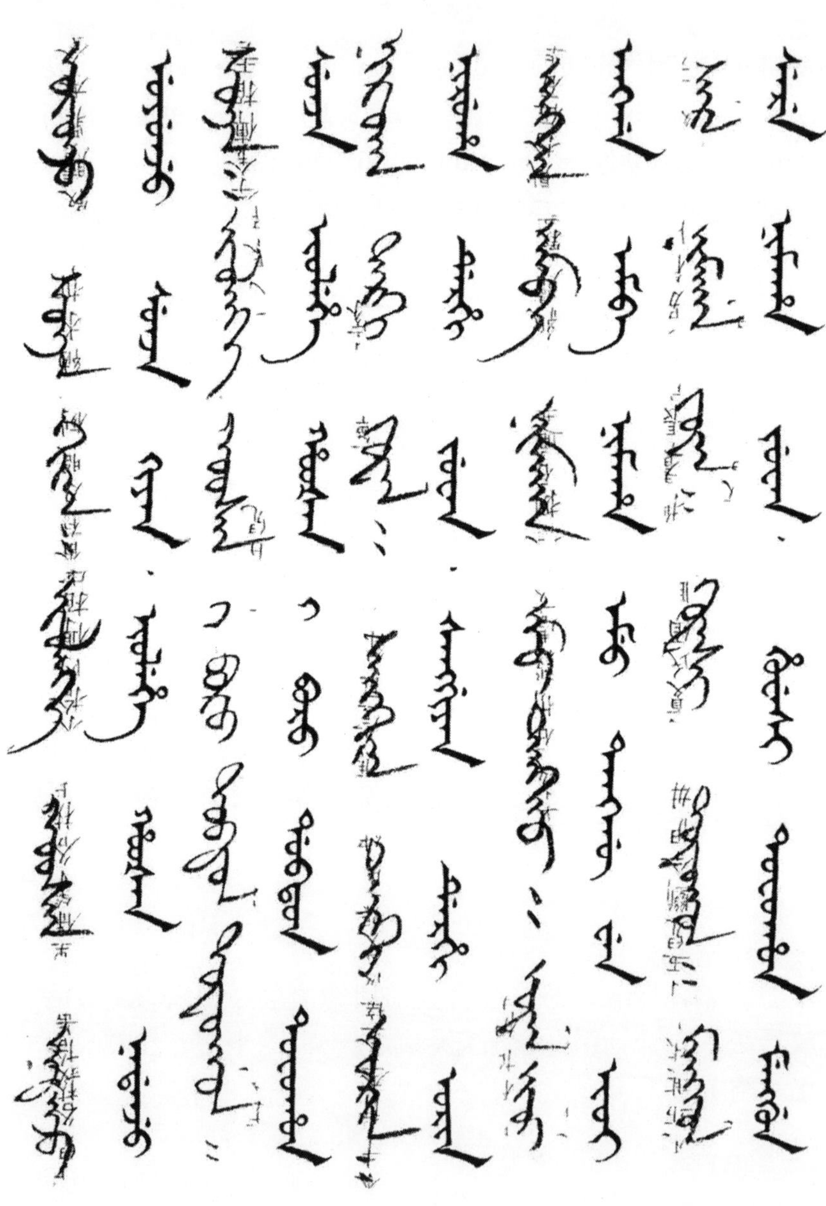

uyunju sunja kiyan, iolehe hoošan nadanju sunja, iolehe hoošan i boro dobton tofohon, niruha derhi juwan, šanggiyan derhi orin, angga amba nimaha emu tanggū, wen ioi sere nimaha juwan, huwesi tofohon, menggun

---

紙九十五刀、油紙七十五張、油紙涼帽套十五個、畫席十領、白席二十領、大口魚一百尾、鰛魚十尾、小刀十五把、

纸九十五刀、油纸七十五张、油纸凉帽套十五个、画席十领、白席二十领、大口鱼一百尾、鰛鱼十尾、小刀十五把、

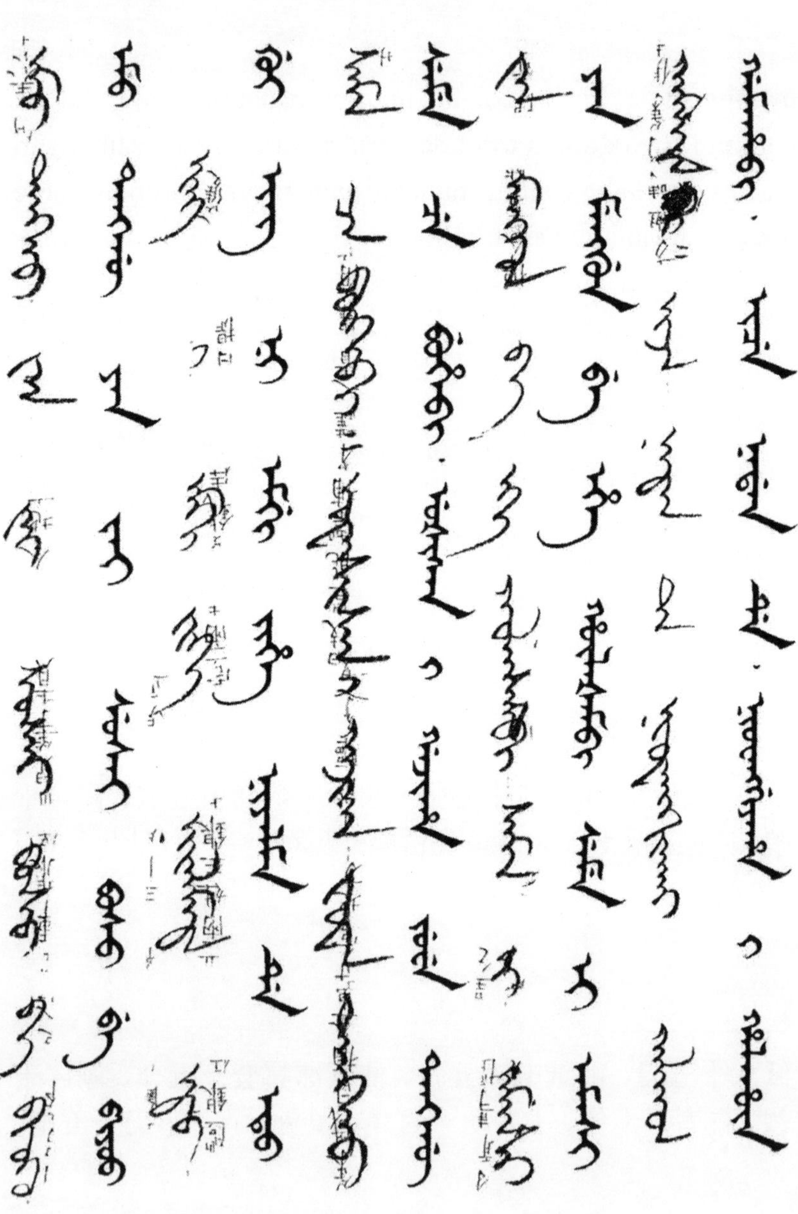

emu tanggū yan. jai susai boso be piyoo gui ing ni emgi jihe niyalma de etu seme ce buhebi. ušisan i gajiha juwe tanggū yan menggun be ehe, hūlašambi seme i amasi gamahabi. ice nadan de, niowanggiyaha i halhūn

---

銀一百兩。再者，以布五十疋給朴貴英偕來之人穿用。因五十三攜來之銀二百兩質劣，令其帶回更換。初七日，有在清河湯泉

银一百两。再者，以布五十疋给朴贵英偕来之人穿用。因五十三携来之银二百两质劣，令其带回更换。初七日，有在清河汤泉

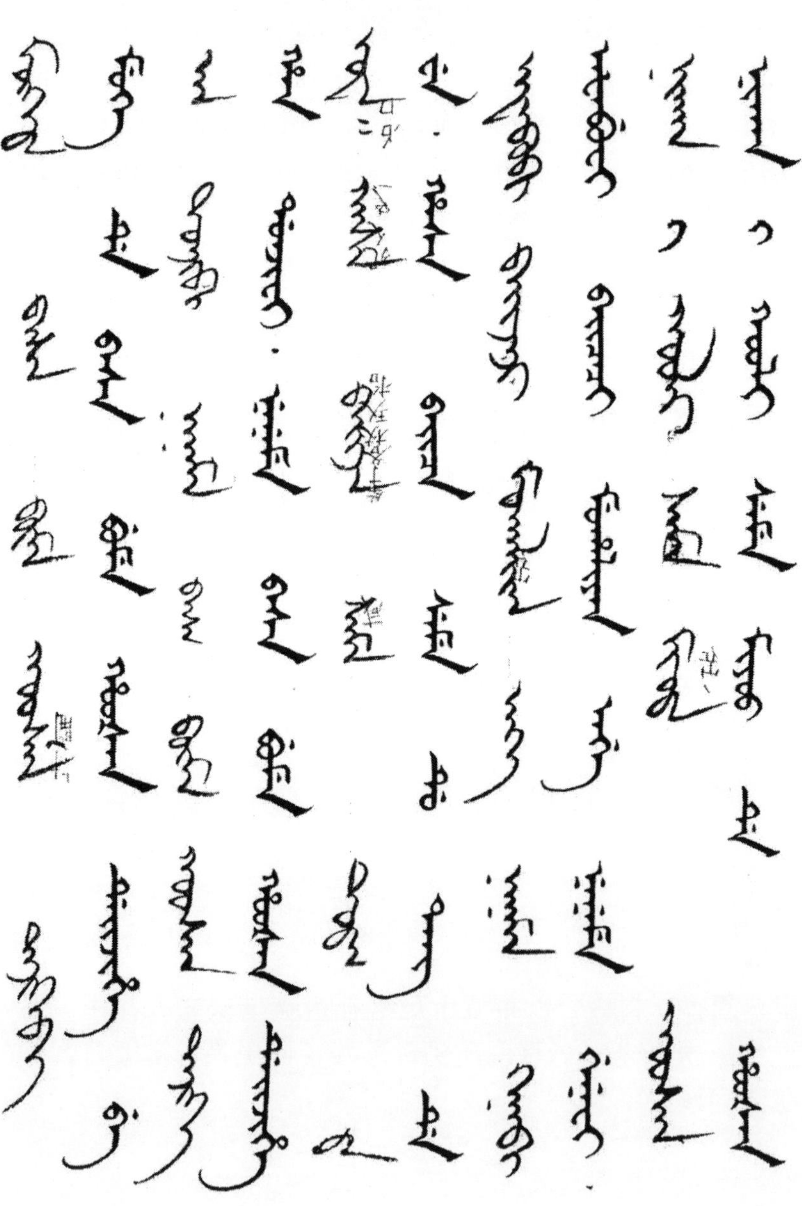

muke de basa bume hoošan deijihe be, han donjifi, neneme basa bume hoošan deijihe we, hasa baica seme du tang de afabufi baicaci, muhaliyan age neneme genefi, nikan i kooli seme miyoo de hoošan

---

給工錢焚紙[25]者。汗聞之曰：「何人先給工錢焚紙，著急速查之。」遂交付都堂稽查。查得，係穆哈連阿哥先往，以漢人之俗於廟中焚紙，

给工钱焚纸者。汗闻之曰：「何人先给工钱焚纸，着急速查之。」遂交付都堂稽查。查得，系穆哈连阿哥先往，以汉人之俗于庙中焚纸，

---

25 焚紙，句中「焚」，《滿文原檔》寫作 “tejike”，《滿文老檔》讀作 “deijihe”，意即「焚燒的」。

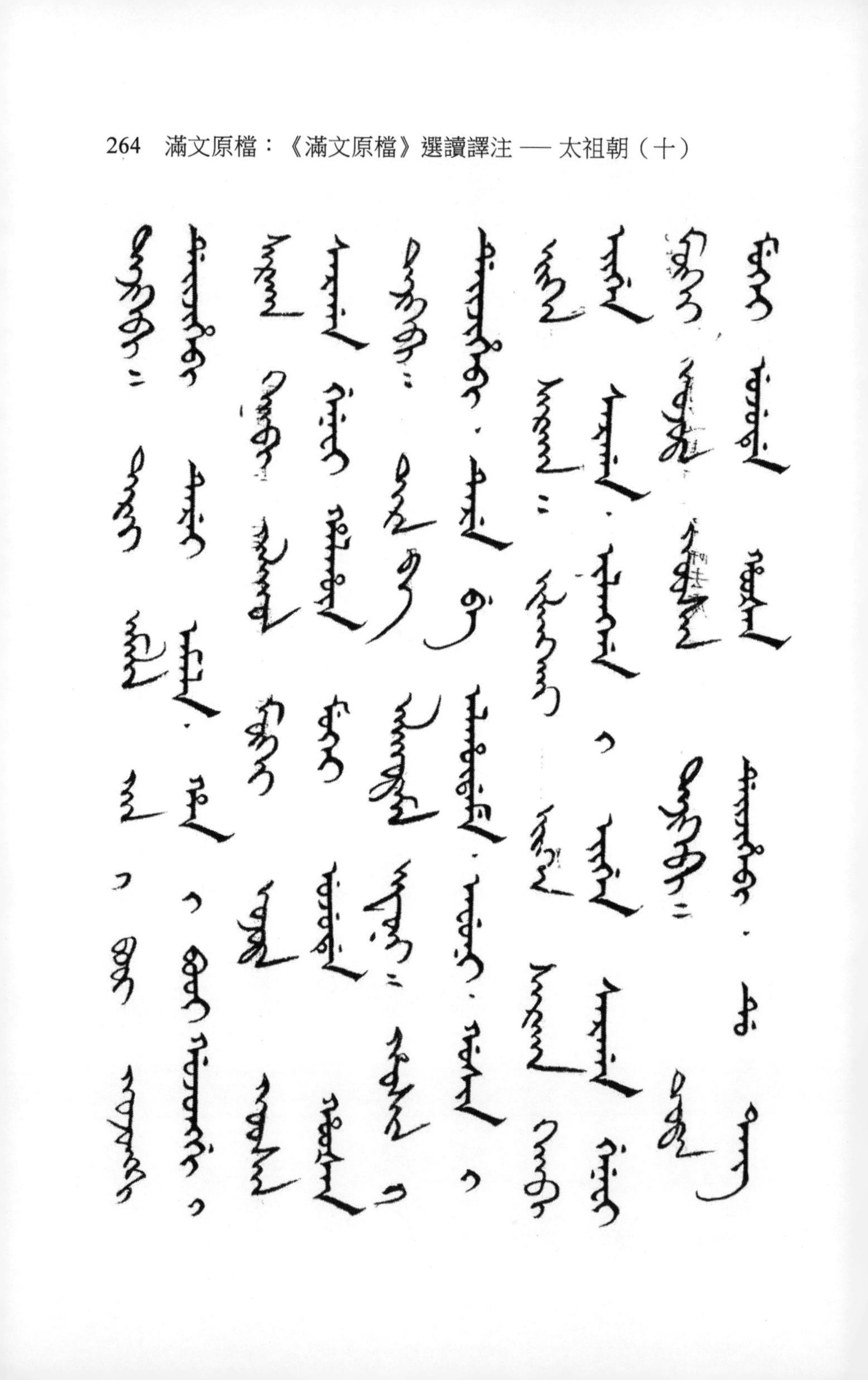

deijihebi. terei amala, han i booi gojonggi i sargan genefi halhūn mukei ujude hoošan deijihebi. tere be alhūdame, afuni, gosin i eigen sargan, ilangga i eigen sargan genefi mukei ujude hoošan deijihebi. du tang

---

其後，汗之包衣郭仲吉之妻亦往湯泉水源焚紙。阿福尼、郭忻夫婦、伊郎阿夫婦亦效法其所為，前往水源焚紙。

其后，汗之包衣郭仲吉之妻亦往汤泉水源焚纸。阿福尼、郭忻夫妇、伊郎阿夫妇亦效法其所为，前往水源焚纸。

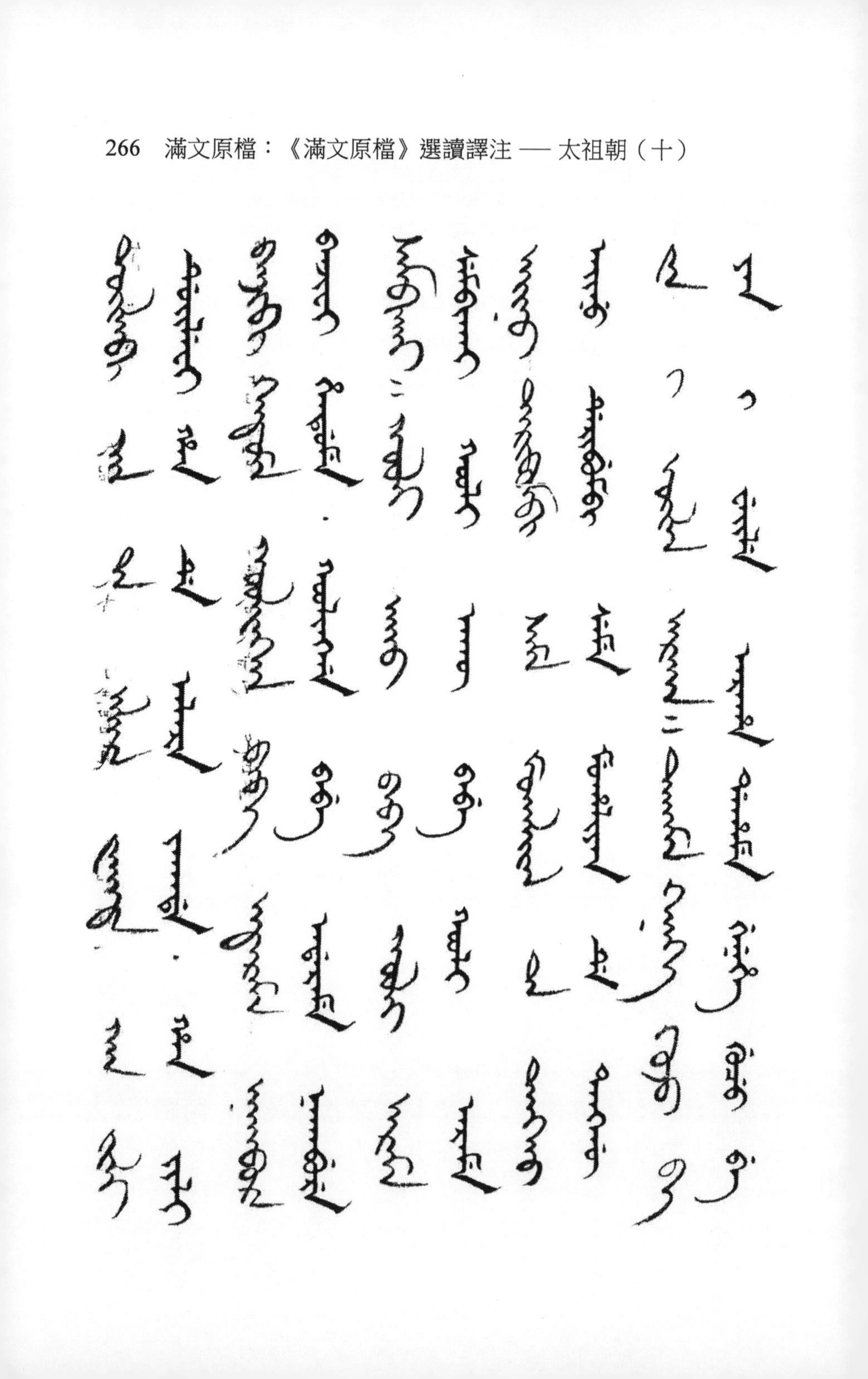

duilefi han de alara jakade, han jili banjifi hendume, koolingga babe adarame nakabure sembikai, kooli akū babe kooli arame ainu deribumbi seme, muhaliyan de tanggū yan i weile araha, dahame genehe gucu be

---

都堂審理後，稟告於汗。汗發怒曰：「有例之事，何必禁止也，無例之事，為何開例？」遂罰穆哈連銀百兩之罪，殺其隨往了僚友。

都堂审理后，禀告于汗。汗发怒曰：「有例之事，何必禁止也，无例之事，为何开例？」遂罚穆哈连银百两之罪，杀其随往僚友。

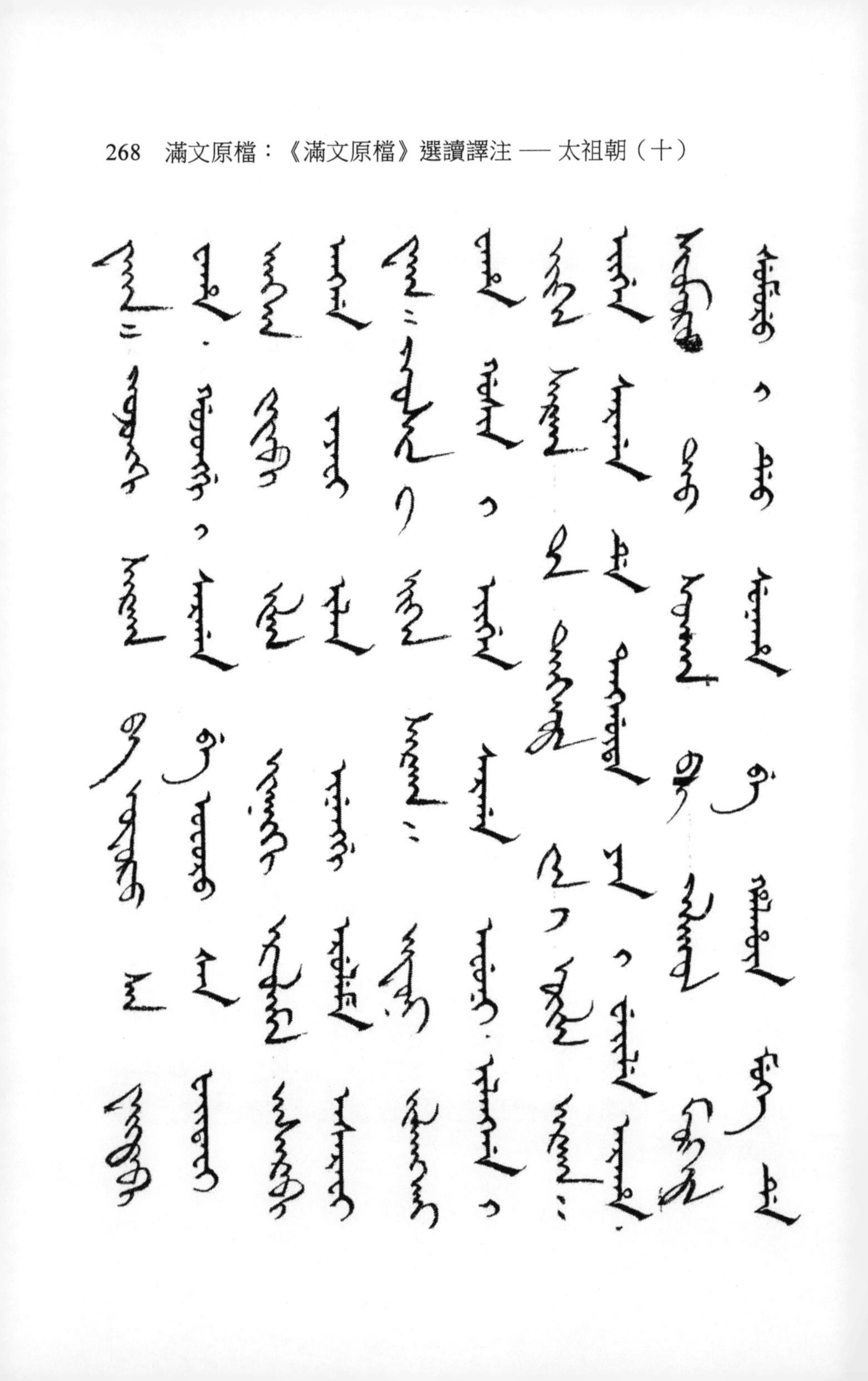

waha. gojonggi i sargan be oforo, šan faitafi, angga jayafi, ilan inenggi eruleme asarafi waha. gosin i eigen sargan, afuni, ilangga i eigen sargan de tanggūta yan i weile araha, šumuru i deo sunaha be halhūn muke de

---

郭仲吉之妻，割其耳、鼻，劃破其口，用刑三日後殺之。郭忻夫婦、阿福尼、伊郎阿夫婦罰銀各百兩，舒穆路之弟蘇納哈不但於湯泉

郭仲吉之妻，割其耳、鼻划破其口，用刑三日后杀之。郭忻夫妇、阿福尼、伊郎阿夫妇罚银各百两，舒穆路之弟苏纳哈不但于汤泉

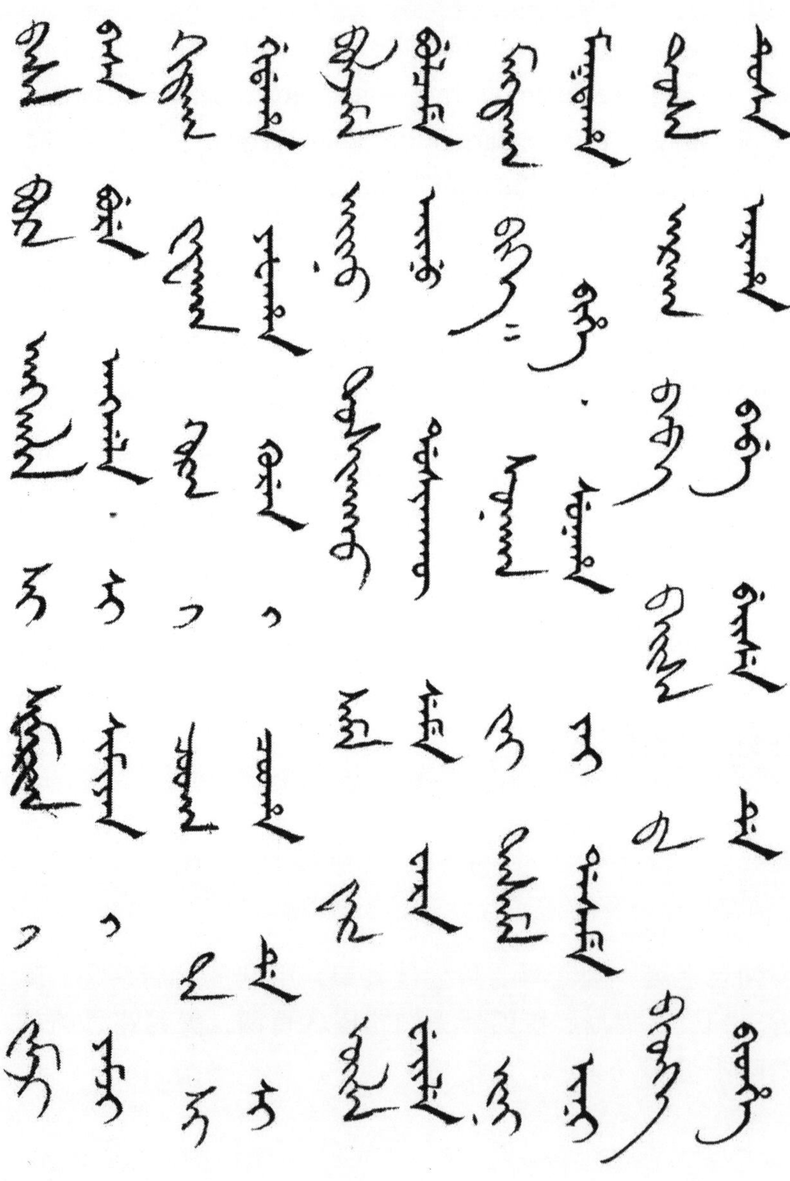

basa bure anggala, si simiyan i yamji gidaha yafahan kuren i cooha de, si bulcame ainu dosikakū seme, wara weile maktaha bihe. sunaha, jai dasame ini tusa araha babe beise de bithe

---

給工錢焚紙，且於瀋陽乘夜攻擊來犯大隊步兵時，爾為何躲避不進，故治以死罪。蘇納哈復將其有功之處，具書奏聞於諸貝勒，

给工钱焚纸，且于沈阳乘夜攻击来犯大队步兵时，尔为何躲避不进，故治以死罪。苏纳哈复将其有功之处，具书奏闻于诸贝勒，

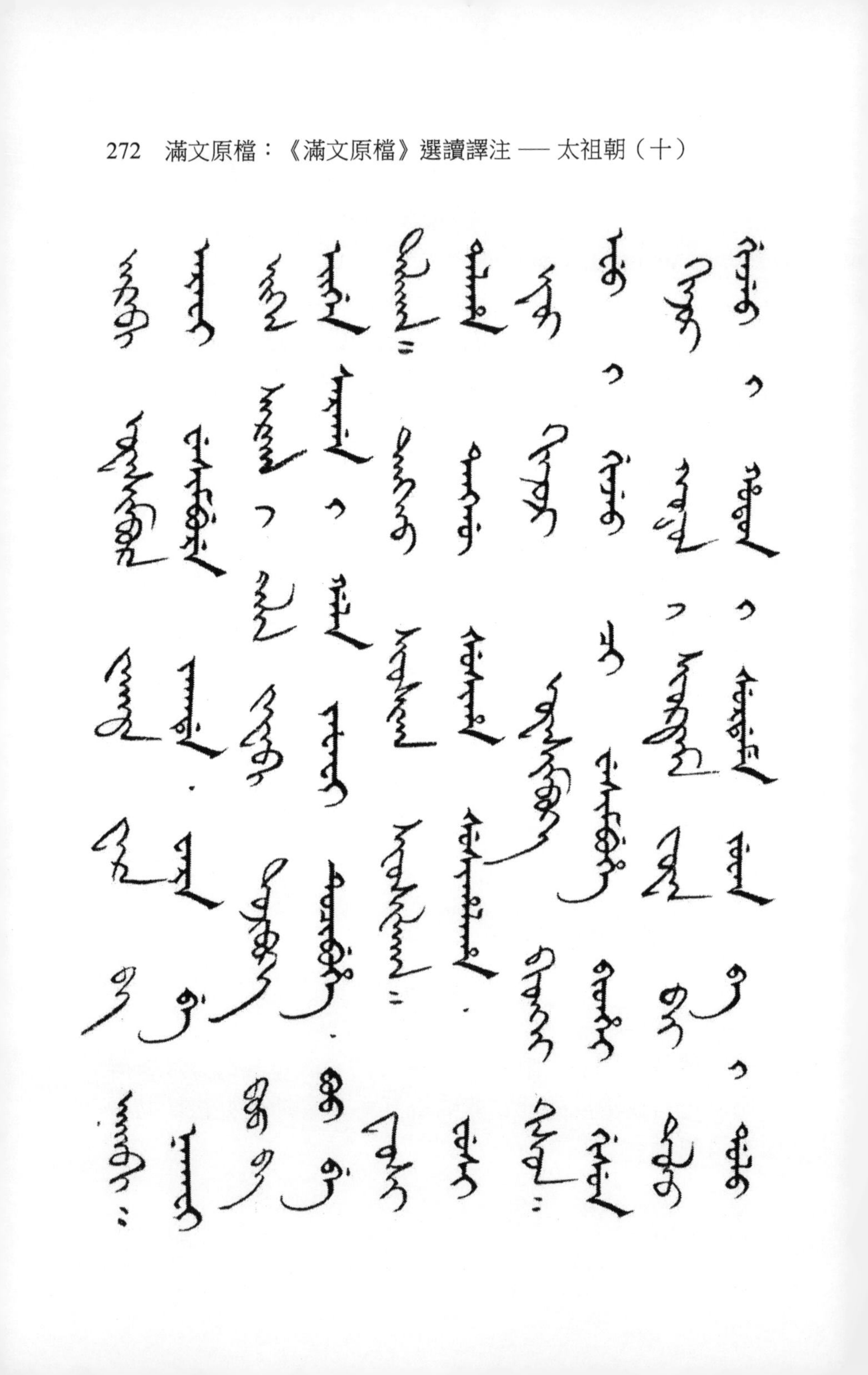

arafi wesimbure jakade, wara be nakafi eigen sargan i gala jafafi tucibuhe, boo be talaha, tanggū šusiha šusihalaha. fusi efu i ginjeo ci wesimbuhe bithei gisun, ginjeo i hoton i šurdeme juwan ba i dolo

---

遂免死，夫婦牽手被逐出，籍沒其家，鞭打一百鞭。撫順額駙自金州奏書稱：「金州城周圍十里之內，

遂免死，夫妇牵手被逐出，籍没其家，鞭打一百鞭。抚顺额驸自金州奏书称：「金州城周围十里之内，

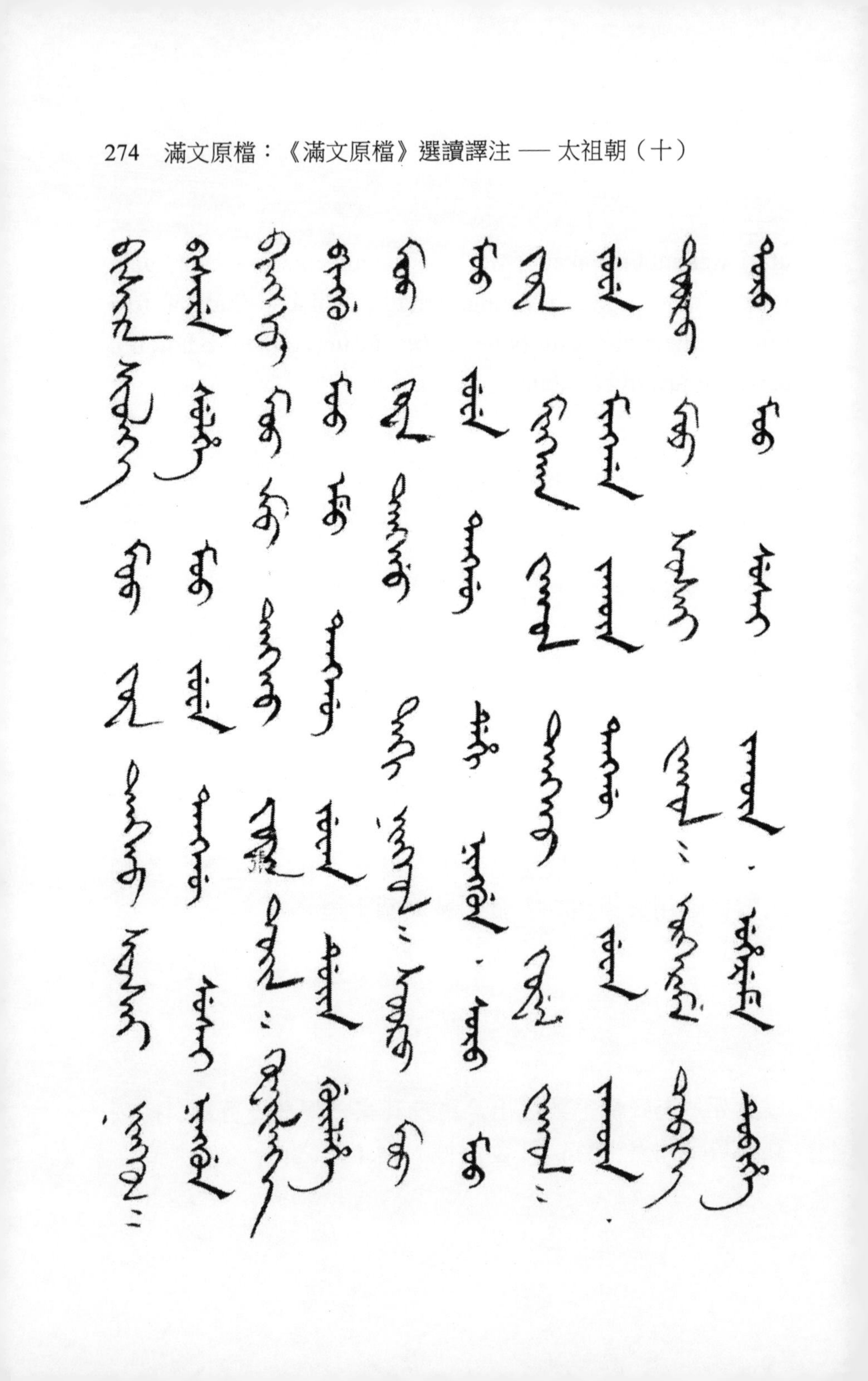

bisire šulhe moo juwe tanggū susai ninggun, pinggu moo emu tanggū juwan duin, guilehe moo juwe tanggū dehi ninggun, soro moo juwe minggan jakūn tanggū juwan jakūn, toro moo susai jakūn, uhereme tubihe

---

有梨樹二百五十六棵、蘋果樹一百一十四棵、杏樹[26]二百四十六棵、棗樹二千八百一十八棵、桃樹五十八棵，

有梨树二百五十六棵、苹果树一百一十四棵、杏树二百四十六棵、枣树二千八百一十八棵、桃树五十八棵，

---

[26] 杏樹，句中「杏」，《滿文原檔》寫作"kuweileke"，《滿文老檔》讀作"guilehe"。

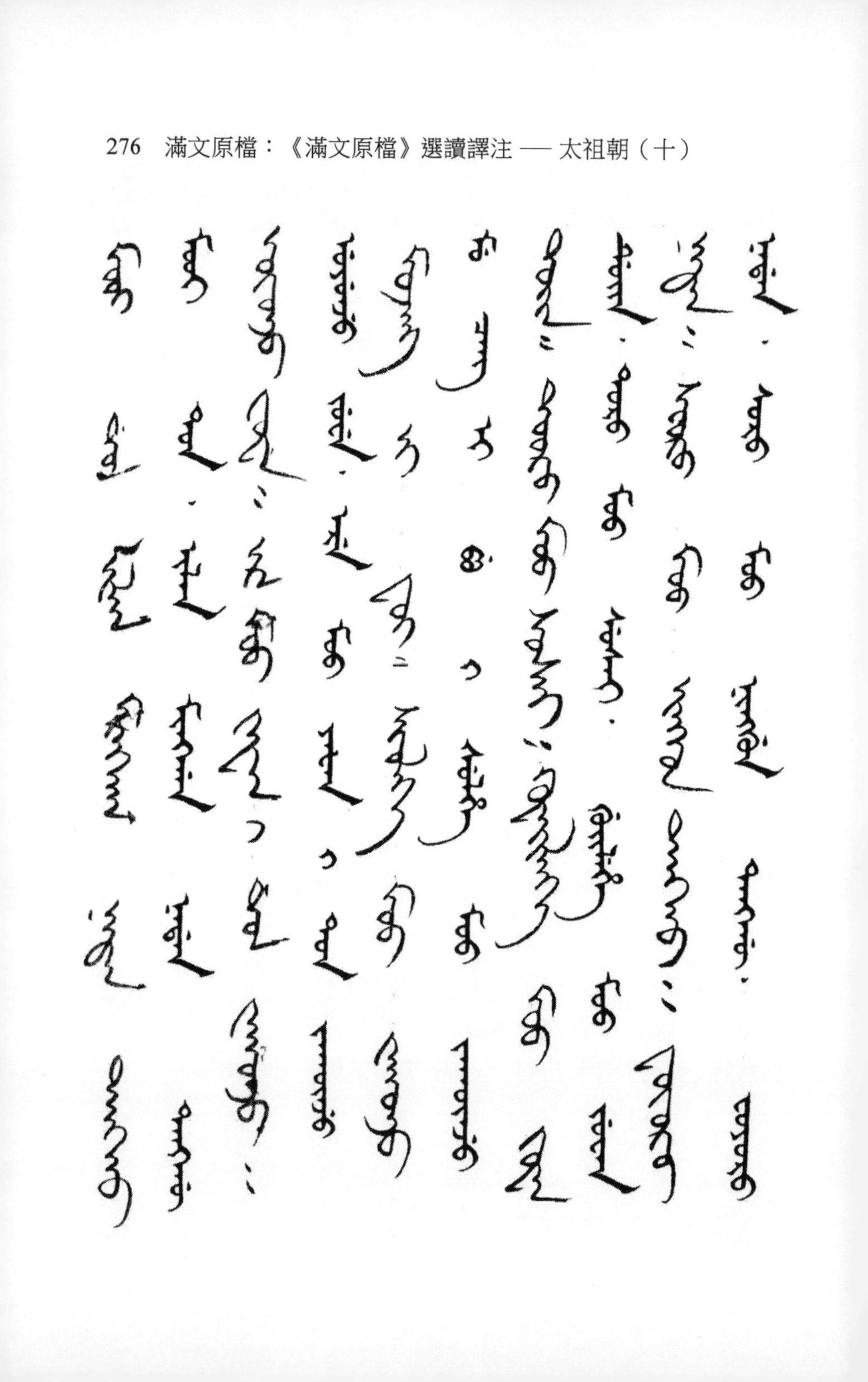

mooi ton, ilan minggan nadan tanggū uyunju juwe, ere moo yafan i ton jakūnju, mu cang i pu i šulhe moo jakūnju duin, toro moo susai, guilehe moo juwan nadan, soro moo ninggun tanggū, foyoro

---

果樹總數[27]共三千七百九十二棵，果樹園數共八十處。木場驛堡有梨樹八十四棵、桃樹五十棵、杏樹十七棵、棗樹六百棵、

果树总数共三千七百九十二棵，果树园数共八十处。木场驿堡有梨树八十四棵、桃树五十棵、杏树十七棵、枣树六百棵、

---

27 總數，句中「數」,《滿文原檔》、《滿文老檔》俱讀作“ton”，係蒙文“toɣ–a(n)”音譯詞，意即「數目、數量」。

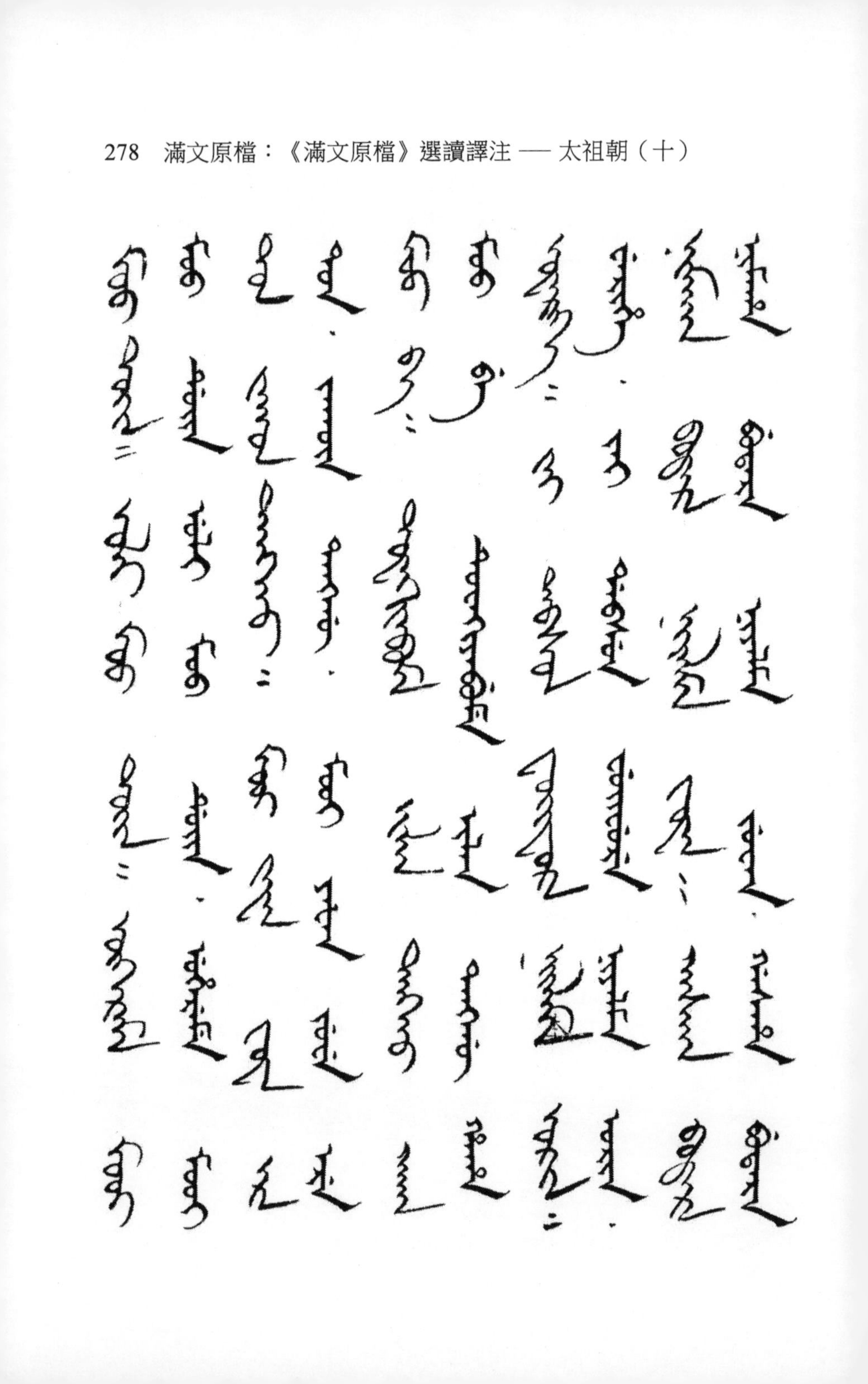

moo duin, uli moo duin, uhereme mooi ton, jakūn tanggū, mooi yafan juwe. ere moo be tuwakiyabume ilan tanggū haha werihe. jai dabsun fuifure niyalma orin, nimaha butara niyalma juwan, gasha butara

---

李樹四棵、郁李樹四棵，果樹總數共八百棵，果樹園二處。留男丁三百名看守該果樹。另有煮鹽人二十名，捕魚人十名、捕鳥人

李树四棵、郁李树四棵，果树总数共八百棵，果树园二处。留男丁三百名看守该果树。另有煮盐人二十名，捕鱼人十名、捕鸟人

十六、八旗設官

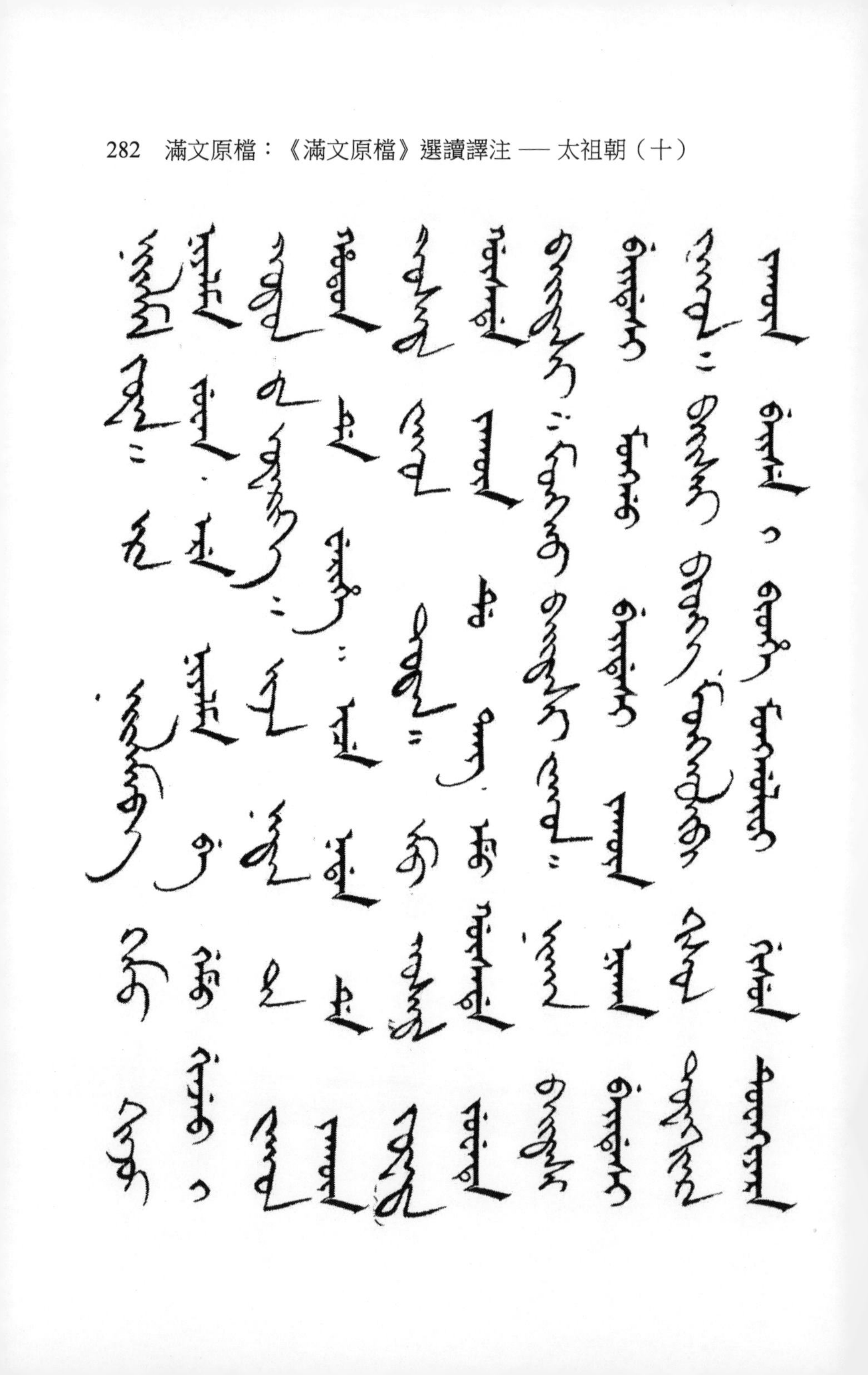

niyalma juwan, ere niyalma be gemu ginjeo i hoton de werihe. ice nadan de, jakūn gūsade jakūn du tang, emu gūsade juwete beidesi, monggo beidesi jakūn, nikan beidesi jakūn, beise i bithe monggolifi gisun tuwakiyara

---

十名，這些人皆留於金州城內。初七日，八旗設都堂八員，每旗設審事官各二員，蒙古審事官八員，漢審事官八員，為諸貝勒看守掛文告示之人

十名，这些人皆留于金州城内。初七日，八旗设都堂八员，每旗设审事官各二员，蒙古审事官八员，汉审事官八员，为诸贝勒看守挂文告示之人

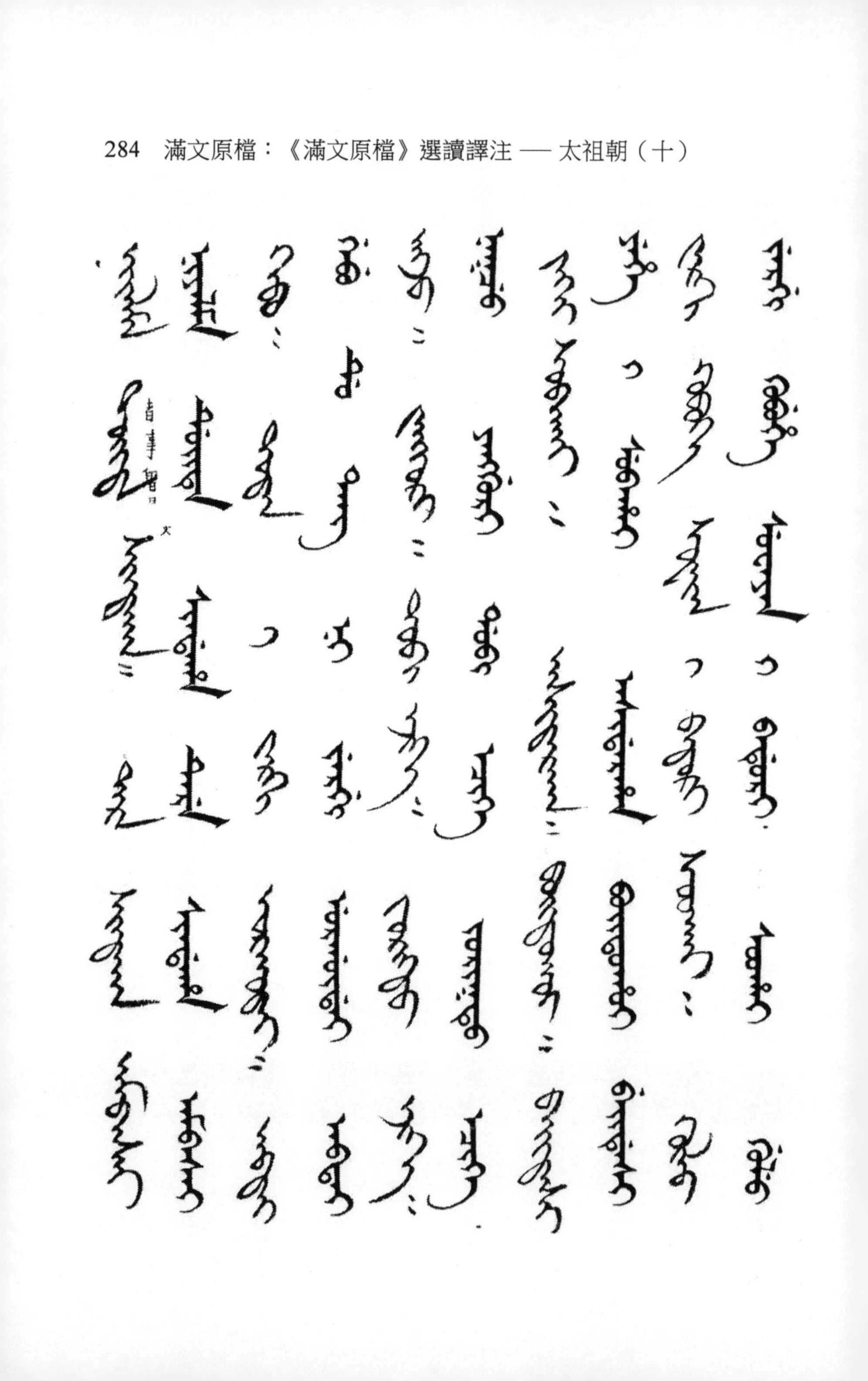

niyalma duite sindaha, tere sindaha ambasai gebu, du tang ni jergi urgūdai, abtai nakcu, yangguri, dobi ecike, joriktu ecike, yehe i subahai, asidarhan, boitohoi, beidesi jergi kubuhe suwayan i baduri, soohai. gulu

---

各四名。其所設大臣之名，都堂品級：烏爾古岱、阿布泰舅舅、揚古利、鐸璧叔父、卓里克圖叔父、葉赫之蘇巴海、阿什達爾漢、貝托惠等。審事官品級：鑲黃旗巴都里、索海。

各四名。其所设大臣之名，都堂品级：乌尔古岱、阿布泰舅舅、扬古利、铎璧叔父、卓里克图叔父、叶赫之苏巴海、阿什达尔汉、贝托惠等。审事官品级：镶黄旗巴都里、索海。

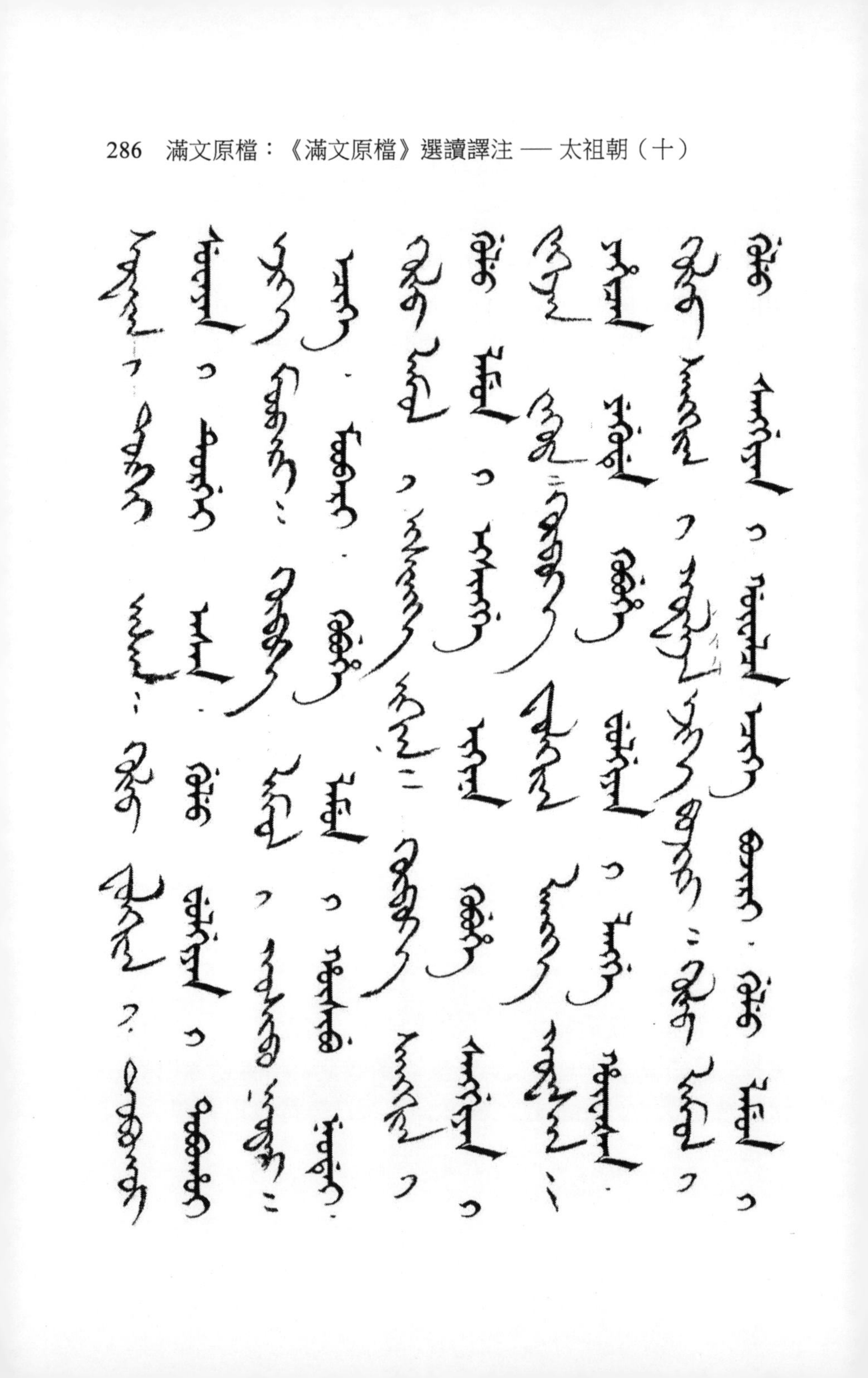

suwayan i turgei, asan. gulu fulgiyan i tobohoi ecike, moobari. kubuhe lamun i hūsibu, neodei. gulu lamun i eksingge, ikina. kubuhe šanggiyan i yahican, yegude. kubuhe fulgiyan i langge, hūwašan. gulu šanggiyan i gūwalca ecike, bojiri. gulu lamun i

---

正黃旗圖爾格依、阿山。正紅旗托博輝叔父、毛巴里。鑲藍旗胡希布、紐德依。正藍旗額克興額、依奇納。鑲白旗雅希禪、葉古德。鑲紅旗郎格、華善。正白旗卦爾察叔父、博濟里。

正黄旗图尔格依、阿山。正红旗托博辉叔父、毛巴里。镶蓝旗胡希布、纽德依。正蓝旗额克兴额、依奇纳。镶白旗雅希禅、叶古德。镶红旗郎格、华善。正白旗卦尔察叔父、博济里。

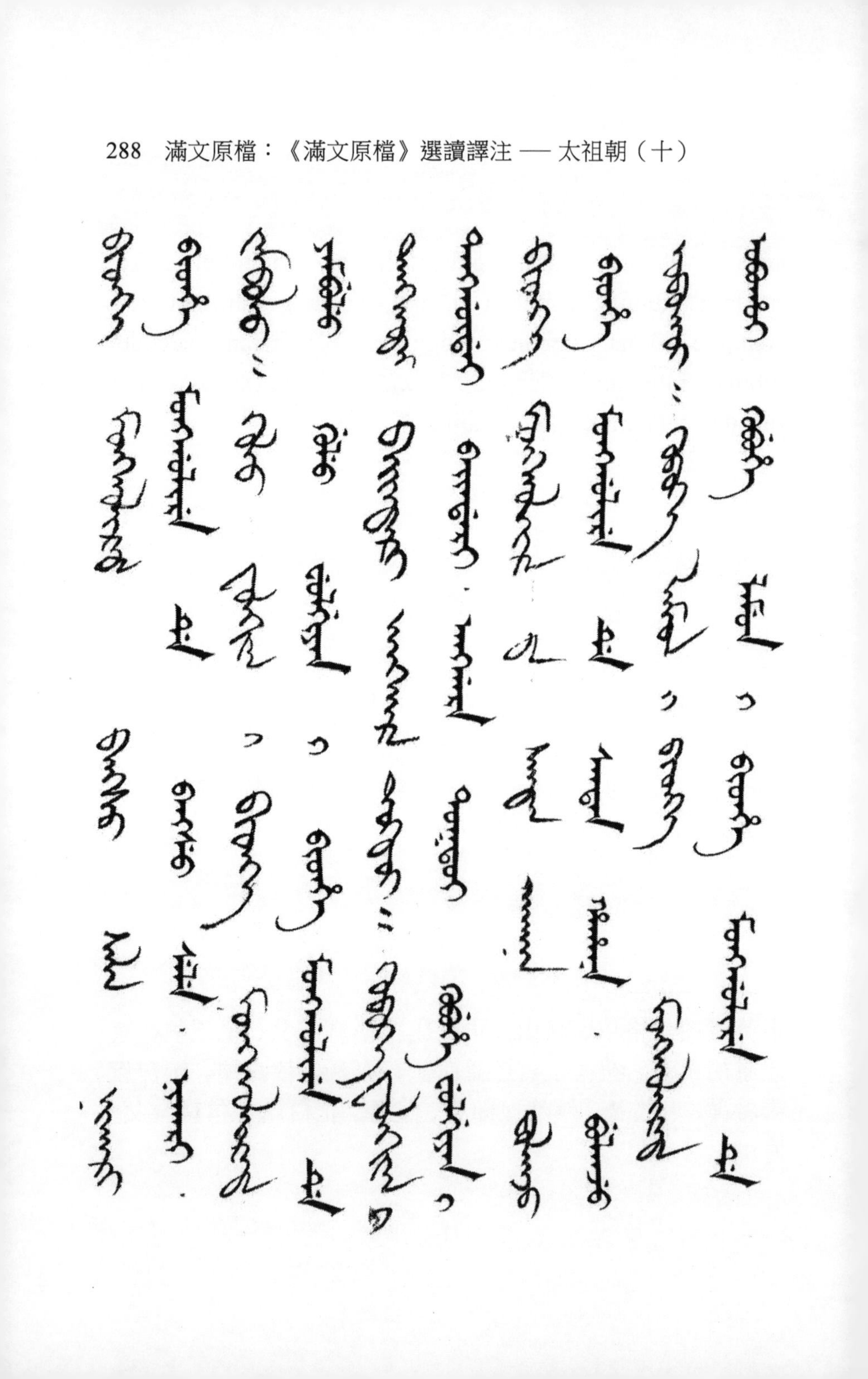

[illegible]

bithe monggolire de, bangsu, sele, nikari, yambulu. gulu fulgiyan i bithe monggolire de, tanggūdai, baindari, anggara, toktoi. kubuhe fulgiyan i bithe monggolire de, santan, hahana, bulanju, obohoi. kubuhe lamun i bithe monggolire de,

---

正藍旗掛文之人邦蘇、色勒、尼喀里、雅穆布魯。正紅旗掛文之人湯古岱、拜音達里、昂阿拉、托克托依。鑲紅旗掛文之人三坦、哈哈納、布蘭珠、鄂博惠。鑲藍旗掛文之人

正蓝旗挂文之人邦苏、色勒、尼喀里、雅穆布鲁。正红旗挂文之人汤古岱、拜音达里、昂阿拉、托克托依。镶红旗挂文之人三坦、哈哈纳、布兰珠、鄂博惠。镶蓝旗挂文之人

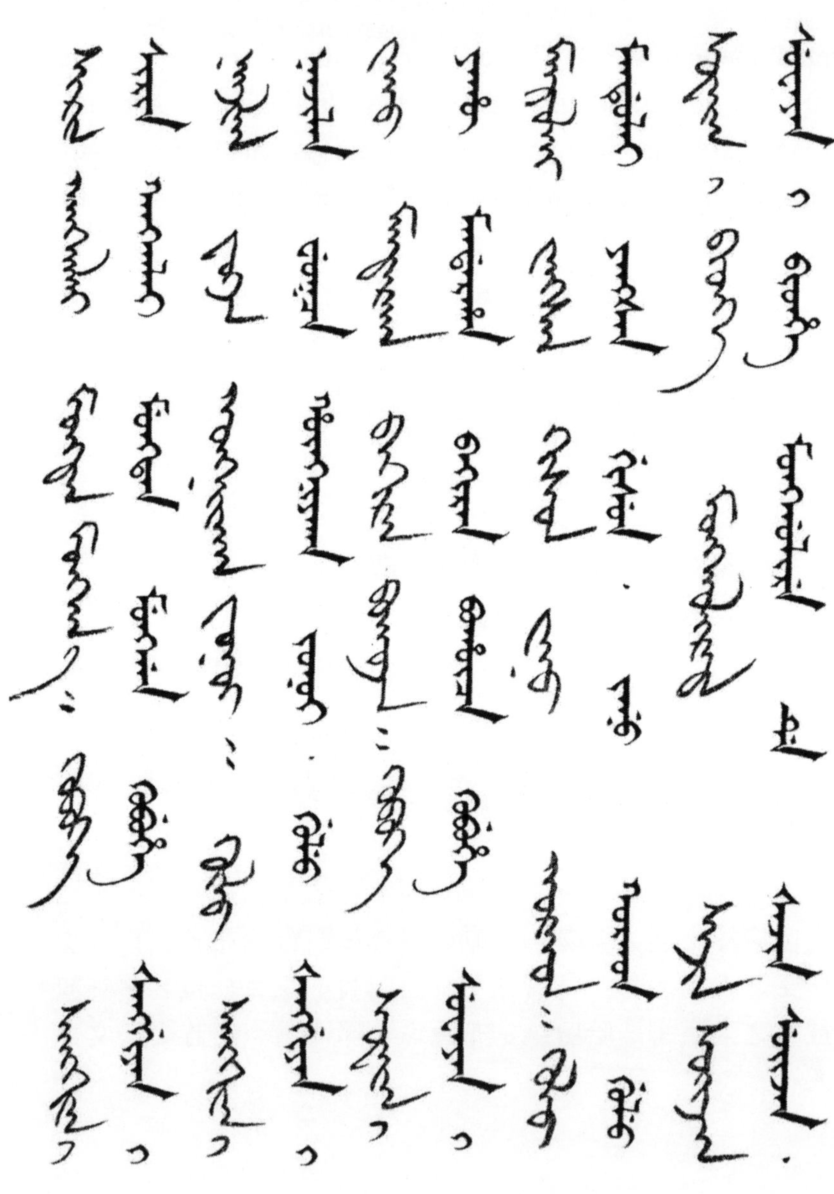

sirin, kangkalai, mungtan, munggan. kubuhe šanggiyan i nanjilan, fukca, hūngniyaka, jonoi. gulu šanggiyan i yahū, mandarhan, bakiran, bohūca. kubuhe suwayan i mandulai, yangšan, gisun, janu korkon. gulu suwayan i bithe monggolire de, šajin, suijan,

---

錫林、康喀賴、孟坦、蒙安。鑲白旗南吉蘭、富克察、洪尼雅喀、卓諾依。正白旗雅虎、滿達爾漢、巴齊蘭、博胡察。鑲黃旗滿都賴、揚善、吉蓀、札努科爾昆。正黃旗掛文之人沙津 、隋占、

锡林、康喀赖、孟坦、蒙安。镶白旗南吉兰、富克察、洪尼雅喀、卓诺依。正白旗雅虎、满达尔汉、巴齐兰、博胡察。镶黄旗满都赖、扬善、吉荪、札努科尔昆。正黄旗挂文之人沙津、隋占、

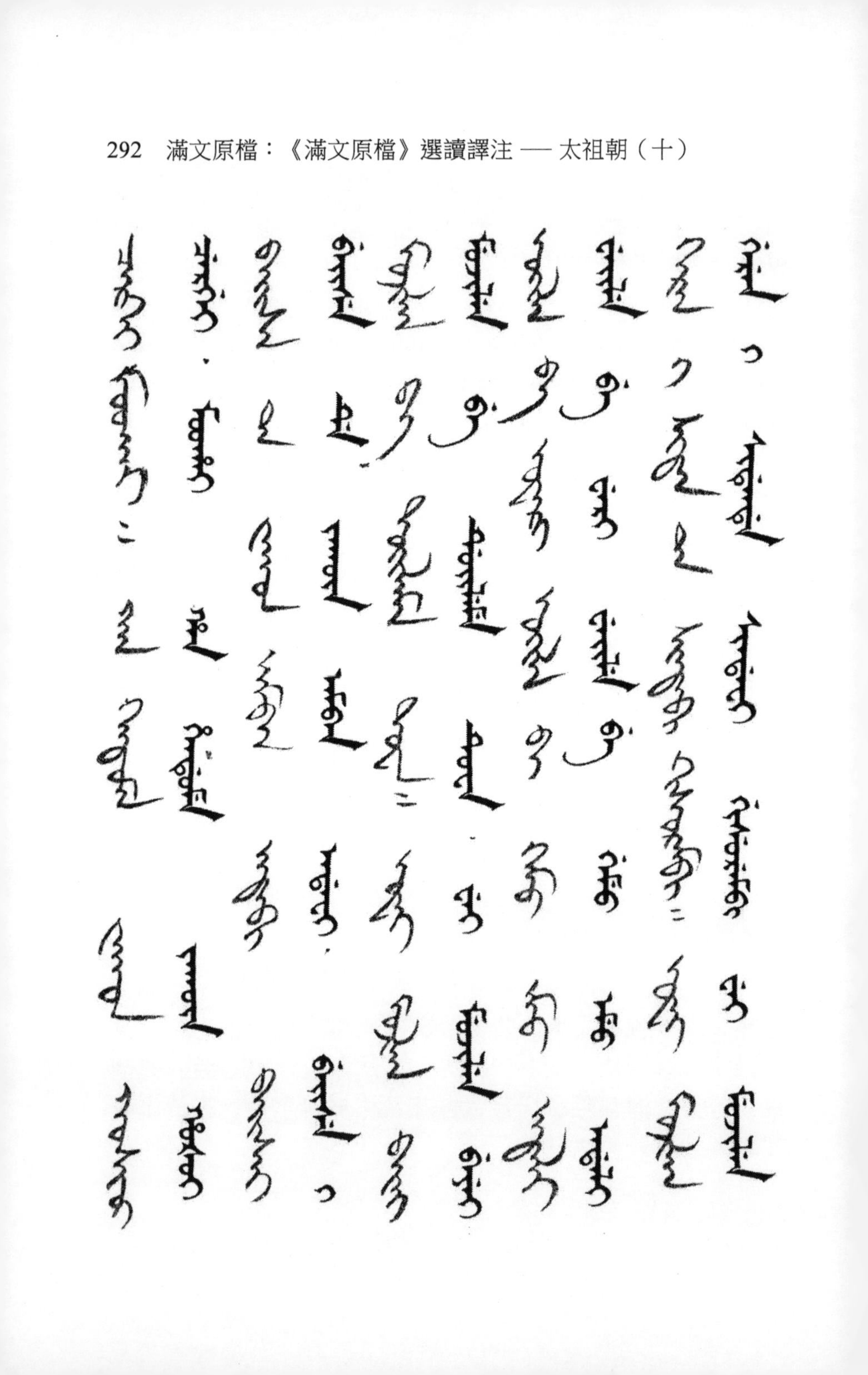

cergei, moohai. han hendume, jakūn hošoi beise de, jakūn amban adafi, beise i mujilen be duileme tuwa. wei mujilen beyei weile be, weri weile be gemu emu adali, geren i sidende sindafi gisurembi. wei mujilen

---

車爾格依、毛海。汗曰：「於八和碩貝勒設八大臣副之，以審視諸貝勒之心。無論他人之心，自身之事，將他人皆視為一體，持以公論，

车尔格依、毛海。汗曰：「于八和硕贝勒设八大臣副之，以审视诸贝勒之心。无论他人之心，自身之事，将他人皆视为一体，持以公论，

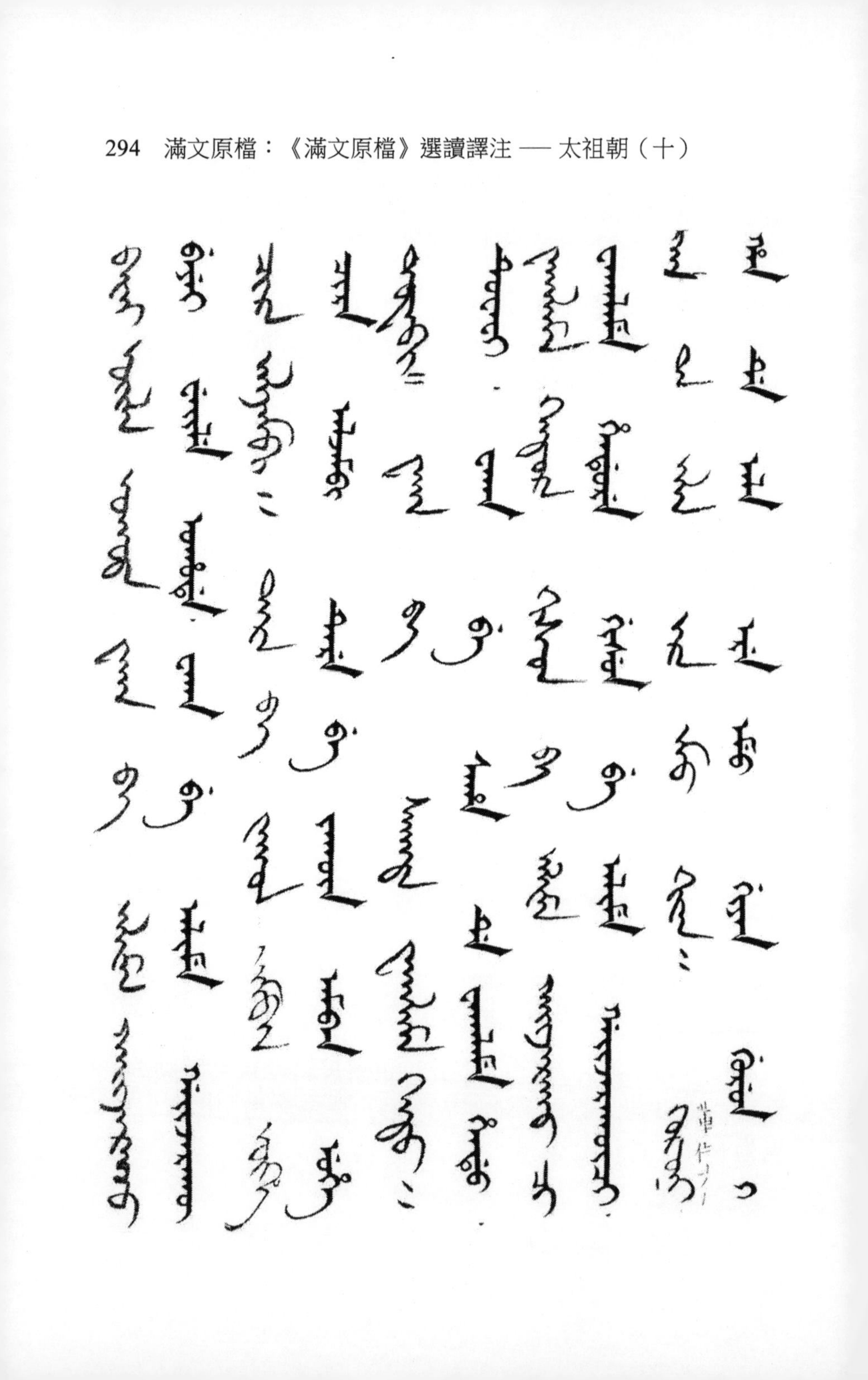

beyei weile ohode, waka be alime gaijarakū cira aljambi, tere be jakūn amban uhe tuwafi, waka be saha de wakalame hendu, wakalame hendure gisun be alime gaijarakūci, han de ala, ere emu giyan. gurun i

---

誰以自身之過，不自引咎，而艴然變色，則八大臣共察之。如知其非，即譴責之；如不受譴責，即稟告於汗，此其一。

谁以自身之过，不自引咎，而艴然变色，则八大臣共察之。如知其非，即谴责之；如不受谴责，即禀告于汗，此其一。

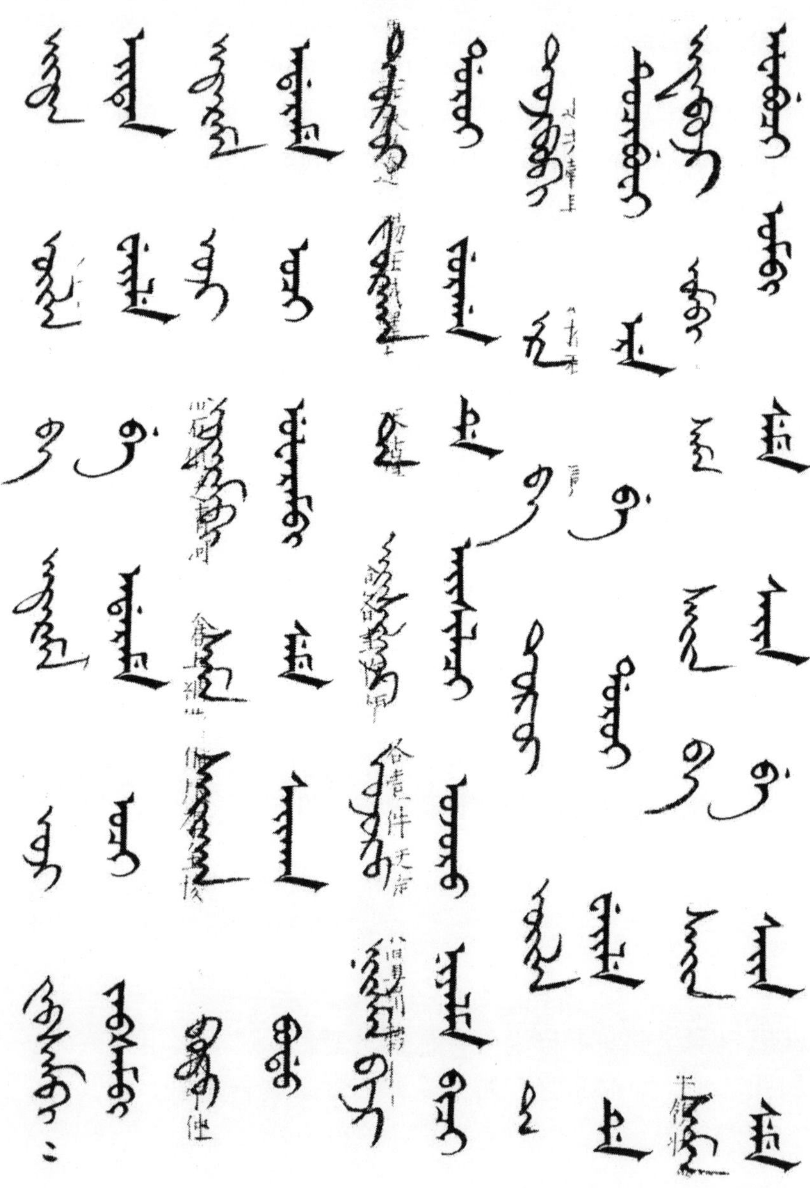

eiten weile be adarame oci jabšambi, adarame oci ufarambi seme saikan bodo. doroi jurgan de aisilaci ojoro niyalma bici tucibufi, ere be doroi weile de afabuci ombi seme, sain be sain seme

---

凡國中諸事之何以成？何以敗？當妥善籌劃之。有堪輔助政業之人，則以此人賢良，可勝任政事而薦之；

凡国中诸事之何以成？何以败？当妥善筹划之。有堪辅助政业之人，则以此人贤良，可胜任政事而荐之；

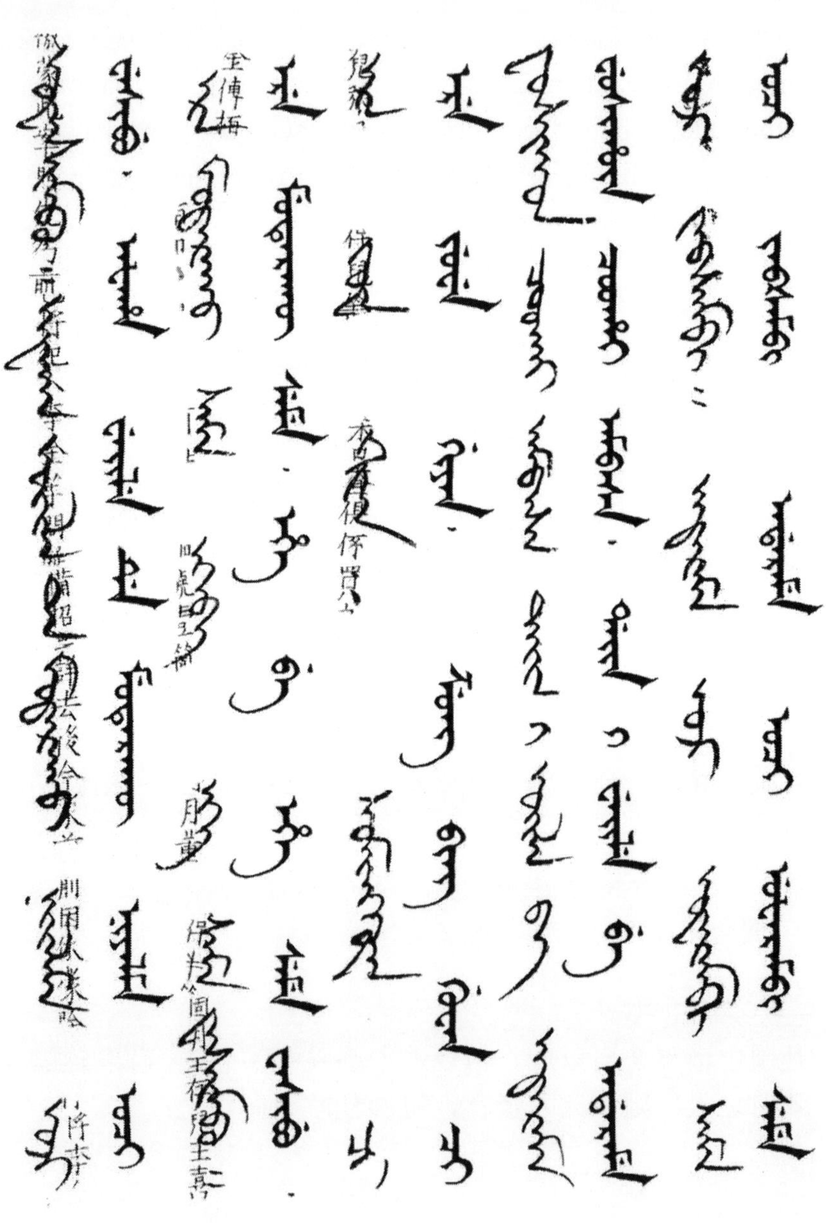

wesibu. afaha weile de muterakū niyalma oci, ere muterakū seme, ehe be ehe seme wasibu. ere juwe giyan. dzung bing guwan ci fusihūn coohai ambasa, dain i weile be adarame oci jabšambi, adarame oci ufarambi seme

---

若不勝任交付之事者，則以此人卑劣無能而貶之，此其二。其自總兵官以下諸武臣，凡軍旅之事，何以勝？何以負？

若不胜任交付之事者，则以此人卑劣无能而贬之，此其二。其自总兵官以下诸武臣，凡军旅之事，何以胜？何以负？

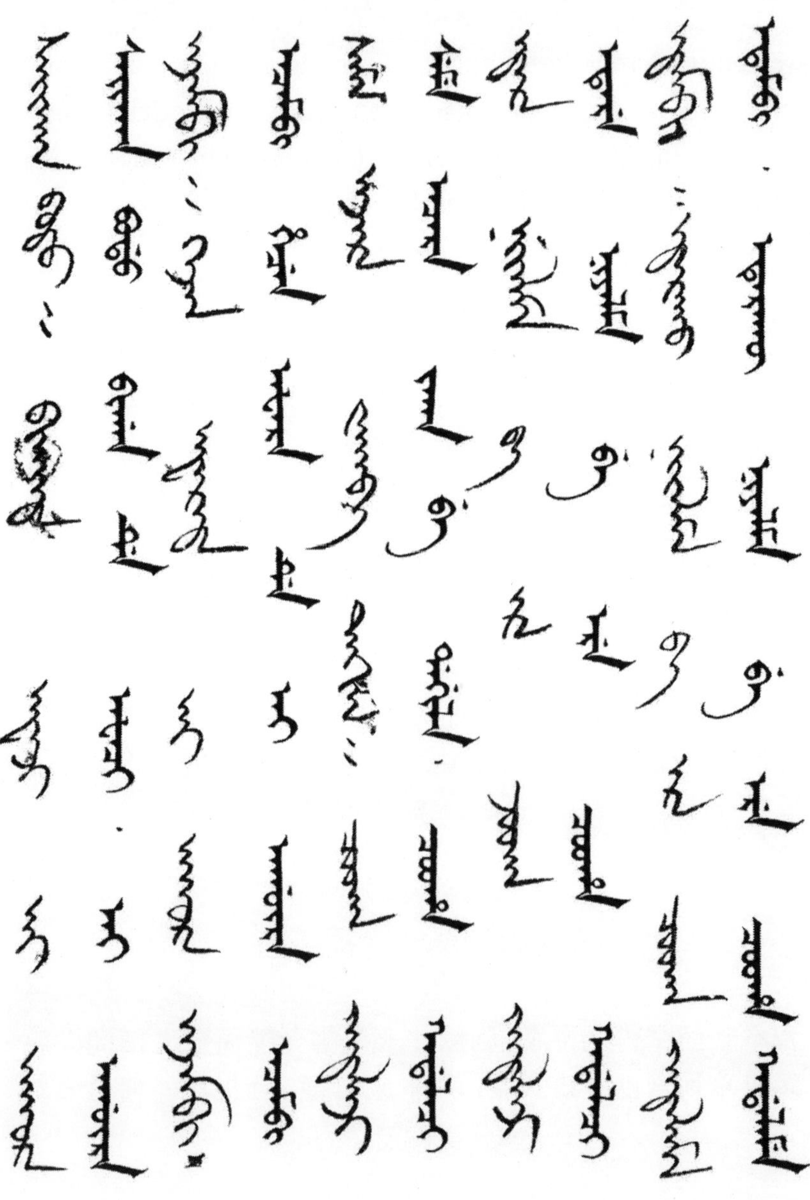

saikan bodo. bigan de afaci, ai agūra acambi, hecen afara de, ai agūra acambi seme acara jaka be dagila. cooha kadalaci etere niyalma be, ere cooha kadalaci etembi, eterakū niyalma be, ere cooha kadalame

---

當妥善籌劃之。野戰，以何器械為宜？攻城時，以何器械為宜？而備齊合宜之器械。其勝任治軍之人，即曰此人勝任治軍。不勝任之人，即曰此人不勝任治軍，

当妥善筹划之。野战，以何器械为宜？攻城时，以何器械为宜？而备齐合宜之器械。其胜任治军之人，即曰此人胜任治军。不胜任之人，即曰此人不胜任治军，

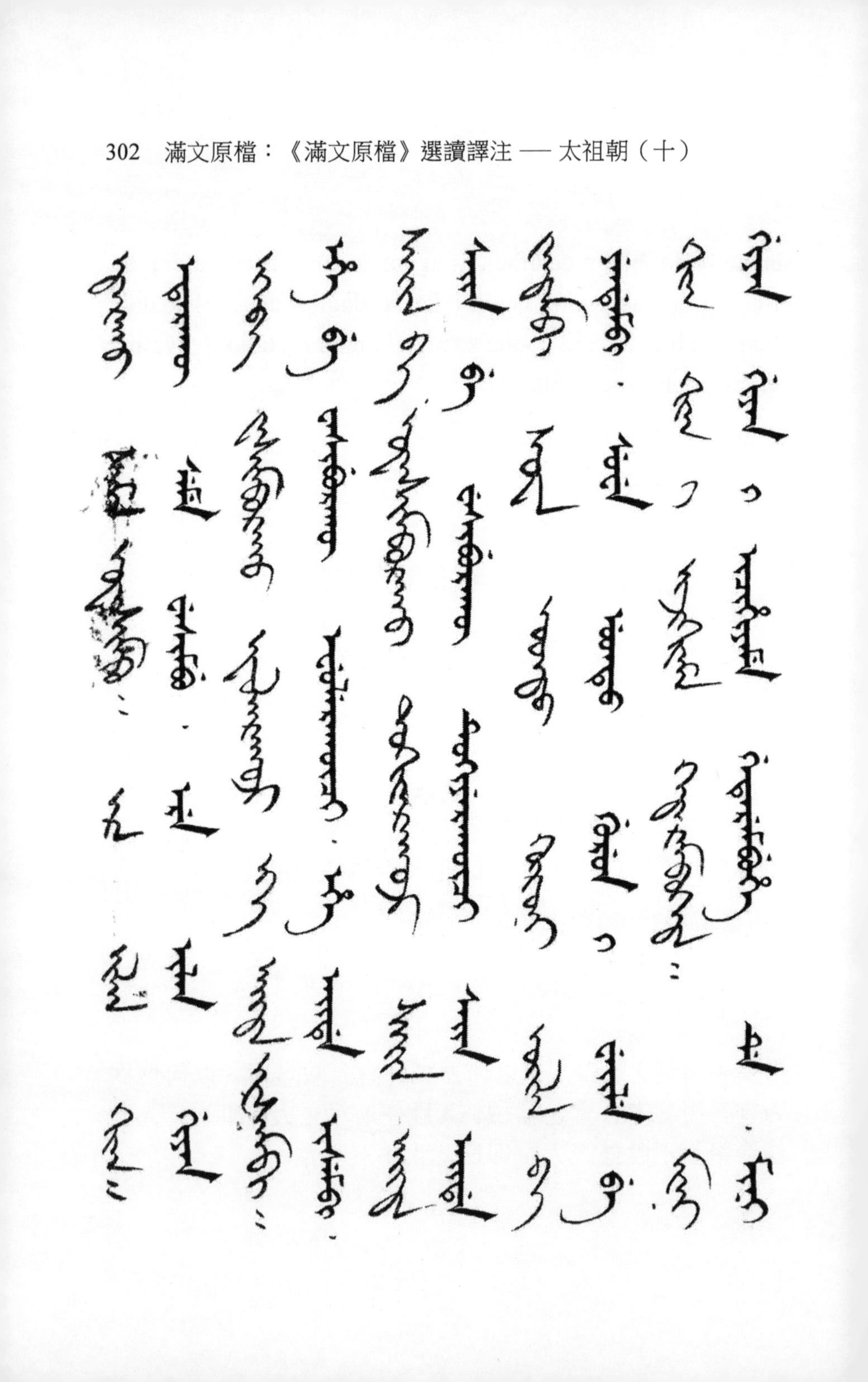

eterakū seme wesimbu. ere ilan giyan. ehe be wasiburakū efulerakūci, ehe aide isembi. sain be wesiburakū tukiyerakūci, sain aide yendembi. suwe uttu gurun i weile be giyan giyan i icihiyame geterembuhe de, mini

---

悉以奏聞，此其三。卑劣者不降不革，何以懲惡？賢良者不陞不舉，何以勸善？爾等如此清理各項國事時，

悉以奏闻，此其三。卑劣者不降不革，何以惩恶？贤良者不升不举，何以劝善？尔等如此清理各项国事时，

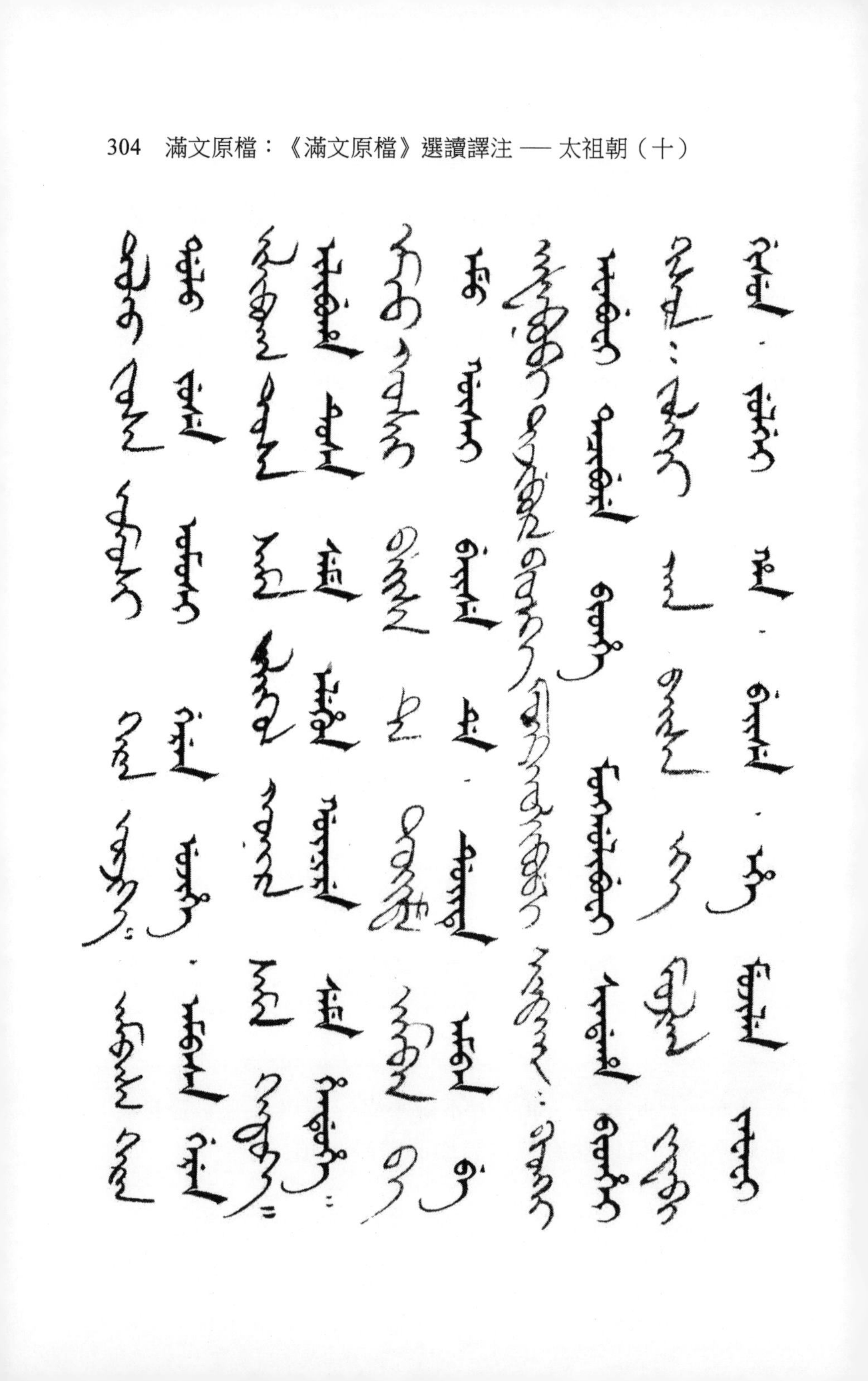

dolo juse omosi geren ujihe, ambasa geren ilibuha tusa seme elehun gūnire seme henduhe. emu gūsai beise de, duite amban be afabufi tacibure bithe monggolibufi sindaha bithei gisun, julgei han, beise ehe mujilen jafafi

---

則我之心將以子孫繁衍、大臣林立而感欣慰矣。」為每旗貝勒委任各四大臣，並以訓諭掛於項上，諭書曰：「著錄昔日之汗、貝勒居心惡劣

则我之心将以子孙繁衍、大臣林立而感欣慰矣。」为每旗贝勒委任各四大臣，并以训谕挂于项上，谕书曰：「著录昔日之汗、贝勒居心恶劣

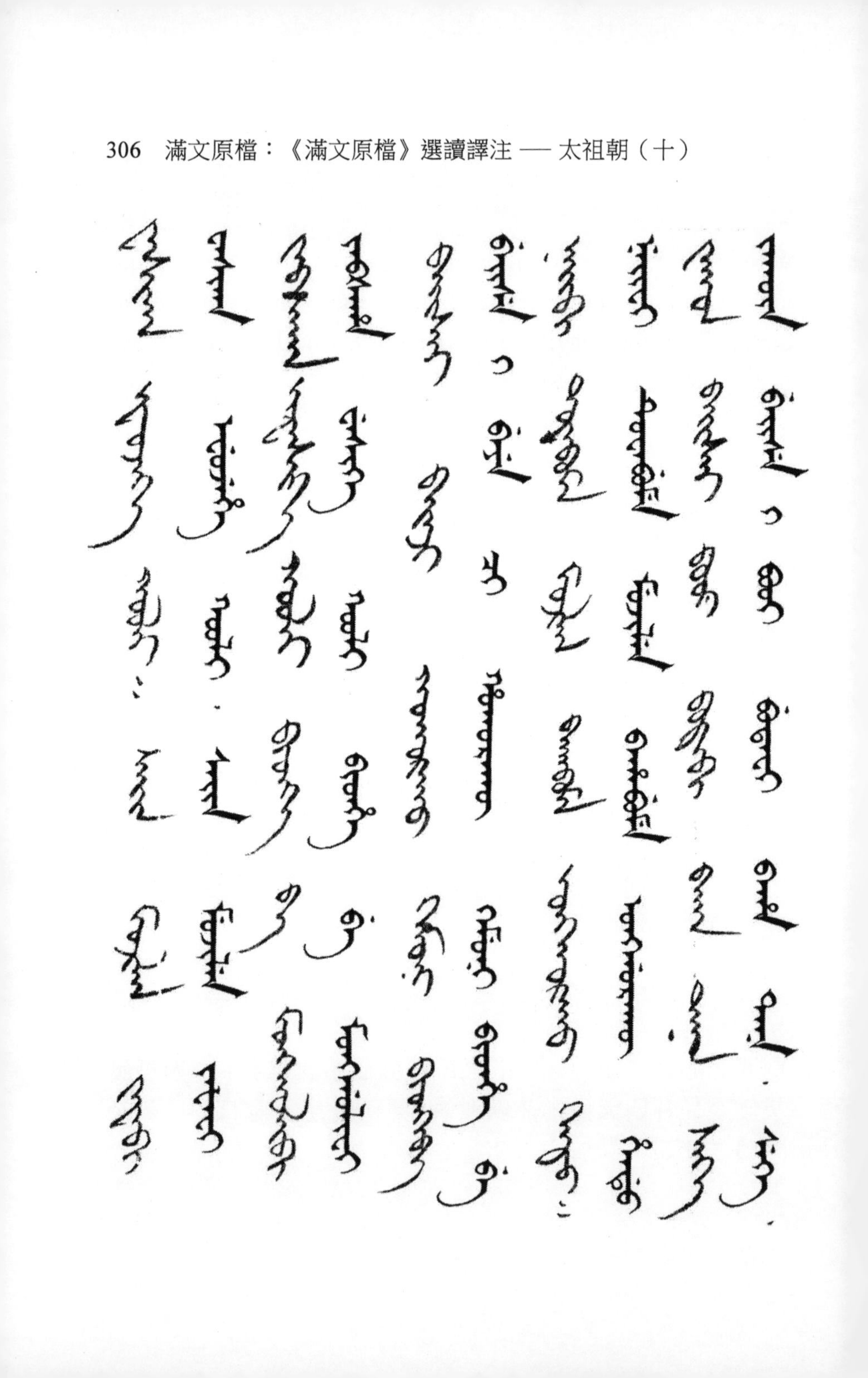

wasika efujehe kooli, sain mujilen jafafi jabšaha wesike kooli bithe be monggolifi, beise i beye ci hokorakū, kemuni bithe be neifi tuwabume mujilen bahabume onggorakū hendu. jakūn beise i booi butafi baha tana, seke,

---

而衰敗之例，存心良善而興盛之例，將書掛於項，勿離貝勒之身，將書常加開閱，有心得勿忘。八貝勒家所捕獲之東珠、貂、

而衰败之例，存心良善而兴盛之例，将书挂于项，勿离贝勒之身，将书常加开阅,有心得勿忘。八贝勒家所捕获之东珠、貂、

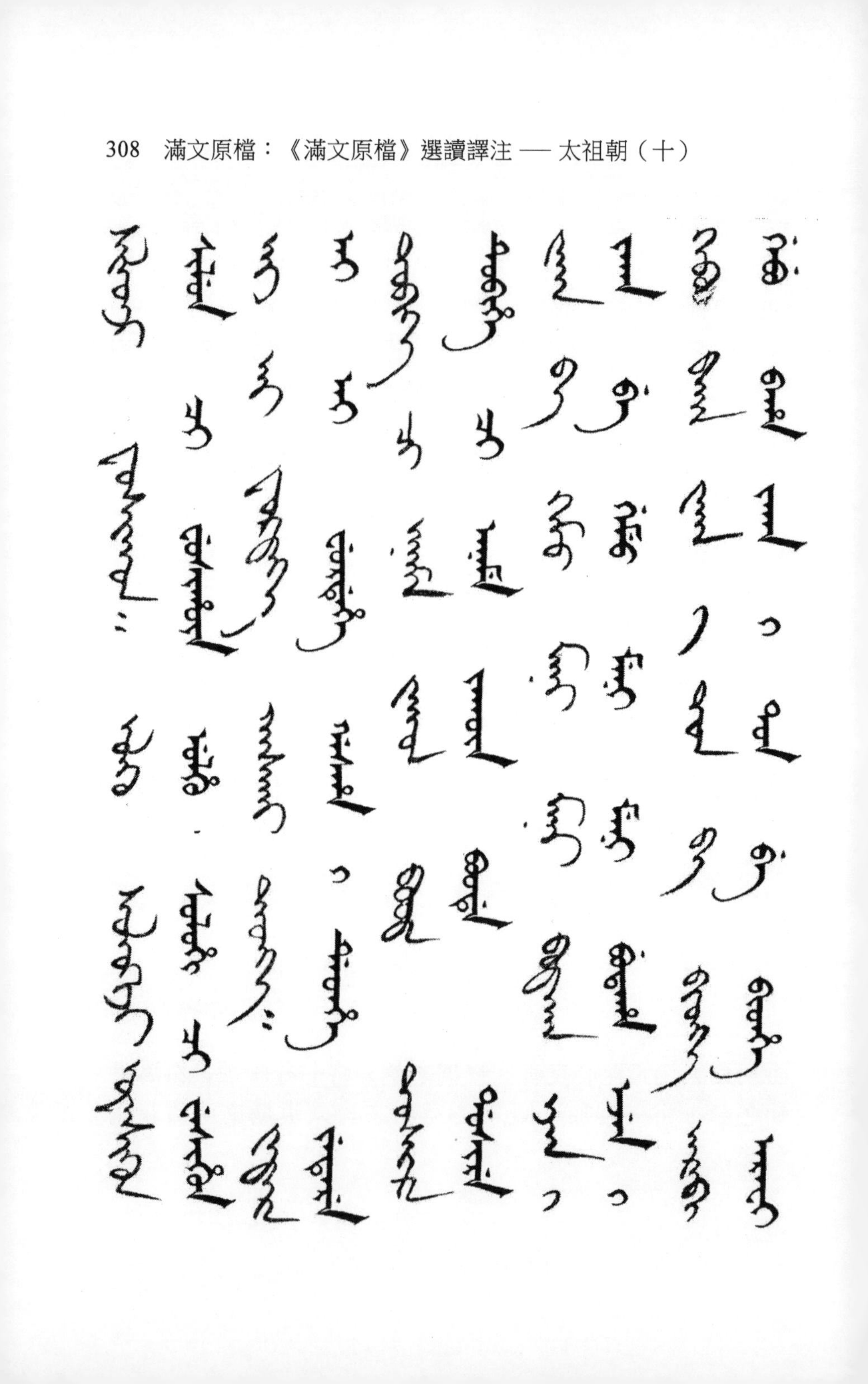

silun ci fusihūn, ulhu, solohi ci wesihun, ai ai furdehe, gasha i dethe, jetere tubihe ci aname, jakūn boode dosire jaka be, gemu meni meni butaha ejen i gebu, baha jaka i ton be bithe arafi

---

猞猁猻以下，灰鼠、騷鼠以上，各色皮毛、鳥羽，所食果子等，凡進八家之物，皆將各獲主之名，獲物之數目具文送來。

猞猁狲以下，灰鼠、骚鼠以上，各色皮毛、鸟羽，所食果子等，凡进八家之物，皆将各获主之名，获物之数目具文送来。

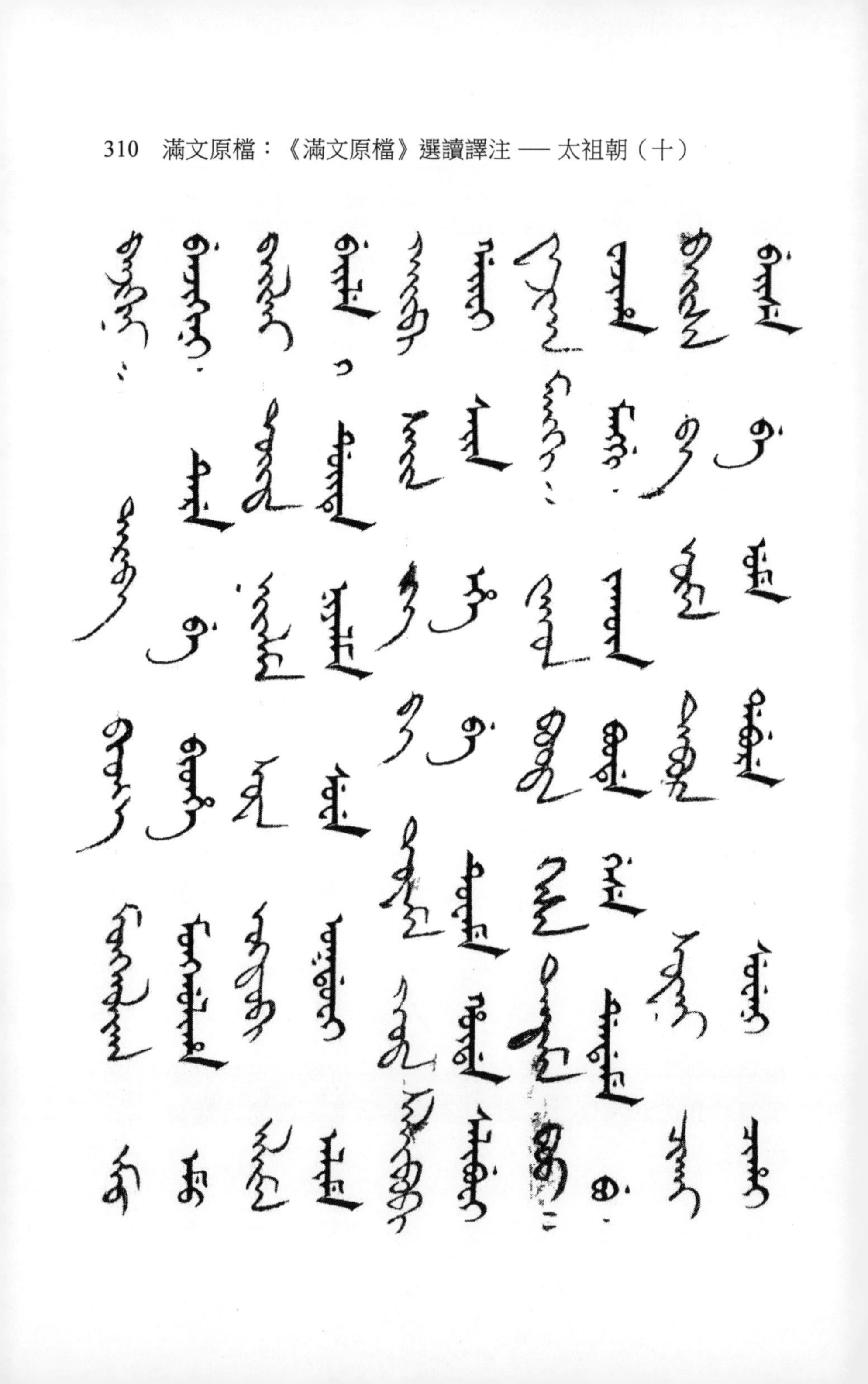

benjikini. tere be bithe monggoliha emu beile i duite niyalma, suwe okdofi alime gaifi, sain ehe be tuwame hūda salibufi wajiha manggi, jakūn boode gese dendeme bu. beise be ume dabure, suweni cihai

---

由爾等每貝勒掛文各四人接受收取，並視其優劣估價後，由八家平均分給，諸貝勒不得干涉，任由爾等辦理。

由尔等每贝勒挂文各四人接受收取，并视其优劣估价后，由八家平均分给，诸贝勒不得干涉，任由尔等办理。

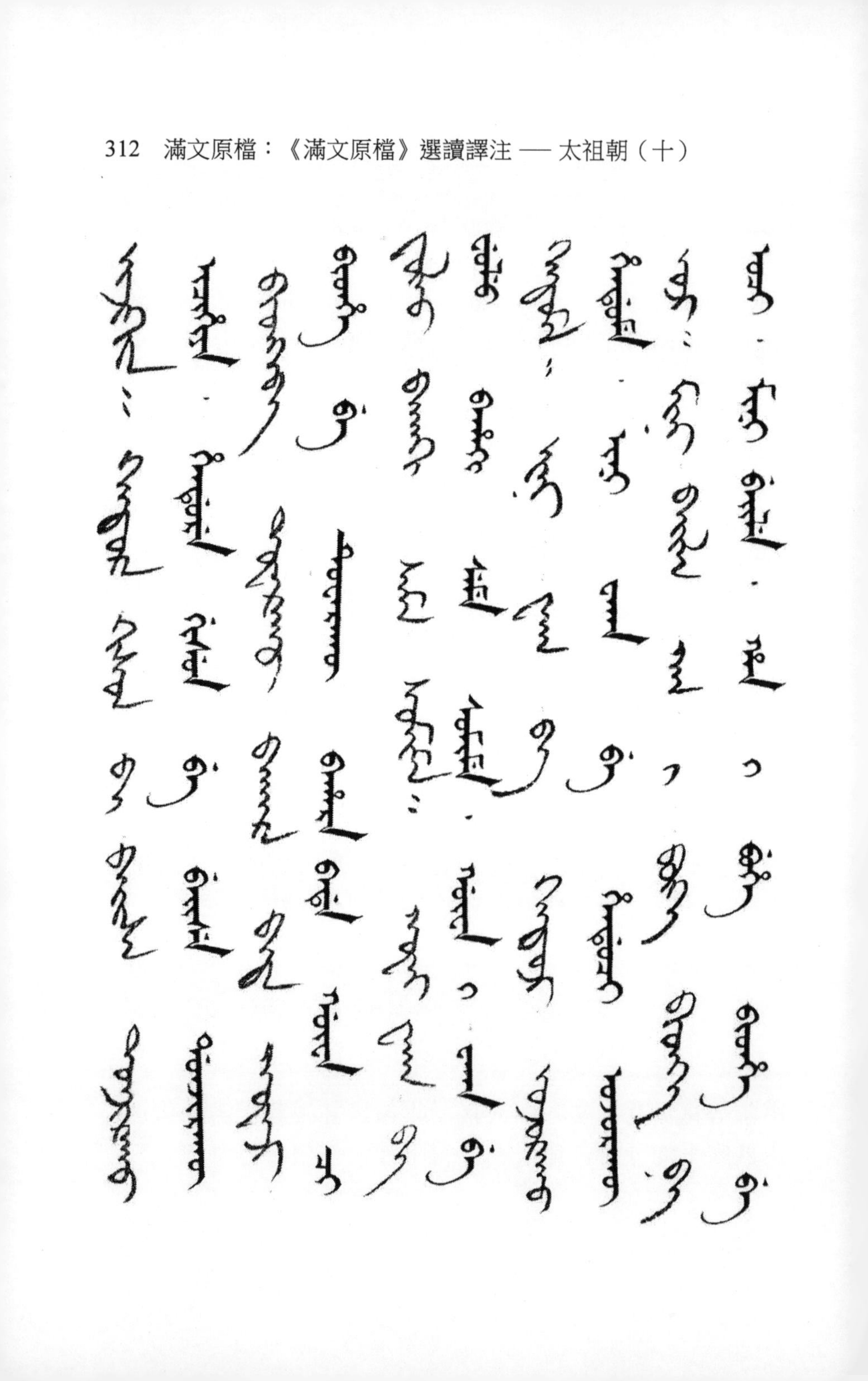

icihiya. hendure gisun be beise donjirakū, bithe be tuwarakū, bahara bade gūwa ci fulu bahaki seme somime, gūwa i waka be hendume, ini waka be henduci ojorakū oci, mini beile, han i buhe bithe be

---

諸貝勒若不聽從訓諭，不看此文，所得欲多於他人而隱匿所獲之物，或談論他人之非，而不准他人談論其非；即以我貝勒不閱汗所賜之書，

诸贝勒若不听从训谕，不看此文，所得欲多于他人而隐匿所获之物，或谈论他人之非，而不准他人谈论其非；即以我贝勒不阅汗所赐之书，

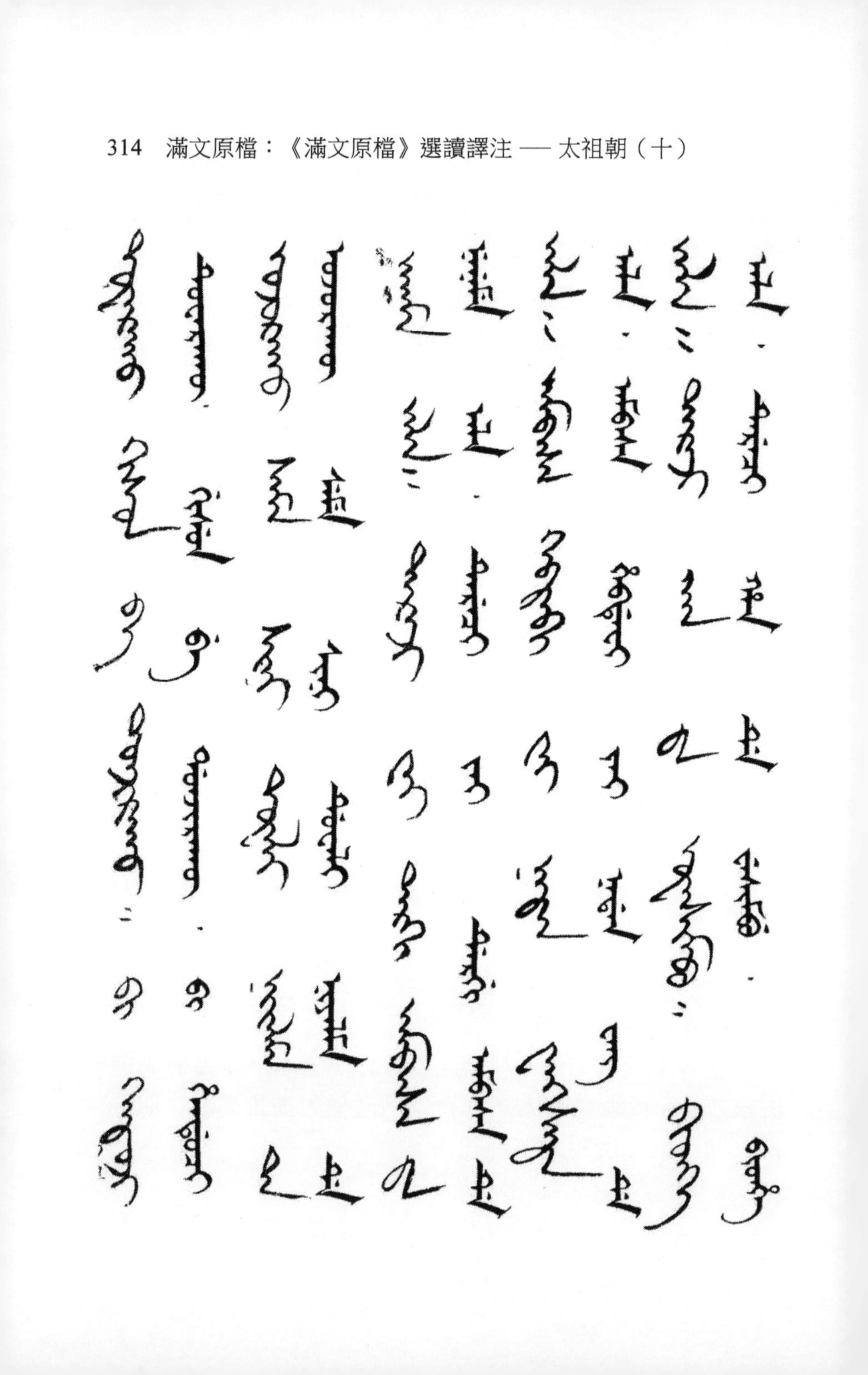

tuwarakū, gisun be donjirakū, bi henduci ojorakū seme, sini duwali niyalma de neneme ala, tereci jai dergi ambasa de ala, ambasa hebdefi jai nadan wang de ala, tereci han de wesimbu. bithe

不聽訓言、我諫之而不從等詞，先告於爾同事之人，再上告於諸大臣，經諸大臣商議後再告於七王，然後上奏於汗。

不听训言、我谏之而不从等词，先告于尔同事之人，再上告于诸大臣，经诸大臣商议后再告于七王，然后上奏于汗。

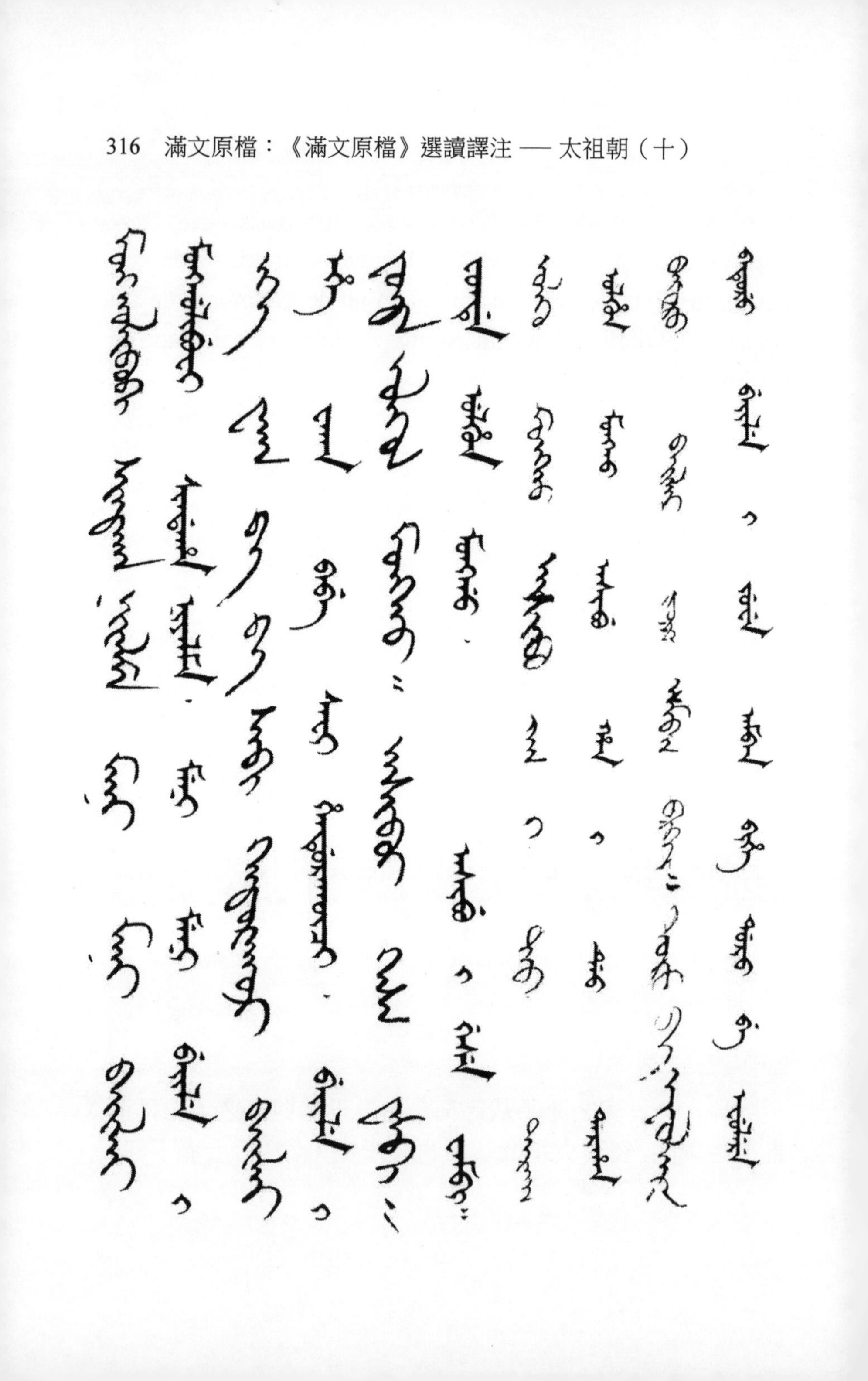

monggolibufi sindaha niyalma, meni meni beile i ehe waka babe safi hendurakūci, beile i fonde ulhun monggo, asibu i gese wambi. (ulhun monggo, asibu, han i deo darhan baturu beile i juwe amban bihe, doro be efulere

---

凡所設掛文之人，若知各貝勒過惡而不言者，亦如貝勒時烏勒琿孟古、阿希布殺之。（烏勒琿孟古、阿希布曾任汗之弟達爾漢巴圖魯貝勒屬下二大臣，

凡所设挂文之人，若知各贝勒过恶而不言者，亦如贝勒时乌勒珲孟古、阿希布杀之。（乌勒珲孟古、阿希布曾任汗之弟达尔汉巴图鲁贝勒属下二大臣，

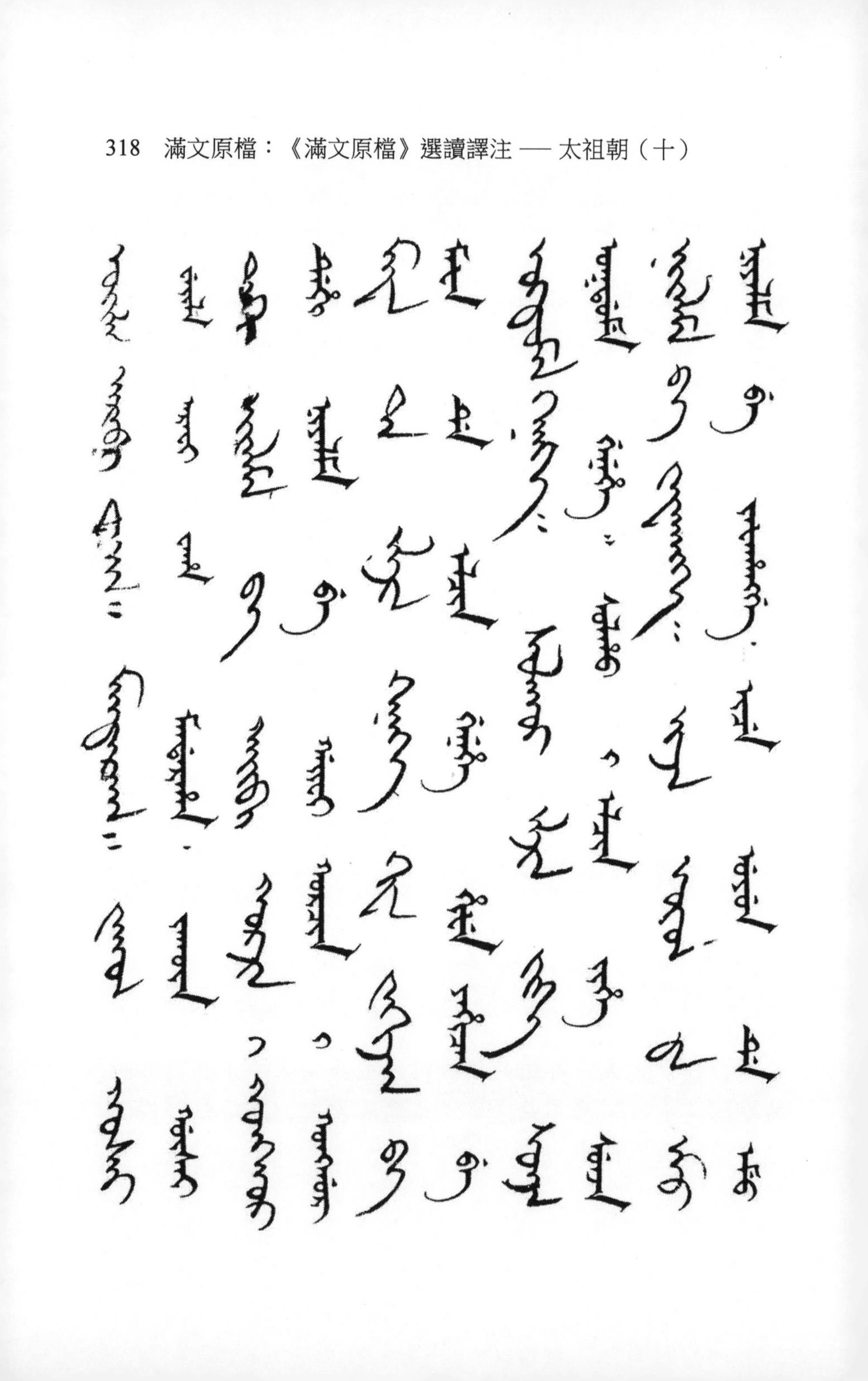

weile arafi waha.) mandarhan, jakūn gūsai dehi niyalma be gaifi, korcin i konggor mafa de elcin genehe hife, yahican be okdome genehe. solho i elcin jihe sunja niyalma be jafahangge, ice uyun de emu

---

以敗壞政業之罪殺之。）滿達爾漢率八旗四十人，往迎出使科爾沁孔果爾老人處之希福、雅希禪。初九日，所執朝鮮來使五人，

以败坏政业之罪杀之。）满达尔汉率八旗四十人，往迎出使科尔沁孔果尔老人处之希福、雅希禅。初九日，所执朝鲜来使五人，

十七、織造緞疋

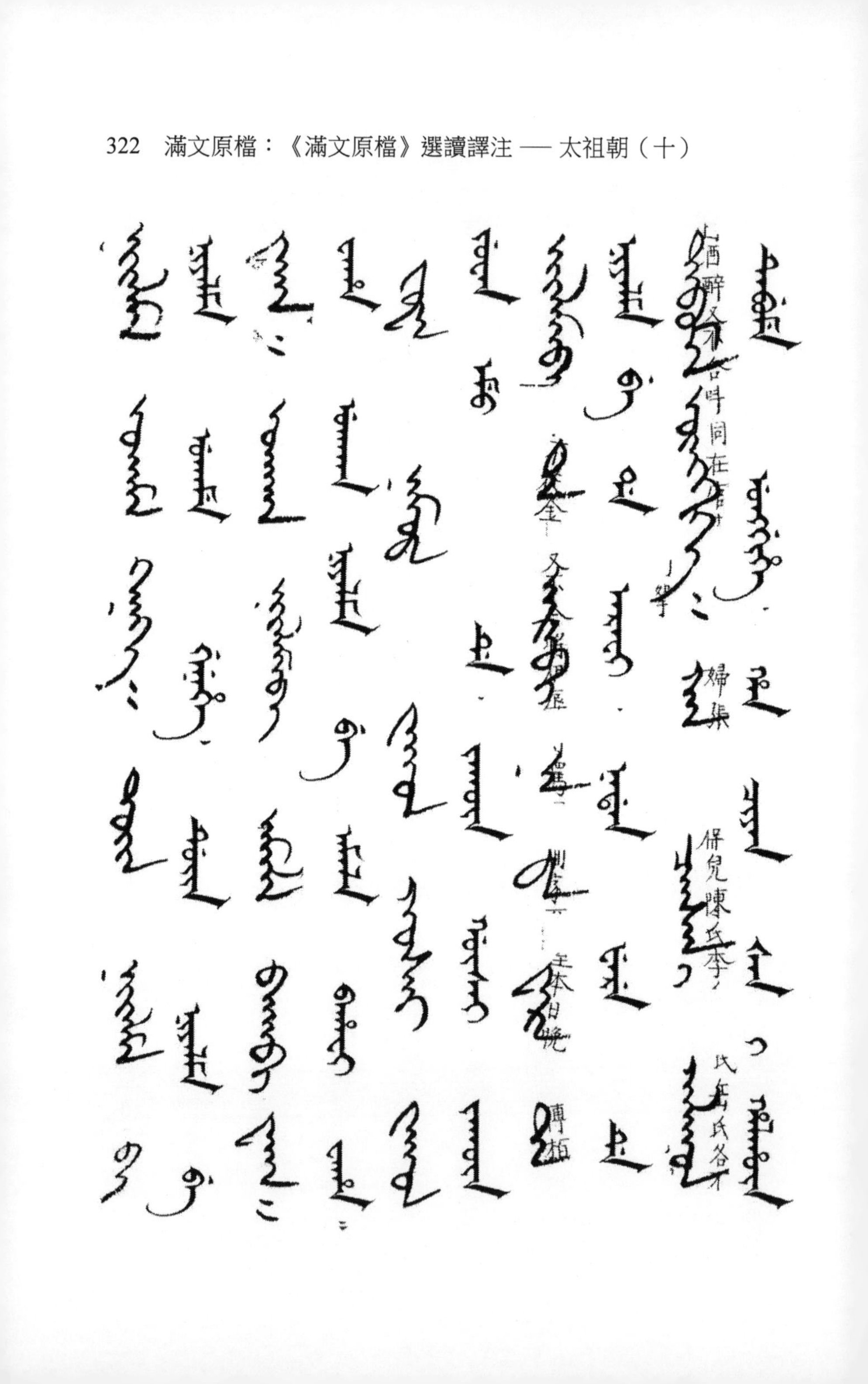

niyalma ukame genehe, duin niyalma be waha, ukaka niyalma be amala bahafi waha. juwan emu de, jakūn gūsai jakūn niyalma be da arafi, nadan fere de tebume unggihe. han, ciyan šan i halhūn

---

一人逃走，殺其四人。後獲逃去之人，亦殺之。十一日，八旗出八人為長，遣駐納丹佛呼處。汗於初十日前往千山湯泉，

一人逃走，杀其四人。后获逃去之人，亦杀之。十一日，八旗出八人为长，遣驻纳丹佛呼处。汗于初十日前往千山汤泉，

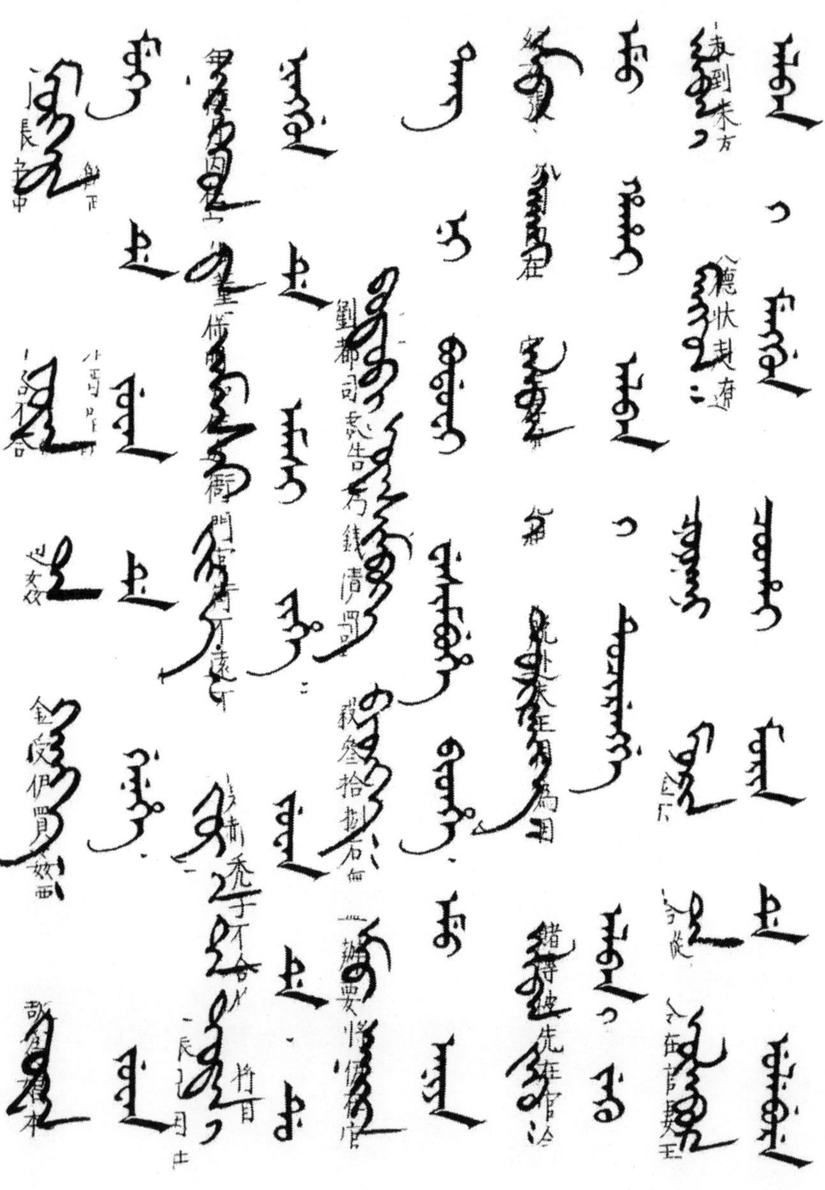

muke de juwan de genehe, juwan ninggun de amasi jihe. juwan de, du tang ni bodofi wesimbuhe bithe, emu aniya, emu hahai alban i tucirengge, alban i jeku, alban i menggun, coohai morin de ulebure

---

十六日，返回。初十日，都堂奏銷曰：一年每男丁應納之賦，官糧、官銀、軍馬飼料

十六日，返回。初十日，都堂奏销曰：一年每男丁应纳之赋，官粮、官银、军马饲料

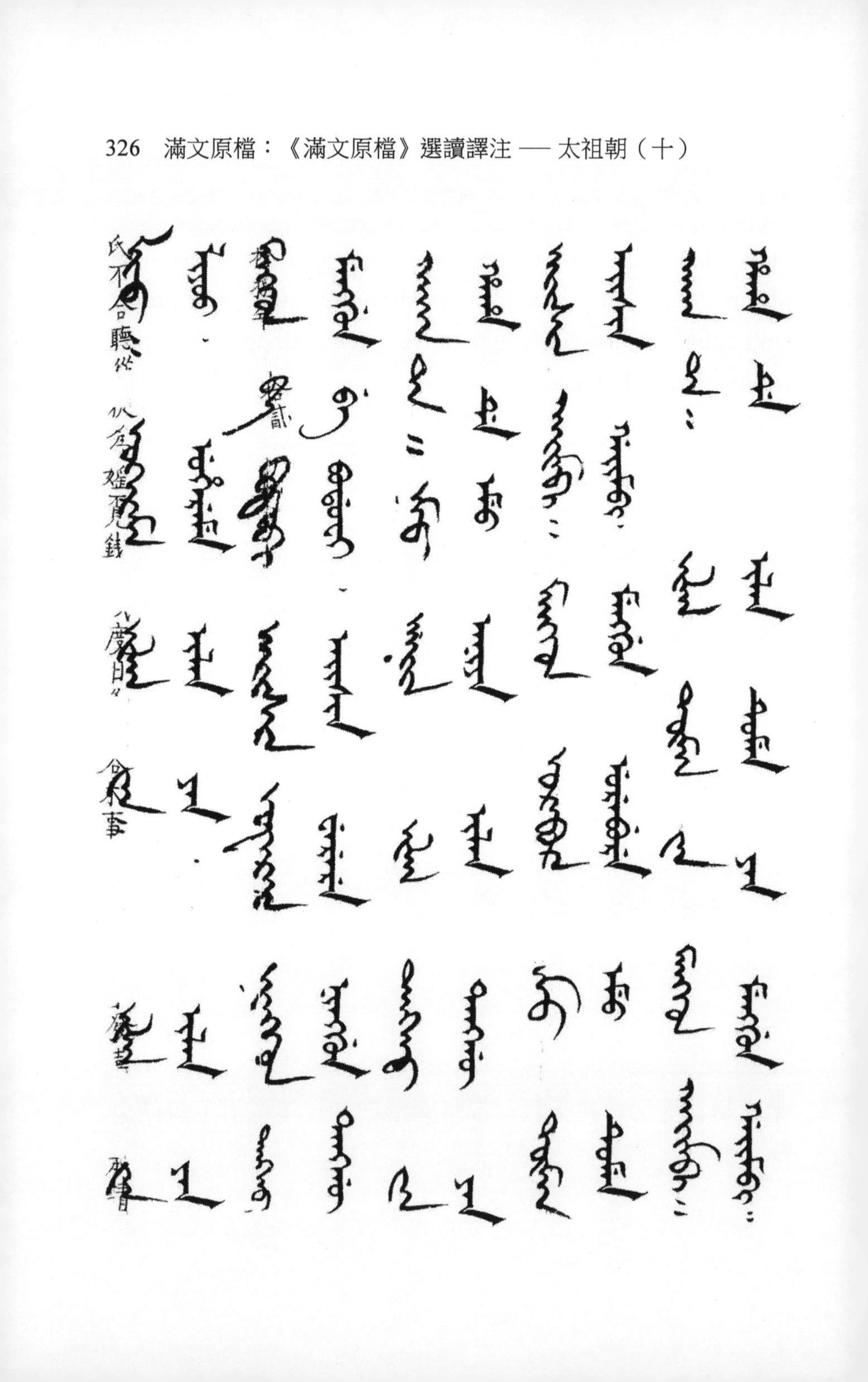

liyoo, uhereme ilan yan, ilan yan menggun be bodofi, aisin werere ninggun tanggū haha de, emu aniya ilan tanggū yan aisin gaimbi. menggun urebure emu tumen haha de, ilan tumen yan menggun gaimbi.

共三兩，按銀三兩計算，即等於淘金之六百男丁每年徵金三百兩。煉銀之一萬男丁，每年徵銀三萬兩。

共三两，按银三两计算，即等于淘金之六百男丁每年征金三百两。炼银之一万男丁，每年征银三万两。

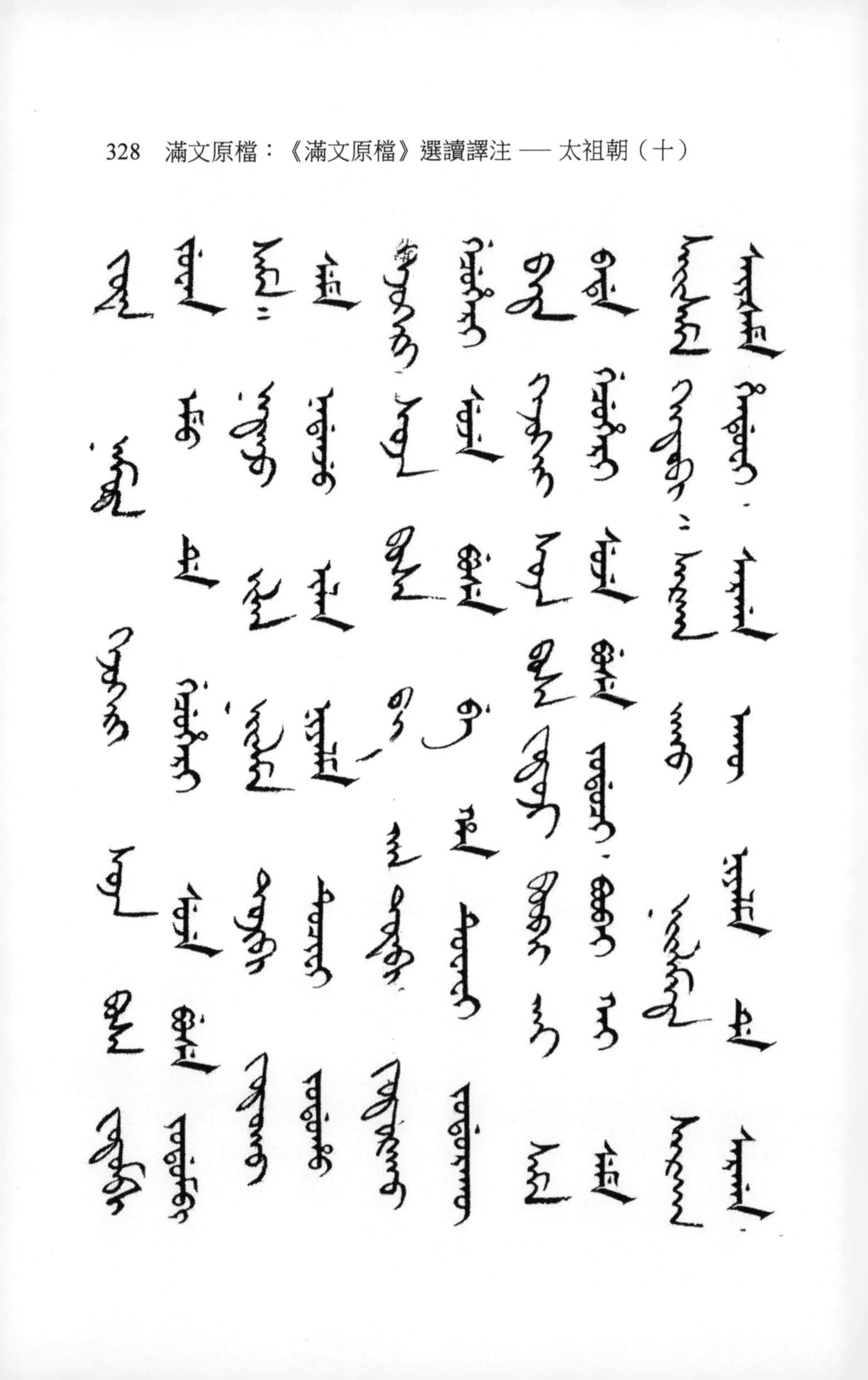

juwan emu de, gecuheri, suje, puse jodombi seme, nadanju ilan niyalma tucifi jodoho gecuheri, suje, puse be han tuwafi, jodorakū bade gecuheri, suje, puse jodoci, boobai kai seme saišame hendufi, sargan akū niyalma de, sargan,

---

十一日，計算蟒緞、綢緞、補子。派出七十三人紡織蟒緞、綢緞、補子。汗覽後誇獎曰：「於非紡織之處紡織蟒緞、綢緞、補子，乃至寶也。」遂對無妻之人，

十一日，计算蟒缎、绸缎、补子。派出七十三人纺织蟒缎、绸缎、补子。汗览后夸奖曰：「于非纺织之处纺织蟒缎、绸缎、补子，乃至宝也。」遂对无妻之人，

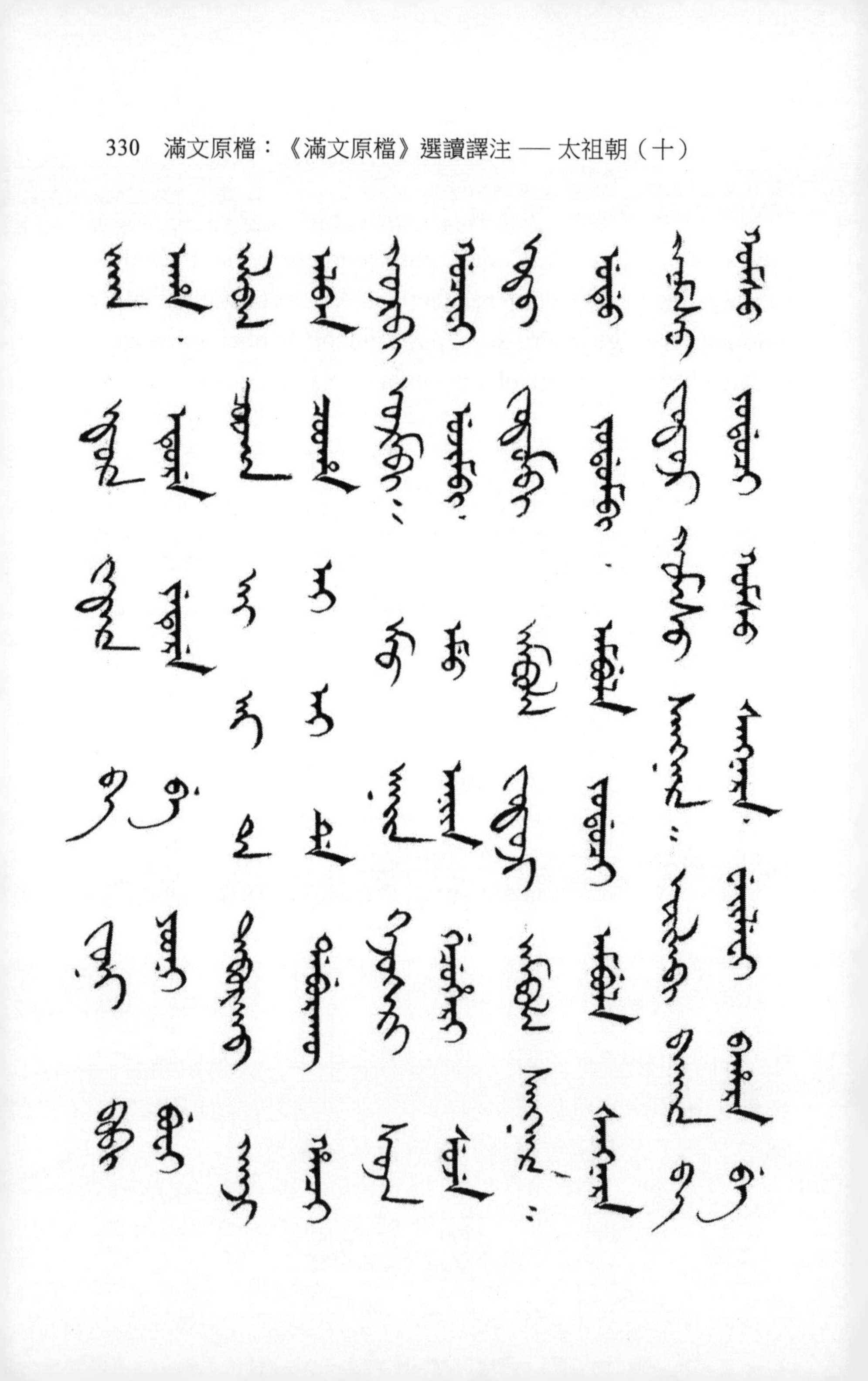

aha, eture, jetere be yooni bufi, alban cooha ai ai de daburakū, hanci gocifi ujimbi. emu aniya gecuheri, suje udu jodombi, ambula jodoci, ambula šangnara, komso jodoci, komso šangnara, weilefi bahara be

---

俱給以妻、奴、衣、食，免除各項官差兵役，就近養之。一年紡織蟒緞、綢緞若干？多織則多賞，少織則少賞，

俱给以妻、奴、衣、食，免除各项官差兵役，就近养之。一年纺织蟒缎、绸缎若干？多织则多赏，少织则少赏，

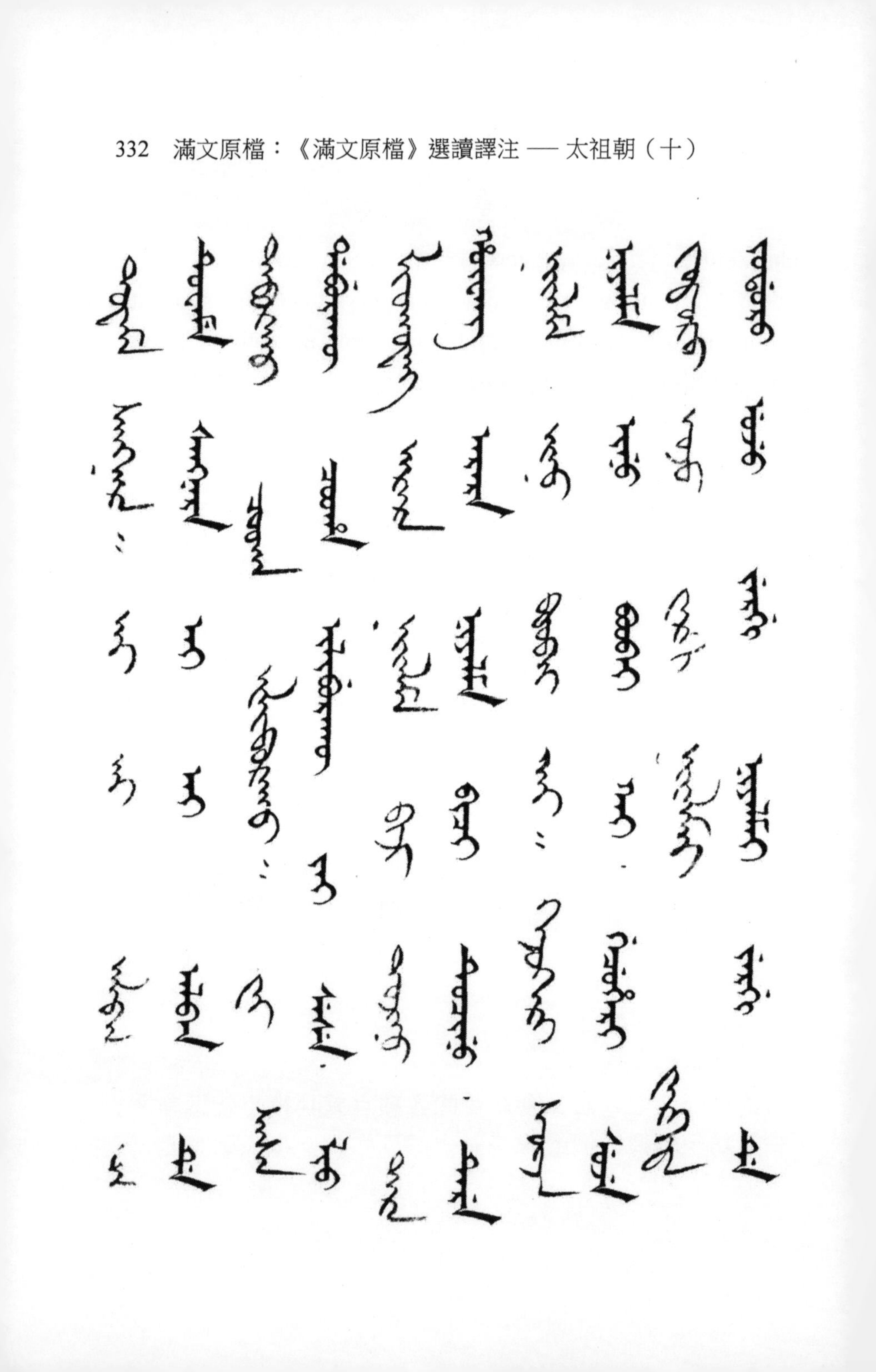

tuwame šangnara, ai ai alban de daburakū, cooha iliburakū. jai sese, lio hūwang arara niyalma bici, tucinu, tere niyalma inu boobai kai. gecuheri, suje jodoro uju jergi niyalmai jergi de

---

視所織按勞給賞，各項官差兵役皆免除。再者，若有製造金線、硫磺之人，當薦之，其人亦至寶也。與紡織蟒緞、綢緞之一等人

视所织按劳给赏，各项官差兵役皆免除。再者，若有制造金线、硫磺之人，当荐之，其人亦至宝也。与纺织蟒缎、绸缎之一等人

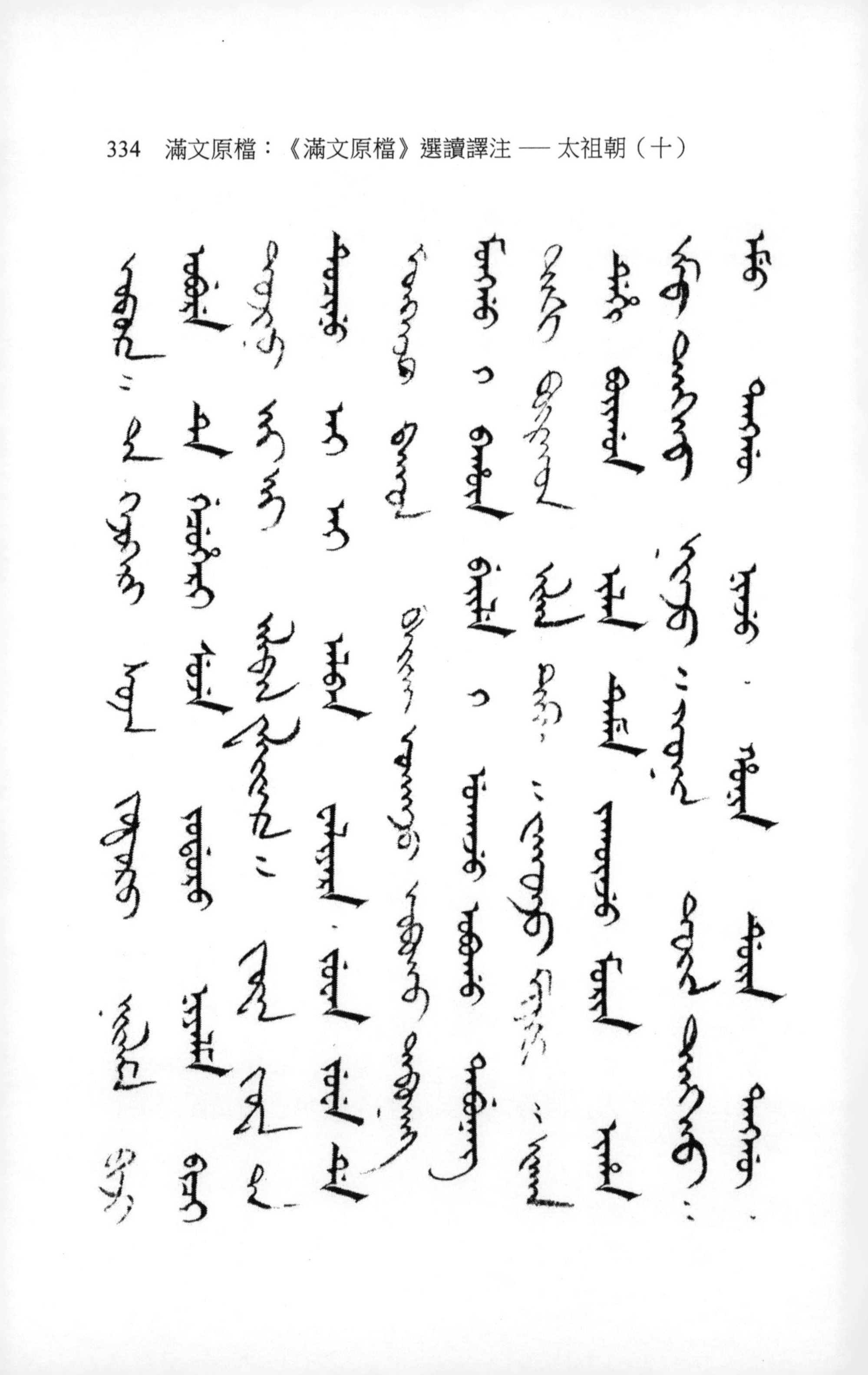

obure. te gecuheri, suje jodoro niyalma bici tucinu, ai ai alban waliyara. juwan juwe de, monggo i bahūn beile i ukanju obogo tabunang, dehi boigon, ilan temen, jakūnju morin, ihan emu tanggū ninju, honin duin tanggū,

同等待之。今若有紡織蟒緞、綢緞之人，即行薦之，免除其各項官差。十二日，蒙古巴琿貝勒屬下逃人鄂博果塔布囊率四十戶，攜駝三隻、馬八十匹、牛一百六十頭、羊四百隻，

同等待之。今若有纺织蟒缎、绸缎之人，即行荐之，免除其各项官差。十二日，蒙古巴珲贝勒属下逃人鄂博果塔布囊率四十户，携驼三只、马八十匹、牛一百六十头、羊四百只，

十八、致書額駙

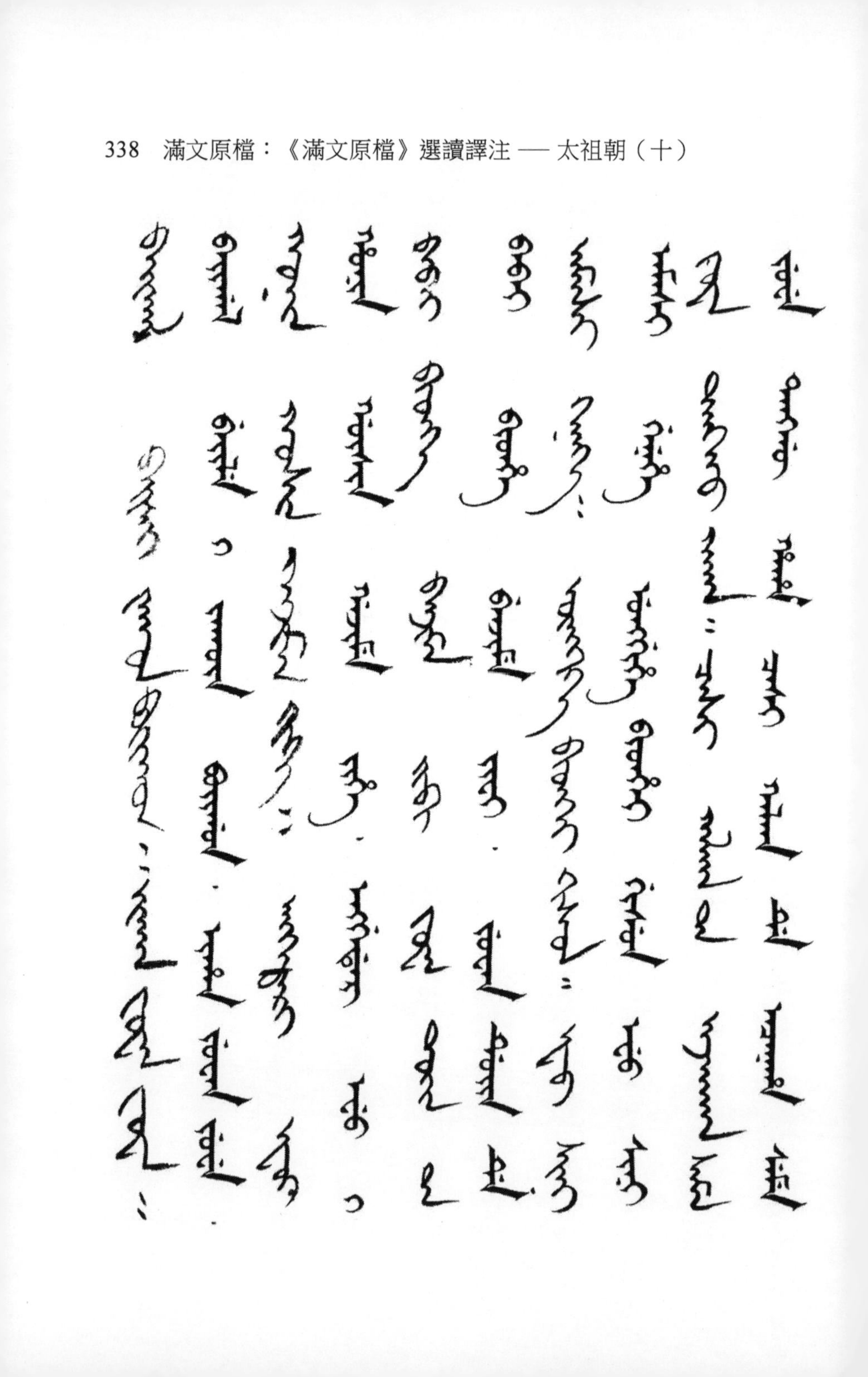

baigal beile i jakūn boigon, ihan juwan juwe, honin gūsin gajime jihe. enggeder efu i babai bithe benjime jifi, juwan duin de amasi genehe. unggihe bithei gisun, efu sini juwe tanggū haha, casi kalka de acanaha seme

---

並拜噶勒貝勒所屬之八戶，攜牛十二頭、羊三十隻來歸。恩格德爾額駙遣來送書之巴拜，於十四日返回。致書曰：「額駙爾以二百男丁，往會於彼處喀爾喀，

并拜噶勒贝勒所属之八户，携牛十二头、羊三十只来归。恩格德尔额驸遣来送书之巴拜，于十四日返回。致书曰：「额驸尔以二百男丁，往会于彼处喀尔喀，

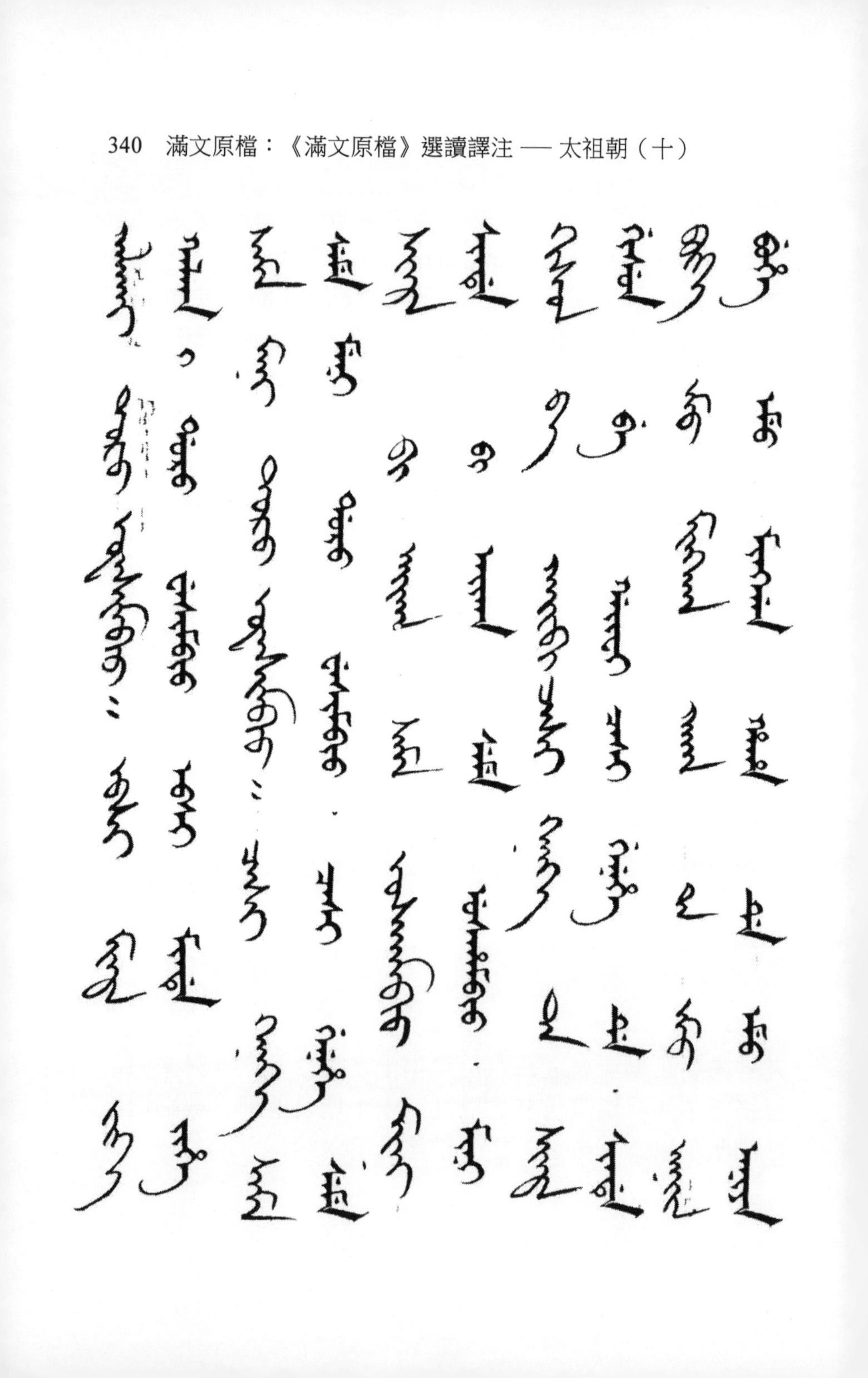

kalka i doro wesimbio. ebsi minde jihe seme meni doro wesimbio. casi genehe seme sinde bi aika seme ushambio. mini gisun be gaifi casi genehe de, sinde buhe emu minggan haha de, emu aniya

---

其喀爾喀之政業興盛耶？前來我處，我之政業興盛耶？前往彼處，我於爾有何怨惱耶？若從我言前往彼處，則所賜爾之一千男丁，

其喀尔喀之政业兴盛耶？前来我处，我之政业兴盛耶？前往彼处，我于尔有何怨恼耶？若从我言前往彼处，则所赐尔之一千男丁，

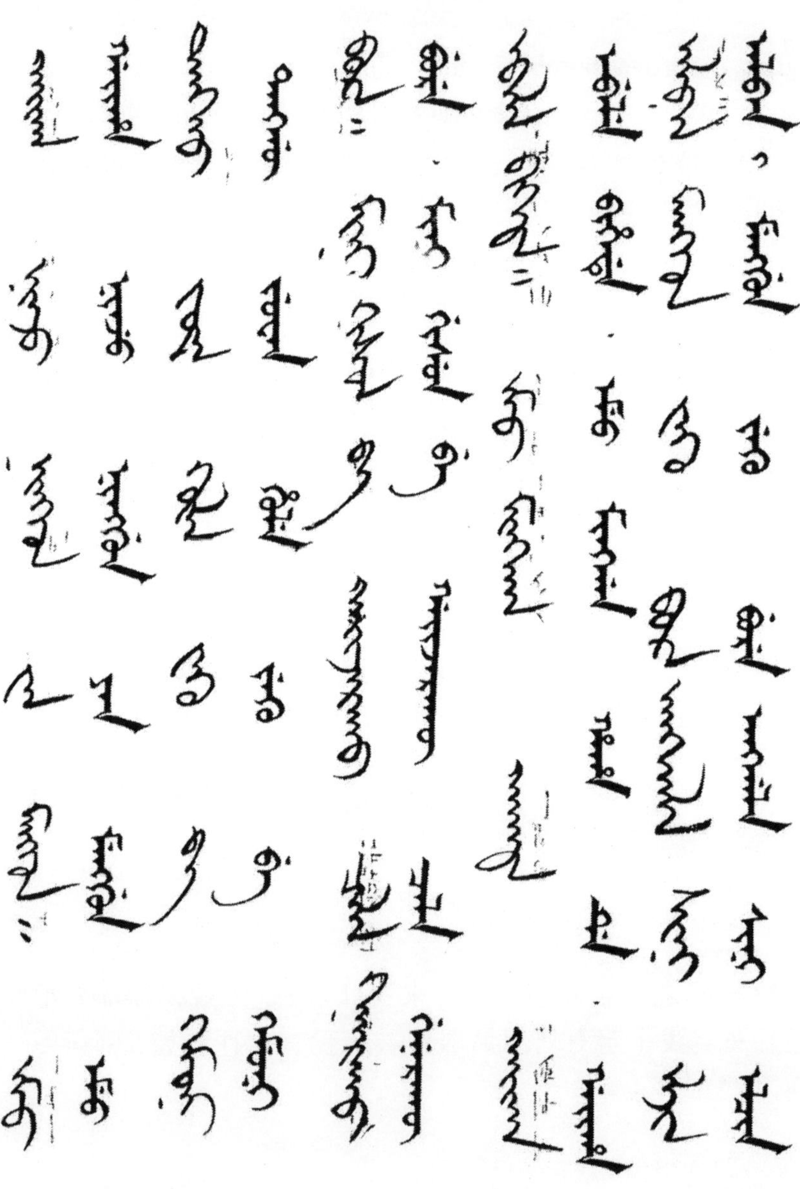

gaiha ninju ninggun yan menggun, emu tanggū juwan hule jeku be kemuni bure. mini gisun be gaijarakū, cala generakū ebele bihede, emu minggan haha de, gaiha alban i menggun jeku bure anggala, sini elcin

---

仍給一年所取銀六十六兩、糧一百一十石。若不從我言，不往彼處，而留於此地，則不僅不給一千男丁所取官銀、官糧，

仍给一年所取银六十六两、粮一百一十石。若不从我言，不往彼处，而留于此地，则不仅不给一千男丁所取官银、官粮，

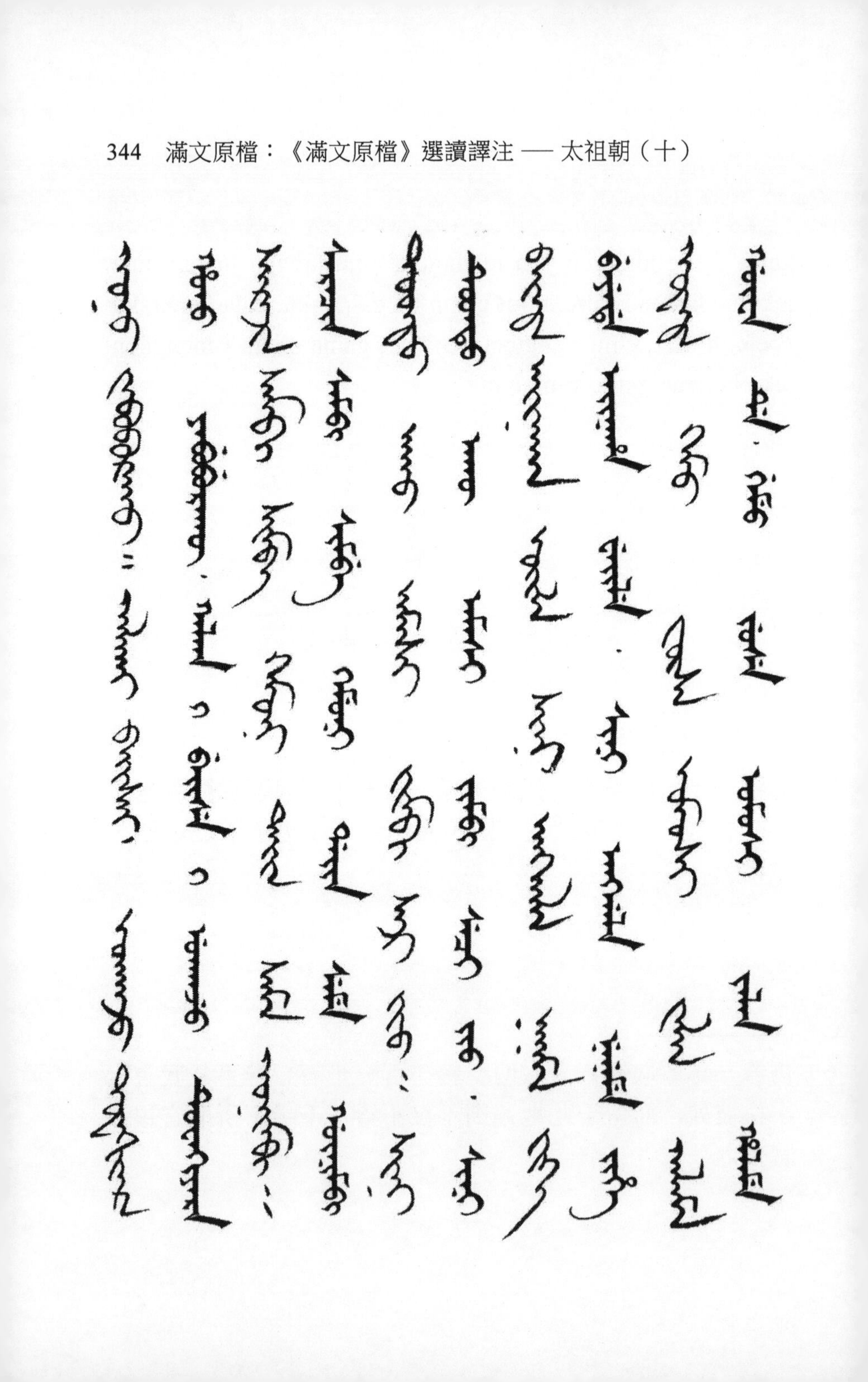

hono yabuburakū. kalka i beise i ukanju tuwakiyara saracin sambi, simbe kemuni dain seme gūnimbi. tuttu akū amasi jimbi seci, jio, sini beyede ainaha weile. sini anggala, neneme jihe gūwa de, gemu juse omosi jalan halame

---

且不准爾之使者往來。喀爾喀諸貝勒看守逃人薩拉沁知之，仍將與爾征戰為敵。否則若欲來則來，豈能治爾罪？除爾之外，其先來之人皆給官職，延及子孫，累世不絕，

且不准尔之使者往来。喀尔喀诸贝勒看守逃人萨拉沁知之，仍将与尔征战为敌。否则若欲来则来，岂能治尔罪？除尔之外，其先来之人皆给官职，延及子孙，累世不绝，

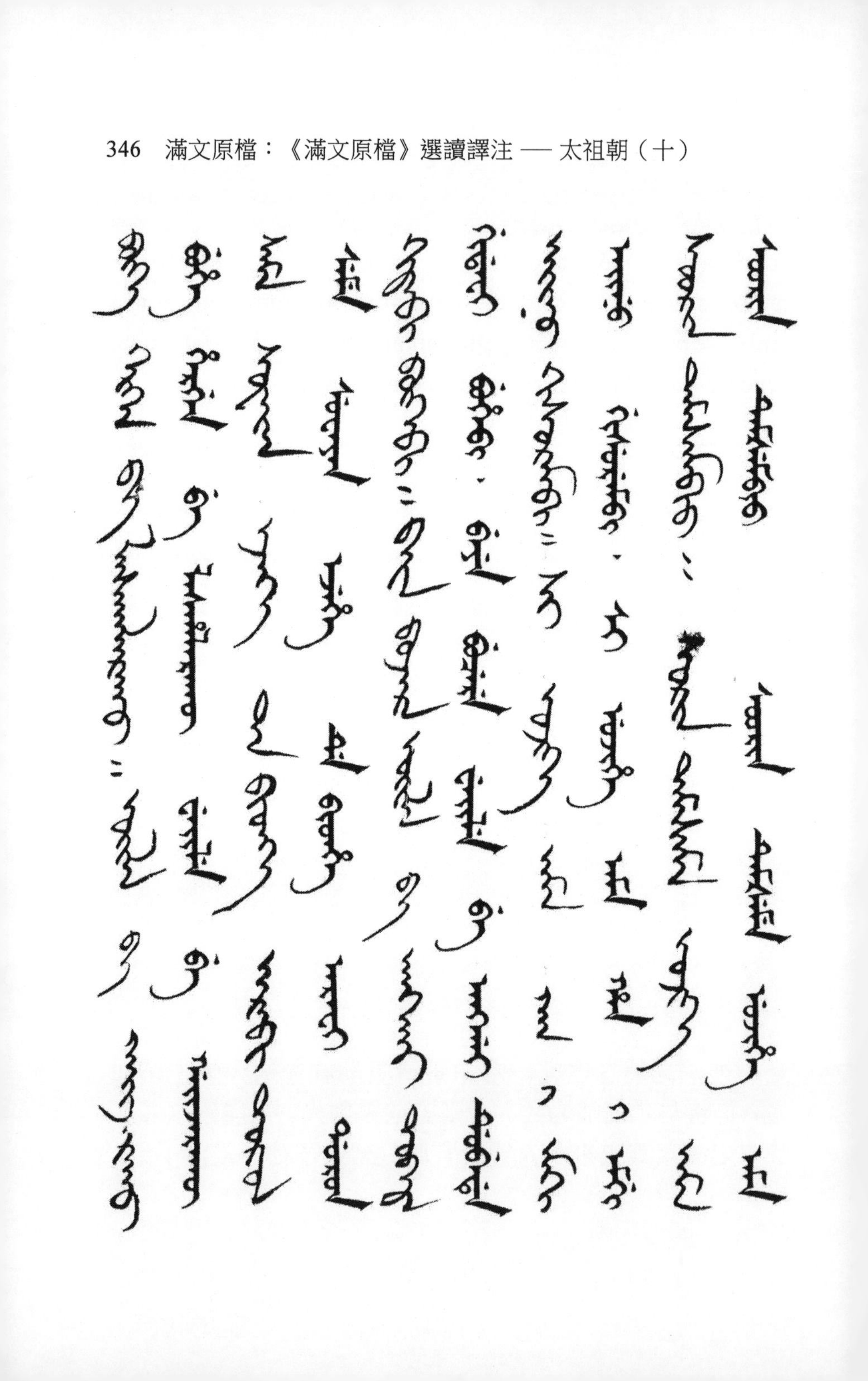

buhe hergen be lashalarakū, weile be gaijarakū seme, suwayan ejehe de bithe arafi doron gidafi buhebi. beye bucere weile be anggai dubede ainu gisurembi. si ujihe ama han i emgi soorin temšembio. soorin temšeme ujihe ama

且不究其罪，曾寫黃敕鈐印頒給之。所謂殺身之罪，何必掛齒？爾與豢養之父汗爭位[28]乎？除非因爭位，

且不究其罪，曾写黄敕钤印颁给之。所谓杀身之罪，何必挂齿？尔与豢养之父汗争位乎？除非因争位，

[28] 爭位，句中「位」，《滿文原檔》、《滿文老檔》俱讀作 “soorin”，係蒙文“saɣuri(n)”借詞，意即「基礎、基座」，滿文作「寶位」解，乃引申義。

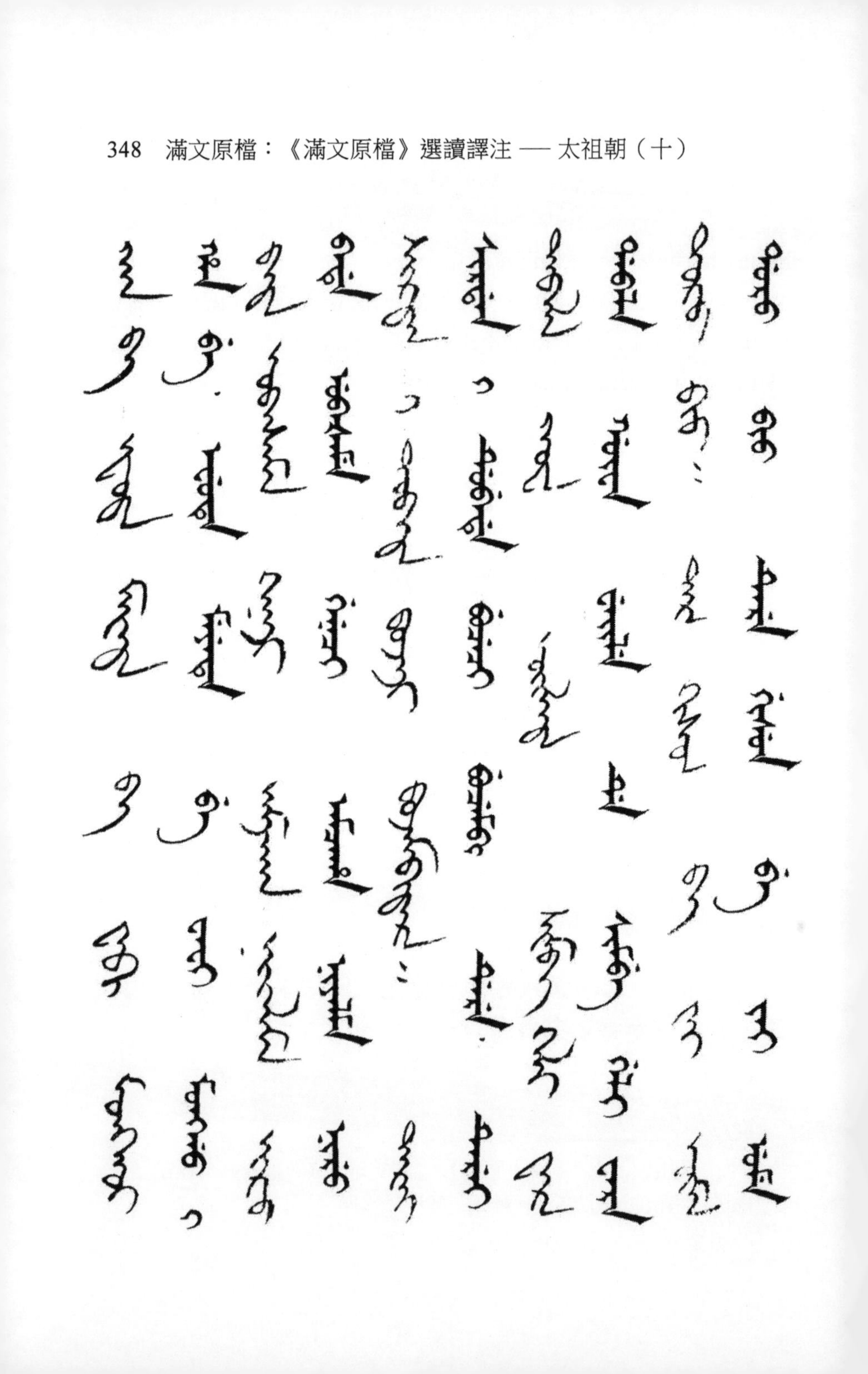

han be, efute meyete be wafi, monggo i bade ubašame geneci, amcaha niyalma niru sirdan i dubede buceci bucembi dere. terei dabala, gūwa weile de simbe geli wara doro bio. tere gisun be jai ume

---

殺豢養之父汗及諸額駙、諸妹夫，叛往蒙古地方，而死於追趕者之箭鋒而已。除此之外，豈有又藉故他罪殺爾之理乎？勿再提及是言。

杀豢养之父汗及诸额驸、诸妹夫，叛往蒙古地方，而死于追赶者之箭锋而已。除此之外，岂有又借故他罪杀尔之理乎？勿再提及是言。

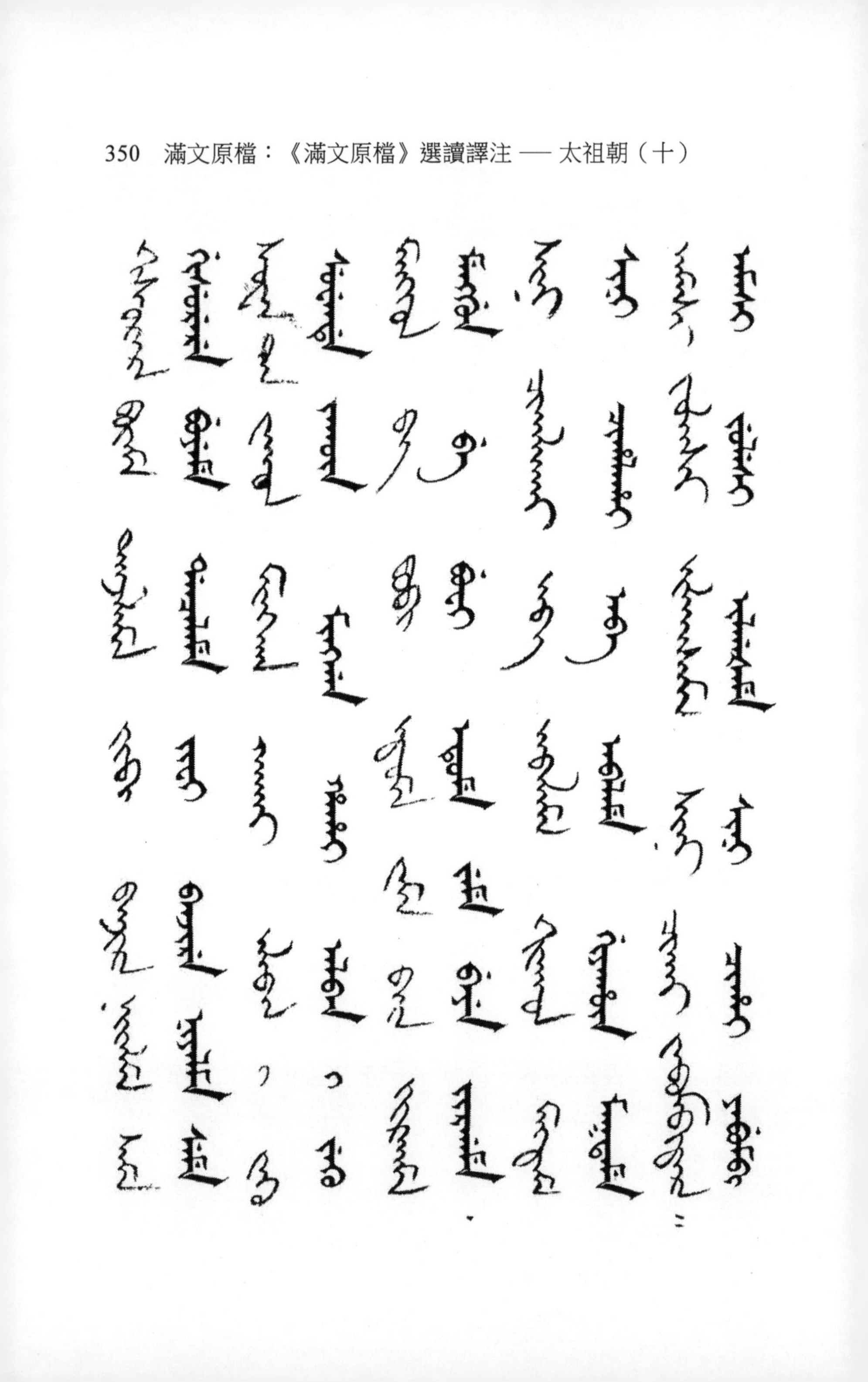

gisurere. buyeme dancalame jifi banjire niyalma seme, suwende jakūn minggan hahai alban i jeku menggun be bufi, etume jeme beye jirgame, sini cihalahai aba abalame, giyahūn maktame, amasi julesi ilgašame, sini cihai yabumbi

---

願回娘家度日之人，即賜爾等八千男丁之官糧、官銀，衣食充足安逸[29]，任爾愛好圍獵、放鷹，往返閒遊，任爾隨意行走，

愿回娘家度日之人，即赐尔等八千男丁之官粮、官银，衣食充足安逸，任尔爱好围猎、放鹰，往返闲游，任尔随意行走，

---

[29] 安逸，《滿文原檔》寫作 "jirkama(e)"，《滿文老檔》讀作 "jirgame"。按滿文 "jirgambi"，係蒙文"ǰirɣaqu"借詞(根詞 "jirga-"與"ǰirɣa-"相同)，意即「享樂、安逸」。

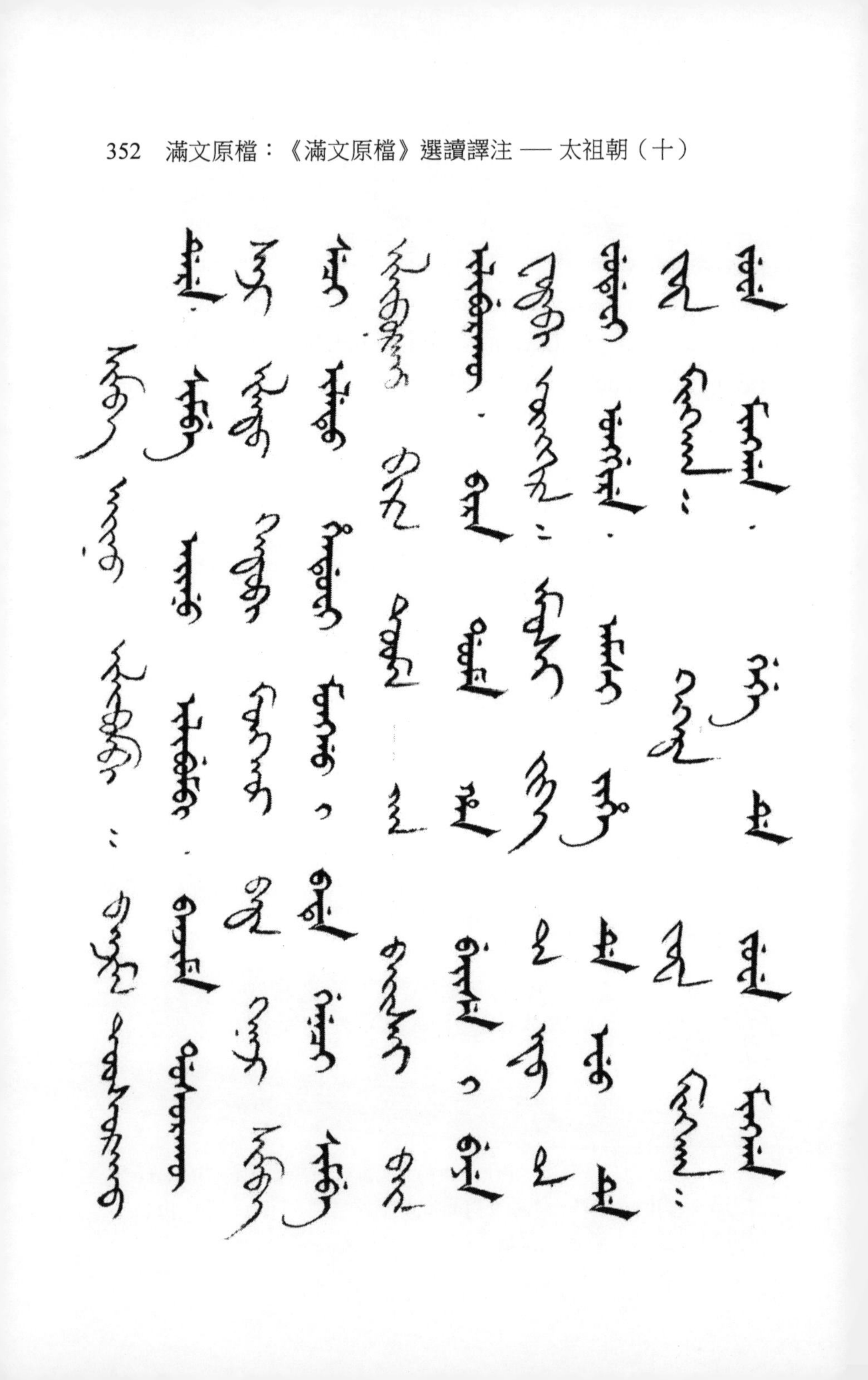

dere. simbe ainu ilibumbi. banjime dosorakū seci, iletu hendufi monggo i bade geneci, simbe iliburakū. bira doome, han, beise i beye fudefi unggire. amasi jihe de, efu de juwe minggan, gege de juwe minggan,

---

為何制止爾？若不耐久居，則可明言，若欲往蒙古地方，亦不阻止爾。」汗與貝勒親送渡河。歸來[30]之時，賜額駙男丁二千、格格男丁二千、

为何制止尔？若不耐久居，则可明言，若欲往蒙古地方，亦不阻止尔。」汗与贝勒亲送渡河。归来之时，赐额驸男丁二千、格格男丁二千、

---

30 歸來，句中「歸」，《滿文原檔》寫作“emo(u)si”，訛誤；《滿文老檔》讀作“amasi”，改正，意即「返回」。

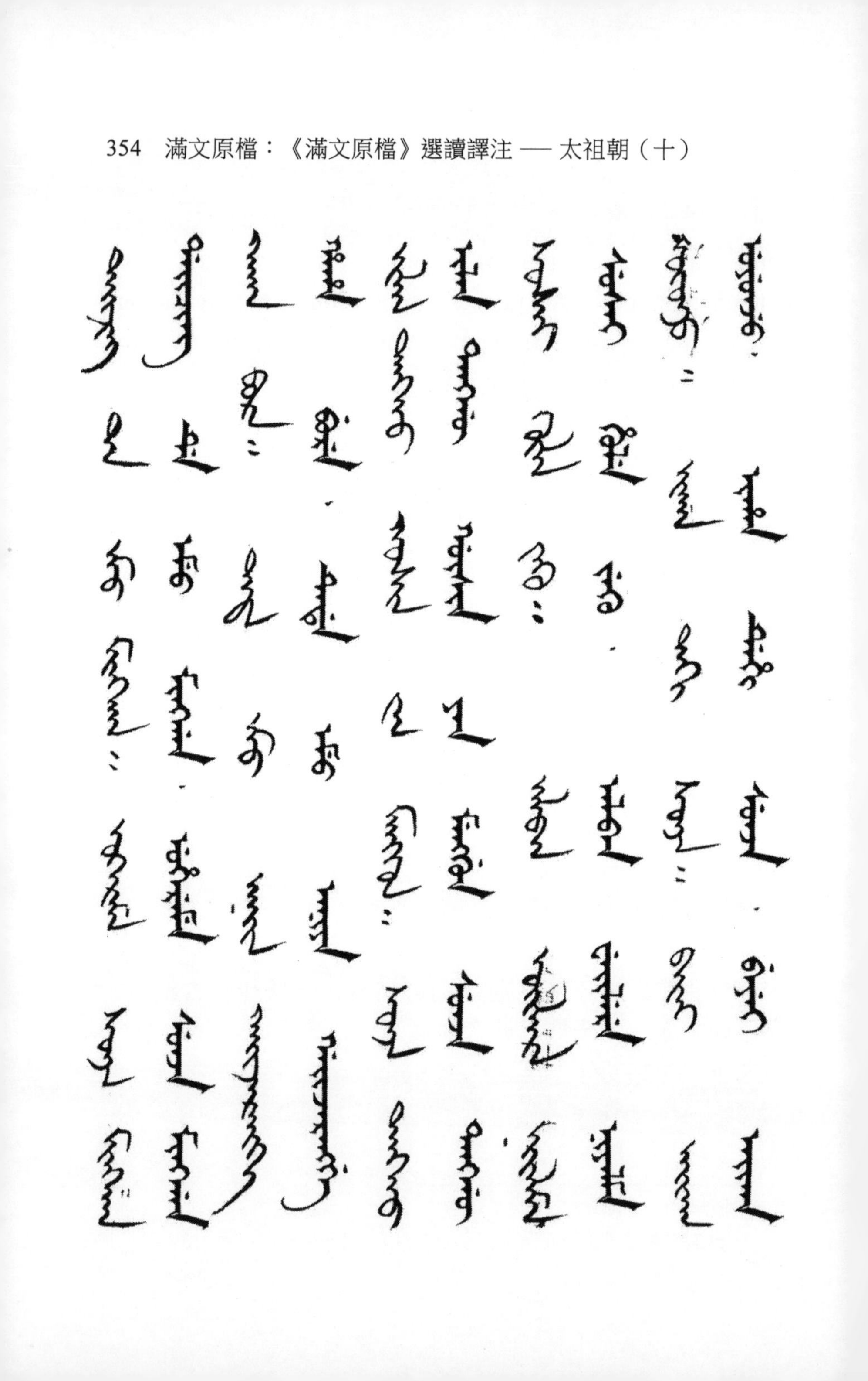

daicing de emu minggan, uhereme sunja minggan haha bure. tede emu aniya gaijarangge, ilan tanggū gūsin yan menggun, sunja tanggū susai hule jeku, alban weilere niyalma uyunju, ihan dehi sunja, beyei aika

---

戴青男丁一千，共賜男丁五千。每年取銀三百三十兩、糧五百五十石、差役九十人、牛四十五頭、

戴青男丁一千，共赐男丁五千。每年取银三百三十两、粮五百五十石、差役九十人、牛四十五头、

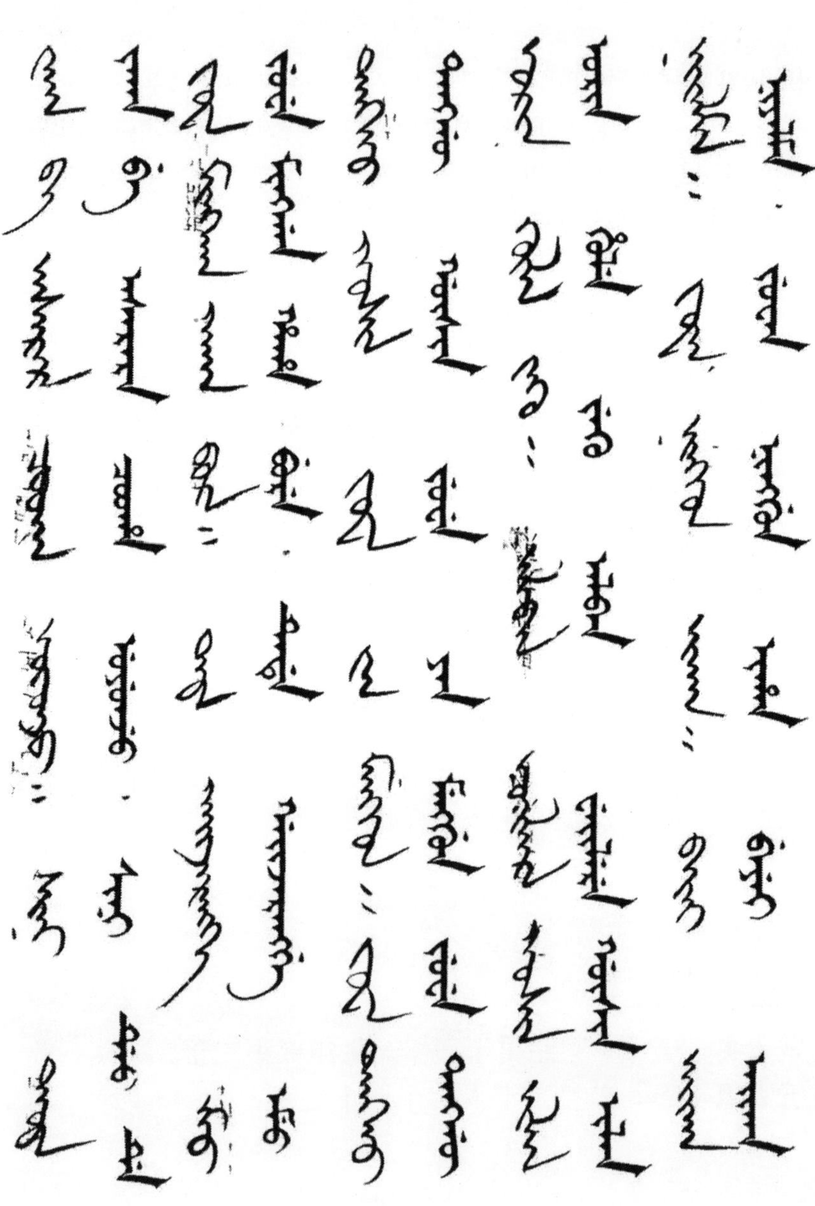

jaka be asarara cooha uyunju. sini deo de juwe minggan haha bure, tede gaijarangge, emu tanggū gūsin juwe yan menggun, juwe tanggū orin hule jeku, alban weilere gūsin ilan niyalma, juwan ninggun ihan, beyei aika

---

收藏自身諸物之兵丁九十人。賜爾弟男丁二千，取銀一百三十二兩、糧二百二十石、差役三十三人、牛十六頭、

收藏自身诸物之兵丁九十人。赐尔弟男丁二千，取银一百三十二两、粮二百二十石、差役三十三人、牛十六头、

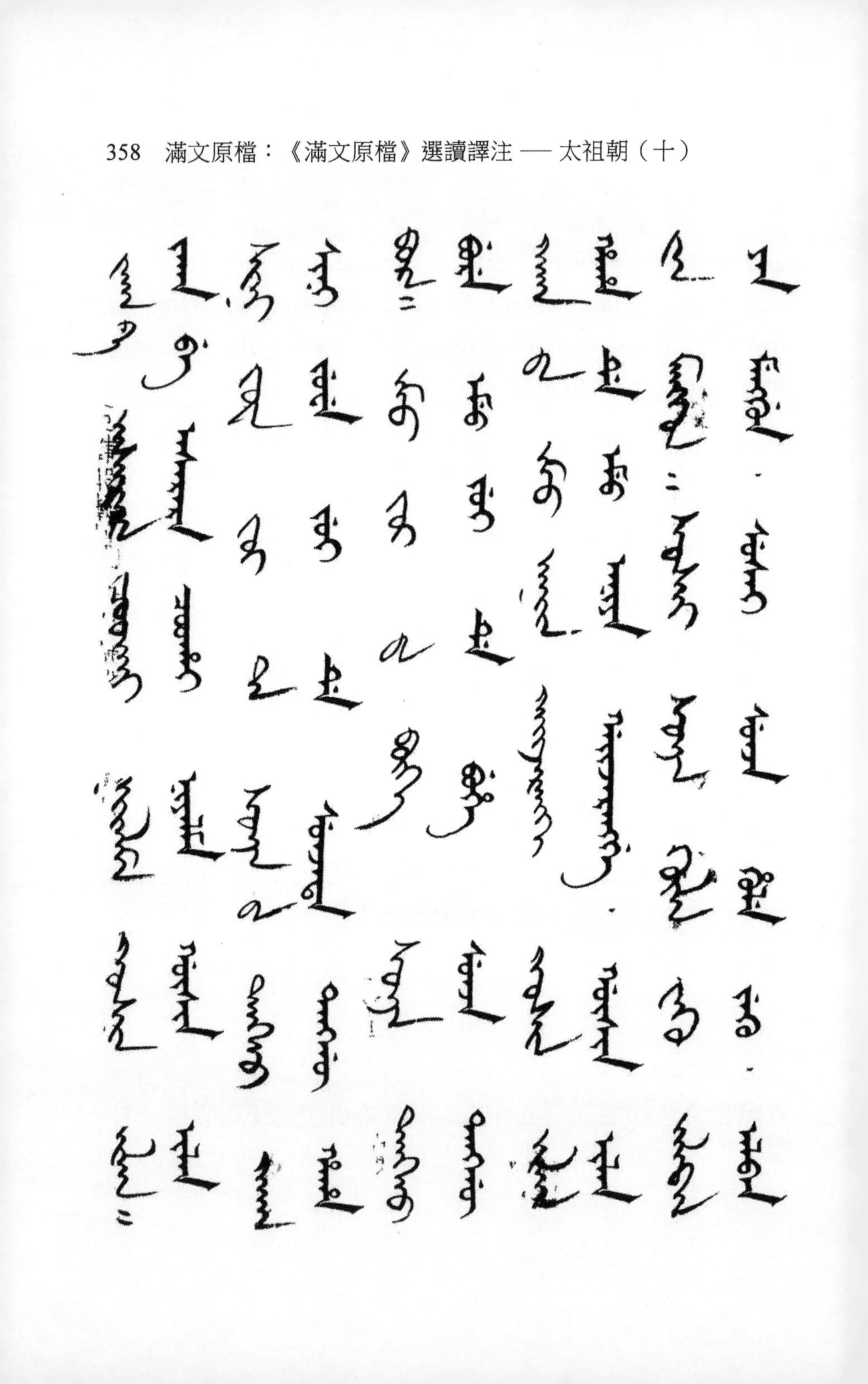

jaka be asarara coohai niyalma gūsin ilan. sini juwe jui de sunjata tanggū haha bure, emu jui de buhe sunja tanggū haha de emu aniya gaijarangge, gūsin ilan yan menggun, susai sunja hule jeku, alban

---

收藏自身諸物之兵丁三十三人。賜爾之二子各五百男丁，給一子之五百男丁，每年取銀三十三兩、糧五十五石、

收藏自身诸物之兵丁三十三人。赐尔之二子各五百男丁，给一子之五百男丁，每年取银三十三两、粮五十五石、

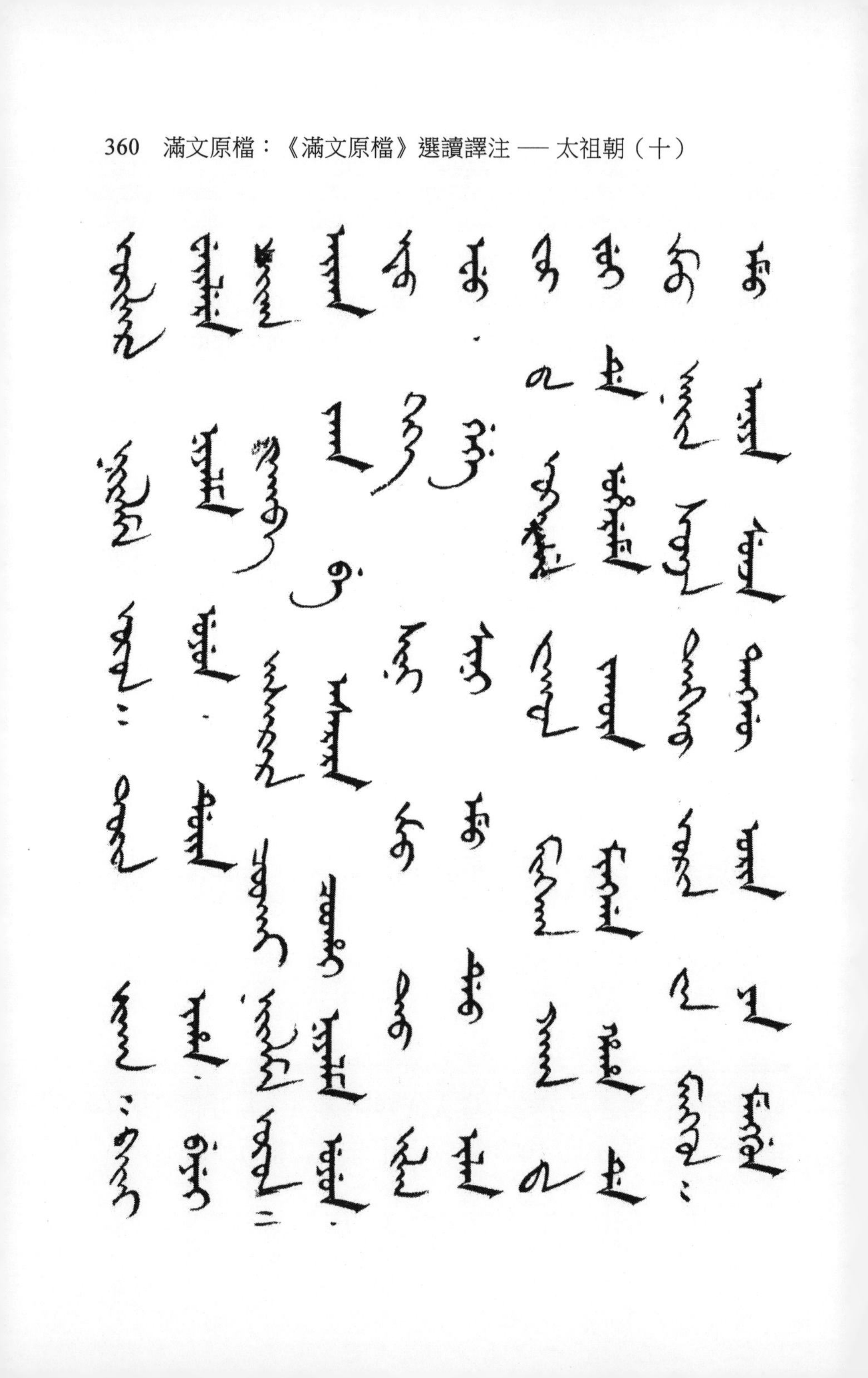

weilere niyalma uyun, duin ihan, beyei aika jaka be asarara coohai niyalma uyun. efu, gege, sini emu deo, ilan jui de, uhereme jakūn minggan haha de, emu aniya sunja tanggū orin yan menggun,

---

差役九人、牛四頭、收藏自身諸物之兵丁九人。賜額駙、格格及爾一弟、三子，共男丁八千，每年取銀五百二十兩、

差役九人、牛四头、收藏自身诸物之兵丁九人。赐额驸、格格及尔一弟、三子，共男丁八千，每年取银五百二十两、

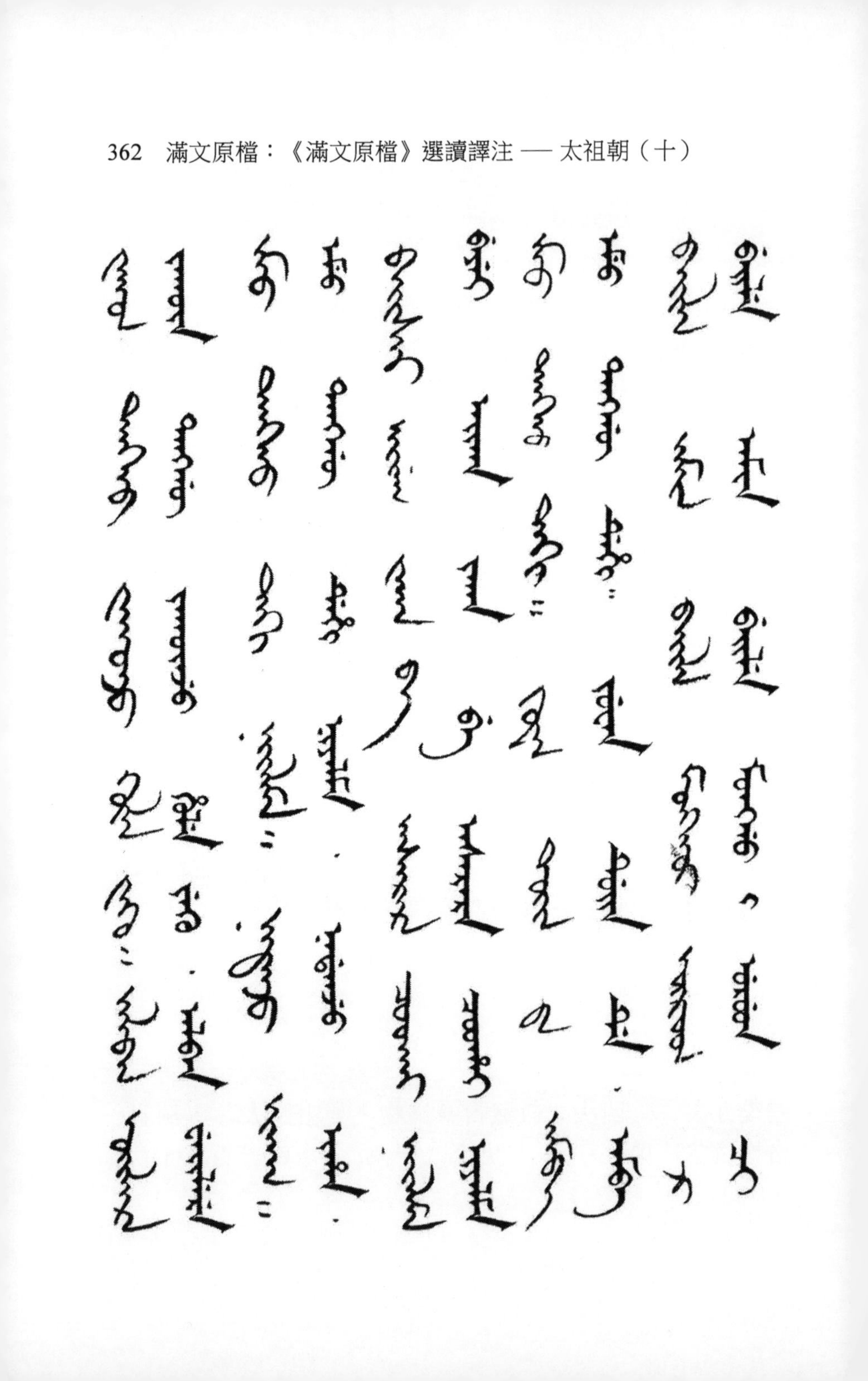

jakūn tanggū jakūnju hule jeku, alban weilere emu tanggū dehi niyalma, nadanju ihan, beyei aika jaka be asarara coohai niyalma emu tanggū dehi. juwan duin de, amba beile, amin beile, monggo i urut ci

---

糧八百八十石、差役一百四十人、牛七十頭、收藏自身諸物之兵丁一百四十人。十四日，大貝勒、阿敏貝勒率自蒙古兀魯特前來

粮八百八十石、差役一百四十人、牛七十头、收藏自身诸物之兵丁一百四十人。十四日，大贝勒、阿敏贝勒率自蒙古兀鲁特前来

十九、貝勒近侍

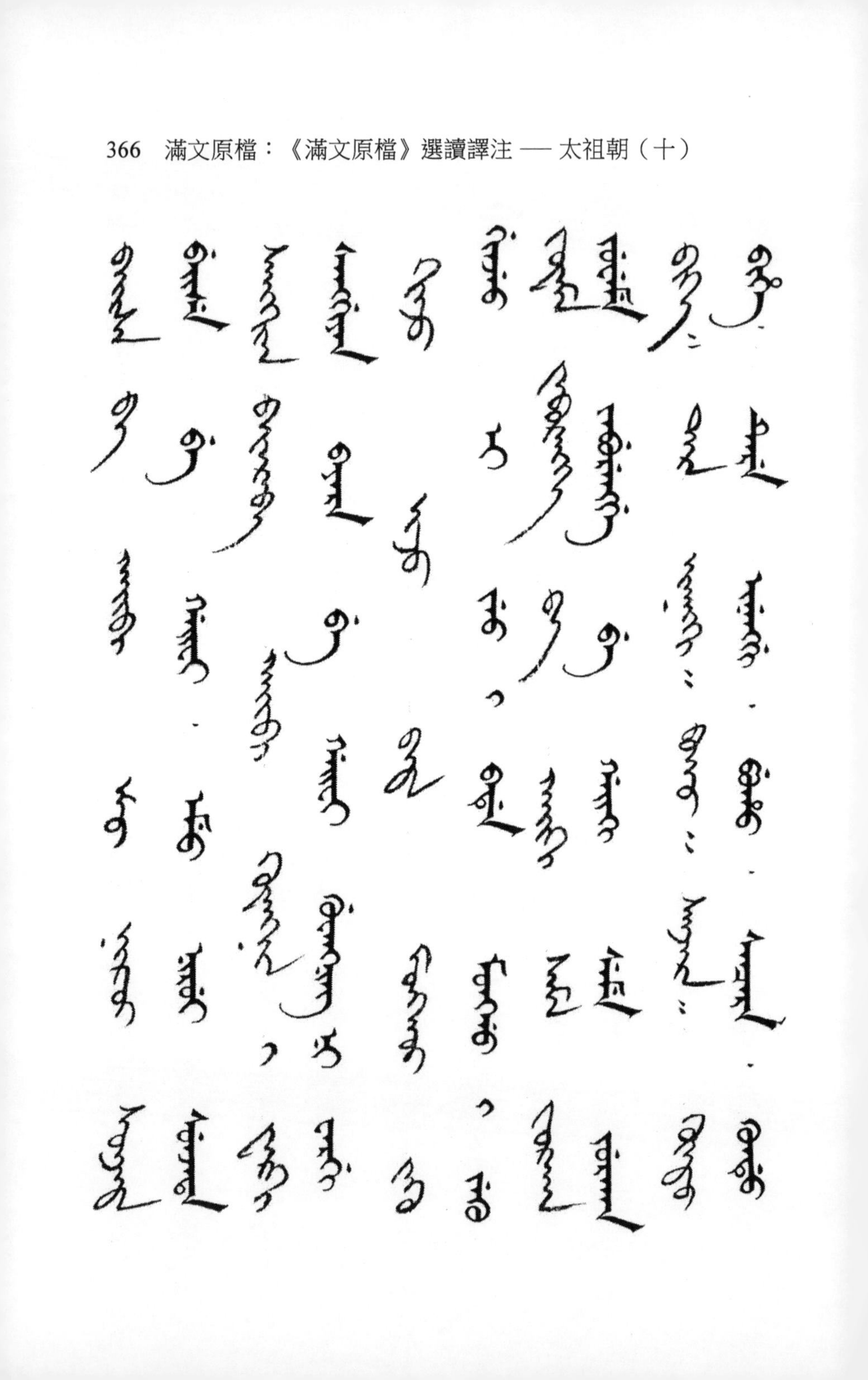

beise be gaifi, emu nirui sunjata šanggiyan bayara be gaifi, guwangning ni wargi ginjeo, i jeo i bade, monggo i jeku juweme yaburengge be gaiki seme juraka bihe. tere inenggi, puho, sancara, kundu

---

諸貝勒及每牛彔白巴牙喇各五人，啟程前往廣寧迤西之錦州、義州地方抓捕為蒙古運糧之人。是日，有人來告：因新遷往蒲河、三岔兒、

诸贝勒及每牛录白巴牙喇各五人，启程前往广宁迤西之锦州、义州地方抓捕为蒙古运粮之人。是日，有人来告：因新迁往蒲河、三岔儿、

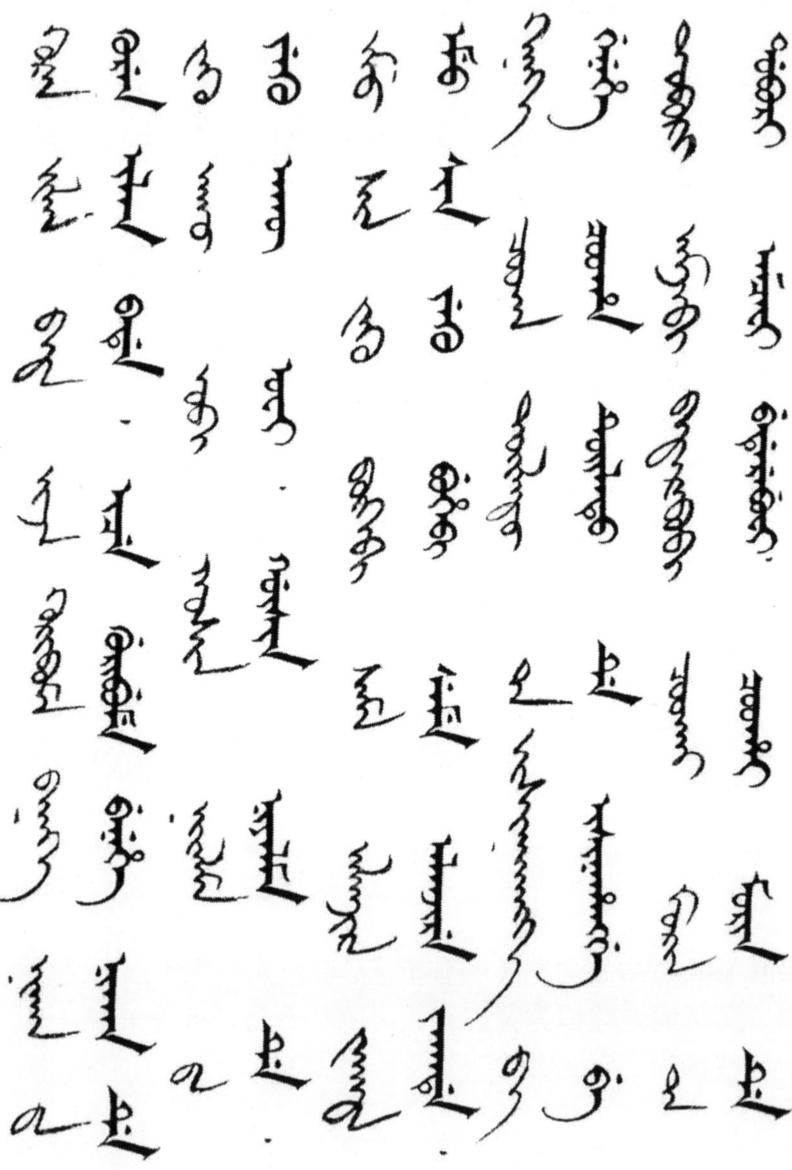

kuren ilan bade, ice guribume benehe nikan de jeku akū ofi, gūsin niyalma de, emu sin jeku buhebi seme alanjire jakade, genehe cooha tuilatu de isinahangge be dobori amcafi bederebufi, coohai morin de

---

昆都庫倫三處之漢人無糧，已每三十人給糧一斗等語。遂命星夜追回已至推拉圖之兵，

昆都库伦三处之汉人无粮，已每三十人给粮一斗等语。遂命星夜追回已至推拉图之兵，

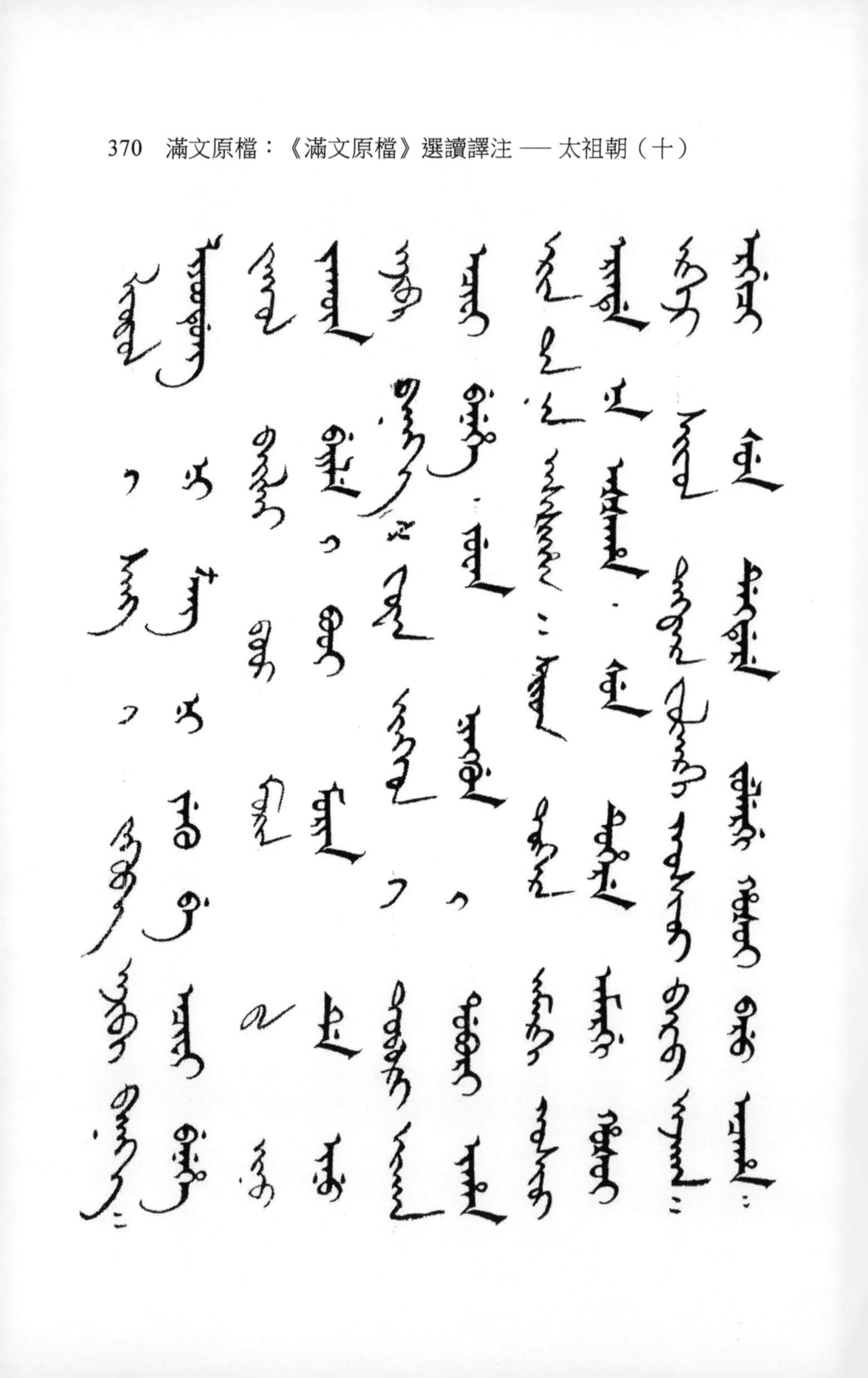

liyoodung ni ts'ang ni jeku be acifi benehe, jakūn beile i booi morin de inu acifi benehe. juwan ninggun i dobori ihan erinde na aššaha, šun tuhere amargi hošoi ergici, šun dekdere julergi hošoi baru acaha.

以軍馬馱載遼東倉糧送去，八貝勒家之馬亦馱送之。十六日夜丑時，地震。自西北隅[31]向東南隅。

以军马驮载辽东仓粮送去，八贝勒家之马亦驮送之。十六日夜丑时，地震。自西北隅向东南隅。

---

[31] 西北隅，句中「隅」，《滿文原檔》寫作"kosio"，《滿文老檔》讀作"hošo"。滿文 hošo 係蒙文"qosiɣu"音譯詞，意即「角落」。

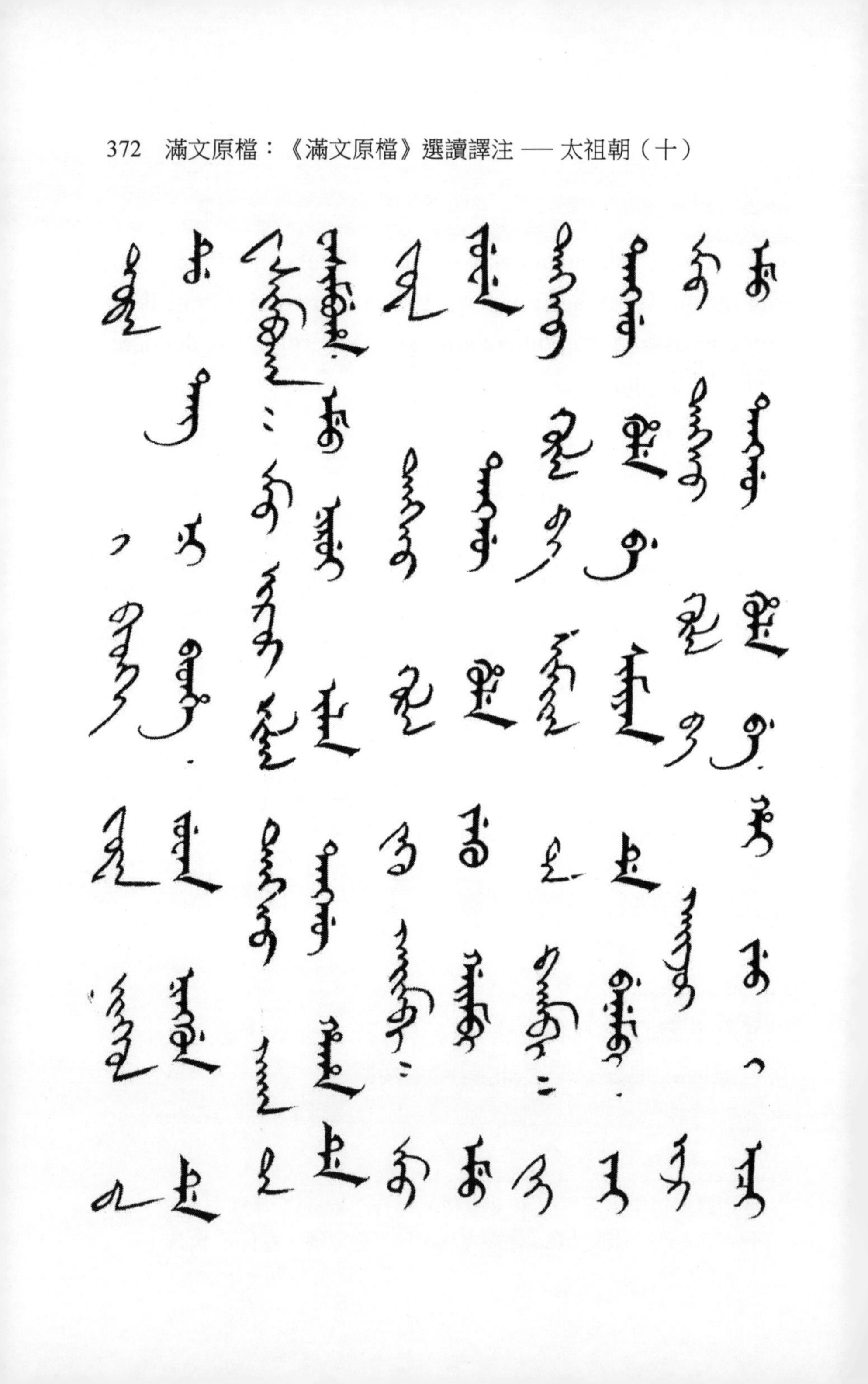

du tang ni bithe, juwan ninggun de wasimbuha, emu nirui ilan tanggū haha de, juwe tanggū hule jeku gaimbi, emu tanggū hule be simiyan de benembi, jai emu tanggū hule be, hai jeo i ici

---

十六日，都堂諭云：「每牛彔男丁三百人，徵糧二百石，一百石送往瀋陽，另一百石，

十六日，都堂谕云：「每牛彔男丁三百人，征粮二百石，一百石送往沈阳，另一百石，

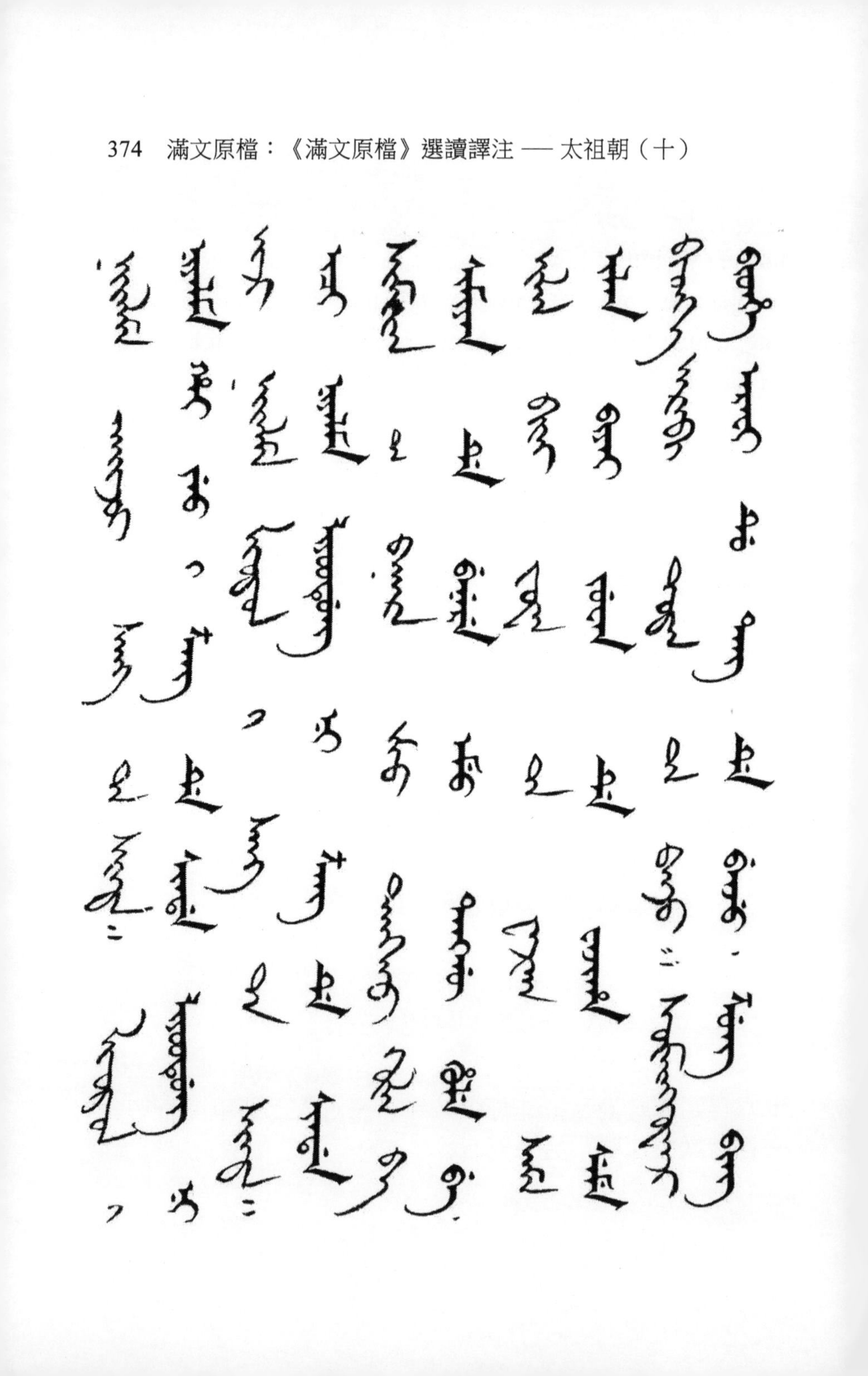

niyalma, hai jeo i ts'ang de sinda. liyoodung ni ici niyalma, liyoodung ni ts'ang de sinda. simiyan de benere emu tanggū hule be, ilan biyai juwan de wajiha seme bithe arafi, du tang de benju. dzung bing

---

如屬海州方向之人，即存放海州倉。如屬遼東方向之人，即存遼東倉。運送瀋陽之糧一百石，限於三月初十日辦理完竣，具文送交都堂。

如属海州方向之人，即存放海州仓。如属辽东方向之人，即存辽东仓。运送沈阳之粮一百石，限于三月初十日办理完竣，具文送交都堂。

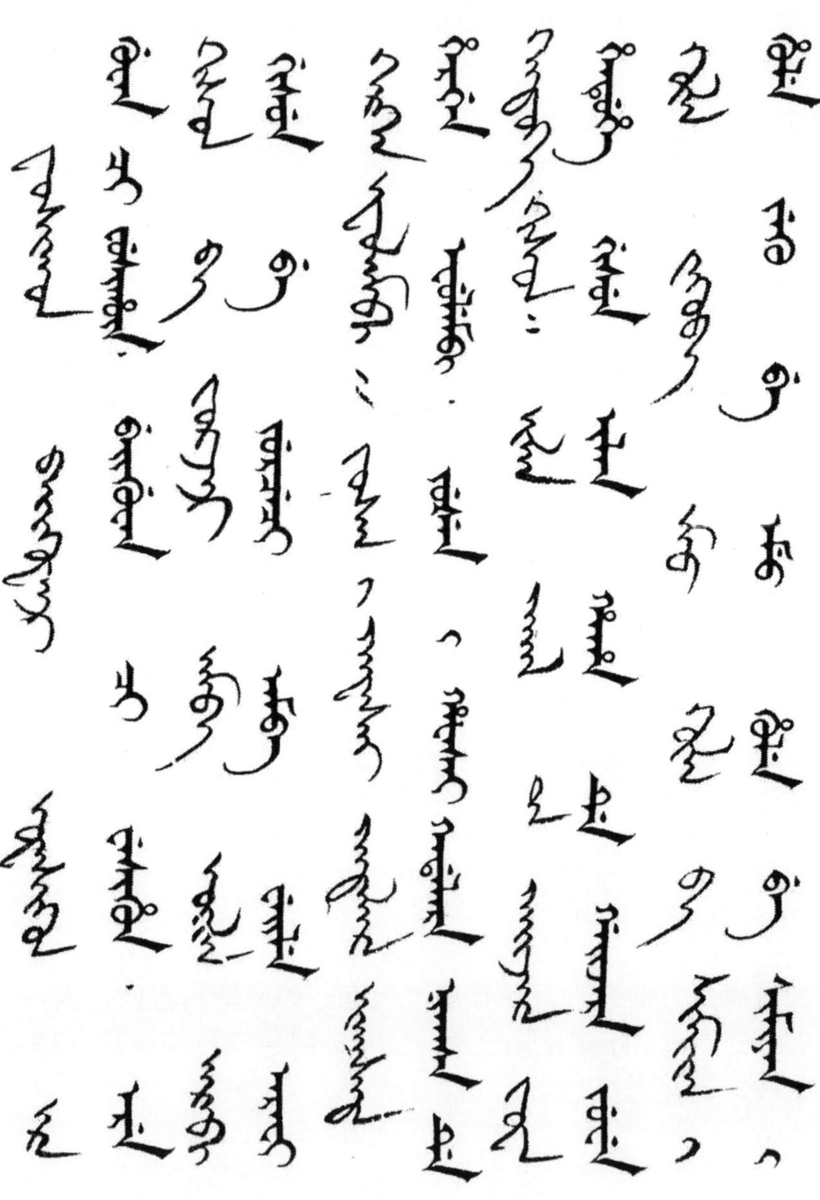

guwan ci fusihūn, beiguwan ci wesihun, ere gisun be jurceci, amba weile arafi hergen efulembi. jušen i hafasai kadalara nikasa de henduhe gisun, ilan haha de gaijara juwe hule jeku be, emu hule be simiyan i

---

自總兵官以下，備禦官以上，如違此諭，即治以重罪，並革其職。著曉諭諸申官所管之漢人等，每三男丁徵糧二石，一石送往瀋陽倉，

自总兵官以下，备御官以上，如违此谕，即治以重罪，并革其职。着晓谕诸申官所管之汉人等，每三男丁征粮二石，一石送往沈阳仓，

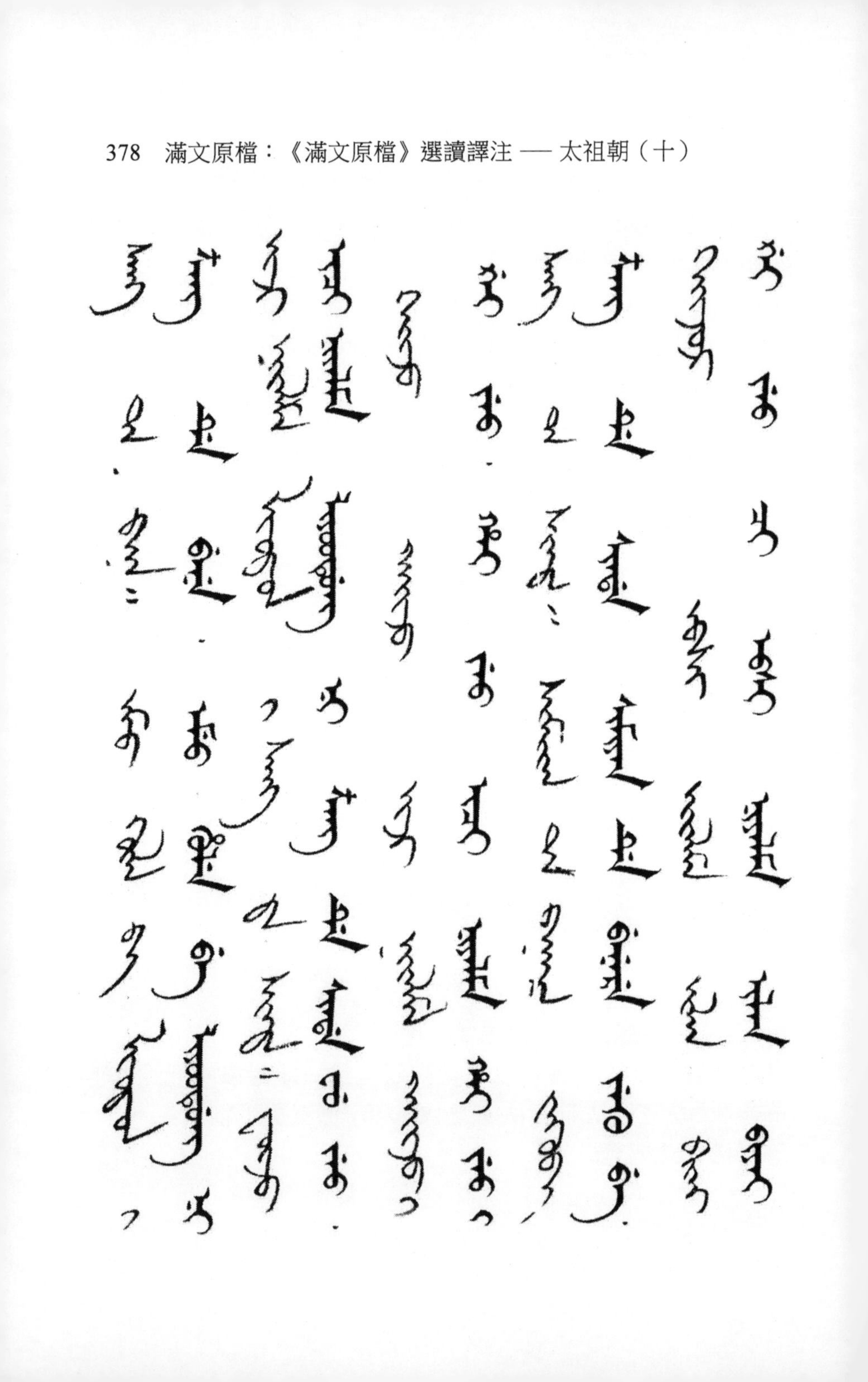

ts'ang de bene, emu hule be liyoodung ni ici niyalma liyoodung ni ts'ang de sinda. fu jeo, g'ai jeo, hai jeo ici niyalma, hai jeo i ts'ang de sinda. simiyan de benere jeku be, g'ai jeo ci ebsi niyalma, ilan biyai

---

另一石，如屬遼東方向之人，即存放遼東倉。如屬復州、蓋州、海州方向之人，即存放海州倉。送往瀋陽之糧，令蓋州以內之人，

另一石，如属辽东方向之人，即存放辽东仓。如属复州、盖州、海州方向之人，即存放海州仓。送往沈阳之粮，令盖州以内之人，

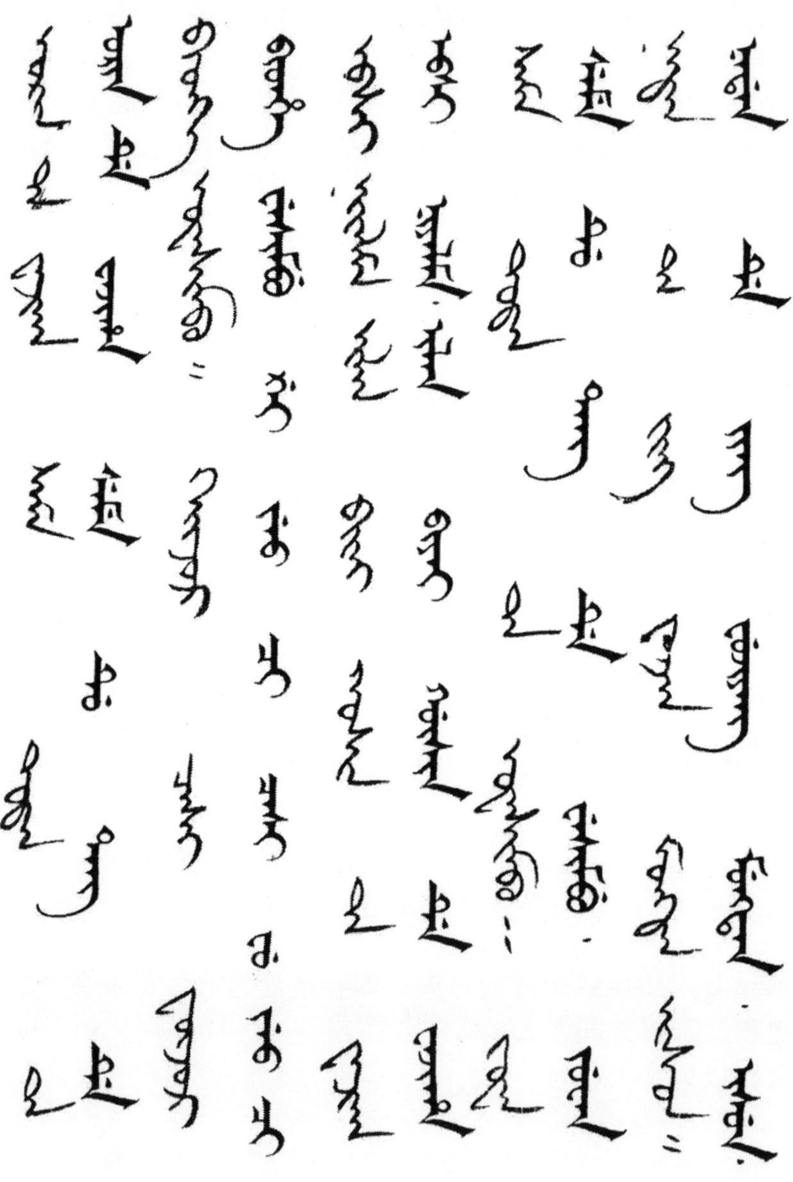

orin de wajiha seme, du tang de bithe wesimbu. g'ai jeo ci casi, fu jeo ci ebsi niyalma, ilan biyai gūsin de wajiha seme, du tang de wesimbu. juwan nadan de, jing fujiyang mungtan, isun,

---

限三月二十日辦理完竣，具文奏報都堂。蓋州以外，復州以內之人，限三月三十日辦理完竣，奏報都堂。」十七日，正副將孟坦、伊蓀，

限三月二十日办理完竣，具文奏报都堂。盖州以外，复州以内之人，限三月三十日办理完竣，奏报都堂。」十七日，正副将孟坦、伊荪，

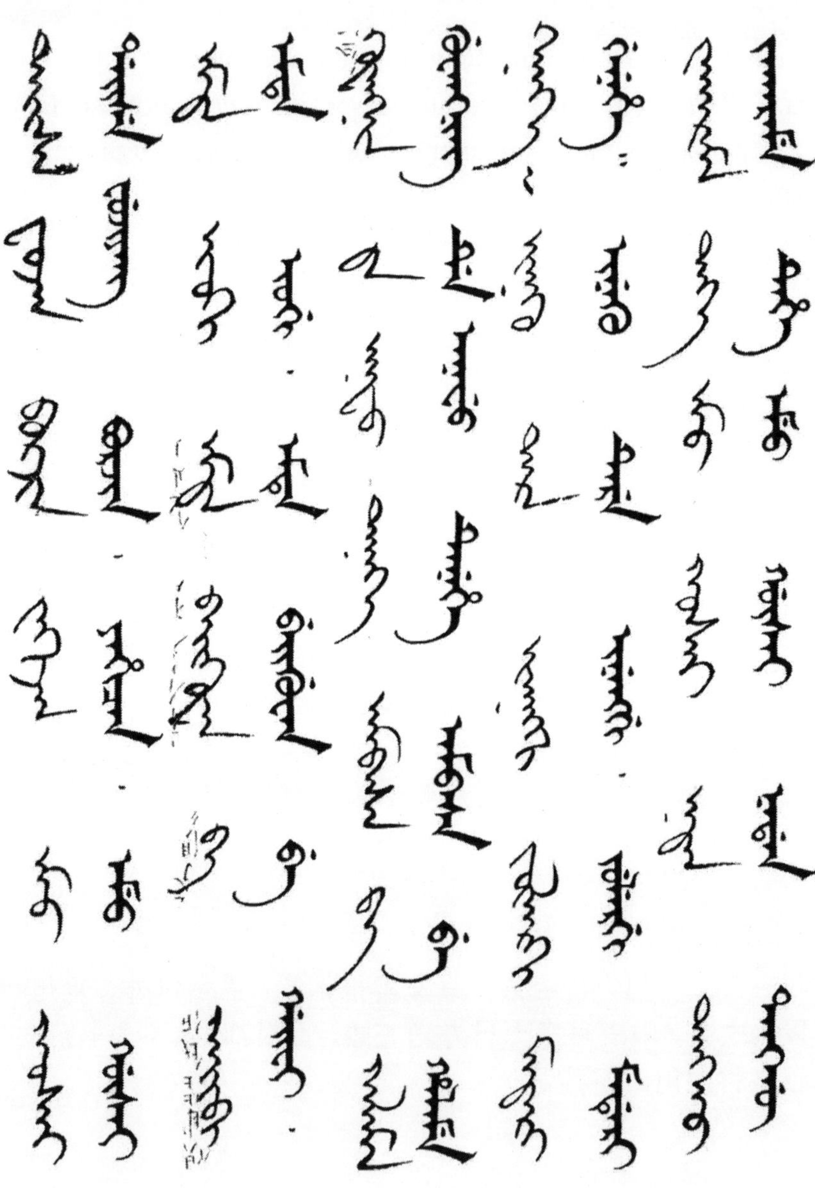

daise fujiyang borjin, yahican, emu gūsai emte iogi, emte beiguwan be gaifi, guwangning de anafu tenehe ambasa be halame genehe. ineku tere inenggi, julergi mederi jakarame tehe emu gūsai nadan tanggū

代理副將博爾晉、雅希禪率每旗遊擊各一人、備禦官各一人，往換戍守廣寧之大臣等。是日，遣每旗各二人傳諭曰：「著駐守南海沿岸之一旗七百兵，

代理副将博尔晋、雅希禅率每旗游击各一人、备御官各一人，往换戍守广宁之大臣等。是日，遣每旗各二人传谕曰：「着驻守南海沿岸之一旗七百兵，

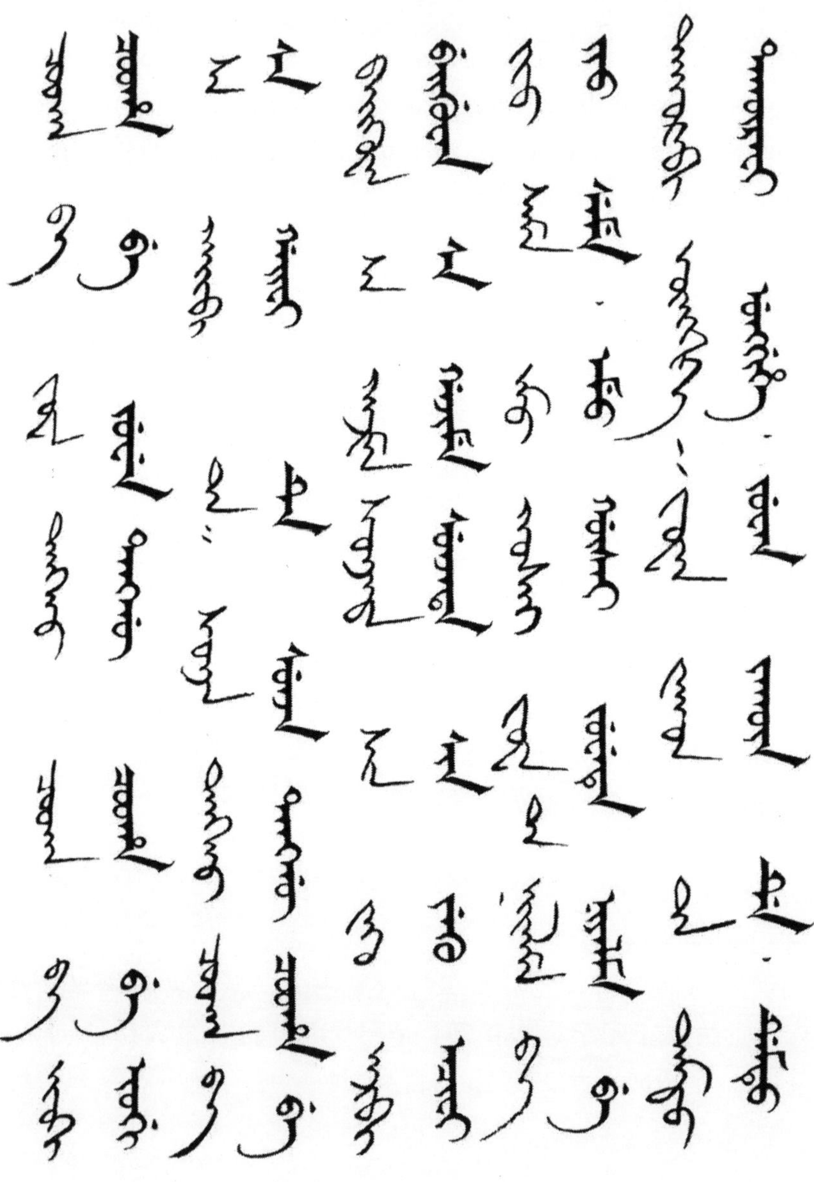

cooha be, juwe tanggū cooha be iogi sa gaifi te. sunja tanggū cooha be beiguwan sa gajime, sunjata sin jeku acifi jio seme, emu gūsai juwete niyalma be takūrafi unggihe. juwan jakūn de, demtu,

---

由遊擊等率二百兵駐守，其餘五百兵由備禦官等率領駄糧各五斗前來。」十八日，德穆圖

由游击等率二百兵驻守，其余五百兵由备御官等率领驮粮各五斗前来。」十八日，德穆图

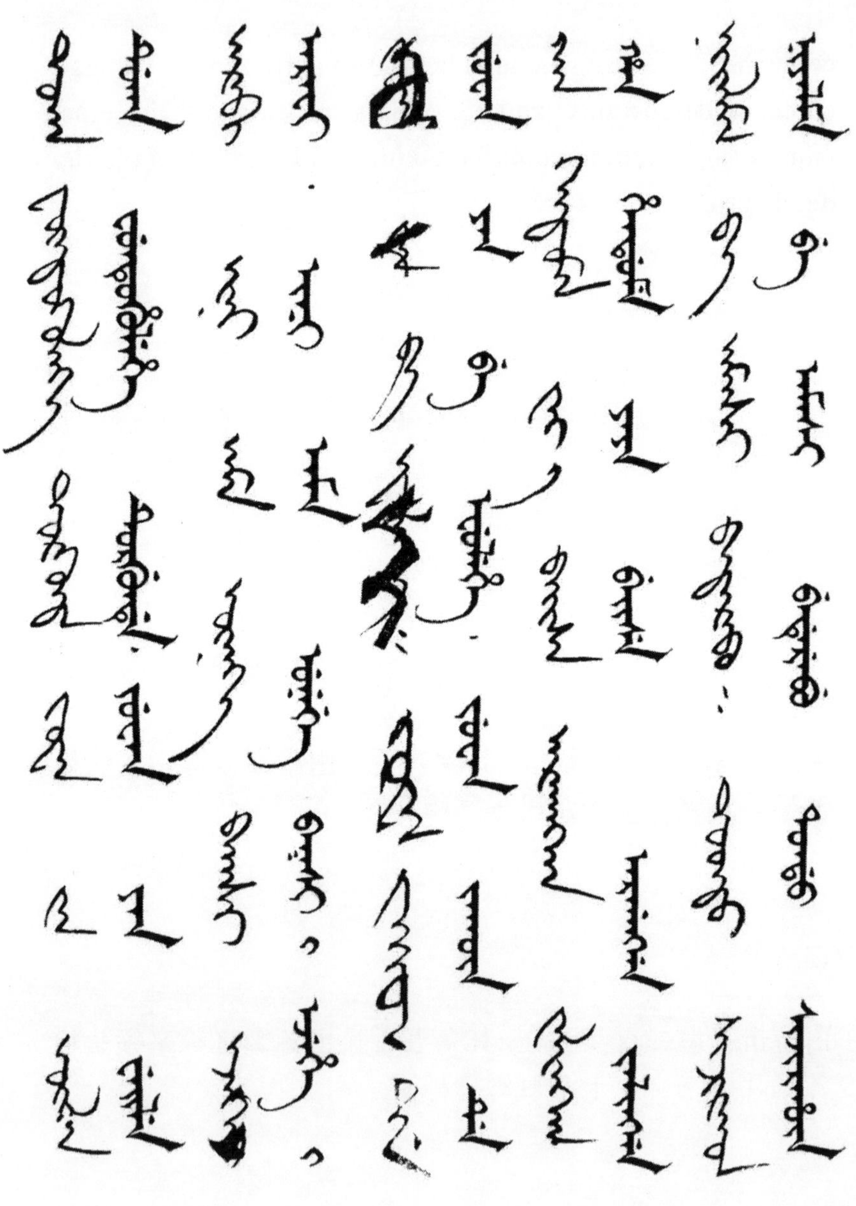

duka funtuhulehe turgunde, juwan yan weile arafi, ini ama unege baksi i ejehe i juwan yan be efulehe. juwan jakūn de, han hendume, yaya beise, argangga jalingga niyalma be amasi bederebu, tondo sijirhūn

---

因曠誤門班罰銀十兩，以抵銷其父烏訥格巴克什記功銀十兩。十八日，汗曰：「凡諸貝勒務黜退奸佞之人，接近忠直之人。

因旷误门班罚银十两，以抵销其父乌讷格巴克什记功银十两。十八日，汗曰：「凡诸贝勒务黜退奸佞之人，接近忠直之人。

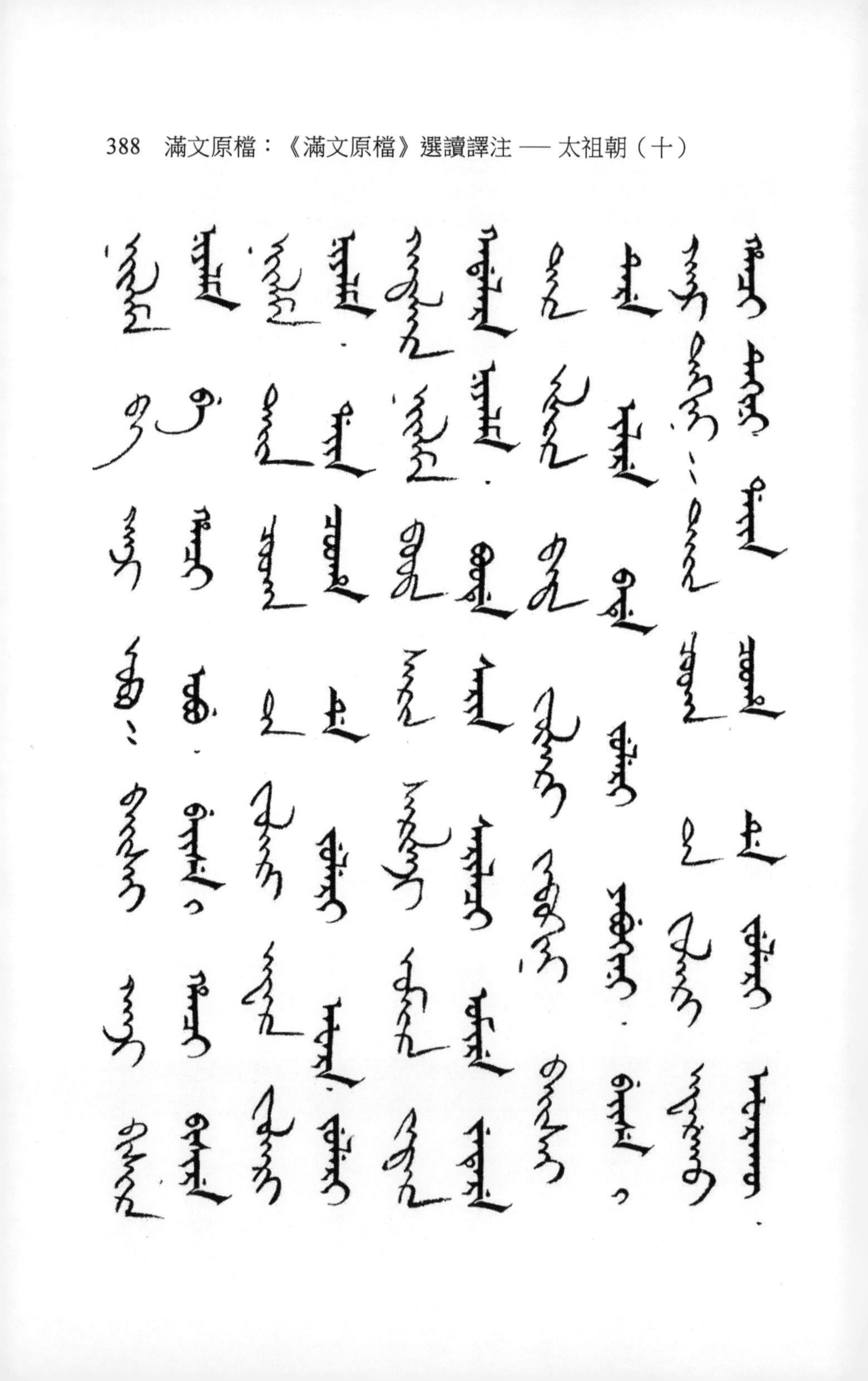

niyalma be hanci obu. beise i hanci bisire niyalma, dain cooha de juleri afara, juleri kadalara niyalma, boode sarin sarilaci, omire jetere tere ilire bade juleri yabukini, beise i hanci tekini. dain cooha de juleri afarakū,

---

近諸貝勒之人，惟有遇敵兵在前攻戰，在前管理之人，方可於家宴及飲食起居之處行走於前，使其近貝勒而居之。至於遇敵兵不能在前攻戰，

近诸贝勒之人，惟有遇敌兵在前攻战，在前管理之人，方可于家宴及饮食起居之处行走于前，使其近贝勒而居之。至于遇敌兵不能在前攻战，

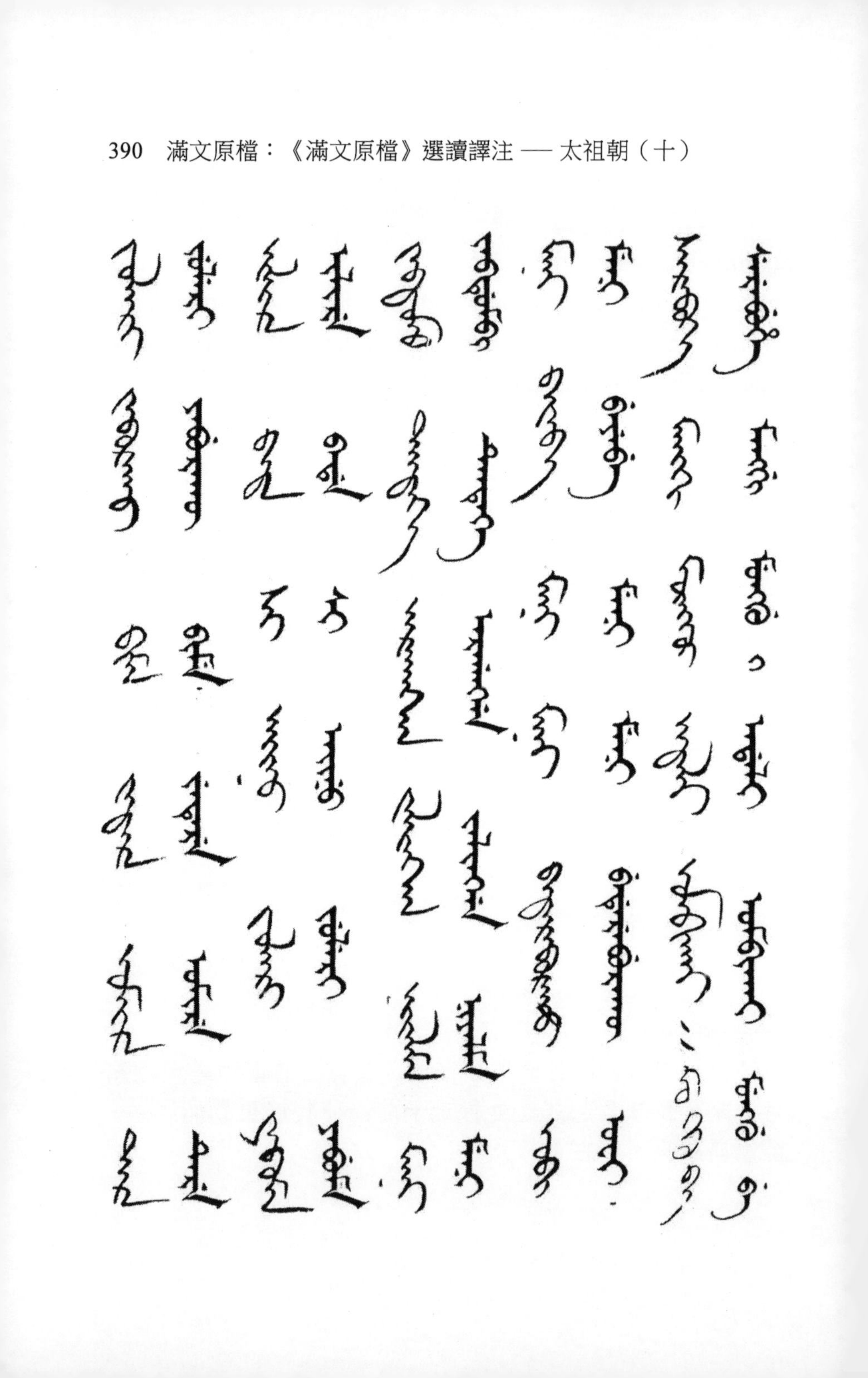

juleri yaburakū bime, jetere omire tere ilire bade, si ainu juleri yabume jabdumbi. tenteke argangga jalingga niyalma, meni meni beyebe meni meni bedereburakū ofi, serebuhe manggi, munggu i adali ombikai. (munggu be

---

不能行於前者，焉能於飲食起居之處，爾為何望其行走於前耶？似此奸佞之人，若不一一黜退，發覺後即與孟古同樣處置。」（孟古

不能行于前者，焉能于饮食起居之处，尔为何望其行走于前耶？似此奸佞之人，若不一一黜退，发觉后即与孟古同样处置。」（孟古

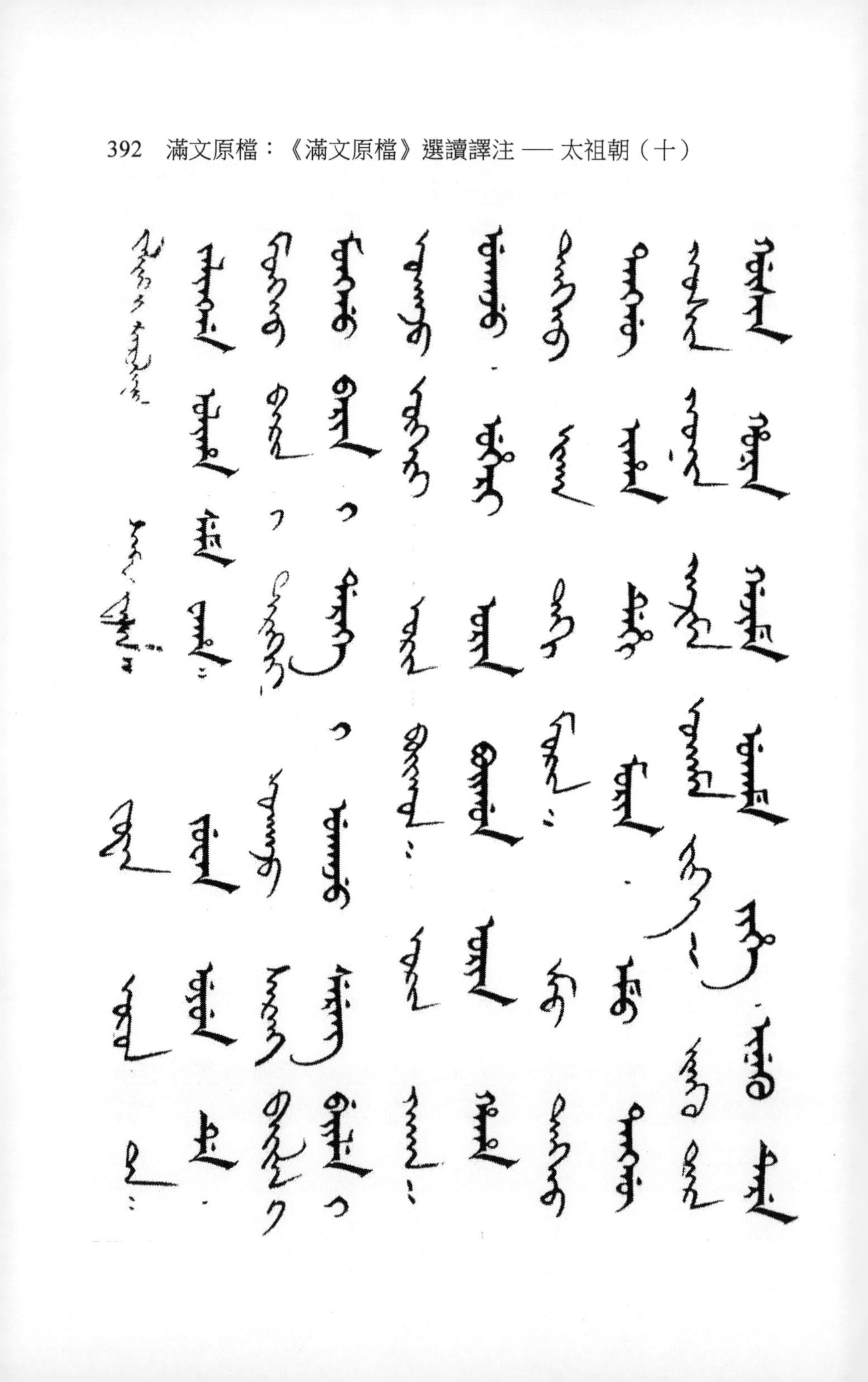

jalingga oliha seme waha.) juwan uyun de, monggo barin i darake i ukanju, sereng beile i ukanju, uheri orin boigon, orin haha, tanggū ihan, dehi morin, emu tanggū gūsin honin gajime ukame jihe. ineku tere

---

因奸佞怯懦而殺之。)十九日，蒙古巴林部達喇克之逃人、色楞貝勒之逃人，共二十戶，男丁二十人，攜牛一百頭、馬四十匹、羊一百三十隻逃來。是日，

因奸佞怯懦而杀之。)十九日，蒙古巴林部达喇克之逃人、色楞贝勒之逃人，共二十户，男丁二十人，携牛一百头、马四十匹、羊一百三十只逃来。是日，

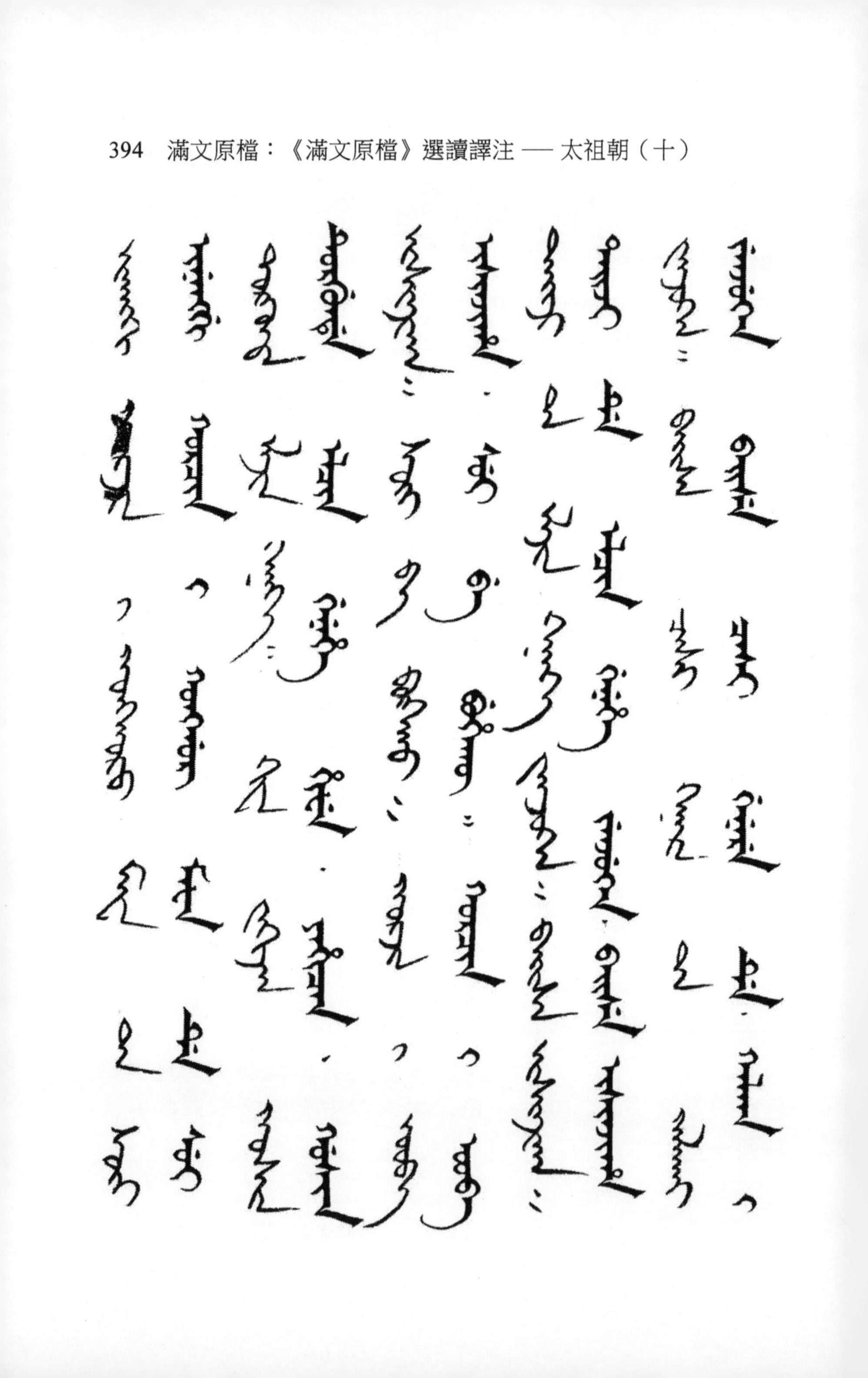

inenggi, korcin i konggor mafa de, sui turgunde elcin genehe hife, yahican, gosin isinjiha, sui be buhekū. korcin i ooba taiji de elcin genehe jenjuken, baise isinjiha. jenjuken, baise casi genere de, kalka i

---

為聘女事出使科爾沁孔果爾老人處之希福、雅希禪、郭忻返回，女未許嫁。遣往科爾沁奧巴台吉處之使者真珠肯、拜色返回。真珠肯、拜色前往彼處時，

为聘女事出使科尔沁孔果尔老人处之希福、雅希禪、郭忻返回，女未许嫁。遣往科尔沁奥巴台吉处之使者真珠肯、拜色返回。真珠肯、拜色前往彼处时，

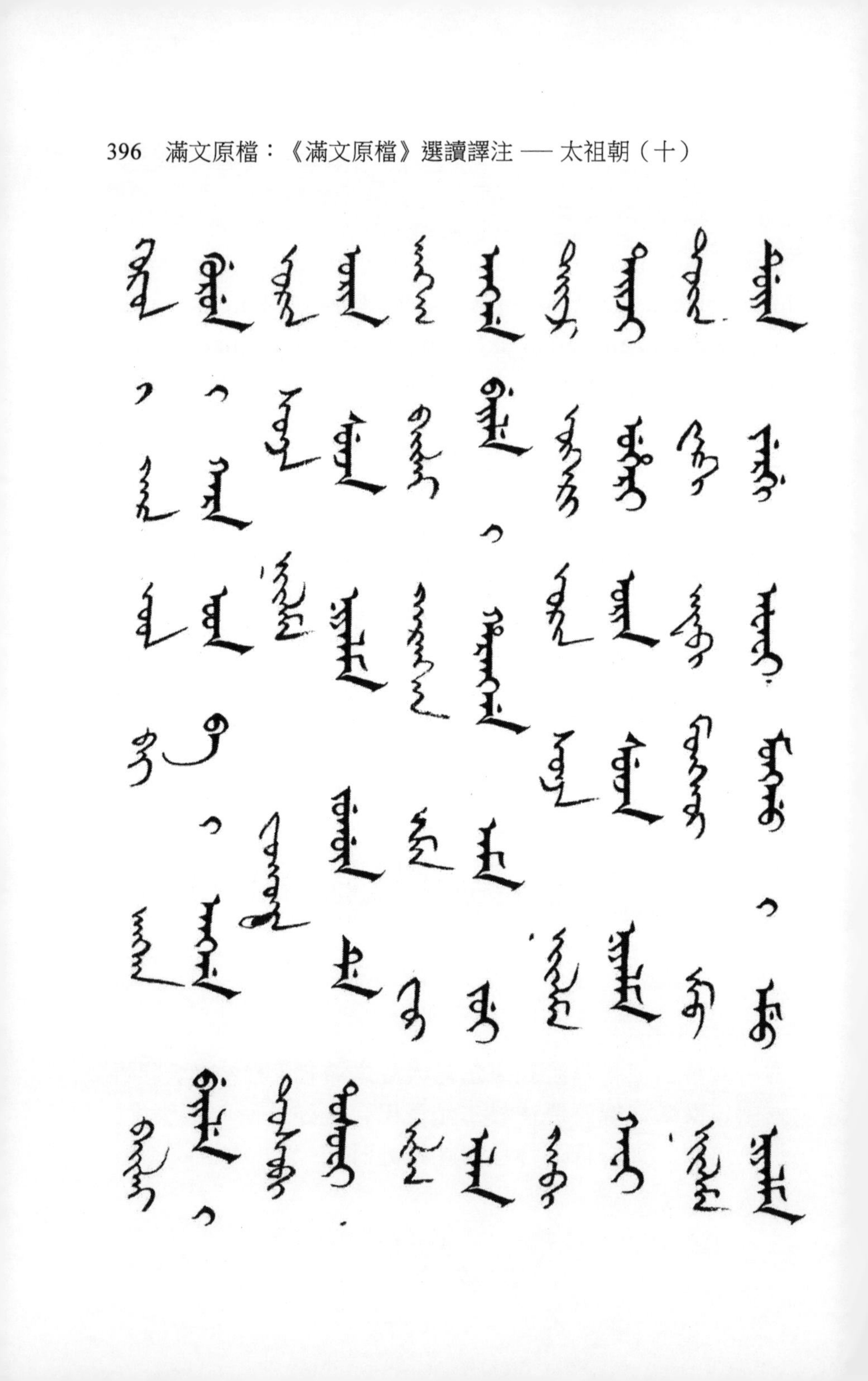

gurun i kara ot ba i angga beile i orin sunja niyalma jugūn de tosofi, angga beile i harangga ama jui ilan taiji, uheri orin sunja niyalma kafi, duin jergi afafi, monggo i emu niyalma

---

遭喀爾喀國喀喇窩特地方之昂阿貝勒之二十五人截路。昂阿貝勒所屬父子三台吉共二十五人圍阻，接戰四次，蒙古一人被殺。

遭喀尔喀国喀喇窝特地方之昂阿贝勒之二十五人截路。昂阿贝勒所属父子三台吉共二十五人围阻，接战四次，蒙古一人被杀。

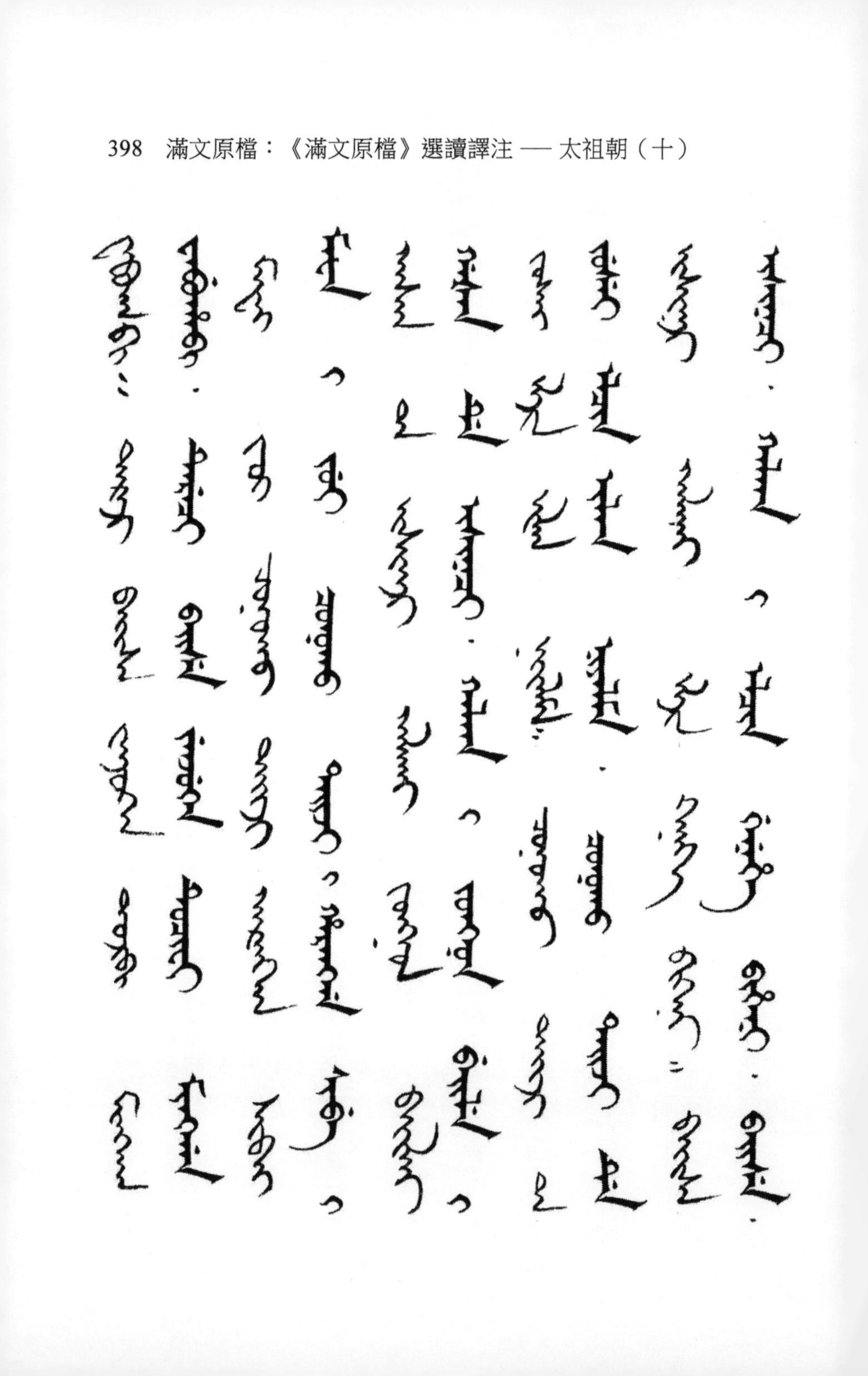

wabuhabi. tereci baise, jenjuken tucifi, minggan mafa i jui conoko taiji i harangga sibe i gašan de isinaci, kalka i jongnon beile i jusei elcin ilan niyalma, conoko taiji de isinaci, kalka i elcin genehe biheni, baise,

---

拜色、真珠肯脫出。至明安老人之子綽諾闊台吉所屬之錫伯屯時，喀爾喀鍾嫩貝勒諸子之使者三人至綽諾闊台吉處。喀爾喀之使者返回時，

拜色、真珠肯脱出。至明安老人之子绰诺阔台吉所属之锡伯屯时，喀尔喀钟嫩贝勒诸子之使者三人至绰诺阔台吉处。喀尔喀之使者返回时，

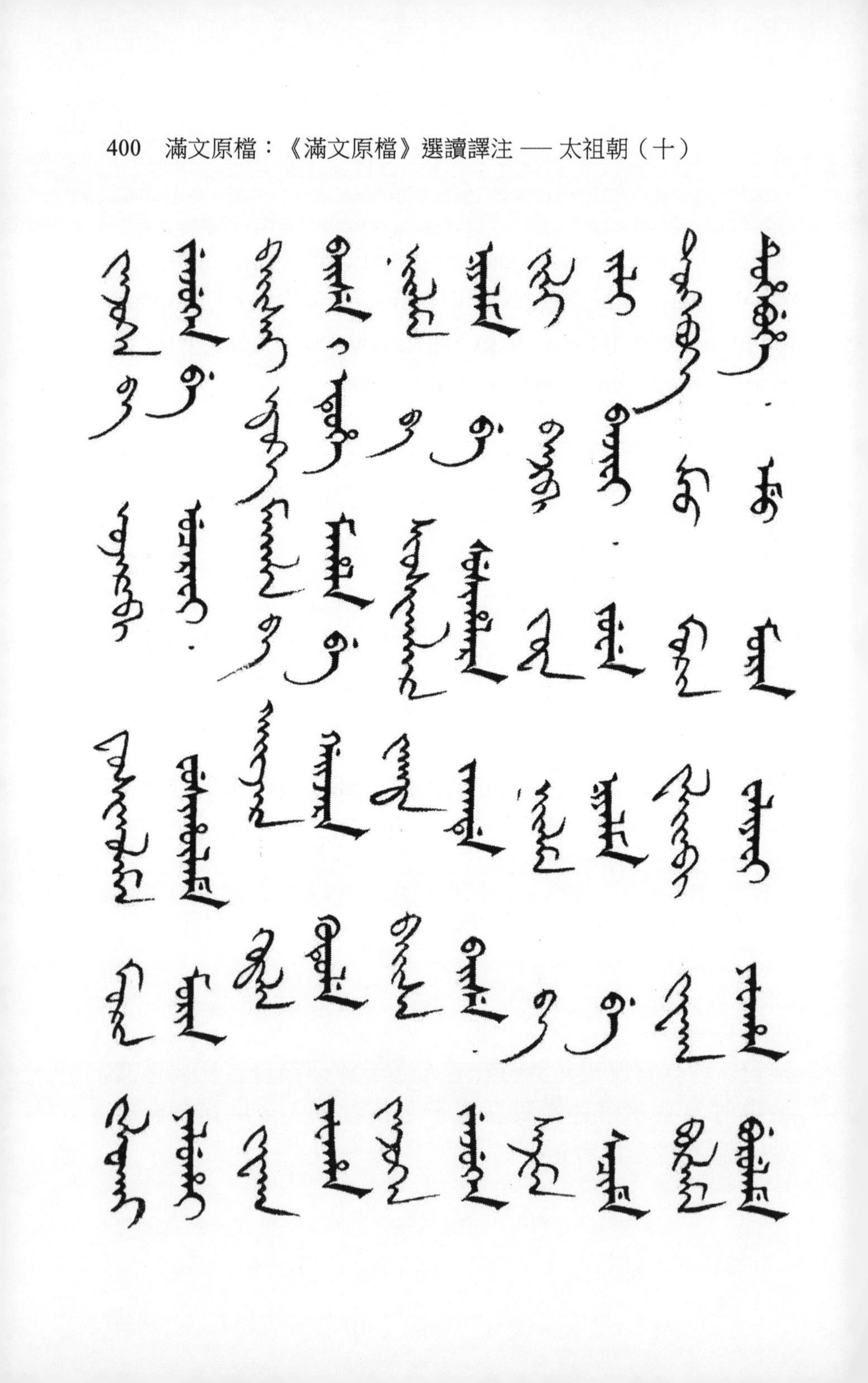

jenjuken be ucarafi, fusihūlame morin yaluhai baise i etuhe mahala be gaijara, kutule yafahan niyalma be šusihalara jakade, baise, jenjuken jili banjifi, juwe niyalma be sacime tuhebuhe, emu morin waliyafi yafahan burulame

---

與拜色、真珠肯相遇，甚是輕蔑，乘馬摘取拜色所戴之帽，並鞭打其步行跟役。因此，拜色、真珠肯發怒，砍落二人，一人棄馬逃竄，

与拜色、真珠肯相遇，甚是轻蔑，乘马摘取拜色所戴之帽，并鞭打其步行跟役。因此，拜色、真珠肯发怒，砍落二人，一人弃马逃窜，

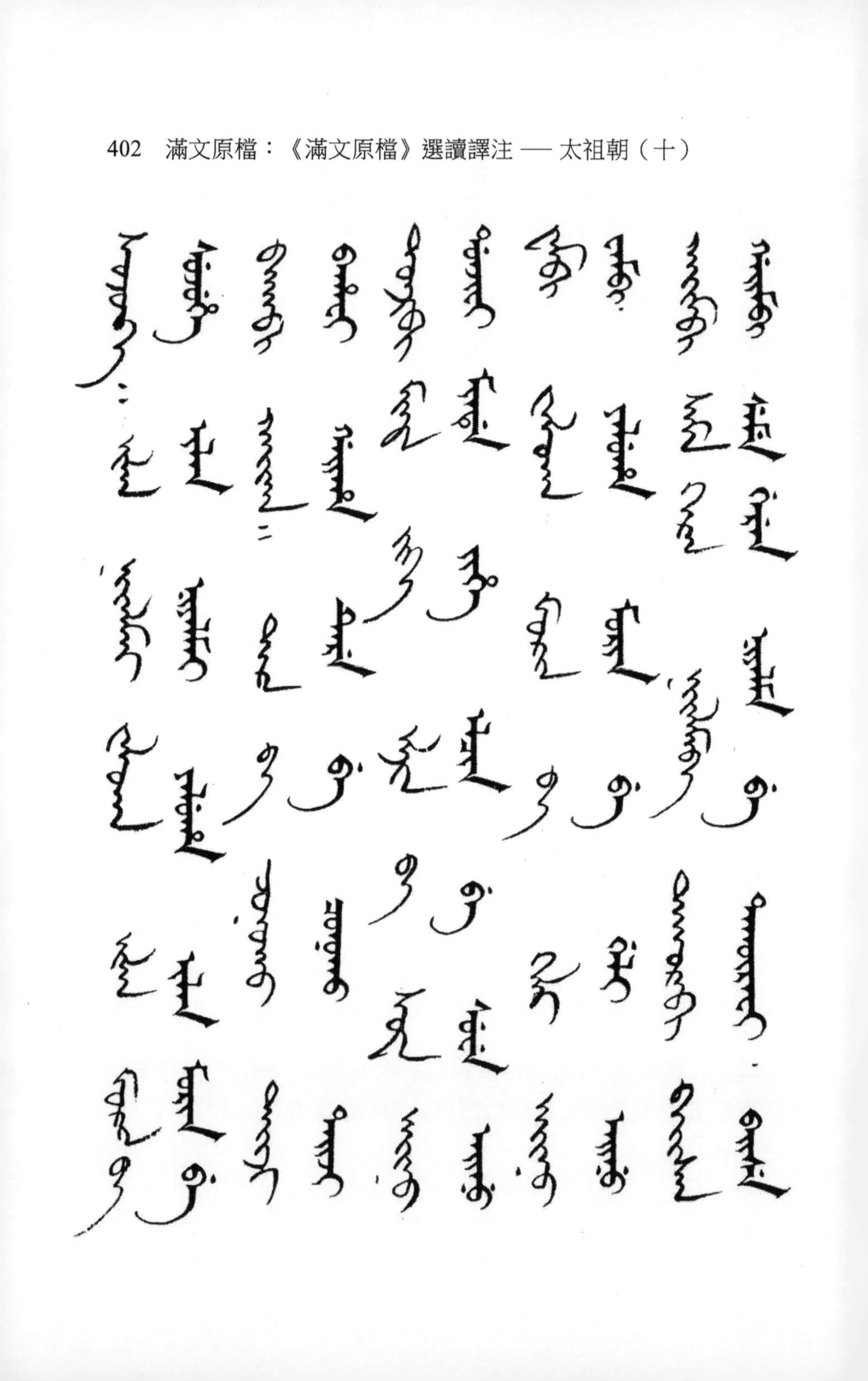

sujuhe, ilan niyalmai yaluha ilan morin be bahafi gaiha. tere be conoko taiji donjifi, minde jihe elcin be suwe ainu wambi. yaluha morin be geli ainu gaimbi seme, geren niyalma be takūrafi, baise,

---

拏獲三人所乘馬三匹。綽諾闊台吉聞之曰：「來我處之使者，爾等為何殺之？又為何奪取所乘之馬？」遂遣衆人，

拏获三人所乘马三匹。绰诺阔台吉闻之曰：「来我处之使者，尔等为何杀之？又为何夺取所乘之马？」遂遣众人，

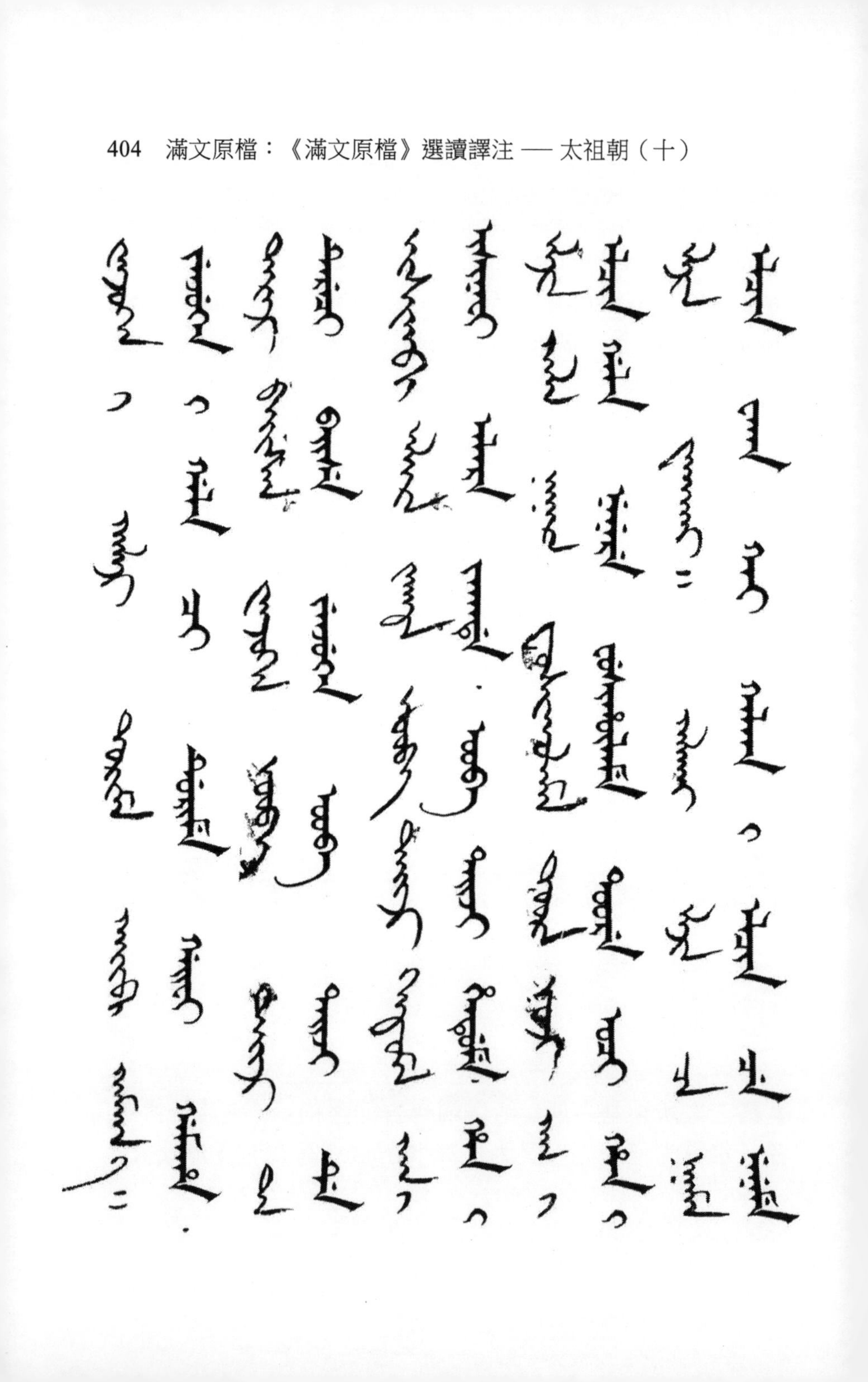

jenjuken i gala ci durime gaifi gamaha.tereci baise, jenjuken ooba taiji de isinafi alara jakade, ooba taiji hendume, han i elcin gala nenere fusihūlame toore oci, han i elcin waka kai. kalka i elcin ce neneme

---

從拜色、真珠肯手中奪取而去。其後，因拜色、真珠肯至奥巴台吉處告之，奥巴台吉曰：「若汗之使者動手在先，輕蔑詈罵，則乃汗使者之過也。若喀爾喀使者伊等先行

从拜色、真珠肯手中夺取而去。其后，因拜色、真珠肯至奥巴台吉处告之，奥巴台吉曰：「若汗之使者动手在先，轻蔑詈骂，则乃汗使者之过也。若喀尔喀使者伊等先行

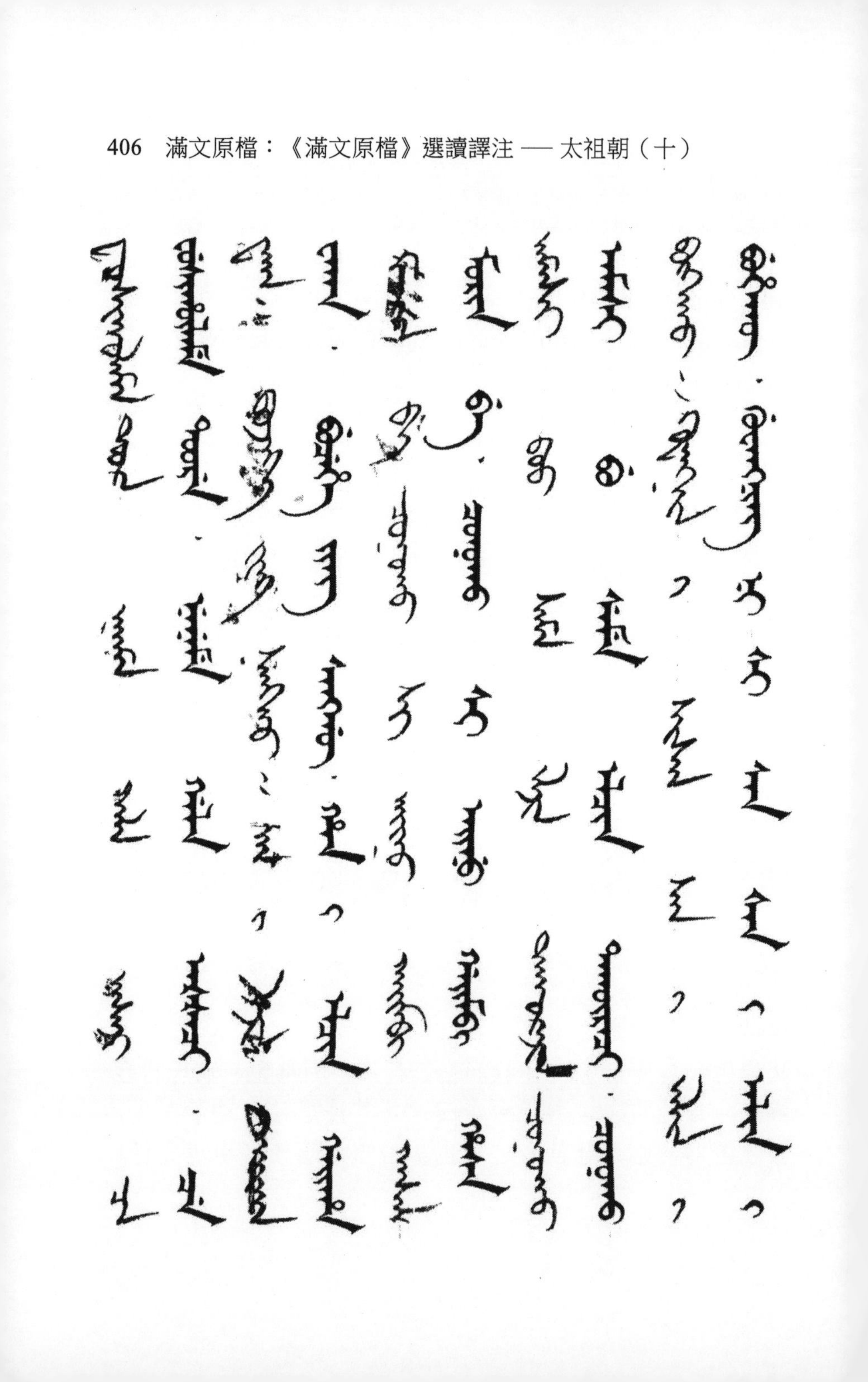

fusihūlame toore, neneme gala aššaci, ce waka, bucehe jing sanggū. han i elcin gaiha morin be, conoko si ainu gaimbi. hasa amasi bu seme elcin takūraci, conoko buhekū. guwangning ni ši san šan i alin i

---

輕蔑詈罵，動手在先，則乃伊等之過，死之該當[32]。汗之使者所取之馬，綽諾闊爾為何奪之？著從速給還。」綽諾闊並未給還。

轻蔑詈骂，动手在先，则乃伊等之过，死之该当。汗之使者所取之马，绰诺阔尔为何夺之？着从速给还。」绰诺阔并未给还。

---

[32] 死之該當，《滿文原檔》寫作“bujeke jing sangko”，《滿文老檔》讀作“bucehe jing sanggū”。〈簽注〉:「蓋死得痛快之意」。句中“sanggū”意即「稱願的事、有益的事」。

二十、分編牛彔

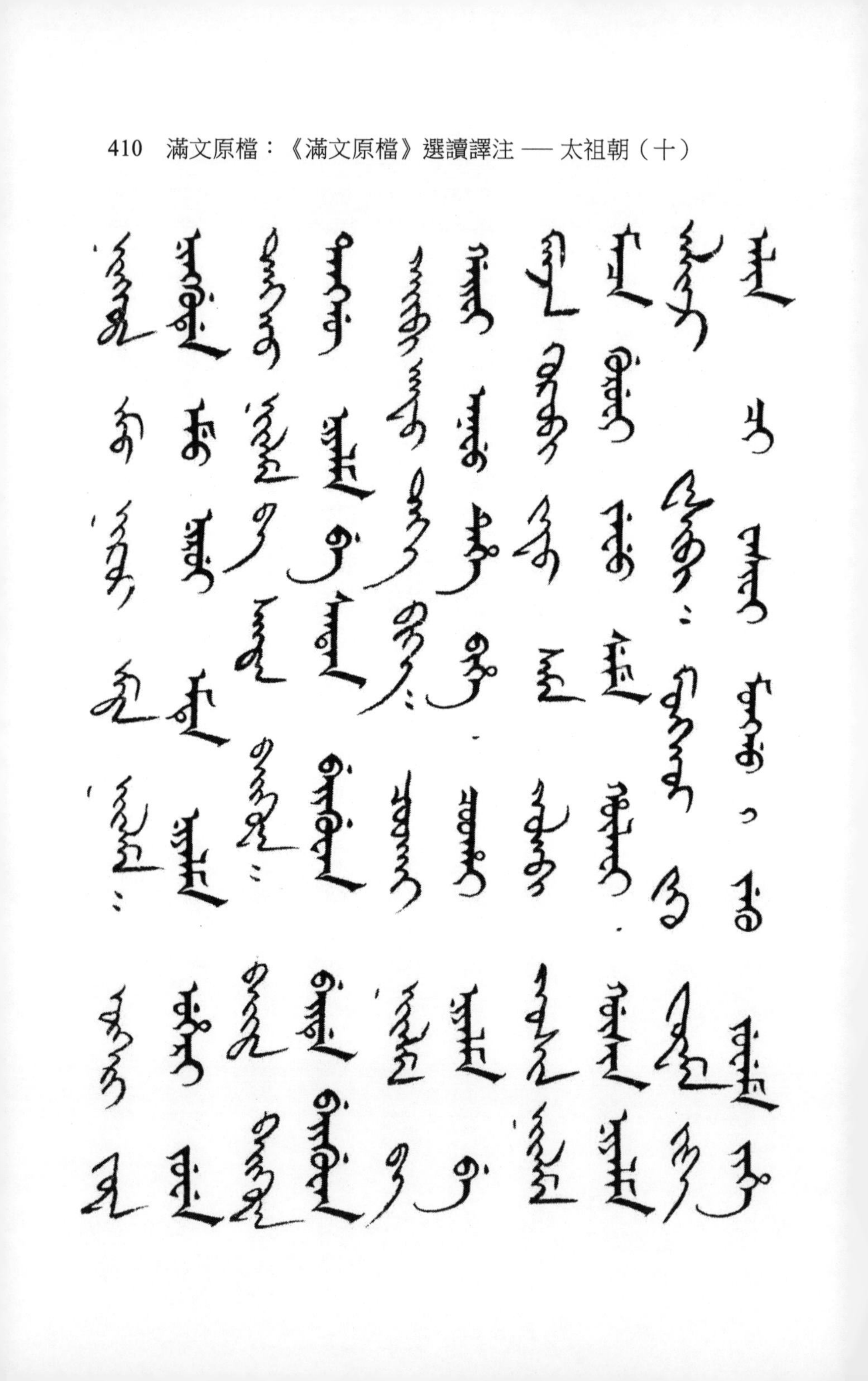

ninggude, emu nirui emte niyalma, uheri juwe tanggū niyalma be santan beiguwan, beide beiguwan gaifi, anafu tehe bihe, coohai niyalma be maca gurufi jefu seme hūlafi, gūsin niyalma alin ci wasifi, monggo i jeku juweme jihe

---

率每牛彔各一人，共二百人戍守廣寧十三山上之三坦備禦官、貝德備禦官告稱：曾喚兵丁採摘小根菜[33]食之。有三十人下山，被蒙古前來運糧

率每牛录各一人，共二百人戍守广宁十三山上之三坦备御官、贝德备御官告称：曾唤兵丁采摘小根菜食之。有三十人下山，被蒙古前来运粮

---

[33] 小根菜《滿文原檔》寫作"manja"，《滿文老檔》讀作"maca"。按滿文"manja"，又作"mangja"，蒙文作"mangǰa"；滿蒙文俱為藏文"mang ja"借詞，意即「齋僧茶」。

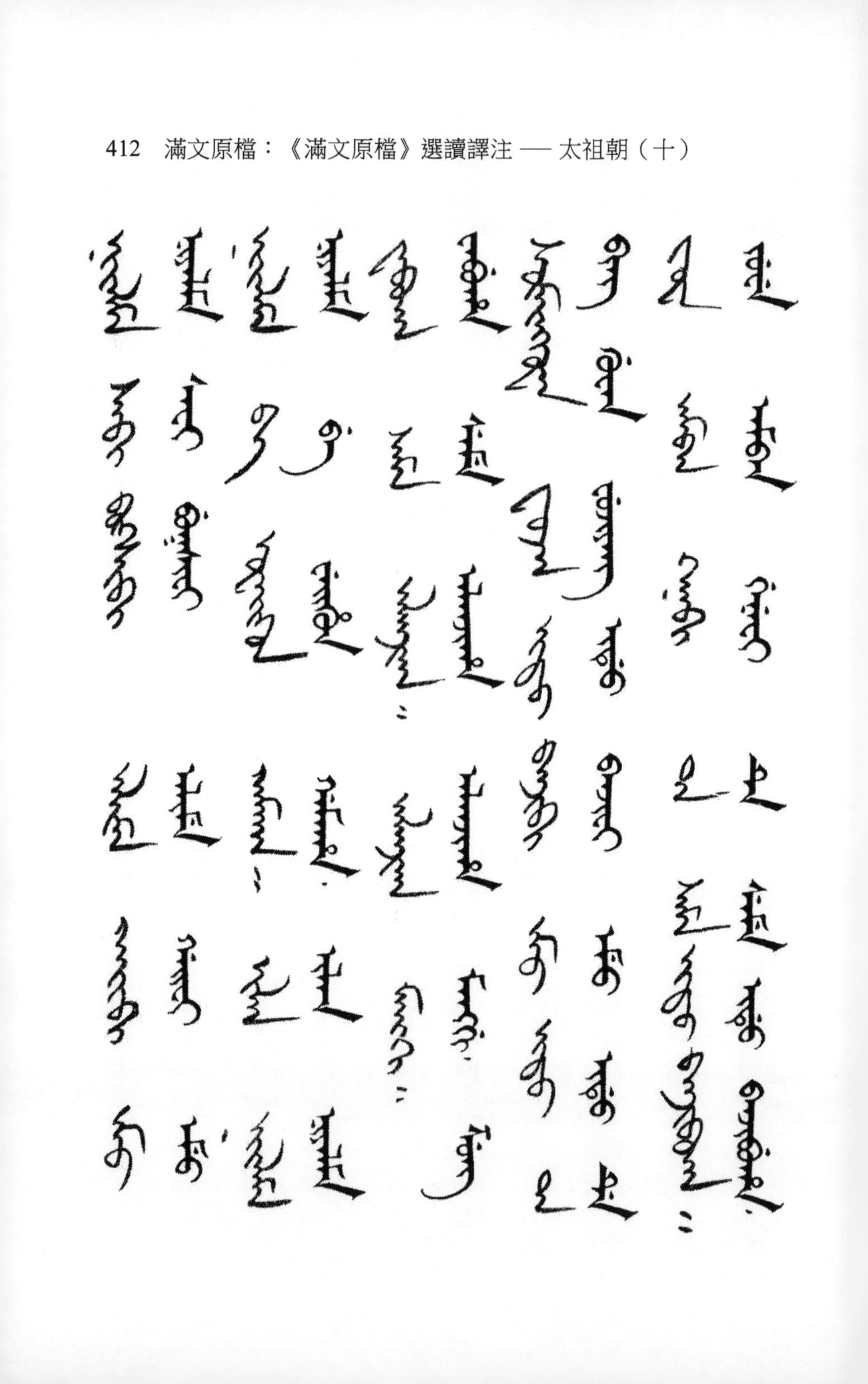

niyalma safi buksifi alime gaifi, emu niyalma be weihun gamaha, ilan niyalma wabuha seme alanjiha. alanjiha manggi, dzung bing guwan, fujiyang idu banjifi, emu idu de juwe amban genefi te seme idu banjibuha.

之人得知，設伏攔截，一人被活擒，三人被殺等語。來告之後，遂命總兵官、副將分編班次，每班遣大臣二員往駐。

之人得知，设伏拦截，一人被活擒，三人被杀等语。来告之后，遂命总兵官、副将分编班次，每班遣大臣二员往驻。

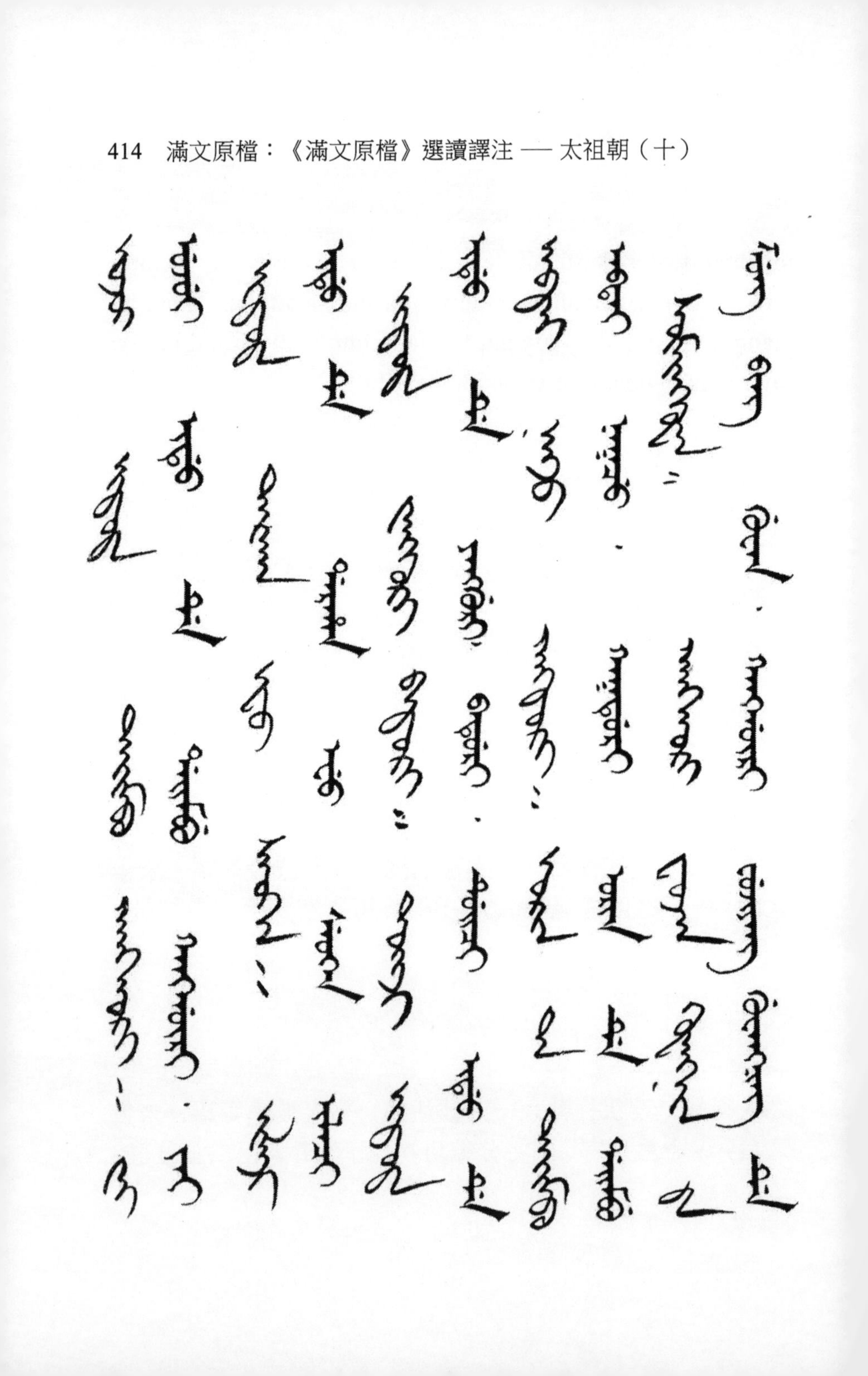

ujui idu de daimbu, kanggūri, jai idu de darhan efu, seogen, ilaci idu de yangguri, baduri, duici idu de abtai nakcu, kakduri. orin de daimbu dzung bing guwan, kanggūri fujiyang guwangning de

---

頭班戴穆布、康古里，二班達爾漢額駙、叟根，三班揚古利、巴都里，四班阿布泰舅舅、喀克都里。二十日，戴穆布總兵官、康古里副將往駐廣寧。

头班戴穆布、康古里，二班达尔汉额驸、叟根，三班扬古利、巴都里，四班阿布泰舅舅、喀克都里。二十日，戴穆布总兵官、康古里副将往驻广宁。

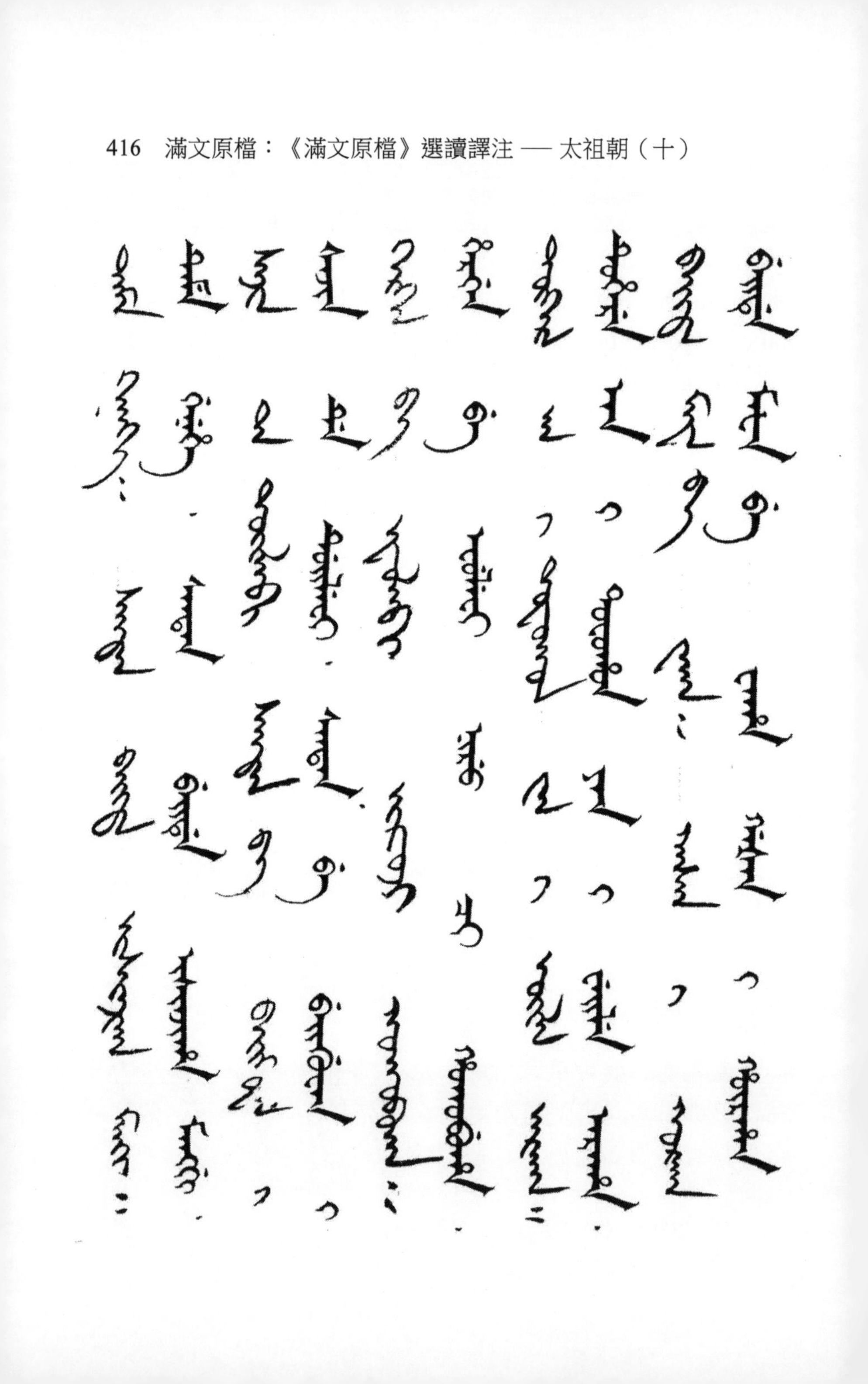

teme genehe. santan, beide isinjiha manggi, šajin de duilefi, santan be beiguwan i hergen be efulefi niru ci hokobuha, tuhere an i tofohon yan i weile araha. beide, mafa be waha gašan i hūrhan

---

三坦、貝德歸來後，依法審理，革三坦備禦官之職，脫離牛彔，照例罰銀十五兩。貝德曾令殺老人之屯胡爾漢章京，

三坦、贝德归来后，依法审理，革三坦备御官之职，脱离牛彔，照例罚银十五两。贝德曾令杀老人之屯胡尔汉章京，

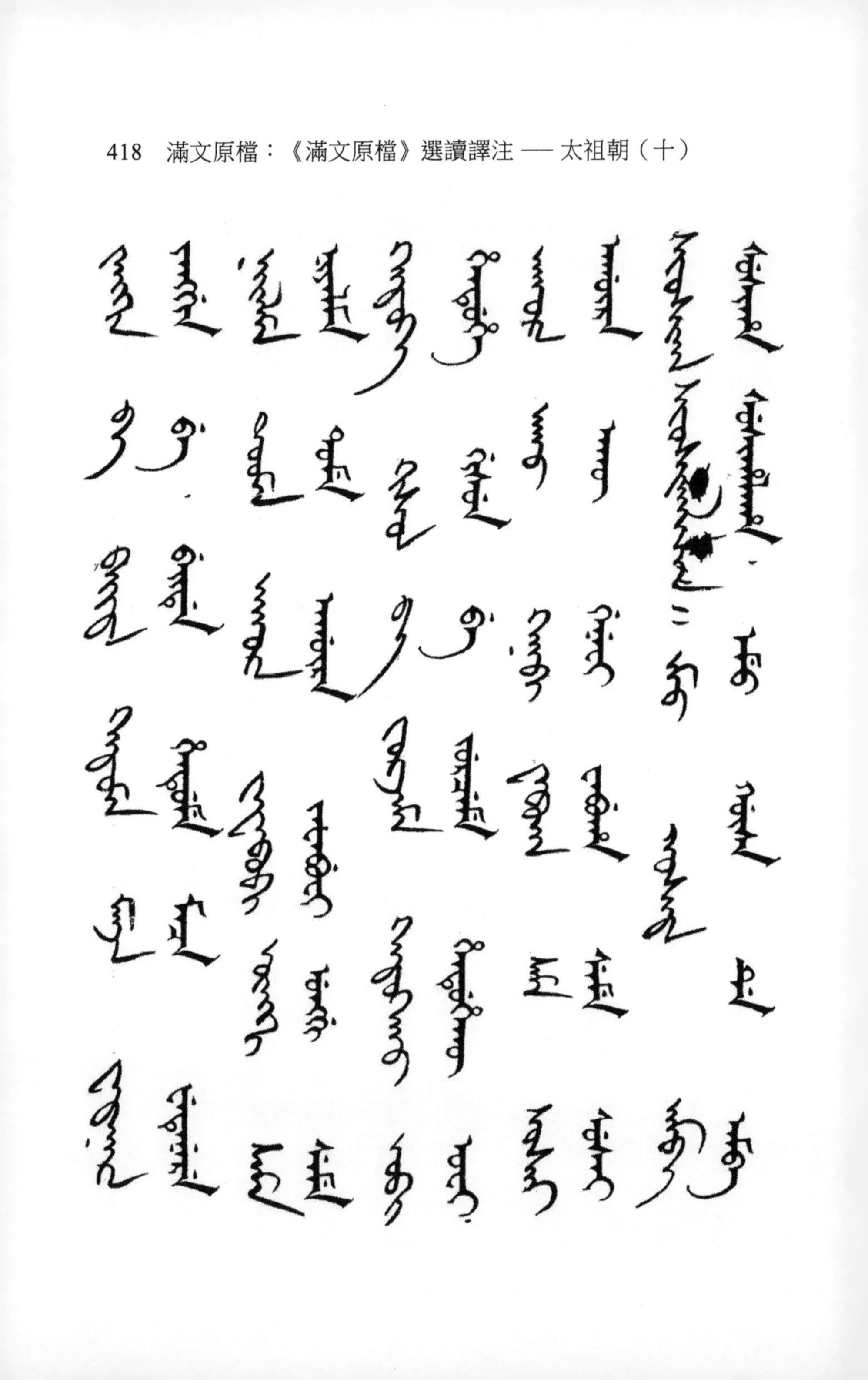

janggin be, beide hendume, maca fetenere niyalma tome agūra jafabufi unggi seme henduhe gisun be jurceme henduhekū ofi, agūra akū genefi wabuha seme, susai šusiha šusihalaha. emu gūsa de amba

---

貝德云：曾令遣往刨挖小根菜之人，每人務須持械前往，然因違悖未傳令，乃無械前往而被殺，故鞭打五十鞭。

贝德云：曾令遣往刨挖小根菜之人，每人务须持械前往，然因违悖未传令，乃无械前往而被杀，故鞭打五十鞭。

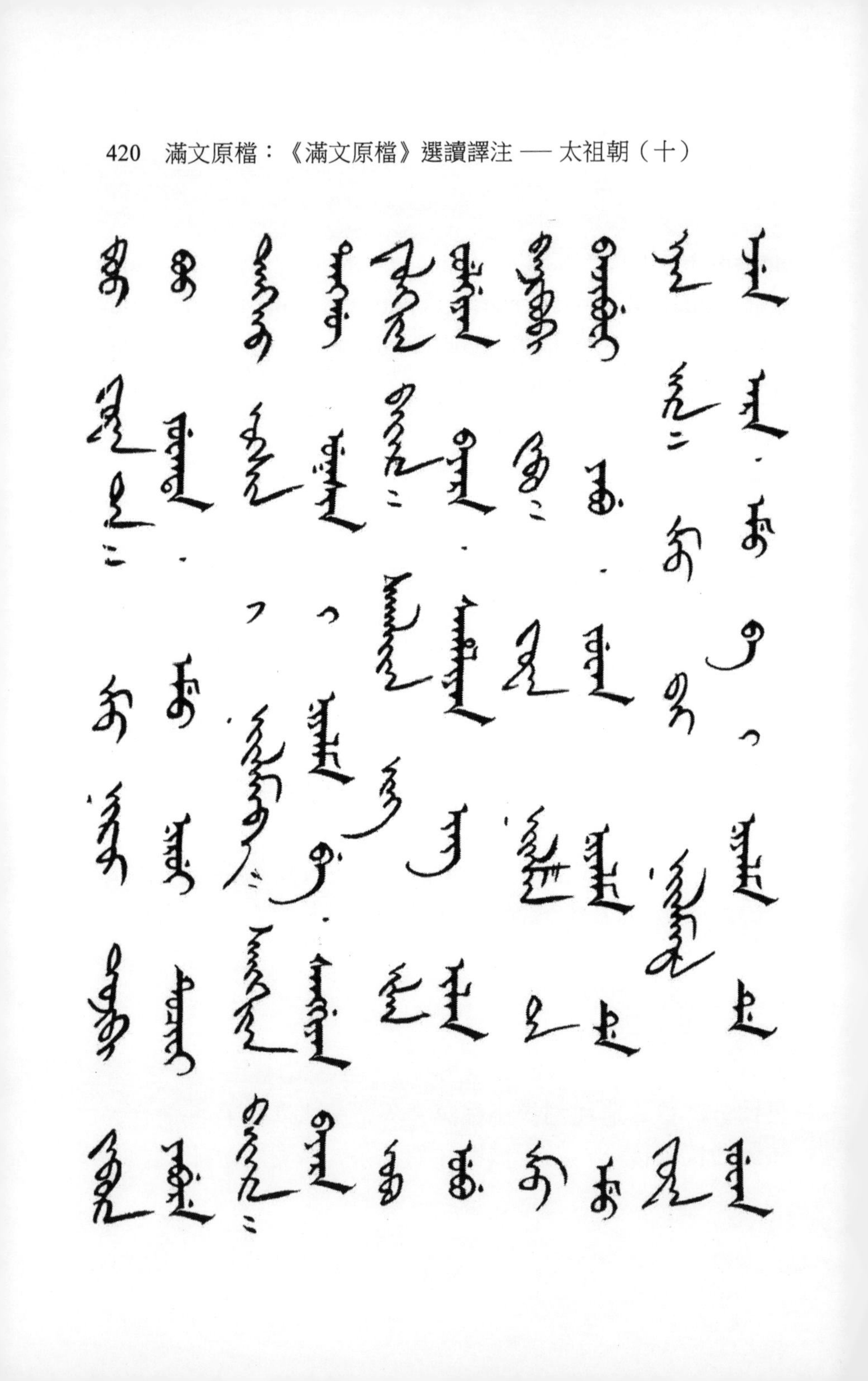

boo juwanta, emu nirui tucifi yabure tanggū uksin i niyalma be, šanggiyan bayara, fulgiyan bayara, sahaliyan ing ilan ubu banjibufi yabu. juwan niyalma de emu ejen ara, emu ba i niyalma de juwan

---

每旗出大房屋十座。一牛彔出行百甲之人，分編為白巴牙喇、紅巴牙喇、黑營三分而行。每十人設額真一員，一處之人

每旗出大房屋十座。一牛录出行百甲之人，分编为白巴牙喇、红巴牙喇、黑营三分而行。每十人设额真一员，一处之人

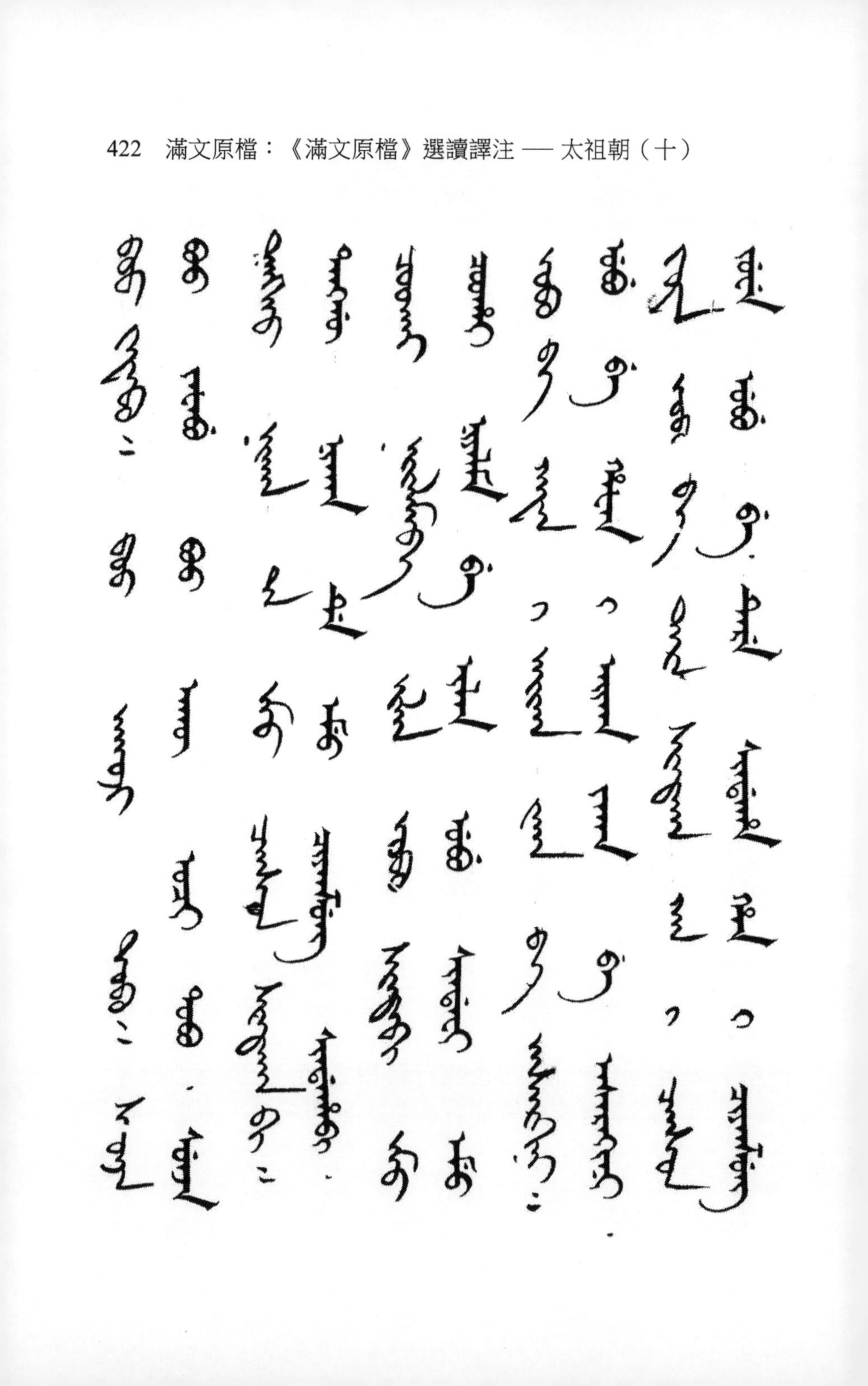

boo jafabu, boo akū oci tobo. sunja tanggū nikan de emu ciyandzung sindahabi. coohai niyalma be ilan ubu sindafi, emu ubu be hafan i aika jaka be asarakini, juwe ubu be, tere sindaha han i ciyandzung

---

交付房屋十座，無房屋則帶窩舖[34]。五百漢人設一千總。兵丁編為三分，一分為收貯官員諸物，其餘二分由汗所設之千總

交付房屋十座，无房屋则带窝铺。五百汉人设一千总。兵丁编为三分，一分为收贮官员诸物，其余二分由汗所设之千总

---

[34] 窩舖，《滿文原檔》、《滿文老檔》俱讀作 "tobo"，係蒙文" tobo" 借詞，意即「窩棚、窩舖」。按蒙文 tobo"與滿文 "tatan"為同義詞。

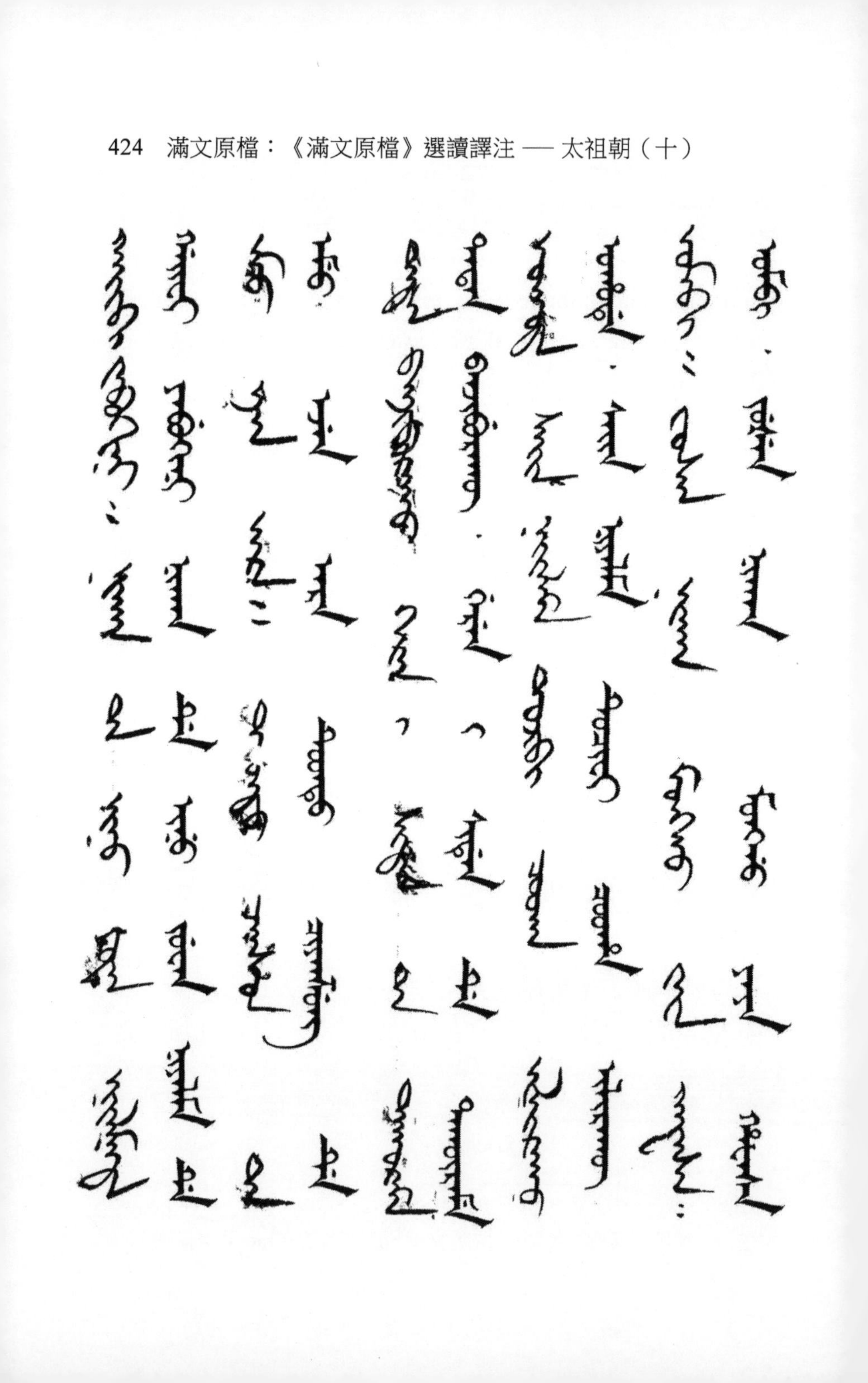

gaifi yabukini. nikan de inu juwan niyalma de emu ejen ara, tuttu ciyandzung de tatan banjiburakū, geren i siden de takūrame ohode, sain niyalma tucifi cooha ilirakū ombi. jušen, nikan, monggo yaya hafasa,

---

率領而行。漢人亦十人設一額真，千總不編塔坦，遇有公事差遣，薦舉賢良之人，可以不必充兵，凡諸申、漢人、蒙古官員，

率领而行。汉人亦十人设一额真，千总不编塔坦，遇有公事差遣，荐举贤良之人，可以不必充兵，凡诸申、汉人、蒙古官员，

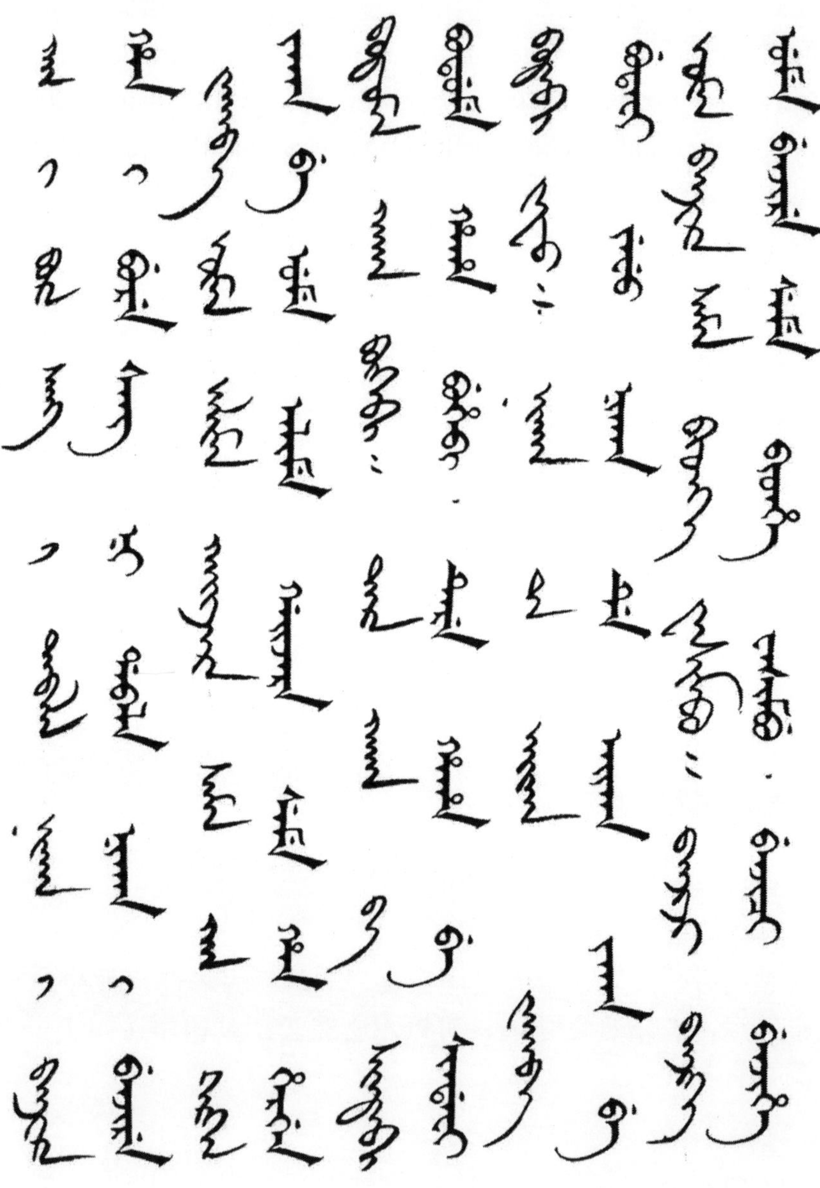

han i bure šang ni dabala, nikan i benjire jaka be ume alime gaijara seme, han hergen bodome haha buhebi, tere haha be sindafi butafi jefu. nikan de aika jaka be ume benjire seme bithe wasimbu. benjici, benjihe

---

僅受汗之賞賜，勿接受漢人餽贈之物。汗按職賜給男丁，以其男丁捕獵而食之。著傳諭漢人勿贈諸物，如有餽贈，

仅受汗之赏赐，勿接受汉人馈赠之物。汗按职赐给男丁，以其男丁捕猎而食之。着传谕汉人勿赠诸物，如有馈赠，

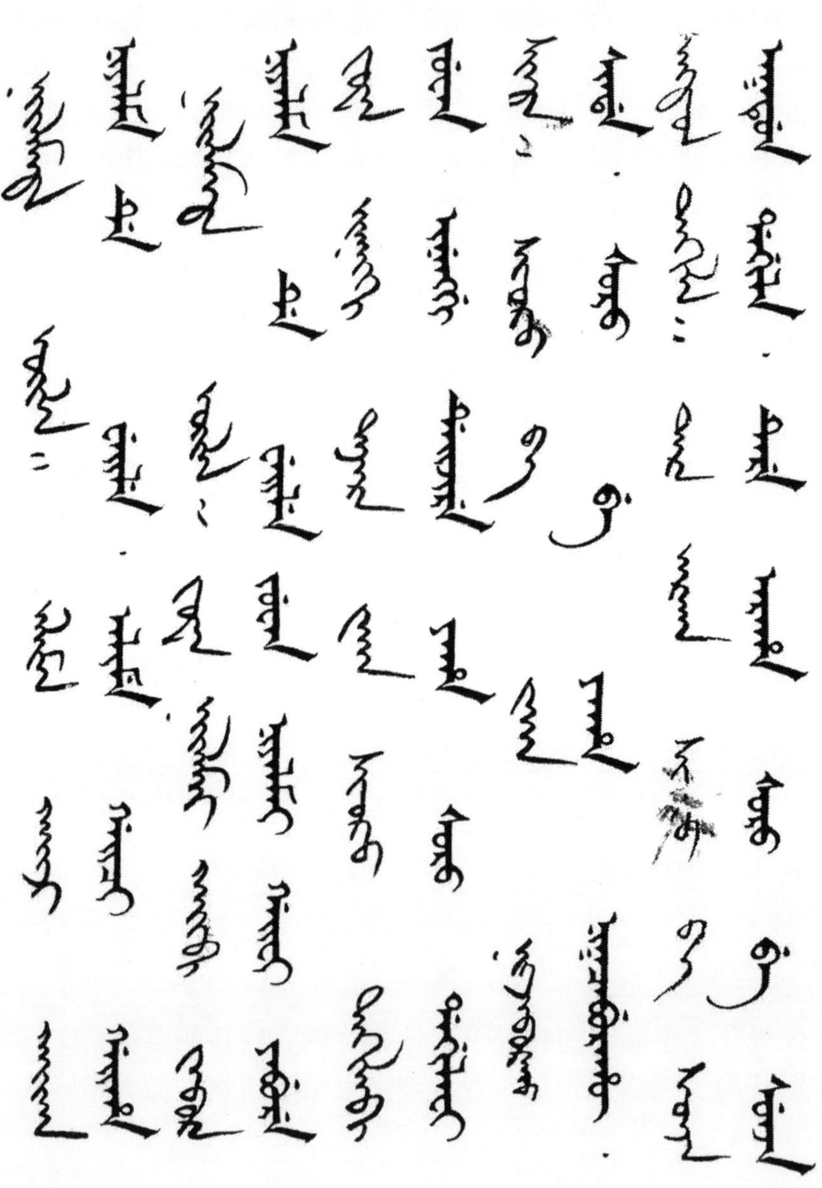

niyalma de weile, alime gaici, gaiha niyalma de weile. juwan niyalmai gaifi yabure juwan inenggi deijire yaha, šoro dagilafi sinda, šoro be yaha nikcaburahū, akdun dagila. tere araha šoro be sunja

---

則治其所贈者之罪，若接受，則治所受者之罪。十人攜帶焚燒行走十日之炭，存放於所預備之筐內，因恐其炭碎爛，宜備堅固之筐。其所製之筐，

则治其所赠者之罪，若接受，则治所受者之罪。十人携带焚烧行走十日之炭，存放于所预备之筐内，因恐其炭碎烂，宜备坚固之筐。其所制之筐，

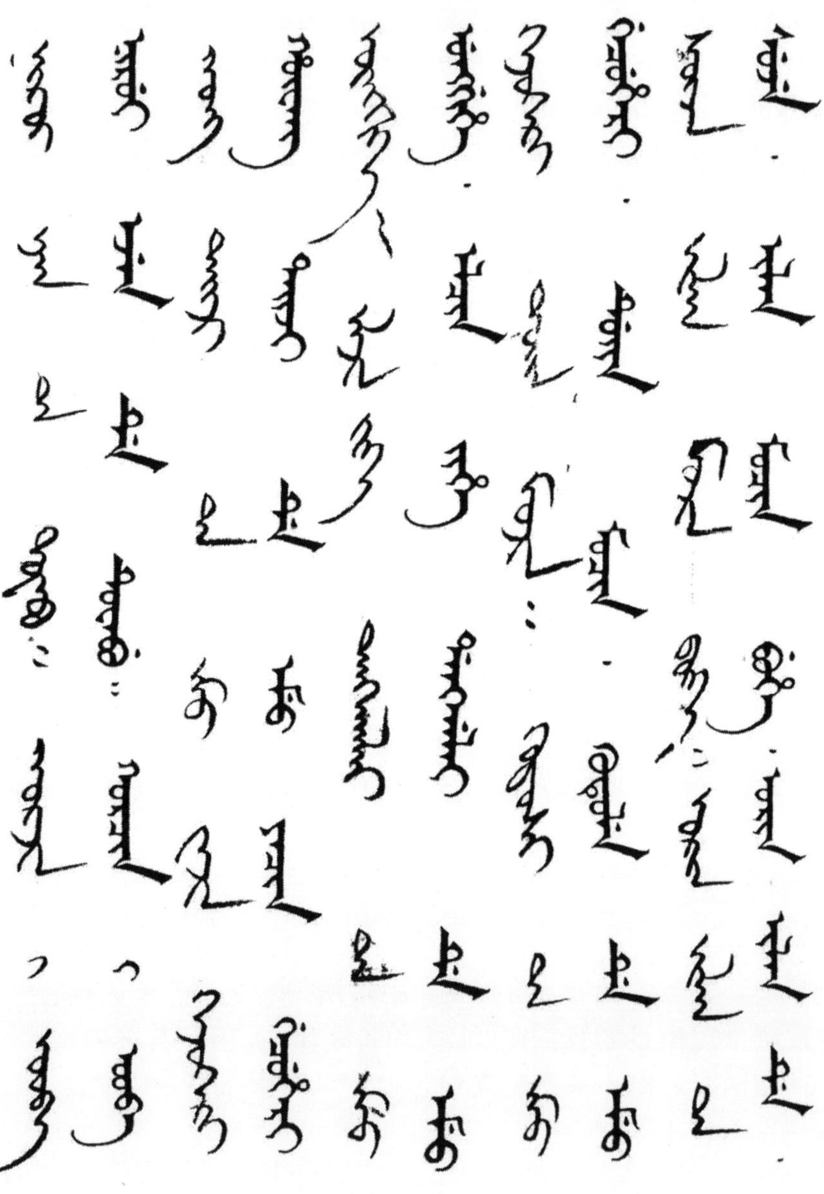

nirui ejen de tuwabu. korcin i ooba hong taiji de emu yacin gecuheri unggihe, elcin jihe danggalai de emu gecuheri, duin mocin, kutule de emu suje, ilan mocin buhe. orin ilan de,

---

著交五牛彔額真驗看。賜科爾沁奧巴洪台吉青蟒緞一疋，賜來使黨阿賴蟒緞一疋、毛青布四疋，賜跟役緞一疋、毛青布三疋。二十三日，

着交五牛彔额真验看。赐科尔沁奥巴洪台吉青蟒缎一疋，赐来使党阿赖蟒缎一疋、毛青布四疋，赐跟役缎一疋、毛青布三疋。二十三日，

二十一、夜未閉門

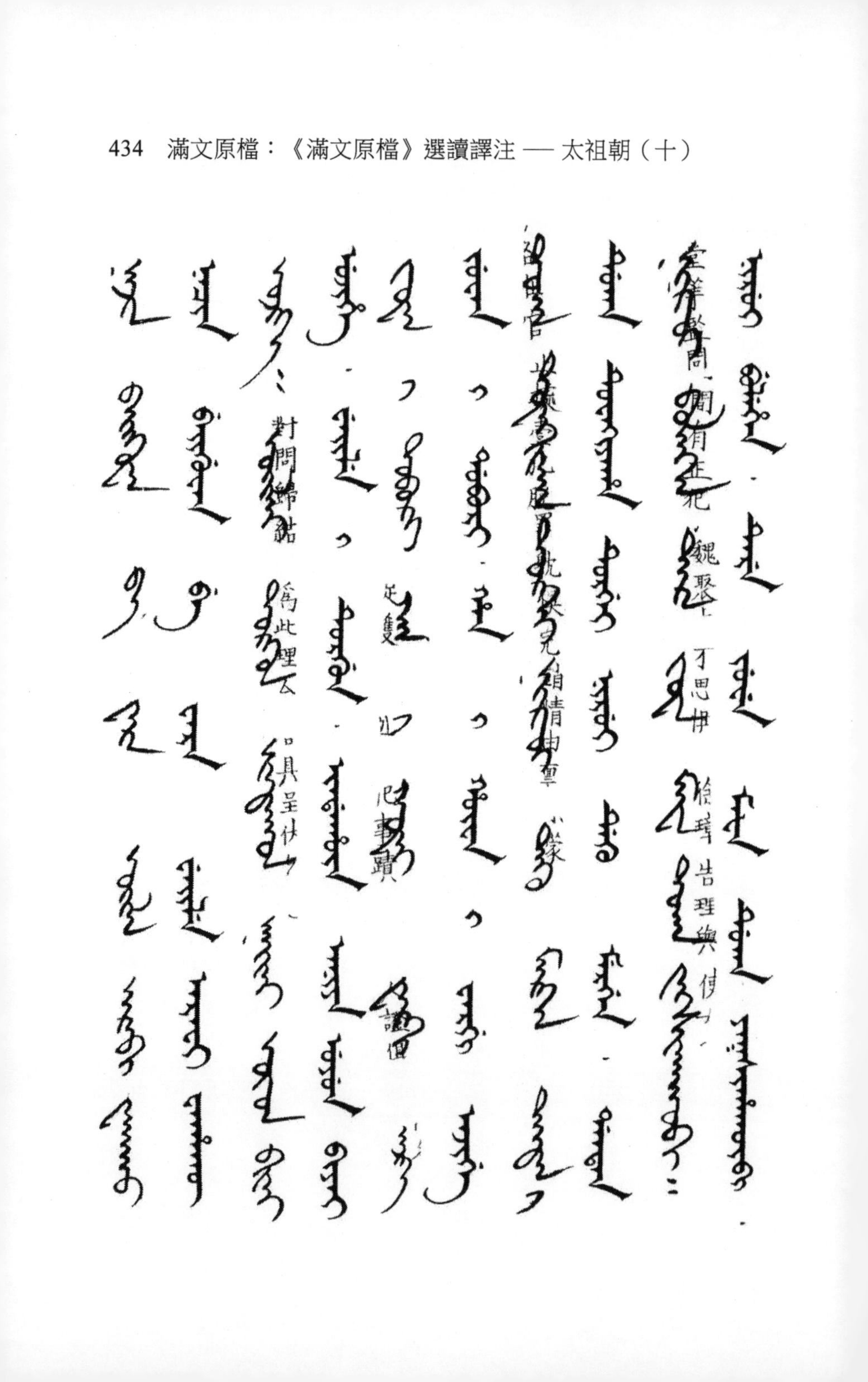

nacin beiguwan be wara weile arafi wahakū ujihe, weile i turgun, indahūn aniya uyun biyai juwan i dobori, han i hūwa i wargi ajige duka tuwakiyaha turgei nirui deku mergen, dantan nirui bulehen, tere juwe mafa duka yaksihakūbi,

---

治納欽備禦官死罪，未殺而豢養之。其獲罪情由為：戊年九月初十日夜，看守汗院西小門之圖爾格依牛彔之德庫莫爾根、丹坦牛彔之布勒痕二老人未閉門，

治纳钦备御官死罪，未杀而豢养之。其获罪情由为：戊年九月初十日夜，看守汗院西小门之图尔格依牛彔之德库穆尔根、丹坦牛彔之布勒痕二老人未闭门，

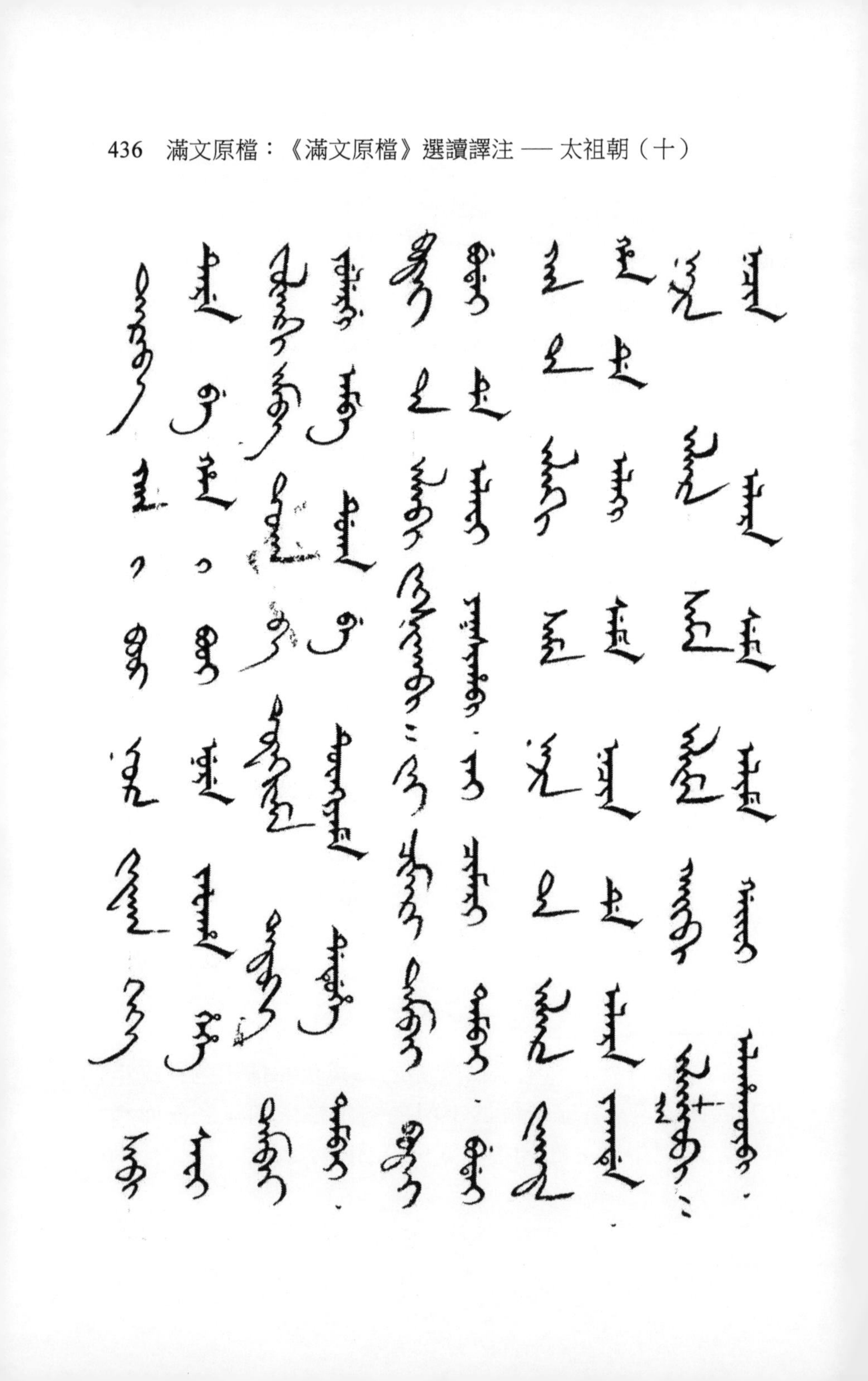

tere be han i booi nure jafaha hehe safi, julergi amba duka be tuwakiyame deduhe tambai, budai de alafi yaksihabi, jai cimari tambai, budai, han de alaki seme nacin de alara jakade, nacin alara seme alime gaifi alahakūbi,

---

被汗家執酒婦人看見，即告於宿守南大門之塔穆拜、布岱，將門關閉。翌晨，塔穆拜、布岱告於納欽，俾其轉告於汗。納欽應允轉告而並未入告，

被汗家执酒妇人看见，即告于宿守南大门之塔穆拜、布岱，将门关闭。翌晨，塔穆拜、布岱告于纳钦，俾其转告于汗。纳钦应允转告而并未入告，

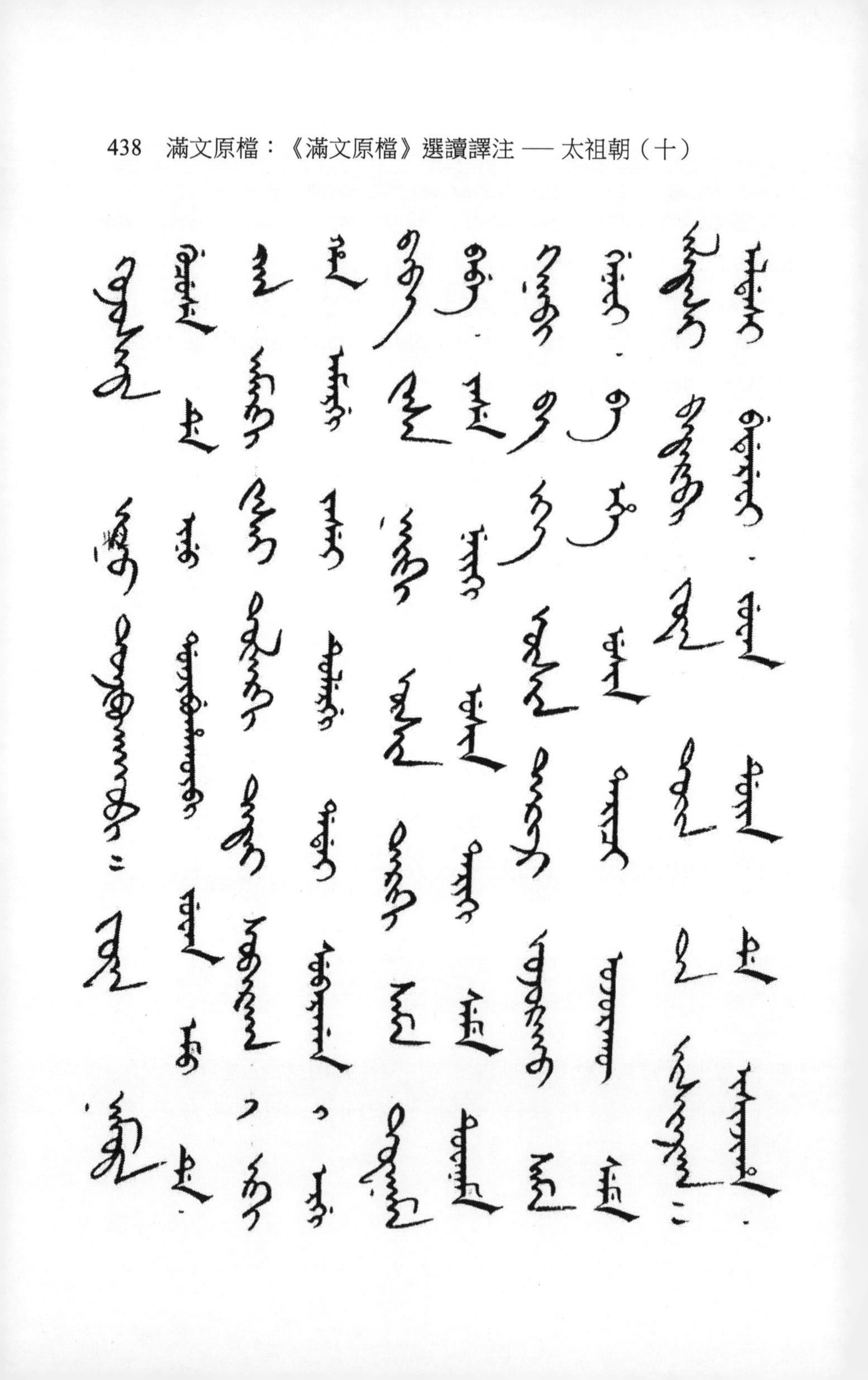

gucuse de inu donjibuhakūbi. juwan emu de, han amargi jasei tulergi dadai subargan i ergi babe, jase neiki usin tariki seme tuwaname genefi, ba ehe usin tarici ojorakū seme aldasi bederefi, juwan duin de isinjiha.

亦未使其僚友聞知。十一日，汗欲於北方邊外達岱塔[35]等處開邊耕種，而前往勘察。因地瘠不堪耕種，乃半途返回，十四日，到來。

亦未使其僚友闻知。十一日，汗欲于北方边外达岱塔等处开边耕种，而前往勘察。因地瘠不堪耕种，乃半途返回，十四日，到来。

---

35 塔，《滿文原檔》寫作“sobarkan”，《滿文老檔》讀作“subargan”。按滿文“subargan”係蒙文“suburɤ-a(n)”借詞，意即「塔」。

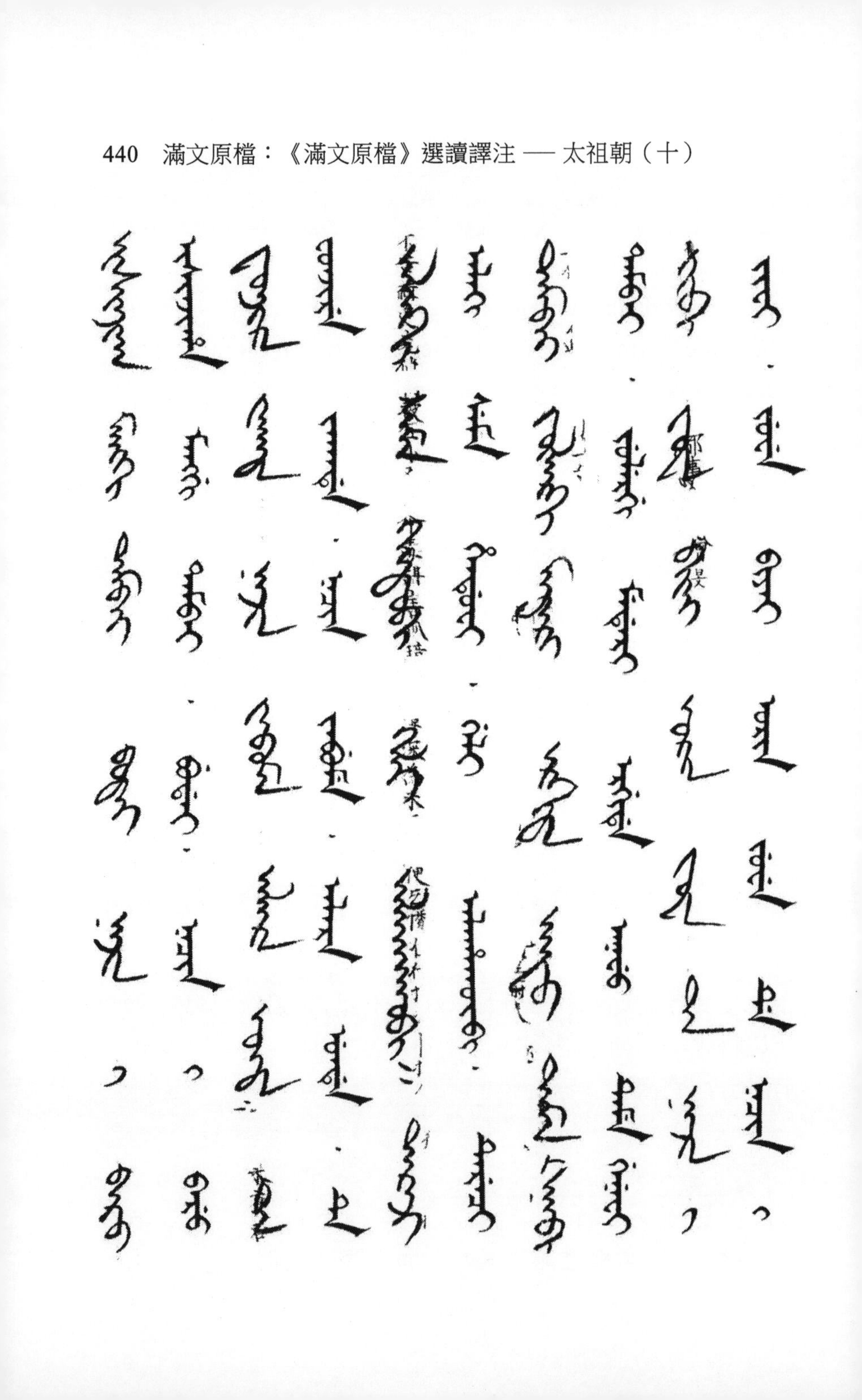

isinjiha manggi, tambai, budai, nacin i baru fonjire jakade, nacin jabume, alara unde, te alaki seme hendufi, geli alahakūbi. tereci tambai, julergi mederi ergide anafu teme genefi jifi, juwe biyai orin juwe de nacin i

---

歸來後，塔穆拜、布岱詢問納欽，納欽對曰：尚未稟告，今欲稟告等語。言畢，又未稟告。其後，塔穆拜前往南海一帶戍守，歸來後於二月二十二日復詢問納欽，

归来后，塔穆拜、布岱询问纳钦，纳钦对曰：尚未禀告，今欲禀告等语。言毕，又未禀告。其后，塔穆拜前往南海一带戍守，归来后于二月二十二日复询问纳钦，

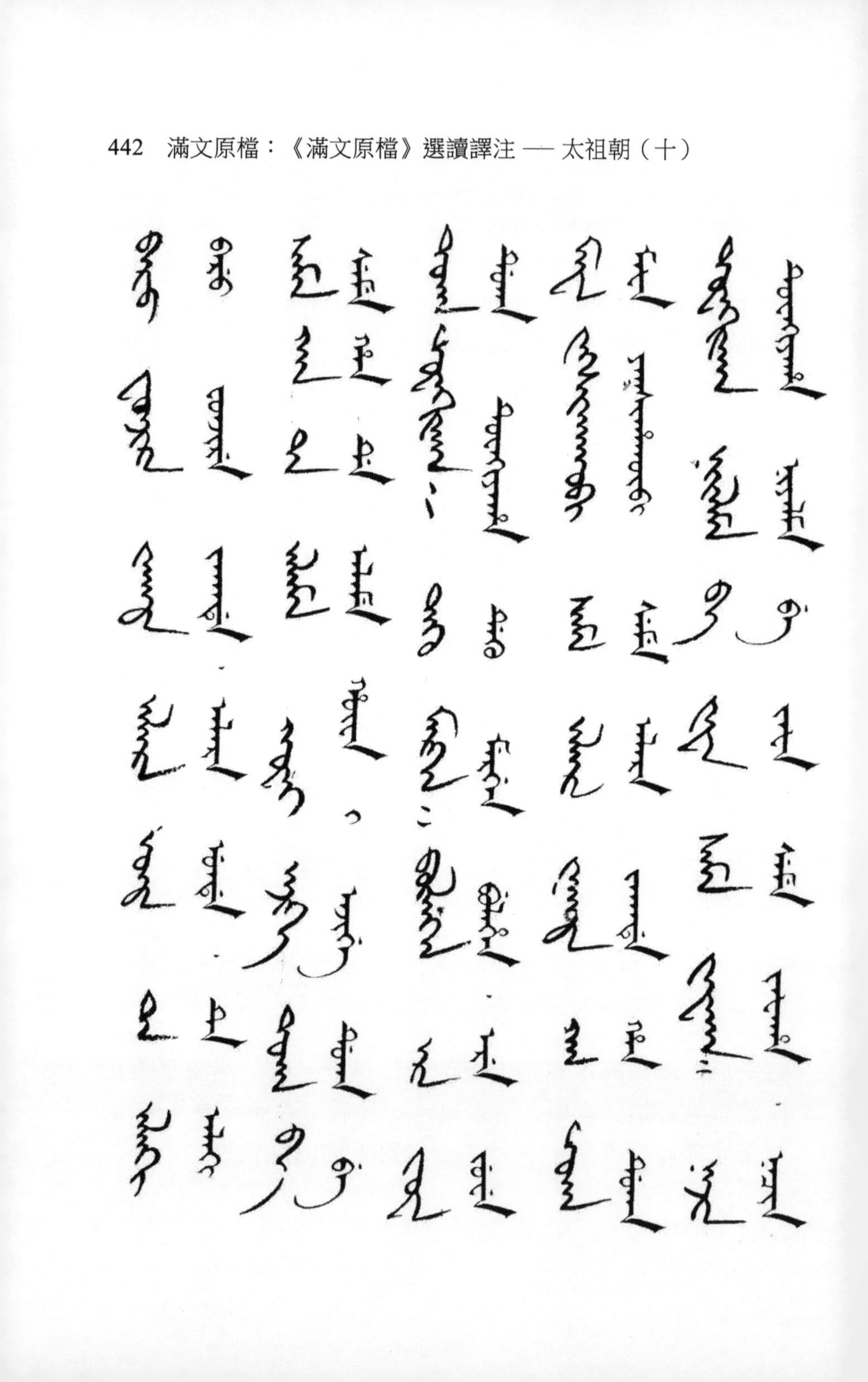

baru fonjire jakade, alara unde, te alaki seme han de alame, hūwa i ajige duka be duka tuwakiyaha deku mergen, bulehen, ere juwe mafa yaksihakūbi seme alara jakade, han duka tuwakiyaha niyalma be jafa seme jafaha. nacin

---

仍未稟告，今欲稟告等語對之，遂稟告於汗曰：「院內小門守門之德庫莫爾根、布勒痕此二老人未閉門。」汗令捕拏守門之人，遂遵命拏之。

仍未禀告，今欲禀告等语对之，遂禀告于汗曰：「院内小门守门之德库穆尔根、布勒痕此二老人未闭门。」汗令捕拏守门之人，遂遵命拏之。

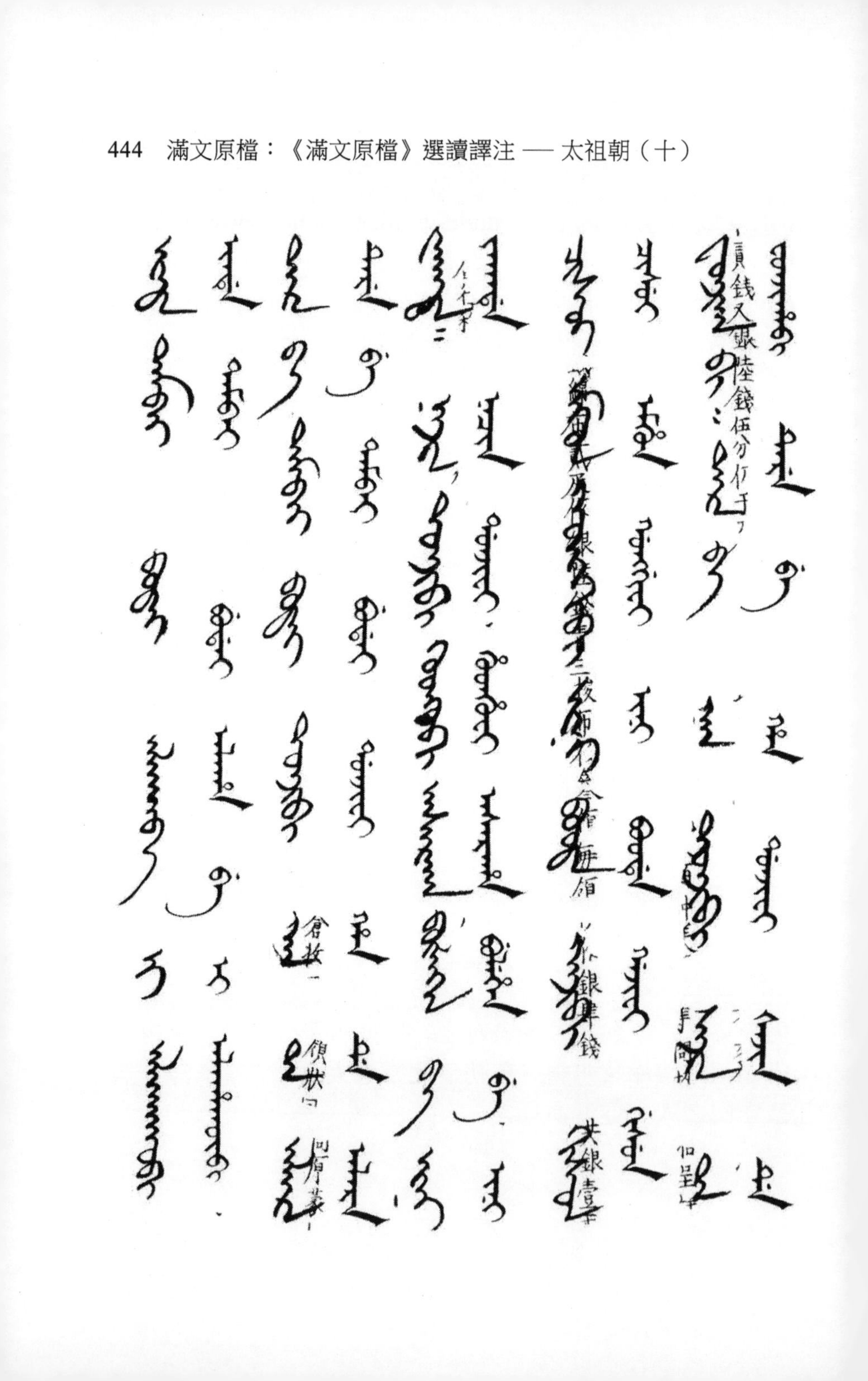

inde tambai, budai alaha be i alahakūbi, tere be tambai, budai donjifi, han de alara jakade, nacin donjifi, huthufi asaraha bulehen be, ini cisui emhun gonggifi, ini boode gajifi gisun fonjihabi. tere be han donjifi, šajin de

---

然納欽未將塔穆拜、布岱所告之情轉告於汗知，塔穆拜、布岱聞之，方稟告於汗。納欽聞之，將綁縛收管之布勒痕自行單獨提出，帶往其家詢問。汗聞之，

然纳钦未将塔穆拜、布岱所告之情转告于汗知，塔穆拜、布岱闻之，方禀告于汗。纳钦闻之，将绑缚收管之布勒痕自行单独提出，带往其家询问。汗闻之，

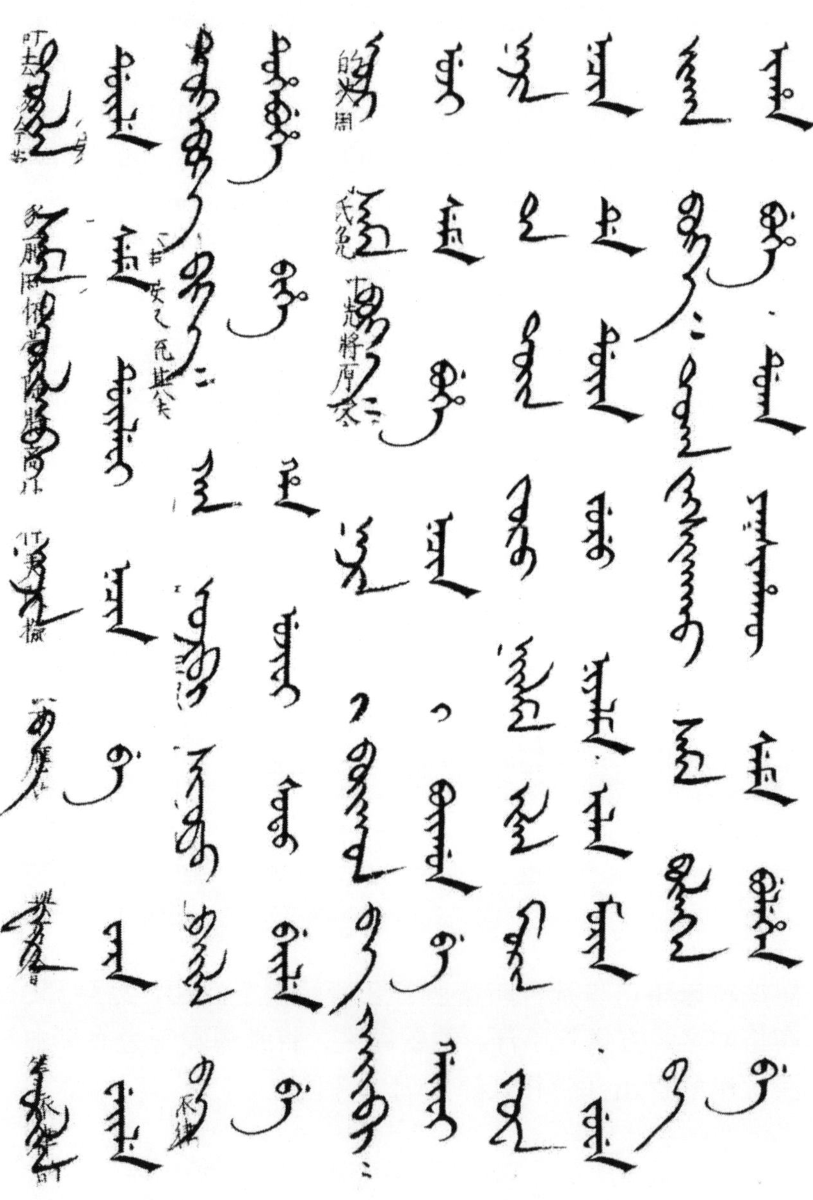

duile seme duilefi, nacin be wara weile tuhebuhe bihe. han ujifi, šoto beile be uji seme buhe, nacin i boigon be gaifi, nacin de duin juru niyalma, ilan morin, juwe ihan buhe. duka yaksihakū seme bulehen be,

---

命法司審訊。審訊後，擬納欽死罪。汗赦其死，交碩托貝勒養育，沒收納欽家產，僅給納欽人四對、馬三匹、牛二頭。布勒痕因未閉門，

命法司审讯。审讯后，拟纳钦死罪。汗赦其死，交硕托贝勒养育，没收纳钦家产，仅给纳钦人四对、马三匹、牛二头。布勒痕因未闭门，

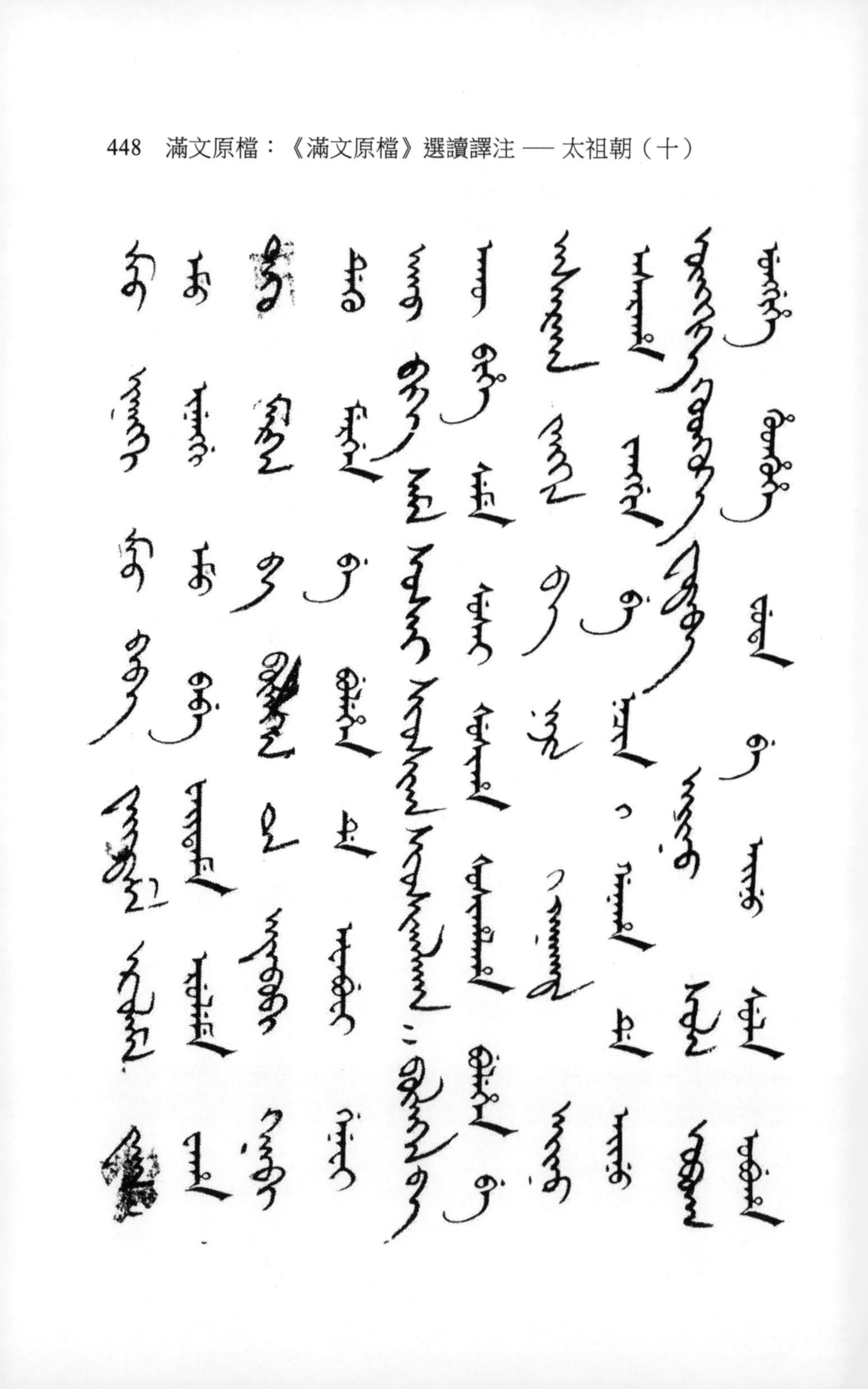

emu inenggi emu babe faitame eruleme waha. deku mergen be bulehen de afabufi genefi, akū bihe seme susai šusiha šusihalaha. bulehen be asaraha janggin be, nacin i ganaha de ainu unggihe, huthuhe futa be ainu sula obuha

---

每日割身一處，凌遲處死。德庫莫爾根因交付布勒痕後，離去不在班，鞭打五十鞭。收禁布勒痕之章京，為何准納欽帶走？為何鬆解所繫之繩索？

每日割身一处，凌迟处死。德库穆尔根因交付布勒痕后，离去不在班，鞭打五十鞭。收禁布勒痕之章京，为何准纳钦带走？为何松解所系之绳索？

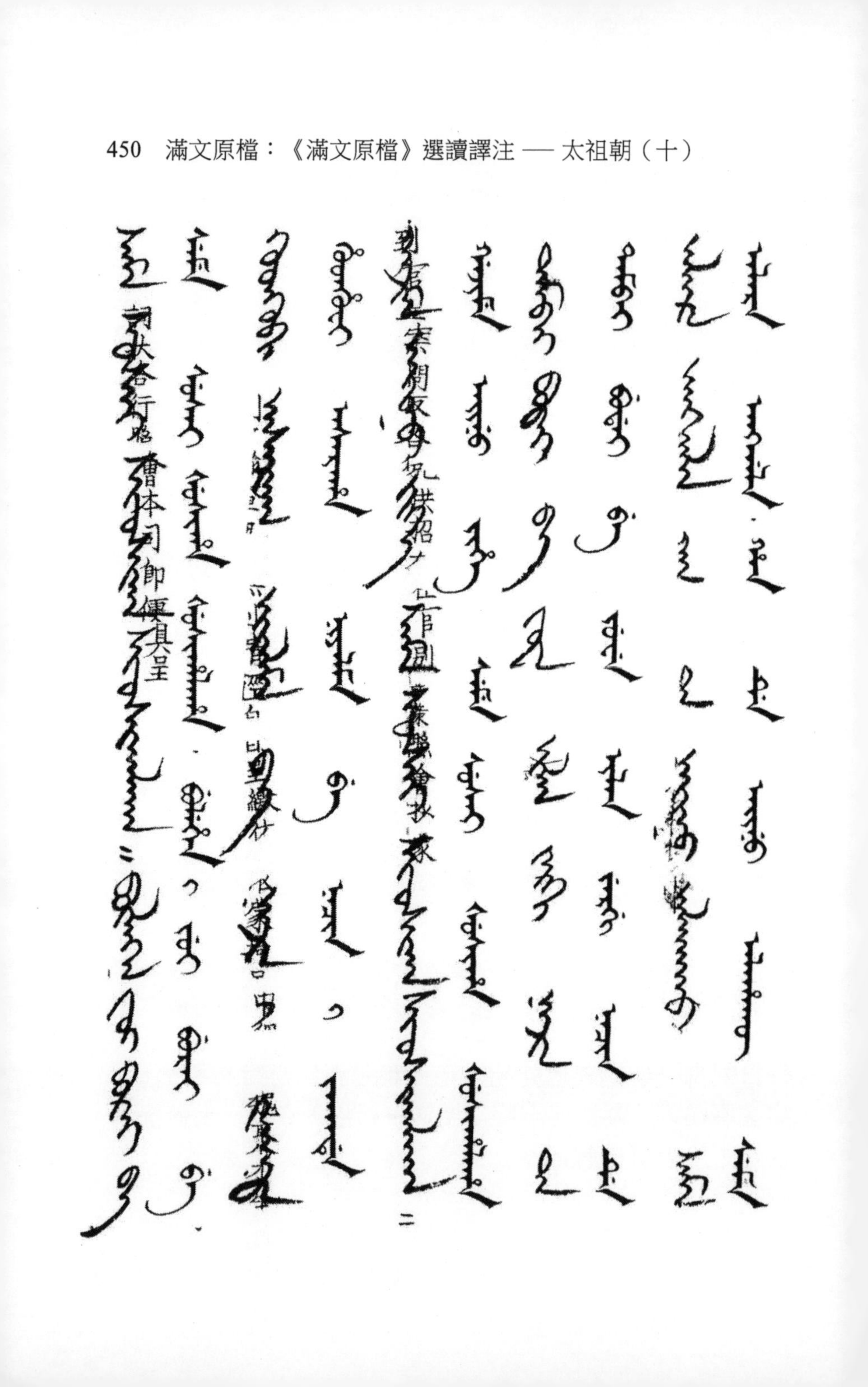

seme susai šusiha šusihalaha. bulehen i jui burai be huthufi asaraha niyalma be nacin i jakade gajime ainu jihe seme susai šusiha šusihalaha. tambai, budai be, juwe ilan jergi nacin de alara anggala, han de ainu alahakū seme

---

鞭打五十鞭。布勒痕之子布來，為何將綁縛收禁之人帶至納欽跟前？鞭打五十鞭。塔穆拜、布岱雖二、三次告於納欽，為何未稟告於汗，

鞭打五十鞭。布勒痕之子布来，为何将绑缚收禁之人带至纳钦跟前？鞭打五十鞭。塔穆拜、布岱虽二、三次告于纳钦，为何未禀告于汗，

二十二、漢人潛逃

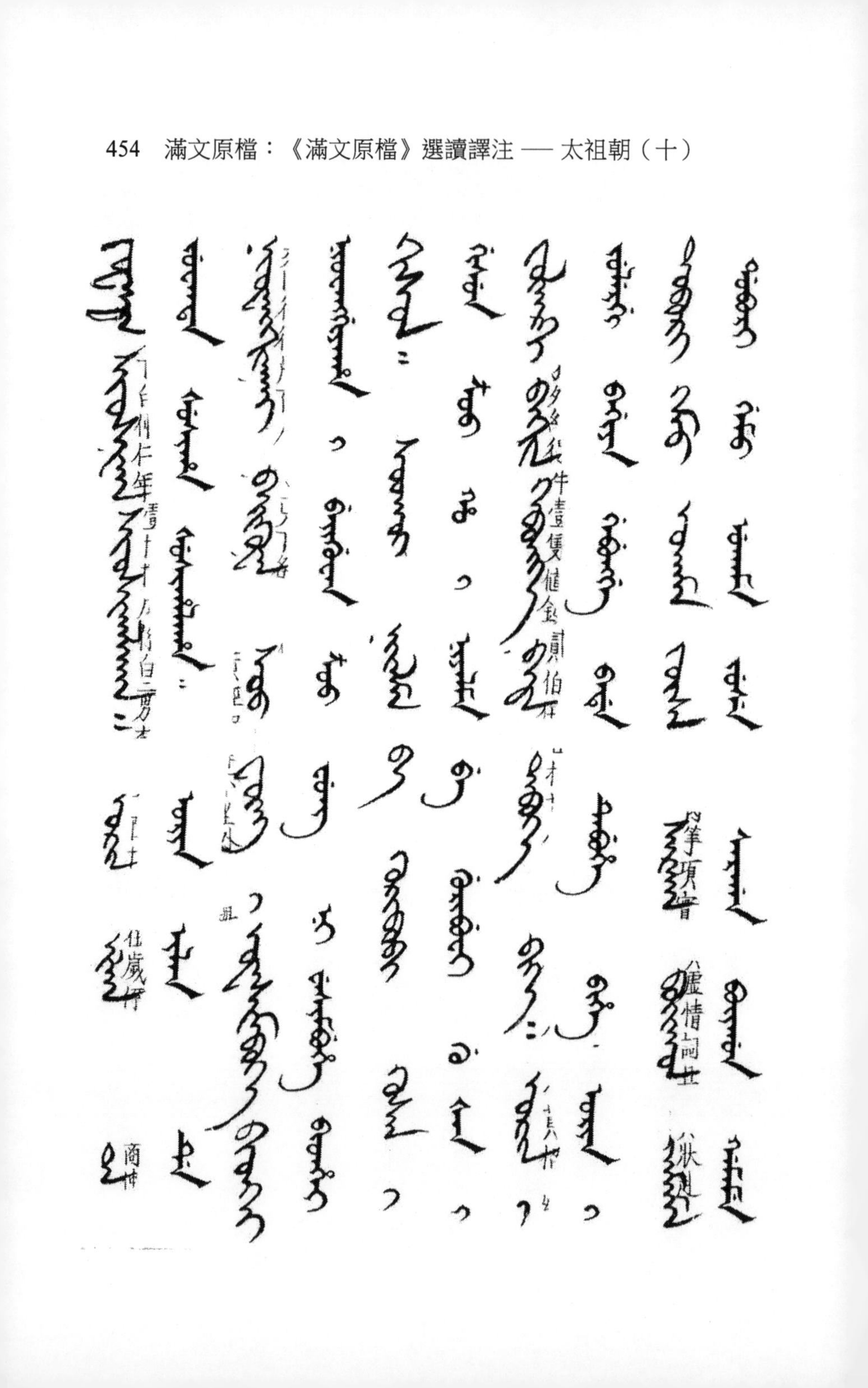

juwanta šusiha šusihalaha. orin ilan de, niowanggiyaha i beiguwan ts'oo fung ni wesimbuhe bithei gisun, ts'oo ho i niyalma be guribufi gu šan i julergi bagiya gebungge bade tebuhe bihe. orin i dobori gemu ukame juse sargan boigon gamame

---

故鞭打各十鞭。二十三日，清河備禦官曹鳳奏書曰：「曾令草河之人遷居孤山南名八甲地方。二十日夜盡攜妻孥家產

故鞭打各十鞭。二十三日，清河备御官曹凤奏书曰：「曾令草河之人迁居孤山南名八甲地方。二十日夜尽携妻孥家产

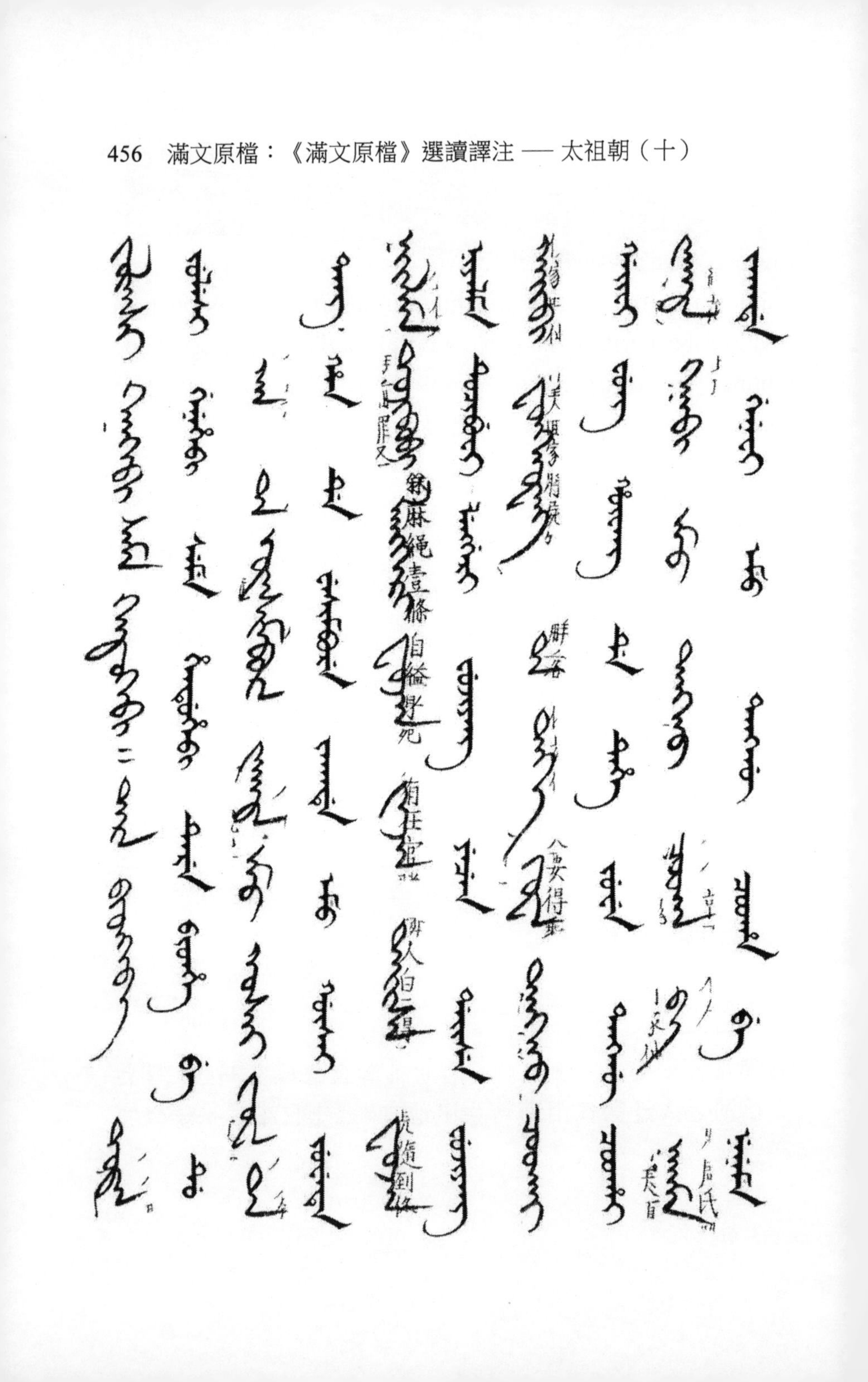

julesi genehebi seme henduhebi. tere bithe be du tang, han de wesimbure jakade, emu gūsai juwete niyalma tucibufi lenggeri fujiyang, yecen daise fujiyang gaifi, fung hūwang de tehe juwe tanggū coohai jakade genefi, emu tanggū cooha be neneme

---

南逃。」都堂將其書奏呈汗，汗命每旗遣各二人，著副將冷格里、代理副將葉臣率領前往駐鳳凰之二百兵處，先帶兵一百人，

南逃。」都堂将其书奏呈汗，汗命每旗遣各二人，着副将冷格里、代理副将叶臣率领前往驻凤凰之二百兵处，先带兵一百人，

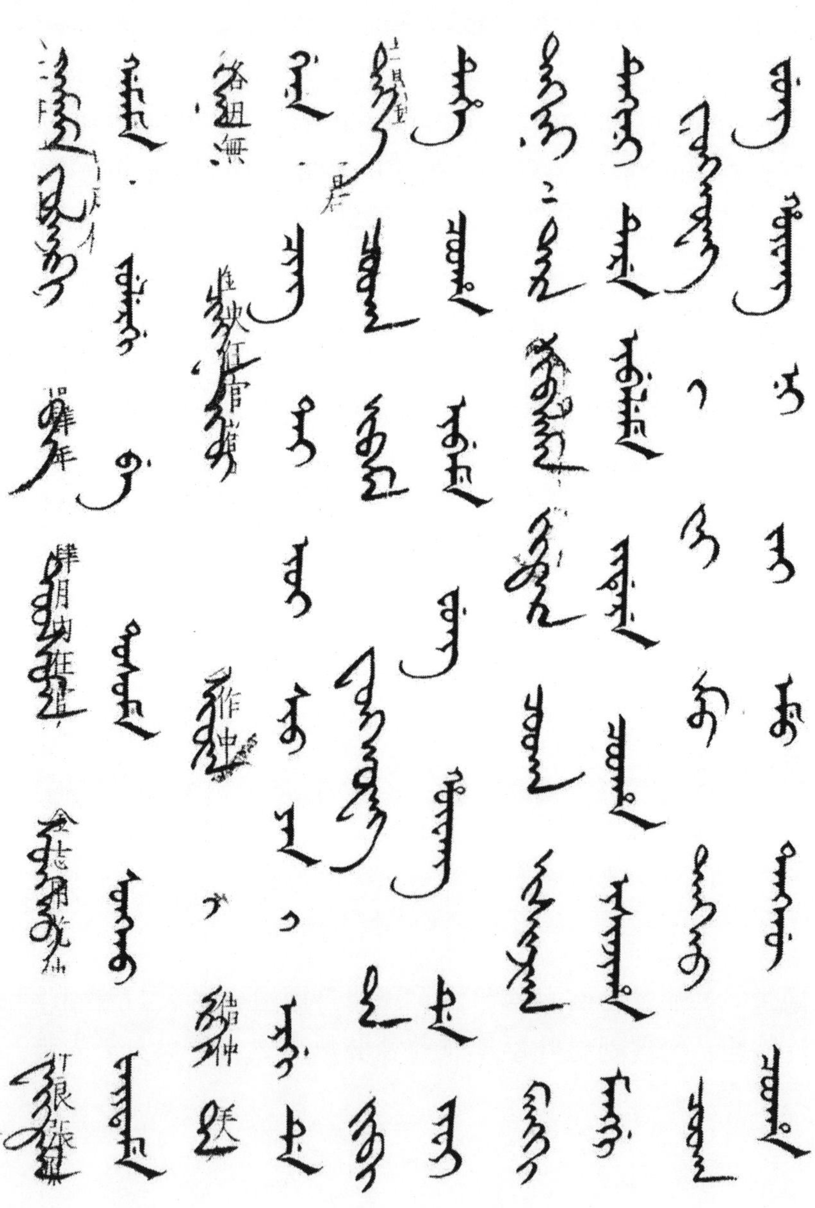

gamame, julergi be tosome songko faitame gene. cing tai ioi, sio yan i ergi de tehe cooha ibeme, fung hūwang de jifi tekini. tere ibeleme jidere cooha isinjiha manggi, fung hūwang ni jai emu tanggū cooha

---

前往堵截其南行之路。駐青苔峪、岫岩一帶之兵，進駐鳳凰。俟後兵至，再遣鳳凰另一百兵

前往堵截其南行之路。驻青苔峪、岫岩一带之兵，进驻凤凰。俟后兵至，再遣凤凰另一百兵

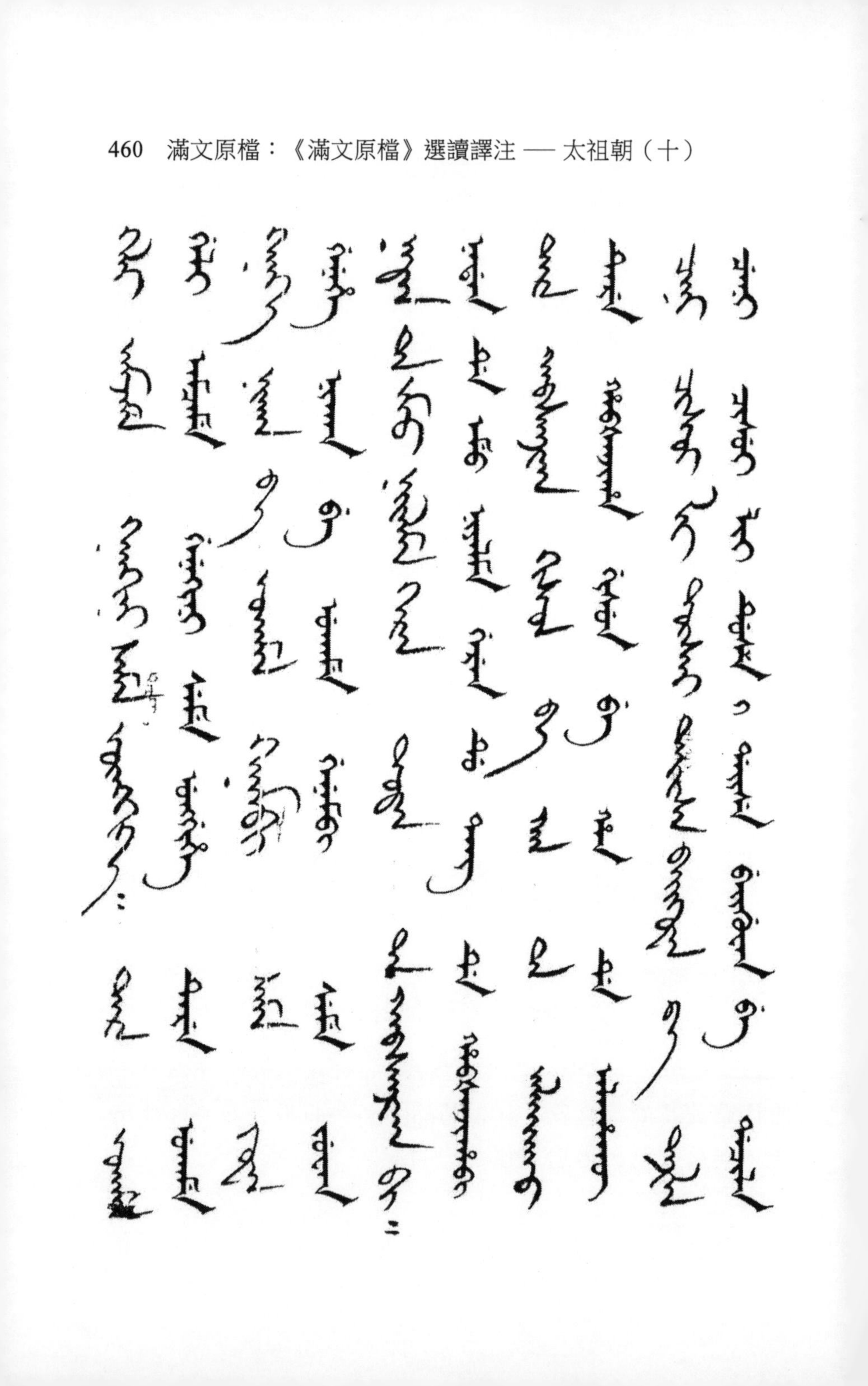

geli amcame genekini seme unggihe. tere ukame genehe nikan be ukame genembi seme, juwan nadan de emu niyalma geren du tang de habšanjihabi. tere habšanjiha gisun be, han de alahakū, ceni cisui lii dusy i daise beiguwan be dacila

又令往追。十七日，曾有一人來向衆都堂告狀，該潛逃之漢人曾欲逃走。然未將其告發之言稟告於汗，而擅自交付李都司之代理備禦官探詢之，

又令往追。十七日，曾有一人来向众都堂告状，该潜逃之汉人曾欲逃走。然未将其告发之言禀告于汗，而擅自交付李都司之代理备御官探询之，

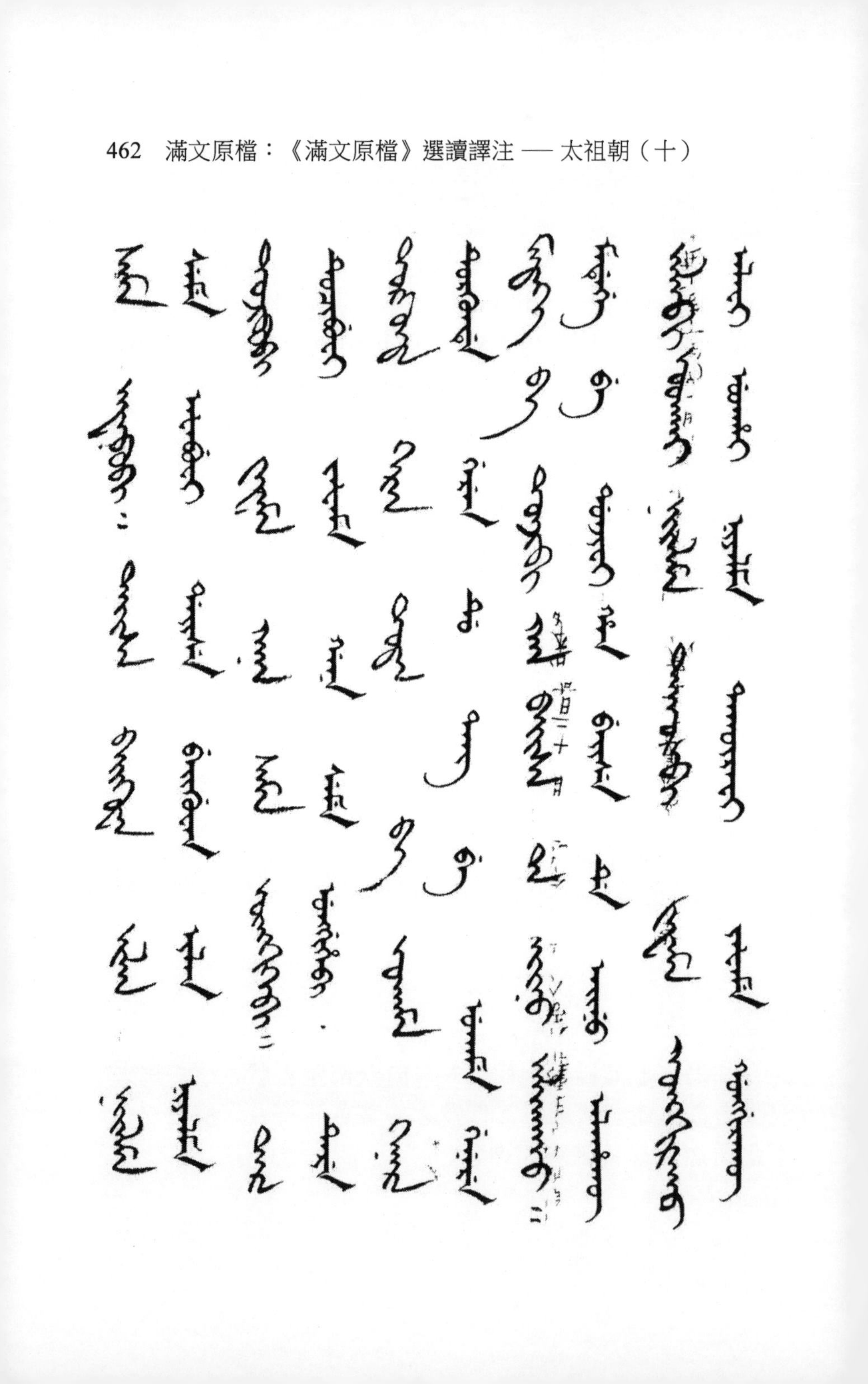

seme afabufi, daise beiguwan ilan niyalma tucibufi jafame gana seme unggihebi tere turgunde, geren du tang be, ukame genere medege be donjifi, han, beise de ainu alahakū, alafi uthai niyalma takūrafi jafame gonggirakū,

---

代理備禦官僅派出三人前往擒拏。其情由，衆都堂聞漢人逃走之信息，為何未稟告於汗及諸貝勒？稟告後未即行遣人擒拏，

代理备御官仅派出三人前往擒拏。其情由，众都堂闻汉人逃走之信息，为何未禀告于汗及诸贝勒？禀告后未即行遣人擒拏，

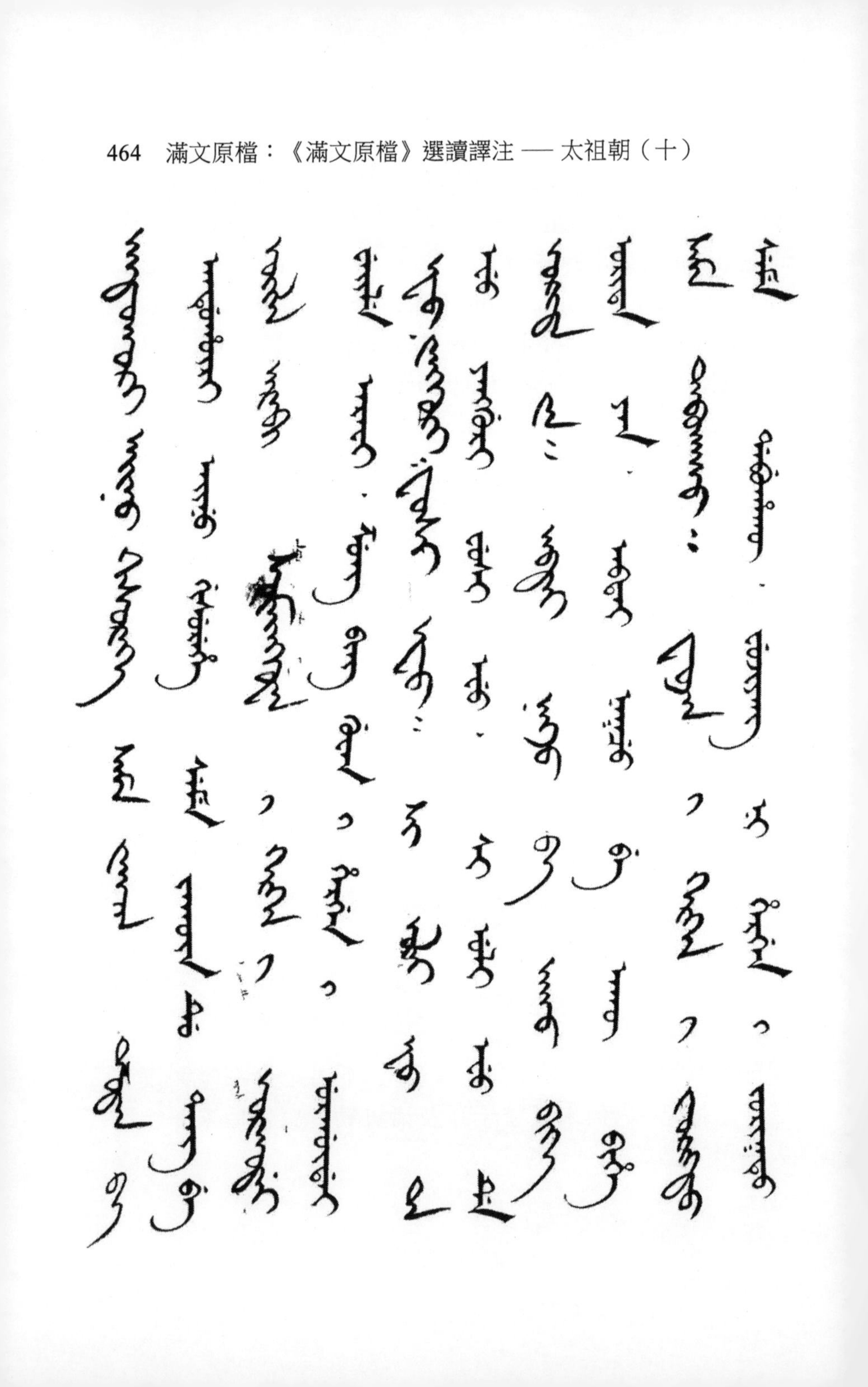

anduhūri ainu gisurehe seme, jakūn du tang be weile arafi, dzung bing guwan i hergen i urgūdai efu, yangguri, fusi efu, si uli efu de orita yan, abtai nakcu be akū bihe seme dabuhakū, fujiyang ni hergen i joriktu

---

為何冷淡言之，而將八都堂治罪。總兵官職之烏爾古岱額駙、揚古利、撫順額駙、西烏里額駙罰銀各二十兩，阿布泰舅舅因不在免罰，副將職之卓里克圖叔父

为何冷淡言之，而将八都堂治罪。总兵官职之乌尔古岱额驸、扬古利、抚顺额驸、西乌里额驸罚银各二十两，阿布泰舅舅因不在免罚，副将职之卓里克图叔父

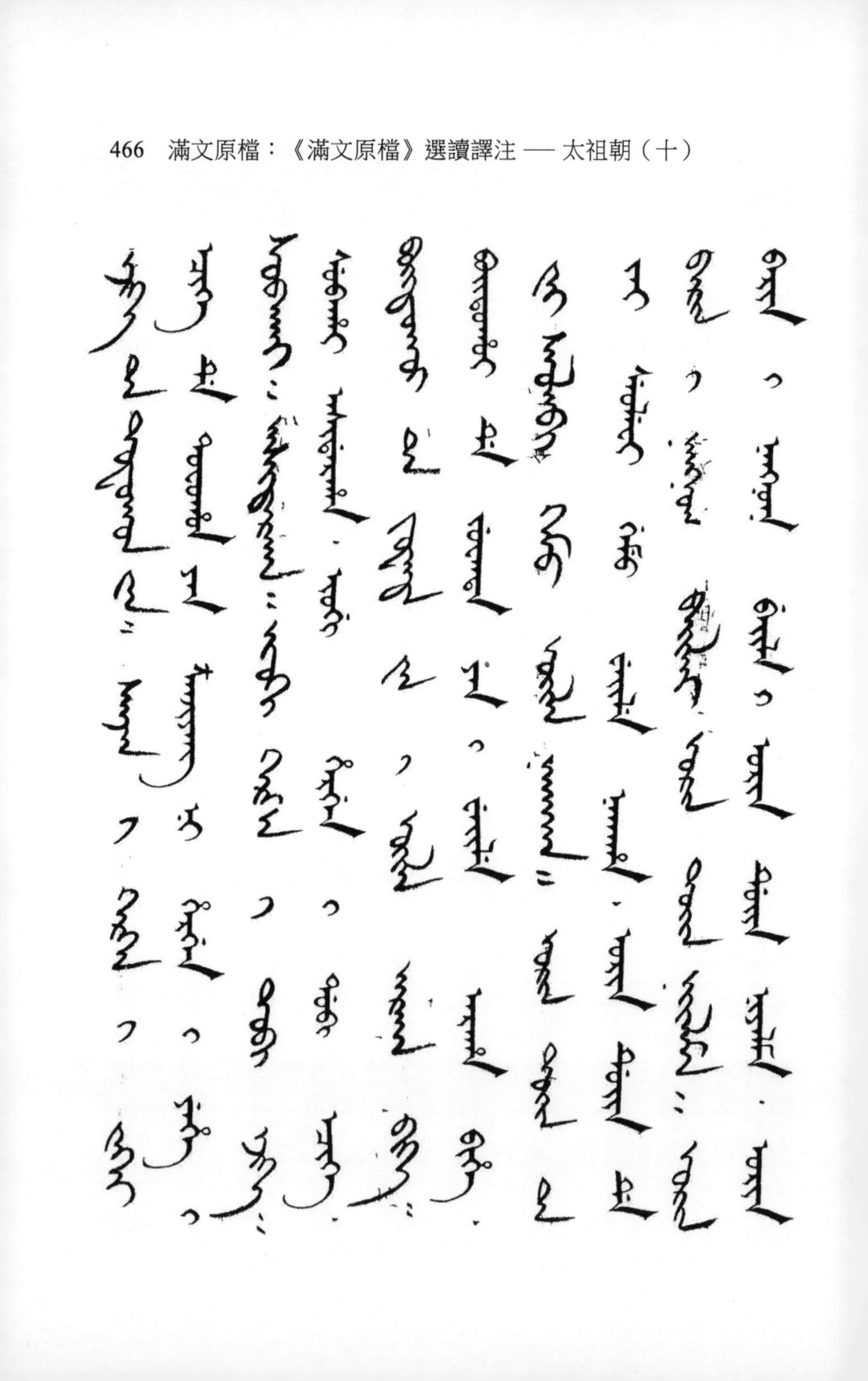

ecike de tofohon yan, ts'anjiyang ni hergen i yehe i subahai, asidarhan, iogi hergen i dobi ecike, boitohoi de juwanta yan i weile araha bihe. jai seolefi gemu weile nakaha. orin duin de, barin i nangnuk beile i orin duin niyalma, orin

---

罰銀十五兩。參將職葉赫之蘇巴海、阿什達爾漢、遊擊職之鐸璧叔父、貝托惠罰銀各十兩。經一再反復思量，皆行免罰。二十四日，巴林囊努克貝勒之二十四人，

罚银十五两。参将职叶赫之苏巴海、阿什达尔汉、游击职之铎璧叔父、贝托惠罚银各十两。经一再反复思量，皆行免罚。二十四日，巴林囊努克贝勒之二十四人，

二十三、官牛耕田

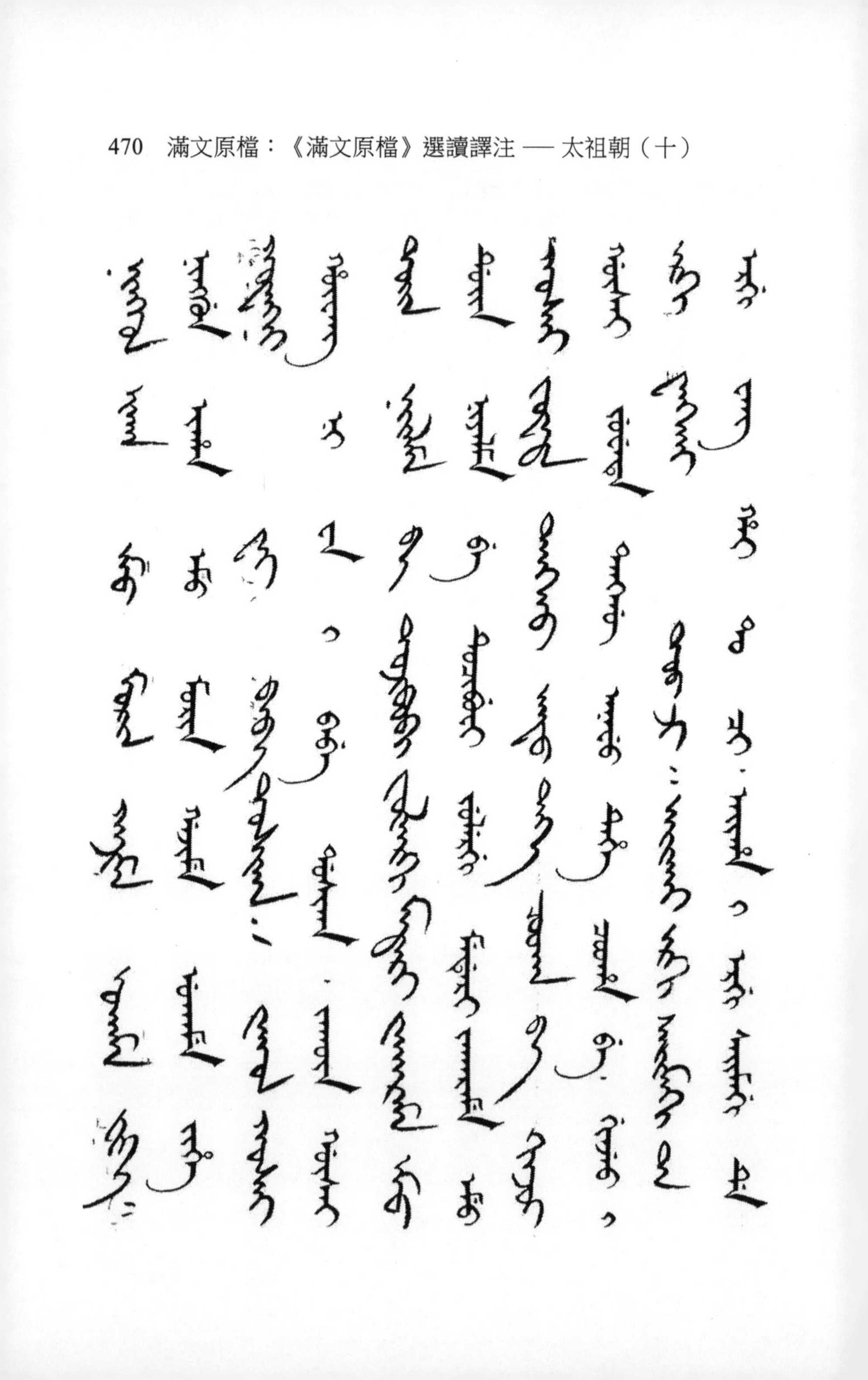

ninggun ihan, emu morin gajime ukame jihe, hūwang ni wa i babe dosika. jakūn gūsai duin niyalma be tucibufi, julergi mederi jakarame emu gūsai juwete tanggū anafu tehe cooha be, ginjeo i ergi wang hai to ci, aiha i ergi saimagi de

---

攜牛二十六頭、馬一匹逃來，由黃泥窪地方進入。派出八旗四人前往命戍守南海沿岸之每旗各二百兵，由金州一帶望海堝[36]伸展至靉河一帶賽馬吉，

携牛二十六头、马一匹逃来，由黄泥洼地方进入。派出八旗四人前往命戍守南海沿岸之每旗各二百兵，由金州一带望海埚伸展至叆河一带赛马吉，

---

[36] 望海堝，《滿文原檔》寫作 "wangkai too"，《滿文老檔》讀作 "wang hai to"；句中 "to"係蒙文"toɣoɣ-a"（口語讀作"toɣoo"） 之音譯縮略語，意即「鍋」。按滿文 "wang hai to"係漢滿文合成地名，亦即 "wang hai"「望海」與 "to"「堝(鍋)」之組合。

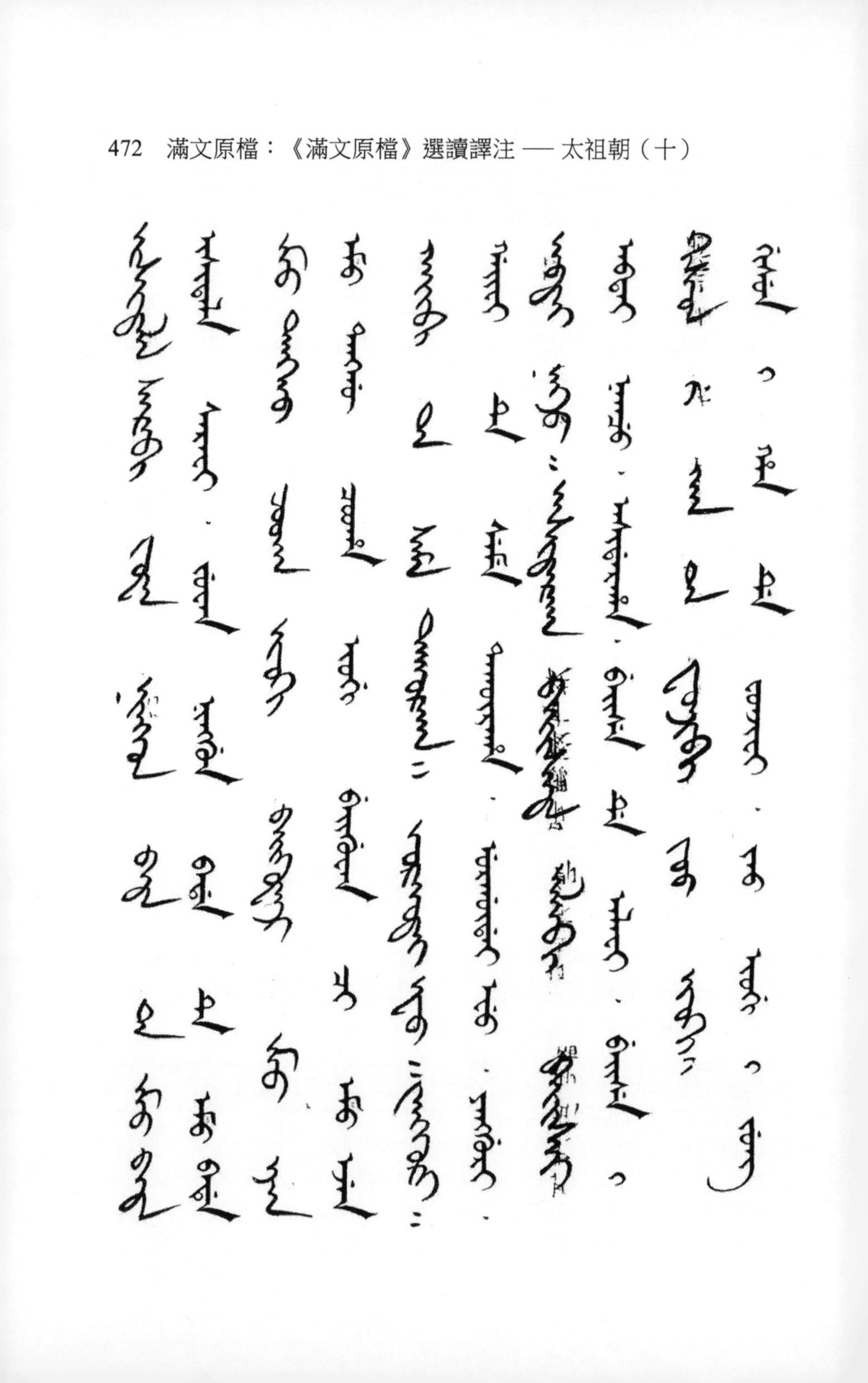

isitala sarafi, juwan ninggun bade te, emu bade emu tanggū cooha, iogi, beiguwan ci emu ejen gaifi te seme takūraha. urgūdai efu, yangguri, abtai nakcu, asidarhan, beise de alafi, beise i gisun i han de fonjifi, jao iogi i jung

---

分駐十六處，每處遣兵一百人，由遊擊、備禦官率一主將駐守。烏爾古岱額駙、揚古利、阿布泰舅舅、阿什達爾漢稟告於諸貝勒，諸貝勒詢問於汗，

分驻十六处，每处遣兵一百人，由游击、备御官率一主将驻守。乌尔古岱额驸、扬古利、阿布泰舅舅、阿什达尔汉禀告于诸贝勒，诸贝勒询问于汗，

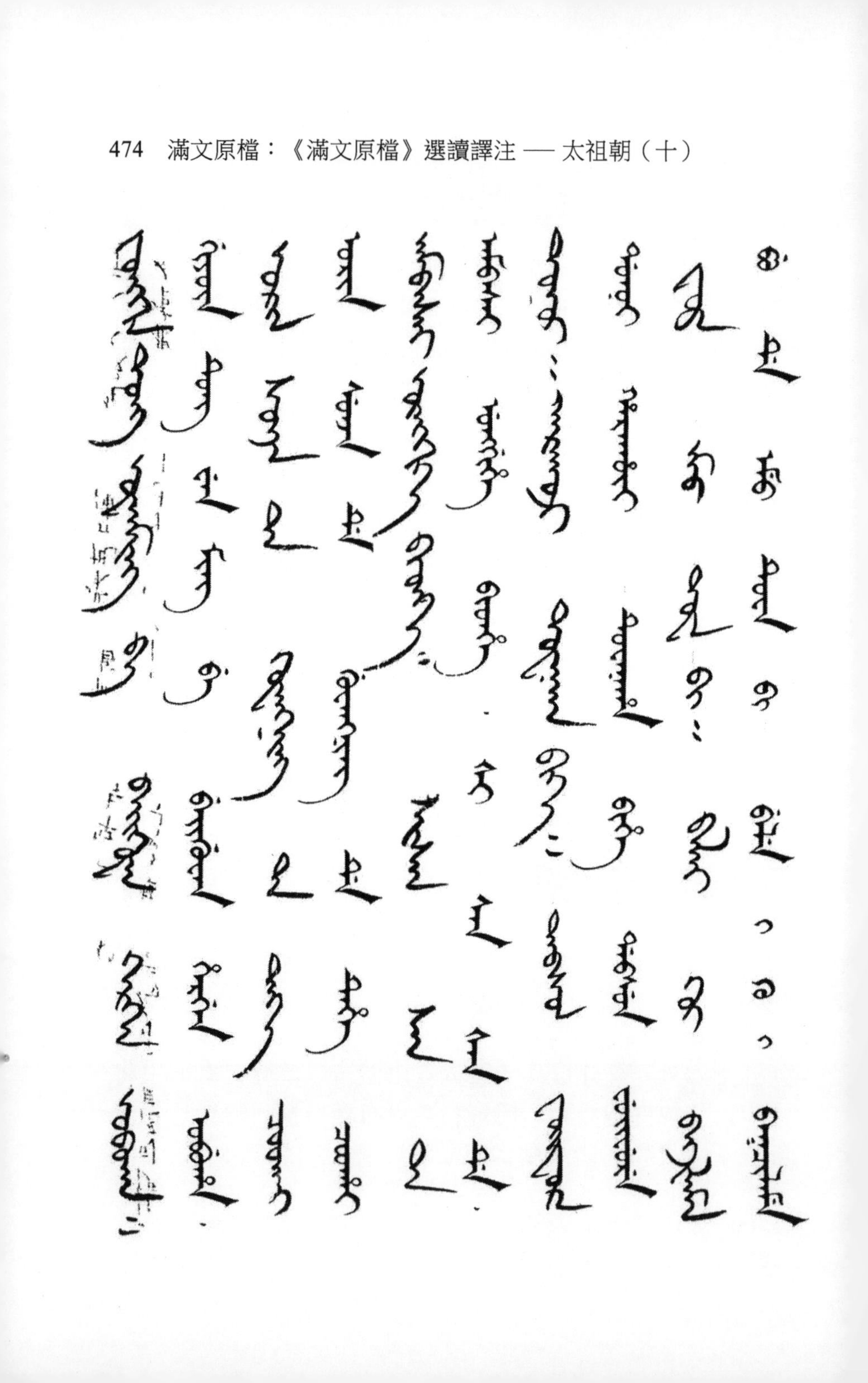

giyūn tung wen ming be beiguwan hergen obuha. orin sunja de, guwangning de tehe coohai ambasai unggihe bithe, ši san šan de, donoi, harahūi tuwanaha bihe, dabsun fuifure pu de, emu tuwa bi, bele i ku i bakcilame

---

擢陞趙遊擊之中軍佟文明為備禦官之職。二十五日，駐守廣寧統兵大臣致書曰：「多諾依、哈拉惠曾往十三山察看；見熬鹽堡有火一處，米庫對面

擢升赵游击之中军佟文明为备御官之职。二十五日，驻守广宁统兵大臣致书曰：「多诺依、哈拉惠曾往十三山察看；见熬盐堡有火一处，米库对面

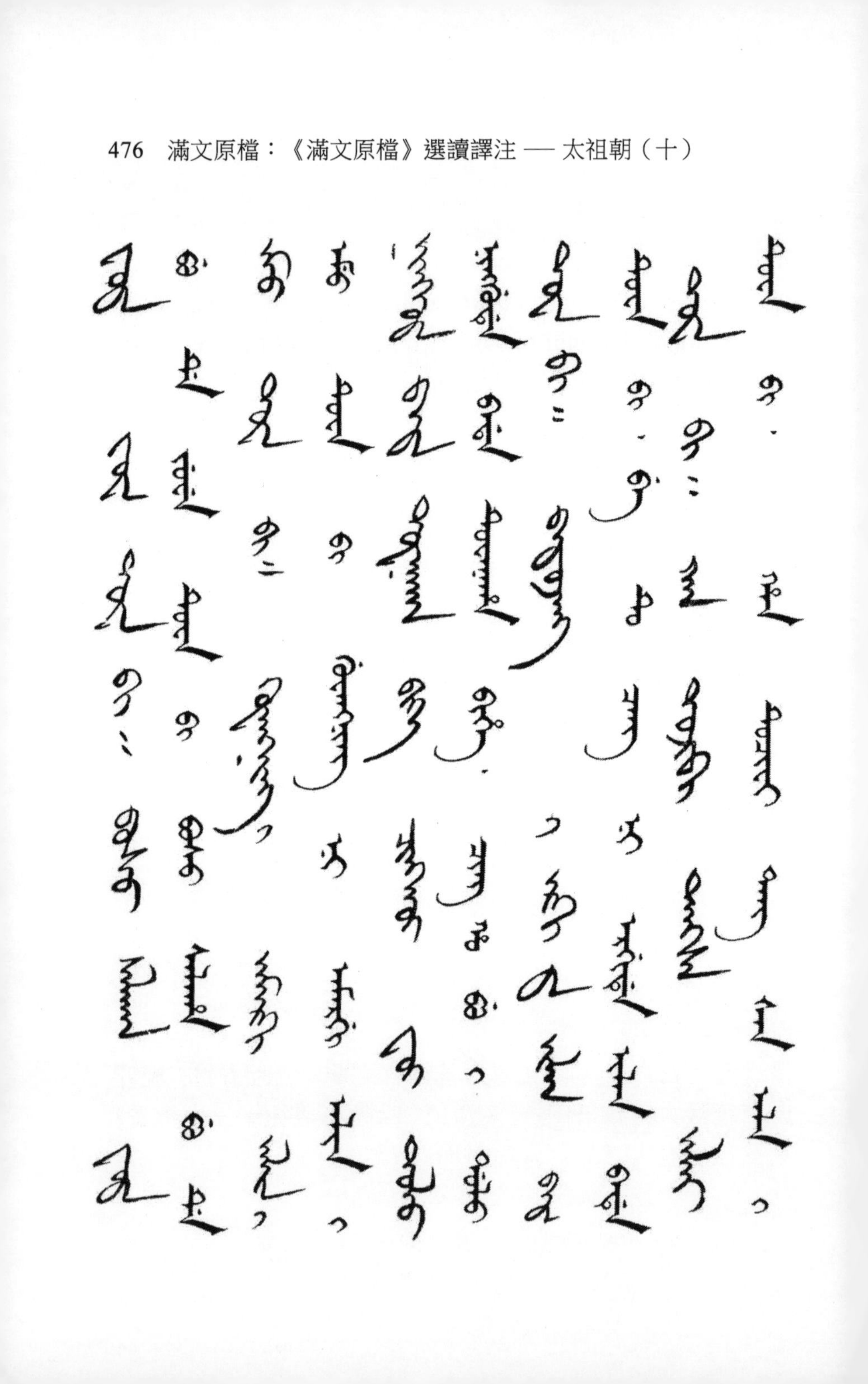

pu de juwe tuwa bi, boso salaha pu de emu tuwa bi. guwangning ni amargi alin i ninggude bada tuwanaha bihe, cing ho pu i dolo tuwa bi, be tu cang ni ergide ilan bade tuwa bi. han tucifi, tang šan ala i

---

堡內有火二處，發放布疋堡內有火一處。巴達曾往廣寧北山頂察看；見清河堡內有火，白土場一帶有火三處。」汗出去察看湯山

堡内有火二处，发放布疋堡内有火一处。巴达曾往广宁北山顶察看；见清河堡内有火，白土场一带有火三处。」汗出去察看汤山

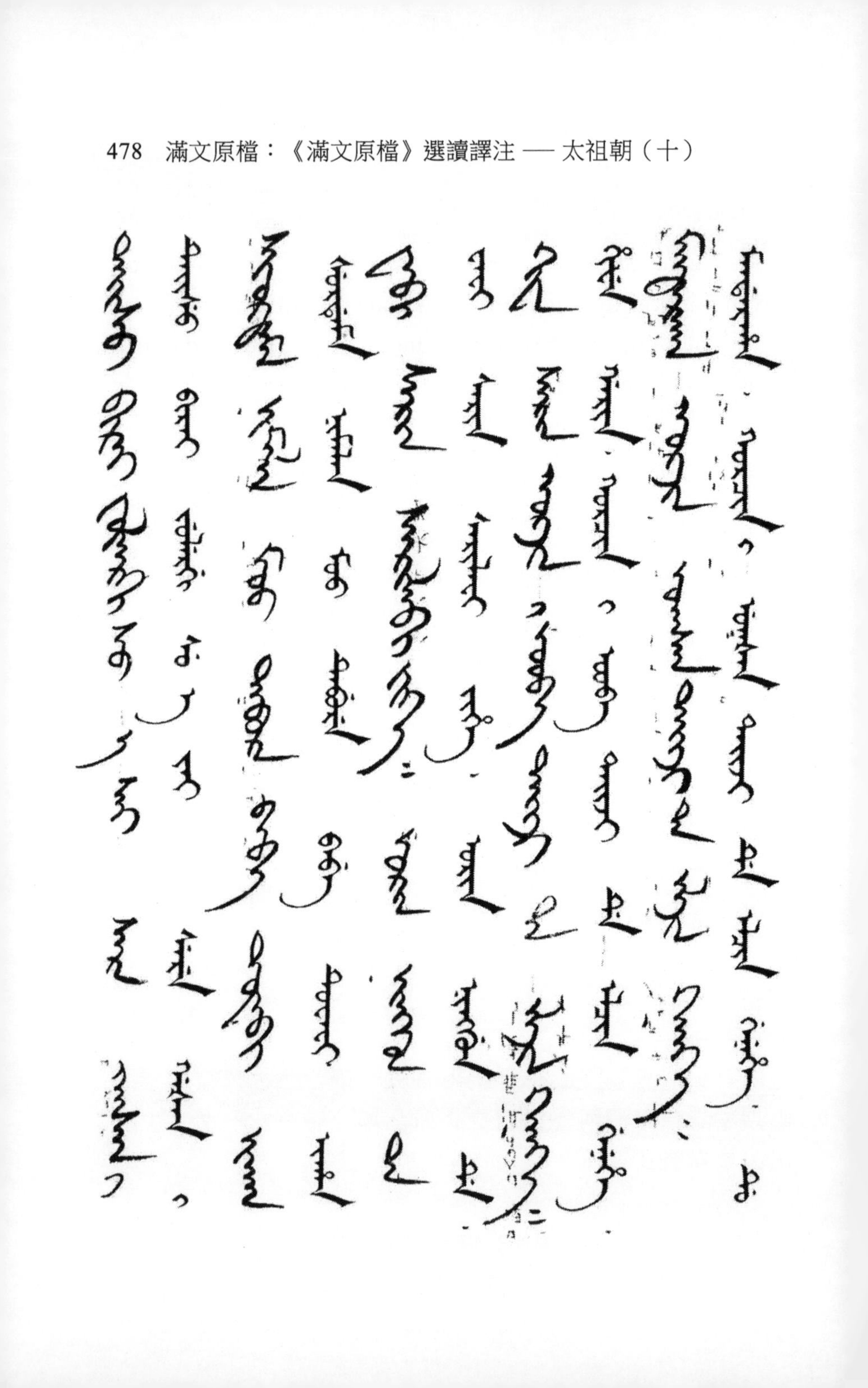

teisu birai julergi su e jai sere gašan i šurdeme nimalan moo tebure babe tuwafi, ihan wafi sarin sarilafi jihe. orin ninggun de, hife, garin, korcin i ooba taiji de elcin genehe, mandarhan, korcin i ukšan taiji de elcin genehe. du

---

河南蘇額寨屯周圍種植桑樹地方，殺牛筵宴而返。二十六日，希福、剛林出使科爾沁奧巴台吉處，滿達爾漢出使科爾沁烏克善台吉處。

河南苏额寨屯周围种植桑树地方，杀牛筵宴而返。二十六日，希福、刚林出使科尔沁奥巴台吉处，满达尔汉出使科尔沁乌克善台吉处。

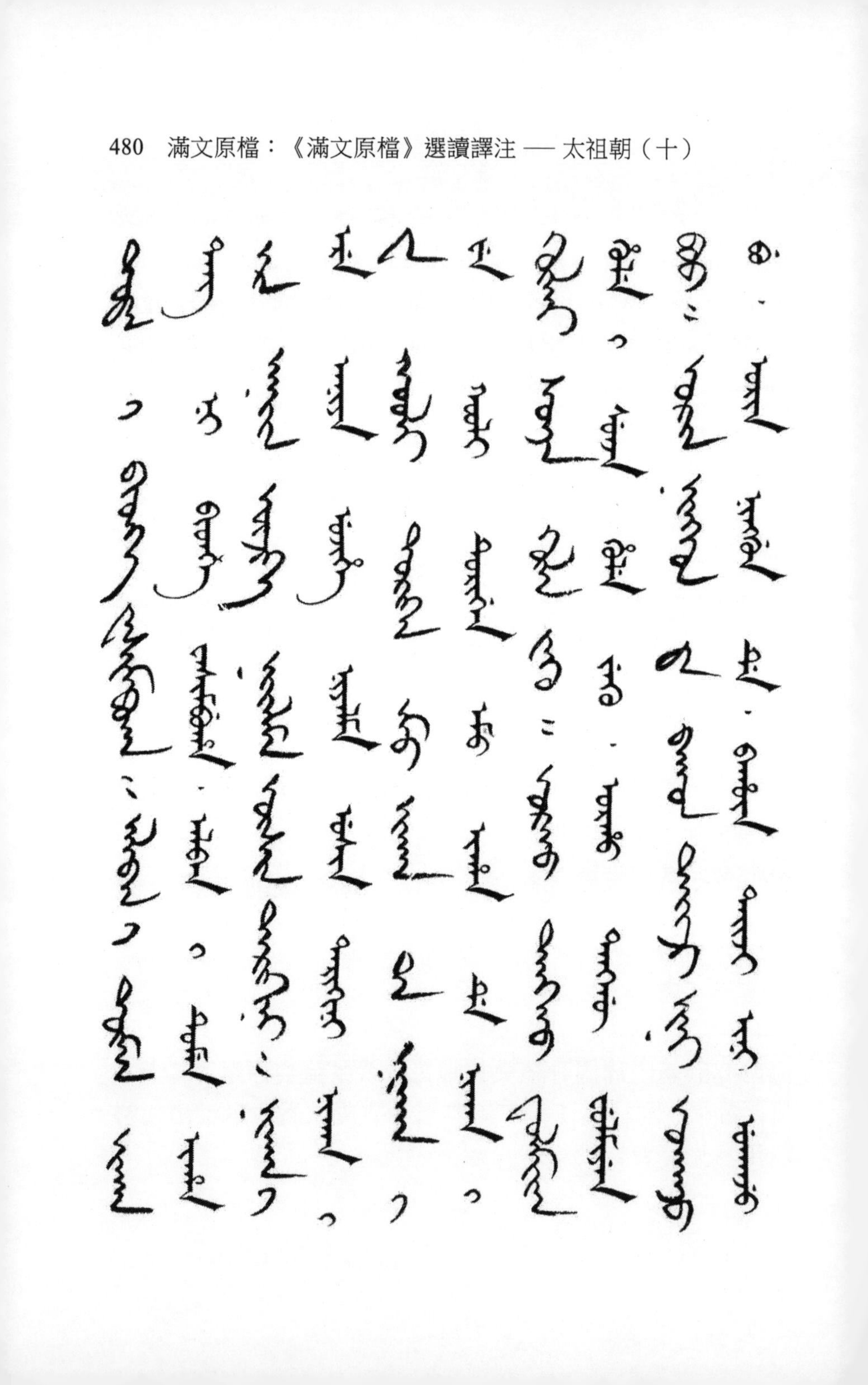

tang ni bithe wasimbuha, alban i tumen ihan ere aniya ujihe niyalma usin tarikini. nikan i fe kooli turigen, emu ihan de nikan i hule i sunja hule jeku, orho tanggū fulmiyen bu. orin ninggun de, bahūn taiji ini ukanju

---

都堂頒書諭曰:「官牛一萬頭,今年飼養之人,准其耕田。按明之舊例租用,租用牛一頭,給糧明石五石、草一百捆。」二十六日,巴琿台吉來找其逃人。

都堂颁书谕曰:「官牛一万头,今年饲养之人,准其耕田。按明之旧例租用,租用牛一头,给粮明石五石、草一百捆。」二十六日,巴珲台吉来找其逃人。

二十四、有夫之婦

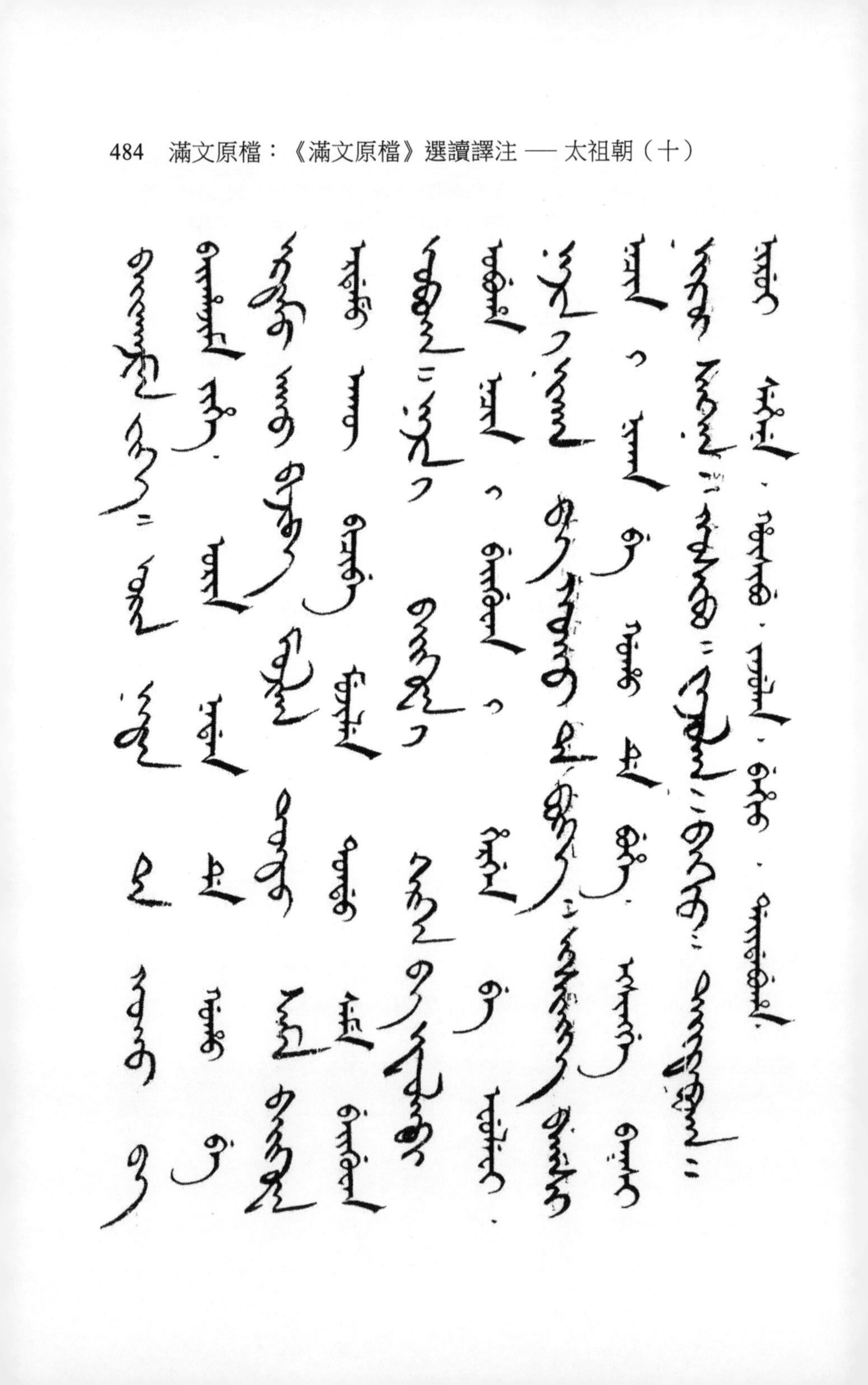

baihanjime jihe. orin nadan de, goho be erdemu akū bicibe, mujilen tondo seme beiguwan obuha. nacin i beiguwan i hergen be efulefi, nacin i nikan be goho de buhe. eksingge baksi nirui sehene, hūsibu, jajulan, behio, daidabuha,

---

二十七日，郭豁雖無才德，惟心忠耿，而陞為備禦官。革納欽備禦官之職，納欽屬下漢人賜給郭豁。額克興額巴克什牛彔之色赫訥、胡希布、札珠蘭、博秀、戴達布哈、

二十七日，郭豁虽无才德，惟心忠耿，而升为备御官。革纳钦备御官之职，纳钦属下汉人赐给郭豁。额克兴额巴克什牛彔之色赫讷、胡希布、札珠兰、博秀、戴达布哈、

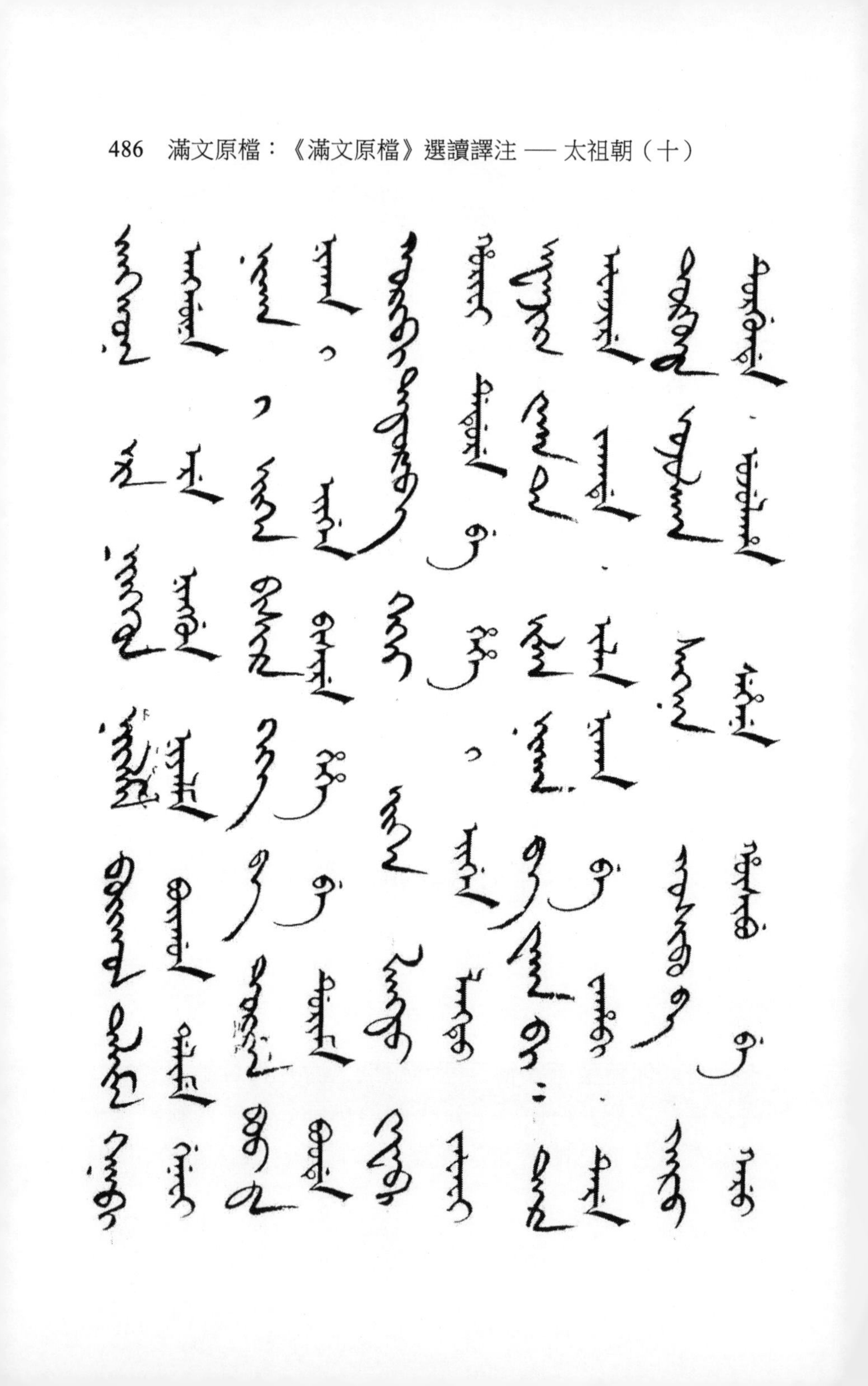

anggūna, ere ninggun niyalma boigon dalime genefi, nikan i eigen bisire hehe be durime boode horifi dedure be, hehe i eigen langtu jafafi afanjire jakade, ilan nikan be wahabi. tere turgunde, ujulaha sehene, hūsibu be karu

---

昂古納等六人前往趕回戶口，因奪漢人有夫之婦監禁宿於家中，故婦人之夫執鐵鎚前來爭鬥，遂殺漢人三名。為此緣故，將為首之色赫訥、胡希布

昂古纳等六人前往赶回户口，因夺汉人有夫之妇监禁宿于家中，故妇人之夫执铁锤前来争斗，遂杀汉人三名。为此缘故，将为首之色赫讷、胡希布

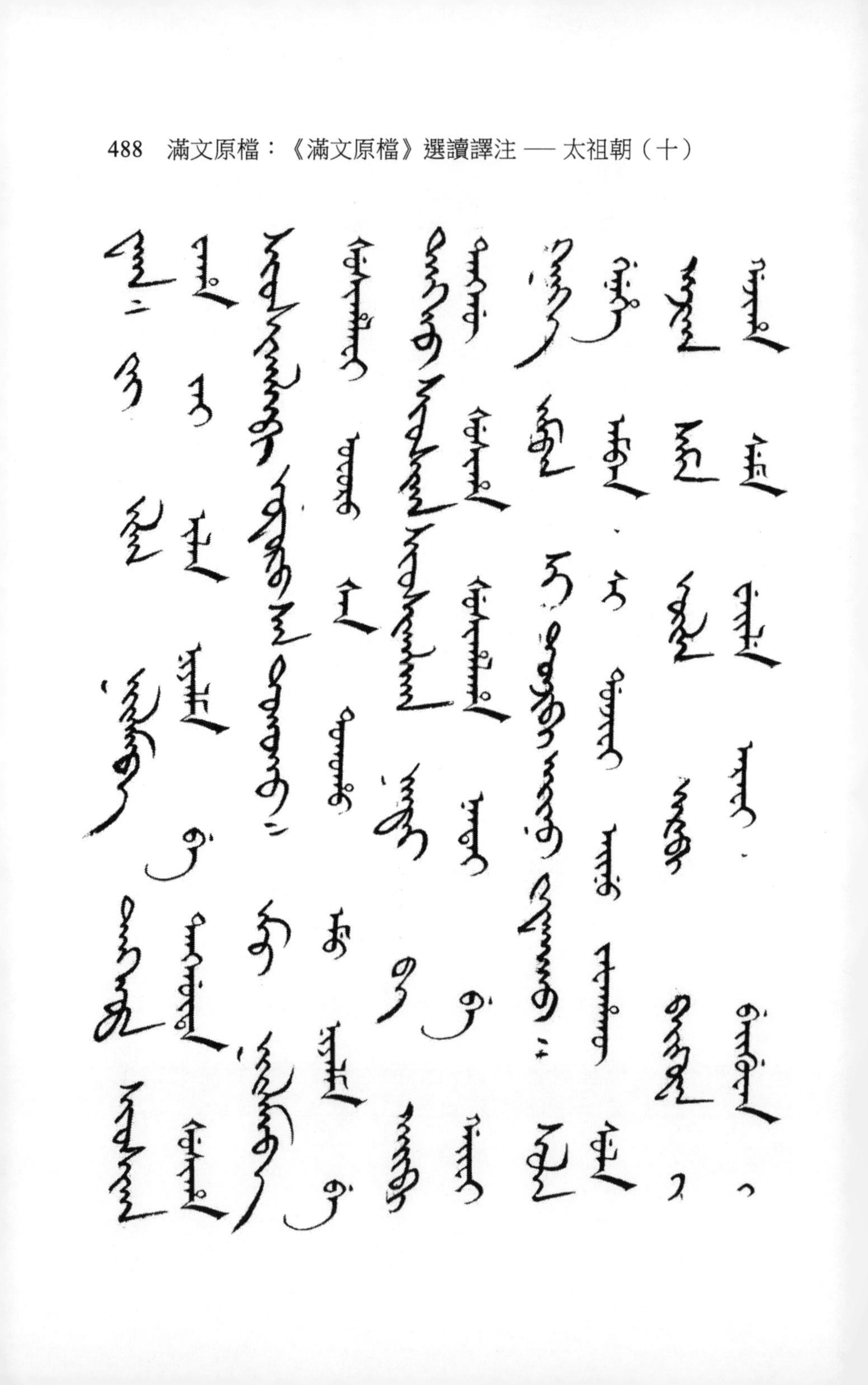

waha, jai ilan niyalma be tanggūta šusiha šusihalafi oforo, šan tokoho, emu niyalma be tanggū šusiha šusihalaha. nantai be, gaifi genehe amban, si donjifi ainu jafahakū sula gajiha seme weile arafi, beiguwan i

---

抵命殺之，其餘三人鞭打各一百鞭，刺鼻、耳，另一人鞭打一百鞭。南泰身為率領前往之大臣，爾既已聞之，為何未加拘拏？竟隨意攜帶而治罪，

抵命杀之，其余三人鞭打各一百鞭，刺鼻、耳，另一人鞭打一百鞭。南泰身为率领前往之大臣，尔既已闻之，为何未加拘拏？竟随意携带而治罪，

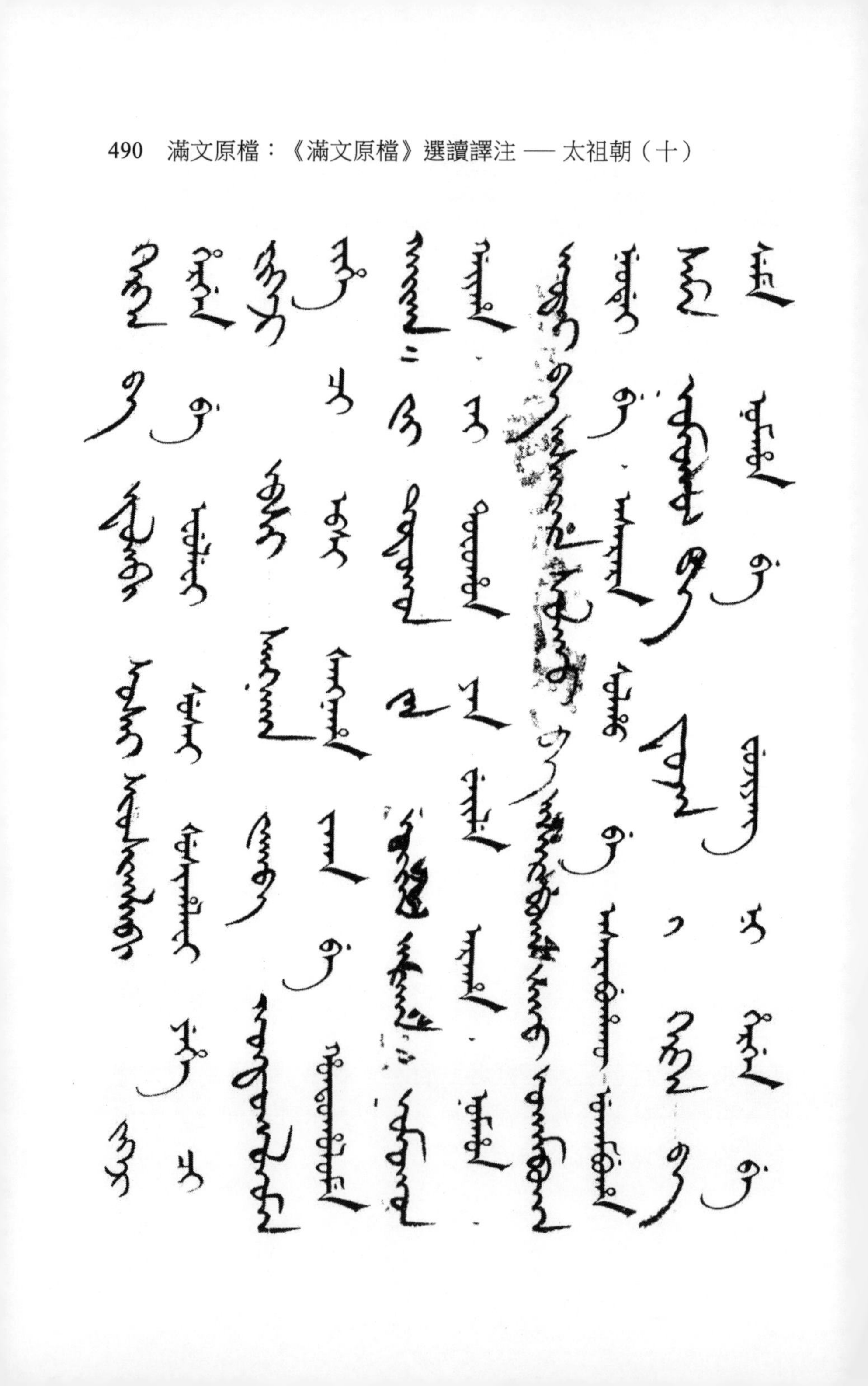

hergen be efulefi susai šusihalafi, yehe ci jihe ci ebsi šangnaha jaka be hontoholome gaiha, jai tofohon yan weile araha. nomhon, neodei be, asarara solho be asarabuhakū ukambuha seme, nomhon be fujiyang ni hergen be

---

革備禦官之職，鞭打五十鞭，奪其從葉赫前來以來所賞物件之半，並罰銀十五兩。諾穆渾、訥德依因未將應行羈留之朝鮮人羈留，致使潛逃，故革諾穆渾副將之職，

革备御官之职，鞭打五十鞭，夺其从叶赫前来以来所赏物件之半，并罚银十五两。诺穆浑、讷德依因未将应行羁留之朝鲜人羁留，致使潜逃，故革诺穆浑副将之职，

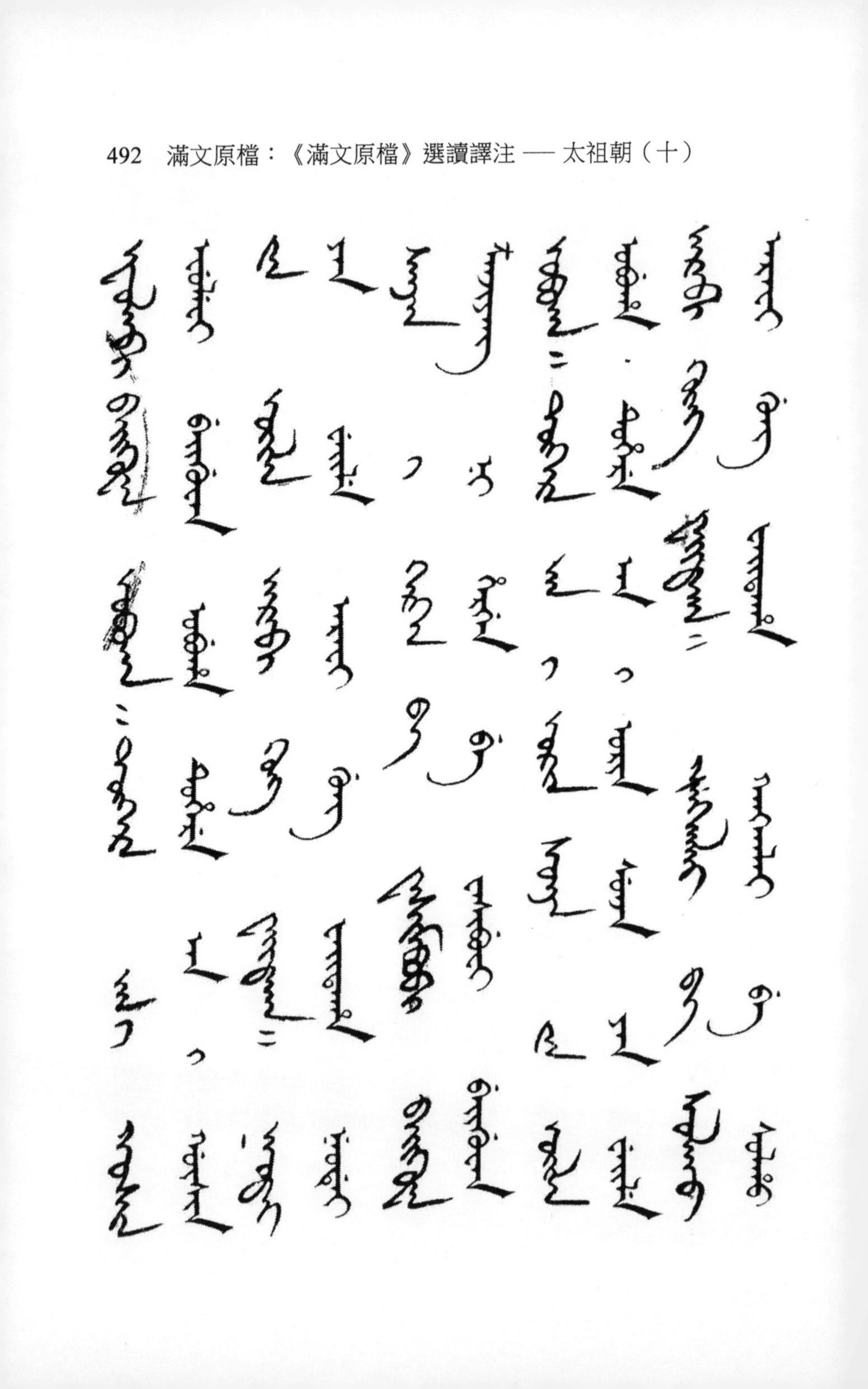

efulefi beiguwan obuha, tuhere an i gūsin yan weile arafi gung faitaha. neodei ts'anjiyang ni hergen be wasibufi beiguwan obuha, tuhere an i orin sunja yan weile arafi gung faitaha. kangkalai be solho

---

降為備禦官，按例罰銀三十兩，並銷其功。革訥德依參將之職，降為備禦官，按例罰銀二十五兩，並銷其功。時曾有人來告康喀賴，朝鮮人

降为备御官，按例罚银三十两，并销其功。革讷德依参将之职，降为备御官，按例罚银二十五两，并销其功。时曾有人来告康喀赖，朝鲜人

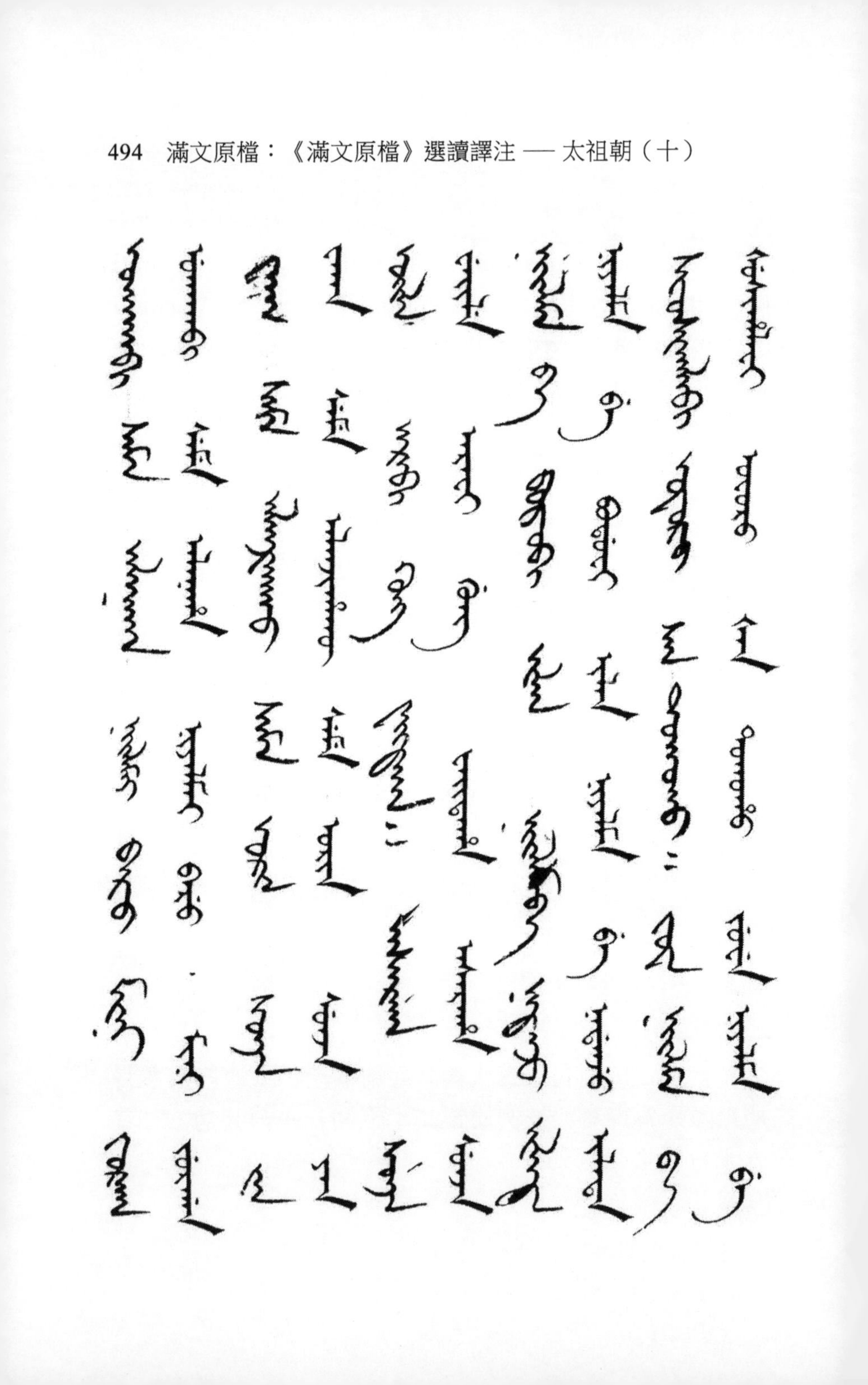

ukakabi seme, alanaha niyalmai baru, mini jurgan waka seme alanjihakū seme, orin sunja yan weile arafi gung faitaha. asaraha sunja niyalma be bodofi, ilan niyalma be nadanju ilata šusihalafi oforo, šan tokoho, juwe niyalma be

---

已潛逃，康喀賴對來告之人稱，事不干己而未來告，遂罰康喀賴二十五兩，並銷其功。其看守之五人分別處治，其中三人鞭打各七十三鞭，並刺鼻、耳，另二人

已潜逃，康喀赖对来告之人称，事不干己而未来告，遂罚康喀赖二十五两，并销其功。其看守之五人分别处治，其中三人鞭打各七十三鞭，并刺鼻、耳，另二人

二十五、妖魔附體

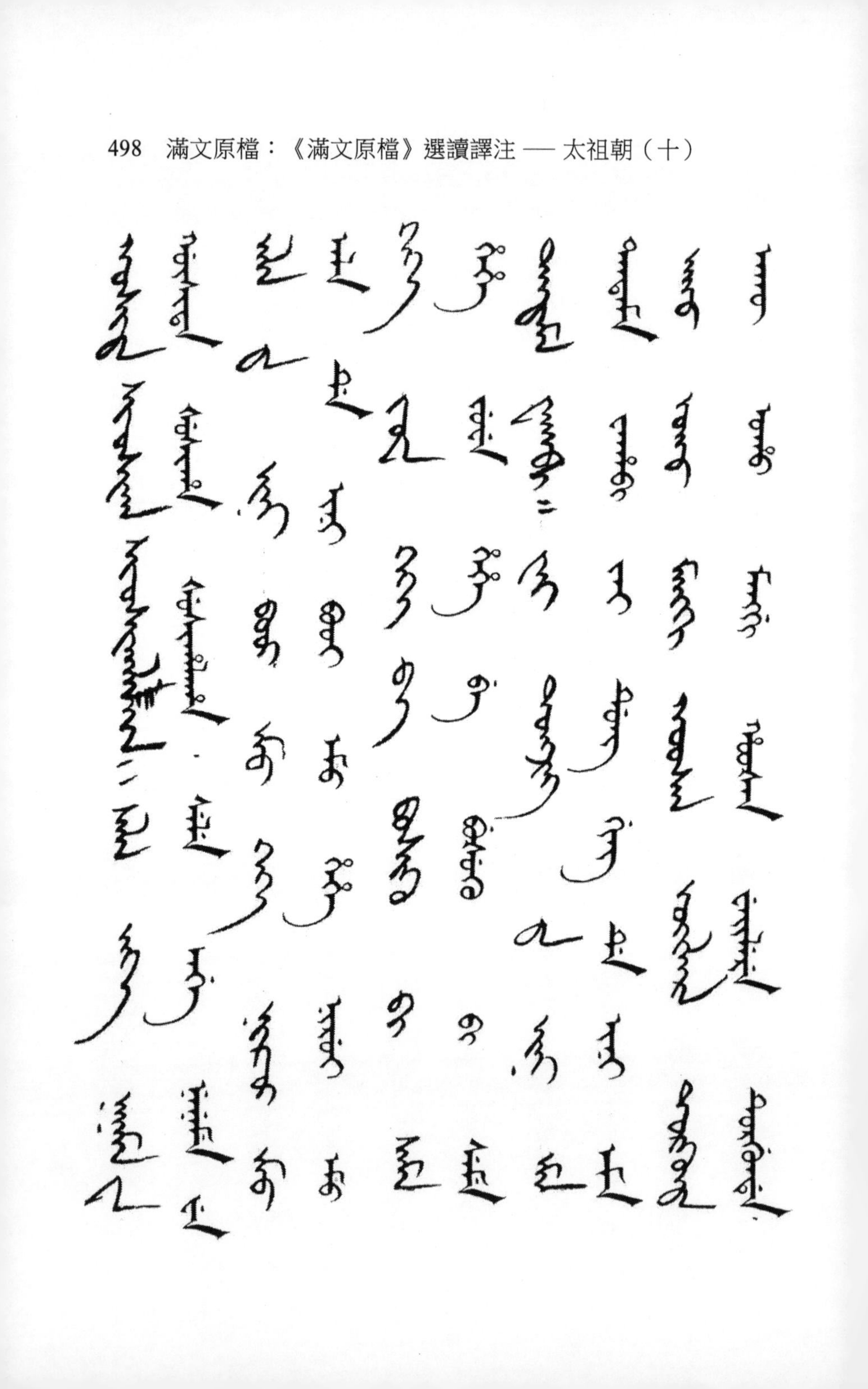

gūsita šusiha šusihalaha. sele age, neneme fe ala de ini booi emu hehe, nirui emu hehe, juwe hehe be bušuku bi seme tantame wahabi. jai dung ging de ini eme akū oho manggi, hoošan weilere turgunde,

---

鞭打各三十鞭。色勒阿哥先前在費阿拉時，曾以其家中一婦及牛彔下之一婦妖魔附體，而將該二婦打死。又在東京時，其母亡後，因製造紙錢事，

鞭打各三十鞭。色勒阿哥先前在费阿拉时，曾以其家中一妇及牛彔下之一妇妖魔附体，而将该二妇打死。又在东京时，其母亡后，因制造纸钱事，

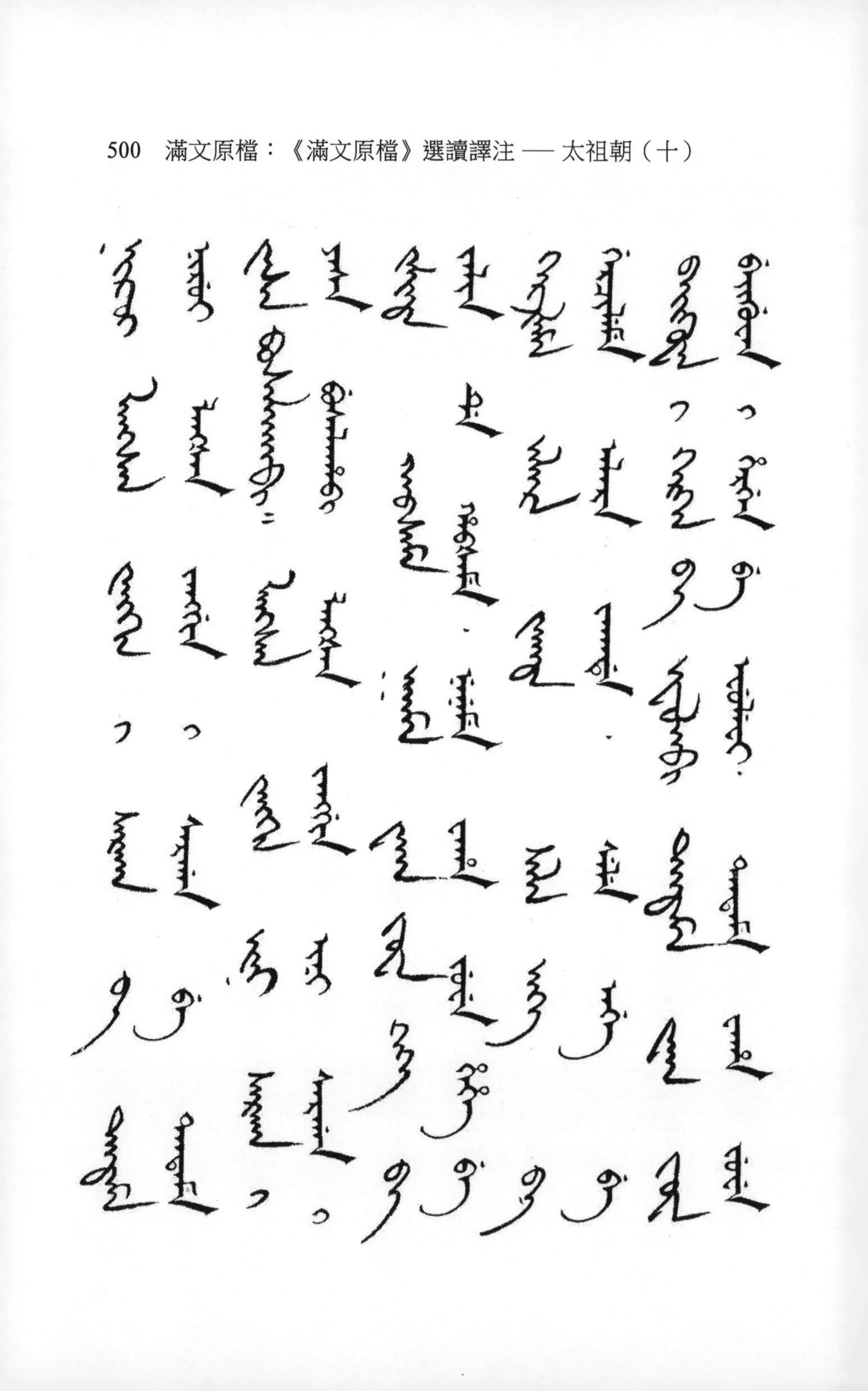

nirui langšan janggin i sargan be tantame yasa busalahabi. langšan janggin ini sargan i jalin de habšame, neneme waha juwe hehe be gercileme alara jakade, sele age be beiguwan i hergen be efulefi, tantame waha juwe

---

將牛彔下郎善章京之妻打瞎雙目。郎善章京為其妻告狀，並為先前被殺之二婦出首，遂革色勒阿哥備禦官之職，

将牛录下郎善章京之妻打瞎双目。郎善章京为其妻告状，并为先前被杀之二妇出首，遂革色勒阿哥备御官之职，

二十六、汗釋逃人

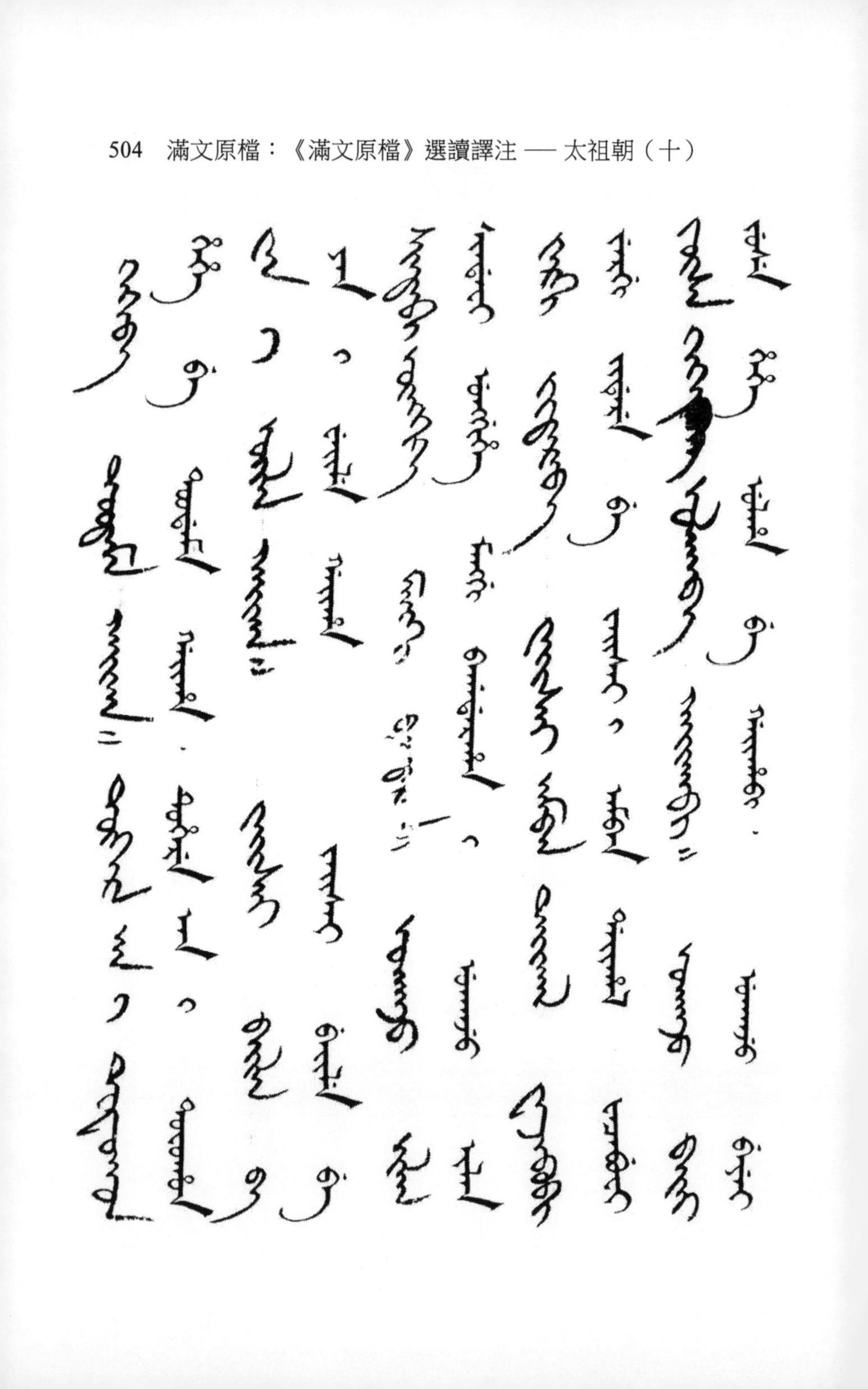

hehe be toodame gaiha, tuhere an i tofohon yan i weile gaiha. jaisai beile be sindafi unggihe manggi, bagadarhan i ukanju ilan jergi jidere be, jaisai i amban daihal facabufi, juse hehe, ulha be gaihabi, ukanju beyei

---

令其償還被打死之婦，按例罰銀十五兩。釋還齋賽貝勒以後，巴噶達爾漢之逃人三次前來，被齋賽之大臣戴哈勒驅散，收取其婦孺、牲畜，

令其偿还被打死之妇，按例罚银十五两。释还斋赛贝勒以后，巴噶达尔汉之逃人三次前来，被斋赛之大臣戴哈勒驱散，收取其妇孺、牲畜，

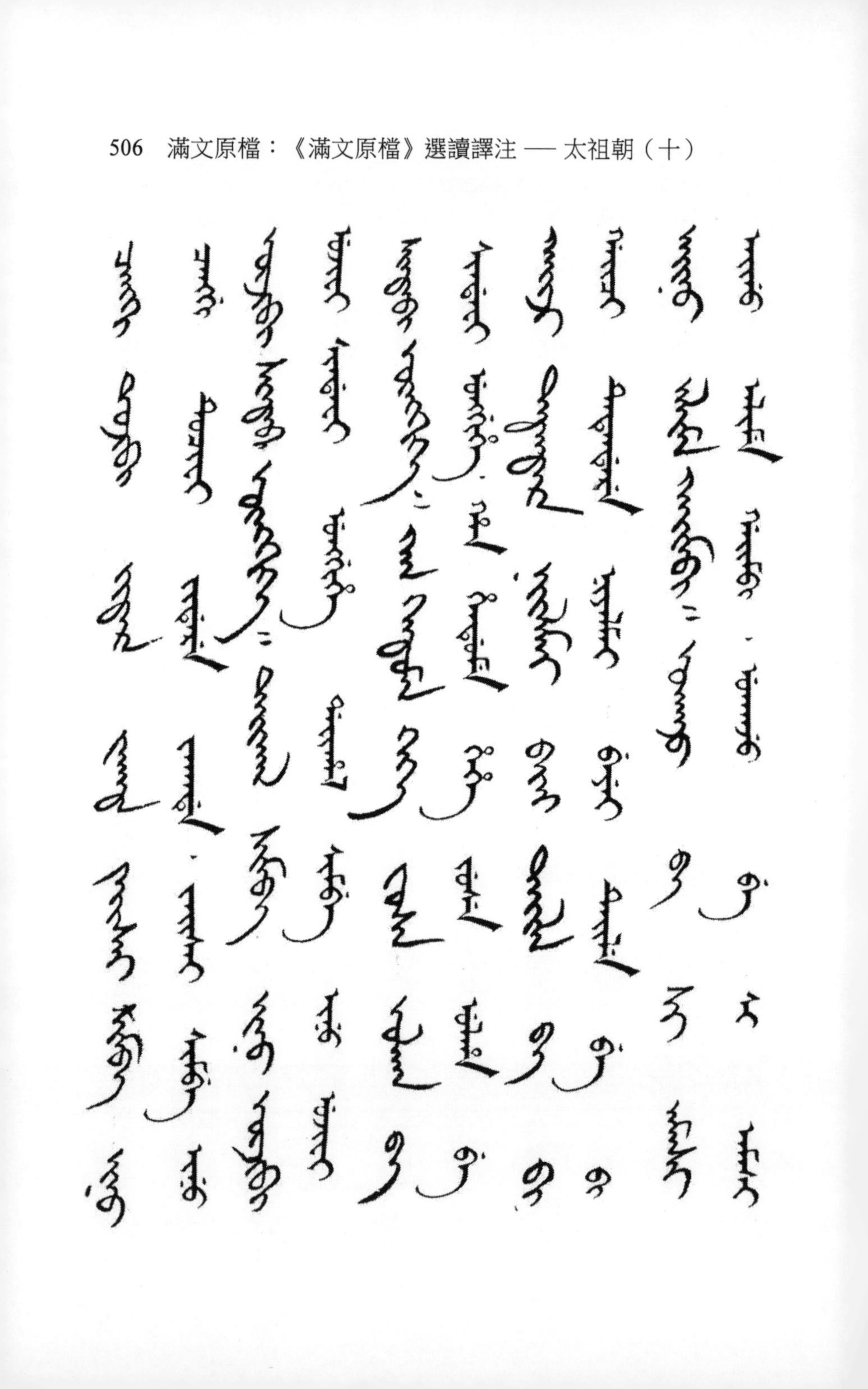

canggi tucifi jidere jakade, jaisai simbe inu ujifi sindafi unggihe, daihal simbe inu ujifi sindafi unggihe. han hendume, hehe juse, ulha be gaici tetendere, niyalmai beyei teile be bi ainu alime gaimbi. ukanju be si amasi

---

逃人隻身脫出來投。齋賽爾亦被豢養後釋還，戴哈勒爾亦被豢養釋還。汗曰：「既已收取其婦孺、牲畜，其隻身之人，我為何收取？該逃人或還爾，

逃人只身脱出来投。斋赛尔亦被豢养后释还，戴哈勒尔亦被豢养释还。汗曰：「既已收取其妇孺、牲畜，其只身之人，我为何收取？该逃人或还尔，

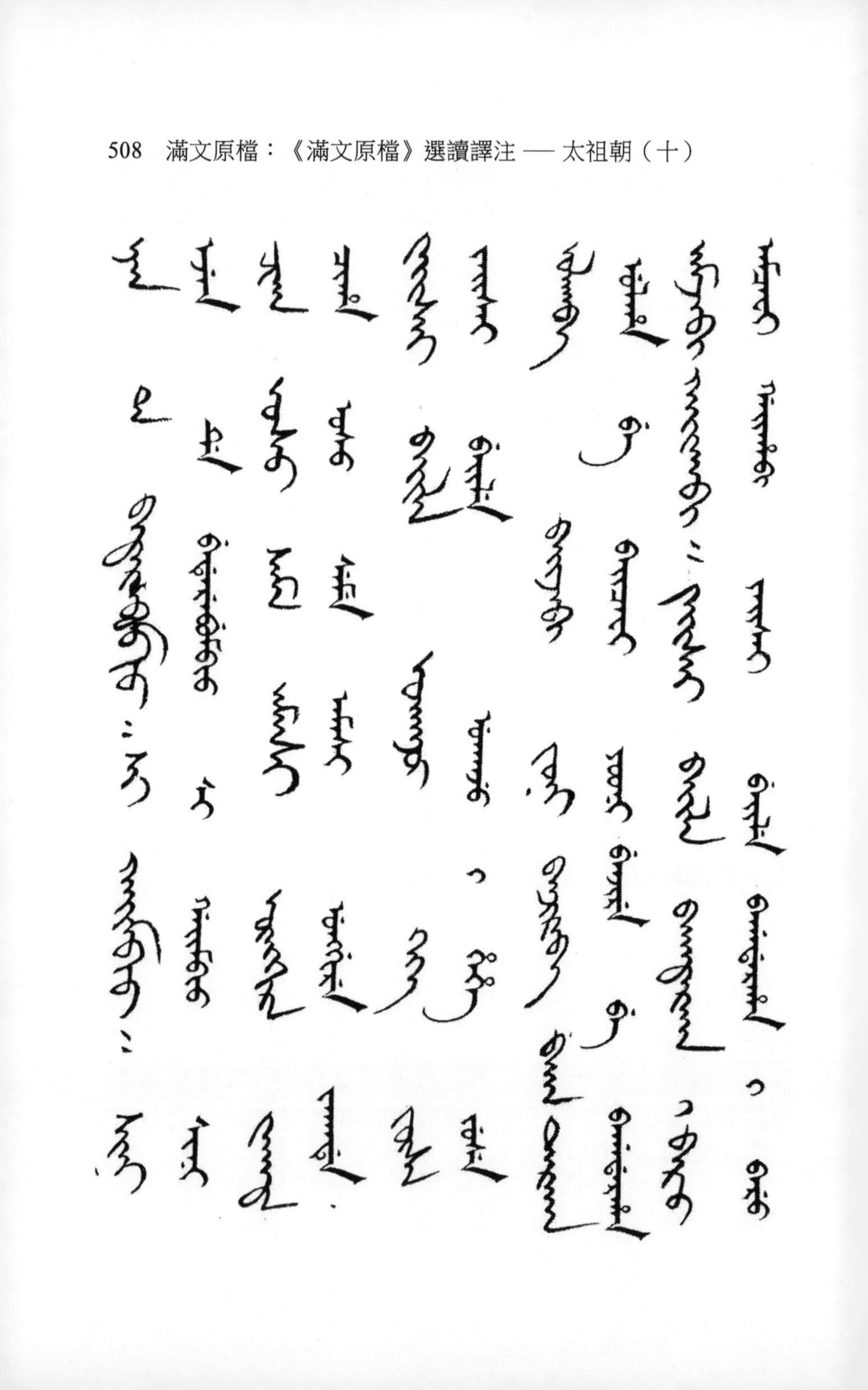

ejen de bederebumbio. si gaimbio. sini ciha oso seme amasi unggire jakade, jaisai beile, ukanju i hehe juse, ulha be baicafi yooni benjire be, bagadarhan amcafi gaihabi. jaisai beile, bagadarhan i baru

---

或退歸其主，悉聽爾便。」遂即遣歸。齋賽貝勒查明逃人之婦孺、牲畜，欲俱行送來，巴噶達爾漢追趕而索之。齋賽貝勒與巴噶達爾漢

或退归其主，悉听尔便。」遂即遣归。斋赛贝勒查明逃人之妇孺、牲畜，欲俱行送来，巴噶达尔汉追赶而索之。斋赛贝勒与巴噶达尔汉

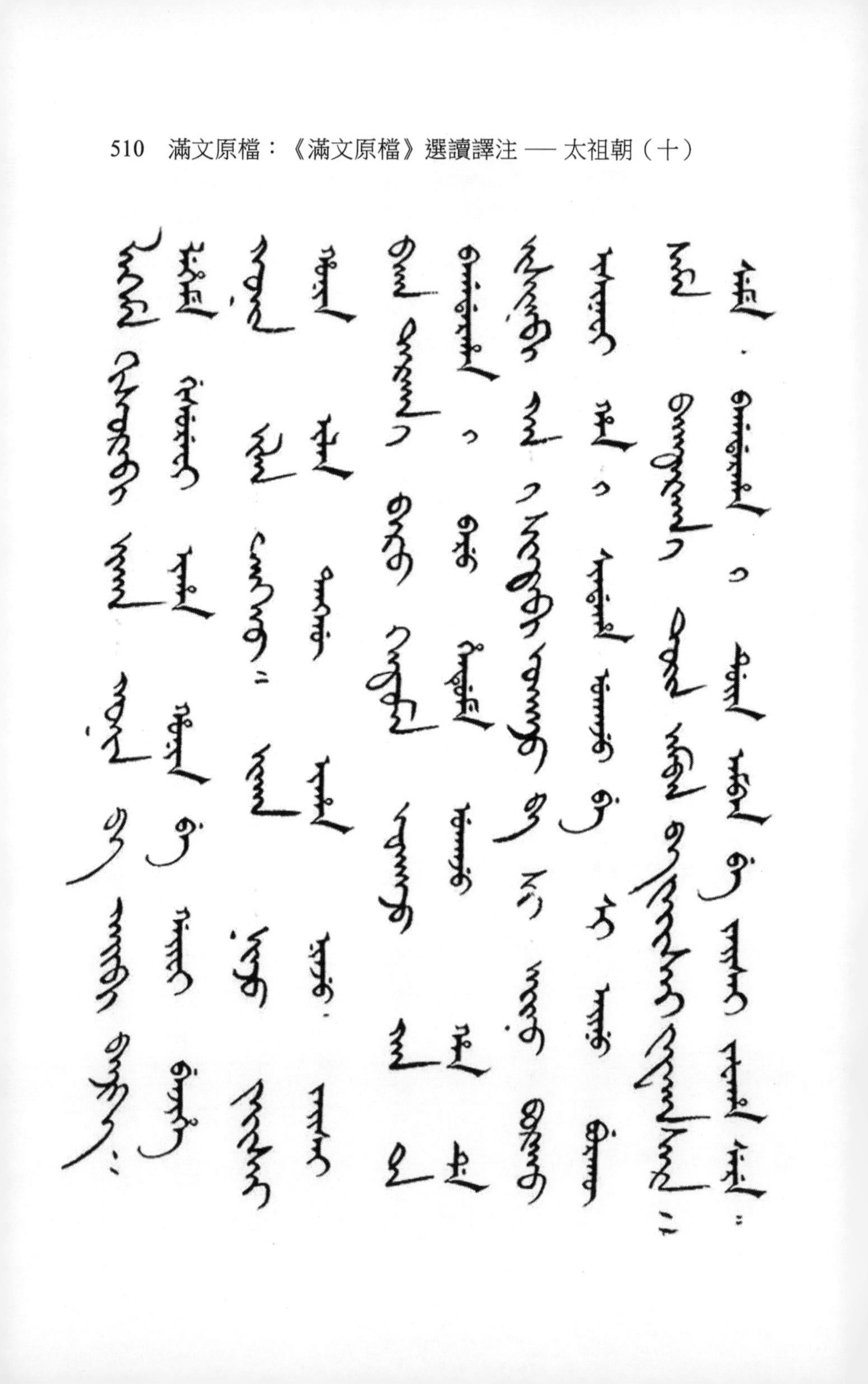

leheme gisurefi, ihan, honin be gaifi benjihe, honin ilan tanggū, ihan ninju. jaisai, bagadarhan i baru hendume, ukanju, han de isinafi, han i sindaha ukanju be si ainu burakū seme, bagadarhan i duin amban be jaisai jafaha sere.

爭議，索取其牛羊送來，計羊三百隻、牛六十頭。齋賽對巴噶達爾漢曰：「逃人已至汗處，汗既釋放之逃人，爾為何不給？」齋賽遂執巴噶達爾汗之四大臣。

争议，索取其牛羊送来，计羊三百只、牛六十头。斋赛对巴噶达尔汉曰：「逃人已至汗处，汗既释放之逃人，尔为何不给？」斋赛遂执巴噶达尔汗之四大臣。

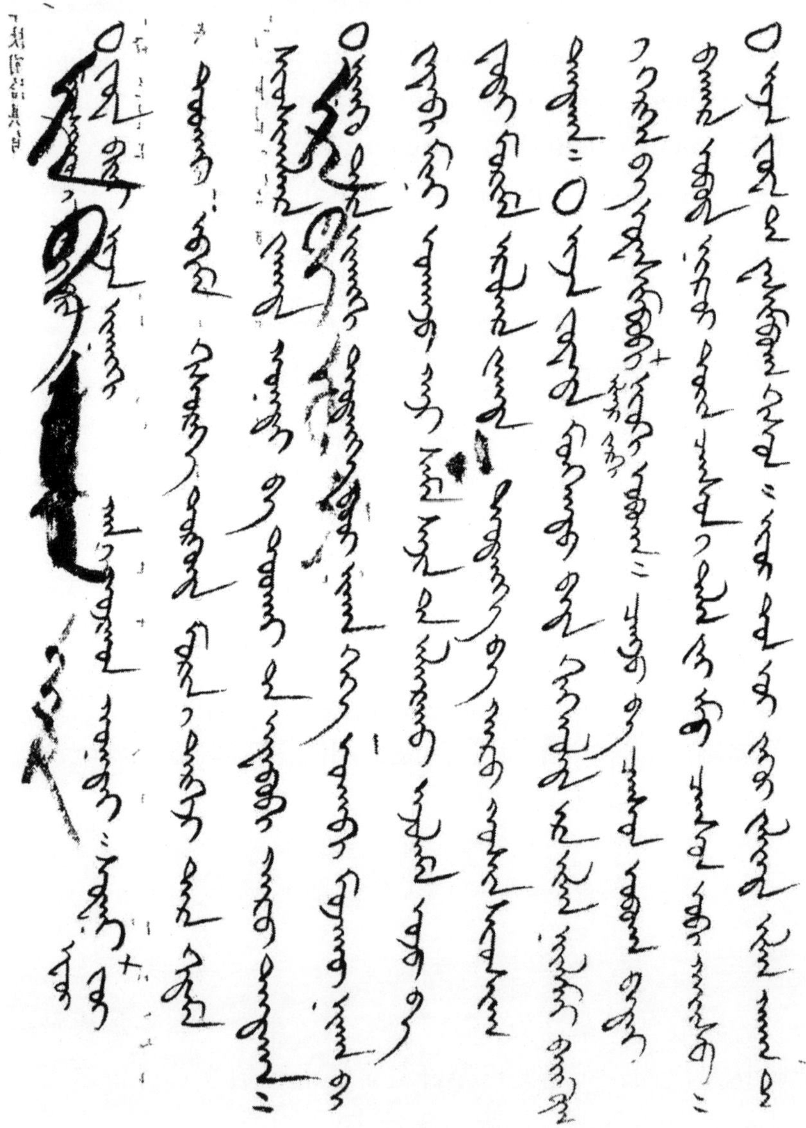

滿文原檔之一

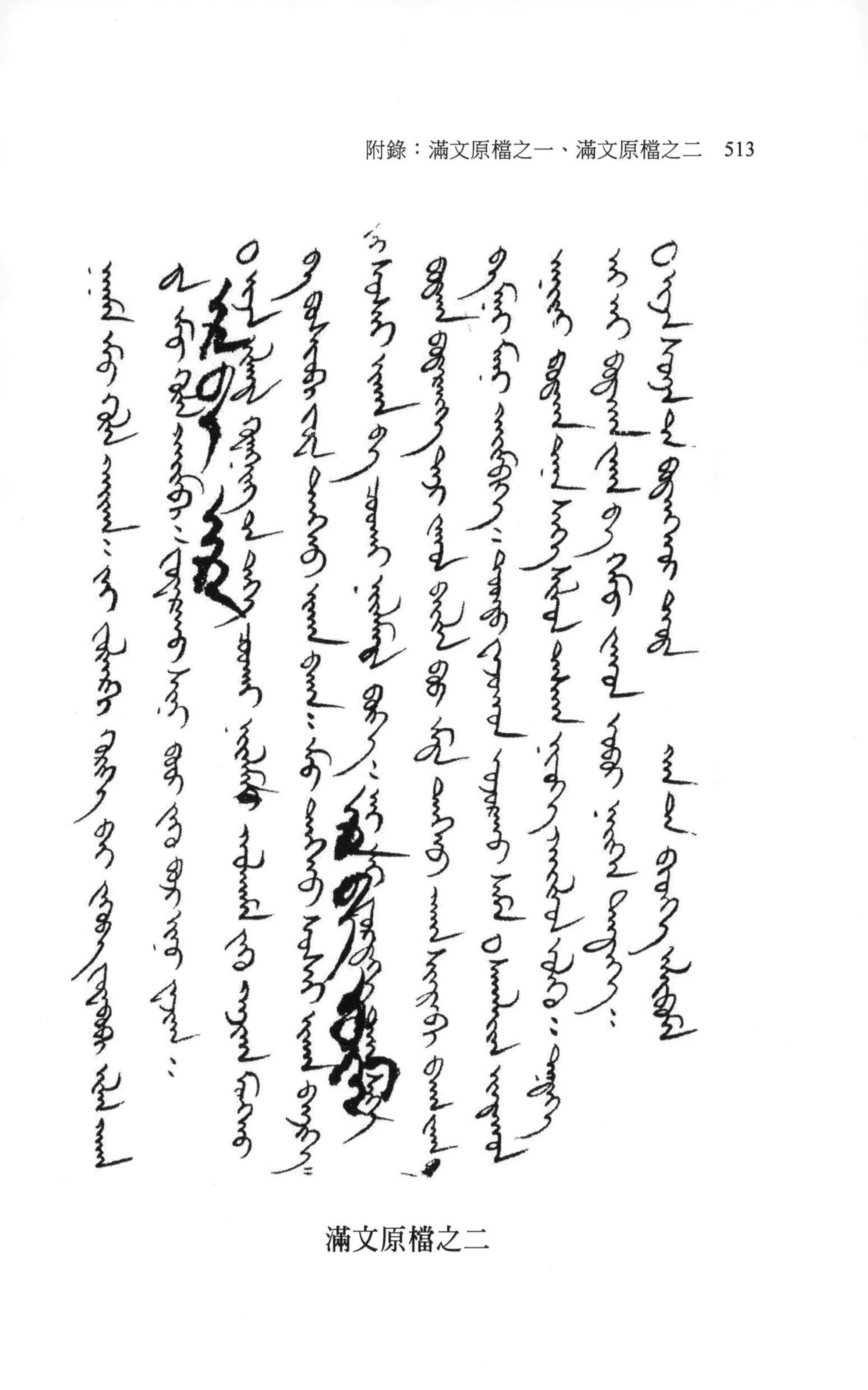

滿文原檔之二

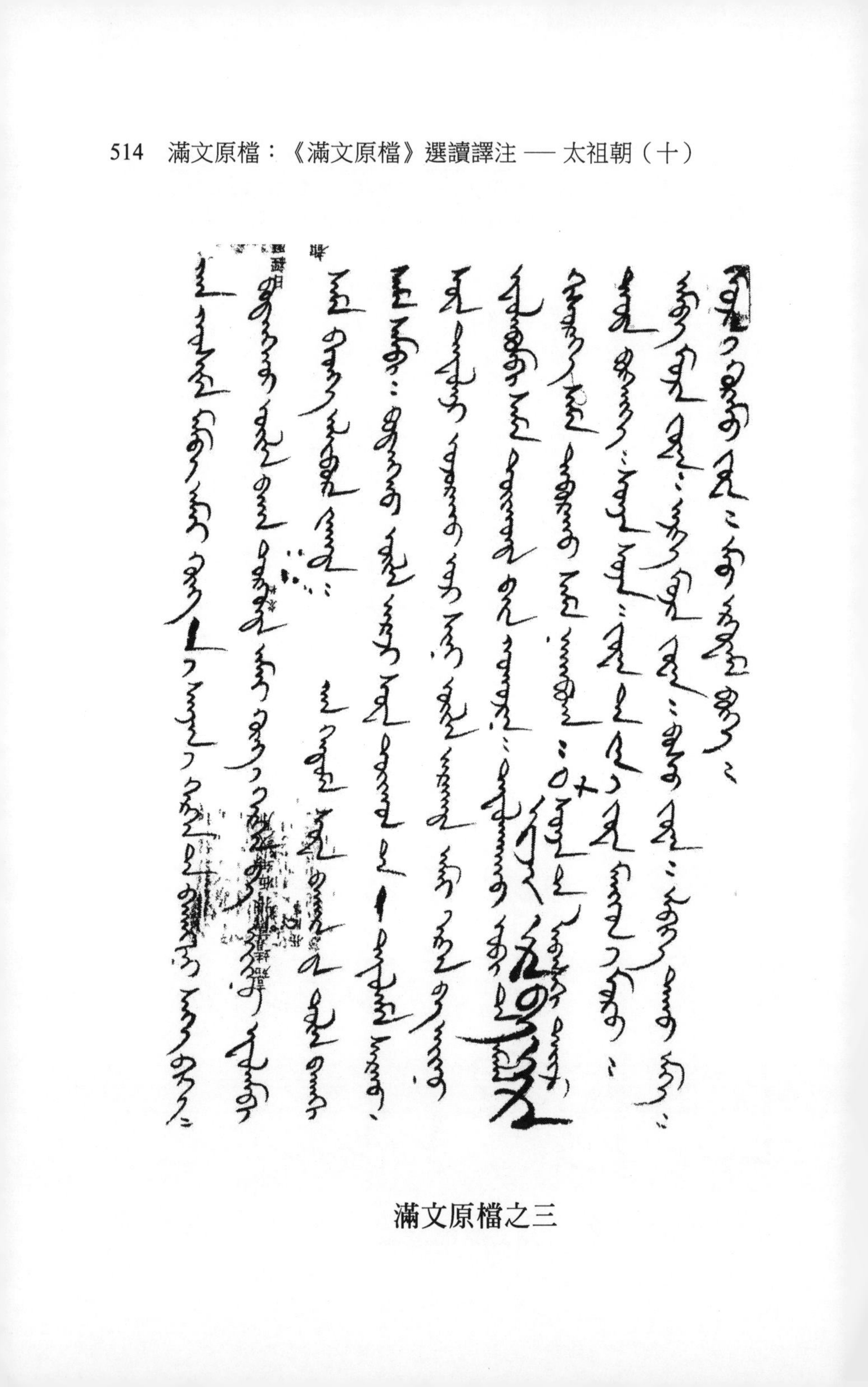

滿文原檔之三

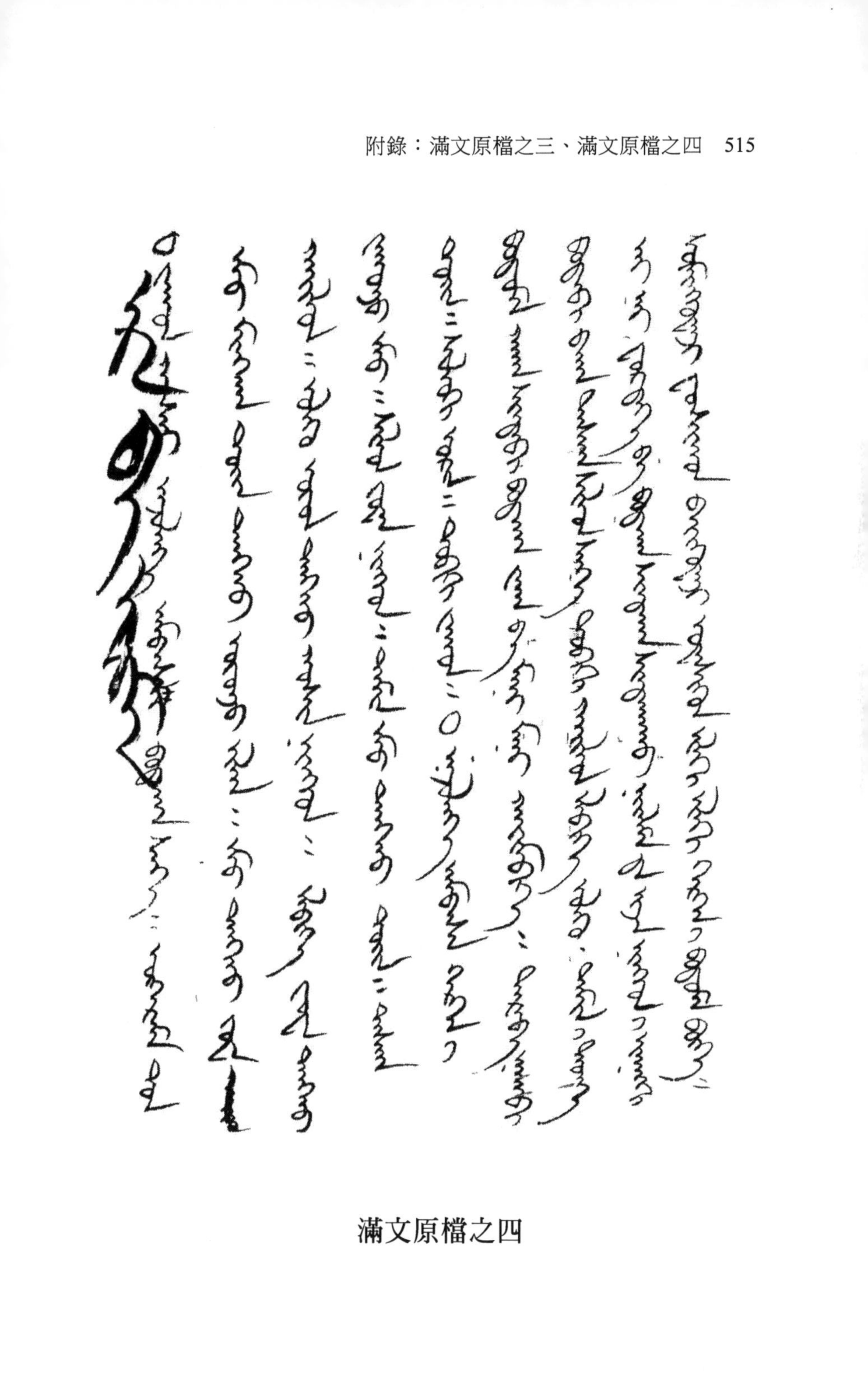

滿文原檔之四

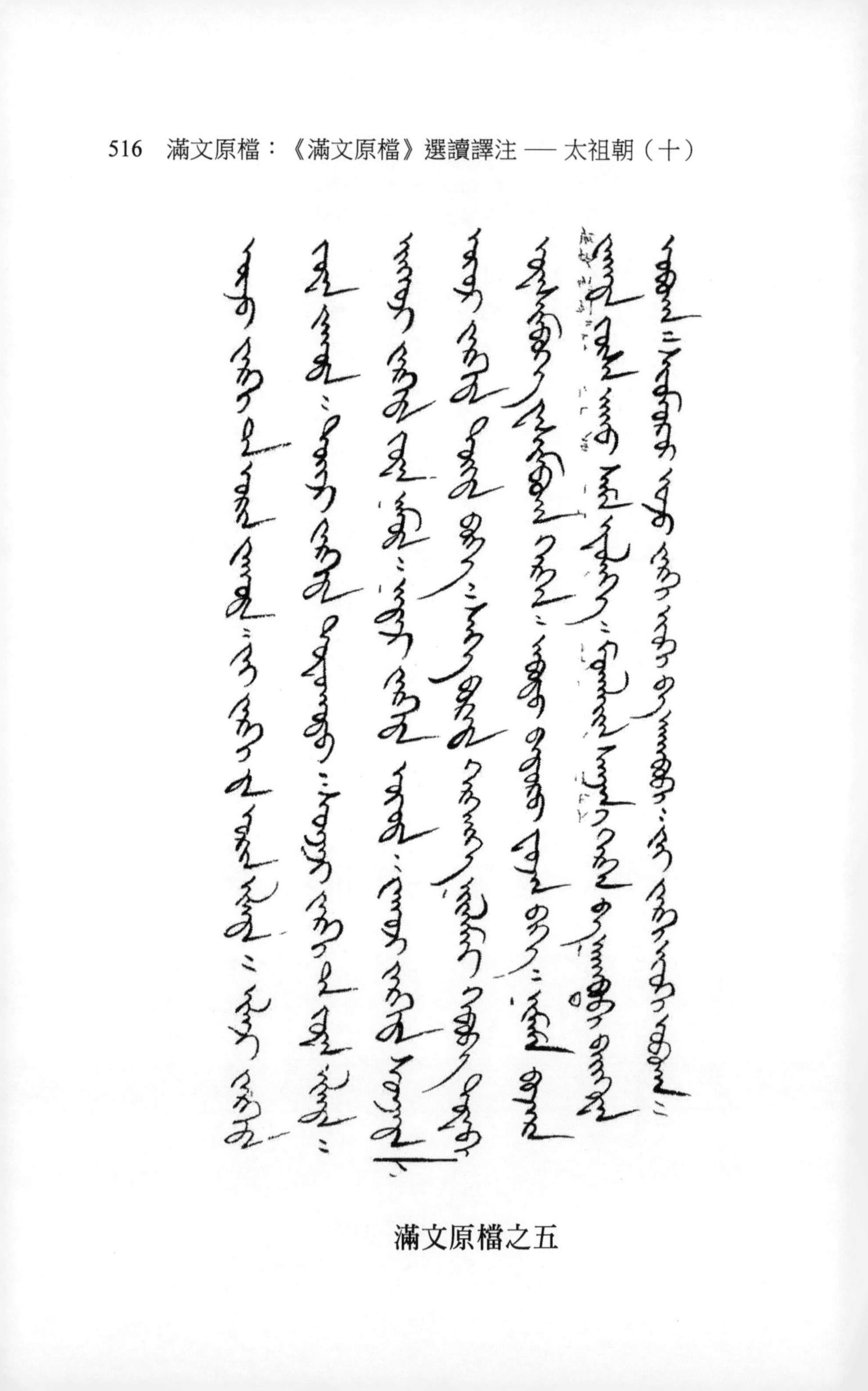

滿文原檔之五

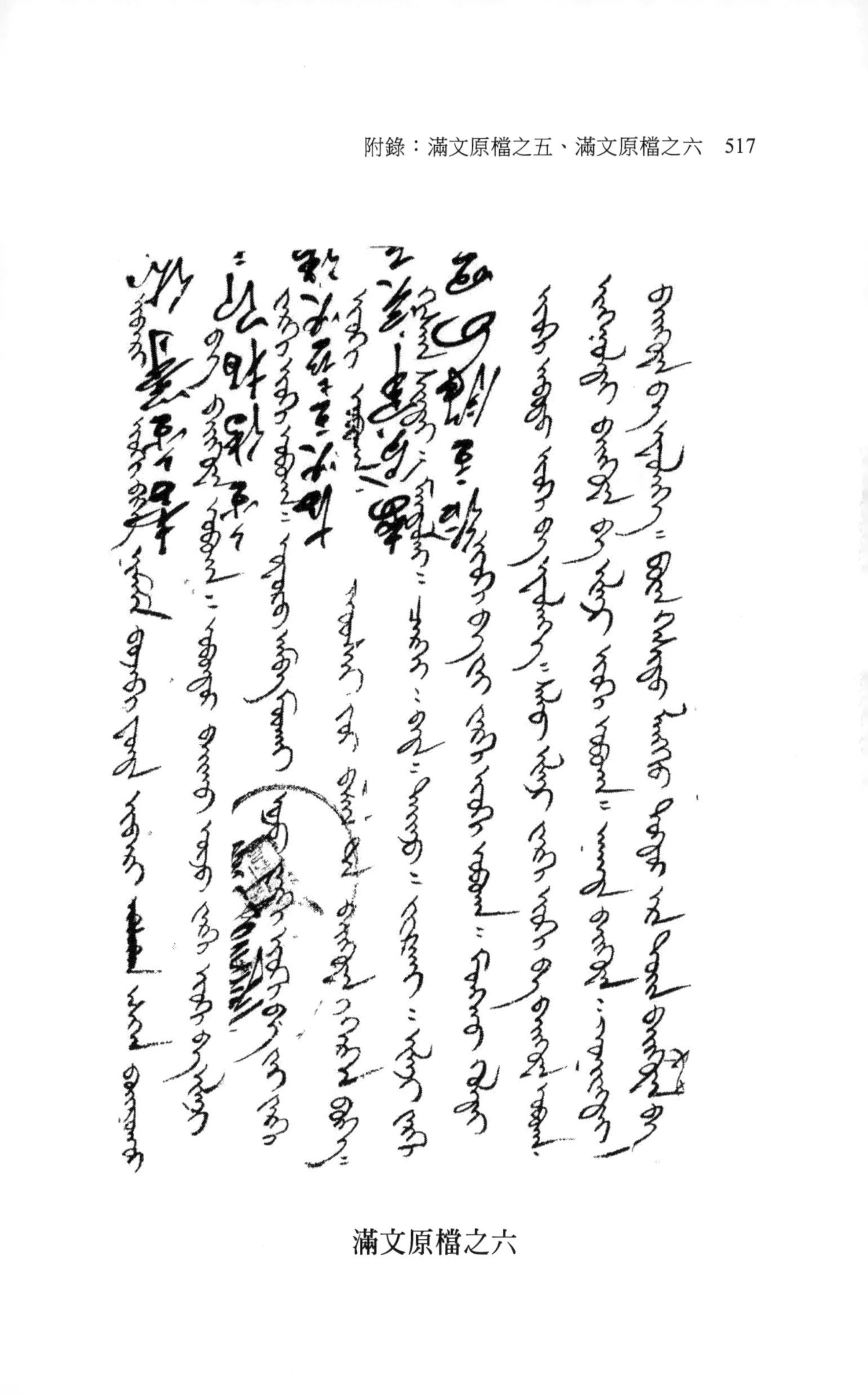

滿文原檔之六

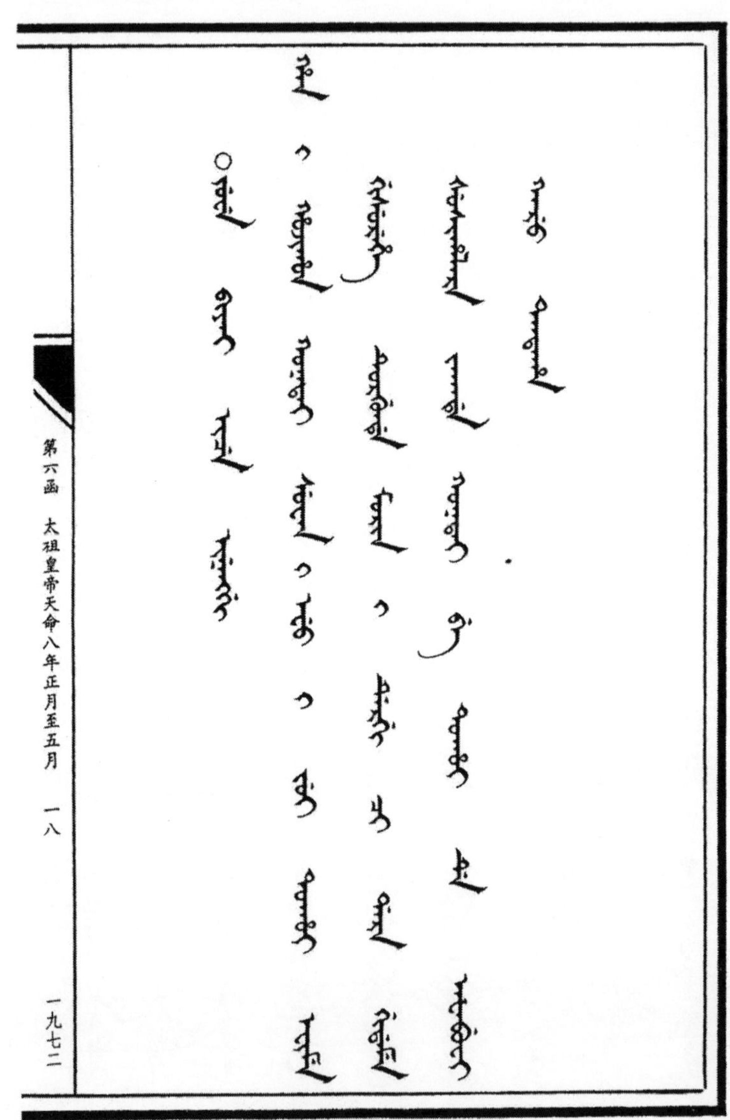

滿文老檔之一

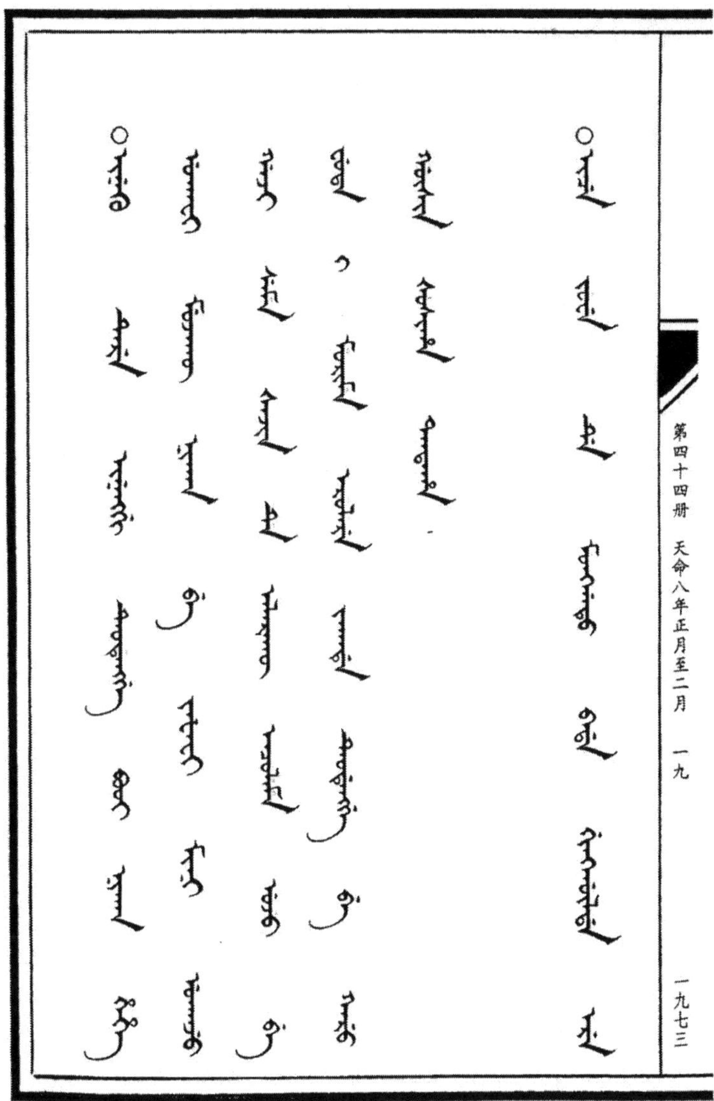
第四十四冊　天命八年正月至二月　一九　一九七三

滿文老檔之二

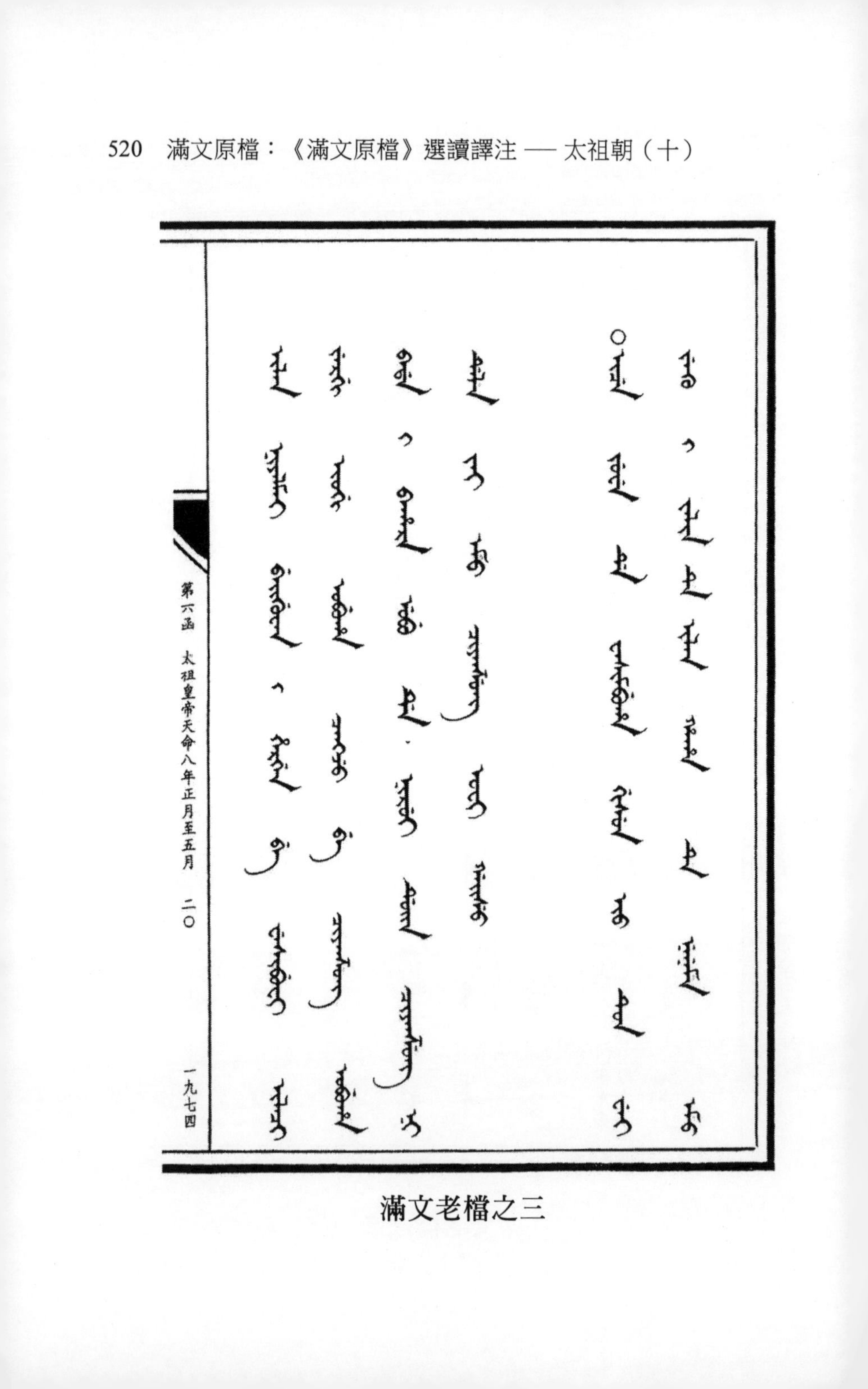

第六函　太祖皇帝天命八年正月至五月　二〇

一九七四

滿文老檔之三

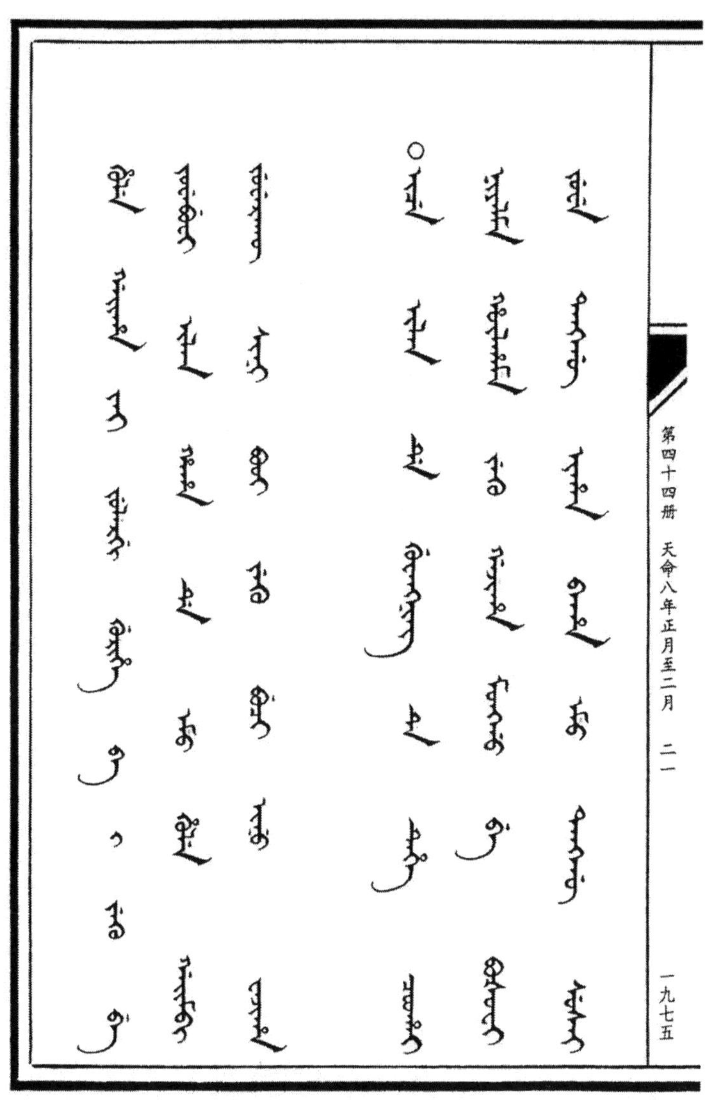

滿文老檔之四

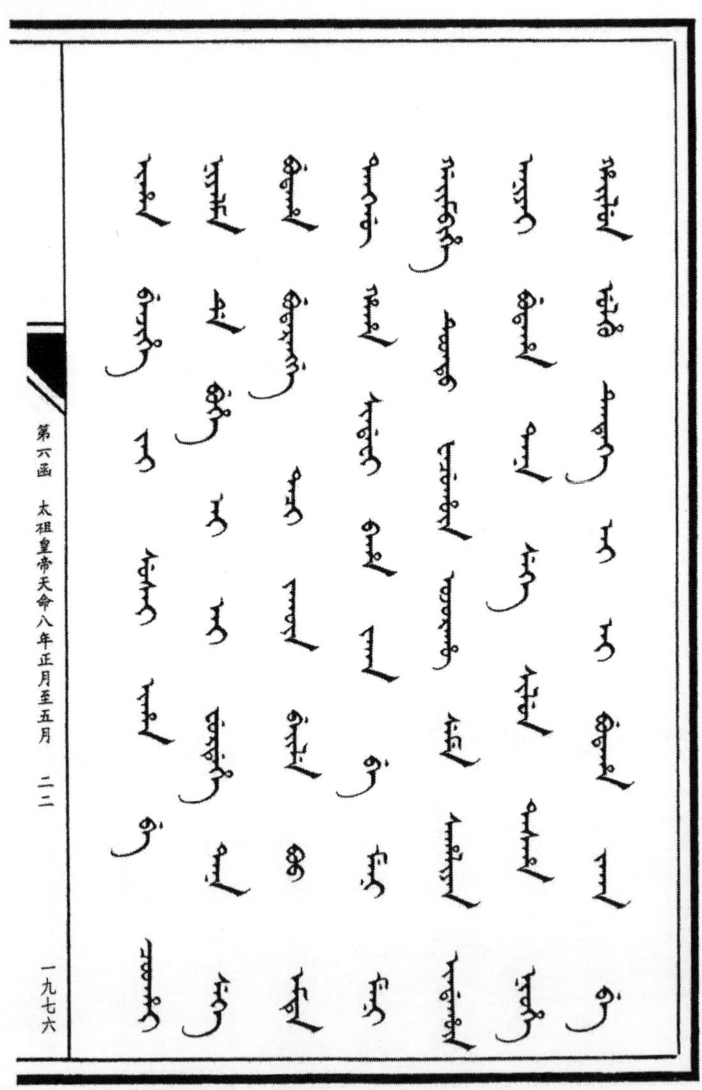

第六函　太祖皇帝天命八年正月至五月　二二　一九七六

滿文老檔之五

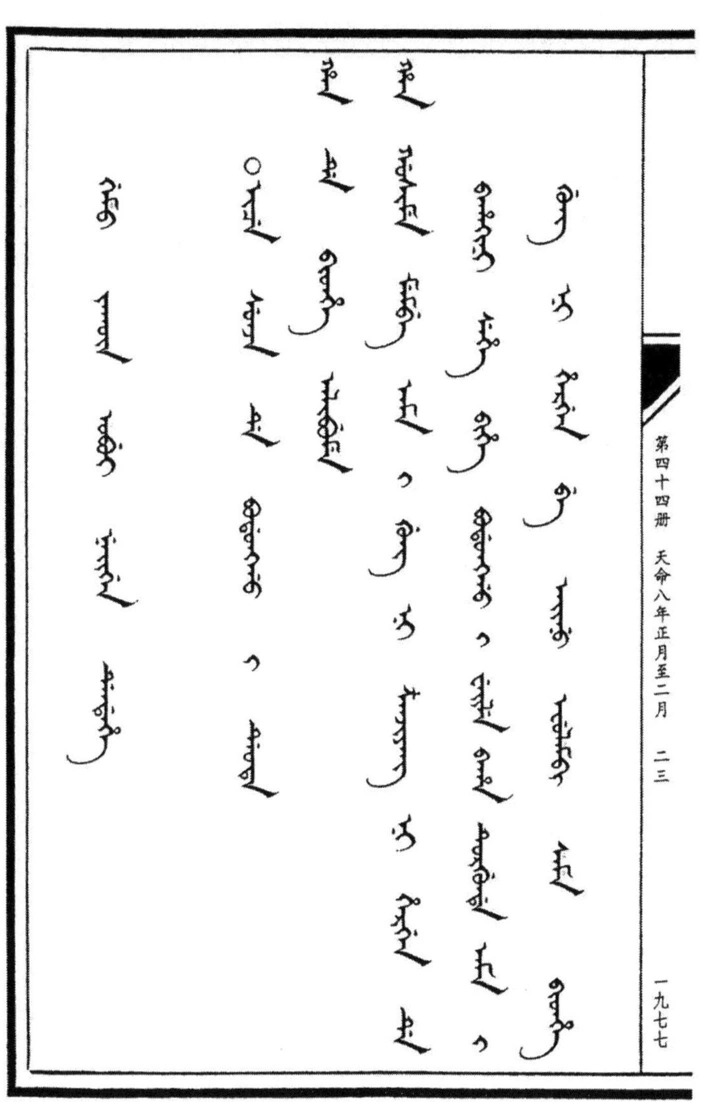

滿文老檔之六

致 謝

本書滿文羅馬拼音及漢文，由原任駐臺北韓國代表部連寬志先生精心協助注釋與校勘。謹此致謝。